大观红楼 ④

欧丽娟讲红楼梦

欧丽娟 著

著作权合同登记 图字：01-2018-0488

图书在版编目（CIP）数据

大观红楼：欧丽娟讲红楼梦.4 / 欧丽娟著. —北京：北京大学出版社，2018.8

ISBN 978-7-301-29624-0

Ⅰ.①大… Ⅱ.①欧… Ⅲ.①《红楼梦》研究 Ⅳ.①I207.411

中国版本图书馆CIP数据核字（2018）第123710号

本书中文简体字版由联经出版事业公司授权出版，原著作名《红楼一梦：贾宝玉与次金钗》

书　　　名	大观红楼4：欧丽娟讲红楼梦 DA GUAN HONGLOU 4	
著作责任者	欧丽娟　著	
责任编辑	吴　敏	
标准书号	ISBN 978-7-301-29624-0	
出版发行	北京大学出版社	
地　　址	北京市海淀区成府路205号　100871	
网　　址	http://www.pup.cn　　新浪微博：@北京大学出版社	
电子信箱	pkuwsz@126.com	
电　　话	邮购部62752015　发行部62750672　编辑部62757065	
印　刷　者	北京中科印刷有限公司	
经　销　者	新华书店	
	880毫米×1230毫米　A5　18印张　382千字	
	2018年8月第1版　2023年3月第8次印刷	
定　　价	79.00元	

未经许可，不得以任何方式复制或抄袭本书之部分或全部内容。

版权所有，侵权必究

举报电话：010-62752024　电子信箱：fd@pup.pku.edu.cn

图书如有印装质量问题，请与出版部联系，电话：010-62756370

目 录

第一章　前言：画鬼容易画人难　　　　　　　　　001

第二章　贾宝玉论　　　　　　　　　　　　　　　017

　　一、玉石的故事　　　　　　　　　　　　　　017

　　二、神话：贵族血统与奇异出生　　　　　　　028

　　三、无材补天："正邪两赋"与"情痴情种"　　047

　　四、君父至上的伦理原则　　　　　　　　　　091

　　五、儿童式的"自我中心"　　　　　　　　　122

　　六、启蒙与悟道：迷宫与镜子　　　　　　　　154

　　七、人子的告别　　　　　　　　　　　　　　163

第三章　香菱论　　　　　　　　　　　　　　　　171

　　一、引言　　　　　　　　　　　　　　　　　171

　　二、"天赋与环境"的贵贱综合版本　　　　　173

　　三、命运的转折点：从甄英莲到无名氏　　　　183

　　四、人生主场的曲折：从香菱到秋菱　　　　　192

	五、独特的爱情类型	205
	六、受苦的意义	218

第四章　晴雯论　221

  一、主流意见的形成与原因　221

  二、身世与性格特征　226

  三、"折扇"：宝玉的激怒　243

  四、坠儿偷金："义"还是"愤"　249

  五、心比天高：特权意识　259

  六、"撕扇"：褒姒的叠影　283

  七、王夫人的底线　289

  八、被撵逐的原因　302

  九、晴雯之死：悲怆之外　326

  十、结语　343

第五章　袭人论　347

  一、序言　347

  二、出身与性格　350

  三、又副册之冠　375

  四、桃花："改嫁"问题　403

  五、"灯"的告白："告密说"平议　422

  六、抄检大观园的信息提供者　452

  七、结语　477

第六章 薛宝琴论   481

一、缥缈空灵的姑射仙子   482

二、出场方式与主要特点   486

三、教养完备：独特的家世背景   510

四、"女子壮游"：诗词的创作专利   526

五、人外有人、天外有天   535

第七章 红楼情榜   543

一、"情榜"的规划与人选   544

二、"以情为榜"的意义   554

第一章
前言：画鬼容易画人难

　　本书是《大观红楼3》的续编。

　　"大观红楼"系列继1和2之后，原定以第3卷接着梳理小说人物长廊上的主要肖像群。全书原来的规划，是以第五回贾宝玉在神游太虚幻境时，所见薄命司图册上有明确说解的人物，包括"正册"十位（扣除移诸第2卷的贾元春、无传可写的巧姐儿）、"副册"的香菱、"又副册"的晴雯与袭人，再加上故事中心的贾宝玉，共十三位女性、十四个人物。

　　唯因出版社所设定的篇幅限制，在五十万字的范围内，恰好容纳"正册"的十位金钗，于是就此出版《大观红楼3》；所余的贾宝玉、副册的香菱、又副册的晴雯与袭人这四个人物，就以续编的形式收入本书。此外，考虑薛宝琴这位少女虽然并未出现在宝玉所观览的簿册中，但其独特性别树一格，却又罕见探论，大多以缥缈难稽的仙子形象加以感性咏叹，无法突显其为人之血肉肌理，以及小说家塑造这位金钗的匠心独运之所在，因此将之纳入本卷。

　　本书的这五个人物中，贾宝玉虽非金钗，却是所有女性乃至整部小说的核心，且其相貌、性格、举止确实又颇具阴柔的女性气质，所谓："行事言谈吃喝，原有些女儿气，那是只在里头惯了的"

（第六十六回尤三姐语），终日受到珠环翠绕、脂腻粉香的熏染，甚至被认为"原是个丫头错投了胎"（第七十八回），堪称由内而外的双性同体（bisexuality）甚至"阴阳同体"（androgyny），列入金钗卷轴里，谁曰不宜？唯以其统领群钗之地位，原本安排于《大观红楼3》的"总论"之后，以符应其"绛洞花主""诸艳之贯"的轴心身份，不得已置诸续编，不免奇特，幸望读者谅察之。至于香菱、晴雯、袭人、宝琴都属于"正册"之外的女子，分类一致。若能合此诸人而观之，庶几可补完璧。

既然本书独立成编，仍应就看待"人物"的方式给予补充说明。

有学者指出，在《金瓶梅》的二百多个人物之中，至少有七八个人物堪称是高度性格化的典型，他们不仅主要性格特征很突出，而且已显示出性格的丰富性、复杂性；《红楼梦》则青出于蓝，其"四百多个人物中至少有四五十个人物称得上是高度性格化的，它们在读者头脑里留下了不可磨灭的印象。在一部作品里竟有这么多高度典型化的人物形象，这实为中外文学史所罕见"①。诚然如是，此说不为过誉。

然而，"人"是万物之灵，本就复杂无比，又是日常相与共处、惯见习闻的对象，逼肖其状已经难能可贵，还要提炼出鲜明的典型形象，更堪比登天之举。早在先秦时代，韩非子就已经清楚认识到：

---

① 沈天佑：《〈金瓶梅〉〈红楼梦〉纵横谈》（北京：北京大学出版社，1990），页118—119。

> 客有为齐王画者，齐王问曰："画孰最难者？"曰："犬马最难。""孰易者？"曰："鬼魅最易。"夫犬马，人所知也，旦暮罄于前，不可类之，故难。鬼魅无形者，不罄于前，故易之也。①

犬与马皆属日常惯见者，其表情动作为人所默识烂熟、习焉入微，画家若稍有丝毫差错便会失真而失败，不比鬼魅纯属虚幻无稽，可以一无依傍地任人发挥，没有逼肖与否的问题，故为绘画上最困难的挑战。存在状态远为简单素朴的犬马尚且如此，若欲描摹复杂幽深的"人"，自当更是难上加难，曹雪芹就曾借由宝钗抒发一段画理：

> 要插人物，也要有疏密，有高低。衣折裙带，手指足步，最是要紧；一笔不细，不是肿了手就是跐了腿，染脸撕发倒是小事。依我看来竟难的很。（第四十二回）

视觉效果已然这般，文字叙写之难势必犹有过之，一字之别，可以画龙点睛，也可以佛头着粪，因而在小说逐渐流行、小说学越发精深的专业体悟里，"画鬼容易，画犬马难"的说法就成为"画鬼容易，画人难"。明代张誉在《北宋三遂平妖传·序》中明确指出：

---

① （战国）韩非著，（清）王先慎撰，钟哲点校：《韩非子集解》（北京：中华书局，1998），卷十一《外储说左上》，页 270 — 271。

> 小说家以真为正，以幻为奇。然语有之："画鬼易，画人难。"《西游》幻极矣。所以不逮《水浒》者，人鬼之分也。鬼而不人，第可资齿牙，不可动肝肺。《三国志》人矣，描写亦工；所不足者幻耳。然势不得幻，非才不能幻。其季（孟）之间乎？①

随着曹雪芹创作而直接点评的脂砚斋也说：

> 画神鬼易，画人物难。写宝卿正是写人之笔，若与黛玉并写更难。今作者写得一毫难处不见，且得二人真体实传，非神助而何。（第八回眉批）

《红楼梦》正是兼具《西游记》之幻奇、《三国演义》之工正，最是臻至"动肝肺"的境界，各个人物若有神助，呼吸近在目前，诚如脂砚斋所赞叹："真是人人俱尽，人人俱尽，个个活跳，吾不知作者胸中埋伏多少裙钗"（第二十一回批语），故为古典文学中的登峰造极之作，也足以跻身世界经典之林。

这样性格鲜明灵动的立体人物都是一个个的"小宇宙"，带着他们全部的复杂性来到文本中，以传神之笔展示于读者眼前。"宇"者，上下四方之谓也；"宙"者，意指古往今来，一个是空间范畴，

---

① 朱一玄、刘毓忱编：《西游记资料汇编》（郑州：中州书画社，1983），页211。本篇作者全称"陇西张誉无咎父"，有学者认为或即冯梦龙之托名，见黄霖编：《金瓶梅资料汇编》（北京：中华书局，2004），页233。

一个是时间指涉，两者相加，构成了世界一切存在的前提，人类当然也是如此。只是人类的心理精密复杂得多，时间、空间及其衍生之人事物所产生的种种影响，深刻地牵动了一个人的内在构造，即使偶一看似突兀无端的反应，其实都根植于牢不可破的思想意识与生活惯习，奠基于漫长的生命历程，形之于外，一颦一笑、一举一动乃意味深长。

然而，因百年前的历史剧变所导致的巨大文化断层，这些小宇宙不啻是在光年之外的太空边际兀自运转，虽然以同样的文字跨越时空传递至今，映射了众所周知的熟悉造型，但往往多是依稀仿佛的投影，不仅被添加了现代的想象而更加朦胧难辨，甚至在生活化、简易化的解读操作下，反倒与原书精神背道而驰，落入平庸与市俗。

首先，《红楼梦》是唯一一部叙写上层阶级的贵族小说，非进入阶级的框架不足以正确把握其神髓。等级制固然创造不平等的贵贱之别，但也实实在在地对人的气质、格调、意识形态发挥根本的影响，尤其是"文化集中"的精英阶层，其内蕴实非传统的庶民、现代的平民所能衡量。高鹗续书第八十五回中，关于黛玉生日筵的一段描写，最是极有意味地展示出不同等级的文化格调、教养品味的落差：

> 黛玉略换了几件新鲜衣服，打扮得宛如嫦娥下界，含羞带笑的出来见了众人。

衡诸前八十回中出现的几次生日宴,这三句话便处处破绽,暴露出平民想象的小家气。首先,闺秀千金的生日自有其穿戴礼服,如第六十二回宝玉生日时,"这日宝玉清晨起来,梳洗已毕,冠带出来"。又第七十回探春生日时,"饭后,探春换了礼服,各处行礼"。宝玉的冠带自有不同于日常一般的正式规格,与探春所穿着的都是因应于生日的特殊节仪而特制的服饰,和节庆、迎宾见客、祭祀、临丧等等各自另有相关的不同礼服一样①,都固定用在相应的礼仪场合,岂是"略换了几件新鲜衣服"的穷酸随意!

其次,"打扮得宛如嫦娥下界"这样的美丽术语,空泛俗滥、平庸已极,正如脂砚斋所批评的:

> 可笑近之野史中,满纸羞花闭月,莺啼燕语。(第二十回批语)

---

① 例如第三回黛玉初临贾府,迎春、探春、惜春即停课以迎接贵客,"其钗环裙袄,三人皆是一样的妆饰"。又第七十三回写迎春的头饰攒珠累丝金凤被乳母拐骗典当,其嫡母邢夫人便说道:"若被他骗去,我是一个钱没有的,看你明日怎么过节!"所过的节,即中秋节。邢夫人离开后,其贴身丫鬟绣桔便说:"如何,前儿我回姑娘,那一个攒珠累丝金凤竟不知那里去了。回了姑娘,姑娘竟不问一声儿。我说必是老奶奶拿去典了银子放头儿的。姑娘不信,只说司棋收着呢。问司棋,司棋虽病着,心里却明白。我去问他,他说没有收起来,还在书架上匣内暂放着,预备八月十五日恐怕要戴呢。姑娘就该问老奶奶一声,只是脸软怕人恼。如今竟怕无着,明儿要都戴时,独咱们不戴,是何意思呢!"可见连头饰都是三人一致的标准配备,属于礼服的一部分,也因此缺了这个头饰必然会引起非议,导致众丫鬟的紧张不满。

除了普遍出现在千篇一律的才子佳人故事中，也最容易见诸学识不足、表达能力有限的庶民之口，如第四十回贾母听了刘姥姥想要一张大观园图的心愿，便指派惜春担任绘制的任务，刘姥姥喜得忙跑过来，拉着惜春说道："我的姑娘，你这么大年纪儿，又这么个好模样，还有这个能干，别是神仙托生的罢。"这类"仙女下凡"的譬喻套语出自乡野村妪的赞美，合乎人物的身份、教育程度，可以发挥精确把握角色的画龙点睛之效，在情节描述中是十分相称的，但用在小说家的叙写行文上，则暴露了想象力的平庸与驱遣文字的限度，拥有深厚文艺修养的曹雪芹如何会有如此之败笔！

再者，"含羞带笑的出来见了众人"更是不惯于大场面的扭捏作态，全然不符黛玉出身于贵宦之家，身为钦差大臣之女的雍容气度。试看第三回凤姐第一眼初见黛玉时所给予的赞美："天下真有这样标致的人物，我今儿才算见了！况且这通身的气派，竟不像老祖宗的外孙女儿，竟是个嫡亲的孙女，怨不得老祖宗天天口头心头一时不忘。"此刻黛玉尚且年幼，不过六七岁之龄，但已经是出落得"通身的气派"，言谈举止舒坦沉稳，动静之间优雅自在，自然散发出大方合度的风范，岂会在自己的生日筵上"含羞带笑的出来见了众人"？这反倒比较像从来没有做过千金小姐，不习惯成为众星拱月的中心，属于"或有羞口的，或有羞脚的，或有不惯见人的"（第十四回）之类的小家碧玉。

但是，参照贾府的赖大管家之子，都能因贾府的开恩放出而"也是丫头、老婆、奶子捧凤凰似的，长了这么大"（第四十五回赖嬷嬷语），何况纯根正苗的贵族女儿！再退一步言之，在贾府这等国勋门第中，连丫鬟们在耳濡目染之下都超乎寻常，犹如凤姐所叹道：

> 殊不知别说庶出，便是我们的丫头，比人家的小姐还强呢。（第五十五回）

此外，袭人之兄花自芳也认证道：

> 贾府中从不曾作践下人，只有恩多威少的。且凡老少房中所有亲侍的女孩子们，更比待家下众人不同，平常寒薄人家的小姐，也不能那样尊重的。（第十九回）

尤其是这些贴身侍候的大丫头，近水楼台跟着主子起居进退，更足以借机打开局面，红玉之所以乐意从怡红院转到凤姐身边发展，就是因为"跟着奶奶，我们也学些眉眼高低，出入上下，大小的事也得见识见识"（第二十七回），其用意并不只是攀附权贵而已。因此，日夜追随贾母的鸳鸯就因为非同一般的立足点，而竟培养出凌驾于年轻主子的才识能力，如惜春所笑道："老太太昨儿还说呢，他比我们还强呢。"（第三十九回）何况那些天资优异的贵族血脉，又自幼身为掌上明珠，岂能连上等丫鬟都不如？

这段情节就足以证明，高鹗续书流于木雕泥塑、毫无神采，无法契入前八十回之气韵生动与高雅优美的原因，正在于阶级的落差，以及由此所导致的品位、见识的文化落差，从而将高贵优雅的林黛玉写成了扭捏小气的民家女。对如今几乎不存在、过去的一般阶层也罕有接触的贵族世界，连尚在传统社会中、当代时空下的高鹗都不免于来自阶级不同的误失，遑论巨大文化断层之后的今日读者？仅此一例，便已足以警示"以今律古"的不可行。

其次，也应该了解的是，固然等级制社会划分了贵贱之别，但在传统中国里，于真实的生活运作中，人与人的互动关系却是相对的、流动的，因此也对人的气质格调、才干能力、视野见识、物质待遇带来不同的影响，不能一概而论。上述所谓"我们的丫头，比人家的小姐还强""平常寒薄人家的小姐，也不能那样尊重"便证明了这一点。

由于《红楼梦》是一个阴盛阳衰的女性世界，闺阁中历历有人，女主、女婢在等级制的区分之下分工运作，构成了整部小说的主体。除年轻的千金闺秀之外，据统计，"《红楼梦》中共出现丫鬟七十三人，小厮二十七人，仆人二百六十六人，共三百六十六人。另有太监、宫女五十五人，如计算在内，共有奴仆四百二十一人"[①]。若据宝玉的切身之谈，仅就贾府中的婢女而言，则远超乎此数，所谓："如今单我家里，上上下下，就有几百女孩子呢。"（第五回）这些在贾府生活中不可或缺的女仆们也多活色生香、各具姿彩，同样引人注目，但在对她们进行个别的认识之前，必须先了解到这种主仆关系的实质意涵，以免被想当然尔的奴隶观所误导。

米兰·昆德拉（Milan Kundera）已然指出："小说一方面检视着人类存在的历史维度；另一方面，小说则阐明着某个历史处境，

---

① 周锡山：《红楼梦的奴婢世界》（太原：北岳文化出版社，2006），页2。

描述着某个特定时间下的一个社会,是一种小说体的史书。"① 而《红楼梦》的历史处境迥异于现代,其中所描述的,是"盛清"这个特定时期下的中国传统社会,小说家同时检视着人类存在的历史维度,以及阐明着某个历史处境,字里行间所隐含的人物心理、意识形态、言行规范,岂能轻率地以今律古、推己及人?

必须说,传统的主仆伦理关系并非只存在单向剥削与片面压抑的性质,学者即指出伦常差序为传统文化的精髓,是安定社会的力量。家长制教化性的权力(paternalism),诚如费孝通所说,是既非民主又异于不民主的专制,且这种权力亦非剥削性的;主仆关系形同父子,各有其义务与报答。② 尤其在以宽柔待下为家风的贵族门庭中,仆人的地位往往因为人情的弹性而产生了流动性,所谓:

> 贾府风俗,年高伏侍过父母的家人,比年轻的主子还有体面,所以尤氏凤姐儿等只管地下站着,那赖大的母亲等三四个老妈妈告个罪,都坐在小杌子上了。(第四十三回)

除了这些贴身侍候过的资深女仆之外,还有鸳鸯、袭人、晴雯、紫鹃这类"老少房中所有亲侍的女孩子们",也因为分享了主子的权威而地位非凡,"平常寒薄人家的小姐,也不能那样尊重",于是被

---

① [法]米兰·昆德拉著,尉迟秀译:《小说的艺术》(台北:皇冠文化出版公司,2004),第二部分"关于小说艺术的对话",页 48。
② 居蜜:《安徽方志、谱牒及其他地方资料的研究》,《汉学研究》第三卷第二期(1985年12月),页 84。

称为"二层主子"(第六十一回)、"副小姐"(第七十七回)。更有甚者,二层主子晴雯的骄纵任性、唯我独尊,竟与正宗主子小姐迎春的懦弱退缩、受尽欺压形成鲜明对比,怡红院与紫菱洲这两处的主从颠倒双双显示了一种反向的主仆关系,就是最典型的例子。

换言之,在分析《红楼梦》中的人物时,切切不可忽略现代社会所陌生的两个重要原则:其一,"等级"的概念能帮助我们更正确地理解这些传统人物的真实内在,贵族世家的礼法教养乃大传统精英文化的体现,不能以平民的意识形态看待之;其二,"等级"之中的伦常模式与主仆关系,并非单向的权力倾斜架构,特别是后者,在中华文化里绝不等于一般意义下的奴隶制,简单而片面地以剥削、压榨等负面概念套用在小说情节上,便注定了扭曲全貌。

只可惜,长期以来不仅贾府的宽柔家风被颠倒误解为仗势欺人,论者忽略了如下事实:一个买卖转送而来的丫鬟晴雯竟可以骄纵至此,而婢女出身的奶母竟可以坐大到一家欺压主子迎春的地步,并且金钏儿的自尽有其个人的原因,毫无任何胁迫虐待,她的死也是贾府百年以来的绝无仅有,因此引起贾政的暴怒,乃至晴雯被撵逐后不仅重获自由之身,也带走三四百金的丰厚资产。这类评论上的偏颇现象不暇枚举,其原因则犹如米兰·昆德拉所言:

> 人总是期望一个善恶分明的世界,因为在人的身上有某种天生且无法驯服的欲望,让人在理解之前先行判断。[①]

---

① [法]米兰·昆德拉著,尉迟秀译:《小说的艺术》,第一部分"被贬低的塞万提斯传承",页13。

但既然我们对贾府的贵族等级一无所识，出于平民的嫉权妒富心理，因此一概将贵族贴上罪恶的标签，可谓最容易的诠释方向。这种"在理解之前先行判断"的本能欲望，不只驱使人们创造出片面的阶级对立，忽视了其间存在着调和互补、协力共生的面相，并且进一步在人物身上给予善恶二分的化约分类，以便满足或确保心中那简单而清楚的世界。

既然"理解"谈何容易，需要大量的心智劳动，以及最困难的自我超越，以直感迅速判断当然容易得多，于是，晴、袭之争延续了钗、黛之争，同样纠缠了许多的"感觉"。"感觉"让人留在原地，"理性思考"才能发现事实、探测本质、累积知识，引领文明前进的步伐。一旦全面爬梳文本内容，就会发现，固然"晴有林风，袭乃钗副，真真不错"（第八回脂批），彼此在性格上形成相映的两组对照，但在实际的生活互动上，却是袭人与黛玉最为亲近友好，作为"影身"的晴雯反倒与黛玉十分生疏，袭人与宝钗之间亦然。这便大大颠覆了长久以来积非成是的舆论。

同样的，对于小说主角贾宝玉，一般的直觉是视之为曹雪芹的化身与代言人，带有反传统的意旨。然而，与孔孟同一禀赋的"正气"，是宝玉之所以没有落入一般皮肤滥淫、纨绔子弟的原因。曹雪芹本身也并未有所谓反封建礼教的意图，"梦阮"之别号，与其片面、简单地等同于反礼教，其实含摄的更是一种"精英阶层世家子弟的集体完美记忆"，形诸笔下的贵族世界时，便有如对此一往昔之完美记忆的召唤与再现，在白茫茫的空无中取暖。至于小说家与贾宝玉的关系，则可以是"现在的我"对"过去的我"的追悔与咎责，记忆中那样一个不成熟的、见识有限的、拒绝成长的男孩，注定要永远为再也无法挽回的家族荣光痛彻心扉。

这样的角度，已经展示了一种"作者"与"人物"画上等号的不同诠释，未必只是"传声筒"之类的简单直接，更何况，从小说的本质来看：

> 这些"活生生的人物"同小说家的真正自我有着怎样的关系？那好像他创造的人物愈多愈分歧，而他的性格也就愈不易捉摸了。莎士比亚消失于他的戏剧里面，无论是在剧本中或轶事里，我们几乎感觉不出有像班·琼逊的性格一样清晰而独特的性格。济慈曾经写道：诗人的性格是没有自我的，那是最紧要的，也是最无聊的……构想出一个坏蛋和构想出一个淑女都有相等的快乐……一个诗人在所有存在的事物中是最没有诗意的，因为他没有自体——只不断地在滋长和补足别的个体。[①]

换言之，小说家在他所写的作品中是隐身缺席的，他自己早已化入笔下的各个人物中，随着众生一起成长，探索无尽的人性奥妙。只有非一流的小说家才会将创作降格为自我的独白，把宏大的世界

---

① [美]佛曼（Maurice B. Forman）编：《济慈书简》（*The Letters of John Keats*），London: Humphrey Milford, Oxford University Press, 1935, p. 227。转引自[美]R. 韦勒克（Rene Wellek）、华伦（A. Austin Warren）著，王梦鸥、许国衡译：《文学论：文学研究方法论》（台北：志文出版社，1976），第八章"文学与心理学"，页143。

限缩在小小的自我里。而读者究竟是要在阅读中打开视野、跃入宇宙，还是要陷入作者的自家门户中，满足窥探的好奇心？

既然小说家已经远远超越自己的个人局限，透过《红楼梦》开展一部正统精英之高雅文化的百科全书，并铺陈了林林总总的人性世态，好的读者便有责任探骊得珠，而非买椟还珠。真实的世界与人性都是复杂的、模糊的，甚至难以分类，善恶辩证、矛盾并存、真假一体，庄子那"七孔凿而浑沌死"的寓言，不只感慨于人们的知识追求斲丧了浑然真朴的道体，也嘲讽了人们的浅薄心灵无法负担"渊奥"之理的幽深复杂所带来的迷惑与压力，似乎只要不能确定孰善孰恶，便无法安全地面对这个世界。于是乎，小说人物往往被刻板化、扁平化，以抽象的、形式化的形态单薄地活在成见里。

但其实"扁平人物"只是概念的化身，单一而狭窄，只有"圆形人物"才是小说家的考验与成就所在，既能碰触到人性曲折深袤的边界，也最能担负起悲剧的任务，这一点早已经过爱德华·M.弗斯特（Edward M. Forster, 1879—1970）的阐明。圆形人物是立体化的存在，这不完全指的是带有负面的人格阴影，更指的是一种人性的丰富与复杂，以因时因地而变化的多层次、多面相流动着，有时暧昧，有时灰色，有些不一致，也不乏出人意表的突破，因此耐人寻味。

没有人能预测未来，一个人只能面对过去与现在。文学家的伟大，在于宽广、深刻、细腻地展现他所知解的整个世界，而不在于做一个先知或革命家，那是宗教家与政治家的份内任务。米兰·昆德拉认为小说的意义，乃是奥地利小说家赫曼·布罗赫（Hermann

Broch, 1886—1951）所执拗重复的：

> 发现那些唯有小说才能发现的事，这是小说唯一的存在理由。①

曹雪芹已经达到这个"发现"，透过《红楼梦》展现出来，读者若要"发现"他的"发现"，唯一的方法，就是知识与智慧——洞视小说的永恒真理就是"复杂"②，为之储备各种关于人的知识，并且以"记忆"（memory）与"智慧"（intelligence）充分掌握小说内容以及情节发展的因果关系③，对其中的复杂深奥乃庶几近之。

---

① ［法］米兰·昆德拉著，尉迟秀译：《小说的艺术》，第一部分"被贬低的塞万提斯传承"，页11。
② 所谓："小说的精神是复杂的精神。每一部小说都对读者说：'事情比你想象的复杂。'这是小说的永恒真理。"［法］米兰·昆德拉著，尉迟秀译：《小说的艺术》，第一部分"被贬低的塞万提斯传承"，页27。
③ ［英］弗斯特著，李文彬译：《小说面面观》（台北：志文出版社，1973），第五章"情节"，页75—77。

第二章
贾宝玉论

一、玉石的故事

贾宝玉是整部石头故事的主轴,从前生到今世,一共在红尘中度过十九年的人生。

为了塑造此一独特的人物,显发这类人等的复杂性,小说家动用了"女娲补天""神瑛侍者""正邪两赋""情痴情种""通灵宝玉""衔玉而生"诸般超现实的素材与观念,演绎一场"那红尘中有却有些乐事,但不能永远依恃;况又有'美中不足,好事多磨'八个字紧相连属,瞬息间则又乐极悲生,人非物换,究竟是到头一梦,万境归空"(第一回)的悲欢剧目。从石头下凡、游历人间仙境到悟道出家,最终形成"神界—俗界—神界"的三阶段模式,对于其人其事以及其所牵涉的人性事理的察识辨知,每一阶段都不可或缺。

一般而言,"神界—俗界—神界"的三阶段模式往往被视为"石—玉—石"的石头循环三部曲,其间的等同关系与价值定位如下:

石—玉—石
　　神界—俗界—神界
　　神界：石＝自然、真我、精神、超俗
　　俗界：玉＝文明、假我、物质、世俗

并且，因王国维引述德国哲学家叔本华（Arthur Schopenhauer, 1788—1860）于《作为意志与表象的世界》中的论点，主张："生活之本质为何？欲而已矣。"又引"饮食男女，人之大欲存焉"和"人不婚宦，情欲失半"之古语，标明此"生活之欲"的具体内容乃是"饮食（即宦）"与"男女（即婚）"，因之认为《红楼梦》一书中"所谓玉者，不过生活之欲之代表而已"①。作为红学史上的里程碑，此说更坐实了"玉＝欲＝俗界表现（俗性）"的概念等同，影响深远，"石"与"玉"的对立随后便确立下来。

　　姑且不论生活的本质是否真的仅是欲望，即使在"食、色，性也"（《孟子·告子》）的层次上，这些本能是否每一个人都完全一样，也都是一大问题，否则又何来君子与小人、贵族世家与暴发户之别？单单以"玉＝欲"而与"石"产生对立的情况而言，固然人类追求知识、建构认知的心智活动往往是采取二元思维方式，但若要更深入地把握人性事理的复杂，尤其是某一种崇高的智慧，就必须超越二元思维的限制，因此，佛家的论述方法常见"不……不……"

---

① 王国维：《红楼梦评论》，王国维等著：《红楼梦艺术论》（台北：里仁书局，1994），分见页2、9。

的修辞语法，例如《般若波罗蜜多心经》的"不生不灭，不垢不净，不增不减"等等。何况，二元思维方式往往稍一不慎即变成简单化的二元对立（binary opposition），于是道家也同样采取打破程式的表达，而有"大泽焚而不能热，河汉冱而不能寒""天下莫大于秋毫之末，而大山为小；莫寿于殇子，而彭祖为夭"①的颠倒之论，为的都是打破人们习以为常的惯性思考，以探取非这类思维方式所能体认的智慧。《红楼梦》虽非这一类的哲学论证，但其所触及的世界复杂度却不遑多让，洞视到"真理的相反仍然还是真理"的吊诡。

因此，第一回、第五回一再出现"太虚幻境"两边的一副对联，道是：

假作真时真亦假，无为有处有还无。

既可以意谓"真与假是人生经验中互相补充、并非辩证对抗的两个方面"，彼此是二元补衬（complementary bipolarity）而非二元对立②，也可以意指"真与假是同一事物的不同状态或一体两面"，有如阴阳之理乃是"'阴''阳'两个字还只是一个字，阳尽了就成阴，阴尽了就成阳，不是阴尽了又有个阳生出来，阳尽了又有个阴生出来"（第三十一回），同样的，"'真''假'两个字还只是一个字，

---

① （战国）庄子著，（清）郭庆藩集释，王孝鱼点校：《庄子集释》第一册（北京：中华书局，1961），卷一下《齐物论》，页96、79。

② [美]浦安迪（Andrew H. Plaks）：《中国叙事学》（北京：北京大学出版社，1996），第五章，页160。

真尽了就成假，假尽了就成真，不是真尽了又有个假生出来，假尽了又有个真生出来"。清代评点家王希廉便指出：

> 《红楼梦》一书，全部最要关键是"真假"二字。读者须知，真即是假，假即是真；真中有假，假中有真；真不是真，假不是假。明此数意，则甄宝玉、贾宝玉是一是二，便心目了然，不为作者冷齿，亦知作者匠心。①

就书中人物的安排而言，甄、贾两位宝玉的安排正出于此理。关键在于，一旦超越二元对立框架的局限，就可以清楚发现，贾宝玉的前身并非自然而然的"顽石"，即第二十五回所谓"天不拘兮地不羁，心头无喜亦无悲"，而是经过精心炼造、人文化成的通灵玉石。

虽然小说中再三以"顽石"称之，见诸第一回"女娲氏炼石补天之时，于大荒山无稽崖炼成高经十二丈、方经二十四丈顽石三万六千五百零一块"、第八回"大荒山中青埂峰下的那块顽石"与"那顽石亦曾记下他这幻相并癞僧所镌的篆文"，并且该石又往往被叫做"蠢物"，见第一回、第三回、第十八回、第二十八回，其中，单单第一回就出现了六次，但实际上其顽、其蠢都不是对其形质的客观描述，而是就其"无材补天"的失败所给予的评价，对应的是"玉有病""玉原非大观"的缺陷，详见下文。其他补天的三万六千五百块玉石也被称为顽石，只是一种连带涵括的陪衬之

---

① （清）王希廉：《红楼梦总评》，一粟编：《红楼梦卷》，卷三，页147。

笔。至于玉石幻形入世后也不是单以欲望为生活本质,自有无限的奥义存焉。

必须说,从神界到俗界,贾宝玉始终都是玉石一体,只是在俗界中特别突显玉的双重性,毕竟玉石因珍美获得了人们的注目追捧乃至争夺占有,于是逐渐受到蒙蔽,第二十五回那僧便说入世已十三年的通灵玉"如今被声色货利所迷,故不灵验了",并长叹一声道:

> 青埂峰一别,展眼已过十三载矣!人世光阴,如此迅速,尘缘满日,若似弹指!可羡你当时的那段好处:
>
> 天不拘兮地不羁,心头无喜亦无悲;
>
> 却因锻炼通灵后,便向人间觅是非。
>
> 可叹你今日这番经历:
>
> 粉渍脂痕污宝光,绮栊昼夜困鸳鸯。
>
> 沉酣一梦终须醒,冤孽偿清好散场!

换言之,玉石已经打动凡心,才会切慕红尘之繁华富贵而渴望入世,但这是"煅炼之后,灵性已通"(第一回)的附带结果,与"独自己无材不堪入选,遂自怨自叹,日夜悲号惭愧"的心性反应同出一源,故那僧才会说"却因锻炼通灵后,便向人间觅是非",属于玉石的文明表现,请见下一节。

而尘世的珠光宝气、粉渍脂痕逐渐附加在玉石上,减损了玉石的灵明清澈,也遮掩了玉石的本质,以至于玉石的力量弱化到不足以消解魔障灾厄。这就清楚证明了玉石的世俗价值是外加的，是已通的灵性走向歧途或受到混淆干扰的后果，由此才造成玉石的双重性。

玉石的这一双重性于"宝玉"的二字命名上尤其暗透出来。表面上，"宝玉"仅是小名，如第三回林黛玉说"小名就唤宝玉"，第十六回秦钟谓"荣国公的孙子，小名宝玉"，第三十一回贾母也对史湘云道："如今你们大了，别提小名儿了。"小名又称乳名、奶名、小字，是襁褓中由父母命定的爱称与亲称，这是人生历程中第一次接受的名字，并不是正名、学名、谱名之类正式的名字①，且"宝玉"的得名来自于粉妆玉琢的白皙外貌，第五十六回写甄府的四个管家娘子来到贾府请安，提及自家少爷甄宝玉的种种顽皮淘气，贾母听了笑道：

"也不成了我们家的了！你这哥儿叫什么名字？"四人道：
"因老太太当作宝贝一样，他又生的白，老太太便叫作宝玉。"

甄宝玉如此，以重叠复制（doubling of multiplication）手法透过"模样是一样"建立重像关系的贾宝玉也应该如此。但在全部的小说叙事中，两人始终都没有再出现学名、谱名之类正式的名字，要透过命名以掌握人物塑造的深意，舍此无他，再加上双方以谐音双关"真、假"的"甄、贾"为姓氏，又共享"宝玉"的二字复名，与真、

---

① 王泉根：《华夏取名艺术》（台北：知书房出版社，1992），页149、151。

假交错辩证，都显示其中必有寓意。

尤其再参照第十三回秦可卿丧礼上阖族全员出席的名单，以及其他各处零星所记载，可知与宝玉同属"玉"字辈的贾家子孙，包括贾珍、贾琏、贾珠、贾瑞、贾环、贾璜、贾琮、贾瑞、贾琼、贾琛、贾珩、贾瓔、贾璘、贾珖等，总共至少十五位，但除宝玉外，所有玉字辈成员的命名存在着以下的特点：

1. 这些名字皆是一字单名，而与宝玉的二字复名形成鲜明的对比。

2. 此种以单名为主的情况，恰恰违背了明清时期复名多过于单名的历史现象，相对地，宝玉的名字反倒符合了社会主流。

命名是一种社会动员，名字隐含了文化讯息与社会观念，因此反映了历史的变化。早在先秦时期，基于命名形式上"二名，非礼也"[①]的特殊价值观，因此以单名为主；后来王莽更有"二名之禁"，单名便于汉晋间流行，此时为了便于避讳的缘故，帝王的取名限于单名，甚至还要刻意用偏僻字，以减少文书写作的困扰，此一情况于五胡乱华以后就比较松弛。[②]到了唐、宋、明、清间，取名方式

---

① 《春秋公羊传·定公六年》载："此仲孙何忌也，曷为谓之仲孙忌？讥二名。二名，非礼也。"（汉）何休解诂，（唐）徐彦疏：《春秋公羊传注疏》，《十三经注疏》（台北：艺文印书馆，1982），卷二六，页327。

② 王泉根：《华夏取名艺术》，页78—81。

与前期相比所出现的三个特色之一，即是复名（二字名）的使用率越来越高，大致说来，唐、宋、元时代复名的使用率约占人名的一半，于明、清阶段则逐步递增至百分之六十与百分之七十，占较大多数。①

当然，以贾家本身来看，自宁荣二公以下的五代中，仅有第二代的贾代善、贾代化、贾代儒等是采用复名，其余包括第一代"水"字辈、第三代"文"字辈、第四代"玉"字辈、第五代"草"字辈，则都是单名一字，并未反映整体百分之七十的社会主流。但由此也更突显宝玉的命名必有玄机。

首先，宝玉之名中有一个完整的"玉"字，和其他所有的堂兄弟们有所不同。同辈男性的诨名虽然都属于玉字辈，但就字面的整体构造而言，这些以玉为部首的单字中，"玉"所占的比例显然大为降低，起码都遭到减半的待遇，只剩下偏旁的边缘位置，因此玉的内涵和特质都不够纯粹完整，乃至落实到他们的人品和情操的具体表现时，往往只呈现出俗性的成分，其中大部分的玉字辈子孙（如贾珍、贾琏、贾环、贾瑞诸人）多是好色逐臭的纨绔子弟，成为"败家的根本"。宝玉则迥非如此，虽然笼统地看，也算是无益于家国的不肖子，但他的人格内涵复杂曲折得多，也脱俗优雅得多，只有在"玉"的完整形态上才能展现。

但单单这一点，还是不足以解释何以在同辈都是单名的情况下，贾宝玉不取名为"贾玉"？这个名字既维持了单名的一致性，"玉"

---

① 王泉根：《中国人名文化》（北京：团结出版社，2000），页193。

这个字的全角也获得保留。可见单单只是保留"玉"的完整形态还是不够的，玉的复杂性并非固定的、静态的，而是不断变化、发展的，甚至在同一时间中就存在着各式各样的元素消长拉扯，难以清楚辨认，与姓氏"贾"所谐音双关的"假"却又过于简单联结，无以呈现该动态变化的复杂性。因此，宝玉必须以"贾宝玉"而非"贾玉"为名，就是因为复名可以增加更多的曲折变化，展现以此为名者变化发展的人生轨迹。

简单地说，"宝玉"二字并非同义复词，"宝"的意涵并不等于"玉"。小说中其实不断地强调这个区分，试看以下的段落：

- （北静王）水溶笑道："名不虚传，果然如'宝'似'玉'。"（第十五回）
- 黛玉便笑道："宝玉，我问你：至贵者是'宝'，至坚者是'玉'。尔有何贵？尔有何坚？"宝玉竟不能答。（第二十二回）
- 小生宝官、正旦玉官两个女孩子，正在怡红院和袭人玩笑。（第三十回）
- 只见宝官、玉官都在院内，见宝玉来了，都笑嘻嘻的让座。（第三十六回）

若说"如'宝'似'玉'"这句话还没有明显分别二者的不同，"宝官"和"玉官"则确实是不同的两个人，自无可议。更关键的是黛玉所说的"至贵者是'宝'，至坚者是'玉'"，清楚区隔了"宝"和"玉"是完全不同的物品或概念，并且"玉"所具备的是传统思想中对"石"

的定义：

- 石可破也，而不可夺坚；丹可磨也，而不可夺赤。坚与赤，性之有也。①
- 石生而坚。②

如此一来，"玉"就等于"石"，而与"至贵者"的"宝"判然二分。这可以说是神界补天之玉石的延续，如石之坚的性质本就属于玉的一部分，更证明了宝玉的"玉"必须以"玉石"定义之，才是精确完整的认识。

只是，原本的五色石又再获得那僧的二度加工，首先是用幻术"变成一块鲜明莹洁的美玉"，"形体倒也是个宝物"，接着"再镌上数字，使人一见便知是奇物"，这些加工成果于第八回也进一步补充说明：

> 宝钗托于掌上，只见大如雀卵，灿若明霞，莹润如酥，五色花纹缠护。这就是大荒山中青埂峰下的那块顽石的幻相。……那顽石亦曾记下他这幻相并癞僧所镌的篆文，今亦按图画于后。……

---

① 语出《吕氏春秋·季冬纪·诚廉》，陈奇猷校释：《吕氏春秋校释》（台北：华正书局，1985），页633。
② 何宁撰：《淮南子集释》下册（北京：中华书局，1998），卷十七"说林训"，页1216。

```
通灵宝玉正面图式              通灵宝玉反面图式
    通灵宝玉                     一  二  三
  莫失    仙寿                   除  疗  知
  莫忘    恒昌                   邪  冤  祸
                                 祟  疾  福
```

这颗玉石确实更加精雕细琢，益增奇贵。但必须注意的是，那僧所赋予的"奇贵之处"完全都是为了迎合世俗价值观而生，是为了"使人一见便知是奇物"，而更快、更好地取得世俗的评价以及相应的优待，以开辟进入富贵场、温柔乡的快捷方式，因此，当玉石披上了世俗的外衣也如愿来到了人间，从此玉石便增加了"宝"的一面，产生了神性与俗性兼具的双重性，在红尘中展开"至坚"与"至贵"的辩证历程。这就是何以入世后的玉石必须以"宝玉"为名的原因，"宝"与"玉"本不相同，却又在世俗中合而为一，随着生命的复杂演化有时分化，有时重叠，端看当下是侧重或突显哪一面向，单一的玉字名实无法负担如此的丰富意义。[①]

整部小说所讲述的，就是玉石来到人间后所发生的复杂故事，因为复杂所以深刻，因为深刻所以动人，但一切都要从先天却后设的神话开始说起。

[①] 详参欧丽娟：《〈红楼梦〉论析："宝"与"玉"之重迭与分化》，《编译馆馆刊》第二十八卷第一期（1999年6月），页211—229。收入《红楼梦人物立体论（修订本）》（台北：五南图书出版公司，2017）。

二、神话：贵族血统与奇异出生

全书揭开序幕的第一页，就是用女娲补天的神话交代宝玉的来历，由此解释这位男主角与生俱来的性格特质以及后天得失。此一石头神话，既是对贾宝玉之性格所作的后设说明，给予一种类似先天规定的解释，因而当神话叙事发展到"畸零被弃"的局面后，接下来还有进一步的情节，同样都是构成贾宝玉之人格特质的重要成分，理应全面地考察其完整的意义，而非选择性地加以忽略。

（一）贵族血统的隐喻

第一回开宗明义道：

> 原来女娲氏炼石补天之时，于大荒山无稽崖炼成高经十二丈、方经二十四丈顽石三万六千五百零一块。娲皇氏只用了三万六千五百块，只单单剩了一块未用，便弃在此山青埂峰下。谁知此石自经煅炼之后，灵性已通，因见众石俱得补天，独自己无材不堪入选，遂自怨自叹，日夜悲号惭愧。

首先必须注意到，包括这一颗被弃置不用的石头在内，这三万六千五百零一块全数都不是自然素朴的"顽石"，而是经过炼造的通灵玉石。根据既定而不言自喻的神话内容来看，从《淮南子·览冥训》的"女娲炼五色石以补苍天"[①]与《列子·汤问篇》

[①] 何宁撰：《淮南子集释》（北京：中华书局，1998），卷六，页479。

的"昔者女娲氏练五色石以补其阙"①,说的都是"五色石",也就是文采优美的精致石头,就传统所认为的"美石为玉"而言,这其实已属半玉;再从第一回所说的"此石自经煅炼之后,灵性已通",则这些女娲炼造的石头更是通灵之物,其灵性到了足以"口吐人言"的最高境界,如《文心雕龙·原道》所说:

> 惟人参之,性灵所钟,是谓三才,为五行之秀,实天地之心。心生而言立,言立而文明,自然之道也。②

如此一来,石头兼具五色之美与通灵之性,其实已经完完全全等于"玉"。也正因为如此,这些女娲所炼造的玉石才有资格参与人类的历史文明,进行补天的重责大任,绝非自然界中普通的一般石头所能相比。此所以汉代王充甚至说:"且夫天者,……女娲以石补之,是体也。如审然,天乃玉石之类也。"③

何况,在石头幻形入世、化身为人的过程里还有一个步骤,那便是以"神瑛侍者"为中介,并且发生了灌溉绛珠仙草的浪漫故事,这也隐微地透露石、玉一体的内在消息:其中所谓的"神"字作为对立于"俗"界的超越意义自不待言,而所谓的"瑛"字就殊堪玩

---

① 杨伯峻撰:《列子集释》(北京:中华书局,1979),卷五,页150。
② (梁)刘勰著,周振甫注释:《文心雕龙注释》(台北:里仁书局,1984),页1。
③ (汉)王充著,黄晖校释:《论衡校释》(北京:中华书局,1990),卷11《谈天篇》,页471。

味了,《说文解字》对瑛字的解释是"玉光也"[1],《玉篇》则说:"瑛,美石,似玉……玉光也,水精谓之玉瑛也。"[2]可见瑛与玉根本就出于同一个范畴,彼此十分近似,而且可以连"玉瑛"二字为一词,作为水晶之别称,毋怪乎脂砚斋对"神瑛侍者"批云:"单点玉字二(也)。"历历可证还在神界的层次时,石头就已经不是素朴之野物,而是经过煅炼、美质已具的玉石了。

进一步来说,神瑛侍者与绛珠仙草缔造灌溉因缘,乃是绛珠所化之黛玉还泪的对象,自非贾宝玉无疑。最值得注意的是,其所属的太虚幻境赤瑕宫,"赤瑕"一词乃源于原始神话中的"赤霞",即女娲用来补天的五色石,如《路史》谓"炼石成霞,地势北高南下"[3],本用以对应雨过天晴后出现在天边的彩虹或日出日落时的彩云,小说家透过高明的修辞手法,将此一正面义的"霞"字巧妙地同音置换为负面义的"瑕"字,并且同时兼具两者的涵义,故脂砚斋对"瑕"字训明道:

> □"瑕"字本注:"玉小赤也,又玉有病也。"以此命名恰极。(第一回眉批)

---

[1] (东汉)许慎著,(清)段玉裁注:《说文解字注》(上海:上海古籍出版社,1981),《一篇上》,页11。
[2] (梁)顾野王:《玉篇》(台北:台湾中华书局,1982),卷一,页8。
[3] (宋)罗泌:《路史》,卷三二《发挥一·女娲补天说》,《景印文渊阁四库全书》第三八三册,页461。

其中的"小赤"之说保留了"椵"字的原意,"玉有病"则为"瑕"字之本义,这段批语综合"椵""瑕"二者而言,正透出"赤瑕"一词脱化自"赤椵"的内在转换痕迹。而"瑕"字属于玉部,"椵"字等于五色石,都显示宝玉的前世神话都以玉石为核心。

既然"炼石成椵",则"赤椵宫"可谓女娲采炼补天之石的采石场,亦即那三万六千五百零一块五色石的诞生地,宝玉的玉石便属于其中之一。只因所有的玉石都已经前往苍穹赴补天之任,独留一块不够完善而遭到淘汰的瑕疵品,于是"赤椵宫"便随之改名为同音的"赤瑕宫",不仅名实相符,又同时兼具"五色石""瑕疵品"的双重意义,因此脂批才会对"瑕"字做出"小赤也,又玉有病也"的解释,其中正清楚显示了曹雪芹转化典故以量身打造的双关巧思。

由此也应该说,这颗畸零玉石不仅是宝玉的前身而已,并且一分为三,包括神界的神瑛侍者、俗界的贾宝玉与通贯于神俗二界的玉石,这是非机械化逻辑的神话思维所允许的象征性安排,分化、整并都是因应故事情节所需,而统归诸贾宝玉一人,为的是解释宝玉作为一个人的种种现象。其中,神界的神瑛侍者完成了灌溉绛珠仙草、缔结木石前盟的任务,即复归玉石的本体;当俗界的故事展开时,女娲所炼造的这颗玉石则与另外分化成人形的宝玉相伴,随着宝玉之衔诞而一起入世,异体并存、合而为一。

对于这个多元情况该如何看待的问题,首先读者必须调整诠释心态,尊重小说家运用的是神话思维而不是物理科学,用一对一的物质逻辑来思考宝玉的相关存在样态,不仅无益于丰富小说的价值,徒然纠缠于枝微末节,没有太大意义,并且很可能买椟还珠,歧路亡羊。因此,当小说家写玉石听了僧道的富贵叙述后"便口吐人言"一句,脂砚斋即批评道:

> 竟有人问口生于何处,其无心肝,可笑可恨之极。(第一回夹批)

乍看之下,"石头口生于何处"是一个合理的质疑,但却被脂砚斋愤慨为"无心肝""可笑可恨之极"的议题,可见他深深感到这类的提问羞辱了小说家的想象力,也将创作的灵活巧思降格为无聊的实事求是。同样的,补天玉石与贾宝玉、神瑛侍者、通灵玉的离合关系,也是和"石头口生于何处"类似的问题,本来就不是科学的范畴而是神话的范畴,"补天玉石/神瑛侍者/通灵玉"都是贾宝玉,彼此属于可以代换的分身,连动为一。

就"补天玉石/神瑛侍者/贾宝玉"的等同关系而言,"补天玉石/神瑛侍者"的同一性表现在"瑛"的玉字部命名上,尤其是脂砚斋对"神瑛侍者"所批云:"单点玉字二(也)。"再加上神瑛侍者隶属于"五色石采炼场"的赤瑕(煅)宫,足见神瑛侍者就是补天玉石。

再从神瑛侍者与绛珠仙子的灌溉之恩所缔造的还泪因缘,被一再称为"木石情缘",包括第五回《红楼梦曲·终身误》的"都道是金玉良姻,俺只念木石前盟",以及第三十六回宝玉梦中所喊骂:"和尚道士的话如何信得?什么是金玉姻缘,我偏说是木石姻缘！"两处的"木"指的都是绛珠仙草，而所谓的"石"当然是灌溉它的神瑛侍者，足证神瑛侍者与玉石是二合一。再加上宝玉"我偏说是木石姻缘"表达的是对自己与黛玉成亲的坚持，则宝玉又是神瑛，也就是补天玉石。

至于"补天玉石／通灵玉石／贾宝玉"的一体性，更毋庸置疑。通灵玉来自神界的补天遗石，从缩小后的体积、五色彩纹，尤其上面所镌刻的几句话，都斑斑可证。被含衔入世后，此一玉石堪称为宝玉的元神，不仅贾母视之为宝玉的"命根子"（第三回），也确实一旦通灵玉被蒙蔽，宝玉便会受到邪祟入侵，甚至危及性命，当马道婆作法后，"只因他如今被声色货利所迷，故不灵验了"（第二十五回），以致丧失了护体的灵力，足见通灵玉便是宝玉的元神、灵智所在，两者以特殊的方式互为一体。如果宝玉不等于通灵玉，则僧道来持诵通灵玉又有何意义？既然他们的目的是救宝玉，却持诵作法于通灵玉，岂非更证明通灵玉与贾宝玉二者为一？换言之，通灵玉并不是贾宝玉故事的旁观者，而正是身历其境的当局者，"如今被声色货利所迷"的是通灵玉也是宝玉，通灵玉的恢复灵明同时也就是宝玉的起死回生，玉石可以说是宝玉的灵性或曰灵魂，甚至是生命本源。

因此严格地说，《红楼梦》的石头神话所反映的并不是原始的石头崇拜，而是华夏文明特有的玉石崇拜，并且承袭了持续不断、绵延深厚的玉石神话信仰；尤其是玉石的珍贵意义辗转象征某一尊贵地位与阶层，从地下考古文物的挖掘可知，玉器已经成为权势、财富、等级身份等的象征物，与上层社会的交往活动有关，并对后世礼制的定型化产生过重要影响①，春秋时期贵族墓葬中所发现的大量玉器，都足以证明当时贵族佩玉、重玉习俗的广泛与流行。②进而通过神权政治，玉石又转化为王权象征，自商周以来形成帝王用玉制度的神圣传统，此一演变的进程使得玉成为彰显帝王美德的符号物。③

在这样的文化背景之下，宝玉所在的世界自必非一般泛泛之家，而始终是与"礼器"的仪式作用与世俗权力相结合，如此便非贵族世家不可。果然，畸零石接下来的幻形入世，是透过"那僧便念咒书符，大展幻术，将一块大石登时变成一块鲜明莹洁的美玉，且又缩成扇坠大小的可佩可拿"，这时其具体形貌是"五彩晶莹"（第二回）、"大如雀卵，灿若明霞，莹润如酥，五色花纹缠护"（第八回），与缩小前相比，其实只是量体上的由大缩小，至于从"五色"到"五彩""五色花纹缠护"的性质与形态，却是一以贯之。再从脂批对"大如雀卵，灿若明霞，莹润如酥，五色花纹缠护"这四句分别提点——所指涉的乃是"体""色""质""文"，更足以为证。兹列出对照表如下，以醒眉目：

---

① 详参张苹：《从美石到礼玉：史前玉器的符号象征系统与礼仪文化进程研究》（成都：巴蜀书社，2011），第四章"史前玉器的礼仪化进程"，页93—94。

② 详参蔡锋：《春秋时期贵族社会生活研究》（北京：中国社会科学出版社，2004），第四章"贵族的物质生活"，页152—153。

③ 叶舒宪：《玉石神话信仰与文明起源》，《政大中文学报》第十五期（2011年6月），页44—50。

大如雀卵————体
灿若明霞————色
莹润如酥————质
五色花纹缠护——文

所谓的"色",指仪表装饰的范畴,而"文"者,即文化、文明之意,配合"体"与"质",正构成文质彬彬、里外俱美的整体。这就清楚解释了畸零玉石之所以能够"到那昌明隆盛之邦,诗礼簪缨之族,花柳繁华地,温柔富贵乡去安身乐业",其实是有着此一先决条件,可谓一以贯之。

又且以如此秀异的先天来历资质,宝玉入世的过程也不是平凡如大众,而同样带有浓厚的神话色彩。第二回冷子兴演说荣国府一段,交代了宝玉的"奇异出生",说明道:

"这政老爹的夫人王氏,头胎生的公子,名唤贾珠,十四岁进学,不到二十岁就娶了妻生了子,一病死了。第二胎生了一位小姐,生在大年初一,这就奇了;不想后来又生一位公子,说来更奇,一落胎胞,嘴里便衔下一块五彩晶莹的玉来,上面还有许多字迹,就取名叫作宝玉。你道是新奇异事不是?"雨村笑道:"果然奇异。只怕这人来历不小。"子兴冷笑道:"万人皆如此说,因而乃祖母便先爱如珍宝。"

这段描述隐含了丰富的内涵,首先应该注意到,宝玉的衔玉而诞本就合乎转世再生的意义,《周礼》《左传》都提到过古人有给死者口中含玉的礼仪,这也使得宝玉投胎时"嘴里便衔下一块五彩晶莹的玉"显得更为自然合理。① 那出生时从胎里所带来的灵物,澳大利亚土人称之为"秋苓格"(Churinga),视为神圣的物品,平日藏于洞穴中,只有举行仪式时再取出用之,② 这也说明宝玉的通灵玉会如此珍贵的类似现象。更进一步来说,宝玉之"含玉而生"正反映了神话传说中非比寻常的"奇异诞生"(Monstrous births),这种孩子出生时身上带有其他物品(Child born bearing an object)的情况,属于汤普逊(Stith Thompson, 1885—1976)《民间文学情节单元索引》一书中,"编号 T 婚姻、生育"下"T500 — T599 怀孕和生育"类的 T552 项。③ 作为古代原始观念中不平凡人物的表征,宝玉含玉诞生的特异情况更使得家长爱如珍宝,而透过奇异出生的方式由玉石转世的宝玉,也确实如玉一般内外俱美,聪慧不凡,再加上又是王夫人仅存的一个亲生儿子,因此成为集三千宠爱在一身的天之骄子。

第十八回追记宝玉幼时长姊如母的往事,提道:

---

① 参萧兵:《通灵宝玉和绛珠仙草:〈红楼梦〉小品(二则)》,《红楼梦学刊》1980 年第 2 辑,页 154 — 156。

② [日]鸟居龙藏著,张资平译述:《化石人类学》(上海:商务印书馆,1935),页 239。

③ Stith Thompson, *Motif-index of Folk-literature: A Classification of Narrative Elements in Folktales, Ballads, Myths, Fables, Mediaeval Romances, Exempla, Fabliaux, Jest-books, and Local Legends* (Bloomington: Indiana University Press, 1989-), pp. 399-400.

当日这贾妃未入宫时,自幼亦系贾母教养。后来添了宝玉,贾妃乃长姊,宝玉为弱弟,贾妃之心上念母年将迈,始得此弟,是以怜爱宝玉,与诸弟待之不同。且同随祖母,刻未暂离。那宝玉未入学堂之先,三四岁时,已得贾妃手引口传,教授了几本书、数千字在腹内了。其名分虽系姊弟,其情状有如母子。自入宫后,时时带信出来与父母说:"千万好生扶养,不严不能成器,过严恐生不虞,且致父母之忧。"眷念切爱之心,刻未能忘。

仅仅"三四岁时"便读了"几本书、数千字在腹内了",只能称之为神童,如清代乾嘉学派著名学者王鸣盛,号称少有"奇慧",也仅是"四五岁,日识数百字",便被地方县令"以神童目之";[①] 相较起来,宝玉的识字年龄还早了一年以上,比王鸣盛小一岁的年纪就以神速学习的"奇慧",储备了几本书、数千字在腹内,更是天纵英才的天才儿童,其聪敏确实在万万人之上。

不仅如此,小说中一再提到宝玉的长相也是他得宠的重要原因,所谓:"宝玉形容出众,举止不凡……怨不得人溺爱他"(第七回)、"生的花朵儿一般的模样"(第九回)、"长的得人意儿,大人偏疼他些"(第二十五回)、"就是大人溺爱的,是他一则生的得人意"(第五十六回)、"好清俊模样儿"(第六十六回),其"神彩飘逸,

---

① 见(清)钱大昕:《西沚先生墓志铭》,《潜研堂文集》(上海:上海书店,1989),卷四八,页 5 — 7。

秀色夺人"，甚至足以使严父贾政一见之下，"素日嫌恶处分宝玉之心不觉减了八九"（第二十三回），堂堂相貌自有一种富贵气派，正与玉的五色之美相呼应。具体地看，第三回写宝玉的形貌是：

> 头上戴着束发嵌宝紫金冠，齐眉勒着二龙抢珠金抹额；穿一件二色金百蝶穿花大红箭袖，束着五彩丝攒花结长穗宫绦，外罩石青起花八团倭缎排穗褂；登着青缎粉底小朝靴。面若中秋之月，色如春晓之花，鬓若刀裁，眉如墨画，面如桃瓣，眼若秋波。虽怒时而若笑，即瞋视而有情。项上金螭璎珞，又有一根五色丝绦，系着一块美玉。……一时回来，再看，已换了冠带：头上周围一转的短发，都结成小辫，红丝结束，共攒至顶中胎发，总编一根大辫，黑亮如漆，从顶至梢，一串四颗大珠，用金八宝坠角；身上穿着银红撒花半旧大袄，仍旧带着项圈、宝玉、寄名锁、护身符等物；下面半露松花撒花绫裤腿，锦边弹墨袜，厚底大红鞋。越显得面如敷粉，唇若施脂；转盼多情，语言常笑。天然一段风骚，全在眉梢；平生万种情思，悉堆眼角。

另外，第十五回北静王水溶所见的宝玉，是"戴着束发银冠，勒着双龙出海抹额，穿着白蟒箭袖，围着攒珠银带，面若春花，目如点漆"，水溶看了便笑道：

> 名不虚传，果然如"宝"似"玉"。

连阅人无数的北静王都称赞不已,以其名字中的"宝""玉"加以双关,就此而言,宝玉的相貌并非隐逸山林之流的清癯脱俗,而毋宁是一种带有富贵风格的精致优雅,透过浑身上下的精美装扮而相得益彰,既符合富贵子弟的常态,也是宝玉前身的直接体现。

于是乎,具备了无比秀出的先天资质、人世罕见的奇异出生、秀色夺人的非凡外貌,又降生在国勋门第的富贵场中,宝玉自然是受尽宠爱,小说中一再用龙、凤加以比喻,诸如:

- 水溶见他语言清楚,谈吐有致,一面又向贾政笑道:"令郎真乃龙驹凤雏,非小王在世翁前唐突,将来'雏凤清于老凤声',未可量也。"(第十五回)
- 赵姨娘听说,鼻子里笑了一声,说道:"……也不是有了宝玉,竟是得了活龙。"(第二十五回)
- 那老姑子见宝玉来了,事出意外,竟像天上掉下个活龙来的一般,忙上来问好。(第四十三回)
- 玉钏儿独坐在廊檐下垂泪,一见他来,便收泪说道:"凤凰来了,快进去罢。再一会子不来,都反了。"……宝玉忙进厅里,见了贾母王夫人等,众人真如得了凤凰一般。(第四十三回)

由此种种,充分彰显宝玉炙手可热的尊贵地位,完全满足其前生所得到的许诺,僧、道果然遂其所愿,带他进入连寂寞仙界都艳羡渴慕的人间乐园。

从第一回甄士隐是在"炎夏永昼"的午倦睡梦中,遇到一僧一道带着那块鲜明美玉欲前往警幻仙子宫中交割,是为下凡入世的最后程序,以及士隐醒来后"只见烈日炎炎,芭蕉冉冉",再加上第六十二至六十三回铺陈宝玉生辰的盛会时,所点染的都是开始进入仲夏的风物景色,可以推测宝玉出生于仲夏时节。有学者断定宝玉的确切生日是在四月二十六日[①],可备一说。

(二)安富尊荣的受享意识

小说家为宝玉的贵族血统设计了玉石前身,取得了进入富贵场的特权。但补天不成的畸零玉石之所以转投人间寻找出路,动机则是极为基本的人性欲望。参照第二十五回癞僧对通灵玉所说的:

> 天不拘兮地不羁,心头无喜亦无悲;却因锻炼通灵后,便向人间觅是非。

透过"无喜亦无悲"到"人间觅是非"的前后对比,显示从玉石到贾宝玉,关键在于获得了"喜""悲""是非"的感受反应能力,也就是人性,这才构成了促使玉石幻形入世的"凡心已炽"。既然欲望内涵之构成核心,即告子所言的"食、色,性也"(《孟子·告子》)、《礼记·礼运》所谓的"饮食男女,人之大欲存焉",因此当第一回石头静极思动,欲往人世经历一遭时,其所动心发想并苦求于一僧

---

① 周汝昌:《红楼小讲》(北京:中华书局,2007),页 17—18。

一道而明确指定的契机,即是"富贵场、温柔乡"的受享意识:

> 一僧一道远远而来……便说到红尘中荣华富贵。此石听了,不觉打动凡心,也想要到人间去享一享这荣华富贵;但自恨粗蠢,不得已,便口吐人言,向那僧道说道:"大师,弟子蠢物,不能见礼了。适闻二位谈那人世间荣耀繁华,心切慕之。……如蒙发一点慈心,携带弟子得入红尘,**在那富贵场中、温柔乡里受享几年**,自当永佩洪恩,万劫不忘也。"……这石凡心已炽,那里听得进这话去,乃复苦求再四。二仙知不可强制,乃叹道:"此亦静极思动,无中生有之数也。既如此,**我们便携你去受享受享**,只是到不得意时,切莫后悔。"……
> 　　近日这神瑛侍者凡心偶炽,乘此昌明太平朝世,意欲下凡造历幻缘,已在警幻仙子案前挂了号。

此中再三出现的"受享"一词①,正切中其旨,因此实际上也就先天地排除"诗书清贫之族"与"薄祚寒门"这两种环境,而本质地决定了"公侯富贵之家"的单一选项,以兼取"富贵场、温柔乡"的两全其美。这种受享的内容历代常见,相关的概念或类似术语可以对应整合成以下脉络相贯的表列:

　　食 → "饮食""黄金屋""富贵场"

---

① 亦有学者注意到这个现象,如周思源《红楼锁钥话"受享"》,《红楼梦学刊》1995 年第 4 辑,页 117 — 131。

色→"男女""颜如玉""温柔乡"

如此之美好人生，果然打动了世外的玉石，在极少有人可以圆满达成的情况下，因其特殊的先天条件与种种的机遇，故那僧便携之"到那昌明隆盛之邦，诗礼簪缨之族，花柳繁华地，温柔富贵乡去安身乐业"，脂批更指出这四句抽象指称分别隐伏了现实界的四个具体环境，而形成以下的对应关系：

昌明隆盛之邦——长安大都
诗礼簪缨之族——荣国府
花柳繁华地———大观园
温柔富贵乡———紫芸轩（怡红院）

因此，到了第十八回元妃省亲游园时，"说不尽这太平气象，富贵风流"的繁华景观便使石头庆幸"若不亏癞僧、跛道二人携来到此，又安能得见这般世面"，恰恰正是"人世间荣耀繁华"的体现。而当时一僧一道二位仙师劝阻石头的思凡炽心，警示道：

那红尘中有却有些乐事，但不能永远依恃；况又有"美中不足，好事多磨"八个字紧相连属，瞬息间则又乐极悲生，人非物换，究竟是到头一梦，万境归空，倒不如不去的好。

更证明所谓的"梦"乃是由"好事""乐极"所构成的美梦，因此对于其最终的幻灭才有"美中不足,好事多磨,乐极悲生"的悲哀与感慨。总而言之,"受享"意识使得这部小说对于贵族阶层非但不是反对,反倒更应该说是向往的,因此写出来的便不是革命分子与穷酸文人的思想事迹与意识形态,而是必须在公侯富贵之家才能培育出来的"情痴情种"。

脂砚斋便常常以此一人间富贵对照于前世仙界,不断地"试问石兄"道:

- 试问石兄:此一摔,比在青峰(埂)峰下萧然坦卧何如?(第三回夹批)
- 试问石兄此一托,比在青埂峰下猿啼虎啸之声何如?余代答曰,遂心如意。(第八回批语)
- 试问石兄此一渥,比青埂峰下松风明月如何。(第八回批语)

不仅脂砚斋从旁调侃共鸣,连化为宝玉的石头自己,都忍不住从叙事现场中跳出来现身说法,当元妃回府省亲时,大观园完美落成:

> 只见园中香烟缭绕,花彩缤纷,处处灯光相映,时时细乐声喧,说不尽这太平气象,富贵风流。——此时自己回想当初在大荒山中,青埂峰下,那等凄凉寂寞;若不亏癞僧、跛道二人携来到此,又安能得见这般世面。(第十八回)

很明显,满足畸零玉石之"受享"心理的,便是那说不尽的"太平气象,富贵风流",绝不是萧然坦卧于松风明月之下的逍遥物外。而在如此之富贵生活中,宝玉的受享意识果然一以贯之,第二回冷子兴演说荣国府时,所批评的:

> 如今生齿日繁,事务日盛,主仆上下,安富尊荣者尽多,运筹谋画者无一;其日用排场费用,又不能将就省俭,如今外面的架子虽未甚倒,内囊却也尽上来了。这还是小事,更有一件大事:谁知这样钟鸣鼎食之家,翰墨诗书之族,如今的儿孙,竟一代不如一代了!

其中的"安富尊荣"一词正恰恰出现于宝玉口中,直抒其心声,第七十一回宝玉对苦心持家的探春说道:"谁都像三妹妹好多心。事事我常劝你,总别听那些俗语,想那俗事,只管安富尊荣才是。"由此可见,宝玉完全属于"安富尊荣者"之一,若以其身为家族继承人的责任而言,宝玉甚至可以说是"安富尊荣者"的代表,是贾家一代不如一代的不肖子孙。此所以小说家安排他为无材补天之弃石的原因。

当然,情况并非如此简单。若宝玉真的只是欲求于"安富尊荣",则与曹雪芹、脂砚斋所再三鄙夷的暴发户又有何异?必须说,宝玉所投身的"富贵场",在"富"之外更重要的是"贵",所谓"昌明隆盛之邦,诗礼簪缨之族",而贵族之所以为贵族,除了经济政治上的特权之外,更是高度"文化集中"的精英阶层,不仅拥有优雅的生活格调、精致的艺术品位,更具备深厚的礼仪教养与知识学问，如此种种，小说中乃以"世面"总括之。诸如贾府之富贵的登峰造极，便是元妃省亲一段，当时躬逢其盛的石头忍不住现身表示庆幸者，即"若不亏癞僧、跛道二人携来到此，又安能得见这般世面"（第十八回）。连见多识广的王熙凤亦然，第十六回贾琏的乳母赵嬷嬷道：

> "阿弥陀佛！原来如此。这样说，咱们家也要预备接咱们大小姐了？"贾琏道："这何用说呢！不然，这会子忙的是什么？"凤姐笑道："若果如此，我可也见个大世面了。可恨我小几岁年纪，若早生二三十年，如今这些老人家也不薄我没见世面了。说起当年太祖皇帝仿舜巡的故事，比一部书还热闹，我偏没造化赶上。"

可见皇妃省亲乃是"大世面"，堪比皇帝南巡，足以让躬逢其盛的凤姐弥补生不逢时的缺憾。须知出身贵族世家的凤姐年仅二十出头便"纱罗也见过几百样"（第四十回），当她要调派怡红院中的林红玉到自己手下使唤时，红玉之所以十分愿意，主要的因素便在于"跟着奶奶，我们也学些眉眼高低，出入上下，大小的事也得见识见识"（第二十七回），然而这样的出类拔萃却仍被长辈们"薄我没见世面"，可见帝妃之南巡、省亲，其视野见识绝非财富所能造就。

其实，单单贾府作为国勋门第的峥嵘气象，就足以让平民百姓望之兴叹，第六回写刘姥姥为陷入经济困境的女婿一家谋划出路，便是利用关系前往贾府求助，其盘算即是：

> 倒还是舍着我这付老脸去碰一碰。果然有些好处,大家都有益;便是没银子来,我也到那公府侯门见一见世面,也不枉我一生。

很显然,除了实质的利益之外,刘姥姥更懂得见识世面的无形价值,因此对于这趟旅程,抱着只要能见一见世面便不虚此行的积极心态,甚至认为比起获得金钱资助只是一时的渡过难关、解决当下的现实问题,"到那公府侯门见一见世面"则是整个存在上的重大收获,即此就足以"不枉我一生",可见"见一见世面"堪称人生的最大意义。再参照刘姥姥第二次进荣国府,得以两宴大观园时所赞叹的:"别的罢了,我只爱你们家这行事。怪道说'礼出大家'。"(第四十回)足证"大家之礼"正是"世面"之所在。则石头竟是投入其中安身乐业,岂非一生梦幻之至,真正不虚此生!因此必须说,视野决定高度、广度,"大世面"让人拔高宏观,超越既有的生存局限而心胸为之大开,这一点才是启动贵族叙事的真正关键,否则《石头记》就会沦为暴发户的庸俗故事了。

受享意识既是畸零玉石幻形入世的动力,整个故事也是写宝玉成年之前的受享经历,其中固然有着各种喜怒哀乐、酸甜苦辣,自然也有人生不可避免的种种缺憾与失落;然而,在进入宝玉的世界之前,必须先了解的是:这是一个诗礼传家的百年贵族世家,具有与凡庶极为不同的生活模式、意识形态、思想价值观,其责任之重与传统之深,非平民阶层一般小家庭出身者所能理解,诞生、成长于如此之非常家庭的贾宝玉,其言其行都必须在此框架下才能正确把握。可以说，小说中对宝玉的种种描写，乃是直陈其事、实话实说，其纯真可爱自是动人，而顽劣纨绔之处却也是毫无遮饰地坦然呈现，并无所谓正言若反、贬中褒的曲笔。回溯到宝玉前身的神话象征，这一点便更为清楚。

三、无材补天："正邪两赋"与"情痴情种"

宝玉的前身乃是"无材不堪入选""只单单的剩了一块未用，便弃在此山青埂峰下"的补天石，脂砚斋就此批云："自谓落堕情根，故无补天之用。"说明了宝玉的"落堕情根"与"无补天之用"是互为因果——因"无补天之用"以致被弃置于闲散无为之地，而植下情根；又因"落堕情根"以致更加"无补天之用"，形成一种恶性循环。

（一）补天弃石：于国于家无望

女娲补天的神话流传甚久，最迟到了晚唐，诗人已有补天遗石的想象，诸如：

- 补天留彩石，缩地入青山。（李秘《禁中送任山人》,《全唐诗》卷四七二）
- 补天残片女娲抛，扑落禅门压地坳。（姚合《天竺寺殿前立石》,《全唐诗》卷四九九）

到了宋代更是发扬光大，文人更进一步以"补天石被弃"自喻，包括苏轼《儋耳山》的"君看道旁石，尽是补天余"、辛弃疾《归朝欢》的"补天又笑女娲忙，却将此石头闲处"，累积了源远流长的历史悲愤；曹雪芹的祖父曹寅也承袭了同一用法，特别是《巫峡石歌》所云：

> 巫峡石，黝且斓，周老囊中携一片，状如猛士剖余肝。……娲皇采炼古所遗，廉角磨砻用不得。……嗟哉石，顽而矿，砺刃不发硎，系春不举踵。硏光何堪日一番，抱山泣亦徒浑浑。

与《红楼梦》所写的石头事迹如出一辙，为小说叙事增添了家学渊源的成分。当曹雪芹叙写一个带有浓厚自传意味的男主人翁，是如何一味天真地安富尊荣，以致彻底落入"于国于家无望"的失败下场，这些由女娲补天故事所衍生的失败版便汇集成为贾宝玉的神话蓝本，给予这个失败人物的先天设定。

至于何以只有单单这一块玉石未能派上补天之用场，也许是因为偶然的巧合，当轮到他时恰好名额已满，只能含恨于不遇；更可能是因为这颗玉石是不合格的瑕疵品，于是惨遭淘汰。第一回说得很清楚：宝玉乃是总数三万六千五百零一块补天石中，"娲皇氏只用了三万六千五百块，只单单剩了一块未用"的弃石，"因见众石俱得补天，独自己无材不堪入选，遂自怨自叹，日夜悲号惭愧"，这就已经清楚说明废弃的真正原因。脂砚斋也明示道：

数足,偏遗我,"不堪入选"句中透出心眼。

评点家二知道人亦认为"女娲所弃之石,谅因其炼之未就也"①,以致当它化身为神瑛侍者所暂居的"赤瑕宫","瑕"字即表明"玉有病也"②的不健全性质。是故这块遗石"日夜悲号惭愧",痛切自责于无用武之地,而"便向人间觅是非"便是无可奈何之余的另寻出路。

甚至可以说,宝玉身上所具有的阴柔气性,也是补天石没有完成既定之完整程序所造成的。约翰·拉雅(John Layard, 1891—1974)提出一个旧传统上的说法,认为"每个附着在山脚或石床上的石块,都还是女性,要等它离开采石场,独立存在时才算是一块男性石头"③。据此而言,女娲的炼石补天还隐喻了将原始的女性转化成为独立的男性之义,当补天石一一离开了女娲的采石场,进入到广大无垠的天空独立存在,也就完成了从女性到男性的蜕变。但宝玉前身的那颗畸零石却中断了这个性别转换的过程,在中间阶段形成一种半男半女的双性同体,这也合理地说明了宝玉之所以远离男性世界,陷身温柔乡、充满女儿气的原因。

---

① (清)二知道人:《红楼梦说梦》,一粟编:《红楼梦资料汇编》(北京:中华书局,一九六四),卷三,页89。
② 脂砚斋并认为"以此命名恰极",见第一回眉批,页18。
③ 引自[美]罗勃·布莱(Robert Bly)著,谭智华译:《铁约翰:一本关于男性启蒙的书》(台北:张老师文化事业公司,1996),第四章"对国王的渴望",页163—164。

历幻完劫之后，对这段一味受享而忽略了身为贵族子弟的承担与义务，以致家族败灭的人生履历，万般惭恨自咎的玉石写下一部血泪斑斑的忏悔录，并痛定思痛地以一首诗偈作为自己的墓志铭：

> 后来，又不知过了几世几劫，因有个空空道人访道求仙，忽从这大荒山无稽崖青埂峰下经过，忽见一大块石上字迹分明，编述历历。空空道人乃从头一看，原来就是无材补天，幻形入世，蒙茫茫大士、渺渺真人携入红尘，历尽离合悲欢炎凉世态的一段故事。后面又有一首偈云：
> 　　无材可去补苍天，枉入红尘若许年。
> 　　此系身前身后事，倩谁记去作奇传？
> 　　诗后便是此石坠落之乡，投胎之处，亲自经历的一段陈迹故事。

所谓"无材可去补苍天，枉入红尘若许年"，隐隐然便是小说家的心迹投射，是对自己一生落空无成的盖棺定论。作者于开宗明义的自白便说：

> 今风尘碌碌，一事无成，实愧则有余……悔又无益之大无可如何之日也！当此，则自欲将已往所赖天恩祖德，锦衣纨绔之时，饫甘餍肥之日，背父兄教育之恩，负师友规谈之德，以至今日一技无成、半生潦倒之罪，编述一集，以告天下人。

而其中愧悔交加的忏咎之情，更透过脂批充分传达出来。如脂砚斋认为第一回"无材补天，幻形入世"这八字"便是作者一生惭恨"，"无材可去补苍天"一句乃是"书之本旨"，而"枉入红尘若许年"一句则是"惭愧之言，呜咽如闻"，可见当其百年家族已面临末世之际，在此存亡绝续的危殆处境中，宝玉这个由玉石所化的家族继承人，却是"落堕情根，故无补天之用"，则其在富贵场中耽于温柔乡的处境，乃是"无补天之用"之后的堕落以自我补偿，也呼应了末世的自忏心理。

此所以第五回宝玉神游太虚幻境的契机，就是出于宁荣二公的嘱托，于"遗之子孙虽多，竟无可以继业"句，有脂批云："这是作者真正一把眼泪。"又于第三回王夫人声言"我有一个孽根祸胎"句，批云：

> 四字是血泪盈面，不得已、无奈何而下。四字是作者痛哭。

因此，第十二回的眉批清楚指出：

> 处处点父母痴心，子孙不肖——此书系自愧而成。

再于第四十二回"蘅芜君兰言解疑癖"中，针对宝钗所谓"男人们读书明理，辅国治民，这便好了"，脂批亦曰：

> 作者一片苦心，代佛说法，代圣讲道，看书者不可轻忽。

换句话说，《红楼梦》除了怀念贵族生活之外，亦对身为家族继承人却无力回天的失职，而深感愧悔自责；创作既是曹雪芹的追忆似水年华，也是对父祖先人的告解与赎罪，由此两种情怀交织出眷恋与自忏的叙写主调。评点家张新之说：

> 《红楼梦》是暗《金瓶梅》，故曰意淫。《金瓶梅》有《苦孝说》，因明以孝字结。此则暗以孝字结。至其隐痛，较作《金瓶》者为尤深。①

其中埋藏甚深的隐痛，便是身为女娲补天剩余的一块所隐喻的"于国无望"之痛。对于以经世济民为人生终极意义的传统文人而言，"于国无用"已经等于是对个人之存在价值的根本否定；而生长在百年贵族世家中，又不能承担家业存续的使命，沦为愧对祖宗的不肖子，这是"于家无望"的进一步否定，于是到了泣血进泪的无立足之地。

就此而言，宝玉处处所表现的反对科第，正是陷个人与家族于败灭的不义之举，因为在清代降等承袭的爵位制度下，除了极为少数"世袭罔替"的王公勋爵之外，一般的世袭爵位都是降一等承袭，

---

① （清）张新之：《红楼梦读法》，一粟编：《红楼梦资料汇编》，卷三，页154。

由"亲王→郡王→世子→贝勒→贝子→国公"一路递降。① 在这个规例之下,"国公"等级的贾家也不例外,几代之后也必然会面对富贵归零的局面,要使家族起死回生、东山再起的唯一机会,便是科举考试。这样的状况在小说中提供了两个案例,第一回描述贾雨村的身世状况时,提道:

> 也是**诗书仕宦之族**,因他生于末世,父母祖宗根基已尽,人口衰丧,只剩得他一身一口,在家乡无益,**因进京求取功名,再整基业**。

可见诗书仕宦之族到了末世,便只有进京求取功名才能再整基业,与贾府同谱的贾雨村正预告了宝玉的未来之路。紧接着第二回说得更明确:

> 这林如海姓林名海,表字如海,乃是前科的探花,今已升至兰台寺大夫,本贯姑苏人氏,今钦点出为巡盐御史,到任方一月有余。原来这林如海之祖,曾袭过列侯,今到如海,业经

---

① 史载:"顺治六年,复定为亲、郡王至奉恩将军凡十二等,有功封,有恩封,有考封。惟睿、礼、郑、豫、肃、庄、克勤、顺承八王,以佐命殊勋,世袭罔替。其他亲、郡王,则世降一等,有至镇国公、辅国公而仍延世赏者。若以旁支分封,则降至奉恩将军,迨世次已尽,不复承袭。"(清)赵尔巽等:《清史稿》(台北:鼎文书局,1981),卷一六一《皇子世表一》,页4701。另参金寄水、周沙尘:《王府生活实录》(北京:中国青年出版社,1988),第一章,页14。

五世。起初时，只封袭三世，因当今隆恩盛德，远迈前代，额外加恩，至如海之父，又袭了一代；至如海，便从科第出身。虽系钟鼎之家，却亦是书香之族。

林黛玉的祖宗也是世袭的列侯，但即使皇帝额外加恩，也只能袭到第四代，第五代的林如海便改由科第出身，属于成功转型、延续家业的例子，只因接下来再无男丁延嗣，这才走上败灭的下场，可见继承人对传统大家庭的重要性。贾府所面对的问题与之同中有异，相同的是子孙都必须通过读书科考，为家族灌注新的命脉；不同的是贾家的子孙虽多，却都一心安富尊荣，眼睁睁看着家族的集体坠落，比起无子承祧的林家更令人痛心疾首，毋怪乎宁荣二公死不瞑目，禁不住在宗祠中同声叹息。

宁荣二公之灵感慨于"遗之子孙虽多，竟无可以继业"，只能寄托唯一"略可望成"的贾宝玉，就其身为继承人的仅存希望都辜负了此一使命，纵情遂性地沉溺于安富尊荣、温柔绮乡之中，使其"聪明灵慧"也无用武之地，导致家族的一败涂地，作者乃处处从原本的隐身幕后介入文本中，对贾宝玉不断施加爱深责切的贬词，并时时流露愧悔交加的忏咎之情。例如第三回引述《西江月》二词曰：

> 无故寻愁觅恨，有时似傻如狂。纵然生得好皮囊，腹内原来草莽。潦倒不通世务，愚顽怕读文章。行为偏僻性乖张，那管世人诽谤！

> 富贵不知乐业，贫穷难耐凄凉。可怜辜负好韶光，于国于

家无望。天下无能第一，古今不肖无双。寄言纨绔与膏粱：莫效此儿形状！

并以说书人的口吻认证为"批宝玉极恰"，可知这些在小说中不断出现的贬词，实际上并不是现代一般读者所以为的"贬中褒"，而是恰如字面的如实表述，也就是作者确确实实是责骂宝玉的，虽然责骂中带有了解与怜惜，但根本上是对宝玉无法完成家族承续使命的悲痛和哀叹。攸关家族存亡的势所必然，责任之巨大难逃，也相对使宝玉之叛逆不驯流于任性自私，以致失职之罪咎的深重难遭，便往往窜入小说的作者声音中，成为执著不散的对宝玉的归咎批判。"补天石被弃"的神话就是开宗明义的后设性隐喻。

（二）"原非大观"的畸零人格

这样一颗被弃的补天石，既禀赋了正、邪二气，便意味着其质性驳杂不纯，自身并不完善，以致惨遭淘汰。果然，脂砚斋对宝玉之"玉"字的相关阐释，便一再指出这一点：

- □"瑕"字本注："玉小赤也，又**玉有病也**。"以此命名恰极。（第一回眉批）
- 余今窥其用意之旨，则是作者借此正为**贬玉原非大观者**也。（第十九回批语）

"玉有病"清楚说明了掺杂邪气的状态，则一个由"无材不堪入选"

的病态玉石转世而成的"于国于家无望"之辈,必然无法体现宏大的理想于宏大的世界,也因此"玉原非大观者"。

所谓的"大观",并非现代人所以为的"蔚然大观""洋洋乎大观",也不是用指景色的繁盛、品物的丰富,这是到了明清时期被世俗化之后的通俗用法,本不足以阐释"写侯府得理,亦且将皇宫赫赫,写得令人不敢坐阅"(第五十八回脂批)之《红楼梦》的用法。即使范仲淹《岳阳楼记》中写"巴陵胜状"所在的洞庭湖景致,是"衔远山,吞长江,浩浩汤汤,横无际涯,朝晖夕阴,气象万千,**此则岳阳楼之大观也**",但此处"大观"真正的意义仍然还是在于政教王道:由起首的"政通人和,百废具兴"乃产生重修岳阳楼的契机,始有登楼宏观远眺的可能;再加上篇末归诸"居庙堂之高,则忧其民;处江湖之远,则忧其君"的"古仁人之心",以"先天下之忧而忧,后天下之乐而乐"的兼济胸怀为结穴,更可见其所谓"大观"终究不脱"政治美善"的王道范畴,而普施践履于"巴陵"此一偏远的谪守之地。据此可见,"此则岳阳楼之大观也"仍是取资于《周易·象传·观卦》的原初含义:

> 彖曰:**大观在上**,顺而巽,**中正以观天下**。观,盥而不荐,有孚颙若,下观而化也。观天之神道,而四时不忒。**圣人以神道设教,而天下服矣**。[①]

"大观"意味着权力与道德的完美结合,并体现为神道井然、天下

[①] (魏)王弼、韩康伯注,(唐)孔颖达等正义:《周易正义》,《十三经注疏》(台北:艺文印书馆,1982),卷三,页59—60。

景从的王道，为此后历代包括《红楼梦》在内的大观书写奠定了根本基础。果然，第十八回元妃所亲撰的书于正殿之对联：

> 天地启宏慈，赤子苍头同感戴；
> 古今垂旷典，九州万国被恩荣。

这正是"天下服矣"之意，巧妙地证实了元妃命名为"大观楼""大观园"的真正取义所在，而《红楼梦》的大观书写也必须以此作为判断的标准。

固然在小说文本中，只有第十七回宝玉针对稻香村猛烈地抨击为"峭然孤出，似非大观"，但仔细考察，宝玉的批评主要在于这所田庄失去了环境的协调性，这仅是就单一建物本身的局部现象而言；若从整个园区的全局来看，则毋宁说，稻香村之存在于大观园，正是"天上人间诸景备"之全景组成中的必要一环，尤其是寡妇李纨之得以进住元妃所爱的重要处所，重拾失落的青春也抚慰了丧夫之痛，而一定程度地顺应自然之理，正是"王道"的体现，都更助成了"大观"精神的全面展示。① 如此一来，这个现象便意味着宝玉对稻香村"似非大观"的观感，乃是出于偏泥一端的有限成见，既符应了贾政在题撰过程中对他所批评的"管窥蠡测"，后来并促成宝玉"怪道老爷说我是'管窥蠡测'"（第三十六回）的自我省悟，同时也反过来证示了"非大观"的性格缺失。而他对稻香

---

① 详参欧丽娟：《何以为"大观"：大观园的寓意另论》，香港大学《东方文化》（*Journal of Oriental Studies*）第四十七卷第二期（2014年12月），页1—35。

村的批评恐怕才是真正的"贬中褒"——也就是小说家对稻香村的褒扬。

因此值得注意的是,在脂砚斋的批语里,唯一遭到"非大观"之反面评价的,恰恰正是宝玉本人,而且是百分之百的、本质性的"原非大观"。宝玉之"玉"乃是"玉原非大观者"乃至"玉有病",清楚揭示出此种出于自我中心所致的个人主义性格内涵之受限,作为一种人格特质而非人格价值,实无与于大观而企及宇宙世界的丰富完满。犹如浦安迪(Andrew H. Plaks, 1945—)在讨论中国传统文学如何表现"自我"意识时,即认为:"自我的悖论(paradox of selfhood)——一味执著于个人的完满(self-containment)可能会被某种错误反向的逻辑思维引向狭隘的个人主义。"[1] 换言之,单纯追求自我完满只是见树不见林的以偏概全,反倒造成了"管窥蠡测"式的性格偏失,故谓"玉有病""玉原非大观者";而"丰富"其实来自于"自我不足感"所产生的"超越自我",达到自身与外在世界的圆满交会,由此才能臻及"宇宙的周全性"。情、礼合一的"大观"便是其最高境界。

从而,在宝玉一味执著自我,以致不免陷入"狭隘的个人主义"之下,第三回《西江月》所说的"腹内原来草莽",并非虚心自抑的谦词,更不是寓褒于贬的反语,而是客观如实的描述。意欲

---

[1] Andrew H. Plaks, "Self-enclosure and Self-absorption in the Classic Chinese Novel(中国古典小说中的自闭与自省)", in Halvor Eifring, ed., *Minds and Mentalities in Traditional Chinese Literature*(《中国传统文学中的心思与心态》,北京:文化艺术出版社,1999),页30。

臻及大观境界，需要何等的坚忍弘毅、宏大以求？但宝玉的学习一直都是怠惰偏废、毫无章法的，总的来说，犹如兴儿所概述：

> 他长了这么大，独他没有上过正经学堂。我们家从祖宗直到二爷，谁不是寒窗十载，偏他不喜欢读书。老太太的宝贝，老爷先还管，如今也不敢管了。成天家疯疯癫癫的，说的话人也不懂，干的事人也不知。……所有的好处，虽没上过学，倒难为他认得几个字。每日也不习文，也不学武，又怕见人，只爱在丫头群里闹。（第六十六回）

作者于第七十八回也认可道：

> **宝玉本是个不读书之人**，再心中有了这篇歪意，怎得有好诗好文作出来。他自己却任意纂著，并不为人知慕，所以大肆妄诞，竟杜撰成一篇长文。

这种"不读书"的情况，于第七十回有一段生动的体现，当时在外从公的贾政获准回家，宝玉闻知后便开始天天用功以便应卯，可巧近海一带海啸，贾政又奉旨顺路查看赈济，于是行程耽搁，"如此算去，至冬底方回。宝玉听了，便把书字又搁过一边，仍是照旧游荡"。既是游荡成性，又如何能进行正规的学习？

在随心所欲、任意率性的放纵下，宝玉整体的学习状况乃如宝钗所说的"每日家杂学旁收"（第八回），因此颇有性灵流露、心香舒绽的动人之处，连贾政也不时心中暗许，或于元妃省亲前的游园题撰上，容让宝玉尽情发挥：

> 前日贾政闻塾师背后赞宝玉偏才尽有，贾政未信，适巧遇园已落成，令其题撰，聊一试其情思之清浊。其所拟之匾联虽非妙句，在幼童为之，亦或可取。（第十八回）

可见对宝玉的偏才实有赏爱之心，因此甚至还刻意创造机会，让宝玉充分展现出与众不同的空灵娟逸之趣味，就奇女子"姽婳将军"林四娘的壮烈事迹而拟写《姽婳词》加以歌咏时，乃将宝玉、贾环、贾兰这两代子孙唤来并作，其用心就在于：

> （贾环、贾兰）他两个虽能诗，较腹中之虚实虽也去宝玉不远，但第一件他两个终是别路，若论学业一道，似高过宝玉，若论杂学，则远不能及；第二件他二人才思滞钝，不及宝玉空灵娟逸，每作诗亦如八股之法，未免拘板庸涩。那宝玉虽不算是个读书人，然亏他天性聪敏，且素喜好些杂书，他自为古人中也有杜撰的，也有误失之处，拘较不得许多；若只管怕前怕后起来，纵堆砌成一篇，也觉得甚无趣味。因心里怀着这个念头，每见一题，不拘难易，他便毫无费力之处，就如世上的流嘴滑舌之人，无风作有，信着伶口俐舌，长篇大论，胡扳乱扯，敷演出一篇话来。虽无稽考，却都说得四座春风。虽有正言厉语之人，亦不得压倒这一种风流去。（第七十八回）

果然宝玉并未辜负此一苦心厚望,即席创作的结果确实是四座生春、流光溢彩,将林四娘可歌可泣的壮举写得凄婉动人,博得了众声赞美的满堂彩,也让父亲欣慰首肯。

但必须说,这类的巧思再好也不过是清新可喜,固然情意感人,却难以成为精深奥妙的杰作;而且还必须碰巧得之,偶然乍现却无法累积精进,只能是随机触发的性灵小品。明代王鏊曾指出:

> 世谓诗有别才,是固然矣。然亦须博学,亦须精思。唐人用一生心于五字,故能巧夺天工。今人学力未至,举笔便欲题诗,如何得到古人佳处?①

此说诚为金玉良言,盖千锤百炼之精、参天入云之高、曲折回转之深、波澜奔腾之壮、含英咀华之美,又岂是几片绿意、数点嫣红所能企及?何况,即使是属于杂学的诗画方面,宝玉也再三被批评为"不中用",诸如:

- 宝钗对宝玉冷笑道:"我说你不中用!"(第四十二回,关于画纸的运用)
- 湘云对宝玉笑道:"你快下去,你不中用,倒耽搁了我。"(第五十回,芦雪庵联句活动)
- 凤姐儿对平儿笑道:"虽有个宝玉,他又不是这里头的货,

---

① (明)王鏊:《震泽长语》,《丛书集成简编》第八十五册(台北:台湾商务印书馆,1965),卷下"文章",页30。

纵收伏了他也不中用。"（第五十五回，有关治家理事之务）

既然宝玉连画纸的特点都失准不清，对于惜春所为难的大观园图也就毫无帮助，从旁插手反而是帮倒忙，因此宝钗衡情酌理，为惜春的告假提出了平准的办法：

> 如今一年的假也太多，一月的假也太少，竟给他半年的假，再派了宝兄弟帮着他。**并不是为宝兄弟知道教着他画，那就更误了事**；为的是有不知道的，或难安插的，宝兄弟好拿出去问问那会画的相公，就容易了。（第四十二回）

换句话说，宝玉只是占了性别的优势，可以在闺阁少女与外界专家之间担任沟通的角色，一旦要他亲自教导惜春作画，"那就更误了事"，其无能可知；就其毫无兴趣，甚至嗤之以鼻的治家理事，当然也只落得"不中用"的评价。如此一来，更清楚显示了单靠与生俱来的才情、随心所欲的灵感，是不能有所大成的，或许能增添生活雅趣，却无益于真正的学问知识，从侧面展现出宝玉"于国于家无望"的另一原因。

既然宝玉是前身"玉有病"、此世"原非大观"的畸零人格，便与女娲补天的大观事业无所关联，以致"于国于家无望"，只流于一种"逸气无所附丽"的名士人格。牟宗三阐释道：

> 此种"惟显逸气而无所成"之名士人格，言之极难，而令

人感慨万端。此是天地之逸气，亦是天地之弃才。(溢出而无所附丽，谓之逸气，即逸出之气。无所成而无用，谓之弃才。即遗弃之才。)曹雪芹著红楼梦，着意要铸造此种人格型态。其赞贾宝玉曰："迂拙不通庶务，冥顽怕读文章，富贵不知乐业，贫贱难耐凄凉。"此种四不着边，任何处挂搭不上之生命即为典型之名士人格。曹雪芹可谓能通生命情性之玄微矣。……

此境界是逸气与弃才之境界，故令人有无可奈何之感慨，有无限之凄凉。所谓感慨万端者是也。总之，它有极可欣赏处，亦有极可诅咒处。何以故？因为此种境界是艺术的境界，亦是虚无的境界。名士人格是艺术性的，亦是虚无主义的。此是其基本情调。……他有此清新之气，亦有此聪明之智，此是假不来的。从其无所成，而败坏风俗方面说，则又极可诅咒。因为他本是逸气弃才，而无挂搭处，即有之，他亦不能接受之。此其所以为可悲。他不能己立而立人，安己以安人，因为只是逸气之一点声光之寡头挥洒，四无挂搭，本是不能安住任何事的。此其所以为虚无主义。由此观之，完全是消极的、病态的。①

消极的、病态的逸气，飘荡于无所定止的散漫虚空之间，与人群社会、世界寰宇无所衔接，正是宝玉之所以为畸零者的绝佳说明。

---

① 牟宗三：《才性与玄理》（台北：学生书局，1974），第三章"魏晋名士及其玄学名理"，页70—71。

（三）"正邪两赋"的特殊禀气

牟宗三所说"惟显逸气而无所成"的"逸气弃才"，以曹雪芹的术语而言，便是"正邪两赋"；也如同曹雪芹认为这类人物是天生的正邪两赋一般，牟宗三对"逸气弃才"的名士人格还指出：

> 此种人格是生命上之天定的。普通论魏晋人物，多注意其外缘，认为时代政治环境使之不得不然。好像假定外缘环境不如此，他们亦可以不如此。此似可说，而亦不可说。外缘对于此种生命并无决定的作用，而只有引发的作用。……魏晋名士人格，外在地说，当然是由时代而逼出，内在地说，亦是生命之独特。①

使得名士人格无所挂搭、无所成就的"惟显逸气而无所成"，其天定的"逸气"乃源于中国传统文化中源远流长的气本思想，也就是以"气"作为各种存在物的原质，并用以说明其存在特性的天赋因素，这也诚然是曹雪芹为宝玉之性格所采取的解释。第二回冷子兴提到宝玉的诸多怪癖，除抓周时只取脂粉钗环之外，还说道：

> "说来又奇，如今长了七八岁，虽然淘气异常，但其聪明乖觉处，百个不及他一个。说起孩子话来也奇怪，他说：'女儿是水作的骨肉，男人是泥作的骨肉。我见了女儿，我便清

---

① 牟宗三：《才性与玄理》，第三章"魏晋名士及其玄学名理"，页 70。

爽；见了男子，便觉浊臭逼人。'你道好笑不好笑？将来色鬼无疑了！"雨村罕然厉色忙止道："非也！可惜你们不知道这人来历。大约政老前辈也错以淫魔色鬼看待了。若非多读书识事，加以致知格物之功、悟道参玄之力，不能知也。"

原来宝玉这类特异人物与淫魔色鬼之间的区别，是差之毫厘、谬以千里，一般人很容易单从雷同的表象混同为一，"若非多读书识事，加以致知格物之功、悟道参玄之力"，便不能知"这人来历"，容易误会为淫魔色鬼。

然而，贾雨村是否属于"多读书识事，加以致知格物之功、悟道参玄之力"者流，足以指认这类特异人物的禀赋来历？对这个问题，一般读者很容易因为贾雨村的种种劣迹而加以否定，但这其实又是直觉性的囫囵反应。除了"不以人废言"的基本道理之外，毋宁说，小说家将这段如此重要的理论阐述交给贾雨村来发挥，便意味着贾雨村的人格内涵就包括这个层次，由此也呈现出立体化的复杂性，如此才得以与甄士隐一起构成全书第一组的真假对照，承担真假辩证的深奥之理；何况，文本中确实也出现了贾雨村的"悟道参玄之力"，第二回描写他在遇到冷子兴的前一刻，便发生一段奇特的偶遇：

> 这日，偶至郭外，意欲赏鉴那村野风光。忽信步至一山环水旋、茂林深竹之处，隐隐的有座庙宇，门巷倾颓，墙垣朽败。门前有额，题着"智通寺"三字，门旁又有一副旧破的对

联,曰:

　　身后有余忘缩手,眼前无路想回头

　　雨村看了,因想到:"这两句话,文虽浅近,其意则深。我也曾游过些名山大刹,倒不曾见过这话头,其中想必有个翻过筋斗来的亦未可知,何不进去试试。"想着走入,只有一个龙钟老僧在那里煮粥。雨村见了,便不在意。及至问他两句话,那老僧既聋且昏,齿落舌钝,所答非所问。雨村不耐烦,便仍出来。

由此清楚显示贾雨村确实是具有"悟道参玄之力",才能见人所未见,察识到破旧对联的浅近文字中蕴藏了深意,并敏锐地推论庙中自有非常之得道者;只因当下仍泥足深陷、红尘遮蔽,其心智灵明未尽彰显,因此对眼前老僧所化身的浑沌道体视而不见,失之交臂,要等到更多的起伏沧桑之后才能豁然解悟,但其心性中的"悟道参玄之力"明白具足,已毋庸置疑。

是故高鹗续书即在第一百二十回收结全书时,给予一个巧妙的回应:

　　这一日空空道人又从青埂峰前经过,见那补天未用之石仍在那里,上面字迹依然如旧,又从头的细细看了一遍,见后面偈文后又历叙了多少收缘结果的话头……便又抄了,仍袖至那繁华昌盛的地方,遍寻了一番,不是建功立业之人,即系饶口谋衣之辈,那有闲情更去和石头饶舌。直寻到急流津觉迷渡口,草庵中睡着一个人,因想他必是闲人,便要将这抄录的

《石头记》给他看看。那知那人再叫不醒。空空道人复又使劲拉他,才慢慢的开眼坐起,便接来草草一看,仍旧掷下道:"这事我已亲见尽知。你这抄录的尚无舛错,我只指与你一个人,托他传去,便可归结这一新鲜公案了。"空空道人忙问何人,那人道:"你须待某年某月某日某时到一个悼红轩中,有个曹雪芹先生,只说贾雨村言托他如此如此。"说毕,仍旧睡下了。

从中可见,此时的贾雨村与先前之钻营权诈、热中名位迥然不同,已经并非"建功立业之人""饶口谋衣之辈",而是"有闲情更去和石头饶舌"的观照者,梦中醒觉、指点迷途,"急流津觉迷渡口"正意味着此时的贾雨村淡然旁观,以局外人的超然,一任眼前之世俗急流汹汹而去,而自在于渡口安然沉睡,成为玉石故事的最后一位觉迷者。虽无出家之举,却有悟道之心,恰恰与第一回就出家的甄士隐前后呼应、首尾衔接,形成完整的循环模式。

如此之人,这时虽尚未进入觉迷之境,却也具备了悟道的潜质,故于曹雪芹需要阐述贾宝玉这类特异人格的来历时,便担当了解说的任务。冷子兴见他罕然厉色,说得这样重大,忙请教其端,贾雨村便详细阐述其理,说道:

> 天地生人,除大仁大恶两种,余者皆无大异。**若大仁者,则应运而生**,大恶者,则应劫而生。运生世治,劫生世危。**尧、舜、禹、汤、文、武、周、召、孔、孟、董、韩、周、程、张、朱,皆应运而生者**。蚩尤、共工、桀、纣、始皇、王

莽、曹操、桓温、安禄山、秦桧等,皆应劫而生者。**大仁者,修治天下**;大恶者,扰乱天下。**清明灵秀,天地之正气,仁者之所秉也**;残忍乖僻,天地之邪气,恶者之所秉也。今当运隆祚永之朝,太平无为之世,清明灵秀之气所秉者,上至朝廷,下及草野,比比皆是。所余之秀气,漫无所归,遂为甘露、为和风,洽然溉及四海。彼残忍乖僻之邪气,不能荡溢于光天化日之中,遂凝结充塞于深沟大壑之内,偶因风荡,或被云摧,略有摇动感发之意,一丝半缕误而泄出者,偶值灵秀之气适过,正不容邪,邪复妒正,两不相下,亦如风水雷电,地中既遇,既不能消,又不能让,必至搏击掀发后始尽。故其气亦必赋人,发泄一尽始散。使男女偶秉此气而生者,在上则不能成仁人君子,下亦不能为大凶大恶。置之于万万人中,其聪俊灵秀之气,则在万万人之上;其乖僻邪谬不近人情之态,又在万万人之下。**若生于公侯富贵之家,则为情痴情种;若生于诗书清贫之族,则为逸士高人;纵再偶生于薄祚寒门,断不能为走卒健仆,甘遭庸人驱制驾驭,必为奇优名倡。**

这段话是理解宝玉乃至其他特异人物的关键,所以不惮其详地引述如上。若简要地说,此段文字意指由"气"这种质料所形成的人类,可以分为三种纯粹的类型:

1. 纯正气所形塑的大仁者:尧、舜、禹、汤、文、武、周、召、孔、孟、董、韩、周、程、张、朱。

2. 纯邪气所造就的大恶者:蚩尤、共工、桀、纣、始皇、王莽、曹操、桓温、安禄山、秦桧。

3. 正、邪两气所共构的特异者：这又可以分为三类，且各有对应人物，见下文。

至于为数亿万的一般大众都只是面目模糊、平庸无奇的泛泛之辈，并不包括在内。掇要列为表格如下，可以更清楚地掌握正邪两赋的意涵：

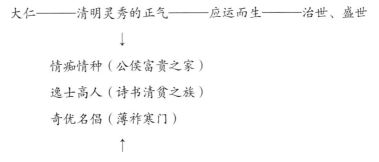

如果不抱持现代人的成见的话，就可以清楚看到小说家对于人性价值所设的判准，仍然是以儒家思想为依归，视道德文化上"修治天下"的"大仁"为最高、最完善的境界，既包括尧、舜、禹、汤、文、武、周、孔等一般最熟知的圣人，还有周敦颐、程颢、程颐、张载、朱熹等宋代著名的理学家，属于儒家思想进一步发展的重要里程碑，他们都是"正气""清明灵秀之气"的体现者。连带地，受其感召的草木也都因此特具灵性，而永恒不朽，第七十七回宝玉便说道：

> 若用大题目比,就有**孔子庙前之桧、坟前之蓍,诸葛祠前之柏,岳武穆坟前之松**。这都是堂堂正大随人之正气,千古不磨之物。

则禀赋大仁正气的历史人物行列,除原有的孔子等人外,还应该再加上诸葛亮、岳飞,同理以推之,写出《正气歌》的文天祥也似乎不远矣。

由此可知,《红楼梦》对人格的价值框架,绝不可能是反儒家、反封建传统的,恰恰相反,儒家的人性价值观才是整部小说的根基。这一点也有学者注意到,指出:一、作者将理学家周、程、朱、张归入"大仁"之列,可见他并不像俗常所认为的那样反理学;相反,他完全接受理学家的人性论,以先天所秉之气来解释复杂的人性;二、作者立意甚高,塑造贾宝玉这一形象是为了探讨他所代表的"一类人"的生命状态,而不是为了反应某时某地某朝某代的积极或消极的思想意识,"无朝代年纪可考","易地则同",都是为了强调这一点;三、鉴于前两点,我们强调:《红楼梦》审视的是具有特殊性格的人在某种特殊环境之下的生命状态,其价值和意义在于对人性人情的探索,而不是简单地反科举反封建婚姻制度反封建文化体系。①

固然这段话中必须纠正的是,小说家以先天所秉之气来解释

---

① 段江丽:《礼法与人情:明清家庭小说的家庭主题研究》(北京:中华书局,2006),第四章"《红楼梦》:封建大家庭的没落",页117。

复杂的人性，其实并不限于理学家的人性论，而是有着更深远的源头、更广博的文化内涵①，但所谓"《红楼梦》审视的是具有特殊性格的人在某种特殊环境之下的生命状态，其价值和意义在于对人性人情的探索"，这个认识无疑是十分正确的。

并且，除了不应该将"人格特质"混淆为"人性价值"，错把"特殊的性格特质"当做"崇高的人格价值"，误以为曹雪芹所描绘的"夹缝中的特异人物"是所谓"超时代的新人"；更应该注意的是，在贾雨村的这一大段解说中，清楚显示了"正邪两赋"作为个体发生的始源，仅只是"情痴情种"的必要条件（necessary conditions or essential conditions）而非充分条件（sufficient condition），单单正邪两赋的天性并不足以塑造出"情痴情种"，也不足以完全涵括"情痴情种"这类人物的人格表现形态。换句话说，这些特异分子的先天禀赋虽然都是源于正邪二气，而形成一种非正非邪、亦正亦邪，无法在一般才性类型范畴中归类；但在进入现世社会后，仍必须依照"公侯富贵之家""诗书清贫之族""薄祚寒门"等不同的后天环境，而落实分殊为"情痴情种""逸士高人""奇优名倡"这三种表现型，各自具备不同的阶层性（hierarchies），所谓的"情痴情种"还端赖后天的"公侯富贵之家"始能养成。

由此可见，"情痴情种"虽然不是《红楼梦》的独创用语，如"情痴"一词已经见于《世说新语》，"情种"一词则是晚明孟称舜等人所著

---

① 欧丽娟：《〈红楼梦〉"正邪两赋"说的历史渊源与思想内涵：以气论为中心的先天禀赋观》，《新亚学报》第三十四卷（2017年8月），页1—56。

曲论、曲文中的关键词，但在《红楼梦》中被合并为一个专有名词后，却有了其自己的独特定义，完全不等于一般意义的"痴情"。一般常见将崔莺莺、杜丽娘、杜十娘之类爱情剧目中的多情女子等同于《红楼梦》中的"情痴情种"，这其实是张冠李戴的做法。从后续贾雨村对正邪两赋的三类特异者所举证的历史人物，包括：

> 如前代之许由、陶潜、阮籍、嵇康、刘伶、王谢二族、顾虎头、陈后主、唐明皇、宋徽宗、刘庭芝、温飞卿、米南宫、石曼卿、柳耆卿、秦少游；近日之倪云林、唐伯虎、祝枝山；再如李龟年、黄幡绰、敬新磨、卓文君、红拂、薛涛、崔莺、朝云之流，此皆易地则同之人也。

则可以依据三种不同的出身等级，将其个别对应的人物分列如下：

　　1. 情痴情种（公侯富贵之家）：王谢二族、顾虎头、陈后主、唐明皇、宋徽宗。

　　2. 逸士高人（诗书清贫之族）：许由、陶潜、阮籍、嵇康、刘伶、刘庭芝、温飞卿、米南宫、石曼卿、柳耆卿、秦少游、倪云林、唐伯虎、祝枝山。

　　3. 奇优名倡（薄祚寒门）：李龟年、黄幡绰、敬新磨、卓文君、红拂、薛涛、崔莺、朝云。

接着，在贾雨村说明了理论，又列举上述的三类历史人物作为实例之后，冷子兴便进一步问道：

"依你说，'成则王侯败则贼'了？"雨村道："正是这意。"

引述"成则王侯败则贼"这句谚语，正意味着后天的际遇才是更重要的关键，犹如一个人是王侯还是贼寇，端赖于是成还是败，并不是由天赋来判断；同样的，是情痴情种还是逸士高人、奇优名倡，都得看他降生于哪一种家庭才能决定。因此，所谓"成则王侯败则贼"并不是感慨"以成败论英雄"的一般用法，而所谓的"此皆易地则同之人也"，也完全不是"这些正邪两赋之辈换了地方都一样是正邪两赋"的意思，否则不但这一句形同赘词，依据家庭等级所作的三种分类也等于没有意义，小说家何必多此一举？正确地说，"此皆易地则同之人也"是指"这些正邪两赋之辈换了不同的家庭环境，就会和那一类家庭出身的人一样"。

必须说，正邪两赋之辈若无"公侯富贵之家"的出身背景，就不可能变成"情痴情种"。因为"诗书清贫之族"只能提供文化教育的条件，缺乏富贵的物质、地位等条件，所产生的就是"逸士高人"；而"薄祚寒门"则连文化教育的条件都欠缺，于是只能培养出"奇优名倡"；唯独"公侯富贵之家"同时兼具了文化教育、丰裕物质、高等地位等社会条件，由此所形成的"情痴情种"，就和这些后天条件密不可分。

可以说，此一表述展现出曹雪芹的卓越智识，他清楚而深刻地认识到人格的形成是与成长环境分不开的，一个人的社会阶级与教育程度都是塑造人格的关键性力量。社会学家早已指出，地位（status）作为等级体系（system of estate）的概念，"社会（尤其是封建社会）借着法律、社会和文化的特权产生分化，这些特权亦形成各种隔离的、独特的，类似印度世袭阶级那样的群体。当地位群体的特权具体化为在法律上和经济上对外来控制或管束具有抵御力的体系，并受习惯、宗教和法令所保护时，众多的地位群体便形成一个个等级"①。换句话说，宝玉这类"情痴情种"的特殊性格者，必须是在等级体系中"公侯富贵之家"的特殊环境下才能塑造出来，这就已经实实在在地推翻了真／假、天性／社会的对立观，并且，先天的"正邪两赋"和后天的"公侯富贵之家"都是构成人格的基本内涵，也都一样的"真"。

其中所蕴含的道理非常复杂，最容易理解的一点是：若无富贵场，就没有温柔乡。"情痴情种"的情必须在温柔乡中才能体现，可作养脂粉需要大量的时间与金钱，闲暇与财富缺一不可，宝玉的别称是"富贵闲人"（第三十七回），便说明了这个道理。这就是"正邪两赋"者还得投胎于"公侯富贵之家"才能诞生"情痴情种"的原因。②

---

① 参阅布什（M. L. Bush）：《贵族的特权》（*The European Nobility, Vol. 1: Noble Privilege*，New York: Holmes and Meier, 1983）；基恩（Maurice Keen）：《骑士制度》（*Chivalry*，New Haven and London: Yale University Press, 1984）。转引自 [英] 布赖恩·特纳（Bryan Stanley Turner）著，慧民、王星译：《地位》（台北：桂冠图书公司，1991），页 7。

② 详参欧丽娟：《论〈红楼梦〉中人格形塑之后天成因观：以"情痴情种"为中心》，《成大中文学报》第四十五期（2014 年六月），页 287—338。

（四）"情痴情种"的专属意义

玉石神话的意义，除了赋予宝玉幻形入世后的贵族血统之外，更重要的还有一种慈悲博爱的先天禀赋。试看当他还在仙界身为神瑛侍者的时候，第一回云："西方灵河岸上三生石畔，有绛珠草一株，时有赤瑕宫神瑛侍者，日以甘露灌溉，这绛珠草始得久延岁月。"这时，木、石之间素不相识也并无瓜葛，不过是路过偶逢的陌生人，全因神瑛偶然眼见这株绛珠草即将枯萎，便慷慨地以甘露灌溉，使之延年续命，这一时悲悯、举手之劳，已充分显示仁慈惜弱的天赋，也才创造了还泪的因缘；而此一天赋随之幻形入世，成为宝玉主要的人格内涵之一，宝玉以其贵族子弟的优越地位与家长宠爱的特权，更泽及周遭众多女子，所谓"昵而敬之，恐拂其意，爱博而心劳，而忧患亦日甚矣"[①]。不仅如此，宝玉对他多次表示厌恶甚至抨击的"鱼眼睛"——年老妇人们，在实际的互动对待上也依然宽厚体谅，诸如对妙玉嫌弃的珍贵茶杯，会愿意向妙玉陪笑道：

> 那茶杯虽然脏了，白撂了岂不可惜？依我说，不如就给那贫婆子罢，他卖了也可以度日。你道可使得？（第四十一回）

由此为刘姥姥争取到一笔不少的福利，足以大大改善其生活，这份用心正来自其母王夫人"怜贫恤老"（第六回）的嫡传。至于那些"不

---

① 鲁迅：《中国小说史略》，第二十四篇"清之人情小说"，《鲁迅全集》第九卷，页237。

知礼的也太不知礼"的下人媳妇们，宝玉则对麝月等高级大丫鬟笑劝道：

> 你们是明白人，耽待他们是粗笨可怜的人就完了。（第五十四回）

其中没有抱怨，更不曾讽骂，反倒充满一种怜悯，岂非又是宽厚心胸的体现？这固然展现出贾府"自祖宗以来，皆是宽柔以待下人"（第三十三回）的优良门风，也足以显示宝玉确实"泛爱众而亲仁"（《论语·学而》），是博施济众的仁人君子。如此种种，即是宝玉天分中的正气所在。

再从正邪两赋的先天性格进一步言之，沉湎酣醉于温柔乡中的富贵子弟，其"正邪两赋"中的邪气虽使之无能步入世道正轨，但其正气却也使之不会落入纨绔之流的淫魔色鬼，所谓"尘世中多少富贵之家，那些绿窗风月，绣阁烟霞，皆被淫污纨绔与那些流荡女子悉皆玷辱"（第五回），而能充分领略甚至阐扬女性的灵秀之美，成了为闺阁增光的知己良友。故脂砚斋在"寄言纨绔与膏粱，莫效此儿形状"旁批道：

> 末二语最要紧。只是纨裤（袴）与膏粱，亦未必不见笑我玉卿。可知能效一二者，亦必不是蠢然纨裤矣。（第三回眉批）

意即在堕落淫滥、由邪气主宰的纨绔子弟眼中，宝玉的"聪俊灵秀"

与"作养脂粉"自属非我族类的怪诞可笑；但若该辈能向宝玉学习一二分而得其若干"正气"，便必然不会流于弄性使气的"蠢然纨绔"了。

可见正邪两赋的重点，其实是在于：正气虽然没有使他们在富贵中堕落成淫污纨绔，但"邪气"仍使得与生俱来的正气受到牵制而驳杂不纯，以致有所偏斜失衡，耽溺于温柔乡中，偏离了大仁者的正轨，这才是"邪气"的意义所在。因此脂砚斋说道：

> 宝玉品高性雅，其终日花围翠绕，用力维持其间，淫荡之至，而能使旁人不觉，彼人不压。贾蓉不分长幼微贱，纵意驰骋于中，恶习可恨。二人之形景天渊而终归于邪，其滥一也，所谓五十步之间耳。（第六十三回回末总评）

幸而在宝玉的例子上，五十步与百步之间便是淫滥与意淫的本质性差别，关键便在于正气确保了品德的大方向，使得其邪气不会流于邪滥、淫邪，宝玉被称为"意淫"，正是因为这个原因。

小说中第五回《红楼梦曲·引子》开篇就作了清楚的区分，说道："开辟鸿蒙，谁为情种？都只为风月情浓。"对此一判别，评点家张新之给予正确的解释：

> 曰"谁为情种"，曰"都只为风月情浓"，见"情种"所以难得者，正为"风月情浓"者在在皆是耳。可见"情种"是一事，"风月情浓"又是一事。则真正"情种"当求之性命之体、圣贤之用。设若不作此解，则"谁为"一起、"都只为"一承，

岂不是大不通的语句？①

印证于第一回那僧道："大半风月故事，不过偷香窃玉、暗约私奔而已，并不曾将儿女之真情发泄一二。想这一干人入世，其情痴色鬼、贤愚不肖者，悉与前人传述不同矣。"可见张新之的这个区分是正确的，并且这个区分至关紧要，才不会造成混淆。因此，《红楼梦》的创作宗旨正如评点家小和山樵所言：

> 此书仿《聊斋》之意，为花木作小传，非若小说家一味佳人才子，恶态可丑。……此书无公子偷情，小姐私订，及传书寄柬、恶俗不堪之事。②

此外，被津津乐道的"作者是欲天下人共来哭此情字"这一段脂批，从这句话的针对性与全段脉络，可知其实并不是对情的正面的歌颂与哀挽，而是适得其反。第八回中，脂砚斋针对"只剩女儿，小名唤可儿"所作的完整批语是：

> 出名秦氏，究竟不知系出何氏，所谓寓褒贬别善恶是也。秉刀斧之笔，具菩萨之心，亦甚难矣。如此写出，可见来历亦甚苦矣。又知作者是欲天下人共来哭此情字。

---

① （清）张新之：《妙复轩评〈石头记〉》，第五回评，冯其庸纂校订定，陈其欣助纂：《八家评批红楼梦》（北京：文化艺术出版社，1991），页125。

② （清）小和山樵：《红楼复梦·凡例》，一粟编：《红楼梦卷》，卷二，页48。

秦可卿的姓氏完全是为了谐音"情"字而设，但秦可卿是一位性格复杂的争议性人物，作者虽以菩萨之心使得她的死变得暧昧不明，并借由临终托梦而焕发出庄严的光辉，以模糊、稀释"滥情而淫"的致命污点，但其刀斧之笔却也毫不含混地给予应有的惩罚，因此非死不可，详见《大观红楼3》之"秦可卿论"。如此一来，下文所接续的"作者是欲天下人共来哭此情字"，实为悲叹于情被滥用、被误导、被用来掩护种种悖德行径，以致成为淫欲的掩护，流于第一回所批判的"假拟妄称，一味淫邀艳约，私订偷盟"。

因此，宝玉被称为"意淫"，完全不是"意中行淫"——在色情想象中满足淫欲，如现代常见的望文生义的误用；而是回归到文字本来的训诂意义，"意"者，情意也，"淫"者，过多之义，"意淫"即意味着过多的情意。第五回宁荣二公托付警幻仙姑，引领宝玉到太虚幻境接受"规引入正"的启悟仪式，警幻对宝玉所解释的，便是：

> 淫虽一理，意则有别。如世之好淫者，不过悦容貌，喜歌舞，调笑无厌，云雨无时，恨不能尽天下之美女供我片时之趣兴，此皆皮肤淫滥之蠢物耳。如尔则天分中生成一段痴情，吾辈推之为"意淫"。"意淫"二字，惟心会而不可口传，可神通而不可语达。汝今独得此二字，在闺阁中，固可为良友，然于世道中未免迂阔怪诡，百口嘲谤，万目睚眦。今既遇令祖宁荣二公剖腹深嘱，吾不忍君独为我闺阁增光，见弃于世道，是以特引前来……不过令汝领略此仙闺幻境之风光尚如此，何况尘境之情景哉？而今后万万解释，改悟前情，留意于孔孟之间，

委身于经济之道。

则"天分中生成一段痴情"便是"意淫"的同义语,意指与生俱来的一种盈溢的、专注的深情,因此才能成为闺阁之良友,为闺阁增光。清末评点家张其信也指出:

> 此书从《金瓶梅》脱胎,妙在割头换像而出之。彼以话淫,此以意淫也。意淫二字是全书骨子,即从此回中揭出。①

陈其泰更说道:

> 宝玉温存旖旎,直能使天下有情人,皆为之心死。然所重者知心,在感情,绝不在淫欲,岂复尘世所有。②

既然情痴情种所欲充分"受享"的是艺术之美与性灵之爱,少女的青春美丽与清新纯真乃是温柔乡的审美重心,则宝玉所耽迷眷恋的女性美,便极少是感官层次上的性吸引。就此,第二十八回写宝玉在旁看着宝钗那"雪白一段酥臂",不觉动了羡慕之心,暗暗想道:"这个膀子要长在林妹妹身上,或者还得摸一摸,偏生长在他身上。"而自恨没福得摸,这实际上就如同吃丫头们嘴上的胭脂,与把脸凑

---

① (清)张其信:《红楼梦偶评》,一粟编:《红楼梦资料汇编》,卷三,页216。
② (清)陈其泰:《红楼梦回评》,第四十四回评,朱一玄编:《红楼梦资料汇编》(天津:南开大学出版社,2001),页733。

在鸳鸯脖项上"闻那粉香油气，禁不住用手摩挲，其白腻不在袭人之下"（第二十四回）一样，仍然还是对女性特有之美感的欣赏与体证，故嗅之、尝之、触之、品味之，而非占有之、利用之，由此乃成为闺阁的良友。

只不过，凡事都是过犹不及，并不因为宝玉所耽溺的是精神性的、艺术化的女性美，就不成其为"耽溺"，也因此免不了带有玩物丧志的本质。脂砚斋便说道：

> 宝玉有生以来此身此心为诸女儿应酬不暇，眼前多少现（成）有益之事尚无暇去作，岂忽然要分心于腐言糟粕之中哉。可知除闺阁之外，并无一事是宝玉立意作出来的。（第二十二回批语）

正确言之，邪气使得宝玉"见弃于世道"，而不是使他反对孔孟的经世济民之道，亦即不是他反对儒家，而是儒家抛弃他，如同女娲补天时，遗弃这颗畸零石不用一般，以至于它日夜悲号惭愧；宝玉之所以还有机会可以改邪归正，端赖于其禀赋中本然具有的正气，只要在正、邪二气的抟击搏斗过程中，所留存的正气能够压制，甚至消弭邪气，宝玉就可以踏上"大仁者"的道路，成为"于国于家有望"的补天石。这便是宁荣二公的希望，也是警幻带领宝玉游历仙境的目的。但如果其性分中的邪气未曾消除，就会引导他忘公从私，一味耽溺于温柔乡中而无法回归大仁者的正道，造成"于国于家无望"的悲剧。

在宝玉的故事中，这种悲剧首先是表现在人生志向的第一次表达上，也就是"抓周"。第二回冷子兴冷笑道：

> 那年周岁时，政老爹便要试他将来的志向，便将那世上所有之物摆了无数，与他抓取。谁知他一概不取，伸手只把些脂粉钗环抓来。政老爹便大怒了，说："将来酒色之徒耳！"因此便大不喜悦。独那史老太君还是命根一样。

抓周又称"试晬""试儿"，在婴儿庆周岁时，陈列玩具、文具、用具等各色具有象征意义的物品，任其抓取，以此来预卜日后志向、兴趣和前途。[①] 早在北朝颜之推《颜氏家训》中就记载道：

> 江南风俗，儿生一期，为制新衣，盥浴装饰，男则用弓矢纸笔，女则刀尺针缕，并加饮食之物，及珍宝服玩，置之儿前，观其发意所取，以验贪廉愚智，名之为试儿。[②]

宋代《东京梦华录》也详细描述"抓周"的过程：

> 至来岁生日谓之"周晬"，罗列盘琖于地，盛果木、饮食、官诰、笔研、算秤等、经卷、针线，应用之物，观其所先拈

---

① 王景琳、徐匋主编：《中国民间信仰风俗辞典》（北京：中国文联出版公司，1992），页570。
② （北齐）颜之推撰，王利器注：《颜氏家训集解》（台北：明文书局，1982），卷二"风操篇"，页118。另可参（清）徐珂编撰：《清稗类钞》第五册（北京：中华书局，2003），《风俗类》"周岁"条，页2190。

者，以为征兆，谓之"试晬"。此小儿之盛礼也。①

而贾府在宝玉抓周时，能将"世上所有之物摆了无数"，确然非豪门莫属，其中还杂置"脂粉钗环"，打破了一般抓周的性别区隔，更非一般民家所能想象，也隐微体现温柔乡就在富贵场中的隶属模式。

由"一概不取，伸手只把些脂粉钗环抓来"的志向，也使得宝玉小时候便自号"绛洞花主"（第三十七回），亦即女儿国的国王之意，这确实极容易引起一般人的误会，贾政、冷子兴等便是其中之一。但值得注意的是，宝玉对女儿之认同，已经到了贴身小厮茗烟所说的变性地步："保佑二爷来生也变个女孩儿，和你们一处相伴，再不可又托生这须眉浊物了。"（第四十三回）那不是领主式的拥有或统宰，而是平等一体的化身与融合，并且贾母即使十分溺爱宝玉，却没有失去清明的眼光与睿智的判断力，因此洞察到宝玉与色鬼绝大不同，疑惑道：

> 我也解不过来，也从未见过这样的孩子。别的淘气都是应该的，只他这种和丫头们好却是难懂。我为此也耽心，每每的冷眼查看他。只和丫头们闹，必是人大心大，知道男女的事了，所以爱亲近他们。既细细查试，究竟不是为此，岂不奇怪。想必原是个丫头错投了胎不成。（第七十八回）

---

① （宋）孟元老撰，伊永文笺注：《东京梦华录笺注》下册（北京：中华书局，2006），卷五，"育子"条，页504。

从贾母"为此也耽心,每每的冷眼查看他""细细查试",可见她对宝玉虽然极为溺爱却并没有放任不管,更不曾盲目偏袒,依然随时监看掌握,由此才发现宝玉爱与女儿厮混的动机完全不是出于色欲,只因不解他喜欢和丫头亲近的特殊天性,因此才用"原是个丫头错投了胎"来加以解释。

于是,在没有落入皮肤滥淫的情况下,便呈现出作养脂粉的怜惜体贴,尤其是宝玉深刻了解到自己拥有男性的性别特权,已经享有过多的优渥待遇,因此愿意分享奉献给女儿作为补偿,故谓"原该多疼女儿些才是正理"(第四十九回)。从而便如评点家二知道人所说:

> 宝玉一视同仁,不问迎、探、惜之为一脉也,不问薛、史之为亲串也,不问袭人、晴雯之为侍儿也,但是女子,俱当珍重。①

其珍重的程度,甚至到了"连一点刚性也没有,连那些毛丫头的气都受的"(第三十五回)、"每每甘心为诸丫鬟充役"(第三十六回)的地步,女儿的至高无上超越了阶级的尊卑之别。因此,宝玉也往往以"何用我这须眉浊物玷辱世界"(第五十八回)的性别自贬来突显女儿的无比珍贵。

如此一来,宝玉和少女的关系便始终是纯洁的、精神性的,第六回的"初试云雨"既是第一次,也很可能是最后一次,因为小说

---

① (清)二知道人:《红楼梦说梦》,一粟编:《红楼梦资料汇编》,卷三,页90。

中自此之后便再也没有写到类似的情节，反倒一再强调他与女儿们的纯真无邪，直到宝玉已经到了十六七岁①，小说家都还是如此着墨。例如第七十七回写道：

> 原来这一二年间，袭人因王夫人看重了他了，越发自要尊重。凡背人之处，或夜晚之间，总不与宝玉狎昵，较先幼时反倒疏远了。……迩来夜间总不与宝玉同房。宝玉夜间常醒，又极胆小，每醒必唤人。因晴雯睡卧警醒，且举动轻便，故夜晚一应茶水、起坐呼唤之任，皆悉委他一人，所以宝玉外床只是他睡。

但如此同房而眠的晴雯也都与宝玉清白无瑕，从晴雯被撵后宝玉去看望她时，其嫂子所作的见证：

> 好呀，你两个的话，我已都听见了。……可知人的嘴一概听不得的。就比如方才我们姑娘下来，我也料定你们素日偷鸡盗狗的。我进来一会在窗下细听，屋内只你二人，若有偷鸡盗狗的事，岂有不谈及于此，谁知你两个竟还是各不相扰。可知天下委屈事也不少。如今我反后悔错怪了你们。既然如此，你但放心，以后你只管来，我也不罗唣你。

---

① 第四十五回时，黛玉自言"我长了今年十五岁"，而第三回提到宝玉大她一岁，所以此回以后的宝玉至少已经十六岁。

连起居最亲近、机会最高、嫌疑也最大的晴雯都互不相扰,其他人便可想而知;尤有甚者,宝玉的纯洁竟因此赢得一位花痴型女子的尊敬,让只有肉欲的心灵在此净化与升华,主动反过来积极保护这分不掺杂质的真情,岂非正气的一大成就!最值得注意的是第八十回,已经到了贾府抄家前夕、富贵生涯的尾声,当时薛蟠娶进了一个穷凶极妒的泼妇悍妻,闹得合家鸡犬不宁,大约十七岁的宝玉刚好到天齐庙还愿,因当家的王道士声称其膏药能治百病千灾,一贴见效,故此浑号"王一贴",宝玉便半信半疑地要王道士猜"有一种病可也贴的好么……若你猜的着,便贴的好了"。摸不着头绪的王道士见到茗烟手内点着一枝梦甜香,宝玉命他坐在身旁,自己却倚在他身上,于是心有所动,便笑嘻嘻走近前来,悄悄地说道:

"我可猜着了。想是哥儿如今有了房中的事情,要滋助的药,可是不是?"话犹未完,茗烟先喝道:"该死,打嘴!"宝玉犹未解,忙问:"他说什么?"茗烟道:"信他胡说。"唬的王一贴不敢再问,只说:"哥儿明说了罢。"宝玉道:"我问你,可有贴女人的妒病方子没有?"

由此可见,关于男女"房中的事情",宝玉不但无其事,更无其念想,连听都听不懂,诚为完完全全的"思无邪";即使曾经偷渡野史外传进园子给宝玉尝鲜的茗烟,也都立刻喝禁其言,斥之为胡说,吓得王一贴不敢再问下去,宝玉也就仍然毫无概念,足证宝玉确实是始终干净的。终日经年珠环翠绕、莺燕为伍,却又毫不涉于淫滥，若非有高度的精神性（也就是正气），何以致之？这就是情痴情种的最高境界。

同时，在这种"成年家只在我们队里搅些什么"（第三十二回）、"偏好在我们队里闹"（第三十四回）的生活常态下，宝玉的性气质也耳濡目染地受到同化，那如"宝"似"玉"的富贵气还兼具了阴柔的脂粉气。如第九回说他"生的花朵儿一般模样……又是天生成惯能作小伏低，赔身下气，情性体贴，话语绵缠"，凤姐则笑道："好兄弟，你是个尊贵人，女孩儿一样的人品，别学他们猴在马上。下来，咱们姐儿两个坐车，岂不好？"（第十五回）果然宝玉几度被误会为女孩子，如第三十回宝玉恰巧在园子里看到龄官画蔷，忽然一阵西北雨唰唰落下，便禁不住说道：

"不用写了。你看下大雨，身上都湿了。"那女孩子听说倒唬了一跳，抬头一看，只见花外一个人叫他不要写了，下大雨了。一则宝玉脸面俊秀；二则花叶繁茂，上下俱被枝叶隐住，刚露着半边脸，那女孩子只当是个丫头，再不想是宝玉，因笑道："多谢姐姐提醒了我！难道姐姐在外头有什么遮雨的？"

又第五十回出现宝琴立雪的绝美画面，贾母更赞赏不已，一语未了，只见宝琴背后转出一个披大红猩毡的人来，贾母道：

"那又是那个女孩儿？"众人笑道："我们都在这里，那是宝玉。"贾母笑道："我的眼越发花了。"

对于这个女性化的现象,尤三姐最是观察入微、见解入理,所谓:宝玉"行事言谈吃喝,原有些**女儿气,那是只在里头惯了的**"(第六十六回),可见宝玉的女性化气质是互为因果。

不只如此,天生正邪两赋中的正气,既使得宝玉在温柔乡中的耽溺是美感的、精神的,故自居为"绛洞花主",勉力进行对千红万艳的爱赏救赎,绝不落入皮肤滥淫;推而广之,他那份盈溢的真情博爱泛施,甚至到了一种超越物种的"万物有灵论"(animism)的境界。第七十七回宝玉叹道:

> 你们那里知道,**不但草木,凡天下之物,皆是有情有理的,也和人一样,得了知己,便极有灵验的**。若用大题目比,就有孔子庙前之桧、坟前之蓍,诸葛祠前之柏,岳武穆坟前之松。这都是堂堂正大随人之正气,千古不磨之物。世乱则萎,世治则荣,几千百年了,枯而复生者几次。这岂不是兆应?小题目比,就有杨太真沉香亭之木芍药,端正楼之相思树,王昭君冢上之草,岂不也有灵验。

因此,宝玉会"看见燕子,就和燕子说话;河里看见了鱼,就和鱼说话;见了星星月亮,不是长吁短叹,就是咕咕哝哝的"(第三十五回),简直已经达到了庄子齐物的胸怀,这种"情不情"的人格特质便是宝玉位居"情榜之首"的原因。脂砚斋一再说道:

- 按警幻情讲(榜),宝玉系"情不情"。凡世间之无知无识,

彼俱有一痴情去体贴。（第八回眉批）
- 后观"情榜"评曰："宝玉情不情，黛玉情情。"（第十九回批语）
- "情不情"。（第二十三回评"恐怕脚步践踏了"一句）
- 玉兄每"情不情"，况有情者乎？（第二十五回夹批）
- "撕扇子"是以不知情之物供娇嗔，不知情时（事）之人一笑，所谓"情不情"。（第三十一回回前总批）

可见在情榜上，"情不情"就是对宝玉的定论，第一个"情"字是动词，指以真情、温情、深情对待"不情"者，亦即包括花草树木在内的无情物，此一"凡世间之无知无识，彼俱有一痴情去体贴"①的无我胸襟，比起黛玉的"情情"——只对"有情物"有情，宝玉那包笼一切人与物在内的"情不情"范围便显得广大无限，这也就是宝玉的前身神瑛侍者会去灌溉绛珠草的缘故。

参照祁克果（Soren Kierkegaard, 1813—1855）对生命所提出的三种存在情态：美感的（the Aesthetic）、伦理的（the Ethical）、宗教的（the Religious）②，则宝玉个人生命体验的成长显然是偏重于

---

① 可参陈万益：《脂评探微之一：说贾宝玉的"意淫"和"情不情"》，《中外文学》第十二卷第九期（1984年2月）。
② Soren Kierkegaard, *Stages on Life's Way*, ed. and tran. Howard V. Hong and Edna H. Hong (New Jersey: Princeton University Press, 1988). 亦见 W. H. Auden ed. *The Living Thoughts of Kierkegaard* (Bloomington & London: Indiana University Press, 1966)。此处只是借用其"美感的、伦理的、宗教的"此一思考架构，并不涉及祁克果的宗教哲学思维的具体内涵。

美学式的存在情态，不是道德性的，更不是力量追求式的，尤其将少女之美更是提升到了宗教化的境界，意即具有一种非理性、神圣不可侵犯性。这种不切实际的、建立于平等之上的美感追求，使得宝玉某种意义地成为宗教性的人，诚如祁克果所说："宗教性的人虽然是如此'不切实际'，他却仍旧是政治家最美好的梦想之变形的实现。没有任何政治曾经具有，曾经能够，亦无任何世俗心曾经具有，曾经能够彻底想通或彻底实现人类平等。"[①] 恰恰说明了宝玉的故事会如此动人的原因。

　　因聚焦于宝玉的这一点加以诠释、颂扬的人已多，此处毋庸赘述；但更有必要注意的是，除美感的生存情态之外，出身于公侯富贵之家的子弟也必然生活在伦理的生存情态中；最后当宝玉在繁华落尽而悟空撒手之后，便又进入到宗教的生存情态，宝玉正体现了人类生存处境的多样性与纯粹性，不仅兼具三种生存情态类型，并且每一种都是走到极限，为凡人所不及。就此而言，当宝玉在十九岁出家之前，固然其美感的生存情态令人津津乐道，事实上更不能忽略公侯富贵之家中伦理的生存情态，对于宝玉性格中的种种复杂因素，一般最轻忽的恰恰正是传统社会文化因素，但这对于宝玉的了解却不可或缺。以下便就此详细说明之，以弥补历来人物论述的不足。

---

① （丹麦）祁克果著，孟祥森译：《作为一个作者我的作品之观点：一份对历史的报告以及其他有关作品》（台北：水牛出版社，1968），页106。

四、君父至上的伦理原则

即使宝玉的性格来自先天的正邪两赋之气，但其邪气仍然服从于正气，正气始终是人格价值的标准。因而宠儿的任性表现，其实也都还是在伦理规范所允许的范围内，并不具备破坏既有秩序框架的革命意义。犹如贾母所提示的根本原则：

> "我们这会子也打发人去见了你们宝玉，若拉他的手，他也自然勉强忍耐一时。可知你我这样人家的孩子们，凭他们有什么刁钻古怪的毛病儿，见了外人，必是要还出正经礼数来的。若他不还正经礼数，也断不容他刁钻去了。就是大人溺爱的，是他一则生的得人意，二则见人礼数竟比大人行出来的不错，使人见了可爱可怜，背地里所以才纵他一点子。若一味他只管没里没外，不与大人争光，凭他生的怎样，也是该打死的。"四人听了，都笑说："老太太这话正是。虽然我们宝玉淘气古怪，有时见了人客，规矩礼数更比大人有礼。所以无人见了不爱，只说为什么还打他。"（第五十六回）

可见宝玉那些所谓的顽劣行径，只不过是背地里的一点小小放纵，是在不失大体、大体俨然的情况下才被允许的刁钻古怪，否则早就该打死了，如何可能有这一部石头叙事？就这一点而言，读者很容易地凭一种天赋自由本能的现代观念，误以为这就是礼教虚伪的表现，完全忽略了思想感受、意识形态等性格内涵大都是在后天所养成的,若非"公侯富贵之家"又何来"情痴情种"?深明此义的曹雪芹也不致以如此简单的二分法来看待人性。

因此,第十五回描写宝玉于秦可卿的大殡队伍中路谒北静王,彼时两人对谈的情形是:"水溶见他言语清楚,谈吐有致。"因此向贾政称赞宝玉,认为"将来'雏凤清于老凤声',未可量也"。就此,脂砚斋的批语是:

> 宝玉谒北静王辞对神色,方露出本来面目,迥非在闺阁中之形景。(回前总批)

尤其在"言语清楚,谈吐有致"之下,特别又评道:

> 八字道尽玉兄。如此等方是玉兄正文写照。(眉批)

可见伦理关系中恰如其分的应对进退才是宝玉的"本来面目""正文写照",也正是把握"情痴情种"不可或缺的要素。

(一)贵族阶层的礼教因子

犹如社会学的研究所指出:影响一个人并形成阶级差异的因素中,与金钱同样重要的还有风范、品味和认知水平,乔治·奥威尔(George Orwell, 1903—1950)说过:"从经济上说,毫无疑问只有两种等级,富人和穷人。但从社会角度看,有一整个由各种阶层组成的等级制度。每一个等级的成员从各自的童年时代习得的风范和传统不但大相径庭——这一点非常重要——而且，他们终其一生都很难改变这些东西。要从自己出身的等级逃离，从文化意义上讲，非常困难。"①宝玉身为贵族等级的成员，从诞生的第一刻起直到整个少年时代，所习得的风范和传统就是礼教观念，而"礼"的活动并非仅为外在的行为表现，《白虎通·性情》说道："礼者，履也，履道成文也。"其实质乃是一种道的实践，因此与"体"之间具有同语源的关系。

正如彼得·布德堡（卜弼德，Peter A. Boodberg, 1903—1972）所说，在常用的中国字中，只有两个字发"豐"——一种礼器——的音，并且指出：

> 把这两个字联系在一起的是有机的形式而不是几何的形式。中国古代学者在他们的评注中，一再用"体"（體）来定义"礼"（禮），即是明证。②

可以说，"礼"是构成文化传统的意义和价值的体现或形式化。③据此而言，其完整的意义可简言如下：

---

① 转引自 [美] 保罗·福塞尔（Paul Fussell）著，梁丽真、乐涛、石涛译：《格调：社会等级与生活品味》（北京：世界图书出版公司，2011），第二章"解剖等级"，页 23—24。
② [美] 布德堡：《孔子基本概念的语义学》，《东西方哲学》1952 年第 2 期。
③ 详参 [美] 郝大维（David Hall）、[美] 安乐哲（Roger T. Ames）著，蒋弋为、李志林译：《孔子哲学思微》（南京：江苏人民出版社，1996），第二章"人格论之比较"第二节"礼和义之相互关系"，页 63。

> 礼义即其含蕴伦理道德的内在价值,而礼器、礼数、礼文即其表现实践精神的外在价值。①

由内而外,宝玉之辈在"还正经礼数"的时候,正是对伦理道德的内在价值的显性实践。因此,严守世家大族严格的礼数规矩并不是为了生存所装出来的敷衍应付,而是由衷彻骨的精神理念所产生的自我内涵,书中多处申明这一点,诸如:

- 除《四书》外,杜撰的太多,偏只我是杜撰不成?(第三回)
- 只除"明明德"外无书,都是前人自己不能解圣人之书,便另出己意,混编纂出来的。(第十九回)
- 父亲叔伯兄弟中,因孔子是亘古第一人说下的,不可忤慢。(第二十回)
- 除四书外,竟将别的书焚了。(第三十六回)
- 松柏不敢比。连孔子都说:"岁寒然后知松柏之后凋也。"可知这两件东西高雅,不怕羞臊的才拿它混比呢。(第五十一回)
- 以后断不可烧纸钱。这纸钱原是后人异端,不是孔子的遗训。(第五十八回)

---

① 周何:《何以"不学礼无以立"》,《孔孟月刊》第九卷第七期(1971年3月),页24—28;引文见页26。

这六处都是出自宝玉的所思所为，自内而外、始终如一，最是彰显宝玉的价值观，乃是以孔子为至上的圣人、以《四书》为千古的圭臬，所谓"杜撰""混编纂""异端"而因此焚烧者，都是对后人世俗化之后的流弊所表达的强烈不满，因此时时敬奉孔子的训诲，不愿稍有逾越忤慢，连孔子赞美过的松柏都是高雅的，不敢用来自比，退而只以杨树自居。脂砚斋便说道：

> 宝玉目中犹有"明明德"三字，心中犹有"圣人"二字，又素日皆作如是等语，宜乎人人谓之疯傻不肖。（第十九回夹批）

在在都足以证明宝玉并非为反对而反对的偏执之辈，他之所以视读书功名之流为"禄蠹"（第十九回）与"国贼禄鬼"（第三十六回），就像认为烧纸钱并非孔子遗训的后人异端，遂要藕官以后断断不可再烧一样，也与宝钗的"兰言"其实是如出一辙：

> 男人们读书不明理，尚且不如不读书的好……男人们读书明理，辅国治民，这便好了。只是如今并不听见有这样的人，读了书倒更坏了。这是书误了他，可惜他也把书遭塌了。（第四十二回）

所谓"如今并不听见有这样的人"，形同完全抹杀世上所有的读书人，认为没有一个具备了"明理""辅国治民"的理想，则此一批判的凌厉猛烈,其干犯天下人的力道堪称横扫千军,委实不亚于宝玉;而那些"读了书倒更坏了""把书遭塌了"的读书人,正是宝玉定名的"禄蠹"与"国贼禄鬼",所拒斥的都是脱离了精神本源的诡行赝品,却发自内心地信仰孔孟、《四书》的崇高价值,这正是正邪两赋中的正气所在。

儒家思想既以五伦为核心,君、父就如同孔子般成为至高无上的道德准则。小说中不仅处处赞颂君恩王道,尤其是"大观无遗物,四夷来率服"的王道内涵,确实也一度清楚地显发于园中花主贾宝玉的意识活动上。第六十三回宝玉在怡红院内,对芳官之打扮成小土番,以及改名为耶律雄奴时所说的一段话,堪称最具代表性:

> (宝玉)喜出意外,忙笑道:"……既这等,再起个番名,叫作'耶律雄奴'。'雄奴'二音。又与'匈奴'相通,都是犬戎名姓。况且这两种人自尧舜时便为中华之患,晋唐诸朝,深受其害。**幸得咱们有福,生在当今之世,大舜之正裔,圣虞之功德仁孝,赫赫格天,同天地日月亿兆不朽**,所以凡历朝中跳梁猖獗之小丑,到了如今竟不用一干一戈,**皆天使其拱手俛头缘远来降**。我们正该作践他们,为君父生色。……如今四海宾服,八方宁静,千载百载不用武备。咱们虽一戏一笑,也该称颂,方不负坐享升平了。"

其中采取传统的夷夏之别,透过种族歧视的强烈话语,以清朝为奉天继承尧舜晋唐之华夏正统而加以歌功颂德，所谓"如今四海宾服，八方宁静，千载百载不用武备"的"升平"之说，恰恰正是《周易·象传·观》"九五在上（德位兼隆）而四阴仰之"①的翻版演绎，与晚唐齐己《煌煌京洛行》的"四夷来率服"更全然一致。若从旗人贵族世家的背景而言，此一恪遵君父伦理的心态不但合情，也十分合理。

同样的，第十七回贾政率领众人进大观园游览题撰时，即使容让宝玉作为初拟的主力，宝玉的命名也仍然谨守分寸而始终不脱礼制诉求，比所有的大人们都更谨守对皇权的尊敬，第一次是众人在游园途中登上压水而筑成的石亭，贾政认为可用欧阳修"泻出于两峰之间"的"泻"字为名，以偏于水题方才相称，一清客亦附和道："是极，是极。竟是'泻玉'二字妙。"然而随即贾政笑命宝玉也拟一个时，宝玉连忙回道：

> 今日此泉若亦用"泻"字，则觉不妥。况此处虽云*省亲驻跸别墅*，亦当入于应制之例，*用此等字眼，亦觉粗陋不雅*。求再拟较此蕴藉含蓄者。

在"当入于应制之例"的主张下，建议以"新雅"的"沁芳"二字取代"泻玉"，此举乃受到贾政"拈髯点头不语"的无言赞许。接

---

① （清）张尔岐：《周易说略》，严灵峰编：《无求备斋易经集成》第七十四册（台北：成文出版社，据清宣统元年善成堂刊本影印，1976），页156。

着来到了未来的潇湘馆一地,宝玉亦道:

> 这是第一处行幸之处,必须颂圣方可。……莫若"有凤来仪"四字。

仅此二处,已清楚展现宝玉采取了"应制""颂圣"的题撰原则,并非全以个人兴好是尚。这种考量大局、轻重得宜的知礼表现,使其所拟之名虽新而雅,犹存蕴藉含蓄的正统气象,可以说是贾政所以采用宝玉命名的原因之一。

在传统"家天下"的政治结构中,君为一国之父,父则为一家之君,因此"君父"并称,亲长便成为一个家庭中的最高权威,此一地位不仅贯彻于生活的秩序上,也构成心理的至上依归,于小说中历历可见。首先,第三回描写宝、黛的初会极为动人,包含了久别重逢的亲切与惊天动地的摔玉,而贾母用以制止宝玉的狂病,解除这一场骚动的策略者,乃是"孝道":

> 宝玉满面泪痕泣道:"家里姐姐妹妹都没有,单我有,我说没趣;如今来了这们一个神仙似的妹妹也没有,可知这不是个好东西。"贾母忙哄他道:"你这妹妹原有这个来的,**因你姑妈去世时,舍不得你妹妹,无法处,遂将他的玉带了去了:一则全殉葬之礼,尽你妹妹之孝心;二则你姑妈之灵,亦可权作见了女儿之意。**因此他只说没有这个,不便自己夸张之意。你如今怎比得他?**还不好生慎重带上,仔细你娘知道了。**"说着,

便向丫鬟手中接来，亲与他带上。**宝玉听如此说，想一想，竟大有情理，也就不生别论了。**

这段话兼取两面的孝道，包括黛玉是为了尽孝，以玉代替自己随亡母入土，成全殉葬之礼，虽然这是虚拟的不实说词，但意义与效果一样，使宝玉觉得"大有情理"，从而消除了独独自己有玉的畸零感；另一边则是威吓宝玉"仔细你娘知道"，搬出王夫人以阻止宝玉的任性使气，这也发挥了平息骚动的辅助力量，可见母亲的至尊地位是神圣不可侵犯的。正因为如此，当王夫人继抄检大观园之后再度莅临搜查并进行撵逐行动，宝玉也是始终谦谦依顺，唯母命是从：

> 如今且说宝玉只当王夫人不过来搜检搜检，无甚大事，谁知竟这样雷嗔电怒的来了。所责之事皆系平日之语，一字不爽，料必不能挽回的。**虽心下恨不能一死，但王夫人盛怒之际，自不敢多言一句，多动一步，一直跟送王夫人到沁芳亭。王夫人命："回去好生念念那书，仔细明儿问你。才已发下狠了。"宝玉听如此说，方回来。**（第七十七回）

这就清楚呈现出贵族大家最重孝道，父母尊长至高无上的精神核心。

对母亲如此，对父亲当然更是有以过之。宝玉在父亲面前永远是唯唯诺诺，只有在大观园落成后的题撰过程中，对稻香村的设计大发议论的那次是唯一的例外;甚且即使于父亲不在场的情况下,"父亲"仍然是一个丝毫不能抵触的信念,父亲的名讳、所拥有的物品、日常活动的空间,都等于是父亲的延伸,无论言行都由衷崇奉不违。最典型的例子,是第五十二回宝玉骑着白马去王子腾家拜寿时,涉及途经尊父贾政书房门口应该下马的礼节,周瑞以权宜心态建议含糊其道,主张:"老爷不在家,书房天天锁着的,爷可以不用下来罢了。"但宝玉却坚持:"虽锁着,也要下来的。"可见对礼数的遵行如仪是丝毫不打折扣的,完全契合古代贤者蘧伯玉"不欺暗室"的君子精神。《列女传》记载:

> (卫)灵公与夫人夜坐,闻车声辚辚,至阙而止,过阙复有声。公问夫人曰:"知此谓谁?"夫人曰:"此必蘧伯玉也。"公曰:"何以知之?"夫人曰:"妾闻:礼下公门式路马,所以广敬也。夫忠臣与孝子,不为昭昭信节,不为冥冥堕行。蘧伯玉,卫之贤大夫也,仁而有智,敬以事上。此其人必不以暗昧废礼,是以知之。"公使视之,果伯玉也。[1]

这种"不以暗昧废礼"所衍生的"必于是"的行为坚持,更完全符合宝玉对孔子始终如一的尊崇。如此种种,犹如李贽尊敬并称赞孔子,并未有反对儒教的意图,与其称为儒教的叛逆者,不如称为

---

[1] (汉)刘向:《古列女传》,卷三《仁智传》,郑晓霞、林佳郁编:《列女传汇编》第九册(北京:北京图书馆出版社,2007),页151。

朱子学的叛逆者①，故李贽不但不反对礼教，甚且极为推崇，其出家不但是为了弘教护国，于正式担任住持后更贯彻"唯礼可以为国"的原则，为僧团制定严格的规仪礼法，因而获得佛教界的敬重。② 两者之近似，实可互为参照，作为理解宝玉之人格结构的绝佳线索。

也因此，宝玉当面对黛玉的心迹剖白或情感保证，都完全符合亲疏等差的伦理原则，如第二十回黛玉又因嫉妒宝钗而使小性子自苦虐人，抽抽噎噎地哭个不住，宝玉见了这样，忙上来悄悄说道：

> 你这么个明白人，难道连"亲不间疏，先不僭后"也不知道？我虽胡涂，却明白这两句话。头一件，咱们是姑舅姊妹，宝姐姐是两姨姊妹，论亲戚，他比你疏。第二件，你先来，咱们两个一桌吃，一床睡，长的这么大了，他是才来的，岂有个为他疏你的？

其中，宝玉所引述的"亲不间疏，先不僭后"正是礼教的基本精神，"亲不间疏"应作"疏不间亲"，"先不僭后"原为"新不间旧"，意

---

① 见[日]佐藤炼太郎著，杨菁译：《李贽李温陵集和论语：王学左派的道学批判》，[日]松川健二编，林庆彰等译：《论语思想史》（台北：万卷楼图书公司，2006），页403—429。
② 参龚鹏程：《晚明思潮》（台北：里仁书局，1994），第一章"克己复礼的路向：晚明思潮的再考察"，页1—20。又可见黄仁宇：《万历十五年》（台北：食货出版社，1985），第七章"李贽：自相冲突的哲学家"。

谓关系疏远的人不能介入关系亲近的人、新来的人不能超越旧交故人，典出《管子·五辅》所言："夫然，则不下倍上，臣不杀君，贱不逾贵，少不陵长，远不间亲，新不间旧，小不加大，淫不破义。凡此八者，礼之经也。"[1] 清楚显示了宝玉用以安抚黛玉的保证，包括"时间先后"（即故旧之优先性，所谓"先不僭后"）、"血缘差序"（即亲疏之伦理性，所谓"亲不间疏"），都属于人际关系中的恩义范畴，属于"礼之经"的实践，而非一般的爱情挂帅。第二十八回宝玉更是将爱情放在亲情之下，说道：

> 我心里的事也难对你说，日后自然明白。**除了老太太、老爷、太太这三个人，第四个就是妹妹了**。要有第五个人，我也说个誓。

必须注意到，这番内心陈述是在四下无人，又情人当前的情境下所言，再真诚不过，因为四下无人便毋须顾虑世俗眼光，因此绝不是违心之论；情人当前则难免带有讨好迎合的动机，因此必然会尽量提高对方的地位。然而在这一段发自内心的由衷之言里，清楚显示了尊亲至上、情人其次的伦理位序，换言之，在宝玉的心中，情人再重要，仍然都臣属于家长之下；黛玉的地位再高，都只能排在三个尊亲之后，位居第四。从黛玉也欣然接受，视之为一种坚强的盟

---

[1] （战国）管子著，黎翔凤撰，梁运华整理：《管子校注》（北京：中华书局，2004），卷三，页198。

誓而感到安心，可见这是两人都秉持也信守的价值观。

参照第五十四回记述"史太君破陈腐旧套"时，贾母对才子佳人小说的批评："只一见了一个清俊的男人，不管是亲是友，便想起终身大事来，父母也忘了，书礼也忘了，鬼不成鬼，贼不成贼，那一点儿是佳人？"可见宝、黛二人始终没有落入贾母所谓"父母也忘了，书礼也忘了"的恋爱形态，也不曾违背世家大族的教养风范。即使在贾母一手所创造出来的青梅竹马关系中，双方自然而然地产生了爱情，却完全没有悖离诗礼簪缨之家的伦理精神，以致彼此之间才会打从内心地表露"第四名"的爱情宣言。

至于对晴雯这位黛玉的重像、怡红院的爱婢，宝玉固然以崇扬清净女儿的心态百般纵容，给予平等甚至"作小伏低，赔身下气"（第九回）的体贴疼惜，晴雯死后，第七十八回所写的祭文更被视为打破陈腐窠臼的自由挥洒，以辉映晴雯之为人与彼此之情谊，所谓"如今若学那世俗之奠礼，断然不可；竟也还别开生面，另立排场，风流奇异，于世无涉，方不负我二人之为人"，因此不断强调"另出己见，自放手眼""随意所之，信笔而去""何必若世俗之拘拘于方寸之间"。但是必须说，《芙蓉女儿诔》这一篇祭文固然有刻意别出心裁之处，其实也并未超出传统的藩篱，不仅对死者也须"尽礼"，可见"礼"仍是表达哀戚的最佳甚至是唯一形式，于是有祭奠的仪节与诔文的撰作。再看宝玉欲行礼时忽又止住，想道：

虽如此，亦不可太草率，也须得衣冠整齐，奠仪周备，方为诚敬。

可见情礼相成，互为深化、纯化、强化的境界，何尝有背弃礼仪之意！并且更应该说，必须"衣冠整齐，奠仪周备，方为诚敬"，否则便是"太草率"，可见非此不足以表达"诚敬"，而"诚敬"就体现在"衣冠整齐，奠仪周备"上，"礼"确然是"情"的表征。

还应该注意的是，宝玉用以祭悼晴雯的诔文，其性质本就不是普通的吊唁行为，从《左传》鲁哀公诔孔子的记载，呈现的是上级主管亲临致哀的场景，诔之行为于是隐含了上对下的权力意味，后来汉朝班固《白虎通·论天子谥诸侯》道："诸侯薨，世子赴告于天子，天子遣大夫会其葬而谥之何？幼不诔长，贱不诔贵，诸侯相诔，非礼也。臣当受谥于君也。"①可见形成了下属不能上诔，平辈之间也不能互诔的礼仪规定。②则宝玉之诔晴雯，以其主子对女婢的上下关系依然在传统的规范之内，具有权力阶级之指涉。如此一来，宝玉的悼祭行为仍符合传统礼仪而不失正经礼数。

尤其对于"在芙蓉前一祭"此一"别开生面，另立排场"的做法，宝玉也引述传统说词来保障自己所为的合法化："古人有云：'潢污行潦，蘋蘩蕴藻之贱，可以羞王公，荐鬼神。'原不在物之贵贱，全在心之诚敬而已。此其一也。"所引的古人之说，出自《左传·隐公三年》君子曰：

---

① （汉）班固著，（清）陈立撰，吴则虞点校：《白虎通疏证》，上册，卷二，页72—73。
② 罗漪文：《汉魏晋诔体文的功能与篇章结构：以抒哀脉络为主的讨论》，《东华汉学》第十六期（2012年12月），页124。

> 苟有明信，涧溪沼沚之毛，蘋蘩蕴藻之菜，筐筥锜釜之器，潢污行潦之水，可荐于鬼神，可羞于王公。[1]

完全合乎古代文化行礼的精神，接着，所谓"二则诔文挽词也须另出己见，自放手眼，亦不可蹈袭前人的套头，填写几字搪塞耳目之文，亦必须洒泪泣血，一字一咽，一句一啼，宁使文不足悲有余，万不可尚文藻而反失悲戚。况且古人多有微词，非自我今作俑也"，对于自己一反"尚文藻而反失悲戚"的套头而"另出己见，自放手眼"的做法，也同样是用"古人多有微词，非自我今作俑"来合理化，意思是此一对诔文之流于形式的不满，早有古人作为前导，宝玉自己并非首开风气的始作俑者，只不过是将此一不满加以实践而已。

并且，此番实践也是在公领域之外的私下场合，由"今人全惑于功名二字，尚古之风一洗皆尽，恐不合时宜，于功名有碍之故。我又不希罕那功名，不为世人观阅称赞"之说，可见其中固然带有不慕功名与称赞的超俗心态，但实质上也因此免除了与世俗的冲撞压力，并未真正抵触正经礼数。最重要的是，这种对立于"今人全惑于功名二字"的不合时宜，更是一种对"尚古之风"的回归，同样是标举古人作为终极价值的复古行动，皆证明了其中实无叛逆革命的意义。

---

[1] （晋）杜预注，（唐）孔颖达疏：《春秋左传正义》，《十三经注疏》，卷三，页 51—52。

(二)"人情乖觉取和"的必然

正因为从诞生于贵宦世家的第一刻起,所呼吸的空气便饱含着礼教因子,日夜熏染之下必然内化成为人格的一部分,形成了法国学者皮埃尔·布尔迪厄(Pierre Bourdieu, 1930—2002)的教育社会学所说的"惯习"(habitus,为拉丁语词,原义"生存的方式",或译作习癖、习性体系、生存心态),惯习"所指的是一套禀性(disposition)系统,促使行动主体以某种方式行动和反应,也就是人们知觉和鉴赏的基模,一切行动均由此而衍生。这种生存心态是在特定的历史条件下,个人无意识内化社会结构影响的结果,特别是特定社会中教育系统在个人意识的内化和象征结构化的结果"[1]。从性质而言,构成惯习的禀性系统是教化的(inculcated)、结构的(structured)、持久的(durable)、衍生的(generative)和可转换的(transposable),是故不可避免地会反映个人所处的社会条件,并根深蒂固地持续在个体的生命史发生作用,而早期的儿童经验尤其具有相当重要的影响。[2] 正因为如此,君父至上的伦理原则、"人情乖觉取和"(第五十二回)的世故,其实都是所有贵族出身的人物所禀赋的内在心性内涵,而不是外来的压力。以为所谓的"真"是与生俱来、固定不变的人性本质,后天社会化过程所习染的一切则是对这份"真"

---

[1] 邱天助:《布尔迪厄文化再制理论》(台北:桂冠图书公司,2002),页110—111。

[2] Pierre Bourdieu, *Language and Symbolic Power*. Edited and with an Introduction by John B. Thompson. Cambridge: Polity Press, 1991. 引自邱天助:《布尔迪厄文化再制理论》,页111—113。

的压迫与损害，其实是对人性的极端简单化。

事实上，所谓的"真"只是一个抽象的概念，而不是每个人都共有的、固定的人性内容，"童心"亦然。究竟何谓"真"？只要精细一点地思考，就会发现其中涉及一系列的种种问题，且其中有些问题始终处于无法确定的开放状态：第一，我们所要忠实的自我究竟是什么？它在何处藏身？它是随社会的变化、文化的熏陶、制度的规训、自身的努力等的改变而不断改变呢，还是具有某种生命体的坚硬性？第二，我们说我们是真诚的，但这是有待验证的，因此就出现了真实性问题，于是我们发现，真诚同时又与社会、文化、无意识理论等相交织。[①] 因此，一旦素朴地、想当然地使用这个概念，便会流于"世俗论真……以不拘礼法为真、为自然"[②] 的地步，则不但不成其为人性的价值，更倒可以说是人性的堕落了。

试看宝玉虽也是"任性恣情"，如脂砚斋所说的"亦不涉于恶，亦不涉于淫，亦不涉于骄，不过一味任性耳"（第十九回批语），但即使有许多世俗眼界中顽劣不通、迂阔偏奇之癖性，却不是一味放任自我的率性之辈；相反地，宝玉往往自然而然地表现出"人情乖觉取和"的世故。姑且不论其周旋于众女儿之间"作小伏低""温柔体贴"的表现，势必时时以包容帮衬的心胸配合他人，绝无锐意

---

① 这些问题的提出，见刘佳林《诚与真的历史文化脉动》。[美]莱昂内尔·特里林（Lionel Trilling）著，刘佳林译：《诚与真：诺顿演讲集，1969—1970》（南京：江苏教育出版社，2006），代译序，页2—3。
② （明）冯从吾：《辨学录》六十九章，《少墟集》，卷一，《景印文渊阁四库全书》第一二九三册（台北：台湾商务印书馆，1983），页29。

突显自我之处，这已经充分显示宝玉必然具备了察言观色、退让成全的性格能力。所谓"水能载舟，也能覆舟"，同一种能力，并不因为对象是女儿就比较真诚高尚，也不因为对方不是女儿就变得虚假作伪，关键在于出发点是与人为善还是谋取私利，而不是这个能力或做法本身。

即使就一般人情世理的范畴以观之，宝玉所具备的也是一种严分公、私领域的周全性格。私底下，处于天真烂漫的女儿群中，他可以訾骂世人、焚书诋儒、毁僧谤佛，展演出种种脱序异常的观念行径；然而到了唯礼是尚的公众场合，他却又全然是一位彬彬合宜的世家公子，同时，对于"人情乖觉取和"也表现出深刻的理解力与掌握度。从第二十八回庆生宴会上与冯紫英、蒋玉菡、薛蟠诸人的谦谨得体，即可见出宝玉对于人情世故的娴熟老道，小说中点点滴滴的相关描写所在多有，只是读者往往被成见过滤以致视而不见。

所谓"人情乖觉取和"，意指在人际关系中娴熟人情世故、取得和谐运作的心性能力。"取和"一词可以望文生义，即取得和谐的效果；至于"乖觉"则是"取和"的方式，但此词必须加以考察说明，以免误解。《红楼梦》中共出现五次"乖觉"一词，包括：

- 士隐见女儿越发生得粉妆玉琢，乖觉可喜，便伸手接来，抱在怀内，逗他顽耍一回。（第一回）
- （宝玉）如今长了七八岁，虽然淘气异常，但其聪明乖觉处，百个不及他一个。（第二回）

- 这贾芸最伶俐乖觉，听宝玉这样说，便笑道："俗语说的，'摇车里的爷爷，拄拐的孙孙'。虽然岁数大，山高高不过太阳。……如若宝叔不嫌侄儿蠢笨，认作儿子，就是我的造化了。"（第二十四回）
- 只见那些丫鬟笑道："宝玉怎么跑到这里来了？"宝玉只当是说他，自己忙来陪笑说道："因我偶步到此，不知是那位世交的花园，好姐姐们，带我逛逛。"众丫鬟都笑道："原来不是咱们家的宝玉。他生的倒也还干净，嘴儿也倒乖觉。"（第五十六回）

在这四段情节中，"乖觉"多和"聪明""伶俐""可喜"结合成说，梦中甄家丫鬟所说的"嘴儿也倒乖觉"也隐含同样的意思，则"乖觉"意味着机警、聪明、灵敏；而透过机警聪敏的性格能力讨人喜爱，便是"人情乖觉取和"。因此在这四个事例中，五岁的英莲因乖觉可喜而深获父亲疼爱，宝玉虽然淘气异常，但他的聪明乖觉依然使他十分可爱，不仅家人百般宠溺，连陌生丫鬟都产生好感；至于十八岁的贾芸抓住机会认宝玉为义父，为自己找到坚强靠山，正是"人情乖觉取和"的绝佳例证。

再以"人情乖觉取和"这一句所出的情节来看，定义更是清楚明确。第五十二回描写宝玉记挂着感冒卧床的晴雯，回到怡红院后却发现空无一人，只有晴雯独卧于炕上，一问之下，原来秋纹是被晴雯撵去吃饭了，麝月则是方才被平儿找出去，晴雯对此颇疑心于"两人鬼鬼祟祟的，不知说什么。必是说我病了不出去"，但宝玉立

刻澄清这个误会,周延地说道:

> **平儿不是那样人**。况且他并不知你病特来瞧你,想来一定是找麝月来说话,**偶然见你病了,随口说特瞧你的病,这也是人情乖觉取和的常事。便不出去,有不是,与他何干?你们素日又好**,断不肯为这无干的事伤和气。

这段话中的推理,包括:对平儿性格的了解,对两房之间讯息流通状况、晴雯与平儿素日交情的把握,并且洞悉一般人因应状况而随机取用好听借口的常情反应,以及事不关己便远离是非的避祸心态,至少含括了五个层面,在在指向了平儿一定是专程来找麝月,与晴雯生病无关。绵密的思考使得这个结论强而有力,让晴雯听了顿时豁然开朗,消去了猜忌的疑心,转为一般的疑惑,其中同样显示了宝玉自己"人情乖觉"的能力。

这种对人情事理的细腻入微,也表现于接下来宝玉在潇湘馆中的一段情节。当时宝玉见到暖阁里栽着一盆单瓣水仙,便极口赞赏,黛玉因说道:

> "这是你家的大总管赖大婶子送薛二姑娘的,两盆腊梅,两盆水仙。他送了我一盆水仙,他送了蕉丫头一盆腊梅。我原不要的,又恐辜负了他的心。你若要,我转送你如何?"宝玉道:"我屋里却有两盆,只是不及这个。**琴妹妹送你的,如何又转送人,这个断使不得**。"(第五十二回)

在人际关系上,收礼的最高境界便是欣然笑纳、珍而重之,这就等同于珍惜送礼者的心意、赞美送礼者的品位,犹如宝钗将元妃所赐的红麝串戴在手腕上一样,比起回赠高价礼物更显有情;若将礼物转赠他人,形同对送礼者的轻忽甚至践踏,实为失礼之至。因此宝玉一听黛玉有意转送宝琴所赠的这盆水仙,便立刻强烈表达"这个断使不得"。

如此看来,宝玉对亲疏远近之别的分寸拿捏必然入情入理,不会逾越情分造成困扰与负担。例如,第二十七回探春委托宝玉选购一些"朴而不俗、直而不拙"的东西,并承诺做一双更加工夫的鞋子回赠致谢,宝玉听了笑道:

"你提起鞋来,我想起个故事……袭人说这还罢了,赵姨娘气的抱怨的了不得:'正经兄弟,鞋搭拉袜搭拉的没人看的见,且作这些东西!'"探春听说,登时沉下脸来,道:"这话胡涂到什么田地!怎么我是该作鞋的人么?环儿难道没有分例的,没有人的?一般的衣裳是衣裳,鞋袜是鞋袜,丫头老婆一屋子,怎么抱怨这些话!给谁听呢?我不过是闲着没事儿,作一双半双,爱给那个哥哥兄弟,随我的心。谁敢管我不成!这也是白气。"**宝玉听了,点头笑道:"你不知道,他心里自然又有个想头了。"**探春听说,益发动了气,将头一扭,说道:"连你也胡涂了!他那想头自然是有的,不过是那阴微鄙贱的见识。他只管这么想,我只管认得老爷、太太两个人,别人我一概不管。就是姊妹兄弟跟前,谁和我好,我就和谁好,什么偏的庶的,我也不知道。论理我不该说他,但忒昏愦的不像了!"

必须注意到,在这一大段长篇对话中,真正出口批评赵姨娘的人都是探春,宝玉只有一开始转述赵姨娘的抱怨,接下来便仅仅提到"他心里自然又有个想头了"一句话,赵姨娘的抱怨是如何的糊涂无理,其见识是如何的阴微鄙贱、心思是如何的唯利是图,都是由探春这位女君子在忍无可忍的极限下倾泻而出,对赵姨娘为人之不堪做了最精确完整的勾勒,并透过这场大爆发显示探春的深受其苦,呈现了这对血缘上的母女之间的价值冲突。但除此之外,宝玉作为探春的对话者,却对肇祸者赵姨娘不赞一词,极简的几句话都是客观描述、点到为止,完全不涉及批评,这个现象显示出宝玉深明"疏不间亲"的道理——对于情感上、血缘上的至亲,当事人尽可以痛陈好恶、发抒不满,但外人若跟着同仇敌忾,反倒会产生反效果,因为那纠葛至深的情感、血缘使得至亲双方产生了某种不可分割的一体性,在连坐的效应下同时发挥杀伤力,让当事人同感羞辱。仅此一端,足见宝玉对人性之幽微的洞察之深,言行因此谨守分际。

再者,宝钗担忧黛玉的病症,好意地提供黛玉上等燕窝,让她每天一两熬粥食用,以平肝健胃,"若吃惯了,比药还强,最是滋阴补气的"(第四十五回)。宝玉后来获知此事,暗中悄悄地动了一点手脚,如其所言:

"我想着宝姐姐也是客中,既吃燕窝,又不可间断,若只管和他要，也太托实**。虽不便和太太要，我已经在老太太跟前略露了个风声，只怕老太太和凤姐姐说了**。……如今我听见一日给你们一两燕窝，这也就完了。"紫鹃道："原来是你说了，这又多谢你费心。我们正疑惑，老太太怎么忽然想起来叫人每一日送一两燕窝来呢？这就是了。"（第五十七回）

同样基于亲疏之道，无论怎样的好意与能力，只要涉及单方面的付出与帮助，"救急不救穷"便是不变的道理，只有真正的至亲才能长久地持续付出，何况燕窝实在太过贵重。宝钗固然不以为意，但毕竟也是离乡客中，有其不便，确实是"若只管和他要，也太托实"，容易流于不知轻重。因此，宝玉不动声色地暗示了贾母，由老祖宗交代下来，每日一两燕窝就可以确保源源不断，并且没有人情的压力，堪称深谋远虑。

将这分心思用来品鉴才性、辨识事态，宝玉往往也能以高度的识人之明荐举能才，维系家务。例如第十三回当秦可卿的死讯传来时，宝玉"只觉心中似戳了一刀的不忍，哇的一声，直奔出一口血来"，脂砚斋的解释便是：

> 宝玉早已看定可继家务事者，可卿也，今闻死了，大失所望。急火攻心，焉得不有此血。为玉一叹。

这是痛失栋梁、忧心家务的强烈反应。因此，当贾珍筹办秦氏丧礼时，因尤氏又犯了旧疾，不能料理事务，唯恐各诰命来往，亏了礼数，怕人笑话，而心中忧虑，宝玉便在侧问道：

"事事都算安贴了，大哥哥还愁什么？"贾珍见问，便将里面无人的话说了出来。**宝玉听说笑道："这有何难，我荐一个人与你权理这一个月的事，管必妥当。"**贾珍忙问："是谁？"宝玉见座间还有许多亲友，不便明言，走至贾珍耳边说了两句。**贾珍听了喜不自禁，连忙起身笑道："果然安贴，如今就去。"**说着拉了宝玉，辞了众人，便往上房里来。

这位管必妥当的人便是王熙凤，果然贾珍一听正中下怀，事后也证明凤姐的才干非凡，连从未经手过的丧礼大殡都筹划得十分整肃，赢得阖族上下的赞叹，因而清末评点家洪秋蕃便说："知人善任，宝玉何尝胡涂！"[①] 尤其若比较贾珍对凤姐，理应知之甚深却后知后觉，宝玉对宁府的家务状况、凤姐的性格才干实有着深刻的把握，以幕僚的身份调兵遣将、安插得宜，又何尝有一丁点不问世事的无知？

深具识人之明的宝玉，对于人事发展甚至可以给出精确的预测。第七十九回写薛、夏两家联姻，香菱对夏金桂的进门热衷地盼望道：

---

① （清）洪秋蕃：《红楼梦抉隐》，第十三回评，冯其庸纂校订定，陈其欣助纂：《八家评批红楼梦》，页299。

"我也巴不得早些过来,又添一个作诗的人了。"**宝玉冷笑道:"虽如此说,但只我听这话不知怎么倒替你耽心虑后呢。"**香菱听了,不觉红了脸,正色道:"这是什么话!素日咱们都是厮抬厮敬的,今日忽然提起这些事来,是什么意思!怪不得人人都说你是个亲近不得的人。"一面说,一面转身走了。宝玉见他这样,便怅然如有所失,呆呆的站了半天,思前想后,不觉滴下泪来,只得没精打彩,还入怡红院来。

事后证明,宝玉对香菱的担心忧虑果然精准成真,新妇入门后即对香菱百般折磨,开启了香菱悲剧的序幕,致其短短时间内就在悲苦之下含怨夭亡,令人触目惊心(请见本书第三章)。但在事前,宝玉这番"虑后"的洞见却触怒了香菱,因为那不祥的预告涉及家庭中的妻妾问题,不仅以外人的身份评论对方的家务事,违反"疏不间亲"的原则,又以男性的身份当面谈论女性的婚姻处境,也是失礼之至,属于双重逾越分际;更严重的是,宝玉的担心形同认定未过门的夏小姐是一个不能容人的恶妻,涉及品德的负面批评,这就是造成香菱当场不悦并严词回应的原因。

在此,宝玉的莽撞固然是出于由衷对香菱这位好女儿的深切担忧,以致一时忘情,而有失其平素"人情乖觉"的表现,但仅仅听香菱的"这话"就敏锐地预测未来,对素未谋面的夏金桂判断神准,所依据的便是夏家"非常的富贵……如今太爷也没了,只有老奶奶带着一个亲生的姑娘过活,也并没有哥儿兄弟"的情况,了解到在如此家境中成长的夏金桂必然深受娇宠溺爱,性情也恐怕骄横霸道，其对人性的掌握实在堪称精辟入里。

反过来说，若将此一品鉴才性、辨识事态的心思用于避祸求安，宝玉也未尝没有推诿作伪的圆滑。第三十三回忠顺王府派人来到贾府索讨琪官蒋玉菡，原因是众所皆知宝玉与他交好，于是担上了引逗的罪名，被唤来的宝玉听了唬了一跳，忙回道：

> "实在不知此事。究竟连'琪官'两个字不知为何物，岂更又加'引逗'二字！"说着便哭了。贾政未及开言，只见那长史官冷笑道："公子也不必掩饰。或隐藏在家，或知其下落，早说了出来，我们也少受些辛苦，岂不念公子之德？"宝玉连说不知，"恐是讹传，也未见得"。那长史官冷笑道："现有据证，何必还赖？必定当着老大人说了出来，公子岂不吃亏？既云不知此人，那红汗巾子怎么到了公子腰里？"宝玉听了这话，不觉轰去魂魄，目瞪口呆，心下自思："这话他如何得知！他既连这样机密事都知道了，大约别的瞒他不过，不如打发他去了，免的再说出别的事来。"

这段情节往往被选择性地忽视，其实至关紧要，试看宝玉先对事实矢口否认，还无比委屈地以哭遮掩，这已是百分之百的虚伪作假；一旦被发现腰间系着琪官所赠的红汗巾子，再也推诿不过时，便立刻和盘托出"他如今在东郊离城二十里有个什么紫檀堡，他在那里置了几亩田地几间房舍"，完全推翻前一刻的无辜，前后变化何其迅速！而宝玉之所以说出真相，一则是事迹败露、不得不然，二则更是锁口防堵的策略,"不如打发他去了,免的再说出别的事来",其心机又何其深沉!如此种种,随机应变的伶俐、装模作样的逼真、止血策略的灵活操作,又何尝亚于凤姐!

正因为如此,宝玉也曾诉诸贪财好货的人性,对刘姥姥进行利诱之举,第三十九回即称:

> 刘姥姥吃了茶,便把些乡村中所见所闻的事情说与贾母,贾母益发得了趣味……彼时宝玉姊妹们也都在这里坐着,他们何曾听见过这些话,自觉比那些瞽目先生说的书还好听。**那刘姥姥虽是个村野人,却生来的有些见识,况且年纪老了,世情上经历过的,见头一个贾母高兴,第二见这些哥儿姐儿们都爱听,便没了说的也编出些话来讲。**

于是,刘姥姥首先编出一个十七八岁极标致的小姑娘在大雪地里抽柴草的故事,中途被小火灾打断后,宝玉仍然穷追不舍,拉了刘姥姥细问那女孩儿是谁。刘姥姥只得编了告诉他,说这位姑娘死后父母盖庙塑像,日久成了精,宝玉信以为真,又问地名庄名,来往远近,坐落何方,刘姥姥便顺口胡诌了出来。这时,宝玉便建议刘姥姥道:

> "我们老太太、太太都是善人,合家大小也都好善喜舍,最爱修庙塑神的。我明儿做一个疏头,替你化些布施,**你就做香头**,攒了钱把这庙修盖,再装潢了泥像,**每月给你香火钱烧香岂不好?**"刘姥姥道:"**若这样,我托那小姐的福,也有几个**

钱使了。"

可见这些香火钱等于直接进入尼姑等香头的口袋,借宗教之名行营利之实,刘姥姥也并不讳言可以从中得利,宝玉甚至直接以此劝使刘姥姥担任香头,正是"利诱"的世故做法。足证宝玉绝不是一个单一的人物,他在许多地方表现出对人情世故的洞察与务实,这段利诱刘姥姥来达到对青春女儿的崇敬与怜惜,就是他复杂性格的一个例证。

接着,第四十一回描述贾母等一行人到了栊翠庵,受到妙玉的礼貌招待,随后妙玉便把宝钗和黛玉的衣襟一拉,二人随他出去,到耳房内另泡一壶茶,悄悄随后跟了来的宝玉便走了进去,笑道:"偏你们吃梯己茶呢。"当妙玉另拿出两只杯来,一个瓟斝递与宝钗,一个点犀䀉与黛玉,仍将前番自己常日吃茶的那只绿玉斗来斟与宝玉,宝玉笑道:

"常言'世法平等',他两个就用那样古玩奇珍,我就是个俗器了。"妙玉道:"这是俗器?不是我说狂话,只怕你家里未必找的出这么一个俗器来呢。"宝玉笑道:"俗说'随乡入乡',到了你这里,自然把那金玉珠宝一概贬为俗器了。"妙玉听如此说,十分欢喜。

同一只绿玉斗,同样是比不上古玩奇珍的世俗贵器,宝玉原本只是不假思索地脱口抱怨,但一听"俗器"这个用词抵触了妙玉的骄傲,立刻投其所好,将原初的抱怨转化为巧妙的恭维:一个常用俗器的人通常只能说是俗人，但宝玉却翻转这个自然的思路，重新创造崭新的推理，亦即俗器依然还是俗器，其俗竟不是来自主人的俗，而是来自主人的不俗，以至于作客于此的人感染其风范，也随之以不俗的标准贬低其俗，曲折地证明了妙玉心性的脱俗，果然让妙玉转怒为喜。这种吊诡的逻辑其实是很勉强的，但只要结论能达到讨好谄媚的目的，矛盾又何妨？于此又再度呈现宝玉见风转舵的机灵，电光石火之间心念急转，瞬时便得以编出奇诡的逻辑化险为夷，"人情乖觉取和"的能力已臻出神入化之境。

至此充分可见，所谓"人情乖觉取和"的能力完全是宝玉性格的一部分，因此表现得自然而然，如行云流水般毫无窒碍，正是"惯习"的流露。

（三）超越"痴情"：两尽其道的"痴理"观

就在君父的至高伦理原则，尤其是贵族阶层的礼教因子熏染下，宝玉对爱情的定位也是超越一般浪漫爱情故事的痴情。精确地说，宝玉始终把两性之爱与男女之情安置在伦理秩序与道德规范中，而非一味与外在礼法相对抗，他的思想并未架设在"情""礼"对立的两极化选择中，反倒是"情""礼／理"兼备，以求"两尽其道"。此一观念在传统中国文化中并不特殊，但小说家由此所铸造的"痴理"说，却极具一新耳目的创造力，并且明确地针对汤显祖才子佳人小说的唯情论而发。

首先，这种调和折衷的"两尽其道"的观念与做法，在第四十三回贾府合家为凤姐庆生，宝玉却偷偷出府私祭金钏一事上即

已发端并有所演绎。当茗烟陪祭后,用以劝宝玉回府的"**大题目**"便是:

> 若有人不放心,二爷须得进城回家去才是。**第一老太太、太太也放了心,第二礼也尽了**,不过如此。就是家去了看戏吃酒,也并不是二爷有意,原不过**陪着父母尽孝道**。二爷若单为了这个不顾老太太、太太悬心,就是方才那受祭的阴魂也不安生。二爷想我这话如何?

宝玉的反应亦是深表赞同,故谓:

> 我才来了,不过为**尽个礼**,**再去吃酒看戏**,并没说一日不进城。这已完了心愿,赶着进城,大家放心,岂不**两尽其道**。

可见"情"仍是要透过"礼"来表现的,宝玉仍然采取了祭礼的仪式来寄托哀悼之情,这种"尽礼"乃用以"尽情"、情即在礼中的思维,已呈现情礼浃洽合一的兼容性;而"尽情"并不抵触"尽孝道"的伦理大原则,"尽孝道"与"尽情"彼此共适并存的"大题目",恰恰又呼应了第五十八回"杏子阴假凤泣虚凰,茜纱窗真情揆痴理"一段情节,由此达到人我两全的伦理世界的圆满,带给宝玉崭新的婚恋观。其中描述藕官为死去的菂官烧纸泣念,两人的关系乃是芳官所说:

虽不做戏,寻常饮食起坐,两个人竟是你恩我爱。药官一死,他哭的死去活来,至今不忘,所以每节烧纸。后来补了蕊官,我们见他一般的温柔体贴,也曾问他得新弃旧的,他说:"这又有个大道理。**比如男子丧了妻,或有必当续弦者,也必要续弦为是。**便只是不把死的丢过不提,便是情深意重了。**若一味因死的不续,孤守一世,妨了大节,也不是理,死者反不安了。**"……宝玉听说了这篇呆话,独合了他的呆性,不觉又是欢喜,又是悲叹,又称奇道绝,说:"天既生这样人,又何用我这须眉浊物玷辱世界。"

两相比对,清楚可见茗烟所说的"大题目"等同于藕官所指的"大道理""大节","方才那受祭的阴魂也不安生"之说更与"死者反不安"如出一辙;至于"若有人不放心,二爷须得进城回家去才是"也与"或有必当续弦者,也必要续弦为是"异曲同工,孝道与爱情可以两全兼备,"怜取眼前人"与"无忘旧时恩"可以一体并存,正是"两尽其道"之义,所展示的都是一种情理兼备的"痴理"观。

这种"痴理"观,可以说是直接挑战,甚至正面推翻了汤显祖"情在而理亡"(《弋说序》)、"一往而深,生者可以死,死可以生。生而不可与死,死而不可复生者,皆非情之至也"(《牡丹亭记题词》)的"情至说"。因此,第二十八回宝玉那番将黛玉置于血亲尊长之后,而排在第四位的自白,以及第二十回以"你先来"的时间优先性、"论亲戚,他比你疏"的血缘伦理性,来对黛玉进行情感保证,祛除黛玉对宝钗介入的疑虑,都属于恩义范畴,而非一般的爱情挂帅,使得才子佳人小说中爱情高于亲情及社会秩序的排序再度逆转,回到传统的认知架构中,清楚显示出伦理亲情胜于爱情的排列位序。

从而在牵绊重重的生活罗网中,"两尽其道"甚至可以扩充为"各尽其道"。第四十七回述及自由自在的柳湘莲可以随时守护旧友秦钟的坟茔,宝玉则是心有余而力不足,"只恨我天天圈在家里,一点儿做不得主,行动就有人知道,不是这个拦就是那个劝的,能说不能行。虽然有钱,又不由我使",柳湘莲即对此表示道:

> 这个事也用不着你操心,外头有我,**你只心里有了就是**。……这个事不过各尽其道。

所谓"这个事不过**各尽其道**"的具体涵义,意指每个人在其客观局限下尽心或尽力,都足以为"道"。至此,由婚恋范畴延伸到朋友范畴,从"两尽其道"扩充为"各尽其道",便达到了人我之间一切伦理关系的圆满。

五、儿童式的"自我中心"

正因为恪遵君父原则、谨守礼法大体,宝玉的种种脱逸作为,与其说是反礼教、反封建,不如说是私底下被纵容的无伤大雅,较属于小孩子的幼稚心性;也果然,成长于公侯富贵之家的宝玉虽有正气的护持,而不致如贾蓉、贾珍般的堕落,但其性格中所内蕴的邪气依然使他带有纨绔气息,也是小说家痛定思痛的所在。虽然这是人性塑造上在所难免的结果,并且因为有了正气的提升、校正,反倒呈现出一种独特的秀逸品格,但就事论事,依然不能为所爱者讳。

(一)"纨绔"面相与软弱无能

从心理学的角度而言,皮亚杰(Jean Paul Piaget, 1896—1980)所发现的"儿童自我中心"也出现在宝玉的人格表现上。所谓的儿童自我中心,即儿童把注意力集中在自己观点和自己动作上的现象;这一现象也许和知识贫乏有一点关系,但给予新的知识,并不能使其摆脱自我中心的错觉。这样的心性,本来是每一个身心不成熟的儿童所必然出现的现象,若再加上侯门公府的宠儿待遇,更难免形成一种纨绔习气,虽然宝玉这一类的事例确实并不多。

就宝玉的癖好而言,包括"吃人嘴上擦的胭脂"与"爱红的毛病儿"(第十九回)、"好吃酒看戏"(第二十九回)、"情性只愿常聚,生怕一时散了添悲;那花只愿常开,生怕一时谢了没趣"(第三十一回)、"偏好在我们队里闹"(第三十四回)、"和丫头们好……爱亲近他们"(第七十八回),都多多少少烙上纨绔的标记;以宠儿的处境来看,宝玉更自幼便习惯于被礼遇讨好。试看宝玉睡梦中到了甄府的花园内,路上巧遇几个丫鬟,对话间被她们嫌弃"你是那里远方来的臭小厮,也乱叫起他来。仔细你的臭肉,打不烂你的",又一个丫鬟说道:"同这臭小厮说了话,把咱熏臭了!"说着一径去了。宝玉便纳闷道:

从来没有人如此涂毒我,他们如何更这样?(第五十六回)

而更早的时候,在真实的世界里,宝玉则是被龄官敬谢不敏,是为平生之绝无仅有。当时宝玉因各处游得烦腻,便想起《牡丹亭》曲来,听说梨香院的十二个女孩子中有小旦龄官最是唱得好,于是前往梨香院寻找,得知龄官在她房里,宝玉忙至她房内,只见龄官独自倒在枕上,"见他进来,文风不动。宝玉……因进前来身旁坐下,又陪笑央他起来唱'袅晴丝'一套"。不想龄官见他坐下,忙抬身起来躲避,正色说道:

"嗓子哑了。前儿娘娘传进我们去,我还没有唱呢。"宝玉见他坐正了……又见如此景况,**从来未经过这番被人弃厌**,自己便讪讪的红了脸,只得出来了。

就在这不意之间,宝玉受到龄官以"见他进来,文风不动""忙抬身起来躲避"且"正色""坐正"的态度,而破天荒亲历了受人疏离冷落的遭遇,评点家姚燮已经注意到:

宝玉过梨香院,遭龄官白眼之看;黛玉过栊翠庵,受妙玉俗人之诮,皆其平生所仅有者。①

---

① (清)姚燮:《读红楼梦纲领》,一粟编:《红楼梦资料汇编》,卷三,页169。

于是乎,作为一个集万千宠爱在一身而"从来未经过这番被人弃厌""从来没有人如此涂毒我"的宠儿,平素多少流露出纨绔的习气,乃是自然而然的,宝玉也确实不乏此一面相,只是被偏爱的眼光掩盖而已。

诸如第五回秦可卿提到自己的弟弟秦钟时,宝玉的反应是:"我怎么没见过,你带他来我瞧瞧。"这样的口吻,正如脂砚斋夹批所言:"侯门少年纨裤活跳下来。"就"侯门少年纨裤"的事例,更典型的是为茶撵茜雪、逐奶娘一事,第八回写道:

> 宝玉吃了半碗茶,忽又想起早起的茶来,因问茜雪道:"早起沏了一碗枫露茶,我说过,那茶是三四次后才出色的,这会子怎么又沏了这个来?"茜雪道:"我原是留着的,那会子李奶奶来了,他要尝尝,就给他吃了。"宝玉听了,将手中的茶杯只顺手往地下一掷,豁啷一声,打了个粉碎,泼了茜雪一裙子的茶。……说着便要去立刻回贾母,撵他乳母。

乳母者,婢之贵者也,其乳养幼主之恩往往使之享有特殊的优厚待遇,评点家涂瀛也指出:"贾家法,于乳母颇厚,重于酬庸矣。"① 就其地位而言,确有几分"逗的他比祖宗还大"的意味。因此,一旦宝玉出面撵逐乳母,势必会引起轩然大波,不仅贾府富而好礼、

---

① (清)涂瀛:《红楼梦论赞·焦大赞》,一粟编:《红楼梦资料汇编》,卷三,页141。

宽柔待下的门风荡然扫地，贾母、贾政、王夫人更添烦恼气怒，宝玉莽撞的违逆之举也必然深受杖责，可以说是玉石俱焚的重大灾难。幸亏袭人勉力周旋安抚，才平息一场风暴，宝玉的骄纵任性实无可遮掩。

尤其是，第三十回描写宝玉一路淋雨奔回到怡红院，却见大门紧闭，便以手叩门，里面诸人只顾玩耍嬉笑，那里听得见，宝玉叫了半日：

> 拍的门山响，里面方听见了……宝玉一肚子没好气，满心里要把开门的踢几脚，及开了门，并不看真是谁，**还只当是那些小丫头子们，便抬腿踢在肋上。**袭人"嗳哟"了一声。宝玉还骂道："下流东西们！我素日担待你们得了意，一点儿也不怕，越发拿我取笑儿了！"口里说着，一低头见是袭人哭了，方知踢错了。

可以思考的是，在除宝玉之外别无男性的怡红院中，开门者必为年轻女性，也就是他日常所谓"我见了便觉清爽"的"无价宝珠"，平日对她们呵护备至唯恐不及，甚至宽容担待到了放纵的地步，此刻却仅仅因为一时未能及早应门的小小疏失，便"一肚子没好气，满心里要把开门的踢几脚"，而且直接踹向心口肋间这要害之处，仿佛存在着欲致之死地般的深仇大恨。固然宝玉平日的忍让担待确实难得，以致当下形同累积到了极限，而在浑身湿透的不耐之下脾气爆发，但"抬腿踢在肋上"直攻胸臆心肺，颇带有致命性，不比一般的踢打，可见宝玉对低等小丫头并未一般的怜香惜玉，不习惯吃闭门羹所酝酿的一肚子气便毫不客气地发泄在她们身上，那"抬腿踢在肋上"的凶恶又何尝有一丁点的宽柔之风？替罪的袭人招来了身体的伤害与心灵的屈辱，更导致她夜间发晕吐血而灰心丧志，诚属过度之举。真正说来，小说中并没有其他的主子辈出现过如此严重的肢体暴力，反倒以温柔体贴著称的宝玉却残毒至此，于此便闪现出宝玉性格中潜伏着的破坏性因子，较诸被他贬斥的"泥作的男人"恐怕还更有过之，在令人大惑不解之余，岂非更使人凛然可惧？

再者，第七十八回有一段极为发人深省的情节，一般人却往往轻易看过，只见表面的温情而错失其中的深意。当时晴雯被逐后，宝玉关心她临终的最后情状：

> 他便带了两个小丫头到一石后，也不怎么样，只问他二人道："自我去了，你袭人姐姐打发人瞧瞧雯姐姐去了不曾？"这一个答道："打发宋妈妈瞧去了。"宝玉道："回来说什么？"小丫头道："回来说晴雯姐姐直着脖子叫了一夜，今日早起就闭了眼，住了口，世事不知，也出不得一声儿，只有倒气的分儿了。"宝玉忙道："一夜叫的是谁？"小丫头子说："一夜叫的是娘。"宝玉拭泪道："还叫谁？"小丫头子道："没有听见叫别人了。"宝玉道："你胡涂，想必没有听真。"

于是旁边那一个小丫头最伶俐，听宝玉如此说，便上来说："真个他胡涂。"接着便投其所好,编出一套晴雯升天成为芙蓉花神的浪漫情节,满足了痴公子的不舍心怀。然而若仔细思考,可以进一步追问的是:责骂老实丫头"你胡涂,想必没有听真"的宝玉,对于晴雯在临终前呼唤的名字,心里所期待"一夜叫的是谁?"的答案,究竟是什么?答案正是宝玉自己,希望自己是晴雯最终、最根本所惦念的人,就像他一心期望"你们的眼泪单葬我"而"全得"所有少女之心(第三十六回),这岂非正是以自我为中心的表现?

更有甚者,宝玉这位少爷全然不知,晴雯"一夜叫的是娘"是痛不欲生的极端反应,犹如司马迁所说:

> 夫天者,人之始也;父母者,人之本也。人穷则反本,故劳苦倦极,未尝不呼天也;疾痛惨怛,未尝不呼父母也。①

晴雯的垂死过程忍受着万般痛楚、生不如死,"一夜叫的是娘"是求救的本能反应,那未曾留下记忆的母亲,是疼痛无助到极点的时候唯一浮在意识海面上的稻草,单单只是一个抽象的身份名号就足以减轻一丝丝痛苦,因此才会用最后的力气呼喊到最后一刻,其悲惨令人不忍卒听。但宝玉显然对此全无体会,一心只希望自己是她最终挂念的人,可见他毕竟只是一个从未经过沧桑、不曾遭受折磨的侯门少年,对于真实的劫难、蚀骨的痛苦懵懂无知,最多只是一

---

① (西汉)司马迁:《史记》(台北:鼎文书局,1993),卷八四《屈原贾生列传》,页2482。

般性的失落感伤，甚至只是一些粗浅的概念，也许凄美如诗，却单薄如纸，无比浅狭。如此一来，更证示了宝玉确实是一个见识有限的少年，再加上儿童式的自我中心，对晴雯临死的悲惨就更加隔靴搔痒了。

果然，晴雯之死并没有让宝玉真正产生本质上的改变，第七十七回宝玉对晴雯、芳官、四儿的被逐乃说道：

> 从此休提起，全当他们三个死了，不过如此。况且死了的也曾有过，也没有见我怎么样，此一理也。

在"没见我怎么样"的情况下，到了第七十八回，宝玉对着宝钗迁出后人去楼空的蘅芜苑悲感一番，忽又想到：

> 去了司棋、入画、芳官等五个；死了晴雯；今又去了宝钗等一处；迎春虽尚未去，然连日也不见回来，且接连有媒人来求亲：**大约园中之人不久都要散的了。纵生烦恼，也无济于事**。不如还是找黛玉去相伴一日，回来还是和袭人厮混，只这两三个人，只怕还是同死同归的。

离散沛不可挡，宝玉于是采取及时行乐的态度继续厮混，再到了第七十九回，宝玉即使因"近日抄检大观园、逐司棋、别迎春、悲晴雯等羞辱惊恐悲凄之所致，兼以风寒外感，故酿成一疾，卧床不起"，于是遭到家长的拘束养病，但试看病中的宝玉是何等

状况:

> 这一百日内,连院门前皆不许到,只在房中顽笑。四五十日后,就把他拘约的火星乱迸,那里忍耐得住。虽百般设法,无奈贾母王夫人执意不从,也只得罢了。因此**和那些丫鬟们无所不至,恣意耍笑作戏**。……少不得潜心忍耐,暂同这些丫鬟们厮闹释闷,幸免贾政责备逼迫读书之难。这百日内,只不曾拆毁了怡红院,**和这些丫头们无法无天,凡世上所无之事,都顽耍出来**。

无常已经逼近,离散的剧目开始紧锣密鼓,甚至家族的幻灭也隐然在望,宝玉却仍然以最幼稚的方式加以面对,全无成人的厚重与承担,这样的青春何其无知,即使带泪带血又岂值得歌咏?

的确,宝玉表面上花团锦簇的成长形态始终如一,第十九回说:

> 近来仗着祖母溺爱,父母亦不能十分严紧拘管,**更觉放荡弛纵,任性恣情,最不喜务正**。

第三十六回则云:

> 那宝玉本就懒与士大夫诸男人接谈,又最厌峨冠礼服贺吊往还等事,今日得了这句话,越发得了意,不但将亲戚朋友一

概杜绝了,而且连家庭中晨昏定省亦发都随他的便了,**日日只在园中游卧,不过每日一清早到贾母王夫人处走走就回来了,却每每甘心为诸丫鬟充役,竟也得十分闲消日月**。

在第三十七回接着道:

贾政出门去后,外面诸事不能多记。单表**宝玉每日在园中任意纵性的逛荡,真把光阴虚度,岁月空添**。

到了第七十回,年纪已达十六七岁的宝玉依然如此,当时原本预定回家的贾政奉旨"顺路查看赈济回来。如此算去,至冬底方回。宝玉听了,便把书字又搁过一边,仍是照旧游荡",于是第六十二回说"宝玉不识事体",连最不食人间烟火的林黛玉,都赞同探春的整顿大观园以兴利除弊,认为:"要这样才好,咱们家里也太花费了。我虽不管事,心里每常闲了,替你们一算计,出的多进的少,如今若不省俭,必致后手不接。"但宝玉仍然充满天真的信心,笑道:

凭他怎么后手不接,也短不了咱们两个人的。

所谓"覆巢之下无完卵",宝玉如此反应,其实是无知而不是纯真;并且只要自己和黛玉的所得没有损失,别人的短缺乃至整个家族的窘困都不放在心上,这种心态更流于太自我。也因为这样的天真无

知,于是后来宝玉又当面对探春说:

"谁都像三妹妹好多心。事事我常劝你,总别听那些俗语,想那俗事,只管安富尊荣才是。比不得我们没这清福,该应浊闹的。"尤氏道:"谁都像你,真是一心无挂碍,只知道和姊妹们顽笑,饿了吃,困了睡,再过几年,不过还是这样,一点后事也不虑。"宝玉笑道:"我能够和姊妹们过一日是一日,死了就完了。什么后事不后事。"(第七十一回)

参照第二回冷子兴演说荣国府的末世时,所说的"主仆上下,安富尊荣者尽多,运筹谋画者无一",则宝玉劝探春的这段话,正恰恰自曝为"安富尊荣者"之一,这又完全流于自我中心与自私任性。试想:如果没有别人如凤姐、探春的苦心谋划与力挽狂澜,尽量维持全家生活的安稳状态,这位少爷又怎能安富尊荣,无所短缺?大树底下的清荫固然值得留恋,但有谁可以永远不踏出去,迎接烈阳风霜,靠自己,也帮别人撑起一片天?

因此曹雪芹才会在第十三回的回末诗中,以"金紫万千谁治国,裙钗一二可齐家"来赞美那些才干卓绝的女性,而贬低这些不用心治国也无力齐家的冠带男子,包括宝玉在内。毋怪乎,当香菱提到与薛蟠结亲的"桂花夏家",其现况是:

"如今太爷也没了,只有老奶奶带着一个亲生的姑娘过活,也并没有哥儿兄弟,可惜他竟一门尽绝了。"宝玉忙道:"咱

们也别管他绝后不绝后，只是这姑娘可好？你们大爷怎么就中意了？"（第七十九回）

宝玉的反应竟然是"咱们也别管他绝后不绝后"，对他人家族的生死存亡毫不关心，一味从自己的角度钻营一个陌生少女的好恶，已堪称冷漠自私，反过来对自家的未来延续也无动于衷，便似乎顺理成章。

进一步而言，宝玉固然是沉浸于温柔乡，却一样依恋于富贵场，他所反对的绝不是富贵场本身，而是维持富贵场的责任与义务，并且在一心受享的心态下，他对责任与义务的反对方式只能说是消极的逃避，完全谈不上叛逆乃至革命的意义；连对于心之所钟的追求也缺乏真正的力量与勇气，因此一旦与现实发生碰撞，耽溺于田园牧歌中的宝玉便不知所措，往往退缩遁走，一无作为。试看第三十回宝玉挑逗金钏儿，两人就在午睡的王夫人身边言语调情：

> 只见王夫人翻身起来，照金钏儿脸上就打了个嘴巴子，指着骂道："下作小娼妇，好好的爷们，都叫你教坏了。"宝玉见王夫人起来，早一溜烟去了。

金钏儿本身的失格固然难辞其咎，自己要对当场的掌掴被撵负一半的责任，但宝玉更是肇祸的始作俑者，却立刻逃之夭夭，丢下身为丫鬟更无力承担的金钏儿孤独受罪，连一点试图保护对方的努力都没有，软弱自私莫此为甚。即使金钏儿死后的私祭哀戚恻恻，但那只是事后良知的愧疚与缺乏实质意义的哀悼，完全不能抵消大难来时弃之不顾的自私与毫无奋斗的软弱，又岂是及格的绛洞花主？如何堪当涵纳众姝的总花神？比起王夫人的有权生气、宝钗的有心慰藉，宝玉的有情而无义实际上更令人触目惊心。

可以说，"逃离现场"是宝玉唯一的奋斗方式，包括梦中喊骂、背后恨骂，都只看到软弱的本质。再如宝玉即使坚持木石情盟而对金玉良姻有所反对，但他的反抗形式也是间接的、无力的。第三十六回描写道：

> 这里宝钗只刚做了两三个花瓣，忽见宝玉在梦中喊骂说："和尚道士的话如何信得？什么是金玉姻缘，我偏说是木石姻缘！"薛宝钗听了这话，不觉怔了。

这样的喊骂，不是当庭的意志宣战，只是梦中的无意识流露，固然无意识是人类心理中极深层的欲望表达，表示出宝玉对黛玉情有独钟，以及厮守终身的渴望；但睡梦中的呓语算不上真正的抗争，若非宝钗恰巧正在现场，则既没有人听得到，也只是说给自己听，醒来以后还未必记得，遑论采取真正的行动，何尝算是一种反抗？可以说，借由"梦"的虚构形式与无意识范畴，巧妙地免除了实质的反对与直接的挑战；而将金玉姻缘此一主张归诸方外的和尚道士，也规避了对父母之命的抨击，在在显示出宝玉极力避免对抗家长、违逆亲尊的伦理失格。

这一点，在第七十七回中更有直接而清楚的表达。当抄检大观园之后，司棋被撵逐出去，在押送出园的过程中恰巧遇到宝玉，存有回转之奢望的司棋于是把握机会停下脚步，恳求宝玉去向王夫人求情开恩，但一番惜别的依依不舍迁延了行程，也耽误了一干人等的工作业务，负责押解她的管家大娘为此万分不耐，于是周瑞家的发躁向司棋道：

"你如今不是副小姐了，若不听话，我就打得你。别想着往日姑娘护着，任你们作耗。越说着，还不好走。如今和小爷们拉拉扯扯，成个什么体统！"那几个媳妇不由分说，拉着司棋便出去了。**宝玉又恐他们去告舌，恨的只瞪着他们，看已去远，方指着恨道**："奇怪，奇怪！怎么这些人只一嫁了汉子，染了男人的气味，就这样混账起来，比男人更可杀了！"守园门的婆子听了，也不禁好笑起来，因问道："这样说，凡女儿个个是好的了，女人个个是坏的了？"宝玉点头道："不错，不错！"（第七十七回）

作为"女性价值毁灭三部曲"那著名论调的回响，宝玉于此再次重复时，重心已经从崇扬少女价值转移到贬低女人，基于对司棋的不舍而表达出对女人的强烈厌恶。但细看宝玉的瞪指恨骂，是在"看已去远"的安全距离之下才付诸言行，原因则是"恐他们去告舌"，于是只有最底层的守园门的婆子听见，这又何尝有"虽千万人吾往矣"的勇气？

所以应该说，宝玉那一心守护女儿的言行作为，固然有其善良可爱之处，甚至被视为男尊女卑之性别不平等的平反者，而受到无比的赞扬；但实质上仍然反映出一种不成熟的稚幼心态，所谓："天真的男人还为他能承担别人的痛苦而自豪。他尤其喜欢承担女人的痛苦。"① 遑论宝玉的这种承担仅仅施诸私下安全无虞的时候，更显出宝玉儿童化的性格特质。值得注意的是，这种尤其喜欢承担女人的痛苦的"天真的男人"，往往来自父亲失去光芒，不断减少、缩小后对男性成长所形成的不平衡：

> 一个没有父亲的社会，产生了这种像鸟一般的男人，他们感情丰富、诚恳、有魅力、容易对酒或毒品上瘾。②

确实，宝玉是"没有父亲的"，即使贾政健在，但因为贾母的溺爱孙子以致父权沦丧，正是一位失去光芒、不断缩小的父亲，果然也产生了"像鸟一般"的宝玉——感情丰富、诚恳、有魅力，并且如果把"酒或毒品"改成"女儿之美"，则宝玉恰恰正是"容易上瘾"的人，因而被归类为"情痴情种"。

但是，宝玉这位感情丰富、诚恳、有魅力，并且对"女儿之美"上瘾的男人，固然处处、时时表现出对女儿的赞叹与怜惜，赢得了"爱博而心劳"的赏誉，实际上却总是伤害了每一个女性。评点家

---

① ［美］罗勃·布莱著，谭智华译：《铁约翰：一本关于男性启蒙的书》，第三章"灰烬、贬抑与忧伤之路"，页92。

② ［美］罗勃·布莱著，谭智华译：《铁约翰：一本关于男性启蒙的书》，第四章"对国王的渴望"，页141。

陈蜕便指出：

> 宝玉于宝钗，亦有缠绵一时间，是作者之心，与蜕庵未尝不合。至为时之短，作者固以时期有无论，不以岁月久暂论也。虽然，由我之故，使十二钗中有第二李纨，怡红终不得为情界完人。黛玉之死，死于不知；宝钗之寡，寡于作致。不知，可恕也；作致，贰过也。潇湘有灵，亦当责之。嗟乎！博施济众，何事于仁？蜕庵百身千世，不愿为人间有情物，良以此故。①

单单是逃脱人世责任以自了，让宝钗步上李纨的后尘，多创造出一位无奈终身的寡妇，便有失"仁"的胸怀境界。如是种种，都说明了宝玉的人格特质极其特殊，绝不能以"革命者"的概念加以概括。

（二）"化灰化烟"的死法——乐园的永恒化

于是，缺乏勇气与奋斗力的宝玉，对于如何永享乐园的方式，也是虽然特殊而感人，却同样消极无能。

对宝玉而言，大观园就是完美的乐园，《四时即事诗》则是他亲笔所写的一组乐园的开幕颂歌。第二十三回记载其创作背景时叙述道：

---

① 陈蜕：《忆梦楼石头记泛论》，一粟编：《红楼梦资料汇编》，卷三，页281。

宝玉自进花园以来，心满意足，再无别项可生贪求之心。每日只和姊妹丫头们一处，或读书，或写字，或弹琴下棋，作画吟诗，以至描鸾刺凤，斗草簪花，低吟悄唱，折字猜枚，无所不至，倒也十分快乐。他曾有几首即事诗，虽不算好，却倒是真情真景，略记几首云。

以下所略记的几首，不多不少，恰恰是配合四季的四首《四时即事诗》：

- 霞绡云幄任铺陈，隔巷蟆更听未真。枕上轻寒窗外雨，眼前春色梦中人。盈盈烛泪因谁泣，点点花愁为我嗔。自是小鬟娇懒惯，拥衾不耐笑言频。（《春夜即事》）
- 倦绣佳人幽梦长，金笼鹦鹉唤茶汤。窗明麝月开宫镜，室霭檀云品御香。琥珀杯倾荷露滑，玻璃槛纳柳风凉。水亭处处齐纨动，帘卷朱楼罢晚妆。（《夏夜即事》）
- 绛芸轩里绝喧哗，桂魄流光浸茜纱。苔锁石纹容睡鹤，井飘桐露湿栖鸦。抱衾婢至舒金凤，倚槛人归落翠花。静夜不眠因酒渴，沉烟重拨索烹茶。（《秋夜即事》）
- 梅魂竹梦已三更，锦罽鹴衾睡未成。松影一庭惟见鹤，梨花满地不闻莺。女儿翠袖诗怀冷，公子金貂酒力轻。却喜侍儿知试茗，扫将新雪及时烹。（《冬夜即事》）

小说家说这时宝玉是十二三岁，脂砚斋点明其主旨并无甚深意，眉批道:"四诗作尽安福尊荣之贵介公子也。"评点家张新之也认为其艺术价值是:"四诗瑕瑜不掩,有明秀新艳处,有稚弱支离处,为宝玉拟作恰好。"此外更已经注意到四首即事诗作为大观园之序幕的现象,指出:"将入大观,先以四诗冠首,乃特题也。春夏秋冬,天运复始,即所谓二月二十二日。"① 其意义正如李商隐的《燕台四首》:

> 这首诗分明标举出春夏秋冬四时,当然应当有其所以如此标举的取义……因为时间性的推移,原来就可以在诗中造成一种久远而循环不已的感觉……自屈子楚骚之往往以"春""秋""朝""暮"的对举暗示时间性的永恒周遍之感,降而至于民歌俗曲之往往以四时十二月的重迭排比,来写无尽的爱恋相思,则更是一种常见的表现方法了。义山《燕台四首》之标举四时,我以为也不可过于拘执实指,而当从其所造成之整个的永恒周遍之感来作体认。②

亦即透过春、夏、秋、冬四时所产生的永恒周遍之感,来展现其圆满完美的真情真景,其潜在之深意正是乐园属性的一大表征。

其次,这组诗乃是宝玉对园中生活"真情真景"的描写,其中的主要元素是茶酒、睡梦、情爱,犹如兼具小说家身份的弗斯特所指出,人类共有的生命要素或人生中的主要事实有五:出生、饮

---

① (清)张新之评语,冯其庸纂校订定,陈其欣助纂:《八家评批红楼梦》,页524。
② 叶嘉莹:《李义山燕台四首》,《迦陵谈诗》(台北:三民书局,1984),页183—184。

食、睡眠、爱情、死亡,而扣除了出生和死亡这如谜一般人们必须参与却不能了解的两项之外,就剩下饮食、睡眠和爱情这三项可供小说家处理的素材,而成为小说中人物生活的全部。① 则这组反复吟咏饮食、睡眠和爱情的《四时即事诗》,无疑正是宝玉关于大观园生活的宣言或缩影。之所以都聚焦于夜晚,正如脂砚斋所指出:

> 每夜深人定之后,各处〔灯〕光灿烂,人烟簇集,柳陌之〔上〕,〔花〕巷之中,或提灯同酒,或寒月烹茶者,竟仍有络绎人迹不绝,不但不见寥落,且觉更胜于日间繁华矣。此是大宅妙景。(第四十五回批语)

此一富贵大宅特有的繁华景致,迥非高墙之外的一般家户所能知,心满意足的宝玉深谙其中滋味,于是找到了"夜晚"这个最佳的切入点,呈现出乐园的绝美风貌。此外,夜晚最易于入梦,果然这组诗除了第三首《秋夜即事》是描写"静夜不眠"的情景,因而无梦可写之外,其余三首中皆着一"梦"字。而梦被引用到小说中,不仅是"作为烘托他醒着时的那一部分生命之用",还应该"以烘托人物的整个生命为目的"②,曹雪芹正是善于以梦喻人生者,不仅脂砚斋说:

---

① [英]弗斯特著,李文彬译:《小说面面观》,第三章"人物(上)",页40。
② [英]弗斯特著,李文彬译:《小说面面观》,第三章"人物(上)",页45。

> 作者自云所历不过红楼一梦耳。（第五回夹批）

评点家二知道人也指出：

> 古今皆梦也……而最易沉酣者，红楼梦也。[①]

则宝玉所写的《四时即事诗》，正是大观园中、温柔乡里的红楼一梦，鎏金闪烁，沉酣难醒。扩而言之，更犹如脂砚斋所言：

> 一部大书起是梦，宝玉情是梦，贾瑞淫又是梦，秦之（氏）家计长策又是梦，今作诗也是梦，一并（面）"风月腒（鉴）"亦从梦中所有，故〔曰〕"红缕（楼）梦"也。余今批评亦在梦中，特为梦中之人特作此一大梦也。（第四十八回批语）

畸零玉石诞生于贾府乃是如愿以偿，大观园的岁月更是美梦成真，而有关乐园的母题中，都包含着一处愉快的地方，享乐主义更是乌托邦思想中的重要成分。[②] 因此，大观园这"作尽安福尊荣"的贵介之地，既是可供宝玉尽情享乐的愉快地方，却也是"历饮馔声色之幻"的乐园所在；既寄托了宝玉心目中理想世界的原型，同时也是悟道历程之必然所经，将来由真归空，乐之极也就悲之深，悟道

[①] （清）二知道人：《红楼梦说梦》，一粟编：《红楼梦资料汇编》，卷三，页83。
[②] 参陈炳良：《红楼梦中的神话和心理》，收入王国维等：《红楼梦艺术论》（台北：里仁书局，1994），页321—322。

的力量便最为彻底。但在幻灭来临之前，这一组富贵浪漫的《四时即事诗》正道出宝玉之深心所愿。

当然，宝玉并非不知世事无常，否则也不会在听了黛玉的《葬花吟》之后恸倒在山坡上，心中波涛起伏：

> 试想林黛玉的花颜月貌，将来亦到无可寻觅之时，宁不心碎肠断！既黛玉终归无可寻觅之时，推之于他人，如宝钗、香菱、袭人等，亦可到无可寻觅之时矣。宝钗等终归无可寻觅之时，则自己又安在哉？且自身尚不知何在何往，则斯处、斯园、斯花、斯柳，又不知当属谁姓矣！——因此一而二，二而三，反复推求了去，真不知此时此际欲为何等蠢物，杳无所知，逃大造，出尘网，使可解释这段悲伤。（第二十八回）

其中的无常不仅限于"个人的无可寻觅"，还更扩大到"斯处、斯园、斯花斯柳，又不知当属谁姓"的家族败灭，效果既是相乘相加也是进一层深化，于是真正进入到架空于世间的无立足之地。换言之，宝玉并非一般顽劣无知之辈，也确实如鲁迅所言，"悲凉之雾，遍被华林，然呼吸而领会之者，独宝玉而已"[①]，能够领略到繁花茂林中隐约不可见的悲凉水雾，这是性灵所必然敏锐察觉的。但宝玉在呼吸悲凉之雾时，所采取的却是骆驼埋首于沙中的逃避心态，

---

① 鲁迅：《中国小说史略》，第二十四篇"清之人情小说"，《鲁迅全集》第九卷，页239。

与贾珍的"那里肯读书,只一味高乐不了"(第二回)相去无几,总是以"愿即是能"的天真性格,一心一意地企盼得以避免流转的时间所带来的侵蚀与迁化,而顽强地抱持着依恋童年、抗拒长大的心态,企图在沧海桑田的世界里固守永恒不变的乐土。

于是,在贾府这座富贵场所开辟出来的温柔乡中,宝玉曾多次提出以下这些彼此类似的、或傻或痴的心愿:

- 只求你们同看着我,守着我,等我有一日化成了飞灰,——飞灰还不好,灰还有形有迹,还有知识。——等我化成一股轻烟,风一吹便散了的时候,你们也管不得我,我也顾不得你们了。那时凭我去,我也凭你们爱那里去就去了。(第十九回)
- 我此时若果有造化,该死于此时的,趁你们在,我就死了,再能够你们哭我的眼泪流成大河,把我的尸首漂起来,送到那鸦雀不到的幽僻之处,随风化了,自此再不要托生为人,就是我死的得时了。(第三十六回)
- 我只愿这会子立刻我死了,把心迸出来你们瞧见了,然后连皮带骨一概都化成一股灰,——灰还有形迹,不如再化一股烟,——烟还可凝聚,人还看见,须得一阵大乱风吹的四面八方都登时散了,这才好!……从此后别再愁了。我只告诉你一句瓩话:活着,咱们一处活着;不活着,咱们一处化灰化烟,如何?(第五十七回)
- 尤氏道:"谁都像你,真是一心无挂碍,只知道和姊妹们顽笑，饿了吃，困了睡，再过几年，不过还是这样，一点后事也不虑。"宝玉笑道："我能够和姊妹们过一日是一日，死了就完了。什么后事不后事。……倘或我在今日明日、今年明年死了，也算是遂心一辈子了。"（第七十一回）

- 忽然听见袭人和宝钗那里讲究探春出嫁之事，宝玉听了，啊呀一声，哭倒在炕上。……说道："这日子过不得了！我姊妹们都一个一个的散了！……为什么散的这么早呢？等我化了灰的时候再散也不迟。"（第一百回）

可见对宝玉来说，只要与姊妹们相依相守、共处同在，即是止于至善的完美而永恒的存在情境，所谓"也算是遂心一辈子"。因此，宝玉总是特意选择活在眼前当下而不以"将来"为虑，如怡红院的丫头佳蕙所言：

昨儿宝玉还说，明儿怎么样收拾房子，怎么样做衣裳，倒像有几百年的熬煎。（第二十六回）

即使意识到家族的经济困窘，仍然相信"凭他怎么后手不接，也短不了咱们两个人的"（第六十二回）。这些相关陈述所传达的，正是宝玉以一种心理学中的"彼得·潘症候群（Peter Pan syndrome）"，对于岁月迁变、世事陵夷的现实世界的坚决抗拒——永不长大或拒绝长大，且其原因并非出于幼稚或愚蠢，而是一种自觉的天真。他从未背负生活的重担，因为都是由别人在扛；他的时钟永远卡在幼年的时刻，否认时间的流动与心态的成熟。只有等到化烟成灰——亦即形体销亡、乐园崩毁散灭的时候，宝玉才会肯松指放手，让死亡彻底带走他对永恒乐园的无限依恋和深切执迷。

换句话说，宝玉透过自觉的认知而衷心期待发生在乐园毁灭之前的死亡，正是拒绝面对将来乐园毁灭之终局，让乐园的美好得以与生命相始终，并永远保留在人生阶程中的一种策略：只要死前都活得很称心如意，就等于一辈子称心如意，也即是永远活在乐园里；因而"化灰化烟"这样的死亡方式，便可以被视为"不但不是理想世界的幻灭，而且恰恰是理想世界的永恒化"①，可以说是极其特殊的愿望表达。续书者把握到此一讯息，于第一百回中加以延续，可见匠心独具。

（三）少女崇拜中的性别偏见

然而，在这个主观偏执的永恒里，少女不被允许长大，以守护唯一真正拒绝长大的宝玉自己，并且还要"你们的眼泪单葬我"，最好可以"全得"这些少女的心（第三十六回），仍然暴露出宝玉的自我中心。再者，当宝玉到了化成灰、化成烟，"我也顾不得你们了。那时凭我去，我也凭你们爱那里去就去了"的境地才愿意放手，固然是让自己的人生始终完美如意，但那些他已经顾不得的女孩子们会到哪里去，将遭到何种命运，宝玉却无能为力，也避开不

---

① 余英时：《眼前无路想回头：再论红楼梦的两个世界兼答赵冈兄》，《红楼梦的两个世界》（台北：联经出版公司，1981），页99。

管。爱花而不护花，只爱花的绽放而无视其完整的生命，又岂能算是真正的女性知音？

更进一步来看，固然宝玉以传统罕见的观念抬升了女性的价值，女性颂赞可以说是全书的主旋律之一，但只要不停留在表面，可以发现其实他仍然摆脱不了男性本位的性别意识，从许多角度来衡量，都是一种女性偏见的变形表现，包括年龄歧视与容貌歧视。单单就宝玉那著名的少女崇拜来看，第五十九回透过怡红院的小丫头春燕转述道：

> 女孩儿未出嫁，是颗无价之宝珠；出了嫁，不知怎么就变出许多的不好的毛病来，虽是颗珠子，却没有光彩宝色，是颗死珠了；再老了，更变的不是珠子，竟是鱼眼睛了。分明一个人，怎么变出三样来？

这就构成了著名的"女性价值毁灭三部曲"，第七十七回宝玉更亲口直接而清楚地表达：

> "奇怪，奇怪，怎么**这些人只一嫁了汉子，染了男人的气味，就这样混账起来，比男人更可杀了**！"守园门的婆子听了，也不禁好笑起来，因问道："这样说，**凡女儿个个是好的了，女人个个是坏的了**？"宝玉点头道："不错，不错！"

确实，宝玉真切观察到女性在婚姻中所遭遇的惨重牺牲，从而清楚把握到女性之美的巨大落差，但对这个普遍的现象却不是哀矜悲悯，而是贱视与抨击，当他认定"女人个个是坏的"时，其实不只是对女儿之美惨然沦丧的惋惜，也是对女儿之未来人生的全盘否定。但就女性是一个完整的生命体而言，这岂不正是一种女性歧视？

更何况，在表面的女儿崇拜之下，所隐藏的是对女性的"年龄歧视"——固然这是因为随着年龄的增长，本就容易失去单纯的真诚之心，尤其女性走入婚姻困陷于烦琐家务后所带来的灵性耗损，更提高了心智崩坏的可能，这也是宝玉极力挽留女儿不使出嫁的原因。但一则是年少的真诚出于自然而然，并没有受过考验，其价值在于较低的简单层次，歌颂这种相对贫乏低小的人性之美，反倒容易将女性隔绝于广袤复杂的宏大世界之外，无能负担文明的创造与开拓；次则女性成长后也必然逐渐失去青春年华的花容月貌，于是一味歌颂少女之美，形同否定了女性不同时期、不同样态的美感，这又是一种狭隘的容貌偏执，遑论对宝玉而言，即使是少女本身，也只有美丽的少女才会获得他的尊敬与呵护，连带地爱屋及乌，拥有美人造型的品物也都因此获得额外的特权。例如第十九回写宁国府热闹唱戏，宝玉见一个人都没有，因想：

> 这里素日有个小书房，内曾挂着一轴美人，极画的得神。今日这般热闹，想那里自然无人，那美人也自然是寂寞的，须得我去望慰他一回。

又第七十回大家都放起风筝来，独有宝玉的美人放不起去，宝玉恨得掷在地下，指着风筝道：

> 若不是个美人，我一顿脚跺个稀烂。

这固然表现出宝玉"情不情"的性格特质，因此移情于没有生命的肖像与风筝，但它们若非具有美人外观，便得不到温情挂念甚至还会受到气愤践踏，这岂非正是一种容貌歧视？甚至反过来说，连物品都会因为是不是美人造型而待遇悬殊，更呈现出宝玉的少女崇拜是以"男性凝视"（male gaze）为根底，带有男性本位之下物化女性的嫌疑。

因此，宝玉那备受警幻仙姑揄扬夸赞的"意淫"，也可以采取如下的诠释：从生理和心理科学知识来分析，"意淫"不是"纯真无邪的感情""博爱"或"柏拉图式的爱"，而是潜意识中对具有性吸引力的美丽女性的一种性快感的追求，在"超我"的克制之下，最终完成性的升华，"将潜意识中自私满欲的驱力提升转化为体贴、同情、怜悯"。① 即使经过转化与升华，作为其根底的仍然还是男性

---

① 何炳棣：《从爱的起源和性质初测〈红楼梦〉在世界文学史上应有的地位》，《中国文化》第十期，收入范毅军、何汉威整理：《何炳棣思想制度史论》（台北："中研院"，2013），第十四章，页 461—466，引文见页 466。该文分析的六个个案包括：1. 第十九回宝玉私访袭人家对袭人表妹产生好感；2. 第二十八回要瞧宝钗臂上的香串子；3. 第三十五回因只闻其名未曾谋面的傅秋芳而善待傅家婆子；4. 第四十四回为平儿理妆；5. 第五十八回面对杏树花谢而为岫烟许婚惆怅；6. 第六十二回为香菱换裙。

的欲望本能，难怪其具体对象会限定于青春少女。

整体而言，宝玉所依恋的是一种未经涉世的心灵，虽然清新可爱却简单狭隘；宝玉所爱慕的是一种年轻貌美的女性外表，虽然如花似月却短暂脆弱。从另一个角度来说，由内而外，宝玉的少女崇拜正是一种对女性之生命景观与价值开展的严重限缩，正符合凯特·米利特（Kate Millett, 1934— ）所批判的："完美女人必须是个可爱的青春前期的姑娘"（society's perfect woman must be a cute preadolescent），堪称为"婴儿女神"（baby-goddess）。[①] 女性有价值的时间竟只有短短几年的青春期，并且其价值还限制在清新美丽上，不但无关这宏大的世界、宇宙的大观，连绝大部分不够美丽的少女也都不具备存在价值！这又如何能说是对女性的褒扬？

更值得注意的是，宝玉对女性之美也不完全是无条件地崇敬的，在潜意识深处，这分"崇敬"仍然联结了"品德"的条件。第六十六回写柳湘莲浪迹归来，与宝玉相会，谈起贾琏偷娶二房之事，并将路上许聘尤三姐等所有之事一概告诉宝玉，宝玉笑道：

> "大喜，大喜！难得这个标致人，果然是个古今绝色，堪配你之为人。"湘莲道："既是这样，他那里少了人物，如何只想到我。况且我又素日不甚和他厚，也关切不至此。路上工夫忙忙的就那样再三要来定，难道女家反赶着男家不成。我自己

[①] Kate Millett, *Sexual Politics* (London: Virago Press, 1977), p. 143. 中译参 [美] 凯特·米利特著，宋文伟译：《性政治》（南京：江苏人民出版社，2000），页 177。

疑惑起来，后悔不该留下这剑作定。所以后来想起你来，可以细细问个底里才好。"宝玉道："你原是个精细人，如何既许了定礼又疑惑起来？**你原说只要一个绝色的，如今既得了个绝色便罢了，何必再疑？**"湘莲道："你既不知他娶，如何又知是绝色？"宝玉道："他是珍大嫂子的继母带来的两位小姨。**我在那里和他们混了一个月，怎么不知？真真一对尤物，他又姓尤。**"湘莲听了，跌足道："这事不好，断乎做不得了。你们东府里除了那两个石头狮子干净，只怕连猫儿狗儿都不干净。我不做这剩忘八。"宝玉听说，红了脸。湘莲自惭失言，连忙作揖说："我该死胡说。你好歹告诉我，他品行如何？"宝玉笑道："**你既深知，又来问我作甚么？连我也未必干净了。**"

湘莲的疑惑有三，一是一个绝色女子必定不乏对象，何以只专注于他？二是贾琏等与他的交情不深，又何以对他的终身大事如此关切？三则是行旅匆匆，仓促间如此坚持聘定，也有失郑重，形成一种"女家反赶着男家"的反常现象，因此对此一媒合感到事有蹊跷，后悔当初不察，轻率给了家传鸳鸯剑做定礼，才会想要借此向宝玉探询其故，以便下最后决定。而在宝玉接下来回复的过程中，一共有三次机会可以打消湘莲退聘的念头，但细察这段对话中宝玉所使用的语词，却无一不带有对尤三姐的鄙夷与伤害，一再加深湘莲的疑虑，终于导致三姐婚恋梦碎的悲剧。

首先，宝玉道："你原说只要一个绝色的，如今既得了个绝色便罢了，何必再疑？"意思是说，绝色容貌是柳湘莲当初为妻室所定的唯一条件，三姐既满足此一条件，其他的就不用多疑。但此话的弦外之意，便是除容貌之外的品德大有问题，已经隐隐约约地指向"有色无德"的意味。

接着，柳湘莲追问宝玉何以得知三姐是个绝色女子，这是因为在讲究礼法的世家中，生活上严分男女之防，如何能轻易一睹芳容？况且宝玉连贾琏偷娶二姐之事都不知道，又怎会知道三姐是个绝色？因此当宝玉一再盛赞三姐是个古今绝色后，湘莲自然产生疑惑。而宝玉答以"他是珍大嫂子的继母带来的两位小姨。我在那里和他们混了一个月，怎么不知？真真一对尤物，他又姓尤"，这样的说法形同一再渲染尤氏姊妹的无节。首先是"混"这个动词，泄漏了宝玉并没有真的由衷敬重她们，意味着在其潜意识中，对方是可以没有距离地狎近亵玩的人，不像龄官，一见宝玉欺身坐在身旁便立刻"抬身起来躲避"，且以"正色""坐正"的态度保持距离，让宝玉没有亲狎的空间，也就没有"混"的余地。因此，"混"字更难免启人疑窦，怀疑二尤与男性狎近轻薄的不守妇道。

固然宝玉日常上也是待尤氏姊妹如尊贵女儿，例如穿孝时，和尚们进来绕棺，他只站在头里挡着人，被人批评是不知礼又没眼色，过后他悄悄地告诉两人说："姐姐不知道，我并不是没眼色。我想和尚们脏，恐怕气味熏了姐姐们。"接着老婆子拿了他的碗倒茶给尤二姐，他赶忙说："我吃脏了的，另洗了再拿来。"处处展示了呵护女孩子们的同一表现。但微妙的差别正在这里，何况除"混"这个动词外，"真真一对尤物"中所用的"尤物"一词本身更带有歧视女性的意味，益发是父权传统中将女性物化的贬词，泄漏出一种男性轻玩女性的浮薄心态，传统文献中凡用到此一词语者，多是指淫佚不贞或祸水害人的美丽女子，不宜用在贤德的良家女性身上。由此在在可见，宝玉在与湘莲私底下两个男人的谈话（men's talk）里，才泄漏出对尤氏姊妹的真正评价。

交谈至此，已经让湘莲对尤三姐的人品评价越来越低，但毕竟前述所言都是间接可推的弦外之音，即使获知三姐来自"除了那两个石头狮子干净，只怕连猫儿狗儿都不干净"的东府，随即产生"断乎做不得"的判定，湘莲仍然不愿放弃澄清或确认，终于挑明了问："你好歹告诉我，他品行如何？"图穷匕首见，显示出男子娶妻时，最在意的果然还是女性的品行，完全不是"只要一个绝色"。但这最后为尤三姐澄清的机会也被宝玉自己断送了，所谓"你既深知，又来问我作甚么？连我也未必干净了"，即等同于承认尤三姐是不干净的，无异更坐实了此女无德的评定，成为压垮骆驼的最后一根稻草。

也就是到了此时此刻，柳湘莲下定退婚的决心，尤三姐姻缘梦碎后自刎而死的悲剧也告无可挽回，被彻底推入了万劫不复的绝境。所谓"我不杀伯仁，伯仁却因我而死"，整个悲剧事件中，贾宝玉对尤三姐所造成的杀伤力是极为惊人的，幸与不幸、生与死之间都取决于宝玉的话语，因此可以说宝玉发挥了间接杀人的负面作用。这与贾宝玉的一般形象也是大相径庭。

由此亦可知，湘莲固然是一个没有伦理包袱的孤儿，"父母早丧，素性爽侠，不拘细事，酷好耍枪舞剑，赌博吃酒，以至眠花卧柳，吹笛弹筝，无所不为"（第四十七回），流宕游走于社会规范之外，未婚时更可以慷慨宣称将来的妻子"只要一个绝色的"，既浪漫又潇洒；但一旦真正进入媒聘的阶段，对妻子的要求却又百分之百回归传统的道德标准，斤斤在意于"品行"，连尤三姐在房内听见湘莲前来退婚，"便知他在贾府中得了消息，自然是嫌自己淫奔无耻之流，不屑为妻"，足见这是一种根深蒂固的意识形态。

并且，倘若尤三姐没有当场自刎，以示心贞情深，让湘莲瞬间顿悟，泣道："我并不知是这等刚烈贤妻，可敬，可敬。"一改先前的成见而许之为"贤妻"，并扶尸大哭一场，等买了棺木入殓，又俯棺大哭一场，尽了夫妻的悼亡之仪，随后自想"原来尤三姐这样标致，又这等刚烈，自悔不及"，则三姐的形象实在难以洗刷淫奔无耻的烙印，在湘莲心中也永远只会是一个弃如敝屣的杨花浪女。

但以死明志的代价何其惨烈！三姐先前的风骚轻狂固然有非战之罪处，决心改过后也"真个竟非礼不动，非礼不言起来……竟又换了一个人"，完全改头换面，但一方面这正证明了在此之前的三姐确实是"言行非礼"，宝玉得以和她们"混一个月"，非为无因，柳湘莲的唾弃也并非毫无根据的偏见；另一方面更是所谓的一失足成千古恨，以违反妇德的放荡方式表达对性别不公、命运不济的抗议，其结果就是以身相殉、玉石俱焚，也许不失刚烈悲壮，却更注定悲惨不幸。换言之，当传统社会的根基不变时，"妇德"确实是对女性身心的保障，而不纯然是剥削与压迫，其道理并非"封建"这么简单。

从"绝色"到"品行"，柳湘莲先是以貌取人，再则是以德取人，都不脱男性本位，与宝玉相一致；从"绝色"到"品行"的转变，柳湘莲代表了男性真正的择妻标准，也是宝玉对女性的真正评价所在，如此说来，宝玉对女儿之美的限制更多，他的女性崇拜也就更为狭隘。① 有学者看出宝玉实质上仍属于男尊女卑意识，未为无据。②

整体以言之，清末评点家野鹤说得好："梨云馆云：'宝玉乃第一至情人，谓为淫人，便是皮相。'野鹤曰：此人有极精细处，有极醇厚处，有极刁滑处。最有作用，最宜细看。"③ 这可以说是对宝玉之复杂性格的简要概括。

六、启蒙与悟道：迷宫与镜子

宝玉这位带着先天禀赋的正邪两气，诞生在公侯富贵之家的情痴情种，就这样以特殊又复杂的性格内涵，复杂又单纯地展开十九年的红尘人生。

以女娲炼石补天的神话而言，本来就带有成长的象征意义——从混沌自然的母性空间逐渐移往"男性"的世界，在母性空间中没有疆界、没有人我之分，可以凭感觉与本能随心所欲，那里是"天不拘兮地不羁，心头无喜亦无悲"；而"男性"的世界则是理性的、文明的、秩序的、法律的，有是非成败，也有奖励与惩罚。如果成

---

① 其实，单单是宝玉用来赞叹少女的"凡山川日月之精秀，只钟于女儿"，都隐含着女性歧视意识。详参欧丽娟：《大观红楼（母神卷）》（台北：台大出版中心，2015），第一章"总论：超越少女崇拜"，页5—48。

② 可参王星汉：《略论贾宝玉的妇女观》，《新疆师范大学学报（哲学社会科学版）》1981年2月，页90—93；黄莺：《宝玉形象新论》，《红楼梦学刊》2000年第1辑，页287—294。

③ （清）野鹤：《读红楼梦札记》，一粟编：《红楼梦资料汇编》，卷三，页287。

长顺利的话，宝玉就会像其他的三万六千五百颗玉石一样，成为支撑文明秩序的大仁者，可惜因为掺杂了邪气，这颗玉石沦为淘汰的瑕疵品，于是在从母性空间前往男性世界的过程中进退维谷，既被前方的文明体系所排斥，"只因锻炼通灵后"又再也无法退回原始浑沌的状态，于是彷徨自责，找不到出路。

如此一来，就涉及"身份"和"身份认同"的问题。所谓"身份"，是一个人在体系中所占据的结构位置，身份让我们和各个社会体系产生关联，提供我们经历、参与这些体系时，一条阻力最小的路。① 至于"身份认同"，则绝非只是阶级、职业、伦理角色等外在的归属问题，而是如泰勒（Charles Taylor, 1931— ）所认为的："不是'自己是谁'的描述性问题，而是'自己是什么样的人'之叙事。这样的叙事是关于个人如何陈述自己的'道德领域'的问题，借此传达出个人的意义和价值。"② 这两个层次的问题，都是宝玉所面对的自我困境。

先以现实社会体系中所占据的结构位置来看，宝玉目前只拥有"人子""人孙"的身份，将来还要有哪些身份？他既排斥读书仕进、为官作宰，又抗拒女儿出嫁、为人妻母，就等于否定了"人臣""人

---

① 参［美］亚伦·强森（Allen G. Johnson）著，成令方等译：《见树又见林：社会学作为一种生活、实践与承诺》（台北：群学出版社，2003年），页101—110。

② Charles Taylor, *Sources of the Self: The Making of the Modern Identity* (Cambridge: Harvard University Press, 1989). 中文可参韩震等译：《自我的根源：现代认同的形成》（南京：译林出版社，2001）。此段引文檃括其意，参郭苑平：《女旅书写中的时间、空间与自我追寻：重读班昭〈东征赋〉》，《东海中文学报》第二十期（2008年7月），页100。

夫""人父"的角色。但"人子""人孙"所享有的特权为期短暂，家族的庇荫也必然随着长辈凋零而丧失，到了此时，宝玉便会完全失去与社会接轨的机会，无法透过结构性的位置得到安顿，社会适应不良以致边缘化的情况将更加严重。

再看"身份认同"这一方面，就"自己是什么样的人"的问题，宝玉同样面临无法克服的障碍。表面上，宝玉一心一意沉浸于温柔乡而不愿自拔，志向坚定；但要完成这个志愿，前提却必须要有富贵场的条件，否则哪来珠环翠绕的环境？为衣食奔忙就已经自顾不暇，何来余心、余力去作养脂粉？温柔乡只有富贵场才能营造、维持，然而宝玉又一心排斥保存富贵场的责任，如此一来，只愿享受富贵场的成果，却不肯为富贵场付出，便不免沦为安富尊荣的不肖子弟了。当宝玉以得过且过、及时行乐的消极态度过日子时，等于是听从命运来为他解决问题，而答案当然是残酷的。

换言之，失去明确的社会定位所造成的身份迷失与身份认同上的困惑，对充分意识到此一双重困境的宝玉而言，温柔乡与其说是一种积极的志向，不如说是一种对此一存在的根本问题的逃避，即脂批所谓的"落堕情根"。这一点也早已透过神话设定而有所表露，在脱母入父的成长历程失败之后，畸零玉石既无法退回浑沌的母体，继续过"天不拘兮地不羁，心头无喜亦无悲"（第二十五回）的自然生活，却也不能进入文明的社会体系，找到合适的位置与发展方向，因此在欢乐游荡的遂心恣意中，往往乍泄一丝茫然与彷徨。

"每日在园中任意纵性的逛荡，真把光阴虚度，岁月空添"（第三十七回）、"我能够和姊妹们过一日是一日，死了就完了。什么后事不后事。……倘或我在今日明日、今年明年死了,也算是遂心一辈子了"(第七十一回),在不负责任的表面下,何尝没有前途不明的虚无?时间必然流失,青春注定消逝,随着岁月流转,众女儿或嫁或亡,护花使者不数年便无花可以护惜,一腔的脂粉价值便陡然落空,此后该何去何从?既然连他自己都视"绛洞花主"为"小时候干的营生,还提他作什么"(第三十七回),颇有今是昨非的意味,因此在成长过程中也一度省悟道:"怪道老爷说我是'管窥蠡测'。……从此后只是各人各得眼泪罢了。"(第三十六回)孤独才是存在的宿命,则他人更如何可能永远为他张开遮护的羽翼?他自己又岂能一生都用来守护繁花艳蕊?老大之人,赤子之心,内在的冲突扞格必然越发强烈,矛盾难解的困扰也将日益沉重,终于让他承担不起。

于是,宝玉的红尘之旅便有如行走迷宫一般,充满了彷徨寻觅、迂回探路,也因此,宝玉所住的怡红院便设计得像一座迷宫。第十七回叙写贾政率众游园到达最后一站的怡红院时,"进入房内,只见这几间房内收拾的与别处不同,竟分不出间隔来的,原来四面皆是雕空玲珑木板",众人赞叹:"好精致想头!难为怎么想来!"紧接着便描述道:

> 原来贾政等走了进来,未进两层,便都迷了旧路,左瞧也有门可通,右瞧又有窗暂隔,及到了跟前,又被一架书挡住。回头再走,又有窗纱明透,门径可行;及至门前……却是一架玻璃大镜相照。又转过镜去,益发见门子多了。

此所以第四十一回的刘姥姥误闯怡红院时，亦是"若绕不出去，可够他绕回子好的"。有待贾珍出面在前导引，笑对贾政说："老爷随我来。从这门出去，便是后院，从后院出去，倒比先近了。"而当众人被引领转过两层纱橱锦绣，脱困出来到后院后，又接连遭遇"转过花障，则见青溪前阻""忽见大山阻路"的各式障蔽，至终不免"迷了路了"之惑，恰恰与室内的"未进两层，便都迷了旧路"里外呼应；此际又是随着贾珍"直由山脚边忽一转，便是平坦宽阔大路，豁然大门前见"，于是大家出来。如此之曲折离奇、故布疑阵，可以说，整座怡红院正是一个微型迷宫，怡红院的迷宫寓意十分明确。

从神话学的角度而言，宝玉之进住大观园的怡红院，意义就在于"启悟里一个必经步骤是堕入迷宫之中，象征被启导者重回子宫，得以再生（reborn）"①，因为，由"象征漫游的迷宫代表的是诞生和子宫，而直线代表的是男性的阳刚之气。……蜿蜒曲折、洞穴、岩洞，这些同义词都是母亲的象征，都是女性和生殖力的象征。穿越迷宫就好似穿越女性"②，则宝玉坐拥这一座少女群绕的

---

① Gorman Beauchamp, "The Rite of Initiation in Faulkner's 'The Bear'", *Arizona Quarterly*, 28(1972), p.234.

② [法]雅克·阿达利（Jacques Attali）著，邱海婴译：《智慧之路——论迷宫》（北京：商务印书馆，1999），页106、107。另外，约翰·莱亚德（John Layard）早已注意到父权的成丁典礼仪式中的迷宫，并指出迷宫的原型特征，包括：1. 它总是与死亡和再生等有关；2. 它几乎总是和洞穴有关；3. 它肯定位于洞穴或居所的入口；4. 主持人总是一位女人；5. 走过迷宫或在走迷宫图中取胜的，都是男人。引自[德]埃利希·诺伊曼（Erich Neumann）著，李以洪译：《大母神：原型分析》（北京：东方出版社，1998），第十一章"负面基本特征"，页178—179。

迷宫，将温柔乡的耽溺发挥得淋漓尽致，毋怪乎王梦阮认为怡红院"直与炀帝迷楼相似"[1]，只是将好色的滥淫升华净化为悦情的意淫而已。

另外，迷宫在某种意义上又与镜子的功能相通，此所以整个大观园内，各处屋舍只有"怡红院中特设大镜子，别处皆无，即所谓'风月宝鉴'也"[2]。参照脂砚斋所点示的，"风月宝鉴"乃"与红楼梦呼应"（第十二回眉批），这便清楚解释了何以怡红院，乃至整座大观园都是以少女为主体构成的原因。当然，镜子更重要的功能，是以其"虚实并存相生"的特性所发展出的智慧的深刻譬喻，因此在中国儒、释、道三家思想中常见"以镜喻心"的说法[3]，其中，佛教以"镜"喻空，是由于它容纳了有关"空"的种种复杂涵义，因此更被佛教中人常常使用，透过各种经典与论著以种种相当精致而复杂的譬喻来显现深奥的哲理。[4]

如此种种，都说明了宝玉是在一个成长的启蒙历程中，而其意义犹如明代静啸斋主人《西游补答问》所言：

---

[1] 王梦阮、沈瓶庵：《红楼梦索隐》（北京：北京大学出版社，2011），页 211。

[2] 余英时：《红楼梦的两个世界》，《红楼梦的两个世界》，页五六。

[3] 参 Julia Ching, "The Mirror Symbol Revisited: Confucian and Taoist Mysticism", in *Mysticism and Religious Traditions*, ed. by Steven T. Katz (New York: Oxford University Press, 1983), pp. 226-246；刘艺：《镜与中国传统文化》（成都：巴蜀书社，2004），页 220 — 260。

[4] 参葛兆光：《中国思想史第一卷 · 七世纪前中国的知识、思想与信仰世界》（上海：复旦大学出版社，1999），页 547。

> 悟通大道，必先空破情根；空破情根，必先走入情内；走入情内，见得世界情根之虚，然后走出情外，认得道根之实。①

可以说，怡红院中的这面大镜终将于宝玉沉溺迷陷的极致后，如同风月宝鉴以"白骨观"点化贾瑞的方式一般（第十二回），也促使宝玉超离"以假为真"的偏执耽迷，创造破迷解悟的契机，并完成超脱的智慧。

只不过，宝玉的成长是十分缓慢的，毕竟投身于人人艳羡的富贵场、温柔乡之后，启悟解离又谈何容易！幸亏宝玉与生俱来的正气禀赋，才让"骆驼穿过针孔"获得一线机会。首先，第二十二回宝玉自以为两度解悟，心中得意，便上床睡了，对此脂砚斋批云：

> 前夜已悟，今夜又悟，二次翻身不出，收一世堕落无成也。

确实，这时的宝玉竟然把解悟当做一种才智上的成就而虚荣自得，完全不能了解真正的悟道是弘一大师的"悲欣交集"，以及续书者写他最终真正悟道出家时的"似喜似悲"（第一百二十回），悲的不是对幻灭空无的悲哀，而是"怜我世人，忧患实多"的悲悯；喜的是对人生执著陷溺的超越，因而自在解脱、圆满喜乐。如此自得于文字的机巧，对自己的聪明沾沾自喜，离真正的悟道相差不可以道

---

① （明）董说：《西游补》（北京：文学古籍刊行社，1955），页1。

里计,所以仍然是"翻身不出"。

但宝玉确实还是逐渐在成长中。应该注意到,虽然因为贾母的溺爱,从而贾政的父教一直受到阻拦,并未立即且明显地发挥作用,但实际上贾政对宝玉的点化早已根深入骨。第十七回游大观园时,贾政批评他的有限见识为"管窥蠡测",宝玉其实一直放在心上,后来因龄官画蔷而体悟到原来情缘自有分定,反衬出先前的过于自我中心,便深刻反思并彻底认同父亲的批评,恍然自忖道:

> 我昨晚上的话竟错了,怪道老爷说我是"管窥蠡测"。昨夜说你们的眼泪单葬我,这就错了。我竟不能全得了。从此后只是各人各得眼泪罢了。(第三十六回)

并从此解除儿童式的自恋情结而去中心化,进入成人式的孤独状态,这就意味了从母性空间逐渐移往"男性"的世界。整体而言,宝玉具体的启悟经历包括:

1. 出世思想启蒙:宝钗说戏(第二十二回"听曲文宝玉悟禅机")
2. 情缘分定观启蒙:龄官画蔷(第三十六回"识分定情悟梨香院")
3. 婚姻观启蒙:藕官烧纸(第五十八回"茜纱窗真情揆痴理")

在这三次启蒙中,每一次都清楚蕴含了一种跳跃式的精神顿悟,而精神顿悟正是成长小说的一个典型特征:主人公在探索的过程中,突然获得对人、社会等的一种真理性认识,产生了人生观和世界观的根本转变。①

衡诸宝玉的各次启悟过程,在在合乎此一描述,其中,情缘分定观启蒙、婚姻观启蒙等两种开悟都促成了宝玉逐步与社会接轨的心理成熟,每一步的启蒙都恰恰与秦钟临终前所言"以前你我见识自为高过世人,我今日才知自误了"(第十六回)的心理转折相呼应,尤其曹雪芹所独创用以超越痴情的"痴理"观,所达成"情与理的调和"更为其最。从整体以观之,尤其表现出浦安迪所言:"解决双重世界观的可能性中,透露出一种明确的动态,至少是明确的方向感……有些作品,虽然在字里行间看不出实际的历程,但就启蒙的次序而言,无论是顿悟还是渐悟,动态的情状仍宛然在目:从无知到获得真理。"② 这恰恰是宝玉启蒙之整体意义的绝佳概括说明。

可以说,宝玉的"成长"仍是其人生历程的根本核心,体现出神话学者乔瑟夫·坎贝尔(Joseph Campbell, 1904—1987)所言:

> 突破个人局限的巨痛乃是精神成长的巨痛。艺术、文学、神话与礼拜、哲学及苦修的锻炼,都是帮助个人突破局限的视域,以进入不断扩大理解领域的工具。当他跨越一个又一个门

---

① 孙胜忠:《美国成长小说艺术与文化表达研究》(合肥:安徽人民出版社,2008),页296、312。
② [美]浦安迪:《中国叙事学》(北京:北京大学出版社,1996),页129。

坎……最后，心打破了宇宙的局限范畴，而达到一种超越所有形相——所有的象征，所有的神——经验的领悟；一种对无可遁逃之虚空的体悟。[①]

就此以观之，则《红楼梦》不但是传统度脱模式的深化，也同时提供了成长小说的独特类型。

七、人子的告别

在温柔乡中周旋，于脂粉堆里浮沉，以一种无可奈何的绵薄之力为众女儿尽力救赎，恐惧于女儿的出嫁与毁灭，却无助于时间的流逝，以致消极逃避；洞悉富贵场是维系温柔乡的大前提，却无心于家族的责任，以致一心一意及时行乐。必须说，自私任性的宝玉并不是没有矛盾与苦楚，惶惶然于岁月流沙的冲刷消蚀、悲凉之雾的浸润弥漫，然而还是始终没有走出具体作为的第一步，当成年仪式已经逼近的时候，这位抗拒长大的少年依然随波逐流，终至与家族的败灭一起冲向终点。

当然，聪慧颖悟的宝玉并非不知世事无常，而且早已产生对幻灭的蚀骨悲恸，例如第二十八回透过黛玉的《葬花吟》，举一反三地由个人的生命终结扩及家族的集体灭绝：

[①] [美]乔瑟夫·坎贝尔著，朱侃如译：《千面英雄》（台北：立绪文化公司，1997），页200。

> 宝钗等终归无可寻觅之时，则自己又安在哉？且自身尚不知何在何往，则斯处、斯园、斯花、斯柳，又不知当属谁姓矣！——因此一而二，二而三，反复推求了去，真不知此时此际欲为何等蠢物，杳无所知，逃大造，出尘网，便可解释这段悲伤。

其情真、其痛切，令人动容，但这还只是于常识层面上人人皆所共知的必然，就任何存在物都必有时间终点之本质所做的推衍。到了第五十八回，宝玉劝藕官不要烧纸钱时所说的一段话，就似乎碰触到生死本质之外的生活沧桑，道：

> 殊不知只一"诚心"二字为主。即值仓皇流离之日，虽连香亦无，随便有土有草，只以洁净，便可为祭，不独死者享祭，便是神鬼也来享的。

似乎宝玉也预感到，在人人都不能避免的死亡之外，他自己的富贵生涯也是有限的、不持久的，"仓皇流离之日"岂不正是人生困境的预言？在死亡的终结之前，宝玉还必得饱尝生活的严酷重压，人情冷暖的辛酸、冻馁破敝的寒伧，那不是诗意的感伤、浪漫的流浪，而是刺骨的疼痛、粗粝的磨难。这往往是触动悟道的关键助力。

固然从第七十八回开始，大观园的丧钟已经轰然响起，奏出离散的主旋律，让宝玉对着空空荡荡的蘅芜苑悲感一番，又想道：

>去了司棋、入画、芳官等五个；死了晴雯；今又去了宝钗等一处；迎春虽尚未去，然连日也不见回来，且接连有媒人来求亲：大约园中之人不久都要散的了。

并因"近日抄检大观园、逐司棋、别迎春、悲晴雯等羞辱惊恐悲凄之所致，兼以风寒外感，故酿成一疾，卧床不起"（第七十九回），可谓身心交逼；但这只是"时间"所带来的必然结果，根本上，"这园里凡大的都要去呢"而"终有一散"（第七十七回），诸婢中对此也早有充分自觉者，如红玉自道"不过三年五载，各人干各人的去了"（第二十六回），司棋也说"再过三二年，咱们都是要离这里的"（第七十二回）①，连鸳鸯都是"将来难道你跟老太太一辈子不成？也要出去的"（第四十六回平儿语），因而园中的青春女儿必得一一离去，乃是奠基于自然律之不可抗力所致的人事铁则，虽然辛酸但却并不艰苦。

从文本的种种预言，以及脂砚斋对续稿的点滴记录，可知贾府的"事败""抄没"加速了贾府"落了片白茫茫大地真干净"的幻灭下场，其家族成员应是第五回《红楼梦组曲·聪明累》所说的"家亡人散各奔腾"，可见阖族流落殆尽的惨烈，宝玉因而是在家势败落后过着贫寒交迫的潦倒生活，接着才怆然出家。第十九回"袭人见总无可吃之物"句旁有脂批云：

---

① 著名的歇后语"千里搭长棚，没有不散的筵席"，也正是在此一无常叙述的脉络中不约而同地出自这两位婢女之口，足见绝非偶然。

补明宝玉自幼何等娇贵。以此一句,留与下部后数十回"寒冬噎酸虀,雪夜围破毡"等处对看,可为后生过分之戒。叹叹!

则原稿于八十回之后曾描写到"寒冬噎酸虀,雪夜围破毡"的窘困处境,回首前尘,势必万分凄凉。就此,有一说宝玉是沦落到以提灯巡夜的"帮更"维生,从身居绮罗锦绣中的贵公子沦落为社会底层挣扎求生的贱民,委实极端不堪,炎凉之对比与无常之冲击更催化了沉睡的慧悟灵智,最后便以出家的方式,实践了第二十八回所显露的"逃大造,出尘网,使可解释这段悲伤"的心念。

"空幻"是小说一开始就不断预告的全书宗旨,也一再透过以几个先行者作为宝玉出家的先导,首先就是第一回的甄士隐:

> ……兼上年惊唬,急忿怨痛,已有积伤,暮年之人,贫病交攻,竟渐渐的露出那下世的光景来。
>
> 可巧这日挂了拐杖挣挫到街前散散心时,忽见那边来了一个跛足道人,疯癫落脱,麻屣鹑衣,口内念着几句言词,道是:
>
> > 世人都晓神仙好,惟有功名忘不了!
> > 古今将相在何方?荒冢一堆草没了。
> > 世人都晓神仙好,只有金银忘不了!
> > 终朝只恨聚无多,及到多时眼闭了。
> > 世人都晓神仙好,只有姣妻忘不了!

君生日日说恩情,君死又随人去了。

世人都晓神仙好,只有儿孙忘不了!

痴心父母古来多,孝顺儿孙谁见了?

士隐听了,便迎上来道:"你满口说些什么?只听见些'好''了''好''了'。"那道人笑道:"你若果听见'好''了'二字,还算你明白。可知世上万般,好便是了,了便是好。若不了,便不好;若要好,须是了。我这歌儿,便名'好了歌'。"士隐本是有宿慧的,一闻此言,心中早已彻悟。因笑道:"且住!待我将你这'好了歌'解注出来何如?"道人笑道:"你解,你解。"士隐乃说道:

陋室空堂,当年笏满床,衰草枯杨,曾为歌舞场。蛛丝儿结满雕梁,绿纱今又糊在蓬窗上。说什么脂正浓、粉正香,如何两鬓又成霜?昨日黄土陇头送白骨,今宵红灯帐底卧鸳鸯。金满箱,银满箱,展眼乞丐人皆谤。正叹他人命不长,那知自己归来丧!训有方,保不定日后作强梁。择膏粱,谁承望流落在烟花巷!因嫌纱帽小,致使锁枷扛。昨怜破袄寒,今嫌紫蟒长。乱烘烘你方唱罢我登场,反认他乡是故乡。甚荒唐,到头来都是为他人作嫁衣裳!

那疯跛道人听了,拍掌笑道:"解得切!解得切!"士隐便说一声"走罢!"将道人肩上褡裢抢了过来背着,竟不回家,同了疯道人飘飘而去。

应该注意到,甄士隐若无痛失爱女、家业付之一炬的重大打击,再加上亲人拐骗诈欺、反咬奚落的急忿怨痛，更于暮年遭遇贫病交攻的困窘，又岂能在安稳平顺的生活轨道上拔地而起，腾空跃入解脱的境地？甄士隐尚且是"禀性恬淡，不以功名为念，每日只以观花修竹、酌酒吟诗为乐，倒是神仙一流人品"，毫不留恋尘世荣华之人，都得经历这些现实的残酷洗炼才能领悟《好了歌》似浅实深的道理，则其他泥足深陷的凡心俗胎又谈何容易？

终究，在历尽盛衰贵贱、炎凉沧桑之后，年仅十九岁的宝玉踏上了甄士隐遥遥引领的道路。第一百二十回中，宝玉出家拜别父亲的一幕十分凄美动人：

> 贾政打发众人上岸投帖辞谢朋友，总说即刻开船，都不敢劳动。船中只留一个小厮伺候，自己在船中写家书，先要打发人起早到家。写到宝玉的事，便停笔。抬头忽见船头上微微的雪影里面一个人，光着头，赤着脚，身上披着一领大红猩猩毡的斗篷，向贾政倒身下拜。……迎面一看，不是别人，却是宝玉。贾政吃一大惊，忙问道："可是宝玉么？"那人只不言语，似喜似悲。贾政又问道："你若是宝玉，如何这样打扮，跑到这里？"宝玉未及回言，只见舡头上来了两人，一僧一道，夹住宝玉说道："俗缘已毕，还不快走。"说着，三个人飘然登岸而去。……贾政叹道："……岂知宝玉是下凡历劫的，竟哄了老太太十九年！如今叫我才明白。"说到那里，掉下泪来。

年幼时，宝钗无意间所播下的出世思想种子，如今开花结果，此刻

"只不言语，似喜似悲"的宝玉，正如圆寂前"问余何适，廓尔忘言""悲欣交集"的弘一大师，已臻圆觉之境。应该说，宝玉的出家并不是对社会的逃避而是超离，不是对社会的抗议而是了结，故非但不是反成长，反倒是其成长步骤中最终"灵"的成熟。于是，悲剧就不仅只是悲剧，而焕发着饱含沧桑之后的豁达与慈悲，再回首前尘往事时，可以绽放出一朵含泪的微笑。

只不过，那迢迢难舍的拜别，在苍茫冰雪中留下不灭的踪影，依依情缘隐约如丝，不是儿女情长，而是父子缘深。宝玉在人间的最后一幅肖像画，是拜倒于父亲面前的人子，是感恩，是忏悔，是眷恋，父亲是他对尘世的最后一眼，这告别的姿态为玉石的人间故事画上了句点。

第三章
香菱论

在整部小说中,香菱是第一位出现的金钗,具有统摄全书的象征意义,其地位之重要不言可喻;身为太虚幻境"金陵十二金钗副册"的第一人,香菱恰恰又与秦可卿品貌相似,并且两人也都遭遇了身份上的巨大变化,在贵、贱的不同等级中转换。但与可卿的向上流动恰恰相反,香菱展示了另一种极端的状况,是曹雪芹笔下最不幸的一位金钗。

幸而现实的泥泞从未污损她内在的淳真心性,故而布满乌云的人生又时有光明的金边,悲喜交织,有爱无恨。如果说可卿从泥泞飞上云端之后的悲剧是由自己的堕落所造成,则香菱从云端坠入泥泞之后的幸福更是靠自己的力量所致,她拥有一副最洁白的灵魂。

一、引言

虽然"每一个人都有他的地狱",但地狱有十八层的差别。固然《红楼梦》是一阕女性集体悲剧交响曲,而构成复调的诸多旋律中,每一条旋律所配给的不谐和音的轻重与比例仍大有不同。许多人为黛玉的孤苦一洒同情的眼泪,但黛玉直到死前,都住在潇湘馆中吟诗作词,是有着贾母疼爱、姊妹相伴、丫鬟服侍的贵族千金;

其他正册中的金钗们，固然也各有自己的烦难困扰要费神面对，但却都从未处于社会底层，遭受现实生存上严酷的折磨凌压。平心而论，香菱恐怕才是整部小说中最不幸、最令人哀惋的一位金钗，不只是蒙受的苦难最多最深，甚至连受苦的意义都别具一格。

小说家也同意这一点。香菱，原名甄英莲，脂砚斋提醒这是谐音"真应怜"（第一回夹批），而后来改名的香菱"二字仍从莲上起来，盖英莲者应怜也，香菱者亦相怜之意"（第七回批语），从谐音的暗示就已经透显小说家的一腔悲悯，实为其他金钗所不及。后来的评点家话石主人更说得好：

> 开首借英莲失散说起……归薛氏曰香菱，香菱读作相怜，后改名秋菱，谓始知并蒂相怜，终似深秋零落也。全部之节目，以英莲起，以英莲结，英莲为群芳中薄命之尤者也，此书之始末也。①

所谓"英莲为群芳中薄命之尤者"，明确地以最高等级的修辞将荆棘冠冕戴到香菱头上；此外他还从整体布局上注意到香菱是"此书之始末"②，同样是慧眼之见。姑不论后四十回的"以英莲结"是续作，不宜作为论证依据，"以英莲起"则确实是小说家寄托深刻

---

① （清）话石主人：《红楼梦本义约编》，一粟编：《红楼梦资料汇编》，卷三，页179—180。
② 青山山农也注意到："是书以英莲起，以英莲结焉。"（清）青山山农：《红楼梦广义》，一粟编：《红楼梦资料汇编》，卷三，页214。

的安排——香菱正是以最粗粝尖锐的强高音，为这部磅礴澎湃的集体悲剧交响曲吹出序奏。

二、"天赋与环境"的贵贱综合版本

（一）优异的天赋与脱俗的家族基因

香菱是《红楼梦》中第一位出现的金钗，原本出身良好，为苏州望族甄士隐的独生女。第一回描述道：

> 当日地陷东南，这东南一隅有处曰姑苏，有城曰阊门者，最是红尘中一二等富贵风流之地。这阊门外有个十里街，街内有个仁清巷，巷内有个古庙，因地方窄狭，人皆呼作葫芦庙。庙旁住着一家乡宦，姓甄，名费，字士隐。嫡妻封氏，情性贤淑，深明礼义。家中虽不甚富贵，然本地便也推他为望族了。只因这甄士隐禀性恬淡，不以功名为念，每日只以观花修竹、酌酒吟诗为乐，倒是神仙一流人品。只是一件不足：如今年已半百，膝下无儿，只有一女，乳名英莲，年方三岁。……士隐见女儿越发生得粉妆玉琢，乖觉可喜，便伸手接来，抱在怀内，逗他顽耍一回。

这段话似乎平淡无奇，但脂砚斋却一再提点其中的寓意，于介绍封氏"情性贤淑，深明礼义"时，夹批道：

八字正是写日后之香菱，见其根源不凡。

接着在"甄士隐禀性恬淡，不以功名为念，每日只以观花修竹、酌酒吟诗为乐"一段，又再次强调：

总写香菱根基，原与正十二钗无异。

到了第十六回中，凤姐道："香菱模样儿好还是末则，其为人行事，却又比别的女孩子不同，温柔安静，差不多的主子姑娘也跟他不上呢。"脂批更曰：

何曾不是主子姑娘，盖卿不知来历也。作者必用阿凤一赞，方知莲卿尊重不虚。

复于第四十八回批云：

细想香菱之为人也，**根基不让迎探**，容貌不让凤秦，端雅不让纨钗，风流不让湘黛，贤惠不让袭平，所惜者青（幼）年罹祸，命运乖蹇，足（致）为侧室。且虽曾读书，不能与林、湘辈并驰于海棠之社耳。然此一人岂可不入园哉。

以上种种说辞中，所谓的"根基""根源"正是"家世阶级"与"天生秉气"之同义语，据以表示一种家族血统的基因遗传保证，以及一种不为环境所消磨的心灵素质。正因为出身于良好的家世阶级，以致香菱本属于"原与正十二钗无异"的"主子姑娘"，这就是她原来应该列入正册的原因；而这类书香世家注重品德教养，甄士隐自己是"禀性恬淡"的"神仙一流人品"，所娶的妻子封氏则是"情性贤淑，深明礼义"，既然这"八字正是写日后之香菱，见其根源不凡"，足见曹雪芹与脂砚斋都认为精神素质也可以透过家族基因而遗传于子女，成为一种独特的人品保证。

果然，此一与正十二钗无异的禀赋气质，使香菱在年仅五岁惨遭拐卖，从此沦落于"被打怕了"此种暴力笼罩，更完全缺乏教育的恶劣环境中，却依然有别于其他一般奴婢，自然地处处焕发出非比寻常的娴雅气质。第十六回凤姐转述薛姨妈的评价道：

> 香菱模样儿好还是末则，**其为人行事，却又比别的女孩子不同，温柔安静，差不多的主子姑娘也跟他不上呢**。

这正呼应了脂砚斋所谓"情性贤淑，深明礼义"的"主子姑娘"。但更特别的是，香菱始终都心存一股不为现实世界所摧残的诗性向往，非常人所及。较诸袭人、晴雯、平儿等一般穷户之子，后天之成长条件更远为不如的香菱，基于先天禀赋所植基的一段性灵，使她竟能在浅俗的生活中处处领略一分诗意，并且与诗歌互相印证、彼此焕发，堪称不可思议。第四十八回描述道：

> 香菱笑道："据我看来，诗的好处，有口里说不出来的

意思，想去却是逼真的。有似乎无理的，想去竟是有理有情的。……我看他《塞上》一首，那一联云：'大漠孤烟直，长河落日圆。'想来烟如何直？日自然是圆的：这'直'字似无理，'圆'字似太俗。合上书一想，倒像是见了这景的。若说再找两个字换这两个，竟再找不出两个字来。再还有'日落江湖白，潮来天地青'：这'白''青'两个字也似无理。想来，必得这两个字才形容得尽，念在嘴里倒像有几千斤重的一个橄榄。还有'渡头余落日，墟里上孤烟'：这'余'字和'上'字，难为他怎么想来！我们那年上京来，那日下晚便湾住船，岸上又没有人，只有几棵树，远远的几家人家作晚饭，那个烟竟是碧青，连云直上。谁知我昨日晚上读了这两句，倒像我又到了那个地方去了。"

可见香菱在学诗前，才刚刚脱离拐子的魔掌又前途未卜的境况下，随着薛家进京到贾府的路上，就已经可以用诗人的眼光观看世界，连旅途奔波中泊船于荒凉河湾时，那平沙岸上点缀着几株树木、几缕炊烟的如画意境，都深深印刻在脑海中。这种非常人所有的"艺术发现"，本属于"作家对外界事物进行观察和认识所得到的一种独特的感知和领悟"[①]，若非与生俱来的审美灵魂，何以致之！比起黛玉来，堪称更具有诗人气质。毕竟黛玉自幼便是父母爱如珍宝的掌上明珠，早早启蒙读书识字，终身与诗书相伴为伍，累积了深

---

① 参欧阳友权：《文学理论》（北京：北京大学出版社，2006），页265。

厚的文化涵养，性灵之开发自然是充分而彻底；香菱却是五岁被拐后，完全没有任何的教育资源，缺乏基本的学习熏陶，除了先天的禀赋之外便一无所有，两人的后天基础天差地别，相去不可以道里计。则此一在荒野中展开"艺术发现"的动因，诚然只能是天赋的力量，且此一天赋资质始终未曾被恶劣的处境所磨灭，足以证明香菱最是一位天生的诗人，从而小说家透过香菱的读诗、学诗、说诗，进一步阐释"诗有别趣，非关理也"的体认，便不会那么突兀了。

香菱读诗、学诗，更一心一意地倾慕作诗，第四十八回香菱一获准住进大观园之际，首要之务便是立刻接连哀求宝钗、黛玉教她作诗，而这一回"慕雅女雅集苦吟诗"可以说是香菱性灵之美的集中展现，其他人都是为了烘托她性灵升华的飞跃性进展而存在的。当时黛玉以取法乎上的标准，开列了以王维为首的诗人名单，指导香菱先储备良好的阅读基础，王维的《王摩诘全集》就是香菱踏入诗歌世界的第一扇大门，从此展开专心致志的吟咏生涯：

> 香菱拿了（王维）诗，回至蘅芜苑中，诸事不顾，只向灯下一首一首的读起来。宝钗连催他数次睡觉，他也不睡。……
> 又逼着黛玉换出杜律来，又央黛玉探春二人："出个题目，让我诌去，诌了来，替我改正。"……
> 香菱听了，喜的拿回诗来，又苦思一回作两句诗，又舍不得杜诗，又读两首。如此茶饭无心，坐卧不定。……
> 香菱听了，默默的回来，越性连房也不入，只在池边树

下,或坐在山石上出神,或蹲在地下抠土,来往的人都诧异。李纨、宝钗、探春、宝玉等听得此信,都远远的站在山坡上瞧看他。只见他皱一回眉,又自己含笑一回。宝钗笑道:"这个人定要疯了!昨夜嘟嘟哝哝直闹到五更天才睡下,没一顿饭的工夫天就亮了。我就听见他起来了,忙忙碌碌梳了头就找颦儿去。一回来了,呆了一日,作了一首又不好,这会子自然另作呢。"……

自己走至阶前竹下闲步,挖心搜胆,耳不旁听,目不别视。一时探春隔窗笑说道:"菱姑娘,你闲闲罢。"香菱怔怔答道:"'闲'字是十五删的,你错了韵了。"众人听了,不觉大笑起来。……

各自散后,香菱满心中还是想诗,至晚间对灯出了一回神,至三更以后上床卧下,两眼鳏鳏,直到五更方才朦胧睡去了。一时天亮,宝钗醒了……只听香菱从梦中笑道:"可是有了!难道这一首还不好?"宝钗听了,又是可叹,又是可笑,连忙唤醒了他,问他:"得了什么?你这诚心都通了仙了。学不成诗,还弄出病来呢!"

第六十二回又特别提道:

香菱近日学了诗,又天天学写字,见了笔砚便图不得,连忙起座说:"我写"。

可见香菱学诗为先,然后才学写字,这是完全合乎现实的,与凤姐虽不会写字,却能看账本、读一些文字,情况类似。整个过程中,其好学专注已至"诸事不顾,只向灯下一首一首的读起来""茶饭无心,坐卧不定""挖心搜胆,耳不旁听,目不别视""定要疯了!昨夜嘟嘟哝哝直闹到五更天才睡下"的地步,时时刻刻"满心中还是想诗",以致宝钗"连催他数次睡觉,他也不睡",遂忍不住以"真是诗魔""这诚心都通了仙了"来形容她。也因此香菱成为诗社中唯一非主子小姐的成员,其根底资质可想而知。

由宝玉所赞美的:"老天生人再不虚赋情性的,我们成日叹说可惜他这么个人竟俗了,谁知到底有今日,可见天地至公。"(第四十八回)则其天赋情性之"不俗",正是透过对诗的爱好与执著而展现,这是因为诗歌是最精致优美的文字艺术,其中的一切都是锤炼过的精神结晶,折射着现实事物所没有的光辉与美丽,连痛苦、悲哀、丑陋都是升华了的。诗,就成为一生困陷于粗糙浅薄的日常生活中,却未曾被淹没窒息的灵魂赖以呼吸新鲜空气的窗口,香菱之所以热爱写字作诗,正是一种想要超越生存的现实层次,以进入精神层次的渴望。而这个无论如何悲惨庸碌的人生都不足以磨蚀的一段性灵,使香菱保留一股顽强不息的诗歌癖好,正是由家族继承而来的精神基因所致。是故第一回脂砚斋夹批云:

> 又夹写士隐实是翰林文苑,非守钱虏也,直灌入"慕雅女雅集苦吟诗"一回。

评点家周春也认为:"案婢女贱流,例入又副册,香菱以能诗超入副册,鸳鸯贞烈,竟进于十二钗矣。"① 显然认为"能诗"的优异资质和脱俗品味,是提升一个人的存在价值与心灵阶级的标准之一,以致身为婢女贱流、应属又副册的香菱能提高一级,进入中等的副册。

据此而言,"根并荷花一茎香"即第八十回香菱所说的:"不独菱角花,就连荷叶莲蓬,都是有一股清香的。但他那原不是花香可比,若静日静夜或清早半夜细领略了去,那一股香比是花儿都好闻呢。就连菱角、鸡头、苇叶、芦根得了风露,那一股清香,就令人心神爽快的。"暗示了香菱与生俱来的良好遗传与美好质性,而第四回说香菱"眉心中原有米粒大小的一点胭脂,从胎里带来的",这个与生俱来的眉心中的一点胭脂,从象征意义来看,应该便是来自先天的家世阶级与秉气资质的具体表征,是不可磨灭的"根基""根源"的证明。

但正确地说,香菱之所以在太虚幻境的簿册里名列于"副册",并不是因为"能诗",而是因为她原来的真正家世。原本如此高雅的出身条件是应该放进正册的,可惜后来遭到拐卖沦为婢女侧室的际遇,不幸落入了社会底层,彻底翻转了身份,以致无法上升到正册;但最初精英门庭的家世与精神血脉平衡了"婢女贱流"的下等性质,因此不属于"又副册"的女婢,于是介于贵贱之间,只好放

---

① (清)周春:《阅红楼梦随笔》,一粟编:《红楼梦资料汇编》,卷三,页69—70。

在两者之间不上不下的副册,此所谓"中等"。此一"天赋与环境"的贵贱综合版本乃是众金钗中极为罕见的类型,也成为宝玉观览薄命司的副册时,唯一介绍的一位。

(二)秦可卿的重像

值得注意的是,小说中对于香菱的形象曾借由秦可卿加以烘染衬托,第七回描写道:

> 只见香菱笑嘻嘻的走来。周瑞家的便拉了他的手,细细的看了一会,因向金钏儿笑道:"倒好个模样儿,**竟有些像咱们东府里蓉大奶奶的品格儿**。"金钏儿笑道:"我也是这们说呢。"

所谓"品格儿",自然主要是指"好个模样儿",即出色的容貌,故脂砚斋评曰:

> 一击两鸣法,二人之美,并可知矣。

香菱自幼便出落得美丽不凡,第一回年仅三岁就"越发生得粉妆玉琢",长到了十二三岁被贩卖的时候,连粗鲁不文的薛蟠都因"见英莲生得不俗,立意买了"(第四回),随着薛家到了贾府后,第一次见到她的贾琏也为之惊艳,道:"方才我见姨妈去,不防和一个年轻的小媳妇子撞了个对面,生的好齐整模样。……开了脸,越发出挑的标致了。"（第十六回）薛蟠后来所娶的正妻夏金桂，也是因"见有香菱这等一个才貌俱全的爱妾在室"（第七十九回），才备感威胁而激发出强烈的敌意，意欲加以消灭，可见香菱之美丽出众。至于"品格儿"的另一层涵义，则是指性情作风，第十六回说"香菱模样儿好还是末则，其为人行事，却又比别的女孩子不同，温柔安静"，第六十二回说"香菱之为人，无人不怜爱的"，可见内外俱全，完美无缺。

如此一来，香菱确实与秦可卿具有高度的重像关系。试看秦可卿"生的袅娜纤巧，行事又温柔和平"（第五回）、"他这为人行事，那个亲戚，那个一家的长辈不喜欢他"（第十回），则不仅容貌"有些像"，连性格、为人都有其近似处，彼此的重像关系已毋庸置疑。再考虑两人的身份都属于独特的贵贱综合体，如第八回说明可卿的出身是孤儿院："他父亲秦业现任营缮郎，年近七十，夫人早亡。因当年无儿女，便向养生堂抱了一个儿子并一个女儿。"后来嫁予宁国府的贾蓉为妻，乃是由贱升贵；香菱则是由贵沦贱，再成为贵族的侧室，双方凭借的都是非凡的才貌性情，所演绎的人生轨迹也颇为雷同，体现了环境与天赋辩证的悲剧版本。

进一步来说，依据罗伯特·罗杰士（Robert Rogers）在其《文学中之替身》一书中所用的区分方式，香菱与秦可卿的关系是属于"显性替身"（manifest double），即两个形貌相似却独立存在的角色，其身世或相似或对立；至于两人之间的复制原则，则是采取"分割复制"（doubling of division）的手法，也就是同一整体由两个对立的部分呈现,如理智对情感,精神对肉欲。① 可卿不可自拔的"滥情而淫"与香菱顽强不屈的诗性追求,恰恰呈现出灵与肉的截然对立,令人深思的是,此一分割复制的手法展演出人性内涵确实有高低之别,实在无须以"食、色,性也"的生物本能层次作为界定自我的标准,香菱的品格之美更在于此。

三、命运的转折点:从甄英莲到无名氏

在红学的人物论述里,一般都是以香菱三个名字的变化来描述其一生的悲剧命运,开创此一表述模式的蒋和森云:"通过这个'薄命女'的三个名字的变化,已经可以看出一个人的曲折而多难的一生。"② 但实际上,严格说来,香菱一生共出现了四次的名字变化,并且呈现出喜、悲交错的辩证脉络,第三次的"香菱"阶段反倒是相对幸福的阶段。

其中,属于"甄英莲"的生命史只有童稚时期短短的五年(实

---

① Robert Rogers, *A Psychoanalytic Study of the Double in Literature* (Detroit: Wayne State University Press, 1970). 参刘纪蕙:《女性的复制:男性作家笔下二元化的象征符号》,《中外文学》第十八卷第一期(1989 年 6 月),页 118。私意以为在探讨《红楼梦》时,亦可将"double"一词译为"重像",似乎比较神达意而减少误解;而就罗杰士之区分原则以观之,与贾宝玉"形貌相似却独立存在"的甄宝玉即属显性替身一类。

② 蒋和森:《香菱的名字:〈红楼梦〉散论之六》,《红楼梦论稿》,页 356。自此之后论者皆持同一表述模式,仅具体解释略有出入,详参孔令彬:《二十世纪以来香菱研究综述》,《红楼梦学刊》2013 年第 2 辑,页 41—45。

龄为四岁),自第一回开始就失落了这个代表幸福的符号,从"甄英莲"变成了"无名氏",再由"无名氏"到"香菱"再到最后的"秋菱",一再更换名字的结果,便意味着失去了自己的主体性,过着任人拨弄的无我人生。

从"英莲"进入了"无名氏"的人生新页,那翻动的力量来自命运的恶意,一个小小的、不经意的疏忽,便让这个乖觉可喜的小女孩从英莲变成了无名氏,从天堂坠入地狱的底层。而癞头和尚身为掌握女性命运的先知,早已事先发布了这道神谕,向甄士隐做出预告。第一回描述某一天炎夏永昼,士隐因倦读少憩乃朦胧入梦,醒来以后:

> 又见奶母正抱了英莲走来。士隐见女儿越发生得粉妆玉琢,乖觉可喜,便伸手接来,抱在怀内,逗他顽耍一回,又带至街前,看那过会的热闹。方欲进来时,只见从那边来了一僧一道:那僧则癞头跣脚,那道则跛足蓬头,疯疯癫癫,挥霍谈笑而至。及至到了他门前,看见士隐抱着英莲,那僧便大哭起来,又向士隐道:"施主,你把这有命无运、累及爹娘之物,抱在怀内作甚?"士隐听了,知是疯话,也不去睬他。那僧还说:"舍我罢,舍我罢!"士隐不耐烦,便抱女儿撤身要进去,那僧乃指着他大笑,口内念了四句言词道:
>   惯养娇生笑你痴,菱花空对雪澌澌。
>   好防佳节元宵后,便是烟消火灭时。
> 士隐听得明白,心下犹豫,意欲问他们来历。

但机会稍纵即逝，两人瞬间即不见踪影，再也赶不及探询，后悔已迟。那僧所念的四句谶诗，分别暗示了灾难的相关讯息，"菱花空对雪澌澌"隐喻了英莲将会变成香菱，成为薛蟠的侧室，"菱"是暗示英莲的新名字，"雪"乃是"薛"的谐音；至于"好防佳节元宵后，便是烟消火灭时"是指这个命运的转折点发生在元宵节庆时，从此以后就会像炮竹花灯一样，从热烈燃烧的绚烂归于暗淡，只剩下没有光亮的灰烬与虚无。

唯谶诗中虽然涉及时间、人物，却没有谈到事件发生的方式，接着厄运很快地直接展开突袭：

> 真是闲处光阴易过，倏忽又是元宵佳节矣。士隐命家人霍启抱了英莲去看社火花灯，半夜中，霍启因要小解，便将英莲放在一家门坎上坐着。待他小解完了来抱时，那有英莲的踪影？急得霍启直寻了半夜，至天明不见。那霍启也就不敢回来见主人，便逃往他乡去了。那士隐夫妇，见女儿一夜不归，便知有些不妥，再使几人去寻找，回来皆云连音响皆无。夫妻二人，半世只生此女，一旦失落，岂不思想，因此昼夜啼哭，几乎不曾寻死。看看的一月，士隐先就得了一病；当时封氏孺人也因思女构疾，日日请医疗治。

从炎炎夏天和尚预言之后，历经中秋到了元宵佳节，这时英莲应该长到了大约四五岁，被仆人抱去看花灯，却单独放在路边，于是宣告失踪。此一粗心的仆人名为"霍启"，脂批点出即谐音"祸起"，不仅为人父母者饱受摧心裂肺的思女之痛,生不如死;英莲的失踪更是人生灾难的开始,但这场落难记直到第四回出现英莲的下落,才得以明朗化。当时贾雨村因为贾府的协助,谋补了金陵应天府的官缺,上任后处理的第一件人命官司,乃薛蟠倚财仗势,打死人命,便与英莲有关。

据那原告道:"被殴死者乃小人之主人。因那日买了一个丫头,不想是拐子拐来卖的。这拐子先已得了我家的银子,我家小爷原说第三日方是好日子,再接入门。这拐子便又悄悄的卖与薛家,被我们知道了,去找拿卖主,夺取丫头。无奈薛家原系金陵一霸,倚财仗势,众豪奴将我小主人竟打死了。凶身主仆已皆逃走,无影无踪,只剩了几个局外之人。"接着,衙门里出身于葫芦庙沙弥的门子,以旧员兼旧识的全知角度描述整个事由:

"谁晓这拐子又偷卖与薛家,他意欲卷了两家的银子,再逃往他省。谁知又不曾走脱,两家拿住,打了个臭死,都不肯收银,只要领人。那薛家公子岂是让人的,便喝着手下人一打,将冯公子打了个稀烂,抬回家去三日死了。这薛公子原是早已择定日子上京去的,头起身两日前,就偶然遇见这丫头,意欲买了就进京的,谁知闹出这事来。既打了冯公子,夺了丫头,他便没事人一般,只管带了家眷走他的路。他这里自有兄弟奴仆在此料理,也并非为此些些小事值得他一逃走的。这且别说,老爷你当被卖之丫头是谁?"雨村道:"我如何得知。"门子冷笑道:"这人算来还是老爷的大恩人呢!他就是葫芦庙旁住的甄老爷的小姐，名唤英莲的。"雨村罕然道："原来就是他！闻得养至五岁被人拐去，却如今才来卖呢？"

门子道："这一种拐子单管偷拐五六岁的儿女，养在一个僻静之处，到十一二岁，度其容貌，带至他乡转卖。当日这英莲，我们天天哄他顽耍；虽隔了七八年，如今十二三岁的光景，其模样虽然出脱得齐整好些，然大概相貌，自是不改，熟人易认。况且他眉心中原有米粒大小的一点胭脂，从胎里带来的，所以我却认得。偏生这拐子又租了我的房舍居住。那日拐子不在家，我也曾问他。他是被拐子打怕了的，万不敢说，只说拐子系他亲爹，因无钱偿债，故卖他。我又哄之再四，他又哭了，只说：'我不记得小时之事！'这可无疑了。那日冯公子相看了，兑了银子，拐子醉了，他自叹道：'我今日罪孽可满了！'……谁料天下竟有这等不如意事，第二日，他偏又卖与薛家。若卖与第二个人还好，这薛公子的混名人称'呆霸王'，最是天下第一个弄性尚气的人，而且使钱如土，遂打了个落花流水，生拖死拽，把个英莲拖去，如今也不知死活。这冯公子空喜一场，一念未遂，反花了钱，送了命，岂不可叹！"

雨村听了，亦叹道："这也是他们的孽障遭遇，亦非偶然。不然这冯渊如何偏只看准了这英莲？这英莲受了拐子这几年折磨，才得了个头路，且又是个多情的，若能聚合了，倒是件美事，偏又生出这段事来。"

由这一大段的补述可知,在元宵节那一天晚上所发生的事,英莲独自一人在节庆活动龙蛇混杂的大量人群中,刚好成为人口贩子的绝佳目标。此一诱拐幼童的社会事件普世皆然,从一般常理而言,只要有人员需求,就会有人口买卖,不用成本的偷拐骗徒也应运而生。

据清雍正三年(1725年)湖北巡抚法敏所奏称:"又有湖南拐子,潜匿城市,诱拐人家子女,贩卖远方,使人骨肉分离,最为可恶。"[1]其他还有湖北、安徽、浙江、四川、山西、贵州、福建、北京等各地的类似报告。[2]从地区风俗民情的差异而言,这类的人口买卖行为还是有若干的集中性,英莲所在的苏州便是盛行的地区之一,如陈宏谋在乾隆二十三年(1758年)七月从苏州呈递的报告说道:"苏城五方杂处,烟户稠密,拐窃之案,向所不免。……更有一种外来拐犯,以药迷人,凡遇幼孩,用药一弹,饵以药饼,幼孩心迷,跟随而行,不复返顾。拐到子女,凌虐残忍,最为惨毒。"[3]实则拐子并不全是外地人,学者指出:"隶属于苏州'囤户'阶级的人口贩子,四处留意贫穷人家的美貌女孩,以便出价收购。人口贩子在自己家中抚养这些女孩,等她们长大后,再卖到某个遥远的

---

[1] (清)清世宗胤禛批,(清)允禄、鄂尔泰等编:《朱批谕旨》第六函第一册,光绪十三年上海点石斋印本。

[2] 参韦庆远、吴奇衍、鲁素:《清代奴婢制度》(北京:中国人民大学出版社,1982),页51—52。

[3] (清)陈宏谋:《查拿匪棍檄》,《培远堂偶存稿》,卷四三,《清代诗文集汇编》第281册(上海:上海古籍出版社,清乾隆刻本影印,2010),页300。

省分充当小妾或奴婢。"① 偷走英莲的很可能便是这类的囤户。这个拐子或者将英莲带往乡下,直到十一二岁才带到金陵转卖,凑巧租了门子的房舍居住,大约有一年的时间,这才有机会考察出她的来历,并且遇到刚刚上路准备进京的薛蟠。

从情理而言,一个被拐待售、遭受凌虐的小孩,毋须费心命名,随意呼唤之代称实等于无名,而"无名"恰恰吻合其黑户的身份处境。因此,英莲自五岁失踪之后便失去了名字,并且失去了所有的相关记忆,直到十二三岁被薛蟠带回薛家,才又获得新名字"香菱"。而从五岁到十二三岁的七八年之间,生命是一场可怕的、空白的噩梦,前引陈宏谋所说的"拐到子女,凌虐残忍,最为惨毒",正如实道出其生活惨况,因此香菱才会一听有人买她,也不知其人底蕴,便感叹"我今日罪孽可满了";再听到"冯公子令三日之后过门,他又转有忧愁之态",可知其苦。当时她与冯渊只有一面之缘,对其人品心性仍一无所知,却认定被他买走便算是罪孽已满,可以不再受罪,连三天的迁延都迫不及待,深恐期间发生变卦,可见其度日如年而急欲脱身之迫切心理。在"被拐子打怕了"的煎熬下,只要有人愿意买她,任何一个脱身的机会都只会带来比现在更好的解脱,则拐子淫威下的漫长生涯如苦海、如炼狱,实不言可喻;比起拐子淫威之下的苦楚,任何人家都可以算是天堂。

最特别的是,小说中四度提到香菱的失忆,可见这是一个非常重要的人物特点,包括:

---

① [美]曼素恩(Susan Mann)著,杨雅婷译:《兰闺宝录:晚明至盛清时的中国妇女》(台北:左岸文化,2005),第二章"性别",页102—103。

- 我又哄之再四,他又哭了,只说:"我不记得小时之事!"(第四回)
- 周瑞家的又问香菱:"你几岁投身到这里?"又问:"你父母今在何处?今年十几岁了?本处是那里人?"香菱听问,都摇头说:"不记得了。"(第七回)
- 宝玉……低头心下暗算:"可惜这么一个人,没父母,连自己本姓都忘了,被人拐出来,偏又卖与了这个霸王。"(第六十二回)
- 一日金桂无事,因和香菱闲谈,问香菱家乡父母。香菱皆答忘记,金桂便不悦,说有意欺瞒了他。(第七十九回)

推究忘了家乡父母本姓年龄的原因,"年幼的孤儿"是一个必然的因素。遭拐时只有五岁,年纪太小,甚至直到十二三岁被卖,并随薛姨妈一家来至贾府寄住时,也还只是一个"才留了头的小女孩儿"(第七回),可见稚幼,本就记忆有限;作为孤儿,没有相关亲人的提醒重温,更不容易留住相关信息,法国社会学家莫里斯·哈布瓦赫(Maurice Halbwachs, 1877—1945)便指出:"如果我们仔细一点,考察一下我们自己是如何记忆的,我们就肯定会认识到,正是当我们的父母、朋友、或者其他什么人向我们提及一些事情时,对之的记忆才会最大限度地涌入我们的脑海。"[①] 参照第七十七回所

---

① [法]哈布瓦赫著,毕然、郭金华译:《论集体记忆》(上海:上海人民出版社,2002),页68。

言:"这晴雯当日系赖大家用银子买的,那时晴雯才得十岁,尚未留头。……这晴雯进来时,也不记得家乡父母。"可以说明这确是一个重要因素。尤其香菱自五岁之后的七八年之间又生活在高度的恐惧中,连应付眼前的苦难都力有未逮,少数仅存的模糊记忆自然很快地就消逝遗忘,不复存在。

但香菱之所以失忆的另一个原因,或许也与精神医学中所谓的"创伤后压力症候群"(posttraumatic stress disorder, PTSD)有关。根据相关定义,香菱的遭遇确有若干符合。首先,会造成这些症状的经验即包括:孩童时期遭受身体或心理上的虐待、暴力攻击等,而这些压力必须是极度且相当突然的,并会造成强而有力的主观反应,当事人经验到强烈害怕、无助、惊恐。由于人的心理、情感、自尊受伤太深,又不能承认,不知不觉会产生负向的自我防卫机制,其主要症状之一包括"解离"(dissociation)的疾患,作为"一种心理现象,即能把引起心理痛苦的意识活动或记忆,从整个精神活动中'分解离开'出来,以保卫自我之作用。经由其'解离'以后,其整个人格暂时失去其整体性,并且呈现记忆、意识、自我认同或其他人格上的变化"。因症状不同,又可分为数种亚型,包括"解离性失忆症"(Dissociative Amnesia),又称"心因性失忆症",其中,若是只忘记事件前后的情况,属于"局部性失忆症";若是对个人整个生活背景,包括姓名、家人、住址都完全不记得,则为"全盘性失忆"。[1]

---

[1] 见曾文星、徐静合著:《现代精神医学》(台北:水牛出版社,1994),第二十一章"解离疾患",页335。

从脂砚斋针对"香菱听问,都摇头说,记不得了"所批云:"伤痛之极,必亦如此收住方妙。"(第七回批语)可以说,香菱确实因被拐而产生了"创伤后压力症候群"的精神性伤害,并且经由"解离"作用,乃至造成对个人整个生活背景,包括姓名、年龄、家人、住址都完全不记得的"全盘性失忆"。但幸亏香菱与生俱来的淳厚天赋,使其心理创伤并未严重到真正的疾病程度,或造成其他诸如失智、失控,乃至暴力或自残的结果;那长达七八年可怕的、空白的噩梦并没有扭曲她的心灵,在回到正常的生活中时,仍能健全地度日,跨越五岁时突然出现的断裂,重新衔接五岁前的幸福,展开了名为"香菱"的另一页生命史。

四、人生主场的曲折:从香菱到秋菱

确实,已经落入拐子魔掌多年的英莲,若能顺利地跟随第一个缘分,被卖与多情、钟情的乡绅之子冯渊,必然是否极泰来,步入人生正轨。如衙门的门子对贾雨村所报告的:

> 这个被打之死鬼,乃是本地一个小乡绅之子,名唤冯渊,自幼父母早亡,又无兄弟,只他一个人守着些薄产过日子。长到十八九岁上,酷爱男风,最厌女子。这也是前生冤孽,可巧遇见这拐子卖丫头,他便一眼看上了这丫头,立意买来作妾,立誓再不交结男子,也不再娶第二个了,所以三日后方过门。

从"立誓再不交结男子,也不再娶第二个",可见对英莲是情有独钟,打算排除所有的其他对象,以唯一的伴侣相待,厮守一生;且由于英莲已经是落入黑户的无名贱民,在当时"良贱不婚"①的法律规范下无法明媒正娶,成为正式的妻子,其媒合方式也是"乘夜只用一乘小轿,便把娇杏送进去了"(第二回)之类,因此冯渊刻意采"三日后方过门"的做法,等同于正式娶妻之礼,足见其心态之爱深恩重、郑重其事。门子对英莲也是以此理加以劝慰:

> 那日冯公子相看了,兑了银子,拐子醉了,他自叹道:"我今日罪孽可满了!"后又听见冯公子令三日之后过门,他又转有忧愁之态。我又不忍其形景,等拐子出去,又命内人去解释他:"这冯公子必待好日期来接,可知必不以丫鬟相看。况他是个绝风流人品,家里颇过得,素习又最厌恶堂客,今竟破价买你,后事不言可知。只耐得三两日,何必忧闷!"他听如此说,方才略解忧闷,自为从此得所。

错失这段姻缘的英莲,便阴错阳差地走入薛家,以"香菱"之名展开了新的主场人生。

---

① 传统的婚姻法采取身份内婚制,包括:士庶不婚、良贱不婚、官民不婚。其中,良贱不婚是最严格执行的,其原则早自周代《礼记》已具备之,于北魏形诸禁令,唐朝乃在其基础上更详加规定,直至清末依然,参向淑云:《唐代婚姻法与婚姻实态》(台北:台湾商务印书馆,1991),页41—48。

（一）香菱阶段：幸福的春天

如果不带成见地仔细推敲，被重卖与薛蟠后的际遇固然比不上冯渊，如贾雨村所感叹："这英莲受了拐子这几年折磨，才得了个头路，且又是个多情的，若能聚合了，倒是件美事，偏又生出这段事来。这薛家纵比冯家富贵，想其为人，自然姬妾众多，淫佚无度，未必及冯渊定情于一人者。"但客观地说，以"香菱"为名的岁月仍然是比下有余的相对幸福。

从第一回那僧指着英莲大笑，口内所念的"惯养娇生笑你痴，菱花空对雪澌澌。好防佳节元宵后，便是烟消火灭时。"这四句谶诗，一般很容易以为嫁给薛蟠乃是一场悲剧。再加上香菱被预告为终受正妻折磨至死，从这个结果论来反推，也很容易加强悲剧的认定。然而，事情并非如此简单。所谓的"好防佳节元宵后，便是烟消火灭时"，指的是被拐子带走的惨事，与薛蟠无关；至于"菱花空对雪澌澌"一句，"澌澌"是状声词，形容雨雪风等动态的声音，冰雪纷飞固然是噩运的比喻，但若仔细分辨，仍有"过程"与"结果"的不同范畴，"结果"的幸或不幸并不能反推而与"过程"画上等号，必须分开各自看待。

当英莲失踪后，直到转卖发生人命官司的情况已如上述。但门子对英莲的信息到此为止，只知薛蟠"打了个落花流水，生拖死拽，把个英莲拖去，如今也不知死活"，由于其用语带有较强的刺激性，留下了令人猜疑，也不免为之悬心的大问号。

接下来，英莲的第一次出场，则是在第七回。当时周瑞家的"往梨香院来。刚至院门前，只见王夫人的丫鬟名金钏儿者，和一

个才留了头的小女孩儿站在台阶坡上顽",进屋子办完事后,

> 走出房门,见金钏仍在那里晒日阳儿。周瑞家的因问他道:"那香菱小丫头子,可就是常说临上京时买的、为他打人命官司的那个小丫头子么?"金钏道:"可不就是他。"正说着,只见香菱笑嘻嘻的走来。周瑞家的便拉了他的手,细细的看了一会,因向金钏儿笑道:"倒好个模样儿,竟有些像咱们东府里蓉大奶奶的品格儿。"金钏儿笑道:"我也是这们说呢。"周瑞家的又问香菱:"你几岁投身到这里?"又问:"你父母今在何处?今年十几岁了?本处是那里人?"香菱听问,都摇头说:"不记得了。"周瑞家的和金钏儿听了,倒反为叹息伤感一回。

这时改名后的香菱是笑嘻嘻的,明朗而活泼,一洗先前的忧闷愁困,连创伤的阴影都看不出来;第二十四回中,也写到"香菱嘻嘻的笑道";直到第七十九回薛蟠迎娶夏金桂的前夕,与宝玉说话时仍是"香菱拍手笑嘻嘻的说道",已经用实际行动证明了在薛家始终过的是幸福生活,身边的人都是怜惜她、喜爱她的。

最重要的当然是薛家方面的态度。必须说,薛蟠对香菱初始确是爱深情浓的,虽然那是最为一般的层次。由第十六回王熙凤所描述的:

> 那薛老大也是"吃着碗里看着锅里"的,这一年来的光景,他为要香菱不能到手,和姨妈打了多少饥荒。也因姨妈看着香

菱模样儿好还是末则,其为人行事,却又比别的女孩子不同,温柔安静,差不多的主子姑娘也跟他不上呢。故此摆酒请客的费事,明堂正道的与他作了妾。过了没半月,也看的马棚风一般了,我倒心里可惜了的。

据此值得注意的是,英莲被重卖予薛蟠后,其际遇有两种可能,而无论哪一种,都呈现出薛蟠对她的珍重爱惜:

其一,参照第八十回香菱对夏金桂所说明的:"奶奶有所不知,当日买了我来时,原是老奶奶使唤的,故此姑娘起得名字。后来我自伏侍了爷,就与姑娘无涉了。"就此加以推敲,则薛蟠强行带走香菱后,并没有直接据为己有,以遂其欲,反倒是先孝敬母亲,让母亲有好丫头使唤;虽然觊觎了一年,却不敢私下造次,显示他对母亲的尊奉不违,对香菱也一无染指之举,都属难得。

其次,以香菱落入无名贱民的身份,当被薛蟠强行带走之日,大可以像甄府的丫头娇杏一样,被新上任的金陵应天府太爷贾雨村要去作二房时,"乘夜只用一乘小轿,便把娇杏送进去了"(第二回),就此而言,所谓"这一年来的光景,他为要香菱不能到手,和姨妈打了多少饥荒",指的并不是圆房之类的生理满足,而是正式纳妾的要求,这已经是对卑微女性最大的爱惜珍重,也是鬟婢身份的女子最好的出路,不仅地位较高,也享有更好的待遇,因此,第二十九回描写贾府女眷全员出动到清虚观打醮时,各人丫鬟随侍的惊人阵仗中,就包括"薛姨妈的丫头同喜、同贵,外带着香菱、香菱的丫头臻儿",可见香菱也有自己的丫头,这是出于身为薛蟠正式纳妾的姨娘身份所致，一如赵姨娘也有两个丫头一样（见第三十六回）。非但如此，薛蟠竟可以为了达到这个目的，向母亲缠磨了一年，终于让香菱成为正式的妾，这确实显示了薛蟠对香菱的真心挚情。

因此，所谓"看的马棚风一般"指的是一种由绚烂归于日常之后的习以为常，并不是厌弃，更绝非虐待，而只是说比起初时如获至宝的专注浓烈，其热情劲道有所减退，相对平淡得多，但对香菱依然给予亲人式的和善对待。这固然可以说是"喜新"却并非"厌旧""弃旧"，因为并无"厌""弃"可言，香菱始终在他身边一起生活度日；并且所谓的"旧"，其意义也近乎熟悉日常的亲人、家人、故旧，其实是男女之爱的另一种深化与升华。试看第二十五回"魇魔法姊弟逢五鬼"一段，当时府中上下一片慌张，园中如乱麻一般，此际"独有薛蟠更比诸人忙到十分去：又恐薛姨妈被人挤倒，又恐薛宝钗被人瞧见，又恐香菱被人臊皮——知道贾珍等是在女人身上做功夫的，因此忙的不堪"，足证香菱是被薛蟠当作爱妾，并视之为与薛姨妈、宝钗同等的亲密家人，故费心费力一体回护。直到第七十九回娶进夏金桂之后，香菱成为新妇的头号敌人，必欲除之而后快，正是因为在这个泼妒骠悍的女子眼中，

> 又见有香菱这等一个才貌俱全的爱妾在室，越发添了"宋太祖灭南唐"之意，"卧榻之侧岂容他人酣睡"之心。

"爱妾"一词正道出薛蟠对香菱的感情，以致夏金桂倍感威胁而激

发出强烈敌意。在夏金桂的挑拨离间与蓄意陷害之下，第八十回才发生了薛蟠"赶着香菱踢打了两下"之事，但从香菱"未受过这气苦，既到此时，也说不得了，只好自悲自怨，各自走开"的心情以及"对月伤悲，挑灯自叹"只出现在与薛蟠断绝关系之后的反就来看，前此则只见"笑嘻嘻"而从未有伤悲感叹之类的负面情绪流露，可见香菱在薛家的一贯待遇乃是安详和乐的，直到正妻入门之前，都是"未受过这气苦"。

薛姨妈也对香菱极为欣赏疼爱，所以才会同意薛蟠的请求，"故此摆酒请客的费事，明堂正道的与他作了妾"。到了家门不幸娶进恶媳之后，弄得鸡犬不宁，薛姨妈还是维护香菱的，第八十回写薛蟠被夏金桂的一席话激怒，顺手抓起一根门闩来，一径抢步找着香菱，不容分说便劈头劈面打起来，一口咬定是香菱所施。香菱叫屈，薛姨妈跑来禁喝说："不问明白，你就打起人来了。这丫头伏侍了你这几年，那一点不周到，不尽心？他岂肯如今作这没良心的事！你且问个清浑皂白，再动粗鲁。"从薛姨妈急切地亲自跑来，动用母权屏卫了香菱，将她从含冤挨打中救出，并且这很可能是除疼惜宝钗之外，第一次如此震怒地对待自幼溺爱的儿子，对香菱诚然是视如己出般的情感。

至于宝钗这位小姑，更是香菱的恩人，不仅给她一个很美的新名字，呼应了大观园中的"藕香榭"之名，以及其栏柱上的对联所云："芙蓉影破归兰桨，菱藕香深写竹桥。"其脱俗之美感，取义于第八十回香菱所阐述的："不独菱角花，就连荷叶莲蓬，都是有一股清香的。但他那原不是花香可比，若静日静夜或清早半夜细领略了去,那一股香比是花儿都好闻呢。"而香菱能有这番认知或体悟,理应也是宝钗教给她的。此外,一旦机会来临,在薛蟠出门做买卖后,宝钗更主动帮她争取福利以满足她的心愿,对薛姨妈说道:"妈既有这些人作伴,不如叫菱姐姐和我作伴去。我们园里又空,夜长了,我每夜作活,越多一个人岂不越好。"由此才取得住进大观园的许可,因此香菱感谢宝钗道:

"我原要和奶奶说的,大爷去了,我和姑娘作伴儿去。又恐怕奶奶多心,说我贪着园里来顽;谁知你竟说了。"宝钗笑道:"我知道你心里羡慕这园子不是一日两日了,只是没个空儿。就每日来一趟,慌慌张张的,也没趣儿。所以趁着机会,越性住上一年,我也多个作伴的,你也遂了心。"香菱笑道:"好姑娘,你趁着这个工夫,教给我作诗罢。"(第四十八回)

还没住进大观园,就先请求学诗,可见这是她心中酝酿已久的渴望;此时黛玉已好了大半,见香菱也进园来住,自是欢喜,香菱又向黛玉恳求道:"我这一进来了,也得了空儿,好歹教给我作诗,就是我的造化了!"于是在黛玉的指导下,香菱也果然开始学诗、作诗,获得了一个孤女婢妾所不能妄想的吟咏岁月,以及一生中最风雅清华的阶段。

如此种种,足见香菱从一无所有到有了家和亲人,与之前的孤苦无依恰恰形成强烈对比,这便足以让一位从未享有亲情乃至爱情之温暖的女子衷心感怀。并且薛家所给予的不仅是温暖、安全、保护,还包括另一个较次要却也很重要的因素,那就是生活上优渥的物质保障。一如袭人对贾府宽柔待下的门风所言:"幸而卖到这个地方,吃穿和主子一样,也不朝打暮骂。"(第十九回)薛府亦然,宝钗笑道:"咱们家从来只知买人,并不知卖人之说。"(第八十回)既不把奴婢当做营利之物品,买入家门的人也获得良善的对待,何况正式的妾。因此,第六十二回写到香菱穿的是精致华美的石榴红绫裙,香菱道:

> 这是前儿琴姑娘带了来的。姑娘做了一条,我做了一条,今儿才上身。……我虽有几条新裙子,都不和这一样的。

宝琴不辞辛苦远道带来的布料必然是美丽昂贵,做出来的裙子由香菱和宝钗各分一条,可见其待遇可与宝钗比肩,一体分享;且除了这条石榴红绫裙之外,香菱还有其他几条新裙子,其衣箱之充实丰富可想而知,应该是来自薛蟠的大方赏赠,正体现了袭人所说的"吃穿和主子一样,也不朝打暮骂"。据此而言,除"专情"一项有所缺憾之外,香菱在薛家的一切恐怕更胜于冯渊所能给者。

正因为薛家给了香菱温暖、安全、保护、丰饶、富足,是她脱离苦海之后的坚固堡垒,此所以最后因夏金桂之作践排挤,闹得全家鸡犬不宁,薛姨妈气急败坏之下意欲卖掉香菱以去除争端之际,"香菱早已跑到薛姨妈跟前痛哭哀求,只不愿出去,情愿跟着姑娘",这便显示香菱由衷不肯离开薛家的强烈认同,与当初被拐子卖出后,即深幸"我今日罪孽可满了"的反应截然不同。则香菱之苦求不肯离开薛家,就如同袭人与晴雯至死也不肯离开贾府一样,所谓"袭人在家,听见他母兄要赎他回去,他就说至死也不回去的"(第十九回),晴雯则对宝玉哭道"我一头碰死了也不出这门儿"(第三十一回),都证明她们对这个主家的深心认同,视之为终身归宿,不愿离去。

从而必须说,英莲自十二三岁被薛蟠带回薛家,获得了"香菱"的新名字,也同时获得了温暖的家庭与挚爱的亲人,在泥泞里绽放了花朵,散发出生活的芳香,是一段幸福的春天,成为帮助她真正走出童年梦魇的最大力量。"香菱"作为"英莲"时期的延续,也符合莲、菱如一①的命名巧思。

(二)秋菱阶段:肃杀的寒冬

薛家的"香菱"岁月,随着薛蟠的正妻夏金桂入主之后,便开始发生剧烈的翻覆变化。

第七十九回介绍道:"这夏家小姐今年方十七岁,生得亦颇有姿色,亦颇识得几个字。若论心中的邱壑经纬,颇步熙凤之后尘。只吃亏了一件,从小时父亲去世的早,又无同胞弟兄,寡母独守此女,娇养溺爱,不啻珍宝,凡女儿一举一动,彼母皆百依百随,因此未免娇养太过,竟酿成个盗跖的性气。爱自己尊若菩萨,窥他人秽如粪土;外具花柳之姿,内秉风雷之性。在家中时常就和丫鬟们

---

① 所谓:"凡种藕之塘宜生水,种菱亦然。"(清)屈大均:《广东新语》(北京:中华书局,1985),卷二七《草语》,"莲菱"条,页 704—705。

使性弄气,轻骂重打的。今日出了阁,自为要作当家的奶奶,比不得作女儿时腼腆温柔,须要拿出这威风来,才钤压得住人。"在通往当家独裁的道路上,其首要之务便是除去香菱,而翦除香菱的第一步,就是换掉她原来的名字。一如学者的研究所指出:"对于那些姓名体系具有重要社会功能的族群来说,命名是一种动员,是一种维系,也是一种教育:在命名过程中,族群成员以自己的社会活动和心理活动,表现社会的结构和传统的权威;强调群体和个人的义务,联络感情,交流讯息。同时,命名活动也是对社会行为方式、分类知识、文化观念等方面的再现和调适,是新旧势力矛盾、对抗的过程。"① 从"命名"具有宣示主权、社会动员的象征意义而言,这正是夏金桂掌管、主控、摆布的开始。

关于这个改名的过程,第七十九回写道:"一日金桂无事,因和香菱闲谈……问他'香菱'二字是谁起的名字?"香菱便答:"姑娘起的。"第八十回接续"香菱"这个话题,金桂笑道:

"我想这个'香'字到底不妥,意思要换一个字……只怕姑娘多心,说'我起的名字,反不如你?你能来了几日,就驳我的回了。'"香菱笑道:"奶奶有所不知,当日买了我来时,原是老奶奶使唤的,故此姑娘起得名字。后来我自伏侍了爷,就与姑娘无涉了。如今又有了奶奶,益发不与姑娘相干。况且姑娘又是极明白的人,如何恼得这些呢。"金桂道:"既这样说,

---

① 纳日碧力戈:《姓名论》(北京:社会科学文献出版社,1999),页95。

'香'字竟不如'秋'字妥当。菱角菱花皆盛于秋,岂不比'香'字有来历些?"香菱道:"就依奶奶这样罢了。"自此后遂改了秋字,宝钗亦不在意。

然而从此之后,各种折挫凌辱、栽赃陷害接二连三,不仅香菱苦不堪言,更因薛蟠受到挑拨离间而发生前所未有的暴力相向,导致薛姨妈终于决定放弃香菱,由宝钗接手,香菱与薛蟠的夫妻情缘便就此告终。

这段变化早在第五回太虚幻境的人物判词中就做了预告。第五回写宝玉开了副册橱门,拿起一本册来,揭开看时,只见画着一株桂花,下面有一池沼,其中水涸泥干,莲枯藕败,后面书云:

根并荷花一茎香,平生遭际实堪伤。
自从两地生孤木,致使香魂返故乡。

"根并荷花一茎香"指的是香菱与生俱来的优良遗传与美好质性,"平生遭际实堪伤"指的是自幼不幸被拐,过着被打怕了的生活;长到十二三岁时被卖与薛蟠,算是有了好归宿,可惜却又为时不长,"自从两地生孤木,致使香魂返故乡"以拆字法"两地生孤木"隐指"桂"字,两句暗示薛蟠娶了正室夫人夏金桂之后,香菱即会惨遭折磨而亡,也呼应了"藕败"所谐音的"偶败"之意。

同一凄厉的命运警钟又于第六十三回敲起,当时众钗在怡红院庆生夜宴中掣花签助兴,香菱所抽到的签诗是"连理枝头花正开",

出自宋朝朱淑贞的《惜春》(题一作《落花》):

> 连理枝头花正开,妒花风雨便相催。愿教青帝常为主,莫遣纷纷点翠苔。①

从曹雪芹所设计的"冰山一角"引诗法而言,香菱的命运是隐含在未被引述的部分,第二句意谓香菱与薛蟠的恩爱关系遭受了妒恨者的破坏,"妒花风雨便相催"暗示了夏金桂的阴毒摧残,与"自从两地生孤木,致使香魂返故乡"的判词相应。"青帝"即春神,主管百花的开落,此处用以比喻薛蟠,虽然香菱"愿教青帝常为主,莫遣纷纷点翠苔",寄望身为一家之主的薛蟠可以挺身护卫,不使花朵被狂风暴雨摧折残害以致香消玉殒,但却依然是天不从人愿,香菱终究是无所逃于风墙雨幕的围困锤击,而沦落于阴湿的青苔上化为尘泥,恰恰与先前"连理枝头花正开"的情景形成巨大的反差。

离开薛蟠身边的香菱,这才真正地失去了生命力,第八十回描述道:

> 本来怯弱,虽在薛蟠房中几年,皆由血分中有病,是以并无胎孕。今复加以气怒伤感,内外折挫不堪,竟酿成干血之症,日渐羸瘦作烧,饮食懒进,请医诊视服药亦不效验。

---

① (宋)朱淑真:《朱淑真集》(上海:上海古籍出版社,1986),页253。

在此身心交瘁的情况下，其终局应是判词所说的"香魂返故乡"，很快地病入膏肓，命丧黄泉，这与高鹗续书的安排显然是有出入的。"秋菱"入冬之景便是"水涸泥干，莲枯藕败"，这个新名字也为香菱的生命史画下了最后句点。

五、独特的爱情类型

从"英莲"到"无名氏"到"香菱"再到"秋菱"的曲折过程中，"香菱"阶段既是她的人生主场，也是堪称幸福的一段时光。薛家固然待香菱甚厚，也可见薛蟠视香菱如亲的温情，但许多人会质疑，也应该仔细考察的问题是：香菱爱不爱薛蟠？

以香菱的才貌俱全，却委身于大老粗般的薛蟠，这种匹配关系不仅宝玉暗叹："可惜这么一个人，没父母，连自己本姓都忘了，被人拐出来，偏又卖与了这个霸王。"（第六十二回）连贾琏都惋惜道："那薛大傻子真玷辱了他。"（第十六回）评点家二知道人也喊冤道："仆为香菱悲者……独恨月老无知，何竟以吟风弄月之美人，配一目不识丁之傻子耶？玉碗金盆贮以狗矢，冤乎哉！"[1]对于现代读者而言，更都难免以"痴汉偏骑骏马走，巧妻常伴拙夫眠"[2]为之不平，而深致感慨。但如果客观地阅读推敲，回到香菱的个人生命史与心灵史加以体察，实际上情况却是适得其反，关于"香菱爱

---

[1] （清）二知道人：《红楼梦说梦》，一粟编：《红楼梦资料汇编》，卷三，页95。
[2] （明）谢肇淛：《佚题》，见（清）袁枚：《随园诗话》，卷九，第二十六则，页297。

不爱薛蟠"的答案是明显的。

事实是：香菱深爱薛蟠，一如黛玉之于宝玉。从她在薛蟠调戏柳湘莲不成反遭毒打受伤时，"哭得眼睛肿了"（第四十七回），此一反应有如黛玉在宝玉痛遭笞挞时，为重创卧床的宝玉哭得"两个眼睛肿的桃儿一般"（第三十四回），都是出自真心的疼惜哀恸，足证对薛蟠的爱深情切。① 也是在这个事实基础上，小说家不断以传统修辞中比喻夫妻恩爱的语汇描述香菱与薛蟠的关系，最先是第六十二回园中斗草时，香菱所拥有的"夫妻蕙"："一箭一花为兰，一箭数花为蕙。凡蕙有两枝，上下结花者为兄弟蕙，有并头结花者为夫妻蕙。我这枝并头的，怎么不是。"于是被输了比赛的对手豆官借机调侃道："你汉子去了大半年，你想夫妻了？便扯上蕙也有夫妻，好不害羞！"这种恩爱夫妻的比喻与形象一直延续到了第六十三回，当时怡红院庆生宴上众人掣花签，轮到香菱时，

> 香菱便掣了一根并蒂花，题着"联春绕瑞"，那面写着一句诗，道是：
> 连理枝头花正开。
> 注云："共贺掣者三杯，大家陪饮一杯。"

虽然花签中并未说明是哪一种花卉，但参照香菱原名英莲，太虚幻

---

① 这一点也有学者已经注意到，见朱淡文：《香菱爱薛蟠》，《红楼梦学刊》1998年第4辑，页62—64。但除此之外，其所论与本书大多不同，也未分析可能的原因。

境人物图谶中也以莲花为造型，其代表花为莲荷之花，自无可疑。从"夫妻蕙""并蒂花"与"连理枝"这三个用以表示夫妻恩爱的词汇来看，香菱对薛蟠是存有真爱的，只是后来为妒悍的正妻所欺，才导致薄命。

也因此，最后因夏金桂的挑唆离间，致使香菱"从此断绝了他那里，也如卖了一般""自此以后，香菱果跟随宝钗去了，把前面路径竟一心断绝。虽然如此，终不免对月伤悲，挑灯自叹"，处处显示：若非对薛蟠眷恋不舍，又怎会在断绝往来之后"对月伤悲，挑灯自叹"，有如失婚被弃的怨妇，如此之悲戚落寞？若无与薛蟠厮守终身的衷心盼望，又何至于因鸳鸯梦断而悲伤致疾，一病不起？从离开薛蟠之后便失去了笑容，继而失去了生命，则香菱之深爱薛蟠，实毋庸置疑。

爱情既已发生，便是事实，至于"为什么爱情会发生"则是一个很难回答的问题。即使试图回答，也都只是可能的揣测，因为真正的原因连当事人都无法解释；但揣测的过程，仍可以帮助我们更了解香菱，也更了解薛蟠，因此仍是很有意义的。

（一）斯德哥尔摩症候群

首先，从香菱的特殊遭遇来看，对于将她从拐子处买走的薛蟠，如果不要过分比附，而只是参酌以帮助理解的话，则其心理或有斯德哥尔摩症候群的影响。

斯德哥尔摩症候群（Stockholm syndrome）是角色认同防卫机制的重要范例，又称为人质情结，是指犯罪的被害者对于犯罪者产生情感，甚至反过来帮助犯罪者的一种情结。源于 1973 年在瑞典首都斯德哥尔摩发生银行抢劫案件，歹徒欧陆森与欧佛森绑架了四位银行职员，在警方与歹徒僵持了一百三十个小时之后，本案因歹徒放弃而结束。然而所有的被害者在事后都表明并不痛恨歹徒，并表达他们对歹徒非但没有伤害他们还对他们多所照顾的感激，且对警察采取敌对的态度，事后更有甚者，被绑架的人质中有一名女职员克丽斯丝汀竟爱上欧陆森并与他订婚（Hubbard, 1986; McMains & Mullins, 1996）。要显示出这种现象，通常需要以下几个条件：

- 受害者有巨大的危机
- 加害者对受害者略施小惠
- 封闭的环境，受害人不能和外界接触
- 受害者感到绝望而屈服

可见这种心理主要是被害人无路可走，又寻求不到有力的支持系统或庇护场所，因而对于加害人的行为予以合理化的解释。[1]

以加害者和受害者的关系比附于薛蟠和香菱，其实并不完全适当，因为薛蟠是出价购买，并未犯罪或加害，而香菱也不是薛蟠的受害人，但一则是该综合症属于普遍的心理反应，存在于许多"不

---

[1] 参考 D. Dewey, The Stockholm Syndrome, *Scandinavian Review*, 2007, 94(3): 34-42; R. Fabrique & V. Hasselt, Understanding Stockholm Syndrome, *FBI Law Enforcement*, 2007, 76(7): 10-15。

平等权力关系下的认同体验"①中，并不限于上述狭隘的犯罪学定义；二则两人的各自处境与彼此之间的互动性质也与斯德哥尔摩症候群的产生机制有着异曲同工之妙，因此可以酌参其义：香菱确实是一个"受害者"，当她从被拐子掳夺一直到贩卖期间，不仅没有亲人，缺乏正常的伦理关系与受教育的机会，更承受了极为孤独无依的禁闭与可怕的暴力对待，诚然都在一种"巨大的危机"之中；而薛蟠的购取，不仅是对香菱"略施小惠"，更是给了一个富裕温暖的家，是名公正道的薛家之妾，于前后际遇的巨大对比之下，香菱对薛蟠产生感激之情是很合情理的；在传统男女有别的空间分划之下，香菱一如其他的良民女子一样，也是"不能和外界接触"，因此薛家便是其唯一的天地。到此为止，只有最后一项是不吻合的，也就是香菱并非"感到绝望而屈服"，反倒是非常幸福而高度认同薛家为她唯一的归宿，薛蟠则是她最深爱的依靠。

如此说来，香菱比起绑架案中爱上真正的加害人的女子而言，是更有理由真心爱上薛蟠的。并且香菱初始对薛蟠的情感，也很符合心理分析学的看法，即：新生婴儿会与最靠近的有力成人形成一种情绪依附，以最大化周边成人让他至少能生存（或成为理想父母）的可能，斯德哥尔摩症候群可能是由此发展而来；②则刚刚脱离拐子魔掌的香菱就有如一个新生儿般，对薛蟠这个有力成人产生了强

---

① 见高明华：《斯德哥尔摩综合症：表现、成因和应对》，《中国农业大学学报（社会科学版）》第二十六卷第一期（2009年3月），页143。

② 进化心理学（evolutionary psychology）以 capture-bonding 来解释这种现象，说明斯德哥尔摩症候群背后的原因。

烈的依附感，从而再发展出真挚的爱情。如此一来，以该症候群解释香菱的心理，更不失其合理性。

（二）薛蟠的优点

如果说，用斯德哥尔摩症候群来解释香菱之所以爱上薛蟠，只能大致解释最初的心理状态，那么，要在长期相处下让爱情逐渐深化生根、日益深厚，薛蟠本身的优点可以说是最关键的因素，更不能忽略。而所谓"薛蟠本身的优点"，自然是从香菱的眼光而言，作为一个年仅五岁即失家、失学的无助孤女，缺乏教育、完全丧失爱与温暖，她所感受到的、会被打动的，理应是与黛玉、探春之类的大家闺秀截然不同。

外貌上，一般多从率性驰纵的性格推论薛蟠是个大老粗，尤其是第四十七回的"呆霸王调情遭苦打"一段，描写诱骗薛蟠出城准备加以报复的柳湘莲，"桥上等候薛蟠。没顿饭时工夫，只见薛蟠骑着一匹大马，远远的赶了来，张着嘴，瞪着眼，头似拨浪鼓一般不住左右乱瞧"，正活生生勾画出一幅急色鬼的呆蠢之相。然而，薛蟠即使气质粗鲁不文，与宝钗相去甚远，但从相貌而言，却是魁梧端正而充满男子气的。第七十九回由香菱的描述，指出薛蟠与夏金桂的婚姻缔结除门当户对之外，更包含了双方的容貌条件：

> 一则是天缘，二则是"情人眼里出西施"。当年又是通家来往，从小儿都一处厮混过。叙起亲是姑舅兄妹，又没嫌疑。

> 虽离开了这几年，前儿一到他家，夏奶奶又是没儿子的，一见了你哥哥出落的这样，又是哭，又是笑，竟比见了儿子的还胜。又令他兄妹相见，谁知这姑娘出落得花朵似的了，在家里也读书写字，所以你哥哥当时就一心看准了。

由"出落的这样"可知，薛蟠固然与宝钗天差地远，并非温文儒雅的书卷才子，但从一般的眼光来看，仍然是合乎男性审美标准的堂堂威武，与孙绍祖之"生得相貌魁梧，体格健壮"（第七十九回）差相仿佛，因此才会让夏奶奶一见中意，爱如己出，很快地便认可为掌上娇女的东床快婿。

其次，就性格而言，薛蟠纵使有许多缺点，但都谈不上是罪恶小人，比起伪君子来，反倒有其所不及的优点。例如薛蟠虽然好色，但对所沾染流连的男、女对象却都并无强逼硬迫之处：于妓女云儿，固然是各取所需的金钱交易，其余学堂里或其他处所豢养的少年男宠们，也无非如此；对调情不成反遭苦打的柳湘莲，其实也只是流露出馋涎纠缠的不堪之举，因此当薛蟠被诱到郊外惨遭毒打的时候，便不平地抗议道："原是两家情愿，你不依，只好说，为什么哄出我来打我？"可见他并未霸王硬上弓，与一般侵害女性的恶徒大有不同。

至于香菱，原系拐子私下偷偷重卖，薛蟠事前并不知先已卖给冯渊，属于正当的出钱购买，完全不是霸道行抢；只因东窗事发后，付费的两方都要人不要钱，于是才发生严重的争执，而导致人命官司。对于薛蟠而言，既已付费，就合法地拥有香菱的归属权，并无抢夺强占的道德问题;最后会闹出人命,主要还是身边的部众下手过重,"众豪奴将我小主人竟打死了"(第四回),就此一结果而言,薛蟠固然有失督责也欠缺严加约束,甚至还有纵容之嫌,但若论是否存心施暴致人于死,答案却是否定的。

值得注意的是,这一场夺人命案发生于薛蟠送妹待选的上京途中,其人品行止尚在质朴境地,到了贾府后一家被挽留住下,才进一步发生"近墨者黑"的劣化发展;但所谓的"黑",从一般标准而言也仅止于灰色地带。第四回描述道:

> 谁知自从在此住了不上一月的光景,贾宅族中凡有的子侄,俱已认熟了一半,凡是那些纨绔气习者,莫不喜与他来往,今日会酒,明日观花,甚至聚赌嫖娼,渐渐无所不至,引诱的薛蟠比当日更坏了十倍。

一般皆以此作为贾家以及薛蟠之品行恶劣的证词,就"更坏了十倍"一句浮想其不端之甚,进而附会众多罪恶的投射。然而,若不为字面的语感所惑,仔细推敲这一段话的指涉内容,所谓"比当日更坏了十倍",指的是"今日会酒,明日观花,甚至聚赌嫖娼",实际上仍属一般性的纨绔作为,虽不高尚,却也没有严重的道德问题,更谈不上罪孽,不仅"今日会酒,明日观花"尚且带有几分风雅,犹如宝玉也会对贾芸闲谈"谁家的戏子好,谁家的花园好,又告诉他谁家的丫头标致,谁家的酒席丰盛,又是谁家有奇货,又是谁家有异物"(第二十六回),脂砚斋便就此批云:"几个谁家,自北静王公侯驸马诸大家包括尽矣，写尽纨绔口角。"即连"聚赌嫖娼"也不曾侵犯他人，与奸邪诈伪、欺压良善的市井恶煞完全不可相提并论。而宝玉的知交柳湘莲更也如出一辙，所谓："那柳湘莲原是世家子弟，读书不成，父母早丧，素性爽侠，不拘细事，酷好耍枪舞剑，赌博吃酒，以至眠花卧柳，吹笛弹筝，无所不为。"（第四十七回）如此描述，与薛蟠相去几希？则反推回去，薛蟠上京前"当日"的"坏"乃是依照对贵族佳子弟的高标准而言[1]，上京后的"更坏了十倍"也无非是在高标准之下"恨铁不成钢"的更深感慨，不应望文生义，给予扩大性的过度解释。

必须说，薛蟠所具有的缺点，如"倚财仗势""弄性尚气""性情奢侈，言语傲慢"（第四回）、"气质刚硬，举止骄奢"（第七十九回）等等，固然暴露出母亲溺爱、教育不彰所致的缺陷，但从另一面来看，薛蟠却也没有虚伪作态、沽名钓誉，而只是很质朴地直接表露自己，不假修饰。必须说，薛蟠之坦率无讳、真诚无欺，堪称完全没有心机算计，从来不为自己之真实面加以遮掩，因此也更彻彻底底地表里如一，所谓"素日恣心纵欲，毫无防范""说话不防头……

---

[1] 即"门风多宽恕，志尤惇厚，兄弟子侄，皆笃实谦和"，"当时门第传统共同理想，所期待于门第中人，上自贤父兄，下至佳子弟，不外两大要目：一则希望其能具孝友之内行，一则希望其能有经籍文史学业之修养。此两种希望，并合成为当时共同之家教"。见钱穆：《略论魏晋南北朝学术文化与当时门第之关系》，《中国学术思想史论丛（三）》（台北：东大图书公司，1977），页173、171。反映于《红楼梦》中，则以北静王水溶的"情性谦和""十分谦逊"（第十四回），与贾政的"为人谦恭厚道，大有祖父遗风，非膏粱轻薄仕宦之流"（第三回）为代表。

原不理论这些防嫌小事""天不怕地不怕,心里有什么口里就说什么""薛蟠本是个心直口快的人,一生见不得这样藏头露尾的事"(第三十四回),属于冯紫英所说的"心实"(第二十八回)者流。因此,清代评点家涂瀛即称许道:

> 薛蟠粗枝大叶,风流自喜,而实花柳之门外汉,风月之假斯文,真堪绝倒也。然**天真烂漫,纯任自然,伦类中复时时有可歌可泣之处,血性中人也**。脱亦世之所希者与!晋其爵曰王,假之威曰霸,美之谥曰呆。讥之乎?予之也。①

所谓"天真烂漫,纯任自然"正道出薛蟠的性格底蕴,属于"在法国文学中,真诚是指对自己及他人坦陈自己。这里的坦陈是指,他承认他的那些伤风败俗及惯常要加以掩饰的特性或行为"②之类的真诚,只是施诸食色意气上不免令人难以恭维,但在日常生活亲友之间,却也常常有热烈感人的"血性",不失为另类的"性情中人"。

例如第十三回薛蟠来吊问秦可卿之丧,因见贾珍寻好板,便说道:"我们木店里有一副板,叫作什么樯木,出在潢海铁网山上,作了棺材,万年不坏。……你若要,就抬来使罢。"贾珍笑问:"价值几何?"薛蟠笑道:"拿一千两银子来,只怕也没处买去。什么价

---

① (清)涂瀛:《红楼梦论赞·薛蟠赞》,一粟编:《红楼梦资料汇编》,卷三,页141。

② [美]莱昂内尔·特里林著,刘佳林译:《诚与真:诺顿演讲集,1969—1970》,页59。

不价,赏他们几两工钱就是了。"

第二十六回薛蟠对宝玉说道:"只因明儿五月初三日是我的生日,谁知古董行的程日兴,他不知那里寻了来的这么粗这么长粉脆的鲜藕,这么大的大西瓜,这么长一尾新鲜的鲟鱼,这么大的一个暹罗国进贡的灵柏香熏的暹猪。你说,他这四样礼可难得不难得?那鱼、猪不过贵而难得,这藕和瓜亏他怎么种出来的。我连忙孝敬了母亲,赶着给你们老太太、姨父、姨母送了些去。如今留了些,我要自己吃,恐怕折福,左思右想,除我之外,惟有你还配吃,所以特请你来。可巧唱曲儿的小么儿又才来了,我同你乐一天如何?"

薛蟠对朋友不只是有福同当,还能情义相待,如第二十八回听到妓女云儿所唱的歌词:"女儿愁,妈妈打骂何时休!"便忍不住说道:"前儿我见了你妈,还吩咐他不叫他打你呢。"至于柳湘莲,先前虽有惨遭苦打的切心之恨,但后来到了第六十六回,在商旅途中不幸遇到抢匪,凑巧为路过的柳湘莲所救,于是一笑泯恩仇,还结拜为生死兄弟,相伴一路进京,可见两人都具有不记仇的大器心胸,才能从寇仇变成肝胆;第六十七回闻说柳湘莲截发出家,就连忙带了小厮们在各处寻找,忙了几天,回到家时眼中尚有泪痕,为伙计们举办酒席洗尘时,也长吁短叹无精打采的。

上述诸例在在可见薛蟠的热心慷慨、义气助人,诚所谓"伦类中复时时有可歌可泣之处"。因此,确实除"假之威曰霸"外,还应"美之谥曰呆",单单"霸"这个字与概念是不足以说明其性格特征的;只有再加上"呆"字,才能呈现薛蟠的真正风貌。

而薛蟠的外号,正有一个"呆"字,结合其弄性尚气则成"呆霸王"之绰号,包括:第四回说"薛公子的混名人称'呆霸王'",第四十七回的回目作"呆霸王调情遭苦打",以及第七十五回谓"薛蟠早已出名的呆大爷",加上脂砚斋也都称薛蟠为"阿呆""呆兄""阿呆兄":

- 人命视为些些小事,总是刻画阿呆耳。(第四回夹批)
- 故仍只借雨村一人穿插出阿呆兄人命一事,且又带叙出英莲一向之行踪,并以后之归结。(第四回眉批)
- 阿呆兄亦知不俗,英莲人品可知矣。(第四回夹批)
- 的是阿呆兄口气。(第十三回夹批)
- 写呆兄忙是躲烦碎文字法。(第二十五回夹批)
- 从阿呆兄意中,又写贾珍等一笔,妙。(第二十五回夹批)
- 必得如此叮咛,阿呆兄方记得(第三十七回批语)
- 然此一人岂可不入园哉。故欲令入园,终无可入之隙,筹划再四,欲令入园必呆兄远行后方可。然阿呆兄又如何方可远行?曰:名不可,利不可,正事不可,必得万人想不到自己忽一发机之事方可。因此思及情之一字,及(乃)呆素所惧者,故借"情悮"二字生出一事,使阿呆游艺之志已坚,则菱卿入园之隙方妥。回思因欲香菱入园,是写阿呆情误;先写一赖尚华(荣);实委婉严密之甚也。(第四十八回批语)

足见"呆"可以说是薛蟠另一个或许也是更重要的一面,不仅不会计较记恨,还"使钱如土"(第四回)、"头一个惯喜送钱与人的"(第七十五回),极其慷慨大方,使得"霸"不致流于残暴狠毒,甚至有时还展现出一种没有心机算计的率性可爱。

更有趣的是,第六十二回的回目"呆香菱情解石榴裙"是以"呆"字为香菱的一字定评,第四十八回宝钗也说香菱"你本来呆头呆脑的,再添上这个,越发弄成个呆子了",第四十九回又调侃道"呆香菱之心苦",于第五十二回便索性称之为"诗呆子",脂批更明示曰:

> 今以呆字为香菱定评,何等妩媚之至也。(第四十八回批语)

"呆"一字带有一种不懂计算的傻气,其妩媚处就在于表达出一种纯真憨态①,因此心思不会过分敏感脆弱,更不会多心钻牛角尖而导致心理伤害,这种淳厚的天赋,很可能就是香菱没有被可怕的拐卖经验所毁,未尝因自幼的不幸遭遇产生阴影乃至带来人格的扭曲,而仍能保持健全明朗的原因。如评点家涂瀛所言:"香菱以一憨,直造到无眼耳鼻舌心意,无色声香味触法。故所处无不可意之

---

① 有关"呆"的人格意蕴,尚可参吴晓南:《"钗黛合一"新论》(广州:广东人民出版社,1985),页37—42;胡文彬:《冷眼看红楼》(北京:中国书店,2001),页37;赵继承:《回归浑沌:"钗黛合一"的另一种可能——香菱形象的深层内涵兼论湘云》,《河南教育学院学报(哲学社会科学版)》2008年第一期,页38—43。

境，无不可意之事，无不可意之人，嬉嬉然莲花世界也。"[1] 如此一来，就"呆"字的总评而言，也可以看出小说家隐隐然存有二人为天作之合的用意。

至于香菱爱上一个和自己有着共同性格特点的人，岂非也很符合爱情发生学的部分原理？更值得深思的是，悲惨的童年与少年岁月没有扭曲她，那些可怕的遭遇与经验不曾留下阴影；但对薛蟠的爱既给了她真正的幸福，却也因此反过来使她真正受到创伤，失婚后"对月伤悲，挑灯自叹"的灵魂侵蚀，终于耗损了她的心神与生机，以致憔悴夭逝。

痛之切来自于爱之深，香菱与薛蟠展示了一种独特的爱情类型，也许不比宝、黛的木石前盟浪漫动人，却一样地深刻用命，人性的复杂深奥也由此可知。

六、受苦的意义

综观香菱的短暂一生，除以英莲、香菱为名的寥寥数年，其余皆为苦不堪言的履历，脂砚斋乃一再批云："伤痛之极"（第七回）、"青（幼）年罹祸，命运乖蹇"（第四十八回），则"苦"作为香菱的另个一字定评，亦未尝不可；宝钗所谓"呆香菱之心苦"的"苦"固然是指苦心学诗，却又不妨双关于其命哀苦。"苦"与"呆"并存，这并不是偶然的巧合或不经意的杂凑。

---

[1] （清）涂瀛：《红楼梦论赞·香菱赞》，一粟编：《红楼梦资料汇编》，卷三，页130。

小说家演绎了一个真正沦落于现实泥泞中的女性人生，遭受莫名的恐怖，没有理由地受罪，不是因为犯错所应得的惩罚，也缺乏补偿的承诺或愿景的回馈，自始至终都无法找到这些苦难的原因，以及承受这些苦难的意义。就此而言，香菱没有受到教育，不曾读书，既是祸也是福。如脂砚斋所言：

> 细想香菱之为人也，根基不让迎探，容貌不让凤秦，端雅不让纨钗，风流不让湘黛，贤惠不让袭平，所惜者青（幼）年罹祸，命运乖蹇，足（致）为侧室。且虽曾读书，不能与林湘辈并驰于海棠之社耳。（第四十八回批语）

再参考宝钗所说的"不拿学问提着，便都流入市俗去了"（第五十六回），可见香菱再如何地根基不凡、资质优越，也都无法仅凭天赋就能智识丰富、才思出众，毋怪乎宝玉在香菱学诗后便感叹道："老天生人再不虚赋情性的，我们成日叹说可惜他这么个人竟俗了，谁知到底有今日，可见天地至公。"（第四十八回）"俗"是未受教育者所无法避免的宿命，美丽善良的香菱也不例外。这固然是一种缺憾甚至不幸，却使她一直保有一种原始的韧性，反倒不会在叩问、探求、追索中陷入愤懑不甘、怨尤羡嫉、虚无茫然、自卑自虐等等的心理纷扰。脂砚斋曾针对"却因锻炼通灵后，便向人间觅是非"二句批云：

> 所谓越不聪明越快活。（第二十五回眉批）

苏轼更早就感慨"人生识字忧患始"(《石苍舒醉墨堂》)[①],不识字便减少忧患,或在忧患中而不自知,忘了悲喜,忘了痛楚,于是其"呆"使其"苦"减轻了重量,变得可以忍受;其"苦"也使得"呆"焕发出可爱的傻气,增加了妩媚。

或许这也是香菱的代表花是莲花的原因——出污泥而不染的力量可以来自饱读圣贤书的品格操守,也可以源于一种质朴的纯真,不堆栈过去的种种,也不和周围的人比较,因此没有相对被剥夺感,而远离了红尘纷扰。她就是活在当下,领略每一个存在片刻的生命汁液,苦涩的便认命地吞下,甜美的便欢喜地啜饮回味;阴暗时蛰伏,光明时飞舞,生命的意义便在其中。

---

① (宋)苏轼撰,(清)陈文诰辑注,孔凡礼点校:《苏轼诗集》(北京:中华书局,1982),卷六,页236。

第四章
晴雯论

一、主流意见的形成与原因

小说中，还有一个与香菱一样不记得家乡父母的少女，也因为买卖关系而辗转来到贾府，度过一生中最幸福的岁月，并且同样在失去这个乐土的同时一并失去了性命。她是晴雯。

但两人不同的是，香菱在被拐卖后受尽苦楚，依靠家族的精神基因和温厚的天赋维持住心灵的平衡，以开朗的傻气面对人生起伏；晴雯则是带着天生不受束缚的野地精神，以庞大而顽强的自我冲撞于人间，高亢激昂地贯彻那原始的烈性。

对这样一个性格鲜明的人物，多数读者多是采个人主义的角度，颂扬为一种高贵的情操以及不屈的反抗精神，如评点家陈其泰云：

> 《红楼梦》中所传宝玉、黛玉、晴雯、妙玉诸人，虽非中道，而率其天真，皭然泥而不滓。所谓不屑不洁之士者非耶。[1]

---

[1] （清）陈其泰：《红楼梦回评》，第三回回评，朱一玄编：《红楼梦资料汇编》，页717。

野鹤甚至认为晴雯比黛玉更具有吸引力：

> 诸丫鬟中第一是晴雯，一开手贴绛芸轩一节，便觉眼界一新，不同余子。读者第赏其言词辨给，如一把昆吾刀又爽又利，犹是皮相之谭。盖其胸襟高忱，实在万夫以上，不第窈窕风流，雄视诸婢已也。人亦有言晴姑娘是潇湘影子，我则谓晴姑娘天性照人，自然磊落，潇湘反有小家气。①

晴雯的悲剧下场，一般论者则归咎于社会的黑暗恶势力，并且为晴雯的不懂内敛以致贾祸而感到怜惜，涂瀛即认为：

> 有过人之节，而不能以自藏，此自祸之媒也。晴雯人品心术，都无可议，惟性情卞急，语言犀利，为稍薄耳。使善自藏，当不致逐死。②

而这样的思考方向，确实也有文本依据，主要是由宝玉的眼光所引导，也因此成为论述主流的源头。第七十八回"痴公子杜撰芙蓉诔"一段情节中，宝玉倾其伤心悲感与文字才华，为死去的晴雯写了一篇文情并茂的祭文，如同"捞月而死"美化了李白的诗仙形象，《芙

---

① （清）野鹤：《读红楼梦札记》，一粟编：《红楼梦资料汇编》，卷三，页287。
② （清）涂瀛：《红楼梦论赞·晴雯赞》，一粟编：《红楼梦资料汇编》，卷三，页129。

蓉女儿诔》也塑造了晴雯的女神之姿，死亡的净化、升天的仙化，都使晴雯超凡脱俗，被视为宝玉的精神之爱与人间的抗争英雄。其中与此有关的段落，主要是：

- 其为质则金玉不足喻其贵，其为性则冰雪不足喻其洁，其为神则星日不足喻其精，其为貌则花月不足喻其色。
- 鸠鸩恶其高，鹰鸷翻遭罦罬，薋葹妒其臭，茝兰竟被芟鉏。
- 高标见嫉，闺帏恨比长沙；直烈遭危，巾帼惨于羽野。

第一段模仿唐代杜牧《李贺集序》的句法，极力颂扬其品质如金玉之贵、其性格如冰雪之洁、其神采如星日之精、其容貌如花月之色；第二段用的是屈原"鸷鸟之不群兮，自前世而固然"的超俗出众，"茝兰"的芬芳贤德，以及以恶鸟、毒草比喻小人的象征用法。第三段则是以贬为长沙太傅的贾谊类比于晴雯不幸遭谗，而贾谊到了长沙作有《吊屈原赋》，由此乃形成"屈原—贾谊—晴雯"的高洁队伍，共同具备了"高标""直烈"的"冰雪之洁"。

再者，祭文中的"花原自怯，岂奈狂飙；柳本多愁，何禁骤雨"，又加强了晴雯弱势受欺的形象，当"钳诐奴之口，讨岂从宽；剖悍妇之心，忿犹未释"的二元敌对关系一旦明确建立之后，激发了正邪两极化的思考框架，于是在一方面道德拔高、一方面同情加深的情况下，晴雯就变成了一个高贵的失败英雄，使得文本的检阅分析都预设了正面的方向，也同时失去了全面性与客观性。

可以说，环绕在晴雯人物论述的两个主要核心，一个是"心比天高"的志气节操，一个则是受冤而死的不平之忿，而两者都共同指向一个核心：率真自然作为一种"人格价值"而不仅是"人格特质"，遭到社会的无情摧残以至于破灭，由此将之诠释为一高贵超俗的悲剧英雄。

但是，宝玉的主观认定是否就是曹雪芹或小说的意旨？而宝玉的主观认定又何以会成为读者的认知主流？从文学批评的角度而言，宝玉的主观认定并非曹雪芹的意旨，也不是小说的本旨，而只是他个人的主观情感，如张竹坡所说：

> 仍依旧看官误看了西门庆的《金瓶梅》，不知为作者的《金瓶》也。①

同样的，"看官误看了贾宝玉的《红楼梦》，不知为作者的《红楼》也"。固然曹雪芹对晴雯的态度绝对不是批判否定，而是"怀金悼玉"的感念追忆，但也完全不是视之为崇高的人格典范。尤其是，祭文作为一种"死者为大"的文化下的应用文类，本身就不是如实呈现的客观书写，而是以悲戚感怀的心情，服从于强烈美化倾向的主导原则，《文心雕龙·诔碑》早已界定道："诔者，累也，累其德行，旌之不朽也。"也就是说，诔文成为一种根据死者生前行迹颂德铭

---

① （清）张竹坡：《批评第一奇书金瓶梅读法》，第八十一则，黄霖编：《金瓶梅资料汇编》，页85。

勋的饰终礼文，颂述德勋也就成了最主要的职能①，在夸大死者的高德懿行方面，与墓志铭的常见做法如出一辙；而"诔"作为一种文体，既可以叙述亡者的美好德行，为逝去的生命赋予永恒价值，也可以描写活人的悲伤，透过"荣始而哀终"的铺陈结构或串接模式而达成。②据此说来，这篇《芙蓉女儿诔》并没有例外，尤其在"荣始"的铺陈部分，所谓的"姊妹悉慕媖娴，妪媪咸仰惠德"更是言过其实，"妪媪咸仰惠德"之说甚至完全与事实相反。这或许可以满足宝玉自己的悲痛之情，却不是客观分析晴雯一生得失的确切凭证，因此也不能涵盖小说全部文本中对晴雯所刻画的真实面貌。

然而宝玉的主观认定却成为读者的认知主流，其原因正如夏志清（C. T. Hsia）所指出："由于读者一般都是同情失败者，传统的中国文学批评一概将黛玉、晴雯的高尚与宝钗、袭人的所谓的虚伪、圆滑、精于世故作为对照，尤其对黛玉充满赞美和同情。"于是"除了少数有眼力的人之外，无论是传统的评论家或是当代的评论家都将宝钗与黛玉放在一起进行不利于前者的比较"，由此透显出一种本能的对于感觉而非对于理智的偏爱。③据此，实有必要重新理性地客观分析晴雯这个角色，由此也有助于正确掌握《红楼梦》的人格复杂性与人性价值观。

---

① 黄金明：《汉魏晋南北朝诔碑文研究》（北京：人民文学出版社，2005），页26。
② 罗漪文：《汉魏晋诔体文的功能与篇章结构：以抒哀脉络为主的讨论》，《东华汉学》第十六期，页133。
③ [美] 夏志清著，胡益民等译：《中国古典小说史论》，页279、299。

二、身世与性格特征

整体而言，晴雯是一个美丽健康、朴直念旧、性急浮躁、火爆易怒、口齿尖刻、争强善妒、骄纵任性的女孩子，而对于这些特质的认识，仍然必须从她的身世谈起。

（一）不受束缚的野地精神

首先可以注意到，晴雯那天生不受束缚的野地精神，乃是在后天的环境下助长起来的，第七十七回有一段很重要的说明：

> 这晴雯当日系赖大家用银子买的，那时晴雯才得十岁，尚未留头。因常跟赖嬷嬷进来，贾母见他生得伶俐标致，十分喜爱。故此赖嬷嬷就孝敬了贾母使唤，后来所以到了宝玉房里。这晴雯进来时，也不记得家乡父母。只知有个姑舅哥哥，专能庖宰，也沦落在外，故又求了赖家的收买进来吃工食。赖家的见晴雯虽到贾母跟前，千伶百俐，嘴尖性大，却倒还不忘旧，故又将他姑舅哥哥收买进来。

在这一段描述中，已经展现出晴雯的重要人格特质，包括与生俱来的"生得伶俐标致""千伶百俐"，这是受到贾母喜爱，而后进入贾府的主要关键。再者，"不忘旧"则是一个难得的优点，不仅因此将自己的好运分润给姑舅哥哥，也应该是她在怡红院里备受包容的原因之一。

晴雯在十岁以前，不确定是过着怎样的生活，但至少早已失去了家庭，成为一个"不记得家乡父母"的孤女，宝玉的《芙蓉女儿诔》也说道："其先之乡籍姓氏，湮沦而莫能考者久矣。"大总管赖大家用银子买下她时，也不确定是否为拐子所卖，但如果仔细思考，一个野草般的民间孤女何以会有"嘴尖性大"的性格，确实是一个不寻常的现象，与晴雯同样不记得家乡父母的香菱，在拐子的淫威之下就没有养成或维持这样的性格。探究起来，或许可以推断晴雯应该不是香菱被拐的一类，虽然孤苦，小小年纪就必须自食其力，在社会讨生活的过程中尝尽人情冷暖，却没有香菱那般悲惨，起码没有被囚禁毒打，并且还有一个姑舅哥哥相依为命，因而在奋斗求生、捍卫自我乃至争取权益的过程中，使其天赋的聪敏锻炼成"千伶百俐"，更激发出强硬、好辩甚至是先发制人的抗争性格，因而"嘴尖性大"。

其次，能够在野地求生中存活下来，靠的还有健康的体质，如第五十一回便说她"素日比别人气壮，不畏寒冷"，由此才经得起风霜雨露的侵害。此外，这样的处境容不得心思过分敏感细腻，若像林黛玉一样自伤自怜，早已不堪，故第五十三回便说"幸亏他素习是个使力不使心的"，意味着晴雯向来不是一个心思细密、深思熟虑的人，加上没有受过教育，如第六十三回袭人所说："我们不识字，可不要那些文的。"晴雯虽然聪明伶俐，却只停留在世俗表层而不脱简单朴直，因此宝玉对黛玉唯一一次以物为凭的定情表示，便是差遣毫无概念的晴雯去潇湘馆传赠家常旧帕，任务执行完毕后晴雯还"一路盘算，不解何意"（第三十四回），正合乎其"使力不使心"的性格。等而下之者，还会"素昔浮躁"（第二十六回脂批）、

"这么顾前不顾后的"(第三十一回宝玉评语),这恰恰与薛蟠的"顾前不顾后"与"素日恣心纵欲,毫无防范"(第三十四回宝钗所言)、"浮躁"(第六十六回柳湘莲评论)相类,显示这样一个美丽的少女竟也有呆霸王的一面,则每一个存在个体的复杂性可见一斑。

当然,除健康朴直、心思单纯之外,晴雯最吸引人的是她的绝色容颜与聪敏伶俐。在美貌方面,很特别的是,从第七十四回开始,小说家才开始集中地强调晴雯的容貌出众,诸如:"他生的模样儿比别人标致些""若论这些丫头们,共总比起来,都没晴雯生得好"(第七十四回)、"他过于生得好了""他生得伶俐标致"(第七十七回),而这又关联到晴雯的被撵逐,详见后文的阐述。至于聪明伶俐,主要表现在以下两个方面。

1. 反应灵敏、伶牙俐齿

第七十四回说晴雯是"在人跟前能说惯道,掐尖要强",这种能说惯道便来自于心思的灵敏与言语的机敏,也果然,同一回就具体呈现晴雯的这一特质,当她被叫到王夫人面前时,"晴雯一听如此说,心内大异,便知有人暗算了他。虽然着恼,只不敢作声。他本是个聪明过顶的人,见问宝玉可好些,他便不肯以实话对",见风转舵之下,只避重就轻地说:

> 我不大到宝玉房里去,又不常和宝玉在一处,好歹我不能知道,只问袭人麝月两个。……我原是跟老太太的人。因老太太说园里空大人少,宝玉害怕,所以拨了我去外间屋里上夜,

不过看屋子。我原回过我笨，不能伏侍。老太太骂了我，说"又不叫你管他的事，要伶俐的作什么。"我听了这话才去的。不过十天半个月之内，宝玉闷了大家顽一会子就散了。至于宝玉饮食起坐，上一层有老奶奶老妈妈们，下一层又有袭人麝月秋纹几个人。我闲着还要作老太太屋里的针线，所以宝玉的事竟不曾留心。太太既怪，从此后我留心就是了。

从与事实的切合度而言，实为谎话连篇，但能够立刻掌握状况、当机立断，避重就轻以自保，确实是一种伶俐的反应。就此，我们可以注意到，小说中凡是涉及"伶俐"者，几乎都带有这种"快速地临场反应，甚至虚构以投合对方心理"的特质，诸如晴雯的死之所以被浪漫化为升天做"花神"，就是由一个伶俐的小丫头顺着宝玉的心思而胡诌出临终的故事所致。当然，反应灵敏也可以是一把双面刃，当不是正面投合而是发动攻击的时候，也往往产生更大的杀伤力，"嘴尖"即是由此所产生的特点。

2. 女红才艺一流

另外，晴雯的卓越表现更在于超凡的女红手艺。第五十二回贾母欢欢喜喜地给了宝玉一领孔雀裘，不防当晚后襟子上就被手炉里迸出的火星烧了一块，留下一个指顶大的烧眼，但送到外面去处理时，"不但能干织补匠人，就连裁缝绣匠并作女工的问了，都不认得这是什么，都不敢揽"，而晴雯却一眼认出"这是孔雀金线织的，如今咱们也拿孔雀金线就像界线似的界密了，只怕还可混得过去",麝月笑道:"孔雀线现成的,但这里除了你,还有谁会界线?"晴雯道:"说不得,我挣命罢了。"接着,便强撑病体开始工作:

> 晴雯先将里子拆开,用茶杯口大的一个竹弓钉牢在背面,再将破口四边用金刀刮的散松松的,然后用针纫了两条,分出经纬,亦如界线之法,先界出地子后,依本衣之纹来回织补。……刚刚补完,又用小牙刷慢慢的剔出绒毛来。麝月道:"这就很好,若不留心,再看不出的。"宝玉忙要了瞧瞧,笑道:"真真一样了。"

这种几可乱真的巧手技艺,远高于京城中所有的"能干织补匠人,就连裁缝绣匠并作女工的",如同凤姐所说的:"便是我们的丫头,比人家的小姐还强呢。"(第五十五回)则晴雯的超卓表现不只强过于一般的小姐,还超胜于整个京城的专业人才,堪称为惊才绝艳,这固然应该是进到贾府后才可能培养出来的,但晴雯的优异天赋也不言可喻。

因此,晴雯一开始是以"伶俐标致"而让贾母十分喜爱,后来更有了为宝玉纳妾的打算,所谓:"晴雯那丫头我看他甚好……我的意思这些丫头的模样爽利言谈针线多不及他,将来只他还可以给宝玉使唤得。"(第七十八回)正是此意,道出了晴雯出类拔萃的条件。

(二)助长野性的温床

当然,这世界怀才不遇的案例很多,历史上"虚负凌云万丈才,一生襟抱未曾开"(崔珏《哭李商隐》)的悲剧可谓血泪斑斑,晴雯之所以能够从泥泞走入乐园,拥有这番向上攀升的难得际遇,都必须归功于贾母的识人之明与待人之宽。

必须说,晴雯比起香菱更幸运的是,收买她的赖大家是贾府的大总管,于是有机会跟着赖大之母赖嬷嬷出入贾府,才能让贾母一见喜爱。这番际遇的意义在于,贾母的上位光环足以使其所宠爱者鸡犬升天,所谓:"别说是……从老太太、太太屋里拨过来的,便是老太太、太太屋里的猫儿狗儿,轻易也伤他不的。"(第六十三回)因此连粗笨的傻大姐都得力于此,"他纵有失礼之处,见贾母喜欢他,众人也就不去苛责"(第七十三回),何况是伶俐标致的美少女?再加上贾母转赠给宝玉使唤后,晴雯更受到了明显露骨的无比爱宠纵溺,于是那来到贾府前就已经具备的"嘴尖性大"便更加强化,构成了一种带有破坏性的性格缺点。

何其芳在 1956 年早已注意到,关于晴雯这个人物,"几乎可以说她是大观园中唯一的一个野性未驯也即是人民的粗犷气息还保留得最多的女孩子"[①],所言甚确,却没有指出此一现象何以可能的原因。就人格结构而言,晴雯作为一个和香菱一样,都不记得家乡父母的孤女,小说家其实给予不同的先天禀赋,解释了两人之所以性格迥异的一半原因,那就是家族血统的基因遗传保证,这一点请参本书第三章"香菱论"的解说。而人类的性格是半天生、半学习

---

① 何其芳:《论〈红楼梦〉》,《何其芳集》(北京:中国社会科学出版社,2004),页 121。

所形成的，后天经由各种经验，逐渐累积成一种固定的反应模式，更会加强或突显某些性向特点，必须说，晴雯之性急浮躁、火爆易怒、争强善妒、骄纵任性的种种生猛特征，就是在贾府，尤其是怡红院的生活环境中所强化而成的。

第二十六回中，怡红院的小丫头佳蕙为红玉抱不平时，曾说道：

> 袭人那怕他得十分儿，也不恼他，原该的。说良心话，谁还敢比他呢？别说他素日殷勤小心，便是不殷勤小心，也挤不得。**可气晴雯、绮霰他们这几个，都算在上等里去，仗着老子娘的脸面，众人倒捧着他去。你说可气不可气？**

张爱玲据此考证，晴雯在早本中原设定为家生子[①]，但这并不是一个重要的问题，因为家生子仍然还是奴仆，与外头买来的并没有本质上的差别；关键在于她是"算在上等里去……众人倒捧着他去"，可见晴雯确实是过着众星拱月的生活，除了来自贾母房中的威势之外，宝玉的作小伏低更是助长野性的因素。第五十二回晴雯越俎代庖，对偷金的坠儿下了撵逐令之后，又把责任回推给宝玉，对坠儿之母道："你这话只等宝玉来问他，与我们无干。"那媳妇冷笑道：

> 我有胆子问他去！他那一件事不是听姑娘们的调停？他纵

---

① 张爱玲：《红楼梦魇》（台北：皇冠出版社，1999），页223。

依了，姑娘们不依，也未必中用。

可见怡红院中真正当家做主的，是包括晴雯在内的一干大丫鬟，而最常使用此一特权的太上皇，实即为晴雯。

综观自晴雯进入贾府之后，便受到贾母、宝玉的宠幸，也分享了他们的权力，因此造成了宝玉所说的："**他自幼上来娇生惯养，何尝受过一日委屈。连我知道他的性格，还时常冲撞了他。**"（第七十七回）而即使在"一天不挨他两句硬话村你，你再过不去"（第六十三回）的互动常态中，宝玉也不免一度承受不住她的暴烈脾气，几乎要在狂怒之下将她撵逐出去，事件平息后还不忘埋怨她是"性子越发惯娇了"（第三十一回）。这样"自幼上来娇生惯养，何曾受过一日委屈"，甚至"性子越发惯娇"的状态，竟发生在一个奴婢身上，可以说是极为罕见的特殊案例，在贾府中堪称绝无仅有，连叱咤风云的当家主子凤姐都必须吞忍众多委屈，几度无端受责甚至偷偷哭泣，何况身份卑微的丫鬟？晴雯却一反常态常理，无不可见助长其自视甚高的环境因素。

固然从基本上来说，这是贾家所给予这类贴身大丫头的优渥待遇所致，所谓"贾府中从不曾作践下人，只有恩多威少的。且凡老少房中所有亲侍的女孩子们，更比待家下众人不同，平常寒薄人家的小姐，也不能那样尊重的"（第十九回），但若细加比较，晴雯比起其他怡红院中的大、小丫鬟们，仍然是娇生惯养得多。据小说中的描写，连超级大丫鬟袭人都还做各种针线，小说中写到这一点的情节不少，诸如：

- 鸳鸯歪在床上看袭人的针线。(第二十四回)
- 宝玉在床上睡着了，袭人坐在身旁，手里做针线。(第三十六回)
- 虽无大事办理，然一应针线并宝玉及诸小丫头们凡出入银钱衣履什物等事，也甚烦琐。(第七十七回)

袭人甚至还自己洗衣服，有一次湘云就说："我想起袭人来，他说午间要到池子里去洗衣裳，想必去了，咱们那里找他去。"(第三十六回) 如此一来，贾母所说"这些丫头的模样爽利言谈针线多不及他"的判断自然精准无误，但晴雯乃是"不为也，非不能也"，能而不为，可见平日的娇惯，导致身为女仆，却能"手上有两根指甲，足有三寸长，尚有金凤花染的通红的痕迹"(第五十一回)、留有"二寸长"的"两根葱管一般的指甲"(第七十七回)，就显得合情合理了，这么长的指甲堪比慈禧太后，必须用几年的功夫精心养护①，更充分可见晴雯确实是如同养尊处优的千金小姐一样不事劳务。

这种连主子小姐都很罕见的娇生惯养，使得晴雯确实也享有千金小姐般的待遇。例如第二十八回写黛玉来到怡红院却吃了闭门羹，以致错疑宝玉，经过宝玉的解释后，想到了另一种可能，笑道：

---

① 据宫女回忆，"老太后除去喜爱自己的头发以外，也特别喜爱自己的指甲。大概都看过老太后留下的影像吧（指美国女画家卡尔给画的像），手指甲有多么长！尤其是大拇指、无名指和小手指上的。养这样长的指甲非常不容易，每天晚上临睡前要洗、浸，有时要校正。冬天指甲脆，更要加意保护"。"老太后有几年精心养长的指甲，尤其是左手无名指、小指指甲足有两寸来长！"见金易、沈易羚：《宫女谈往录》(北京：紫禁城出版社，2004年10月)，页139、232。

> 想必是你的丫头们**懒待动，丧声歪气**的也是有的。……你的那些姑娘们也该教训教训。

宝玉也认可道："想必是这个原故。等我回去问了是谁，教训教训他们就好了。"果然一语料中，确实是因为晴雯"懒待动，丧声歪气"才导致一场无谓的风波，则"懒待动"也诚为晴雯的作风，为人所共知。这种作风处处可见，如第十九回宝玉回来时，"只见晴雯躺在床上不动"，对此脂砚斋夹批云："娇态已惯。"相较之下，袭人因为与宝玉赌气，而唯一的一次"一面说，一面便在炕上合眼倒下"，就使得宝玉"见了这般景况，深为骇异"，脂砚斋也指出："可知未尝见袭人之如此技艺也。"（第二十一回）显示两人之差别悬殊。再如第五十一回写道：

> 晴雯麝月皆卸罢残妆，脱换过裙袄。晴雯只在熏笼上围坐。麝月笑道："你今儿别装小姐了，我劝你也动一动儿。"晴雯道："等你们都去尽了，我再动不迟。有你们一日，我且受用一日。"麝月笑道："好姐姐，我铺床，你把那穿衣镜的套子放下来，上头的划子划上，你的身量比我高些。"说着，便去与宝玉铺床。晴雯嗐了一声，笑道："人家才坐暖和了，你就来闹。"此时宝玉正坐着纳闷，想袭人之母不知是死是活，忽听见晴雯如此说，便自己起身出去，放下镜套，划上消息，进来笑道："你们暖和罢，都完了。"

又第六十二回描述道：

> 袭人笑道："我们都去了使得，你却去不得。"晴雯道："惟有我是第一个要去，**又懒又笨，性子又不好，又没用**。"袭人笑道："倘或那孔雀褂子再烧个窟窿，你去了谁可会补呢。你倒别和我拿三撇四的，**我烦你做个什么，把你懒的横针不拈，竖线不动。一般也不是我的私活烦你，横竖都是他的，你就都不肯做**。怎么我去了几天，你病的七死八活，一夜连命也不顾给他做了出来，这又是什么原故？你到底说话，别只佯憨，和我笑，也当不了什么。"

可见手艺出众的晴雯平日是不太动针线的，并且即使是宝玉的衣履佩件，属于大家应该分摊的公务而非袭人自己的私活，但晴雯也不愿承揽，与她平日所抱持"等你们都去尽了，我再动不迟。有你们一日，我且受用一日"的心态相一致。

就此而言，第五十二回的"勇晴雯病补雀金裘"确实是一段非比寻常的特殊情节，源于宝玉新得的雀金裘无意中烧破一个小洞，唯恐在贾母面前无法交代而受责，于无人可以解决燃眉之急的情况下，"补裘"展现出病中的晴雯既无可推托，说不得挣命以赴，"病的七死八活，一夜连命也不顾给他做了出来"，以免除宝玉第二天的危机，其当下尽忠职守、不顾一切的投入确实令人动容，因此为她赢得"勇晴雯"之赞词，也让晴雯平日懒于女红的形象获得平衡，显示她虽然平素娇懒，却不是一味推托的卸责之辈。所谓"养兵千日，用在一时"，一次的勇于承担便导正了人物形象，符合众婢之间互相支持的合作关系，以及晴雯足以跻身"十二金钗又副册"的条件。

但仍然必须指出，这份表现之所以只有晴雯做得到，原因不是她的心意特别深重或性格特别高超，而是技艺特别不凡，其他诸婢若非缺乏此一技艺，不仅早已承揽下来勤力从事，平日"懒的横针不拈，竖线不动……横竖都是他的，你就都不肯做"的晴雯应该也不会抱病承揽，更不会抢先为之，自有他人代劳。换言之，若非当时无人可以代工又事态紧急，则依晴雯的惯性，也应该不会有挣命以赴的表现；并且院中其他人若是在唯一懂得界线之法的情况下，也同样会抱病卖命地熬夜织补，因为这是宝玉迫在眉睫的大难题。所以应该说，就此一角度而言，这一段"补裘"情节的最大意义恐怕不只是对晴雯的颂扬，而更是平衡其缺点的必要笔墨，展现出怡红院诸婢为了宝玉而将士用命的义气，二则是具体彰显晴雯的非凡手艺，这也是贾母所谓"这些丫头的模样爽利言谈针线多不及他"的最佳体现。

此外，在贾家与宝玉所给予的特权之下，晴雯的吃穿用度都极尽奢靡，除"十分妆饰"（第七十四回）之外，"往常那样好茶，他尚有不如意之处"（第七十七回），因此，晴雯确实在贾府度过一生中最幸福的岁月。

（三）爆炭：性急易怒

晴雯虽然"千伶百俐"，但因为"素习是个使力不使心"，意味着晴雯向来不是一个心思细密、深思熟虑的人,所缺乏的正是自我控制的理性沉稳,那一种来自原始脑筋的武断和直爽,一旦在"不使心"的情况下"使力",便往往失之莽撞冲动,而流于完全不控制脾气的性急浮躁与火爆易怒,毋怪乎宝玉批评她"这么顾前不顾后的",脂砚斋更下了断语:"晴雯素昔浮躁多气之人""晴雯遣(迁)怒是常事耳"(第二十六回批语)。

以浮躁多气而言,小说中的例子历历可见,如第五十二回写道:

> 这里晴雯吃了药,仍不见病退,急的乱骂大夫,说:"只会骗人的钱,一剂好药也不给人吃。"麝月笑劝他道:"你太性急了,俗语说:'病来如山倒,病去如抽丝。'又不是老君的仙丹,那有这样灵药!你只静养几天,自然好了。你越急越着手。"

在当下的场景中,晴雯的乱骂大夫还无伤大雅,反倒显出一种小孩子似的可爱,但她的性急却也使得大夫成为无辜的代罪羔羊,比起麝月就显得幼稚不成熟,大夫若是背后有知,必然无奈苦笑。一旦性急涉及人事处置问题,更容易引发纷扰,无谓地酿出祸患,例如第五十三回关于撵逐坠儿一事,"袭人也没别说,只说太性急了些",而第五十八回写到芳官因为不甘其干娘克扣她的钱,以剩水给她洗头,于是双方发生争执,被打了一下的芳官便哭起来,晴雯忙先过来,指着她的干娘责骂一番,反遭那婆子顶撞,这时袭人唤麝月道:"我不会和人拌嘴,晴雯性太急,你快过去震吓他两句。"袭人之所以要指定麝月出面,正是因为晴雯性太急,性急之下的口不择言、躁切行事，在失去轻重、无暇想到后果的情况下，往往不留情面与余地，必然产生强大的杀伤力，既杀伤对方，结下更深的仇怨，也同时会杀伤自己。

第五十二回就以隐喻双关的方式暗示了这一点。当时晴雯作主撵出坠儿之后，与坠儿之母发生了一场唇枪舌剑，那媳妇捉住了晴雯直称宝玉名讳的话柄，冷笑道：

> "……比如方才说话，虽是背地里，姑娘就直叫他的名字。在姑娘们就使得，在我们就成了野人了。"晴雯听说，一发急红了脸，说道："我叫了他的名字了，你在老太太跟前告我去，说我撒野，也撵出我去。"

果然晴雯一语成谶，最后也确实是有人在王夫人"跟前告我去，说我撒野，也撵出我去"，以致含冤夭逝，可以说是最具有暗示力的典型事例。

必须说，这种急不择言并不只是一种中性的人格特质而已，其实是一种人格缺陷，鲁迅说得好：

> "急不择言"的病源，并不在没有想的工夫，而在有工夫的时候没有想。①

---

① 鲁迅：《华盖集·忽然想到（十一）》，《鲁迅全集》第三卷，页97。

晴雯确实是从不想这些问题的,既然"素习是个使力不使心"的朴直个性,再加上"何曾受过一日委屈"的顺心如意,在有工夫的时候从不思考反省,一直处在急不择言的状态,放任一时意气的口舌之快,"嘴尖性大"便构成了人际关系上的重大缺陷,也种下了被逐的命运。

尤其是,急性子的人通常很容易生气,果然第五十一回写晴雯卧病之事必须上报,让管理者能掌握人员状况,老嬷嬷去了半日,来回说:

> "大奶奶知道了,说两剂药吃好了便罢,若不好时,还是出去为是。如今时气不好,恐沾带了别人事小,姑娘们的身子要紧的。"晴雯睡在暖阁里,只管咳嗽,听了这话,气的喊道:"我那里就害瘟病了,只怕过了人!我离了这里,看你们这一辈子都别头疼脑热的。"说着,便真要起来。宝玉忙按他,笑道:"别生气,这原是他的责任,唯恐太太知道了说他不是,白说一句。你素习好生气,如今肝火自然盛了。"

娇惯成性的晴雯只在乎自己的尊严,连感冒咳嗽的传染可能性都不肯承认,既不考虑李纨必须周延处置的当家责任,也完全不能忍受必须顾及别人,尤其是主子小姐的身体,一提到自己有退避出去的需要,便感到羞辱而不满地动怒,属于"掐尖要强"的过度反应。宝玉所谓"素习好生气,如今肝火自然盛"正是对其性格的精准概括。

因此，第五十二回怡红院的丫头坠儿偷窃平儿之手镯的丑事东窗事发，平儿为了体贴宝玉与众人之情面以周全四方，决定只将此事私下告知麝月，希望透过不着痕迹的方式低调处理，以免晴雯得知后必然暴怒，扩大事端，然而此顾虑却不幸言中：

> 麝月道："这小娼妇也见过些东西，怎么这么眼皮子浅。"平儿道："究竟这镯子能多少重，原是二奶奶说的，这叫做'虾须镯'，倒是这颗珠子还罢了。**晴雯那蹄子是块爆炭，要告诉了他，他是忍不住的。一时气了，或打或骂，依旧嚷出来不好**，所以单告诉你留心就是了。"……宝玉听了，又喜又气又叹。喜的是平儿竟能体贴自己；气的是坠儿小窃；叹的是坠儿那样一个伶俐人，作出这丑事来。因而回至房中，把平儿之话一长一短告诉了晴雯。又说："他说你是个要强的，如今病着，听了这话越发要添病，等好了再告诉你。"**晴雯听了，果然气的蛾眉倒蹙，凤眼圆睁，时就叫坠儿**。宝玉忙劝道："你这一喊出来，岂不辜负了平儿待你我之心了。不如领他这个情，过后打发他就完了。"晴雯道："虽如此说，**只是这口气如何忍得！**"宝玉道："这有什么气的？你只养病就是了。"

其中，"爆炭"是一个极其传神写照的客观比喻，呈现出怒气四射的灼人火爆，精准预料到晴雯像火药库般一触即发、一点就炸的暴烈脾气，偷听得知此事的宝玉却一五一十转告了病中的晴雯，导致次二日晴雯借机对坠儿动用私刑，随后更直接撵出她去的哄然情事。

暴躁多气之人也容易迁怒，前引的大夫就是一个例子。更具代表性的，是晴雯迁怒于门外的来客，让黛玉受了委屈，情节如下：

> 晴雯和碧痕正拌了嘴，没好气，忽见宝钗来了，那晴雯正把气移在宝钗身上，正在院内抱怨说："有事没事跑了来坐着，叫我们三更半夜的不得睡觉！"忽听又有人叫门，晴雯越发动了气，也并不问是谁，便说道："都睡下了，明儿再来罢！"林黛玉素知丫头们的情性，他们彼此顽耍惯了，恐怕院内的丫头没听真是他的声音，只当是别的丫头们来了，所以不开门。因而又高声说道："是我，还不开么？"晴雯偏生还没听出来，便使性子说道："凭你是谁，二爷吩咐的，一概不许放人进来呢！"林黛玉听了，不觉气怔在门外。（第二十六回）

开门待客本是丫鬟的工作，晴雯却将自己的怒气转移到来客身上，不分青红皂白地拒之门外，幸而都是大观园中的自己人，即使有误会也容易澄清，有缺点也容易获得宽谅，否则岂非不堪设想？但这种性格确实容易肇祸坏事，毕竟这个世界并不都是"自己人"，连大观园里都还有各级人等，形成了上下亲疏的种种是非恩怨，遑论园里与园外的区分对立。

如此火爆易怒的人，再加上"嘴尖"到口不择言，其言语之尖刻便成为伤人的无形武器，形成了"夹枪带棒"。从言语特征而言，晴雯乃是"嘴尖性大"（第七十七回）、"生了一张巧嘴"（第七十四回）、"性情爽利，口角锋芒"（第七十七回）、"满屋里就只是他磨牙"

（第二十回），平日说话往往"夹枪带棒"（第三十一回），"在人跟前能说惯道，掐尖要强，一句话不投机，他就立起两个骚眼睛来骂人"（第七十四回），连宝玉都是"一天不挨他两句硬话村你，你再过不去"（第六十三回），与黛玉的"说出一句话来，比刀子还尖"（第八回）互参，其中作为比词的刀、枪、棒都是带有杀伤力的武器，是将言语"用于侵犯之途"（in the service of aggression）[①]的形象化譬喻。

这种原来就"使力不使心""这么顾前不顾后的"的朴直，却又因性急浮躁易怒的爆炭性格，导致使力过度，永不认输、独占上风而强势凌人，因此不仅得理不饶人，无理时依然气壮逼人，每一个当下都是唯我独尊、不可一世，也只有在怡红院的环境里才可能存在。但即使是纵容此一情况的宝玉，也终究自食恶果，遭到冯河暴虎的反噬，以致引发了空前绝后的一次震怒。

三、"折扇"：宝玉的激怒

如同贾母对于宽柔待下的家风所意识到的流弊："皆因我们太宽了，有人使，不查这些，竟成了例了。"（第五十四回）这种"太宽"的待下之风自然是以宝玉的怡红院为最，晴雯的爆炭性格就是其具体结果，但也因此引发了空前绝后的一次重大风波，以及晴雯

[①] Sigmund Freud, "Humour," in *The Standard Edition of the Complete Psychological Works of Sigmund Freud*, Vol. 21, p.163.

个人命运的第一次危机。第三十一回云：

> 宝玉心中闷闷不乐，回至自己房中长吁短叹。偏生晴雯上来换衣服，不防又把扇子失了手跌在地下，将股子跌折。宝玉因叹道："蠢才，蠢才！将来怎么样？明日你自己当家立事，难道也是这么顾前不顾后的？"晴雯冷笑道："二爷近来气大的很，行动就给脸子瞧。前儿连袭人都打了，今儿又来寻我们的不是。要踢要打凭爷去。就是跌了扇子，也是平常的事。先时连那么样的玻璃缸、玛瑙碗不知弄坏了多少，也没见个大气儿，这会子一把扇子就这么着了。何苦来！要嫌我们就打发我们，再挑好的使。好离好散的，倒不好？"宝玉听了这些话，气的浑身乱战，因说道："你不用忙，将来有散的日子！"

这一段情节，历来被视为晴雯最痛快淋漓的性情表现之一，很多人认为展现出晴雯拒不受屈的刚烈精神。但是，能让"宝玉听了这些话，气的浑身乱战"，其话语绝不简单，只要仔细思考，就可以发现其中集挑衅与归罪于一身的攻击性，连好好先生的宝玉都不能忍受。必须说，晴雯其实只是骄纵成性到一种完全不认错、不受责的程度，其中的许多逻辑都大有问题：

其一，只因为先前更昂贵的器皿被弄坏了很多，主子却从来没有生气，所以仆婢就获得了永久的合法犯错权，跌折了小宗的扇子时，主子就不可以责备两句？只因为前几次都受到宽容善待，以后就必须永远被宽容善待？依这同一个逻辑，犯重罪、大错的人只要没被发现或未受惩罚，以后所犯的小罪、小错就都必须免责免罚，从此可以小错不断？而只要因为一次小错被责备，前几次的优待就再也不成宽厚？如此一来，上级的宽容温和，就成了下属为所欲为的绝对保障，岂非要逼使所有的上级一开始就采取严刑峻罚，以确保以后无须被这种逻辑要挟到失去管理权？此诚俗谚所谓的"斗米恩，石米仇"，把特权当权利，把好运当好命，把义务当兼差，把恩宠当应该，更把别人的善意视为理所当然，导致在失去"相对概念"下以自我为中心，在逾越分际成为习惯的情况下得寸进尺，终于侵犯到对方的底线，引爆了好好先生的空前震怒。因此必须说，晴雯所表现的只是一种浅薄的人性，并且在"掐尖要强"的好胜性格下强词夺理到极点。

其二，任何人既已犯错，便只能接受合理的惩戒，并真心认错、尽力改善，没有争辩置喙的余地；何况犯错的是下位者，施不施罚，权力完全在于上级，在等级制的社会中，连未犯错都很可能因为不称心意而受罚，何况确实犯错？而且宝玉只是口头埋怨几句而已，已经是非常温和的提醒，犯错的晴雯却比宝玉还凶悍，以下凌上、咄咄逼人，客观而言，实在是令人匪夷所思。难怪连"天生成惯能作小伏低，赔身下气，情性体贴"（第九回）的宝玉都无法忍受，当场"气的浑身乱战""气的黄了脸"，执意要打发她出去，当晚风波平息后，宝玉还对她晓以大义，说道：

你的性子越发惯娇了。早起就是跌了扇子，我不过说了那两句，你就说上那些话。说我也罢了，袭人好意来劝，你又括上他,你自己想想,该不该?

就此而言,晴雯言语举止之轻狂嚣张已不言可喻,可以说是将副小姐的"娇贵些"发展到极致,甚至到了反奴为主的地步。再由宝玉说了这番话之后,晴雯的反应是说道:"怪热的,拉拉扯扯作什么!叫人来看见像什么!我这身子也不配坐在这里。"宝玉笑道:"你既知道不配,为什么睡着呢?"晴雯没的说,嗤的又笑了,接着便转移话题到洗澡去,自始至终无一句歉词,更见晴雯坚不认错的要强性格。

其三,晴雯所说的"要踢要打凭爷去",有人特别截出这话大肆赞美,视为晴雯高傲不屈的证明。但只要稍加推敲就可以明白,一则那仍然是一种坚不认错的高姿态,甚至带有一种"如果对方因此施加责罚,就是仗势欺人"的栽赃意味,不仅不是高傲不屈,反倒是句句挟制。参照第八十回夏金桂对薛蟠所说的:

> 横竖治死我也没什么要紧,乐得再娶好的。……治死我,再拣富贵的标致的娶来就是了,何苦作出这些把戏来!

这和晴雯所说的"何苦来!要嫌我们就打发我们,再挑好的使"近似雷同,都属于"百般恶赖的样子,十分可恨",陷对方于不义,也让宝玉沦为踢打虐下、凉薄无情的恶主子,毋怪乎宝玉听了这些话,气得浑身乱战,因说道:"你不用忙,将来有散的日子!"

再则更重要的是,"要踢要打凭爷去"其实是一句有恃无恐的空话，因为众所皆知，宝玉从不动手打人，甚至"惯能作小伏低，赔身下气，情性体贴，话语绵缠"（第九回）、"每每甘心为诸丫鬟充役"（第三十六回），所谓"前儿连袭人都打了"根本就是特殊状况下的误会，却被晴雯刻意扭曲，用以反击宝玉，诚所谓"这是用宝玉的错误，一次极端的错误来掩盖自己的错误"。[①] 事情发生于第三十回，宝玉在午后的西北雨中回到怡红院，敲门良久皆无回应，淋得落汤鸡般的宝玉一肚子没好气，满心里要把开门的踢几脚，及开了门，并不看真是谁，还只当是那些小丫头子们，便抬腿踢在开门的袭人肋上，还骂道："下流东西们！我素日担待你们得了意，一点儿也不怕，越发拿我取笑儿了！"事件发生后，宝玉还对袭人笑道："我长了这么大，今日是头一遭儿生气打人，不想就偏遇见了你！"可见这次的误踢袭人，既是空前也是绝后，而且所踢一脚主要并不是对犯错的惩罚，颇有借机杀鸡儆猴、矫正恶习的树威意味。由此可见，晴雯对一个"素日担待你们得了意，一点儿也不怕"、根本不会踢打下人的主子呛说"要踢要打凭爷去"，根本就是肆无忌惮的空话，既不是勇敢的表现，甚至有一种你不敢奈我何的心态。

至于其中提到"前儿连袭人都打了"，也并不是为袭人抱屈，参照后续晴雯对赶来调解的袭人百般讽刺道："因为你伏侍的好，昨日才挨窝心脚。"既然无论出以何种语气，"讽刺的目标就是要伤人"，何况晴雯此说更属于讽刺中的嘲讽（sarcasm），那"是没有

[①] 周五纯：《晴雯形象探微》，《红楼梦学刊》1996 年第 4 辑，页 84。

秘密与巧妙的反讽。它基本上是偶发的与言语方面的。它也较反讽（irony）粗野，是一种远较粗鲁的工具。它缺乏宽大的胸怀。它曾经不无道理地被称为最低等的机智（wit）"①，可见晴雯对袭人被错踢受辱的遭遇并没有同情不忍，只是当下用以借题发挥的话柄，因此才会利用该事件作为栽赃宝玉、对袭人落井下石的工具，诚所谓"同一件事，被晴雯随手削成一把双刃的刀，这边砍宝玉，那边砍袭人，这嘴是够刁的"②。

可以说，晴雯的强词夺理，正是宝玉也自知的"素日担待你们得了意，一点儿也不怕，越发拿我取笑儿"的极致表现，完全符合清儒戴震所云：

> 负其气，挟其势位，加以口给者，理伸；力弱气慑，口不能道辞者，理屈。呜呼，其孰谓以此制事，以此制人之非理哉！③

晴雯正是在兼具"盛气""势位""口给"三种条件下的伶牙俐齿，强词夺理，是故构不上任何道德意义，也无法将直率行之的粗暴言行方式合理化。宝玉的激怒可以说是对晴雯性格的客观判准。

---

① Arthur Pollard 著，董崇选译：《何谓讽刺》（Satire），第四章"语气"，辑入[美]姜普（John D. Jump）主编，颜元叔主译：《西洋文学术语丛刊（上册）》（台北：黎明文化事业公司，1978），页 290、294。
② 周五纯：《晴雯形象探微》，《红楼梦学刊》1996 年第 4 辑，页 84。
③ （清）戴震：《孟子字义疏证》，卷上，页 4。

四、坠儿偷金:"义"还是"愤"

最应该注意的是,相较于晴雯自己犯错时,完全不容上级置喙,连合理的责备都不愿接受甚至反唇相讥的强硬,但对自己身为"副小姐"(第七十七回)或"二层主子"(第六十一回)的半主地位,以及由此所拥有的"你见谁和我们讲过礼"的权势却毫不打折扣,对下位者极尽行使打骂的权力。[①] 试看平儿最初不让晴雯知道坠儿窃盗之事,原因就在于"晴雯那蹄子是块爆炭,要告诉了他,他是忍不住的。一时气了,或打或骂,依旧嚷出来不好",可见大家都了解晴雯的火爆脾气,一气就会对小丫头"或打或骂",后来也确实精准料中,晴雯才一听宝玉的转述,"果然气的蛾眉倒蹙,凤眼圆睁,即时就叫坠儿"(第五十二回);而在"素习好生气""素昔浮躁多气"的情况下,对小丫头动辄打骂的情景也就成了家常便饭,果然就被大观园的稀客王夫人撞见,在心中留下"狂样子"的恶劣印象。

王夫人所见到的晴雯骂小丫头的"狂样子",在小说中屡屡可见,包括第五十二回描述道:

> 晴雯又骂小丫头子们:"那里钻沙去了!瞅我病了,都大胆子走了。明儿我好了,一个一个的才揭你们的皮呢!"唬的

[①] 采此说者,亦见诸任犊:《评晴雯的反抗性格:〈红楼梦〉人物批判之一》,《学习与批判》1973 年第 3 期。

小丫头子篆儿忙进来问:"姑娘作什么。"晴雯道:"别人都死绝了,就剩了你不成?"说着,只见坠儿也蹭了进来。晴雯道:"你瞧瞧这个小蹄子,不问他还不来呢。这里又放月钱了,又散果子了,你该跑在头里了。你往前些,我不是老虎吃了你!"坠儿只得前凑。晴雯便冷不防欠身一把将他的手抓住,向枕边取了一丈青,向他手上乱戳,口内骂道:"要这爪子作什么?拈不得针,拿不动线,只会偷嘴吃。眼皮子又浅,爪子又轻,打嘴现世的,不如戳烂了!"坠儿疼的乱哭乱喊。

又第七十三回宝玉熬夜读书,以备贾政考问,也因此带累着一房丫鬟们皆不能睡:

> 袭人麝月晴雯等几个大的是不用说,在旁剪烛斟茶;那些小的,都因眼朦胧,前仰后合起来。晴雯因骂道:"什么蹄子们,一个个黑日白夜挺尸挺不够,偶然一次睡迟了些,就装出这腔调来了。再这样,我拿针戳给你们两下子!"话犹未了,只听外间咕咚一声,急忙看时,原来是一个小丫头子坐着打盹,一头撞到壁上了,从梦中惊醒,恰正是晴雯说这话之时,他怔怔的只当是晴雯打了他一下,遂哭央说:"好姐姐,我再不敢了!"

客观来说,其中的所言所行,比诸真正的主子尤有过之,晴雯必然常常打小丫头,否则撞醒当下怔忡之间意识不清的小丫头,又怎会认定真的是晴雯打了她一下,立刻哭着讨饶?

再者,威胁小丫头的"一个一个的才揭你们的皮",正与主子们的用语如出一辙,诸如:第九回宝玉要上学,贾政对跟班的李贵道:"你们成日家跟他上学,他到底念了些什么书!倒念了些流言混语在肚子里,学了些精致的淘气。等我闲一闲,先揭了你的皮,再和那不长进的算账!"第七十四回王夫人也对晴雯道:"我且放着你,自然明儿揭你的皮。"至于王熙凤的例子最多,如第六回对来借玻璃炕屏的贾蓉道:"若碰一点儿,你可仔细你的皮!"第二十一回凤姐自掀帘子进来,说道:"平儿疯魔了。这蹄子认真要降伏我,仔细你的皮要紧!"又第六十七回凤姐对兴儿道:"你出去提一个字儿,堤防你的皮!"

至于口头武器之外的动用私刑,晴雯更与手段最严厉的王熙凤不相上下。第四十四回贾琏偷情,恰逢凤姐儿回房休息,遇到把风的丫头,见其言谈闪烁、话中有文章,便问道:

> "叫你瞧着我作什么?难道怕我家去不成?必有别的原故,快告诉我,我从此以后疼你。你若不细说,立刻拿刀子来割你的肉。"说着,回头向头上拔下一根簪子来,向那丫头嘴上乱戳,唬的那丫头一行躲,一行哭求。

这和晴雯惩罚坠儿时,"向枕边取了一丈青,向他手上乱戳",简直如出一辙,更带有《金瓶梅词话》第四十四回丫头夏花儿偷金子,西门庆即施以"拶指"酷刑的狠虐影子,其过度处置而流于残酷的不人道之处，实无甚差异，亦难以"义愤"来遮饰概括。显见晴雯并没有放弃她身为"副小姐"或"二层主子"的威势，面对下位者便俨然是一个稍不如意就动辄打骂的主子，毫无王夫人、宝玉等所展现的宽柔家风，因此她比主子更凶狠的"骂小丫头"才会被王夫人称为"狂样子"。

何况进一步思考，坠儿为何偷金？原因可能有很多，未必单纯地只是出于贪婪。从麝月道："这小娼妇也见过些东西，怎么这么眼皮子浅。"以及平儿所说："究竟这镯子能多少重，原是二奶奶说的，这叫做'虾须镯'，倒是这颗珠子还罢了。"可见坠儿在怡红院的地利之便下，也算是见多识广，看过许多价值连城的精品宝物，何以当时会为一个不甚贵重的镯子所诱惑，或许有其他的偶发因素，诸如家中发生突变而有急用，都并非没有可能，唯因文本没有进一步明说，只能悬诸不论，无法妄断；但是，在原因不明的情况下，就对罪犯横加私刑，是否真无可议之处？即使纯然是出于一时把持不住的贪婪之心，所犯下的偷盗之罪，也会因为种种因素而有量刑的轻重。宝玉指出坠儿所犯的是"小窃"，就指出坠儿的窃盗固然是一条罪行，但其实属于一般的小罪而非十恶不赦的大过，是否便可以或应当施以酷刑，也是值得斟酌衡量的。如果我们同意晴雯对窃盗者的惩罚，甚至为此感到痛快叫好，则同理，也应该赞成砍断小偷之手的严刑峻罚，可我们明明完全不以该刑责为然，认定那是残酷不人道的过度惩罚，那么何以又会为晴雯的做法拍案喝彩？习惯于用现代个人主义赞扬晴雯的人，是否也应该用现代的人权观念和司法观念来贬低晴雯？

另外，有人站在维护晴雯的立场，认为："坠儿被撵的罪名是'懒'而不是偷，这不明明是一种巧妙的保护吗？"因此主张"撵走坠儿不仅表现了晴雯的暴躁、火辣，同时也可以看出她的善良与机智"。① 但其实这是刻意回护之下所产生的严重曲解，因为平儿早已说得很清楚，坠儿的偷金乃是整个怡红院的丑闻，所谓：

> 宝玉是偏在你们身上留心用意、争胜要强的，那一年有一个良儿偷玉，刚冷了一二年间，还有人提起来趁愿，这会子又跑出一个偷金子的来了而且更偷到街坊家去了。偏是他这样，偏是他的人打嘴。……第二件，老太太、太太听了也生气。三则袭人和你们也不好看。

宝玉自己也感叹"坠儿那样一个伶俐人，作出这丑事来"，可见晴雯之所以不喧嚷坠儿偷窃的真相，真正要维护的不是坠儿，而是宝玉以及袭人和晴雯自己的脸面，免除管教不良的失职指控，这就是平儿所顾虑的"偏是他的人打嘴""袭人和你们也不好看"。因为小丫头的教养责任便是在主子和这些大丫鬟身上，麝月责骂芳官的干娘时，说得很明白："便是你的亲女儿，**既分了房，有了主子，自有主子打得骂得，再者大些的姑娘姐姐们打得骂得**，谁许老子娘又半中间管闲事了？都这样管，又要叫他们跟着我们学什么？越老

---

① 杨志杰：《为晴雯昭雪》，《红楼梦研究集刊》第一辑（上海：上海古籍出版社，1979），页78。

越没了规矩！"（第五十八回）因此，晴雯不说偷而说懒，只不过是平儿、袭人都会采取的得体做法，谈不上是机智的表现，更不具备针对坠儿的保护和居心的善良。更何况，若真有保护之意和善良之心，则依照平儿所建议的："等袭人回来，你们商议着，变个法子打发出去就完了。"此法即甚为妥当，又岂会额外动用如此残酷的私刑？

于此，更该思考的一个大问题是，"嫉恶如仇"固然是出于一种不容丝毫杂质的义愤，却因此更容易使人失去自我节制的警觉，以及"如得其情，则哀矜而勿喜"（《论语·子张》）的悲悯之心。清儒戴震说得好：

> 因以心之意见当之也。……即其人廉洁自持，心无私慝，而至于处断一事，责诘一人，凭在己之意见，是其所是而非其所非，方自信严气正性，嫉恶如仇，而不知事情之难得，是非之易失于偏，往往人受其祸，己且终身不寤，或事后乃明，悔已无及。……天下智者少而愚者多……其所谓理，无非意见也。未有任其意见而不祸斯民者。①

晴雯这时固然是"廉洁自持，心无私慝"（说"这时"是因为"以后"就未必，见下文的说明），但却完全没有意识到"事情之难得，是非之易失于偏"，也就是事实真相难以掌握，是非的判断容易流于

---

① （清）戴震：《孟子字义疏证》，卷上，页415。

偏颇，于是在自以为正义的情况下，凭着"自信严气正性，嫉恶如雠"，便放任自己的气愤，"处断一事，责诘一人，凭在己之意见，是其所是而非其所非"，并且施加不符比例原则的残忍酷刑，这正是戴震所谓的"愚者"。

换句话说，在"嫉恶如仇"的观念驱使下，是否纵容了"用正义包装的残酷"，而使得酷刑中的不人道与过度处置，被忽略而不自知？"清官变酷吏"的逻辑就此显现，警醒世人："正义"往往因为其道德高度而被放纵，失去了批判"不正义"时的清醒监督，从而容易过度扩张、迅速变质，成为独裁心理的温床与严刑峻罚的推手。仔细检验所谓的"嫉恶如仇"，应该注意到其中的主要成分是"情绪"而不是"理性"，"嫉"与"仇"这两个字所包含的强烈情绪，其实已经表明容易失去宝贵的客观理性与自我节制，也因此其实反而为恶却不自知，当自以为大义凛然并义正辞严地严责批评时，却忘了自己的倨傲面孔与残酷手段。法国小说家阿尔贝·加缪（Albert Camus, 1913—1960）说得好：

> 最难矫正的恶德，就是那种自以为无所不知，因而自命具有生杀之权的无知。谋杀者的灵魂是盲目的；假若没有最高度的"明辨"，就不可能有真正的善与爱。①

就此而言，对坠儿何以犯罪一无所知且无心了解的晴雯，却任意操

---

① ［法］卡缪著，周行之译：《瘟疫》（台北：志文出版社，1984），第二章，页139。

生杀大权并越俎代庖撵出坠儿的做法，是否隐含了另一种层次的"最大的恶"？

究实而言，晴雯的义愤主要还是出于主观的不满情绪，是她"素习好生气"的惯性反应，并不是真正的正义感。从"一时气了，或打或骂"的说法，明确点出她其实是被"火爆的情绪"所主宰，"打骂"只是"一时气了"的强烈发泄方式，正如王善保家的所说的"掐尖要强，一句话不投机，他就立起两个骚眼睛来骂人"，只要稍有不合其意，便动怒责骂甚至责打，表面上虽是出自公义，其实发泄的是"自己"的不满情绪，是别人让自己不满意时的不快，这正点出宝玉称之为"娇生惯养"的底蕴。但因为包装在"正义感"之下，于是既蒙蔽了当事人自己，也蒙蔽了凭直觉反应的读者，从而双方都失去了省察反思的空间。必须说，**晴雯最大的敌人是自己的脾气**，而不是那些小人。王善保家的固然借机谗害，但却没有一句话是扭曲事实的栽赃诬陷。

回到晴雯所处的环境，实际上必须承认，晴雯的作为其实是合法权力的展现。如第五十二回晴雯对坠儿动用私刑时，麝月连忙拉开坠儿，按晴雯睡下，笑道：

> 才出了汗，又作死。**等你好了，要打多少打不的**？这会子闹什么！

又第五十八回芳官及其干娘发生争吵，又与护卫芳官的晴雯较口，袭人唤麝月道：

> "我不会和人拌嘴,晴雯性太急,你快过去震吓他两句。"麝月听了,忙过来说道:"你且别嚷。我且问你,别说我们这一处,你看满园子里,谁在主子屋里教导过女儿的?便是你的亲女儿,**既分了房,有了主子,自有主子打得骂得,再者大些的姑娘姐姐们打得骂得**,谁许老子娘又半中间管闲事了?都这样管,又要叫他们跟着我们学什么?越老越没了规矩!"

这段话所揭示的等级规矩,正如金寄水所指出:王府中的成员里,"丫环,人数也不少,又叫姑娘,这都是客套的称呼,反之便叫'丫头',不客套的还在上面加'使唤'两字,叫成了'使唤丫头'。她们在'妇差'中的地位最低,王府中人人都有管束她们的权力,受尽累,吃尽苦,待遇皆不如人,人人都比她们高"[①]。而大丫鬟就是这些小丫头们的直属上级,对她们有管教的权力。从这个角度来说,晴雯所施行的打骂确实是其身份所允许的合法权力,未必是重大过失,也因此麝月之所以阻止晴雯对坠儿动用私刑,本是为了晴雯的病体着想,并不是出于怜悯坠儿,就这一点而言,又再度证明了她们实为同一阵线的姊妹淘,麝月仍然是站在晴雯一边的,并以客观的说理更巩固了等级制,和她们在等级制中所拥有的特权。

只不过,贾府素以宽柔为家风,所谓"自祖宗以来,皆是宽柔以待下人"(第三十三回),连主子辈都极少动用刑罚,试看王夫

---

① 金寄水、周沙尘:《王府生活实录》,第一章"概述","王府各处人员配备及其他",页36。

人之待下,是"从来不曾打过丫头们一下,今忽见金钏儿行此无耻之事,此乃平生最恨者,故气忿不过,打了一下,骂了几句"(第三十回),这已是整部小说中空前绝后的一次;至于贾母、贾政、贾琏固然从未苛待仆婢,连一句重话皆无,甚至贾赦、邢夫人、贾珍、贾蓉等品德稍逊的主子们都不曾严惩下人,只有王熙凤因为理家所需,配合其泼辣性格而采取严厉手段,为绝无仅有的一个例外。再者,比较与晴雯同等级的副小姐们,也全属此一家风的实践者,这种动辄打骂下人的作为都极为罕见,不仅说出这番法理来为晴雯解围的麝月从来不曾如此,贾母身边的鸳鸯、琥珀,黛玉房中的紫鹃、李纨屋里的素云、探春倚重的待书,同样完全没有任何打骂小丫头的纪录,连脾气较强硬的司棋,即使一度因为要一碗炖蛋不成,复被埋怨"我倒别伺候头层主子,只预备你们二层主子"之后,竟怒气冲冲地率领小丫头们直捣柳家的厨房大肆破坏(第六十一回),而有"倚强压人"的意气展现,但这是针对厨娘而非同房的小丫头,并且此外再也没有其他的类似举止。

  如此种种,构成了一幕宽柔家风的全景,将晴雯的火爆衬托得极其突出:晴雯打骂小丫头不仅是家常便饭,并且打骂兼具,言语尖刻、方式凶狠、态度凌厉,并没有放弃她身为"副小姐"或"二层主子"的威势,面对下位者便俨然是一个稍不如意就动辄打骂的主子,因此看在以宽柔家风为尚的王夫人眼中,便是一种太过刺目的"狂样子",而留下十分恶劣的坏印象。

五、心比天高：特权意识

这种野性未驯的粗犷气息，来自一种简单直朴的心智，而这样的心智可以纯洁无伪，却难以达到严格意义的高洁。第五回太虚幻境中，关于晴雯的人物图谶描述道：

> 宝玉便伸手先将"又副册"橱开了，拿出一本册来，揭开一看，只见这首页上画着一幅画，又非人物，也无山水，不过是水墨滃染的满纸乌云浊雾而已。后有几行字迹，写的是：
> 霁月难逢，彩云易散。心比天高，身为下贱。风流灵巧招人怨。寿夭多因毁谤生，多情公子空牵念。

其中，基于对宝玉这位多情公子的认同，连带地延伸到对"风流灵巧"的赞赏、对"毁谤"的不平、对"寿夭"的怜惜，因此"心比天高"多被解释为崇高无比的高洁甚至高贵，由此而限定了单一视角，无法把握人物图像的全面性。

反思这一幅图谶，晴雯的"又非人物，也无山水，不过是水墨滃染的满纸乌云浊雾而已"，无论如何都谈不上视觉美感，基于所有图谶的制作方式乃是以修饰性的动词和形容词，如"破""乌""浊""涸""干""枯""败"等语，作为命运表述而非人格表述，用来展现这些女性皆隶属于"薄命司"的悲惨际遇，因此，袭人的"破席"没有任何负面意义，晴雯的"乌云浊雾"也不应推衍出"恶浊低俗、一无是处"的论点，其用意乃是呈现晴雯的悲剧。但"心比天高"只是一个抽象描述,无法涵括具体的存在样貌与全部的心理意涵,晴雯的问题并非如此简单,究竟是怎样的"心",如何的"高",都必须重新仔细地检验。

(一)虚构的平等思想

晴雯一直被视为《红楼梦》中最追求自由、平等的人物,许多歌颂其"人性光辉"的论述都是以此为核心而展开的,所谓的"心比天高",一般都被解释为具有人格价值判断的清高傲骨。

然而,第三十七回中经常被用来证明这一点的一段情节,其实是被断章取义的结果,如果我们仔细检视,就会发现情实恰恰是适得其反。其完整的对话如下:

> 秋纹笑道:"提起瓶来,我又想起笑话。我们宝二爷说声孝心一动,也孝敬到二十分。因那日见园里桂花,折了两枝,原是自己要插瓶的,忽然想起来说,这是自己园里的才开的新鲜花,不敢自己先顽,巴巴的把那一对瓶拿下来,亲自灌水插好了,叫个人拿着,亲自送一瓶进老太太,又进一瓶与太太。谁知他孝心一动,连跟的人都得了福了。可巧那日是我拿去的。老太太见了这样,喜的无可无不可,见人就说:'到底是宝玉孝顺我,连一枝花儿也想的到。别人还只抱怨我疼他。'你们知道,老太太素日不大同我说话的,有些不入他老人家的眼的。那日竟叫人拿几百钱给我,说我可怜见的,生的单柔。这可是再想不到的福气。几百钱是小事,难得这个脸面。及至

到了太太那里，太太正和二奶奶、赵姨奶奶、周姨奶奶好些人翻箱子，找太太当日年轻的颜色衣裳，不知给那一个。一见了，连衣裳也不找了，且看花儿。又有二奶奶在旁边凑趣儿，夸宝玉又是怎么孝敬，又是怎样知好歹，有的没的说了两车话。当着众人，太太自为又增了光，堵了众人的嘴。太太越发喜欢了，现成的衣裳就赏了我两件。衣裳也是小事，年年横竖也得，却不像这个彩头。"晴雯笑道："呸！没见世面的小蹄子！那是把好的给了人，挑剩下的才给你，你还充有脸呢！"秋纹道："凭他给谁剩的，到底是太太的恩典。"晴雯道："要是我，我就不要。若是给别人剩下的给我，也罢了。一样这屋里的人，难道谁又比谁高贵些？把好的给他，剩下的才给我，我宁可不要。冲撞了太太，我也不受这口软气。"秋纹忙问："给这屋里谁的？我因为前儿病了几天，家去了，不知是给谁的。好姐姐，你告诉我知道知道。"晴雯道："我告诉了你，难道你这会退还太太去不成？"秋纹笑道："胡说。我白听了喜欢喜欢。那怕给这屋里的狗剩下的，我只领太太的恩典，也不犯管别的事。"众人听了都笑道："骂得巧，可不是给了那西洋花点子哈巴儿了。"袭人笑道："你们这起烂了嘴的！得了空就拿我取笑打牙儿。一个个不知怎么死呢。"秋纹笑道："原来姐姐得了，我实在不知道。我陪个不是罢。"

一般读者只看到"要是我，我就不要""难道谁又比谁高贵些""我宁可不要。冲撞了太太，我也不受这口软气"，便以之为晴雯不屑接受上位者赏赐的高傲表现,甚至声称其中带有反抗权威、挑战阶级观念的平等思想与民主意涵。但这诚然是一个断章取义的严重误解,事实是:晴雯的"宁可不要",是因为和"一样这屋里的"同等级丫鬟相比而不愿屈居其下的要强好胜,从而混杂了嫉妒与意气,并不是拒绝上级的赏赐;"难道谁又比谁高贵些"的前置语是"一样这屋里的人",下面紧接着是秋纹听了忙问:"给这屋里谁的?"清楚表明晴雯所比较的对象根本不是王夫人,而是同一等级的袭人与自己。可见其中完全没有任何反抗阶级的意味,反倒充满了同等级之间"掐尖要强"、不肯屈尊的嫉妒。

再看晴雯所谓"若是给别人剩下的给我,也罢了",意指若是给身份较高的人所剩下的,便会欣然接受,更清楚显示晴雯并无所谓的反抗阶级意识,而只是一种和同等级者竞争比较的好胜意识。她所一再强调的"把好的给了人,挑剩下的才给你""把好的给他,剩下的才给我",这才是晴雯傲然宣示"我宁可不要"的真正原因。换言之,如果王夫人是先把好的给了她,授予同侪的优越地位与荣耀感,就不会产生这种屈辱心理,归根究底,这段话反映的只是晴雯掐尖要强的傲心,而不是追求平等的傲骨。

至于所谓的"冲撞了太太,我也不受这口软气",更是一种"背后英雄"的口头之勇、私底下的大无畏,晴雯何曾真有如此之举?试看第七十四回当她被叫到王夫人面前的时候,是第一次也是唯一一次可以当面冲撞的机会,但晴雯的表现是:

> •素日这些丫鬟皆知王夫人最嫌趫妆艳饰语薄言轻者,故晴雯

不敢出头。

- 晴雯一听如此说，心内大异，便知有人暗算了他。**虽然着恼，只不敢作声**。他本是个聪明过顶的人，见问宝玉可好些，**他便不肯以实话对**。

种种如"不敢出头""不敢作声"等，都毫无一丁点的高傲之意，反倒是尽量谨守大家长的底线，甚至说谎以自保，就足以看出口头英雄背后所说的大话是不能当真的。

也正是因为如此，晴雯并没有放弃和秋纹一样意外中奖的机会，当关于上级的赏赐这个话题告一段落后，大家继续谈论原先取回屋里摆设用品的主题时，还有一段对话和行动更是重点：

> 麝月道："那瓶得空儿也该收来了。老太太屋里还罢了，太太屋里人多手杂。别人还可以，赵姨奶奶一伙的人见是这屋里的东西，又该使黑心弄坏了才罢。太太也不大管这些，不如早些收来正经。"晴雯听说，便掷下针黹道："这话倒是，等我取去。"秋纹道："还是我取去罢，你取你的碟子去。"**晴雯笑道："我偏取一遭儿去。是巧宗儿你们都得了，难道不许我得一遭儿？"**麝月笑道："通共秋丫头得了一遭儿衣裳，那里今儿又巧，你也遇见找衣裳不成。"晴雯冷笑道："虽然碰不见衣裳，或者太太看见我勤谨，一个月也把太太的公费里分出二两银子来给我，也定不得。"说着，又笑道："你们别和我装神弄鬼的，什么事我不知道。"一面说，一面往外跑了。

这时有两份差勤工作摆在眼前：到王夫人处取瓶子，以及到探春处取碟子。从晴雯抢着跑一趟，并且选的是到王夫人处取瓶子，正是想要争取得一遭"巧宗儿"来看，其中又何尝有所谓的"反阶级傲骨"？孔子说："今吾于人也，听其言而观其行。"[①] 正点出了解一个人的关键，不是听他说什么，而是要看他做什么、怎么做；并且更应该进一步强调的是，"观其行"的"观"需要良好的判断眼光，不被成见或常识所误导，这更是需要明辨慎思的能力。

（二）半主的阶级傲慢

在贾府这种富而好礼的贵族家庭中，贵贱等级固然是牢不可破的框架，但"伦理"除了作为一种秩序基础，由之所产生的"伦理感情"却又往往成为等级之外的调节力量，也就是与上位者亲近的仆婢们可以获得突破贵贱的权势。身为丫鬟的晴雯之所以娇惯任性的原因，除了身为"副小姐"或"二层主子"的半主地位，此外，还更在宝玉的宠溺之下，甚至获得了主子才有的人事主导权，几度流于无视分际的身份僭越与假传圣旨的权力滥用：

1. 无视分际的身份僭越者，如明知"我这身子也不配坐在这里"，却依然躺卧于院中宝玉的凉榻上（第三十一回）；又将宝玉都还没放一遭儿的大鱼风筝，擅自先一步在昨儿放走了（第七十回）。

2. "假传圣旨"的权力滥用者，则见诸与同伴拌嘴后迁怒于门

---

① 《论语·公冶长》，《十三经注疏》本，页43。

外来客，使性子对黛玉说："凭你是谁，二爷吩咐的，一概不许放人进来呢！"（第二十六回）以及坠儿偷窃事发后，自作主张地撵走坠儿。（第五十二回）

正因为宝玉的溺爱纵容，在权力滥用的情况下，晴雯往往顺应个人的强烈好恶而对别人不留余地，展现出去留予夺的杀伐之气。再看一个例子，第五十八回发生了芳官与干娘的洗头纷争，当时宝玉恨得用拄杖敲着门坎子说道：

> "这些老婆子都是些铁心石头肠子，也是件大奇的事。不能照看，反倒折挫，天长地久，如何是好！"晴雯道："什么'如何是好'，都撵了出去，不要这些中看不中吃的！"那婆子羞愧难当，一言不发。

固然这些老婆子属于唯利是图的"鱼眼睛"，克扣干女儿、贪占小便宜，令人不敢恭维，然而在这个宽柔治家的府中依然有其一席之地，受到和其他人一样的宽容与照顾，因此宝玉只是感慨长久以往终无宁日，却没有恶言相向的举动或驱逐赶走的念头；晴雯则是立刻下达驱逐令，主张"都撵了出去"，还当面羞辱她们是"中看不中吃的"，让那婆子羞愧难堪，可见晴雯的反仆为主、越俎代庖，确为怡红院中的唯我独尊者。清代评点家王希廉便指出：

> 袭人见婆子央求，即便心软；平儿说"得饶人处且饶人"。两人慈厚存心，所以结果不同。晴雯偏说打发出去，心狠结

怨，岂知后来婆子未遭逐而自己却遭撵逐。[1]

透过比较，更显出晴雯的结怨于人，其自身的"心狠"亦难辞其咎。

出于"掐尖要强"的傲心而不是追求平等的傲骨，晴雯这种自视甚高的优越感，以及连带对威胁此一优越地位者所产生的敌意，便形成了善妒的心理，平常主要是以同侪为对象，身为比她高一阶的超级丫头袭人当然是首当其冲。第三十一回因为跌折扇子一事，晴雯大大触怒了宝玉，袭人在那边早已听见，忙赶过来向宝玉道：

> "好好的，又怎么了？可是我说的'一时我不到，就有事故儿'。"晴雯听了冷笑道："姐姐既会说，就该早来，也省了爷生气。自古以来，就是你一个人伏侍爷的，我们原没伏侍过。因为你伏侍的好，昨日才挨窝心脚；我们不会伏侍的，到明儿还不知是个什么罪呢！"袭人听了这话，又是恼，又是愧，待要说几句话，又见宝玉已经气的黄了脸，少不得自己忍了性子，推晴雯道："好妹妹，你出去逛逛，原是我们的不是。"晴雯听他说"我们"两个字，自然是他和宝玉了，不觉又添了酸意，冷笑几声，道："我倒不知道你们是谁，别教我替你们害臊了！便是你们鬼鬼祟祟干的那事儿，也瞒不过我去，那里就称起'我们'来了。明公正道，连个姑娘还没挣上去呢。也不

---

[1] 冯其庸纂校订定，陈其欣助纂：《八家评批红楼梦》，第五十六回评，页1455。

过和我似的，那里就称上'我们'了！"袭人羞的脸紫胀起来，想一想，原来是自己把话说错了。宝玉一面说："你们气不忿，我明儿偏抬着他。"袭人忙拉了宝玉的手道："他一个胡涂人，你和他分证什么？况且你素日又是有担待的。比这大的过去了多少，今儿是怎么了？"晴雯冷笑道："我原是胡涂人，那里配和我说话呢！"袭人听说道："姑娘倒是和我拌嘴呢，是和二爷拌嘴呢？要是心里恼我，你只和我说，不犯着当着二爷吵；要是恼二爷，不该这们吵的万人知道。我才也不过为了事，进来劝开了，大家保重。姑娘倒寻上我的晦气。又不像是恼我，又不像是恼二爷，夹枪带棒，终久是个什么主意？我就不多说，让你说去。"说着便往外走。

整段过程中，晴雯再三冷笑，袭人则一路忍让，当袭人用"我们"这个词来提称宝玉和她自己时，被捉住话柄而备受讥讽的袭人也意识到"原来是自己把话说错了"，因此羞得脸紫胀起来，显见是无心之过，也反映出怡红院的宽松常态。犹如晴雯自己也几度用词不当，如第五十二回晴雯就是因为直呼宝玉之名，而被坠儿之母捉住话柄。又第六十三回还有一个类似的例子：

> 晴雯道："今儿他还席，必来请你的，等着罢。"平儿笑问道："他是谁，谁是他？"晴雯听了，赶着笑打，说道："偏你这耳朵尖，听得真。"

以"他"这种第三人称或直呼名讳的方式称呼主子,实为讲究礼法之家的伦理禁忌,因此平儿委婉地加以调侃提醒;而袭人的"我们"之说则不仅泯灭了主奴之别,还带有夫妻一体的意味,更大大引起了晴雯的醋意。对于袭人与宝玉的亲近关系,晴雯是极为介怀的,冷笑几声所讥讽的"连个姑娘还没挣上去呢。也不过和我似的"便是把袭人降为和自己一样的等级,呼应了后来所说"谁又比谁高贵些"的嫉妒。

确实,袭人被王夫人内定为宝玉的妾,是发生在第三十六回,前此第三十四回亦有王夫人对袭人说道:"近来我因听见众人背前背后都夸你,我只说你不过是在宝玉身上留心,或是诸人跟前和气,这些小意思好,所以将你和老姨娘一体行事。"则似乎袭人被拔擢为姨娘的时间还要更早一点,但无论何者,都在跌折扇子此事之后,因此晴雯所言并无过分。只是她的"耳朵尖,听得真"并不下于平儿,尖刻则远远过之,捉住话柄之后穷追猛打,强烈的嫉妒之心实为关键因素。察觉到此一心理的宝玉则顺水推舟,表示要抬举袭人,这时袭人不仅没有见猎心喜,反而劝解宝玉不要意气用事,其宽厚甚属难得,但一路忍让终有底线,当好意用完,袭人也忍不住生气,离开现场之后,孤立无援的晴雯就只能等待被撵逐的命运,若非袭人再度不计前嫌赶回搭救,为她下跪向宝玉求情,晴雯其实不用等到王夫人抄检大观园,这时就必须黯然离去。而此一结果完全是她放纵自己的娇惯、嫉妒所造成的。

这种自视甚高的优越感,以及连带产生的敌意与嫉妒,固然以袭人为首当其冲,麝月当然也尝过。第二十回描写怡红院大放空城，婆子丫鬟们都歇息玩乐去了，唯一贴心留守的麝月于是与中途回来的宝玉想出破闷之法：

> 宝玉拿了篦子替他一一的梳篦。只篦了三五下，只见晴雯忙忙走进来取钱，一见了他两个，便冷笑道："哦，交杯盏还没吃，倒上头了！"宝玉笑道："你来，我也替你篦一篦。"晴雯道："我没那么大福。"说着，拿了钱，便摔帘子出去了。宝玉在麝月身后，麝月对镜，二人在镜内相视。宝玉便向镜内笑道："满屋里就只是他磨牙。"

独占心理使晴雯看不得宝玉与其他人亲近，却又无权阻止，于是一腔嫉妒便透过"摔帘子"发泄出来。除麝月之外，还有芳官也受到过醋汁酸液的飞溅，第六十二回描述道：

> 宝玉便出来，仍往红香圃寻众姊妹，芳官在后拿着巾扇。刚出了院门，只见袭人晴雯二人携手回来。宝玉问："你们做什么？"袭人道："摆下饭了，等你吃饭呢。"宝玉便笑着将方才吃的饭一节告诉了他两个。袭人笑道："我说你是猫儿食，闻见了香就好。隔锅饭儿香。虽然如此，也该上去陪他们多少应个景儿。"**晴雯用手指戳在芳官额上，说道："你就是个狐媚子，什么空儿跑了去吃饭，两个人怎么就约下了，也不告诉我们一声儿。"**袭人笑道："不过是误打误撞的遇见了，说约下了可是没有的事。"晴雯道："既这么着，要我们无用。明儿我们

都走了，让芳官一个人就够使了。"

对于芳官单独与宝玉吃饭，袭人的反应是从大处着想，认为宝玉应该陪家长一起用餐，而不是私下一饱口腹，也完全不认为两人私下共餐有任何不轨之意，纯然只是误打误撞的巧合而已，大度又客观；但晴雯则以猜忌之心，认定两人之间是刻意约定的私下独处，称芳官为"狐媚子"，明显就是视她为勾引宝玉的狐狸精，后续所谓的"要我们无用""让芳官一个人就够使了"，更是醋意盎然，可见对于芳官单独与宝玉相处一事耿耿于怀，狭隘又主观。

更发人深省的是，晴雯对同为核心成员的芳官都仍不免偶杂醋意，则其他的外围分子就更是受到警戒与排挤，第二十七回中，对于二等丫鬟红玉被凤姐所拔擢重用，晴雯是所有大丫鬟里反应最强烈的。当红玉办完凤姐所交代的差事，要回园子复命时，遇到了怡红院的群婢们，双方发生了一段针锋相对的对话：

> 红玉听了，才往稻香村来，顶头只见晴雯、绮霞、碧痕、紫绡、麝月、待书、入画、莺儿等一群人来了。**晴雯一见了红玉，便说道**："你只是疯罢！院子里花儿也不浇，雀儿也不喂，茶炉子也不炝，就在外头逛。"红玉道："昨儿二爷说了，今儿不用浇花，过一日浇一回罢。我喂雀儿的时侯，姐姐还睡觉呢。"碧痕道："茶炉子呢？"红玉道："今儿不该我炝的班儿，有茶没茶别问我。"绮霞道："你听听他的嘴！你们别说了，让他逛去罢。"红玉道："你们再问问我逛了没有。二奶奶使唤我

说话取东西的。"说着将荷包举给他们看,**方没言语了,大家分路走开**。晴雯冷笑道:"怪道呢!原来爬上高枝儿去了,把我们不放在眼里。不知说了一句话半句话,名儿姓儿知道了不曾呢,就把他兴的这样!这一遭半遭儿的算不得什么,过了后儿还得听呵!有本事从今儿出了这园子,长长远远的在高枝儿上才算得。"一面说着去了。这里红玉听说,不便分证,只得忍着气来找凤姐儿。

一行人中,一见红玉劈头就骂的是晴雯,领先于所有人;当红玉一一做了合理解释,其他人都无话可说,随即离开现场后,又是晴雯压轴地给予一大段抢白,既酸且苛,令人难堪,身为下位者的红玉也只能忍气吞声。

其中,红玉所说的"我喂雀儿的时候,姐姐还睡觉呢",确实是清代王府世家生活的反映,学者说明道:"府邸、世家的仆妇也和府员、包衣、男仆一样,分成许多等。有贴身服侍的,有专管梳头、穿衣的,有跟着出门的等等,这是常接触的。至于司厨的、管清洁卫生的、沏茶灌水的,多不直接与主人接触。有的甚至长年与主人见不着面。比如管清扫的仆妇,在主人未起以前,毫无音响地洒扫、清擦屋中的地面、桌椅、陈设,等主人起身时,她们的工作早已做完退出。所以只有贴身服侍的仆妇,和主人接近。"[①] 很

---

① 金启孮:《京旗的满族》,收入《金启孮谈北京的满族》(北京:中华书局,2009),十四"府邸世家的陪房、嬷嬷、仆妇、丫鬟",页226。

显然,晴雯、绮霰、碧痕、紫绡、麝月等人正是贴身服侍、和主人接近的仆妇;而红玉便是外围的杂役,因此也确实不直接与主人接触,长年与主人见不着面,难怪第二十四回写宝玉看到进屋帮忙倒茶的红玉,便笑问道:

"你也是我这屋里的人么?"那丫头道:"是的。"宝玉道:"既是这屋里的,我怎么不认得?"那丫头听说,便冷笑了一声道:"认不得的也多,岂只我一个。从来我又不递茶递水,拿东拿西,眼见的事一点儿不作,那里认得呢。"

接着秋纹、碧痕嘻嘻哈哈地说笑着进入院来,两个人见到红玉走出人来接水,便都诧异,忙进房来东瞧西望,并没个别人,只有宝玉,便心中大不自在,随后还特地到红玉房中加以质问,秋纹听了红玉的辩白,兜脸啐了一口,骂道:"没脸的下流东西!正经叫你催水去,你说有事故,倒叫我们去,你可等着做这个巧宗儿。一里一里的,这不上来了。难道我们倒跟不上你了?你也拿镜子照照,配递茶递水不配!"红玉身为管家林之孝的女儿,却因只是二三等的丫头,都尚且如此,其他的小丫头注定要终身埋没,便可想而知。

　　再看当红玉向大家解释自己当下的清闲是合情合理,并且也并没有清闲而是另接凤姐的派任当差时,其他人便"没言语了,大家分路走开",固然不曾因为错怪了别人而内疚道歉,符合她们身为大丫头的优越地位,却也没有像晴雯一样不肯罢休,依然穷追猛打,冷笑地继续用"爬上高枝儿去了"之类的一大篇酸话加以讽刺羞辱。从这一个场面来看,晴雯确实是最善妒、最刻薄的一个,只要客观仔细检视晴雯的詈骂之词,就可以发现她那强烈的敌意绝不是出于正义感,而全然都是与"地位高下"有关的情绪性表达,精确地说,也就是一种对"下位者竟然越等升高地位"的不满。

芥川龙之介(1892—1927)在《鼻子》这篇小说中,对此种人性反应观察得极其细腻入微,他阐释道:

> 人类的心中,有着彼此矛盾的两种感情。当然哪,没有人不同情别人的不幸的。可是,待那人能突破那个不幸时,却又感到心有未足似的心情。夸张点说,甚至想让那人再度陷于同样的不幸似的。而且于不知不觉间,虽是消极地,但甚至会对那人怀有敌意。①

而这种敌意便是一种"旁观者的利己主义"。于此,晴雯的尖酸实属于一种失去优越感的嫉妒不满,看到一个原本地位低下的小丫头竟攀升上来,与自己同等甚至高于自己,便感到失落而心中不是滋味,尤其是"把我们不放在眼里"这句话最是明显,至于"有本事从今儿出了这园子,长长远远的在高枝儿上才算得",正隐含了"想让那人再度陷于同样的不幸"的意味。

---

① [日]芥川龙之介著,金溟若译:《罗生门·河童》(台北:志文出版社,1984),页29。

可以说，小丫头红玉固然"心内着实妄想痴心的向上攀高，每每的要在宝玉面前现弄现弄。只是宝玉身边一干人，都是伶牙利爪的，那里插得下手去"，确实存有钻营攀高的野心与手腕，但大丫鬟们又何尝不是处心积虑地巩固既有地位与既得利益？而这些占据有利位置，围绕在宝玉身边有如铜墙铁壁，不容其他人染指的"宝玉身边一干人"，就包括了晴雯，她与秋纹、碧痕、绮霰其实属于同一阵线，因此脂砚斋提到怡红诸婢一起排挤红玉时，就曾以晴雯作为代表：

- 红玉在怡红院为诸嬛所掩，亦可谓生不遇时，但看后四章供阿凤驱使可知。（第二十四回回末总评）
- 凤姐用小红，可知晴雯等理（埋）没其人久矣，无怪有私心私情。（第二十七回回末总评）

换言之，脂砚斋认为导致红玉变得更加钻营算计的环境因素，就是晴雯等大丫鬟的打压。就此来说，晴雯的傲心更不无巩固地位的自利之意。

（三）准姨娘的自觉

值得深入探究的是，晴雯之所以娇惯任性，除了身为"副小姐"或"二层主子"的半主地位，以及特属于宝玉庇荫而来的威势之外，更来自于一种"准姨娘"的自觉。从晴雯临终前对宝玉所说的："不料痴心傻意，只说大家横竖是在一处，不想平空里生出这一节话来。"便逗漏此中消息。

衡诸贾府中年轻女奴的出路都是及龄配人,如第二十回李嬷嬷排揎袭人时怒道:"好不好拉出去配一个小子。"脂批即云:"写得酷肖。"又第四十六回邢夫人对鸳鸯的未来亦有"三年二年,不过配上个小子,还是奴才"之说,凤姐也以"做个丫头,将来配个小子就完了"为附和,果然到了第七十回鸳鸯就列在"几个应该发配的"的丫头名单内;红玉所说的"谁守谁一辈子呢?不过三年五载,各人干各人的去了。那时谁还管谁呢"(第二十六回),以及司棋所谓的"再过三二年,咱们都是要离这里的"(第七十二回),更道出终须一别的必然。是故大观园中发现绣春囊之际,王熙凤即建议"不如趁此机会,以后凡年纪大些的,或有些咬牙难缠的,拿个错儿撵出去配了人"(第七十四回)。

再从书中所发生的具体案例以观之,诸如王夫人"见彩霞大了,二则又多病多灾的,因此开恩打发他出去了,给他老子娘随便自己拣女婿去罢"(第七十二回),四儿是"把他家的人叫来,领出去配人",芳官及其他女戏子亦是"令其各人干娘带出,自行聘嫁",连司棋都是"赏了他娘配人"(第七十七回)。可见在传统社会中,女奴与男主得以"横竖是在一处"的前提,除了前者升格为姨娘之外别无他途。

而确实,一如宝玉神游太虚幻境后,强袭人同领警幻所训云雨之事,"袭人素知贾母已将自己与了宝玉,今便如此,亦不为越礼,遂和宝玉偷试一番"(第六回),同为贾母赐予宝玉的晴雯本也具备准姨娘的资格。再配合第七十八回贾母惋惜道:

> 晴雯那丫头我看他甚好……我的意思这些丫头的模样爽利言谈针线多不及他，将来只他还可以给宝玉使唤得。

意思是，在丫鬟们到了年龄各自发配聘嫁之后，只有晴雯可以留下来继续给宝玉使唤，是为侍妾的同义词，因为传统社会中侍妾本质上就是奴仆的一种，可见晴雯之为"准姨娘"的地位。有学者就认为，晴雯的"心比天高，身为下贱"，"在男性为中心的封建社会，除了升到娇妾宠婢的位置，还能高到那儿去？这本是贾母的打算，晴雯也不无此心"，因此和袭人本质一样。[①] 则晴雯之所以如此娇惯任性，岂非也带着有恃无恐的潜意识心理？既然抱着"大家横竖是在一处"的定见，则晴雯之所以对未来表现出不忮不求的光明磊落，毋须像红玉般费尽心思谋弄钻营，实在不是出于高傲不屑，而是根本没有必要。

并且还可以注意到，晴雯对宝玉的感情，未必深于袭人。试看宝玉几次的生死交关，都没有描写到晴雯的反应，先是第二十五回写宝玉、凤姐为马道婆的魔法所祟，严重到即将丧命时，众人的表现是：

> 看看三日光阴，那凤姐和宝玉躺在床上，亦发连气都将没了。合家人口无不惊慌，都说没了指望，忙着将他二人的后世的衣履都治备下了。贾母、王夫人、贾琏、平儿、**袭人这几个**

[①] 彭蕴辉：《鸳鸯、晴雯性格之我见》，《红楼梦学刊》1985 年第 4 辑，页 293。

人更比诸人哭的忘餐废寝，觅死寻活。

其中清楚显示出，真正视宝玉、凤姐二人如命，几乎悲痛到跟着陪葬的人，除贾母、王夫人是毋庸赘言，此外就属贾琏、平儿、袭人这三者，更比诸人哭得忘餐废寝，甚至觅死寻活，其椎心裂肺自是源于无限深爱，袭人的对象无疑是宝玉，但是除此之外则毫无晴雯的形迹。同样的，第三十三回"不肖种种大承笞挞"一段，皮开肉绽、气息奄奄的宝玉被送到贾母房中，这时"袭人满心委屈，只不好十分使出来，见众人围着，灌水的灌水，打扇的打扇，自己插不下手去，便越性走出来到二门前，令小厮们找了焙茗来细问"；待接着宝玉抬回怡红院后，"又乱了半日，众人渐渐散去，袭人方进前来经心伏侍，问他端的"，而这整个过程中，晴雯最多也只不过是围着灌水、打扇的众人之一，始终没有被特意突显。

这固然不能断言晴雯无动于衷，然而袭人作为最悲痛不舍的一个，却是毋庸置疑。也正因为如此，当第五十七回宝玉听信了紫鹃谎称黛玉要回苏州去的测试情辞，而昏聩失魂近乎半死的时候，也只特别写到袭人惊恐万分，且因为极力想要挽救宝玉而奔赴潇湘馆质问肇事的始作俑者紫鹃，"满面急怒，又有泪痕，举止大变"。如此种种，都显示出晴雯只是众婢中的一个，无论是情感反应、具体作为，皆无法与袭人相比：在具体作为上，晴雯"使力不使心"的性格使她只能和其他人一起做一些灌水、打扇的基本杂务，无法发挥更积极的作用，如袭人般深入了解前因后果，从根本处解除灾难；但连情感反应上，晴雯也都远不如袭人的痛切彻骨，"比诸人哭的忘餐废寝，觅死寻活"的是袭人，"满心委屈""满面急怒，又有泪痕，举止大变"的也是袭人。

显而易见，在比起孔雀裘烧破一个小洞更加严重的生死交关上，晴雯始终都像隐形一样，未曾有任何突出的表现。据此说来，晴雯对宝玉的情感不能不说是有限的，不是那么细腻深刻，而这又必须归诸"使力不使心"的性格。

（四）不安定因子

更进一步来看，从晴雯临终前对宝玉所言，可知晴雯确实没有勾引宝玉，因此抱屈喊冤道："只是一件，我死也不甘心的：我虽生的比别人略好些，并没有私情密意勾引你怎样，如何一口死咬定了我是个狐狸精！我太不服。"论者也曾赞叹晴雯道："红颜绝世，易启青蝇；公子多情，竟能白璧，是又女子不字、十年乃字者也。非自爱而能若是乎？"[①]认为晴雯与宝玉之所以如此纯洁无瑕，都是出于高度自爱。但话虽如此，却并不代表晴雯完全没有勾引宝玉的可能性，她的性格里其实存在着不稳定的因子，"没有勾引宝玉"只是没有必要，并非出自"造次必于是，颠沛必于是"（《论语·里仁》）的真正节操。

试看第七十七回描写宝玉想尽办法偷偷去探望晴雯时，她和宝玉的最后一面中，整段对话如下：

---

① （清）涂瀛：《红楼梦论赞·晴雯赞》，一粟编：《红楼梦资料汇编》，卷三，页129。

晴雯呜咽道："有什么可说的！不过挨一刻是一刻，挨一日是一日。我已知横竖不过三五日的光景，就好回去了。只是一件，我死也不甘心的：我虽生的比别人略好些，并没有私情密意勾引你怎样，如何一口死咬定了我是个狐狸精！我太不服。**今日既已担了虚名，而且临死，不是我说一句后悔的话，早知如此，我当日也另有个道理。不料痴心傻意，只说大家横竖是在一处**。不想平空里生出这一节话来，有冤无处诉。"说毕又哭。……

晴雯拭泪，就伸手取了剪刀，将左手上两根葱管一般的指甲齐根铰下；又伸手向被内将贴身穿着的一件旧红绫袄脱下，并指甲都与宝玉道："这个你收了，以后就如见我一般。快把你的袄儿脱下来我穿。我将来在棺材内独自躺着，也就像还在怡红院的一样了。论理不该如此，只是担了虚名，我可也是无可如何了。"宝玉听说，忙宽衣换上，藏了指甲。晴雯又哭道："回去他们看见了要问，不必撒谎，就说是我的。**既担了虚名，越性如此，也不过这样了**。"

整段对话内容中，"担了虚名"一共出现了三次，可见晴雯最在乎的是这件事，且重点在于"虚"字。换句话说，如果让她被撵出的狐狸精之罪名是"实"，那么她就不会如此之愤慨难当，甚至后悔莫及，因此才会说："今日既已担了虚名，而且临死，不是我说一句后悔的话，早知如此，**我当日也另有个道理**。"而细思让她悔不当初的"另有个道理"，便是"私情密意勾引你"，于是接着做出"论理不该如此"的举动，和宝玉交换贴身信物，拼尽最后的奄奄一息之力，齐根绞下指甲以赠宝玉，并脱下贴身袄衣与宝玉的互换，属于临死无惧而放胆越礼的"私情密意"之举。因为指甲、贴身衣物本是与身体或情欲活动密切相关的东西，"在某种程度上都意味着许诺与定情，同时，亦具有作为身体与情欲交欢象征的另一层意义，可供日后睹物思人，回想欢乐情景"[1]，是故晴雯亦自承："论理不该如此""既担了虚名，越性如此，也不过这样了"。这正是要把虚名坐实的"私情密意"做法，比起"遗帕惹相思"的红玉，甚至是小窃的坠儿都更有过之。

然而既做了"论理不该如此"的事，此时又怎能称得上是"廉洁自持，心无私慝"？真正人格高洁的君子是为所应为、行所当行，"实行"比"虚名"更重要，宁可含冤受屈而不愿失格违理，此乃所谓的"造次必于是，颠沛必于是"。但晴雯一遇造次、颠沛便改弦更张，落入"私情密意勾引"的越理悖礼，更清楚揭示其原初的不忮不求，并非出于德行意志上不以生死荣辱易心变节的人格坚持，而只是一路顺风之下十拿九稳、势在必得的淡定安然，因此一旦面临冤屈与意外转折，便产生悔不当初的另谋之想。从而二知道人也认为：

> 观晴雯有悔不当初之语，金钏儿有金簪落井之言，则二人

---

[1] 黄克武：《暗通款曲：明清艳情小说中的情欲与空间》，熊秉真主编：《欲掩弥彰：中国历史文化中的"私"与"情"——私情篇》（台北：汉学研究中心，2003），页264—265。

之于宝玉,是非之情,不可以相谰已。王夫人俱责而逐之,杜渐防微,无非爱子。[1]

据此而言,作者将甄士隐之住处安排在十里(势利)街中的仁清(人情)巷(第一回夹批),所暗喻的势利算计与人情诚真之间只有一线之隔的微妙难辨,岂非也适用于此?

再者,从王夫人一旦发现她的存在时,晴雯的率直任真便为之不变,第七十四回的描述显示:晴雯不仅在面见王夫人时"不敢出头"而刻意不事装扮,以免触犯禁忌,已属于能屈能伸的明哲保身;在王夫人的怒火下,晴雯"虽然着恼,只不敢作声",同样是逆来顺受,何曾有一丁点"心比天高"的抗议或辩白?接着所应答的言谈更是不尽不实,在"不肯以实话对"的见风转舵下,整篇说词全属谎话连篇,虽是出于自保不得不然,但也更显出晴雯的性格确实饱含了不安定因子,正所谓"伶俐人往往意见凑泊,气魄承当"[2],因此多次随着环境变化出现了巨大的落差,不能不说是一种性格上的弱点。

就此来说,袭人揣摩王夫人的逻辑,所谓:"太太只嫌他生的太好了,未免轻佻些。在太太是深知这样美人似的人必不安静,所以恨嫌他。"这便不是凭空诬陷的欲加之罪,事后也证明了晴雯确实具有"不安静"的性格因子。清代汪辉祖(1730—1807)也从

---

[1] (清)二知道人:《红楼梦说梦》,一粟编:《红楼梦资料汇编》,卷三,页97。
[2] (明)蕅益大师:《与刘纯之》,古歙门人成时编辑:《灵峰宗论》(台北:财团法人佛陀教育基金会,2007),卷五之二,页610。

一般常理指出：

> 为宗祧而置妾，非得已也。当择其厚重有福相者，毋以色选，即才艺亦非所尚。盖厚重之人，必能下其正室；有福相可因子贵。矜才者巧，恃色者佻，皆非载福之器，且断断难与正室相安，所系于家道甚巨。①

"矜才者巧，恃色者佻"之"巧"与"佻"，确实切中晴雯的人格特质，从既有的文本事实而言，固然其"巧"与"佻"未必即出自"矜才"与"恃色"，但诚然为其内在心性带来不稳定的因子。二知道人便从晴雯有悔不当初之语，见出其中的"是非之情，不可以相谰已"，认为王夫人的责而逐之是杜渐防微的预防措施，那么晴雯所担的"虚名"也不算是对她的过分冤枉。

清代张潮对于"傲"的现象与本质，曾有一细腻精确的分辨：

> 傲骨不可无，傲心不可有。无傲骨则近于鄙夫，有傲心不得为君子。②

晴雯确实带有部分傲骨，因此并未流于鄙夫，但整体以观之，她更

---

① （清）汪辉祖著，王宗志等注释：《双节堂庸训》（天津：天津古籍出版社，1995），卷三《治家》，"置妾不当取其才色"，页72。
② （清）张潮著，王名称校：《幽梦影》（台北：汉京文化事业公司，1980），页51。

多的是傲心、甚至傲气,并且她固然高傲,却谈不上高贵,因此得理不饶人、无理亦逼人,遑论设身处地、推己及人,实与君子的境界无涉。判词中所谓的"心比天高",实质是其主观意识上的"自视甚高",而非客观价值上的高风亮节,甚至带有目中无人的傲气、无所畏惧的霸气,以致待人处事往往剑拔弩张、盛气凌人,因此才会发生"风流灵巧招人怨。寿夭多因毁谤生"的结果。在晴雯的人物论述上常见的颂扬,是在片面的偏爱之下把傲心当傲骨、把高傲当高贵的过度偏袒,未为笃论。

六、"撕扇":褒姒的叠影

"撕扇""补裘"是晴雯的两大重头戏,其中的"撕扇"一段,紧接在"折扇"使宝玉震怒的轩然大波之后,可以说是暴风雨之后的平静,两人的和解显得特别温馨动人,所谓:

> 宝玉笑道:"你爱打就打,这些东西原不过是借人所用,你爱这样,我爱那样,各自性情不同。比如那扇子原是扇的,你要撕着玩也可以使得,只是不可生气时拿他出气。就如杯盘,原是盛东西的,你喜听那一声响,就故意的碎了也可以使得,只是别在生气时拿他出气。这就是爱物了。"晴雯听了,笑道:"既这么说,你就拿了扇子来我撕。我最喜欢撕的。"宝玉听了,便笑着递与他。晴雯果然接过来,嗤的一声,撕了两半,接着嗤嗤又听几声。宝玉在旁笑着说:"响的好,再撕响些!"正说着,只见麝

月走过来,笑道:"少作些孽罢。"宝玉赶上来,一把将他手里的扇子也夺了递与晴雯。晴雯接了,也撕了几半子,二人都大笑。麝月道:"这是怎么说,拿我的东西开心儿?"宝玉笑道:"打开扇子匣子你拣去,什么好东西!"麝月道:"既这么说,就把匣子搬了出来,让他尽力的撕,岂不好?"宝玉笑道:"你就搬去。"麝月道:"我可不造这孽。他也没折了手,叫他自己搬去。"晴雯笑着,倚在床上说道:"我也乏了,明儿再撕罢。"宝玉笑道:"古人云,'千金难买一笑',几把扇子能值几何!"

这段情节,正表现出怡红院是一个物资与情感双重盈溢(surplus)的人间乐园,而在有关乐园的母题中,都包含着一处愉快的地方[①],享乐主义更是乌托邦思想中的重要成分[②],本就含有充分的物质挥霍,因此更展现出怡红院的痛快放纵。其中,宝玉用来支持享乐主义的"爱物"理论尤其新颖奇特,一反"爱物"本来是对物资的珍惜甚至吝惜,乃至于节制消费欲望之用法,反而将人的好恶感觉拔高到无上位置,为了满足这一感觉而损坏物品,让物品跳脱了实用功能而增加了心理功能,由此提升了物品的感性价值,形成了"爱物"的另类意义。

然而,必须精审分辨的是,撕扇子"嗤"的一声其实并没有什么形而上的精神内涵,也谈不上艺术上的审美价值,那只是一种本能

---

① 参考 E. B. Greenwood, "Poetry and Paradise: A Study in Thematics", *Essays in Criticism* 17:1 (January, 1967), pp. 12-13。

② George Kateb, "Utopia and the Good Life", in Manuel (ed.), *Utopias and Utopian Thought* (Boston: Houghton Mifflin, 1966), pp. 239-59.

的、直接的感官刺激，其瞬间爆发的响脆之声带有一种穿透性与侵略性，当事人也许可以借之获得听觉上的一时快感，却没有心灵的充实与品味的提升作用，更不存在累积性与创造性，所以只能透过不断的"撕"来延续那份快感，其中隐含着破坏性的心理欲求[①]，与真正的审美活动实际上是相去甚远。因此，若是用"役物而不役于物"来赞扬这种做法，恰恰是颠倒的过誉——只能透过"撕扇子"听那"嗤"的一声来取乐，完全破坏了扇子的所有审美功能，包括动摇风生的清朗、扇面字画的欣赏乃至整体造型的精致，且丧失了其他的创造潜能，只剩下本能的破坏性满足，并且其实更受制于外物，因为物品的破坏只能有一次，靠着破坏所得到的快感若要延续，便必须建立在大量的物质消耗上，于是越发落入"役于物"的本质，其中缺乏真正的主体能动性。则"千金一笑"既是指美人一笑的珍贵，也同时意味着那一笑的所费不赀，以及由此所产生的破坏性。

果然，更值得注意的是，宝玉引述古人云"千金难买一笑"，以合理化这种破坏性的造孽行为，恰恰来自于亡国之君与祸水红颜的典故。何晏《孟子注疏解经》卷七云：

> 以褒姒不好笑，幽王欲其笑，乃为燧火大鼓。有寇至则举燧火，诸侯悉至，至而无寇，褒姒乃大笑。幽王悦之，为数举烽燧，其后不信，诸侯益不至。……申侯怒，与缯西夷犬戎攻

[①] 心理学家对于人类的破坏性本能有深入的分析，参 [美] 埃里希·弗洛姆（Erich Fromm）着，孟祥森译：《人类破坏性的剖析》（台北：水牛出版社，1990）。

幽王，幽王举烽火征兵，兵不至，遂杀幽王骊山下。①

后来南朝梁代王僧孺《咏宠姬》一诗云："再顾连城易，一笑千金买。"②作为一首典型的宫体诗，已经将美人的难得一笑用"千金"加以比喻，并且是用在对姬妾这类非正统伦理身份的女性的宠溺上。到了明代冯梦龙的历史小说《新列国志》中，第三回更明确地说：

> 褒妃在楼上凭栏，望见诸侯忙去忙回，并无一事，不觉抚掌大笑。幽王曰："爱卿一笑，百媚俱生，此虢石父之力也！"遂以千金赏之。至今俗语相传"千金买笑"，盖本于此。③

周幽王宠爱褒姒却落得亡国的下场，于是又与"千金一笑"的用语相结合。何况，除此一买笑的历史记载之外，在后来的传说中，褒姒也喜听绢裂之声，于是幽王命司库每日进彩绢百匹，撕帛以取悦褒姒，《新列国志》第二回又描述道：

> 褒妃虽篡位正宫，有专席之宠，从未开颜一笑。幽王欲取其欢，召乐工鸣钟击鼓，品竹弹丝，宫人歌舞进觞。褒妃全无

---

① （战国）孟子著，（汉）赵岐注，（宋）孙奭疏：《孟子注疏》，《十三经注疏》，《离娄章句上》，页126。
② 逯钦立辑校：《先秦汉魏晋南北朝诗》（台北：木铎出版社，1983），《梁诗》卷十二，页1767。
③ （明）冯梦龙：《新列国志》，明叶敬池梓本，第三回。

> 悦色。幽王问曰:"爱卿恶闻音乐,所好何事?"褒妃曰:"妾无好也。曾记昔日手裂彩缯,其声爽然可听。"幽王曰:"既喜闻裂缯之声,何不早言?"即命司库日进彩缯百匹,使宫娥有力者裂之,以悦褒妃。①

这是至晚明代就已载诸小说的著名传说,同一文化背景的曹雪芹理应知晓,如此一来,晴雯撕扇更是褒姒裂绢的同类,益发证明了小说家在此安排了这一段"撕扇子作千金一笑"的情节,是有意回应这个著名的亡国典故,则宝玉的纵容取悦又等同于幽王之举,等于是其后代的继承人。②再看晴雯撕过扇子后,"笑着倚在床上说道:'我也乏了,明儿再撕罢。'"此一姿态展现出欲望满足之后的慵懒妖媚,犹如李后主所刻画的"绣床斜凭娇无那"③,美则美矣,却隐隐然带有褒姒的影子,这与她"妖趫"的打扮正是完全一致。

更特别的是,大观园中众金钗都是优雅温文,不落入野率粗放,然而,只有晴雯被放大感冒头疼时涕泗横流的一幕:

> 晴雯……虽然稍减了烧,仍是头疼。宝玉便命麝月:"取

---

① (明)冯梦龙:《新列国志》,明叶敬池梓本,第二回。
② 在宝玉的形象类型中,确实包含了历史上著名的亡国之君,第二回贾雨村定义正邪两赋的特异之人时,所列举的生于"公侯富贵之家"的"情痴情种"中,便包括陈后主、唐玄宗、宋徽宗这三位以耽溺于艺术、美色闻名的帝王,而他们却又恰恰都是亡国之君,绝非巧合。
③ (南唐)李煜:《一斛珠》,詹安泰校注:《李璟李煜词校注》(上海:上海古籍出版社,2011),页223。

鼻烟来，给他嗅些，痛打几个嚏喷，就通了关窍。"麝月果真去取了一个金镶双扣金星玻璃的一个扁盒来，递与宝玉。宝玉便揭翻盒扇，里面有西洋珐琅的黄发赤身女子，两肋又有肉翅，里面盛着些真正汪恰洋烟。晴雯只顾看画儿，宝玉道："嗅些，走了气就不好了。"晴雯听说，忙用指甲挑了些嗅入鼻中，不怎样。便又多多挑了些嗅入。忽觉鼻中一股酸辣透入囟门，接连打了五六个嚏喷，眼泪鼻涕登时齐流。晴雯忙收了盒子，笑道："了不得，好爽快！拿纸来。"早有小丫头子递过一搭子细纸，晴雯便一张一张的拿来醒鼻子。（第五十二回）

这一"接连打了五六个嚏喷，眼泪鼻涕登时齐流""一张一张的拿来醒鼻子"的画面，固然爽快，却毫无优雅可言。如果参照小说中，只有赵姨娘一人出现"一面说，一面眼泪鼻涕哭起来"（第五十五回）的低俗粗鄙，以及"酸凤姐大闹宁国府"一段里，凤姐"把个尤氏揉搓成一个面团，衣服上全是眼泪鼻涕"（第六十八回）的泼辣恣肆，而与晴雯的"眼泪鼻涕登时齐流"相呼应，此一三人共享的造型隐隐然传示了晴雯的人品特质：一是与赵姨娘微妙相通，两人皆为美妾，却也在"使力不使心"上同具某种不文的失格；另一是如王熙凤身为当权娇妻的率性而为，表现出"泼皮破落户儿"（第三回）的破格，使得她的美笼罩着一层粗率浅俗，宠姬乃变为妖姬，令人深思。

既然怡红院里丫头们的放纵恣意、只顾玩闹，是"人人都'看不过'，独宝玉看得过"（第十九回脂批），晴雯又是其中之最，这便构成了她最后遭到王夫人撵逐的主要原因。

七、王夫人的底线

清代评点家野鹤说道：

> 王夫人撵逐晴雯，为《石头记》中第一不平事。[①]

这一极具代表性的看法，说明了长期以来晴雯深受同情导致被过度美化、王夫人深受迁怒导致被过度丑化的主要关键。然而，以贾府这等宽柔待下的门风，所谓的"撵逐"其实是无条件解除卖身契约，甚至还奉送优厚资遣费的开恩之举，读者会觉得不平，反倒更证明了贾府是值得眷恋永驻的乐园，最好在此永世为奴。于是大丫鬟自己以及旁观的读者们都以终身留在贾府作为幸福之路，一旦此路不通，便制造敌人以发泄不平之气，完全放弃了原先所主张的"自由"价值观，反过来对解放奴隶的王夫人施行抨击，展现出以今律古的不公平和双重标准的自我矛盾。

必须说，王夫人之撵逐晴雯固然带有厌恶不满的负面情绪，却没有任何道德瑕疵，并且所执行的是她身为当家女主的合法权力，因此脂砚斋说："王夫人从未理家务，岂不一木偶哉。且前文隐隐约约已有无限口舌，漫（浸）濶（润）之潜（谮），原非一日矣，

[①] （清）野鹤：《读红楼梦札记》，一粟编：《红楼梦资料汇编》，卷三，页287。

若无此一番更变，不独终无散场之局，且亦大不近乎想理。"（第七十七回批语）视之为王夫人整顿人事的应有作为。而晴雯之所以被撵逐出府，失去了享福的机会，主要原因就是侵犯了王夫人的底线。王夫人的底线很清楚，所谓：

"我一生最嫌这样人……"……素日这些丫鬟皆知王夫人最嫌趫妆艳饰语薄言轻者。（第七十四回）

仔细说来，包括过分的装扮（"趫妆艳饰"）与轻狂的言行（"语薄言轻"），尤其是涉及男女之间的情色挑逗，构成了王夫人"平生最恨""一生最嫌"的两道底线。而晴雯两者皆犯，于是注定了不可挽回的下场，其严重爆发就出现在第七十四回的抄检大观园一段。

当时，邢夫人的陪房王善保家的与园中的副小姐们相对立，尤其针对晴雯最是不满，于大观园中发现绣春囊必须严查之际，对王夫人做了一大段的陈述：

正因素日进园去那些丫鬟们不大趋奉他，他心里大不自在，要寻他们的故事又寻不着，恰好生出这事来，以为得了把柄。又听王夫人委托，正撞在心坎上，说："这个容易。不是奴才多话，论理这事该早严紧的。太太也不大往园里去，**这些女孩子们一个个倒像受了封诰似的，他们就成了千金小姐了。闹下天来，谁敢哼一声儿。不然，就调唆姑娘的丫头们，说欺负了姑娘们了，谁还敢得起。**"王夫人道："这也有的常情，跟

> 姑娘的丫头原比别的娇贵些。你们该劝他们。连主子们的姑娘不教导尚且不堪，何况他们。"王善保家的道："别的都还罢了。太太不知道，**一个宝玉屋里的晴雯，那丫头仗着他生的模样儿比别人标致些，又生了一张巧嘴，天天打扮的像个西施的样子，在人跟前能说惯道，掐尖要强。一句话不投机，他就立起两个骚眼睛来骂人，妖妖趫趫**，大不成个体统。"

脂砚斋就此批云："活画出晴雯来。"由此乃触动了王夫人的记忆，联想到一幕完全吻合这段描述的画面：

> 王夫人听了这话，猛然触动往事，便问凤姐道："上次我们跟了老太太进园逛去，**有一个水蛇腰、削肩膀、眉眼又有些像你林妹妹的，正在那里骂小丫头。我的心里很看不上那狂样子**，因同老太太走，我不曾说得。后来要问是谁，又偏忘了。今日对了坎儿，这丫头想必就是他了。"

两相对照，两个版本如出一辙，加上随后凤姐也认证道："论举止言语，他原有些轻薄。方才太太说的倒很像他。"所谓"轻薄"也者，即轻率、轻浮、轻举妄动，为鲁莽冲动、沉不住气之意，包括"轻嘴薄舌奚落人"（第三十五回），与"爆炭"之喻说都是展现一种情绪跑在理性之前而任性遂己的意气用事，形同对晴雯性格表征的再三皴染与高度强化。而此事显然绝非巧合，反倒适足以说明晴雯当众不留情面地骂人乃是家常便饭，否则以大观园罕见之稀客身份，王夫人如何能够如此凑巧地"躬逢其盛"?

事实上,迥异于现今讲究开放性、流动性,注重个人隐私,因此流于疏离的人际关系,在贾府一年三百六十五天、每天二十四小时的集体生活中,人与人之间紧密、频繁、大量的接触形态,兼涉及职场与私生活的所有面向,使得每一个人真正的人品与性情极难掩藏、欺瞒、矫饰,例如对怡红院的二等丫头红玉,宝钗就掌握到"他素昔眼空心大,是个头等刁钻古怪东西"(第二十七回),只要几个人一对口,事情真相也就容易曝光,说谎造假反而容易弄巧成拙。因此必须指出,王善保家的这段话,目的虽然是谗害晴雯,但却句句属实,没有扭曲捏造,是对晴雯的种种特质的全面概括与客观说明,否则也不会发挥作用,引起王夫人的雷同记忆,在完全合拍的情况下,造成了强大的杀伤力。

(一)语薄言轻

首先,从王夫人说道:"这也有的常情,跟姑娘的丫头原比别的娇贵些。你们该劝他们。"以及体谅妙玉"他既是官宦小姐,自然骄傲些,就下个帖子请他何妨"(第十八回),可见其实非常宽容少女们的骄纵高傲,认为是人之常情,可以规劝甚至包容,全无苛责之心。因此,王夫人之所以对晴雯大为不满,关键在于晴雯的骄傲、娇纵已经到了非比寻常的程度,其脾气之暴烈众所公认,平儿说她是"爆炭"正是客观的比喻,动辄打骂小丫头,对人说话则是常常夹枪带棒。亦即"能说惯道,掐尖要强。一句话不投机,他就立起两个骚眼睛来骂人",这正是所谓的"嘴尖性大",也就是脾气火爆,一有不满便动辄当面出口訾骂，也确实是晴雯的平日风格。

试看平儿最初不让晴雯知道坠儿窃盗之事，原因就在于"晴雯那蹄子是块爆炭，要告诉了他，他是忍不住的。一时气了，或打或骂，依旧嚷出来不好"，可见大家都了解晴雯的火爆脾气，一气就会对小丫头"或打或骂"，后来也确实精准料中；另外，第七十七回宝玉道："他自幼上来娇生惯养，何尝受过一日委屈。连我知道他的性格，还时常冲撞了他。"因此，宝玉往往如袭人所说的，"一天不挨他两句硬话村你，你再过不去"（第六十三回），换言之，连身为上位者的宝玉，即使在尽量顺从她的情况下，竟还是时常触犯到晴雯的脾气，以至于每天都得挨她毫不客气的"两句硬话"，那么，等而下之的其他人就可想而知，没有义务，也没有心思顺从她的人，所挨的又岂只是"两句硬话"而已。也正因为晴雯平常的"狂样子"已经在王夫人脑海中留下了恶劣的印象，又符合王善保家的所说的描述，谗言才能趁隙而入，产生重大的杀伤力。

就这一点来说，晴雯从不控制自己的脾气，往往以自我为中心的性格，再加上对人不假辞色的任性作为，实在是并不值得鼓励的恃宠而骄，也必须自负其责，不能归咎于别人；连宝玉都不免一度承受不住她的暴烈脾气，几乎要在狂怒之下将她撵逐出去，何况其他？关键是这种性格又恰恰触犯了王夫人"我一生最嫌这样人"的底线，于是一发不可收拾。

（二）趫妆艳饰

其次，"他生的模样儿比别人标致些"和"两个骚眼睛"的"骚"

字，都是承认晴雯的绝顶美貌，接下来凤姐也认证道："若论这些丫头们，共总比起来，都没晴雯生得好。"可见晴雯的美丽毋庸置疑，众所公认；而在这些抽象说词之外，王夫人还给予"水蛇腰、削肩膀、眉眼又有些像你林妹妹的"之具体描绘，可见晴雯的美带有一点风骚气质或者说是性诱惑力。其中，固然"眉眼又有些像你林妹妹的"是其面庞的清秀可人，从第二十三回黛玉听了宝玉的不伦模拟，含嗔带怒地"登时直竖起两道似蹙非蹙的眉，瞪了两只似睁非睁的眼"，以及第五十二回宝玉转述坠儿偷金之事，"晴雯听了，果然气的蛾眉倒蹙，凤眼圆睁"，显示两人都是狭长如线的凤眼、细长如烟的蛾眉；但晴雯体态上的"水蛇腰、削肩膀"，则比较接近凤姐的"身量苗条，体格风骚"（第三回），黛玉、晴雯两人容态上的不同实多于相同。

所谓"削肩膀"，出自曹植《洛神赋》中的"肩若削成，腰如约素"[1]，到了五代时，李煜《书琵琶背》也说道："侁自肩如削，难胜数缕绦。"[2]形容肩膀如同利刀削出来的狭窄而斜垂，弱不胜衣，显出女性化的娇柔。至于水蛇腰，是用来比喻女子婀娜多姿的身段，行动时细腰有如水蛇滑行于水面般灵巧地扭动着，不仅反映了文学修辞上"动物譬喻在许多情况下还是带有一定程度的'野性

---

[1] （南朝梁）萧统撰，（唐）李善等注：《增补六臣注文选》（台北：华正书局，1980），卷十九，页351。
[2] （清）彭定求等编：《全唐诗》（北京：中华书局，1990），卷八，页73。

未泯'意涵"①，与晴雯的野性特质相符；在古典文献里，也都与妖精、戏子、妓女之类的非良家妇女相关联，诸如：

> 1. 明朝无名氏《拔宅飞升》第二折【净蛟精同净蛇精上】蛟精云："女子爱吾容貌美，嗨，我这身材则是水蛇腰，吾神乃蛟精是也。"②
>
> 2. 明代杂剧张四维《双烈记》第三出《引狎》【老旦扮老鸨上】（梨花儿）："美奴美奴生的来多容貌，小名儿唤做赛多娇，人人见了我都道好，嗏，道我好似三郎庙里母太保。我是院中行妓，听说自家详细，莫夸一貌倾城，青春才五十有四，亏了些铅粉胭脂涂抹，在脸上汝妖假媚，全凭粉绢油绸穿着，在人前扭身做势，鳊鱼脚两只尺二，水蛇腰一丈有二，黄头发梳不出高髻云鬟。"③
>
> 3. 清代文康《儿女英雄传》："我正在那里诧异，又上来了那么个水蛇腰的小旦……水蛇腰的那个东西叫作袁宝珠。"④

这就不是先天的姿势，而是后天所养成的一种带有诱惑力的行动方式，能在举手投足之间蕴含了女性特有的妩媚、娇柔，柔若无骨，

---

① 傅修延：《外貌描写的叙事语义》，《湖南师范大学社会科学学报》2015年第六期，页105。
② （明）无名氏：《拔宅飞升》，第二折，民国孤本元明杂剧本。
③ 见（明）毛晋编：《六十种曲》第十册（北京：中华书局，1958），页7。
④ （清）文康：《儿女英雄传》（台北：桂冠图书公司，1984），第三十二回，页569—570。

婀娜款摆,展现了浓厚的女性风情,因此才会都运用在妖精、戏子、妓女等等必须取媚于人的特定女性身上;此一体态特征与其说是骨相学的运用,不如说是一种文化规约的反映。再配合其艳丽的容色,便不仅被王善保家的称为"妖妖趫趫"、"骚眼睛",也延续到了晴雯被叫来时,因为生病所产生的慵懒而"钗鬓松,衫垂带褪,有春睡捧心之遗风",更增添一种妩媚情致,王夫人因之叱责"你天天作这轻狂样儿给谁看""我看不上这浪样儿",所谓的"轻狂样儿""浪样儿"正都与女性的性感风情有关。

因此,承袭了传统文献中的用法,晴雯也一再被称为"妖精",如第七十四回王夫人向凤姐等自怨道:"这几年我越发精神短了,照顾不到。这样妖精似的东西,竟没看见。"又第七十七回几个老婆子走来盼咐道:"快叫怡红院的晴雯姑娘的哥嫂来,在这里等着领出他妹妹去。"因笑道:"阿弥陀佛!今日天睁了眼,把这一个祸害妖精退送了,大家清净些。"由此可见,晴雯的美其实与黛玉迥不相类,只不过是"眉眼有些像",此外包括脸型、体态、气质,甚至五官的其他部分都差距甚大,一个是浓艳诱人,一个则是清丽脱俗,实际上并不能相提并论。

至此,必须澄清的一个常见误解,是以为王夫人不喜欢美人,甚至以索隐的方式揣摩其原因,而有一些缺乏证据的推论①,但严格说来,王夫人所不喜欢的不是"美人",而是"风骚妖媚型的美

---

① 例如:因为王夫人本人不美,或因为贾政的妾赵姨娘以美获宠,让正室的王夫人连带讨厌美人,等等。见周五纯:《晴雯形象探微》,《红楼梦学刊》1996年第4辑,页86。

人",晴雯正好是这一种;再参照第七十八回王夫人告诉凤姐撵逐晴雯等事,接着又说:

> 我前儿顺路都查了一查。谁知兰小子这一个新进来的奶子也十分的妖娆,我也不喜欢他。我也说与你嫂子了,好不好叫他各自去罢。

"十分的妖娆"正完全对应于晴雯的"妖妖娆娆",这位年轻奶娘也属于风骚型的美人,因此就被一并遣出,可见真正的关键所在。

不仅如此,晴雯的美丽获得上上下下、好恶不一者的一致公认,除贾母、王善保家的、凤姐之外,从晴雯临终前所说"我虽生的比别人略好些",可见她对自己的美貌是自知自觉的,并且也充分加以彰显,由此而爱好打扮,极尽所能地为自己的外貌增色,在天生丽质之下又加以后天的"十分妆饰",于是取得引人注目的强烈效果。试看当王夫人派人把晴雯叫来时,晴雯是有所准备的:

> 素日这些丫鬟皆知王夫人最嫌娆妆艳饰语薄言轻者,故晴雯不敢出头。今因连日不自在,并没十分妆饰,自为无碍。

足见晴雯是以王夫人的底线为考虑,自认为她因病而"没十分妆饰"是"无碍"的,不致触犯王夫人的禁忌,因此放心前往凤姐房中。然而没想到,一则是因为生病所产生的慵懒更增添一种妩媚情致,以致被形容为"浪样儿""轻狂样儿";二则是她的"没十分妆饰"

仍然逾越王夫人的标准,这才导致了严重的后果。

于此必须说,丫鬟的装饰打扮本身并非过错,实际上贾府中上上下下的女子都是每日化妆的,小说中常常写到她们的理妆、卸妆,闺秀小姐自不必说,例如凤姐①、尤氏②、湘云③、黛玉④等,尤其以黛玉的次数最为频繁。但是,贾府的宽柔家风与贵族气度也扩及各等丫鬟的妆饰上,以致处处衣香鬓影,见之赏心悦目。先是第三回写黛玉初至贾府,"又行了半日,忽见街北蹲着两个大石狮子,三间兽头大门,门前列坐着十来个华冠丽服之人",连这些三等丫鬟的衣饰都是醒目夺人,遑论尊贵的上等丫鬟。诸如:

第三回:袭人"见里面黛玉和鹦哥犹未安歇,他自卸了妆,悄悄进来"。

第十九回:"宝玉说着,袭人已来,彼此相见。袭人又问宝玉何处吃饭,多早晚回来,又代母妹问诸同伴姊妹好。一时换衣卸妆。"

---

① 见第七回:"至掌灯时分,凤姐已卸了妆。"第四十四回:"贾琏听如此说,又见凤姐儿站在那边,也不盛妆,哭得眼睛肿着,也不施脂粉,黄黄脸儿,比往常更觉可怜可爱。"
② 第七十五回:尤氏"一面说,一面便进去卸妆安歇"。
③ 第七十六回:湘云和翠缕"走至潇湘馆中,有一半人已睡去。二人进去,方才卸妆宽衣,盥漱已毕,方上床安歇"。
④ 书中几次写到黛玉理妆与晚间卸妆,包括:第九回宝玉上学前至黛玉房中来作辞,"彼时黛玉才在窗下对镜理妆",第二十一回宝玉"因镜台两边俱是妆奁等物,顺手拿起来赏玩,不觉又顺手拈了胭脂",第二十七回黛玉"转身回来,无精打彩的卸了残妆",第五十九回"黛玉也正晨妆"。

第二十三回：金钏一把拉住宝玉，悄悄的笑道："我这嘴上是才擦的香浸胭脂，你这会子可吃不吃了？"

第二十五回："只见好几个丫头在那里扫地，都擦脂抹粉，簪花插柳的。"

第五十一回："晴雯麝月皆卸罢残妆，脱换过裙袄。"

第六十三回："众人听了……于是先不上坐，且忙着卸妆宽衣。"

第七十五回：李纨的丫头素云"将自己的胭粉拿来"，给尤氏净脸添妆。

以上都还是荣国府的各等丫鬟们，连宁国府的女家长邢夫人，"凡出入银钱事务，一经他手，便克啬异常"（第四十六回），但在其房院中，所见的也是"许多盛妆丽服之姬妾丫鬟"（第三回），其余便可想而知。因此，当探春整顿大观园以开源节流时，针对可以改革的项目，宝钗道："我替你们算出来了，有限的几宗事：不过是头油、胭粉、香、纸，每一位姑娘几个丫头，都是有定例的。"（第五十六回）可见园中每一房的主、婢都配有化妆品的用度开销，妆扮是她们的日常表现。在这样人人妆扮的背景下，晴雯还特别显得醒目，可见其"十分妆饰"的极端程度。

当然，不能排除晴雯的美丽类型刚好是容易被误会风骚妖媚的，因为小说中确实从未描写到这一方面，即使面对最需要争取的宝玉，晴雯也一直是"并没有私情密意勾引"，遑论其他人，这也合乎其"素习是个使力不使心"的性格。不过，晴雯的爱好妆扮虽然是出于一种爱美的心理,未必有卖弄风情之意,但确实是妆扮过度、尽显女性风情,在天生丽质之下又加以后天的"十分妆饰",全力为自己的外貌增色。从晴雯在"因连日不自在,并没十分妆饰,自为无碍"的情况下,看在王夫人眼中,仍然是"这样花红柳绿的妆扮",足见其平日盛装浓饰的程度,这样的过度打扮乃被王善保家的称为"天天打扮的像个西施的样子……大不成个体统"。

但既然"这些丫鬟皆知王夫人最嫌趫妆艳饰语薄言轻者",晴雯也不例外,平常却还是"十分妆饰",若非心存侥幸,便是有恃无恐,又或是轻忽不以为意,无论是哪一种,都必须说,引发撑逐的导火线是晴雯自己一手造成的,王善保家的虽然趁机加以利用,却并没有捏造事实诬赖她,而公开画下底线的王夫人也没有构陷她,或以双重标准对她特别严苛。可以说,晴雯的问题不在于打扮,而是太爱打扮以致"过度",也就是她自己也自觉的"十分妆饰",因而逾越分际。"逾越分际"以致"大不成个体统",又恰恰是晴雯性格上最大的问题所在,在一个讲究礼教规矩的世家大族中,便不幸酿成了悲剧。

此外,应该精细分辨的是,王夫人所描述的这些体貌特征,是在王善保家的进谗之前就先已烙下的第一印象,当时她并不认识晴雯,甚至直到此刻派人唤来晴雯之前,王夫人仍揣摩道:"宝玉房里常见我的只有袭人麝月,这两个笨笨的倒好。"因此不是成见之下的误导,而是客观样态的如实留痕;并且王夫人事后也忘却其人其事,显然即使观感不佳,却也没有穷究彻查的企图,若非发生绣春囊事件,该恶劣印象也不会发生影响。只是既已留下这一印象,因此在近似的描绘下立刻唤出遗忘的记忆,并将当时"要问是谁,又偏忘了"的未竟之事付诸实行。从来龙去脉以观之,是晴雯自己先种下的因,而后结出了恶果,并非纯然无辜。

其次,从王夫人所描述的"眉眼又有些像你林妹妹的",一般很容易地推论出王夫人不喜欢林黛玉,才会以之指涉一个自己不喜欢的丫头。但这是一种出于现代式平等意识的想当然耳。事实上,在以等级制为基本结构和意识形态的传统社会中,君臣、父子、长幼、贵贱之间的关系是极度倾斜的,下对上固然是由内至外的百依百顺,上对下更是一言九鼎的崇高权威,一个高高在上的长辈,对晚辈的爱鲜少会包含如此幽微的"心理禁忌"。比观第二十二回宝钗生日宴上,一段与黛玉长相近似有关的情节,可以提供绝佳的参照系:

> 凤姐笑道:"这个孩子扮上活像一个人,你们再看不出来。"宝钗心里也知道,便只一笑不肯说。宝玉也猜着了,亦不敢说。史湘云接着笑道:"倒像林妹妹的模样儿。"宝玉听了,忙把湘云瞅了一眼,使个眼色。众人却都听了这话,留神细看,都笑起来了,说果然不错。一时散了。

要把握其中的意义,必须先了解到,"唱戏在当时被认为是最下贱的职业,国家把娼(妓女家)、优(唱戏家)、吏(县衙书吏家)、卒(县衙差人家)列为四种贱民。即使贫寒的农户、工匠名义上也算'清白之家',社会地位比上述四种人高。这四种人的子孙是不能参加科举考试的,更无资格步入仕途,原因是家世'不清白'"①。不过,应该注意的是,当王熙凤见到唱戏的小旦长得像林黛玉时,即使形似黛玉的是身份如此低贱的戏子,也并没有讳言不提,只是当事人在场,所以不指名道姓,但其实效果也等于是加以点破,史湘云便毫无顾忌地直言,再加上凤姐一直都是站在维护黛玉的立场,可见并无歧视意味,若非身为老祖宗之宠儿的黛玉实在多心太过,把客观的容貌近似混淆于身份认同,这根本并不构成问题。

连日常亲近的平辈之间尚且如此,相较起来,身处伦理制高点的王夫人对晚辈更没有这种顾虑,晚辈就只不过是需要教导训诲的卑属者而已,何况只不过是与身份、品德都无关的五官形貌,何须忌讳?即使身为晚辈的林黛玉在场,都不可能要长辈以其心理感受为中心,事实上情况应该是颠倒过来,晚辈必须时时、处处以长辈的心意为终极关怀,遑论身为晚辈的林黛玉并不在场。于是在一个需要确认对象的场合中,举一个最明确、最不致出错的人物为客观指标,这都是合乎情理的一般反应,不足以用来证明好恶。

八、被撵逐的原因

(一) 常见的错误归因

太多读者认为,晴雯之被逐是出于高等仆妇的谗害、王夫人

---

① 刘小萌:《清代北京旗人社会》(北京:中国社会科学出版社,2008),第七章"旗人的文化与习俗",页702。

的欺压、同侪的竞争排挤。但若细加检视，这三个归因其实都不能成立。

1. 高等仆妇的谗害

首先，从撵逐事件的直接导火线和宝玉的认知，晴雯的悲剧是由王善保家的造成的，《芙蓉女儿诔》说得很清楚："钳诐奴之口，讨岂从宽；剖悍妇之心，忿犹未释！"俞平伯认为宝玉这四句是骂袭人的，但张爱玲在此看得最为正确："'钳诐奴之口'是指王善保家的与其他'与园中不睦的'女仆。宝玉认为女孩子最尊贵，也是代表作者的意见。……宝玉再恨袭人也不会叫她奴才。'剖悍妇之心，忿犹未释'，如果是骂她，分明直指她害死晴雯，不止有点疑心。而他当天还在那儿想：'还是找黛玉去相伴一日，回来家还是和袭人厮混，只这两三个人，只怕还是同死同归的。'未免太没有气性，作者不会把他的主角写得这样令人不齿。'悍妇'大概还是王善保家的。"[①]此说言之成理、合乎常情，足以服人。

不过，应该注意到，王善保家的固然有意陷害晴雯，但所言却是句句属实，并非构陷罗织，栽赃诬赖，与全书中晴雯的人格表现全然吻合，否则不可能发生如此强大的杀伤力。这是因为贾府的生活环境使然，与现今讲求个人主义与隐私权，在流动性、开放性的人际关系中，人与人是疏离的，互动是蜻蜓点水式的有所不同，府中人尤其是闺阁女性，终年日夜相与为伍，过着集体

---

① 张爱玲：《初详红楼梦：论全抄本》，《红楼梦魇》，页76。

性的生活，既无个人隐私可言，彼此在频繁的日常接触下具有全面的观察与了解，因此也容易产生客观一致的公共舆论。一言既出，若无他人的同意或认证，很快就会被推翻，立刻暴露出造假的意图与手段，反而自召其祸、弄巧成拙，谗害的目的也无法达成。

果然王善保家的对晴雯的描述，与平儿、凤姐之所言和王夫人之所见都吻合，就此而言，实与贾环在贾政面前谗害宝玉的做法并不相同。既然连身为上位者的宝玉，即使在尽量顺从她的情况下，竟还是时常触犯到晴雯的脾气，每天都得挨她毫不客气的"两句硬话"，那么，等而下之的其他人就可想而知，没有义务、也没有心思顺从着她的人，所挨的又岂止是"两句硬话"而已，其积怨必然既深且重，难以释怀，借机抱怨，亦人情之常。

2. 王夫人的欺压

以王夫人而言，必须说，指控她欺压晴雯并不恰当。首先，王夫人一直不认识晴雯，直到第七十四回才在没有成见的情况下目睹晴雯骂小丫头而留下恶劣印象，加上叫来人之后，一见之下面貌恰相吻合，又注意到其风情装扮，于是在"狂样子"之外又加上"浪样儿"，充分抵触了王夫人"最嫌趫妆艳饰语薄言轻者"的底线，以致灾难一触即发，这是"合理"之处。

其次，王夫人身为贾府的当家女主，并不是为了创造丫鬟们的福祉而存在，整顿人事乃是其应有的权力，此即"合法"之处。更何况，王夫人实践了世家大族的宽厚家风，晴雯虽然被撵逐出去，但一方面这是一种不求偿的解除买卖契约，如王夫人对贾母所报告的："若养好了也不用叫他进来，就赏他家配人去也罢了。"以贾府的应有权力而言，其实是一种开恩。再者，当她的死讯传来，"王夫人闻知，便命赏了十两烧埋银子"，剩下来的遗物则包括"衣履簪环，约有三四百金之数"，至少是三四百两银子，这笔数目仍然足以令人震惊。试看刘姥姥第一次到贾府来打秋风，得到"二十两赏银"就千恩万谢，而第三十九回也提到，那一顿螃蟹宴"一共倒有二十多两银子。阿弥陀佛！这一顿的钱够我们庄家人过一年"，那么算一算，晴雯从十岁进入贾府到十六岁病逝，短短五年多的时间就累积了可以让庄家人过十多年的财产，还不包括无法成为遗产的平日的玉食珍馐，可见贾家平日对这些高等大丫头是如何优渥。尤其是王夫人撵逐晴雯时，并没有克扣这些贾家几年来赏给她的高价物品，犹如芳官也是"把他的东西一概给他"，这实在不能不算宽厚。由此可见其"合情"之处。

既然合情、合理、合法，指控王夫人欺压晴雯就是过分偏颇的成见。

3. 同侪的竞争排挤

寻找替罪羊的结果，还指向了同侪的竞争排挤，袭人就被烙上了红字，受尽栽赃的不公平待遇。

固然宝玉的确产生过"怎么人人的不是太太都知道，单不挑出你和麝月秋纹来"的疑惑，并且让"袭人细揣此话，好似宝玉有疑他之意,竟不好再劝","疑他"之说被断章取义之后,变成了一条罪证,导致一般都以为袭人是罪魁,甚至由袭人调教出来的麝月、秋纹等都有了嫌疑。但一则是宝玉此说实际上是一种急痛攻心之下"寻找替罪羊"的心理反应,也就是为了宣泄悲痛不满的强烈情绪,因而转让无辜的人承担罪愆,造成了不公平的指控;因此,宝玉其实也很了解袭人等之所以无辜,是因为:"你是头一个出了名的至善至贤之人,他两个又是你陶冶教育的,焉得还有孟浪该罚之处!"这已经说明宝玉的纠葛混乱。

其次,第七十七回清楚记载:

> 王夫人……今日特来亲自阅人。一则为晴雯犹可,二则因竟有人指宝玉为由,说他大了,已解人事,都由屋里的丫头们不长进教习坏了。因这事更比晴雯一人较甚,乃从袭人起以至于极小作粗活的小丫头们,个个亲自看了一遍。

可见袭人同样被涵括在"屋里的丫头们"之中,被王夫人当做嫌疑犯检阅一番,并没有置身事外,这一点请参"袭人论"一章,此处不赘。更何况,若果袭人真是如许多读者所认为,暗中企图压倒她的竞争对手,则她如何会将夜间服侍宝玉这近水楼台的大好机会,拱手让给对她最具竞争力的晴雯(见第七十七回)?最重要的是,袭人若有铲除晴雯之意,先前在第三十一回就已经发生过一次更好的机会,当时被深深激怒的宝玉终于忍受不了,准备要赶出晴雯:

宝玉道："我何曾经过这个吵闹？一定是你要出去了。不如回太太，打发你去吧。"说着，站起来就要走。袭人忙回身拦住，笑道："往那里去？"宝玉道："回太太去。"袭人笑道："好没意思！真个的去回，你也不怕臊了？便是他认真的要去，也等把这气下去了，等无事中说话儿回了太太也不迟。这会子急急的当作一件正经事去回，岂不叫太太犯疑？"宝玉道："太太必不犯疑，我只明说是他闹着要去的。"晴雯哭道："我多早晚闹着要去了？饶生了气，还拿话压派我。只管去回，我一头碰死了也不出这门儿。"宝玉道："这也奇了。你又不去，你又闹些什么？我经不起这吵，不如去了倒干净。"说着一定要去回。**袭人见拦不住，只得跪下了。碧痕、秋纹、麝月等众丫鬟见吵闹，都鸦雀无闻的在外头听消息，这会子听见袭人跪下央求，便一齐进来都跪下了。**宝玉忙把袭人扶起来，叹了一声，在床上坐下，叫众人起去，向袭人道："叫我怎么样才好！这个心使碎了也没人知道。"说着不觉滴下泪来。袭人见宝玉流下泪来，自己也就哭了。

没有人会极力留住眼中钉而下跪求情吧？也没有人会放弃一个不费吹灰之力，就可以把宿敌歼灭的大好机会吧？袭人若是有心谗害晴雯，此事就应该好好把握而因势利导、善加运用，只要顺着宝玉的怒气默不吭声，甚至煽风点火，赶出晴雯岂非更是顺理成章而且不费吹灰之力？又何须轻易错过，等待王夫人日后召见，始托诸那充满不确定因素的渺茫机会？如果这些都不是正常人会有的作为，而袭人又很正常，那么显然就是读者的认知出错：事实是，袭人从未把晴雯当做敌人，两人之间也不存在敌对的关系，相反地，她们是情同手足的姊妹，固然会有拌嘴不合的时候，却都在风波之后复归如初、重修旧好，继续一起亲密地生活，甚至在彼此有了危难的时候挺身而出，互相支持。

因此，一旦晴雯遭遇到空前的撵逐危机时，倚靠的正是以袭人为首的众婢合力挽救，当时袭人不但捐弃前嫌，对宝玉撵逐晴雯的行动极力阻拦，拦阻不住之后还跪地央求，导致碧痕、秋纹、麝月都一齐进来跪下，集众婢集体之力才化解了攸关晴雯命运的一场风波，就此已足以证明，袭人有心谗害晴雯（乃至其他诸婢）的说法并不能成立。

（二）怡红院的人际关系

其实，只要不为既有的视野所囿，浸润于文本中仔细地考察，就可以发现怡红院的生活是和睦多于争执、互助多于分裂。即使晴雯素以懒惰为特点，也不可能全无作为，否则岂非太不合常理？因此小说中还是有几处写到她的针线工作，例如第三十七回的"晴雯、秋纹、麝月等都在一处做针黹""晴雯听说，便掷下针黹"，还有晴雯死后，宝玉穿着一件松花绫子夹袄，袄内露出血点般大红裤子来，秋纹见这条红裤是晴雯手内针线，因叹道："这条裤子以后收了罢，真是对象在人去了！"麝月忙也笑道："这是晴雯的针线。"更遑论一旦事态所需时，晴雯也可以抱病挣命补好孔雀裘，为宝玉立下汗马功劳。另外,第七十七回也提到,"因晴雯睡卧警醒,且举动轻便,故夜晚一应茶水起坐呼唤之任皆悉委他一人,所以宝玉外床只是他睡",可见晴雯的灵敏与干练。正因为如此,晴雯的种种缺点乃可以抵消,为其他人所宽容体谅,尤其是大丫鬟之间同一阵线的长期生活所累积的姊妹情谊,于是创造出缤纷热闹的青春繁华。

怡红院大丫鬟之间温馨的日常互动,有如彼此照顾的姊妹,小说中历历可见。先以袭人为例,她既然出面领衔挽救了晴雯被逐的命运,平日也有携手同行的亲密,第六十二回描写道:

> 宝玉……刚出了院门,只见**袭人晴雯二人携手**回来。宝玉问:"你们做什么?"袭人道:"摆下饭了,等你吃饭呢。"

如此携手同行的场景,又何尝有一丁点儿较劲为敌的意味?姊妹淘、手帕交之类的闺中情谊(sisterhood),反而比较合乎其亲好无猜的情境。接着第六十三回怡红院庆生为乐,大家嫌人太少没趣,于是特邀宝钗、黛玉过来助兴,但考虑到小燕、四儿请不动她们,于是袭人、晴雯忙又命老婆子打个灯笼,亲自上门去请,在二人的再三央求下才会齐两位贵宾,彼此的分工合作堪称天衣无缝。此外,两人更有互相调侃的情味,第六十四回宝玉暂回怡红院,麝月、晴雯、秋纹、碧痕、紫绡、芳官等正在抓子儿输赢,芳官输与晴雯却不肯叫打,自内带笑跑出,几乎与宝玉撞个满怀,随后赶到的晴雯仍要捉拿芳官,芳官早已藏在宝玉身后,宝玉遂一手拉了晴

雯,一手携了芳官,进入屋内。因不见袭人,宝玉又问道:

> "你袭人姐姐呢?"晴雯道:"袭人么,越发道学了,独自个在屋里面壁呢。这好一会我没进去,不知他作什么呢,一些声气也听不见。你快瞧瞧去罢,或者此时参悟了,也未可定。"宝玉听说,一面笑,一面走至里间。只见袭人坐在近窗床上,手中拿着一根灰色绦子,正在那里打结子呢。见宝玉进来,连忙站起来,笑道:"晴雯这东西编派我什么呢。我因要赶着打完了这结子,没工夫和他们瞎闹,因哄他们道:'你们顽去罢,趁着二爷不在家,我要在这里静坐一坐,养一养神。'他就编派了我这些混话,什么'面壁了''参禅了'的,等一会我不撕他那嘴。"

怡红院的"瞎闹"其乐融融,一伙人玩的是抓子儿的儿童游戏,还很认真地论输赢、打手心,像小孩子般耍赖追赶,晴雯不仅与众人玩得起劲,还极为幽默地打趣独自在内室作活的袭人,袭人听了,好笑之余不免爱责地说"等一会我不撕他那嘴",整段情节和第四十二回钗、黛的情况如出一辙:

> 黛玉又看了一回单子,笑着拉探春悄悄的道:"你瞧瞧,画个画儿又要这些水缸箱子来了。想必他胡涂了,把他的嫁妆单子也写上了。"探春"嗳"了一声,笑个不住,说道:"宝姐姐,你还不拧他的嘴?你问问他编排你的话。"宝钗笑道:"不

用问,狗嘴里还有象牙不成!"一面说,一面走上来,把黛玉按在炕上,便要拧他的脸。

而此时此刻,正是钗、黛破冰和解,并进一步建立姊妹关系的开始,因此黛玉立刻笑着央告宝钗,再三称宝钗为"姐姐""好姐姐",软语求饶。两段情景并观,足见率性者的"编派""编排"以及温厚者的"撕他那嘴""拧他的脸",都是至亲之间才会有的互动方式,在嬉闹中深蕴了手足至情。

再如麝月,作为"公然又是一个袭人"(第二十回)、"与袭人亲厚"(第二十一回)、受袋人"陶冶教育"(第七十七回)的丫头,给晴雯的帮助更多。如第五十一回写袭人回家为母亲送终后,两人的互助十分有趣:

> 晴雯、麝月皆卸罢残妆,脱换过裙袄。晴雯只在熏笼上围坐。……麝月笑道:"好姐姐,我铺床,你把那穿衣镜的套子放下来,上头的划子划上,你的身量比我高些。"说着,便去与宝玉铺床。……
>
> 晴雯自在熏笼上,麝月便在暖阁外边。至三更以后,宝玉睡梦之中,便叫袭人。叫了两声,无人答应,自己醒了,方想起袭人不在家,自己也好笑起来。晴雯已醒,因笑唤麝月道:"连我都醒了,他守在旁边还不知道,真是个挺死尸的。"麝月翻身打个哈气笑道:"他叫袭人,与我什么相干!"因问作什么。宝玉要吃茶,麝月忙起来……向暖壶中倒了半碗茶,递与宝玉

吃了；自己也漱了一漱，吃了半碗。晴雯笑道："好妹子，也赏我一口儿。"麝月笑道："越发上脸儿了！"晴雯道："好妹妹，明儿晚上你别动，我伏侍你一夜，如何？"麝月听说，只得也伏侍他漱了口，倒了半碗茶与他吃过。麝月笑道："你们两个别睡，说着话儿，我出去走走回来。"晴雯笑道："外头有个鬼等着你呢！"宝玉道："外头自然有大月亮的，我们说话，你只管去。"一面说，一面便嗽了两声。麝月便开了后门，揭起毡帘一看，果然好月色。晴雯等他出去，便欲唬他顽耍。仗着素日比别人气壮，不畏寒冷，也不披衣，只穿着小袄，便蹑手蹑脚的下了熏笼，随后出来。……麝月慌慌张张的笑了进来……又笑道："**晴雯出去我怎么不见？一定是要唬我去了。……你就这么'跑解马'似的，打扮得伶伶俐俐的出去了不成？**"宝玉笑道："可不就这么出去了。"麝月道："你死不拣好日子！你出去站一站，把皮不冻破了你的。"

可见两人始终以姊妹相称，麝月称晴雯为好姊姊，晴雯称麝月为好妹妹，各依身高分工合作；麝月在晴雯的央求下服侍她漱口、喝茶，但晴雯也承诺第二天会同样回报；等到麝月出门外面走走（实为如厕）时，晴雯随后出屋想吓唬她玩耍，麝月也猜中晴雯的作弄企图，可见平日是玩闹惯了的，再看到晴雯的衣着，不禁责怪她衣裳单薄，爱责之语中深藏着关怀照应之情。

不仅如此，当晴雯果然感冒卧病后，照顾她的就是这一干姊妹。第五十二回描写道：

第四章　晴雯论

　　宝玉因记挂着晴雯袭人等事，便先回园里来。到房中，药香满屋，一人不见，只见晴雯独卧于炕上，脸面烧的飞红，又摸了一摸，只觉烫手。忙又向炉上将手烘暖，伸进被去摸了一摸身上，也是火烧。因说道："别人去了也罢，麝月秋纹也这样无情，各自去了？"晴雯道："秋纹是我撵了他去吃饭的，麝月是方才平儿来找他出去了。"

可见麝月、秋纹是一直守在晴雯身边给予照顾，从"秋纹是我撵了他去吃饭的"一句加以揣摩，似乎若非晴雯极力主张，秋纹甚至还宁可挨饿不愿去吃饭，相互之间的体恤关怀，实在是姊妹情深。后来晴雯吃了药，仍不见病退，急得乱骂大夫，是麝月笑劝她不要太性急，只静养几天，自然好了；接着在晴雯动用私刑处罚偷金镯的坠儿时，麝月连忙拉开坠儿，为的是担心晴雯加重病情，因此按晴雯睡下。

　　然后因晴雯自作主张撵逐坠儿，而与坠儿之母发生口角之际，晴雯因为直呼宝玉之名被捉住话柄，在逼急之下响应不当，麝月更是出来替晴雯壮势镇住对方，并以一番合情合理、逻辑清楚的说词解除晴雯的危机：

　　"嫂子，你只管带了人出去，有话再说。这个地方岂有你叫喊讲礼的？你见谁和我们讲过礼？别说嫂子你，就是赖奶奶林大娘，也得担待我们三分。便是叫名字，从小儿直到如今，都是老太太吩咐过的，你们也知道的，恐怕难养活，巴巴的写了他的小名儿，各处贴着叫万人叫去，为的是好养活。连挑水挑粪花子都叫得，何况我们！连昨儿林大娘叫了一声'爷'，老太太还说他呢，此是一件。二则，我们这些人常回老太太的话去，可不叫着名字回话，难道也称'爷'？那一日不把宝玉两个字念二百遍，偏嫂子又来挑这个了！过一日嫂子闲了，在老太太、太太跟前，听听我们当着面儿叫他就知道了。嫂子原也不得在老太太、太太跟前当些体统差事，成年家只在三门外头混，怪不得不知我们里头的规矩。这里不是嫂子久站的，再一会，不用我们说话，就有人来问你了。有什么分证话，且带了他去，你回了林大娘，叫他来找二爷说话。家里上千的人，你也跑来，我也跑来，我们认人问姓，还认不清呢！"说着，便叫小丫头子："拿了擦地的布来擦地！"那媳妇听了，无言可对，亦不敢久立，赌气带了坠儿就走。

麝月所言，完全是和晴雯同一阵线，其中不但没有对坠儿的同情，接下来逐出坠儿之母的态势也是副小姐的威福，不但"你见谁和我们讲过礼"的强悍有如晴雯，在赶走对方后还叫小丫头子"拿了擦地的布来擦地"，更属于以上凌下的羞辱，和妙玉如出一辙，足见两人完全是站在同一阵线的同志或盟友。

至于笔墨不多的碧痕，曾因为与宝玉一起洗澡洗了两三个时辰，不但未曾引发任何醋妒风波，反而是诸婢"笑了几天"（第三十一回），晴雯回溯此事时亦毫无猜忌之意，显然只纯以趣闻笑谭视之，不疑有他。还有聪明伶俐的芳官，对这位新加入核心阵容的少女，先是袭人将吹汤的机会转让予她，以"学着些伏侍，别一味呆憨呆睡"；然后在宝玉要芳官尝一口试试时，不但袭人加以鼓励，晴雯更是亲尝一口以为表率，终于让芳官突破心理禁忌而成为众姝一员（第五十八回），彼此之间呈现出互相鼓励协助的本质。后来当怡红院为宝玉庆生，尽情玩乐之余众人纷纷醉倒，"袭人见芳官醉的很……就将芳官扶在宝玉之侧，由他睡了"。等醒来后，在袭人"也不害羞"的嘲笑之下，芳官瞧了一瞧，才知道昨夜和宝玉同榻，而宝玉也说："我竟也不知道了。若知道，给你脸上抹些黑墨。"（第六十三回）在此少女友群的陶陶之乐中，甚至还闪现出童心的稚趣。

因此，第七十三回写入夜后，"宝玉才睡下，晴雯等犹在床边坐着，大家顽笑"，这类情景才是怡红院的主要面貌。而怡红院内的缤纷热闹往往是由众位丫鬟合力制造出来的，最典型的例子是第七十回描写的：

> 这日清晨（宝玉）方醒，只听外间房内咭咭呱呱笑声不断。袭人因笑说："你快出去解救，晴雯和麝月两个人按住温都里那（按：即芳官）膈肢呢。"宝玉听了，忙披上灰鼠袄子出来一瞧，只见他三人被褥尚未叠起，大衣也未穿。那晴雯只穿着绿绸绸小袄，红小衣红睡鞋，披着头发，骑在雄奴身上。麝月是红绫抹胸，披着一身旧衣，在那里抓雄奴的肋肢。雄奴却仰在炕上，穿着撒花紧身儿，红裤绿袜，两脚乱蹬，笑的喘不过气来。宝玉忙上前笑说："两个大的欺负一个小的，等我助力。"

说着，也上床来膈肢晴雯。晴雯触痒，笑的忙丢下雄奴，和宝玉对抓，雄奴趁势又将晴雯按倒，向他肋下抓动。袭人笑说："仔细冻着了。"看他四人裏在一处倒好笑。

如此情景，让此际前来躬逢其盛的李纨丫鬟碧月十分羡慕，笑道："倒是这里热闹，大清早起就咭咭呱呱的顽到一处。"由此种种可见，宋淇所认为的，"怡红院中并无主奴的扞格和因妒忌争宠引起的争斗，多少采取和平共存的方式，各尽所能，各得其乐"[1]，乃是切合实情的说法。更精确地说，诸大丫鬟之间如同姊妹般或竞争较劲、口角锋芒，或调笑嬉闹、扶持照应，这才完整呈现真实的人性内涵与怡红院全部的生活面貌。

（三）真正的原因

排除了特定人物的嫌疑之后，关于晴雯和四儿被撵逐的原因，其实存在着人情事理的幽微因素。第七十七回写宝玉对袭人笑道：

> 你是头一个出了名的至善至贤之人，（麝月、秋纹）他两个又是你陶冶教育的，焉得还有孟浪该罚之处！只是芳官尚小，过于伶俐些，**未免倚强压倒了人，惹人厌**。四儿是我误了他，还是那年我和你拌嘴的那日起，叫上来作些细活，未免**夺占了地位**，故有今日。只是晴雯也是和你一样，从小儿在老太

---

[1] 宋淇：《怡红院的四大丫鬟》，《红楼梦识要：宋淇红学论集》，页106。

> 太屋里过来的,虽然他生得比人强,也没甚妨碍去处。就是他的性情爽利,口角锋芒些,究竟也不曾得罪你们。想是他过于生得好了,反被这好所误。

可见宝玉对诸婢被撵的原因深悉洞明,指出两个关键:一个是"倚强压倒了人,惹人厌",此即意气之争;一个是"夺占了地位",惹人嫉,此即阶级之争。其中,四儿最无辜,宝玉也知道"是我误了他,还是那年我和你拌嘴的那日起,叫上来作些细活,未免**夺占了地位**,故有今日",也就是说,她本来只是一个二三等的小丫头,是较低等的外围分子,但因为第二十一回发生了袭人怄气之事,宝玉破格拔擢晋用,让她进入大丫头的核心圈子,可以做一些"递茶递水,拿东拿西,眼见的事"(第二十四回),因此容易引起其他外围分子的嫉妒,可以算是非战之罪。

至于芳官,则是性格上"过于伶俐些,未免倚强压倒了人,惹人厌",所以自己也要负一大半的责任。第五十八回中,当她为了洗头用剩水的不平而与干娘争吵时,连平常和她同一阵线的怡红院大丫鬟们都不认为她是全然无辜的,不但麝月笑道:"提起淘气,芳官也该打几下。"连性格最放纵的晴雯都说:

> "都是**芳官不省事**,不知狂的什么也不是,会两出戏,倒像杀了贼王,擒了反叛来的。"袭人道:"一个巴掌拍不响,老的也太不公些,**小的也太可恶些**。"

这种"狂"实际上已经带有恃宠而骄、仗势欺人的意味，故谓"也太可恶些"。最有代表性的例子，是第六十回的一段情节，先是芳官和赵姨娘为"茉莉粉替去蔷薇硝"一事起了冲突：

> 赵姨娘气的便上来打了两个耳刮子。……芳官捱了两下打，那里肯依，便拾头打滚，泼哭泼闹起来，口内便说："你打得起我么？你照照那模样儿再动手！我叫你打了去，我还活着！"

就此而言，芳官泼哭泼闹的行为实属放恣，但因为无端受辱导致反击，对象又是鄙吝不堪的赵姨娘，尚且可以说是情有可原；但此事平息后，接着又发生另一件完全是仗势欺人的事件：

> 忽见芳官走来，扒着院门，笑向厨房中柳家媳妇说道："柳嫂子，宝二爷说了：晚饭的素菜要一样凉凉的酸酸的东西，只别搁上香油弄腻了。"柳家的笑道："知道。今儿怎遣你来了告诉这么一句要紧话。你不嫌脏，进来逛逛儿不是？"芳官才进来，忽有一个婆子手里托了一碟糕来。芳官便戏道："谁买的热糕？我先尝一块儿。"蝉儿一手接了道："这是人家买的，你们还稀罕这个。"柳家的见了，忙笑道："芳姑娘，你喜吃这个？我这里有才买下给你姐姐吃的，他不曾吃，还收在那里，干干净净没动呢。"说着，便拿了一碟出来，递与芳官，又说："你等我进去替你顿口好茶来。"一面进去，现通开火顿茶。**芳官**

便拿着热糕，问到蝉儿脸上说："稀罕吃你那糕，这个不是糕不成？我不过说着顽罢了，你给我磕个头，我也不吃。"说着，便将手内的糕一块一块的掰了，掷着打雀儿玩，口内笑说："柳嫂子，你别心疼，我回来买二斤给你。"小蝉气的怔怔的，瞅着冷笑道："雷公老爷也有眼睛，怎不打这作孽的！他还气我呢。**我可拿什么比你们，又有人进贡，又有人作干奴才，溜你们好上好儿，帮衬着说句话儿。**"众媳妇都说："姑娘们，罢呀，天天见了就咕唧。"有几个伶透的，见了他们对了口，怕又生事，都拿起脚来各自走开了。**当下蝉儿也不敢十分说他**，一面咕嘟着去了。

必须说，在怡红院这个"又有人进贡，又有人作干奴才，溜你们好上好儿，帮衬着说句话儿"的地方，又当久了核心分子，习惯于别人的讨好服从，芳官确实染上了唯我独尊的霸道，于是无法忍受被人拒绝，以至于无端且过分地羞辱别人，因此而结怨，必须说是她自己的过错，不能完全推诿给别人。宝玉将这个缺点归因于年龄"尚小"，其实是有回护开脱的意味。

事实上，小说家对这些包括芳官在内的女伶们的描写，就是："文官等一干人或心性高傲，或倚势凌下，或拣衣挑食，或口角锋芒，大概不安分守理者多。因此众婆子无不含怨，只是口中不敢与他们分证。"（第五十八回）而脂砚斋对这些女伶，也有一段长批，第十八回批云：

> 按近之俗语云："能（宁）养千军，不养一戏。"盖甚言优伶之不可养之意也。大抵一班之中，此一人技业稍优出众，此一人则拿腔作势辖众恃能，种种可恶，使主人逐之不舍，责之不可，虽不欲不怜而实不能不怜，虽欲不爱而实不能不爱。余历梨园子弟广矣，各各皆然。……今阅石头记至"原非本角之戏，执意不作"二语，便见其恃能压众，乔酸姣妒，淋漓满纸矣。复至"情悟梨香院"一回，更将和盘托出，与余三十年前目睹身亲之人，现形于纸上。

"恃能压众，乔酸姣妒，淋漓满纸"其实在龄官身上更加突显，虽然龄官以苦恋贾蔷而有"画蔷"的动人情节，但同样有着这一类的缺点，她既身为十二女戏子中的佼佼者，更受到元妃的赏识纵容，第十八回元妃省亲时，以其精湛演出与高傲性格深获元妃额外宠幸：刚演完了，一太监执一金盘糕点之属进来，问："谁是龄官？"贾蔷便知是赐龄官之物，喜得忙接了，命龄官叩头。太监又道："贵妃有谕，说'龄官极好，再作两出戏，不拘那两出就是了'。"贾蔷忙答应了，因命龄官作《游园》《惊梦》二出。龄官自为此二出原非本角之戏，执意不作，定要作《相约》《相骂》二出。贾蔷扭他不过，只得依他作了。贾妃甚喜，命"不可难为了这女孩子，好生教习"，额外赏了两匹宫缎、两个荷包并金银锞子、食物之类（第十八回）。继而是："嗓子哑了。前儿娘娘传进我们去，我还没有唱呢。"（第三十六回）

这种种"恃能压众"的表现，不正是晴雯所说的"不知狂的什么也不是，会两出戏，倒像杀了贼王，擒了反叛来的"吗？因此必须说，袭人所评论的"也太可恶些"是非常客观公允的，于是芳官的"惹人厌"就是合情合理的必然结果。据此而言，当事人应该反躬自省，自己人也不应百般回护。

至于晴雯，宝玉则认为"倚强压倒了人，惹人厌"和"夺占了地位，惹人嫉"这两个问题都不存在，理由是：第一，以"夺占了地位，惹人嫉"而言，所谓"晴雯也是和你一样，从小儿在老太太屋里过来的"，意味着她的优越地位是一开始就明确奠定了的，这一点对注重伦理的贾府而言，可以说是人所共知也无人质疑，因此并没有"夺占了地位，惹人嫉"的问题。第二，就"倚强压倒了人，惹人厌"而言，宝玉认为晴雯只是"性情爽利，口角锋芒些，究竟也不曾得罪你们"，于是在排除所有的原因之后，他便推论是"想是他过于生得好了，反被这好所误"，归咎于过度美丽所致。

然而，晴雯的绝色美貌是在第七十四回才开始被提到的，并且是密集认证、反复强调，但在这一回之前，则完全没有涉及这一点，更没有因其美貌所导致的人际问题，可见宝玉所推论的"想是他过于生得好了，反被这好所误"，仍然是出于偏袒心理所作的错误归因。

事实上，芳官的"倚强压倒了人，惹人厌"和四儿的"夺占了地位，惹人嫉"，在晴雯身上最是集中而鲜明。就"夺占了地位，惹人嫉"而言，虽然晴雯的优越地位是一开始就确立的，但本质上，单单这种优越地位本就容易引起下位者的妒恨之心，第五十九回所描写的：

那婆子深妒袭人晴雯一干人，已知凡房中大些的丫鬟都比他们有些体统权势，凡见了这干人，心中又畏又让，未免又气又恨，亦且迁怒于众。

便清楚触及这层心理，且被深妒者还包括诚谨谦逊的袭人在内，可见这是本质性的问题。而晴雯之不同于袭人者，乃是在既有的"夺占了地位，惹人嫉"之外，还加上"倚强压倒了人，惹人厌"，所以才会发生如此的严重后果。

尤其是，贾府中仆辈中和她一样具有优势地位的，还有陪房之类的资深高级女仆，第四十三回说得很清楚：

贾府风俗，年高伏侍过父母的家人，比年轻的主子还有体面，所以尤氏凤姐儿等只管地下站着，那赖大的母亲等三四个老妈妈告个罪，都坐在小杌子上了。

这等人既然比年轻的主子都还有体面，当然比"半主"的大丫鬟地位更高。尤其是其中的陪房，犹如金启孮所指出：

至于"陪房丫头"，过去大家嫁女，多是陪送四个。"陪房丫头"一般也要比新娘大，初懂人事。设陪房丫头的目的，过去一般说法是："怕姑娘受委屈。"因为那时府邸、世家的阿哥都有侍妾（姨奶奶）。如陪房丫头被收为侍妾，可以和自己原来的主人（新娘）一条心。像《红楼梦》中王凤姐的平儿一样。

所以，过去府邸、世家中的陪房和陪房丫头，差不多都是仆妇和丫鬟中最有势力的人。①

细数贾府女主们从娘家带来的陪房，包括王夫人的陪房周瑞（见第六回、第四十五回、第七十一回），以及吴兴家的、郑华家的、来旺家的、来喜家的，共五家（见第七十四回）；邢夫人的陪房只提到两位，即费大娘（见第七十一回）、王善保家的（见第七十四回）。而年轻一代的王熙凤，则如平儿笑道："先时陪了四个丫头，死的死，去的去，只剩下我一个孤鬼了。"（第三十九回）四个之数恰恰是历史的写实印证。

这等人不只比年轻的主子还有体面，连当家的王夫人都必须以礼相待，因此王善保家的"自恃是邢夫人陪房，连王夫人尚另眼相看，何况别个"（第七十四回），连带地其儿女也享有若干法外特权，例如第四十五回述及周瑞的儿子无法无天，在凤姐的生日上失礼失职，因此凤姐下令撵了他不用，交代管家赖大娘道："赖嫂子回去说给你老头子，两府里不许收留他小子，叫他各人去罢。"这时，赖大之母赖嬷嬷出面缓颊，依据的就是"陪房"之特殊地位与人情顾忌，笑道：

奶奶听我说：他有不是，打他骂他，使他改过，撵了去断

---

① 金启孮：《京旗的满族》，收入《金启孮谈北京的满族》，十四"府邸世家的陪房、嬷嬷、仆妇、丫鬟"，页224。

乎使不得。**他又比不得是咱们家的家生子儿，他现是太太的陪房。奶奶只顾撵了他，太太脸上不好看。**依我说，奶奶教导他几板子，以戒下次，仍旧留着才是。**不看他娘，也看太太。**

于是从断然撵出减轻为打四十棍惩戒，周瑞之子的命运就此扭转，足见陪房的特殊地位。因此，当大丫鬟不把这些人看在眼里时，必然就有所得罪。

第五十二回写晴雯与坠儿之母唇枪舌战，晴雯被捉住失言的话柄时，麝月实时出面为她解围，所说的道理便包括："这个地方岂有你叫喊讲礼的？**你见谁和我们讲过礼？**别说嫂子你，就是赖奶奶林大娘，也得担待我们三分。"在"也得担待我们三分"的情况下所养成的优越感，使这些大丫鬟们对那些比年轻主子都还有体面的陪房，产生一种平起平坐甚至轻慢冷淡的高傲态度，抵触了陪房们的尊严和虚荣心，不仅"周瑞家的等人……深恨他们素日大样"（第七十七回），邢夫人的陪房王善保家的也是因此而怀恨在心，其实并不只是针对晴雯而已。第七十四回陈述其心理时，说得很清楚：

> 正因素日进园去**那些丫鬟们不大趋奉他，他心里大不自在**，要寻他们的故事又寻不着，恰好生出这事来，以为得了把柄。

可见其怀恨对象是"那些丫鬟们"，亦即身为"副小姐"和"二层主子"

的一干大丫鬟，包括声称"谁和我们讲过礼"的麝月在内。唯因晴雯不只是"不大趋奉他"，更且往往出言不逊，"一句话不投机，他就立起两个骚眼睛来骂人"，表现出凌驾其上的气焰，因此才成为唯一指名道姓的首要箭靶。

就此而言，除了原已"夺占了地位"的威势之外，毫不收敛的晴雯其实更带有"倚强压倒了人，惹人厌"的作风，并不只是宝玉在维护她的心理下，避重就轻所说的"性情爽利，口角锋芒些"。实际上，文本与脂批用来描述女伶性格的"恃能压众，乔酸姣妒，淋漓满纸""文官等一干人或心性高傲，或倚势凌下，或拣衣挑食，或口角锋芒，大概不安分守理者多"，移用在她身上更完全适用，其实是同声一气，更称得上是首推的代表人物。

首先，在"拣衣挑食"上，晴雯有一段很令人印象深刻的例子，第七十七回写她临终时"渴不择饮"，用带有油膻之气的粗糙大碗，所装的"并无清香，且无茶味，只一味苦涩，略有茶意而已"的粗茶，晴雯却如得了甘露一般，一气都灌下去了，连满怀疼惜不舍、哀痛欲绝的宝玉，看在眼里都忍不住感慨暗道：

> 往常那样好茶，他尚有不如意之处，今日这样。

这便清楚显示出晴雯的前后反差是何等巨大，活生生地印证了古人所说"饥餍糟糠""饭饱弄粥"的人性弱点，以至于宝玉即使在生离死别的悲怆中，都触目有感而产生这段心理独白，可见晴雯的挑食程度已达极端。再加上"十分妆饰"便必然"拣衣"，果然"晴雯素日所喜之冰鲛縠"（第七十八回），即为一种洁白细致的丝质薄绉纱，合而即为"拣衣挑食"。

至于"倚势凌下，乔酸娇妒"的描述，前文说明已多，此处毋须赘述。必须说，晴雯的性情爽利绝不只是"口角锋芒些"，而其实是到了"夹枪带棒"、出口伤人的程度，虽然对同为怡红院成员的袭人等来说，在日常相处的亲近互助之下可以调节并且完全抵消，如同宝玉所说的"究竟也不曾得罪你们"，但这却不等于"不曾得罪别人"，倘若文官等会因此使"众婆子无不含怨，只是口中不敢与他们分证"，那么晴雯的状况势必更有过之，连宝玉都一度受不了她的暴烈脾气，而气得浑身乱战，坚决要撵她出去，其他人就可想而知。而谗害晴雯的，正是这些被得罪的人，包括王善保家的。

毋怪乎第六十回描写当芳官揿了赵姨娘两下打时，外面跟着赵姨娘来的一干人听见如此，心中各各称愿，都念佛说："也有今日！"又有那一干怀怨的老婆子见打了芳官，也都称愿。连芳官的情况都如此，更何况晴雯？于是，第七十七回王夫人下令撵出晴雯时，几个老婆子便笑道："阿弥陀佛！今日天睁了眼，把这一个祸害妖精退送了，大家清净些。"这种额手称庆的反应，也反映出积怨之深、反感之甚，而晴雯平日不假辞色的表现，实难辞其咎。

九、晴雯之死：悲怆之外

离开了贾府的晴雯在重获自由之后，还带走一批贾府生活中所获得的资产，包括："衾褥还是旧日铺的"（第七十七回）、"衣履簪环，约有三四百金之数"（第七十八回），为数颇丰，但仍在并非重症的情况下一病而亡。晴雯病逝的年龄，从第七十八回宝玉奠祭晴雯的《芙蓉女儿诔》中所说："窃思女儿自临浊世，迄今凡十有六载。……亲昵狎亵，相与共处者，仅五年八月有畸"，由此看来年仅十六岁。

关于晴雯的死因，合理推测应该是心情郁闷所致，但很可能还包括对贫困生活的严重不适应，毕竟前一天还锦衣玉食、娇生惯养，出府之后则睡在芦席土炕上，连一碗粗劣的茶水都如甘霖。宝玉所预料的最是面面俱到："他这一下去，就如同一盆才抽出嫩箭来的兰花送到猪窝里去一般。况又是一身重病，里头一肚子的闷气。他又没有亲爷热娘，只有一个醉泥鳅姑舅哥哥。他这一去，一时也不惯的，那里还等得几日。知道还能见他一面两面不能了！"说着又越发伤心起来。可见身心的双重压力也包含了"一时也不惯"的巨大落差，正道出晴雯在失去了丰沃土壤的情况后，随之枯萎的世俗原因。

晴雯的最后一刻，是由小丫头所转述的。其中一个老实地说明状况，是袭人打发宋妈妈瞧去了，"回来说晴雯姐姐直着脖子叫了一夜，今日早起就闭了眼，住了口，世事不知，也出不得一声儿，只有倒气的分儿了"；另一个伶俐的小丫头则投宝玉之所好，胡诌出"如今天上少了一位花神，玉皇敕命我去司主"的神话，并且当宝玉追问"不知是作总花神去了，还是单管一样花的神"时，情急之下见景取材，就眼前"园中池上芙蓉正开"连忙回答说是专管这芙蓉花的，让宝玉既痛且喜，《芙蓉女儿诔》便是宝玉对这位爱婢淋漓尽致的颂歌。

（一）宝玉爱晴雯吗？

一般地看，宝玉和晴雯的关系是亲昵甜蜜的，甚至带有宠溺纵容的成分，小说中几度描写了两人的温馨和洽，而主要是握手取暖的体贴。如第八回写宝玉醉意醺然地回到自己的卧室：

> 只见笔墨在案，晴雯先接出来，笑说道："好，好，要我研了那些墨，早起高兴，只写了三个字，丢下笔就走了，哄的我们等了一日。快来与我写完这些墨才罢！"宝玉忽然想起早起的事来，因笑道："我写的那三个字在那里呢？"晴雯笑道："这个人可醉了！你头里过那府里去，嘱咐贴在这门斗上，这会子又这么问。我生怕别人贴坏了，我亲自爬高上梯的贴上，这会子还冻的手僵冷的呢。"宝玉听了，笑道："我忘了。你的手冷，我替你渥着。"说着便伸手携了晴雯的手，同仰首看门斗上新书的三个字。

此处，晴雯颇有撒娇邀宠的可爱媚态，宝玉怜香惜玉，携了晴雯的手渥着给暖，两人一同仰首看门斗上新书的三个字，俪影双双的一对璧人，真是怡红岁月中的鎏金图景。至于"撕扇子作千金一笑""俏丫鬟抱屈夭风流"这两段情节，更被视为两人平等互爱的高潮①，故有文学者主张何必讳言宝玉与晴雯的爱情关系②。

但慢慢地，也逐渐有不同的看法出现，认为宝玉在晴雯死后为她写《芙蓉女儿诔》只能说明宝玉对她深怀同情，却不等于心心相印，何况宝玉对大观园中所有女奴都深表厚情和过誉。③ 我们同意这个说法，固然"撕扇子作千金一笑"一段只是宝玉宠溺女儿的常态表现，请见前文的说明；即使是"俏丫鬟抱屈夭风流"这临终诀别的一幕，其中虽有令人荡气回肠的锥心之痛，也往往被视为"儿女之真情"的流露，可如果严格一点来看，应该说，宝玉其实并不是"爱"晴雯，而只是欣赏和纵容，并且在失去宠婢之时的悲戚哀伤虽然十分强烈，却仍属于人之常情的一般反应。

试看当宝玉心知晴雯即将死去，临终一别时，其实只有悲痛而没有恐惧，微妙地证明了他对晴雯并非真正的、失去不起的爱。这种"恐惧"是来自于大失落的冲击所产生的，以林黛玉为例，第五十七回"慧紫鹃情辞试忙玉"一段情节就透露出二玉共存共亡、脐带相连的关系：

> 紫鹃道："你妹妹回苏州家去。"……宝玉听了，便如头顶上响了一个焦雷一般。……晴雯见他呆呆的，一头热汗，满

---

① 王昆仑：《晴雯之死》，《现代妇女》第二卷第三期（1943），收入《红楼梦人物论》（台北：里仁书局，1994），页 25。
② 舒芜：《何必讳言宝玉与晴雯的爱情关系》，《红楼说梦》（北京：人民文学出版社，2004 年 5 月），页 201—204。
③ 张国军：《我观晴雯》，《江淮论坛》1995 年第 1 期，页 98。

脸紫胀,忙拉他的手,一直到怡红院中。袭人见了这般,慌起来,只说时气所感,热汗被风扑了。无奈宝玉发热事犹小可,更觉两个眼珠儿直直的起来,口角边津液流出,皆不知觉。给他个枕头,他便睡下;扶他起来,他便坐着;倒了茶来,他便吃茶。……李嬷嬷捶床捣枕说:"这可不中用了!我白操了一世心了!"……黛玉一听此言,李妈妈乃是经过的老妪,说不中用了,可知必不中用。哇的一声,将腹中之药一概呛出,抖肠搜肺、炽胃扇肝的痛声大嗽了几阵,一时面红发乱,目肿筋浮,喘的抬不起头来。

正因为失去的,是失去不起的东西,令人无法想象残破不堪的未来,不知如何度过以后的绝望人生,所以才会恐惧到无法承受而丧失魂魄、心智大乱,这才是对至爱的反应,无论是宝玉或黛玉,两人面临对方可能的人生缺席时皆是如此。但比较起来,宝玉对晴雯则大大不然,第七十七回写晴雯临终时"渴不择饮"的情景,看在眼里的宝玉于伤痛之余,心下都还忍不住感慨暗道:

> 往常那样好茶,他尚有不如意之处,今日这样。看来,可知古人说的"饱饫烹宰,饥餍糟糠",又道是"饭饱弄粥",可见都不错了。

在此一生离死别的悲怆时刻,面对朝夕相伴的爱婢即将殒逝,宝玉于伤痛之外不但没有恐惧,竟还有余心观察临终病人的人性弱点,在看到晴雯渴不择饮的表现时，回想"往常那样好茶，他尚有不如意之处"，因对比之下落差过于巨大，而感慨古人所说的"饱饫烹宰，饥餍糟糠"，也就是吃饱了以后便厌倦烹羊宰牛的美食大餐，饥饿的时候连准备丢弃的糟糠都可以饱食一顿，反映出"富贵权势时挑三拣四，困窘无依时来者不拒"的人性弱点。这就暗示了宝玉对晴雯并非真正的情人之恋，否则心胆俱裂的惊恐、哀恸铺天盖地而来，都惶惶然不足以自处，又岂能有这种客观以待的闲思余力？并且所观察到而感慨者还是负面的人性弱点，既削减了晴雯的人格完美性，也淡化了对晴雯的悲痛不舍之情。

接着，在这一场苦涩的诀别之后，来日无多的晴雯终究香消玉殒。但或许是已经有了心理准备，更或许是并非那般爱深情切，于是第七十八回描述道：

> 他便带了两个小丫头到一石后，也不怎么样，只问他二人道："自我去了，你袭人姐姐打发人瞧晴雯姐姐去了不曾？"这一个答道："打发宋妈妈瞧去了。"宝玉道："回来说什么？"小丫头道："回来说晴雯姐姐直着脖子叫了一夜，今日早起就闭了眼，住了口，世事不知，也出不得一声儿，只有倒气的分儿了。"宝玉忙道："一夜叫的是谁？"小丫头子说："一夜叫的是娘。"宝玉拭泪道："还叫谁？"小丫头子道："没有听见叫别人了。"宝玉道："你胡涂，想必没有听真。"

于是旁边那一个小丫头最伶俐，听宝玉如此说，便上来说："真个他胡涂。"接着便投其所好，编出一套晴雯升天成为芙蓉花神的浪漫情节，满足了痴公子的不舍心怀。然而若仔细思考，可以追问的是，责骂老实丫头"你胡涂！想必没有听真"的宝玉，对于晴雯临终前"一夜叫的是谁？"心里所期待的答案，究竟是什么呢？很明显地，答案是他的名字，他希望自己是晴雯最终、最根本所惦念的人。就像他一心期望"我此时若果有造化，该死于此时的，趁你们在，我就死了。再能够你们哭我的眼泪流成大河，把我的尸首漂起来，送到那鸦雀不到的幽僻之处，随风化了，自此再不要托生为人，就是我死的得时了"（第三十六回），也就是以自我为中心，"你们的眼泪单葬我"而"全得"所有少女之心（第三十六回）。即使因为龄官画蔷的启悟而开始去中心化，但宝玉仍然从未动摇过至少晴雯的心也应该全归于自己所有的信念，因此临终前的最后牵挂舍己无他。

然而宝玉这位少爷全然不知，晴雯"一夜叫的是娘"是痛不欲生的极端反应，是惨烈到超越爱、超越意志的本能反应。犹如司马迁所说道：

> 夫天者，人之始也；父母者，人之本也。人穷则反本，故劳苦倦极，未尝不呼天也；疾痛惨怛，未尝不呼父母也。[1]

---

[1] （西汉）司马迁：《史记》（台北：鼎文书局，1993），卷八四《屈原贾生列传》，页2482。

对于一个"不记得家乡父母"的孤女,晴雯"一夜叫的是娘"是对那看不到的生命源头的呼唤,是垂死时痛不欲生的哀乞求助,即使没有受过真实的母爱滋养,没有烙印具体的母亲形象,单单叫出"娘"这个字眼,似乎就可以减轻一丝丝的疼痛,正是"疾痛惨怛,未尝不呼父母"的体现。但宝玉的失望正反映出他不但自我中心,而且对人性还所知有限,纵然开始接触到人世的缺憾、创伤、不完美,但毕竟只是一个仍在富贵场中安富尊荣的十几岁少年,几曾体验到如此不堪的疼痛?

更何况,晴雯死后,宝玉依然故我地过日子,虽以变本加厉的放诞方式驱逐哀伤,符合传统文化中"在解脱的行为中深藏不可解脱之痛苦"的排遣类型,终究他仍安然度日,甚至对袭人表示道:

> 从此休提起,全当他们三个死了,不过如此。况且死了的也曾有过,也没见我怎么样,此一理也。(第七十七回)

既然"不过如此",果然,第七十八回描述道:

> (宝玉)悲感一番,忽又想到去了司棋、入画、芳官等五个;死了晴雯;今又去了宝钗等一处;迎春虽尚未去,然连日也不见回来,且接连有媒人来求亲:大约园中之人不久都要散的了。纵生烦恼,也无济于事。不如还是找黛玉去相伴一日,回来还是和袭人厮混,只这两三个人,只怕还是同死同归的。

"纵生烦恼,也无济于事"的心态,使他务实地把握既有的,也尽其所能地及时行乐,即使因"近日抄检大观园、逐司棋、别迎春、悲晴雯等羞辱惊恐悲凄之所致,兼以风寒外感,故酿成一疾,卧床不起",而遭到家长的拘束养病,但宝玉依旧生气勃勃地"恣意耍笑作戏":

> 这一百日内,连院门前皆不许到,只在房中顽笑。四五十日后,就把他拘约的火星乱迸,那里忍耐得住。虽百般设法,无奈贾母王夫人执意不从,也只得罢了。因此和那些丫鬟们无所不至,恣意耍笑作戏。……少不得潜心忍耐,暂同这些丫鬟们斯闹释闷,幸免贾政责备逼迫读书之难。这百日内,只不曾拆毁了怡红院,和这些丫头们无法无天,凡世上所无之事,都顽耍出来。(第七十九回)

由此可见,与其说宝玉是为晴雯而致病,不如说是感到"大约园中之人不久都要散的了"的刺激,晴雯之死只是接连敲起的丧钟之一,虽是种种无常体认中最强烈,却只是各种离散的一环;与其说宝玉的卧病之苦是来自先前的羞辱惊恐悲凄,不如说是被拘束的不自由,他的无法无天不是对无常的抗议,而是对生活空间的突围,更与晴雯之死无关。

这时的宝玉即使已经惶惶然照见无常,乐园之崩坏伸手可以触及,但本质上还是"不过如此……也没见我怎么样",和晴雯的死别是他人生中蘸有血泪的一页,但翻过这一页,生命仍在常轨上进行，只是慌张一点、不安一点。这时的宝玉离"落了片白茫茫大地真干净"的境界还很远，他对晴雯的情感也离"爱"还很远。

（二）"勇"的反思

死亡的净化、升天的仙化，都使晴雯超凡脱俗，被视为人间的抗争英雄。但若理性地思考、客观地评论，必须说，"不是因为缺点发生在晴雯身上，就变成了优点"，"性格上的缺陷就是缺陷，不必为之掩饰"；[1] 至于某些属于中性、甚至很容易形成优点的特质，如美丽、伶俐等，又因为晴雯逾越分际的"过度"而成为缺点。就此言之，为她赢得"勇晴雯"之赞词的"病补雀金裘"，固然恰当地概括了当时的场景，那种不顾性命的拼死尽力确实无比感人，因此成为小说中最动人的一幕；然则"勇晴雯"的"勇"字，作为对晴雯的一字定评，衡诸晴雯的整体人格表现，则隐含了值得深思的重要问题。

就晴雯的言语表达方式而言，所谓的"夹枪带棒"，其中作为比喻的枪、棒都是带有杀伤力的武器，是将言语"用于侵犯之途"的形象化譬喻，当事人乐此不疲，谋取的是心理上宰制性的快感。[2] 虽然苏东坡曾说："言发于心而充于口，吐之则逆人，茹之则逆己，

---

[1] 周五纯：《晴雯形象探微》，《红楼梦学刊》1996 年第 4 辑，页 85。
[2] 详参欧丽娟：《林黛玉前期性格论："真"与"率"的辨析与"个人主义"的反思》，《台大文史哲学报》第七十六期（2012 年 5 月），页 229—264。

以为宁逆人也,故卒吐之。"[1] 但错的道理就是错的,不应是苏东坡所说就变成对的,事实上,言语并不是因为"发于心"就获得"充于口"的合理性,因为人的心都是有限的,甚至具有暗昧不自知的阴暗面,在容易自欺而自我合理化的情况下,往往已沦为歪心、偏心、妒心、私心、邪心、坏心,却还自以为公平正义而不自知。如此一来,又如何只因为服从此一不安定的心,就可以畅所欲言,将发自偏斜之心的伤人言语宣之于口?

再者,既然人是平等的,别人和我自己一样重要,何以可以为了"不逆己"而宁可"逆人"?"不逆己"而宁可"逆人",可见此心、此言并不是平和的,而是带有冲撞性与伤害性,则"逆人"之言究竟是出于自己的成见情绪,还是真的是为了公平正义?"充于口"的目的究竟是逞口舌之快,以满足自己的快感,还是真的为了让别人更好?即使是为了别人好,也只有"逆人"的这种表达方式吗?

另一方面,晴雯那"不顾一切"的言行作风,在病补雀金裘一事上固然十分感人,但在感动之余不能不清楚辨别的是:那段情节之所以令人动容,关键在于当时的那份"勇"是对自我极限的超越,且以助人为目的,因此令人赞叹;但若这种"不顾一切"的言行作风是对自我的过度放大,而用来"逆人",则实不足以称"勇",仅仅是强烈的主观好恶之下的匹夫之勇、血气之勇,属于暴虎冯河式

---

[1] (宋)苏轼:《东坡题跋·录陶渊明诗》,转引自《陶渊明资料汇编》(北京:中华书局,1962),页31。

的有勇无谋。孔子说：

> 暴虎冯河，死而无悔者，吾不与也；必也临事而惧，好谋而成者也。(《论语·述而》)

更深一层地说，真正的"勇"本身就寓含了"临事而惧"的前提，连庄子主张"庖丁解牛"以逍遥全身，都不以冲犯为务，朱子就指出其中其实包含着"临事而惧"的心态：

> 人不可无戒慎恐惧底心。庄子说，庖丁解牛神妙，然才到那族，必心怵然为之一动，然后解去。心动便是惧处。[①]

关于"勇"与"临事而惧"的辩证关系，西方思想家的把握最是深得肯綮，如法国哲学家说：

> 恐惧才能显示勇气的价值，无知的勇气不是真正的勇气。

爱尔兰诗人葛加提(Oliver St. John Gogarty, 1878—1957)的诗也说：

[①] （宋）朱熹著，（宋）黎靖德编：《朱子语类》（台北：文津出版社，1986），卷一四〇"论文下"，页3327。另外，于卷三四"论语十六"中亦有一段类似的话，末增"岂是似醉人恣意胡乱做去！"一句，页875，意思更明。

若无恐惧,何来英勇?[1]

因而"审慎是勇士最好的品德"[2],所谓"初生之犊不畏虎",犊牛的无畏来自无知,而不是勇敢,因为懂得恐惧的人一旦超越了恐惧,便能展现出最大的勇气而能最大地承担,因此只有恐惧才能彰显一个人勇气的价值。据此言之,真正的勇不是有恃无恐的莽撞,而是在"临事而惧"的情况下,对理想的坚持不懈,由此所展现的勇绝非粗犷的刚直、尖锐的攻击,相反地,犹如罗马西塞罗(Marcus Tullius Cicero,前106—前43)所说的"勇气就是对艰难和痛苦的蔑视。"以及海明威(Ernest Miller Hemingway,1899—1961)在《老人与海》中所云的"勇气,就是在高度压力之下,仍然保持优雅态度",都辨析出"勇"的优雅性质。

只可惜,"勇"在世俗的眼光中往往落入下乘,与粗野无礼画上等号,在混为一谈的情况下鱼目混珠,误把莽夫当勇士。孔子和他的学生子贡说得好:

> 子贡曰:"君子亦有恶乎?"子曰:"有恶。恶称人之恶者,恶居下流而讪上者,恶勇**而无礼者**,恶果敢而窒者。"曰:"赐也,亦有恶乎?""恶徼以为知者,**恶不孙以为勇者**,恶讦以为

---

[1] 葛加提:《面对死亡》,《葛加提诗歌集》(New York: Devin-Adair, 1954),页191。以上二段转引自[美]段义孚著,周尚意、张春梅译:《逃避主义》(台北:立绪文化公司,2006),页95—96。

[2] 莎士比亚笔下的福斯塔夫(Sir John Falstaff)所言。

直者。"(《论语·阳货》)

必须说，晴雯的"勇"其实是"勇而无礼"，而读者以"勇"来赞赏她的倨傲，其实是"不孙以为勇"。晴雯的"勇而无礼"固然有着天赋的根源，但更大的原因是后天环境的配合，由副小姐、二层主子的娇贵生活加以强化，再加上准姨娘的自信，则一无所惧的晴雯乃是出于有恃无恐、无所顾忌而横冲直撞的蛮勇，在若干恃宠而骄的情况下，甚至有如一尊毫无自律、不加约束的自走炮（a loose cannon），所追求的其实是一种"假平等""假自由"。

试看她所追求的"平等"，并不包括其他下级人员和自己一样的平等，因此形成一种片面向上争取优待的特权意识，故可称为"假平等"；而她所追求的"自由"，也不包含其他人和自己一样的自由，因此流于人际关系中自我中心的单边主义（Unilateralism），这就是所谓的"假自由"。参考黑格尔（Georg W. F. Hegel, 1770—1831）在谈到什么是"具体"的概念时，曾以"自由"为例，指出：

> 自由也可以是没有必然性的抽象自由。**这种假自由就是任性，因而它就是真自由的反面，是不自觉地被束缚的、主观空想的自由，——仅仅是形式的自由**。……欲望是**任性或形式的自由，以冲动为内容。而真实意志的目的乃是善、公正，在这里面，我是自由的、普遍的，而别的人也是自由的，别人与我同等……在东方只是一个人自由（专制君主）……但在东方那唯一专制的人也不能自由，因为自由包含别的人也是自由的**。

而在东方只看见私欲、任性、形式的自由、自我意识之抽象的相等,我就是我。①

从这段分析而言,晴雯的自由或曰个性解放,确实只是一种任性的、专制的、形式上的、以冲动为内容的假自由,不仅以自己的自由凌驾于别人的不自由,突显出自己与别人的不平等;更关键的是,晴雯在言行的自由之外,内心是极为不自由的——她完全不能控制自己的脾气,形同被那股猛烈的火爆情绪所攫住,无法超越自己的性格限制而任凭意气冲决,被情绪化的坏脾气所主宰,这就是所谓"不自觉地被束缚"的意义,以致顾前不顾后的横冲直撞,此之谓"真自由的反面"。

甚至,当法律上真正的自由——也就是解除卖身契约,离开贾府的机会来临时,她却又坚拒不从,声称:"为什么我出去?要嫌我,变着法儿打发我出去,也不能够""我一头碰死了也不出这门儿",显示她完全不想当一个解除奴隶身份的"自由人",而宁死要留在贾府做一个"平常寒薄人家的小姐,也不能那样尊重"(第十九回)的高级奴才。如此种种,都显示晴雯的勇或自由乃是一种形式上的假象,并非真正的勇敢与自由。她的"心比天高"是高傲而不是高贵,是傲心而不是傲骨,谈不上屈原、贾谊之辈的志节;她的率直刚烈是"人格特质"而不是"人格价值",不仅带有"勇

---

① [德]黑格尔著,贺麟、王太庆译:《哲学史演讲录》第一卷(北京:商务印书馆,1995),"导言",页31、99。

而无礼""不孙以为勇""讦以为直"的意气放肆,更不具备"造次必于是,颠沛必于是"的情操。

孔子曾对子路提醒"六言六蔽",即包括:

> 好直不好学,其蔽也绞;好勇不好学,其蔽也乱;好刚不好学,其蔽也狂。(《论语·阳货》)

这也呼应了另一处的说法:

> 勇而无礼则乱,直而无礼则绞。(《论语·泰伯》)

晴雯作为一个没有受过教育的不识字之人,也不具备香菱的好学心性,其直、勇、刚果然都不免有绞、乱、狂之蔽,"绞"是急切、偏激,"乱"是犯上作乱,"狂"是傲慢自大,但因身为奴仆没有"好学知礼"的机会或要求,因此"勇而无礼"并不能算是大过。至于读者——有能力阅读思考的人若缺乏分辨,而"不孙以为勇""讦以为直",只见其直、其勇、其刚而不见其绞、其乱、其狂,则恐怕有所偏失与误导,也就是不自觉地采取个人主义,从"自然的"和"生理的"角度,而不是从社会的和人为的角度去思考问题[①],

---

① 个人主义的问题,请参 Elizabeth Fox-Genovese, *Feminism Without Illusion: A Critique of Individualism* (Chapel Hill: University of North Carolina Press, 1991)。参余宁平:《女性主义政治与美国文化研究》,鲍晓兰主编:《西方女性主义研究评介》(北京:三联书店,1995),页 66。

再从"自然"的角度进行对"本真率性"的张扬，而导向自我中心的唯我主义（solopsism），因此晚明李贽被评论为一"极端的个人主义者"[①]，其结果便是将食色意气等较低的人性过分彰扬，以致横流冲决，收拾不住。

在此，我们或许可以参考圣·埃克苏佩里（Antoine de Saint-Exupery, 1900—1944）极为发人省思的一段说法：

> 每个人必须审视自己，教给自己生命的意义。有些东西并非需要发现，而是必须加以铸造。[②]

放纵本性是容易的，铸造意义却是要千锤百炼。把放纵当自由，把无礼当勇敢，把骄惯任性当个性解放，把自我中心当人性回归，这种意识形态乍看之下是维护个人，其实真正的意义却是贬低个人，因为它把人性狭隘化、浅薄化与庸俗化，反倒让人性丧失了高贵的可能。根据荷兰哲学家斯宾诺莎（Baruch de Spinoza, 1632—1677）的说法：

> 人类的限制就是受这种欲望或激情——我们较低的本性——所奴役。人类的自由——道德自由——乃在于以理性控

---

① William Theodore de Bary（狄百瑞），*Self And Society in Ming Thought* (New York: Columbia University Press, 1970), pp. 195-196.

② ［法］圣·埃克苏佩里，苏白宇译：《风沙星辰》（台北：水牛出版社，1988），页34。

制这种激情，以伦理美德束缚住这种激情，以后天获得的习惯性倾向去做正确的选择。[1]

这就清楚提醒了我们，"人性"是复杂的构成，至少存在着欲望或激情这类较低的本性，以及品德或智慧这类较高的层级；并且"自由"绝对不是放任欲望或激情这类较低的本性，而是以理性控制这种激情或欲望，透过后天的努力做出正确的抉择，这种道德自由才是人类真正的自由。

十、结语

以上这些驳正，并不是用来否定晴雯的人品，因为这些反应其实完全合乎平凡人的人情事理，是一般层次上的人性表现，晴雯并不因此而低劣，但也更未因此而高贵，她只不过是一个没有受过教育的一介庶民，所拥有的只是质朴的人性，有其优点，更有其缺点，不应脱离文本而给予过犹不及的情绪性评价。她可以对所爱的宝玉拼死命"病补雀金裘"，却无法具备"富贵不能淫，贫贱不能移"的君子情操，也符合宝钗所谓的"不拿学问提着，便都流入市俗去了"（第五十六回），即使是优点如美丽、伶俐等，都不免一种质朴乃至粗糙，所谓"质胜文则野"（《论语·雍也》），更往往因为失

---

[1] [美] M. L. 艾德勒（Mortimer L. Adler）著，蔡坤鸿译：《六大观念》（台北：联经出版公司，1999），第19章"随自己快乐而行动的自由"，页152。

去自我节制而变质为缺点。

　　从这个角度来说,有人在统计小说前八十回的出场次数后,对晴雯出场仅二十二次,袭人出场却高达三十五次而感到困惑[①],其实困惑来自现代人出于感性意识对晴雯的偏爱,却不符合小说家与小说本身的价值定位。在太虚幻境收纳婢女身份的"金陵十二钗又副册"中,虽然图册的顺序是以晴雯放在首页,后面接着才是袭人,但脂砚斋则认为袭人才是领衔的魁冠,指出:

> 补出袭人幼时艰辛苦状,与前文之香菱,后文之晴雯大同小异,自是又副十二钗中之冠,故不得不补传之。(第十九回批语)

就此而言,《红楼梦》前八十回中晴雯的出场次数远远比不上袭人,正显出袭人乃"又副十二钗中之冠"的首席,而这与性格内涵是分不开的。《尚书·舜典》记载,尧命夔典乐教胄子的目标是:"直而温,宽而栗,刚而无虐,简而无傲。"[②]此诚应该是人格境界的更高可能。

　　晴雯作为一个文人笔墨下的虚构人物,活灵活现地生存于小说文本中,带着她的整个生命史与全部面貌来到读者眼前,引起如此

---

① 陈永宏、陈默:《晴雯悲剧作为社会悲剧思考时的多层次文化意蕴:晴雯悲剧成因组论之一》,《红楼梦学刊》1994年第3辑,页117。

② 《尚书·舜典》,《十三经注疏》,页46。

之强烈感情，显示了小说家刻画人性的高妙能力；至于如何从中理性客观地省思，则是读者的艰难功课，而这又和对人性的理解与追求息息相关。本章对晴雯接受心态的重省，或可提供与现代个人主义不同的思考。

第五章
袭人论

一、序言

如果说,晴雯所呈现的是"自然的"角度之下的率性,发展的是不受束缚的野地精神,并且在现代的个人主义视野下受到赞扬,则袭人便更多是在"社会的"和"人为的"角度下所塑造形成的,因此更为健全,也对人性的提升更具启发意义。

值得注意的是,脂砚斋对于书中所有的女性人物,除了红玉曾经一度获得"奸邪婢"[①]的恶评之外,对众家女子的批语乃是毫无贬词,不但完全没有"左钗右黛"的偏倚现象,对袭人还更多赞惜叹美之笔墨,诸如:

- 亲密浃洽勤慎委婉之袭人,是分所应当。(第十九回批语)
- 唐突我袭卿,吾不忍也。(第二十一回夹批)
- 袭人善解忿(纷)。(第三十二回夹批)

[①] 庚辰本第二十七回眉批云:"奸邪婢岂是怡红应答者,故即逐之。"页526。但即使如此,事实上"奸邪婢"之说也是片面的评论,因而同时畸笏叟对此又有一条按语:"此系未见'抄没''狱神庙'诸事,故有是批。"显然综观全局之后,红玉也是令人刮目相看的正面人物。

- 袭卿爱人以德，竟至如此，字字逼来，不觉令人敬听。（第三十四回夹批）
- 袭人给裙子，意极醇良。（第六十二回回前总批）

并将宝玉一反常态地不大出房、不与姊妹丫头等厮闹的规矩表现，归因为"袭卿第一功劳""袭卿第二功劳"（第二十一回夹批）。以致第二十回中，当昏聩背晦的李嬷嬷倚老卖老地排揎袭人时，脂砚斋也一再发出不平，或高呼："冤枉冤哉！"或大叹："在袭卿身上去（纷）叫下撞天屈来！"甚至在评价袭人与晴雯的高下时，脂砚斋竟然违反一般读者偏好，认为：

足见晴卿不及袭卿远矣。余谓晴有林风，袭乃钗副，真不错。（第八回夹批）

也正因为"晴卿不及袭卿远矣"，所以在太虚幻境收纳婢女身份的"金陵十二钗又副册"中，虽然图册的顺序是以晴雯放在首页，后面接着才是袭人，但脂砚斋则认为袭人乃是领衔的魁冠，第十九回的批语指出：

补出袭人幼时艰辛苦状，与前文之香菱，后文之晴雯大同小异，**自是又副十二钗中之冠**，故不得不补传之。

可见脂砚斋的看法始终如一，袭人都是正宗主子小姐之外的首要人物。袭人在前八十回中出场高达三十五次,晴雯则仅有二十二次,这既合乎脂砚斋的评价,从当时的传统意识,尤其是宝玉自己的心思来看,此一轻重现象也十分合情合理。

只不过,如同别士(夏曾佑)所指出的"作小说有五难",其中"写君子难"是创作者的首要之难,理由是:

> 一、**写小人易,写君子难**。人之用意,必就己所住之本位以为推,**人多中材,仰而测之,以度君子,未必即得君子之品性;俯而察之,以烛小人,未有不见小人之肺腑也**。……而各书之写小人无不栩栩欲活。此君子难写,小人易写之征也。……若必欲写,则写野蛮之君子尚易,如《水浒》之写武松、鲁达是,而文明之君子则无写法矣。①

事实上从阅读层面而言,也可以说是"读君子难",并且更精确地说,"读野蛮之君子易"而"读文明之君子更难",此正道出黛玉、晴雯这类率性之辈广受喜爱的原因,至于袭人的"亲密浃洽勤慎委婉""爱人以德""极醇良",就因为是属于"文明之君子"而较不受青睐;再加上同情失败者的心理,于是黛玉、晴雯这类青春夭亡的少女便更多地得到宽容与优待,而基于善恶二元、敌友二分的思想架构的影响,于是宝钗、袭人总是被罗织入罪,任何正面的书写

---

① 别士:《小说原理》,黄霖编:《金瓶梅资料汇编》(北京:中华书局,2004),卷三,页302。

都被套上"褒中贬"或"明褒暗贬"的曲解模式,以坐实既定成见与主观好恶之下的贬抑。

但如此一来,既有失于伟大作家所理解、所创造的复杂度,错违了小说文本的全面性,也不符合分析批评的客观理性。

二、出身与性格

作为一般人家出身的女儿,自然缺乏受教育的条件,袭人和晴雯一样,都是不识字的,第六十三回"寿怡红群芳开夜宴"一段情节中,对于宝玉提出行酒令的建议,袭人道:"斯文些的才好,别大呼小叫,惹人听见。二则我们不识字,可不要那些文的。"但幸运的是,袭人一直是家庭健全的,父母俱在,还有长兄,此外更有其他亲戚族人,同辈的堂表姊妹成群,而袭人与家人的关系更是十分亲密深厚,与"不记得家乡父母"(第七十七回)的晴雯不同。

虽然第十九回补述袭人的过往时,提到"自我从小儿来了",似乎自幼便卖入贾府,但参照晴雯进入贾府时已经十岁,仍被宝玉说是"他自幼上来娇生惯养""晴雯也是和你一样,从小儿在老太太屋里过来的"(第七十七回),则袭人被卖时应该也不是不晓世事的幼童,大约十岁。再看袭人回家省亲时,听见母兄要赎她回家的话题,追述道:

当日原是你们没饭吃,就剩我还值几两银子,若不叫你们卖,没有个看着老子娘饿死的理。

从"若不叫你们卖,没有个看着老子娘饿死的理"之说,当时袭人已是成长到具有认知能力、意志决断的懂事孩子,因了解家境窘况,愿意为家人牺牲,因此并未抗拒卖身为奴,孤身一人忍受离散失亲、寄人篱下之悲,脂砚斋便一再夹批云:"孝女义女。"这种只有独自一人在贾府的仆婢,不同于府中世代为奴的"家生子",因此贾母便说"他又不是咱们家根生土长的奴才,没受过咱们什么大恩典"(第五十四回)[1],袭人也曾感叹:"我一个人是奴才命罢了,难道连我的亲戚都是奴才命不成?"(第十九回)就此而言,已经初步显示袭人的性格是顾全大局、委曲求全,尤其愿意为至亲牺牲奉献。

袭人的卖身是"卖倒的死契",也就是终身卖断的意思,应该属于清代旗人契买奴婢的"红契"一类。清代旗人契买奴婢分为"红契"与"白契","红契"是经过官衙注册加盖印章的卖身契约,卖身者被载入"奴档";"白契"则未曾经官用印,仅由买主和卖身人凭中签立,卖身者未曾登入"奴档",有赎身的权利。[2] 至于鸳女所得的救急之资,从"就剩我还值几两银子"而言,其金额还并不明

---

[1] 以明代的奴仆为例,主家养育奴仆的小孩至成年约需耗费四十两,花费较直接买奴为高,故世仆的产生维系在主仆的恩养关系上。吴振汉:《明代奴仆之生活概况:几个重要问题的探讨》,《史原》第十二期(1982),页27—64。尤其以贾府宽柔待下的门风,故称"家生子"是受过"大恩典"。

[2] 参陈文石:《清初的奴仆买卖》,《食货月刊》第一卷第一期(1971),页29—38,收入《明清政治社会史论》下册(台北:台湾学生书局,1991),页579—597;韦庆远等:《清代奴婢制度》,《清史论丛》第二辑(北京:中华书局,1980),页1—55;经君健:《清代社会的贱民等级》(杭州:浙江人民出版社,1983),第五章"清代的奴婢买卖",页138—165。

确,参照第二十回李奶娘辱骂袭人所说的"你不过是几两臭银子买来的毛丫头",以及第八十回薛姨妈因为媳妇夏金桂泼辣生事,而动怒"命人来卖香菱",道:"快叫个人牙子来,多少卖几两银子。"这两处所谓的"几两银子"很可能只是一般性泛说的不精确之词,而不是如实指十位数以下的个位数字,但即使如此,虽不中亦不远矣。

在人口贩卖市场上,从当事者的条件、派任的工作性质而言,包括容貌姿色、女红才艺甚至言语谈吐等的素质等级,当然都会影响买卖的价格,第四十七回写贾赦强娶鸳鸯不成,"只得又各处遣人购求寻觅,终久费了八百两银子买了一个十七岁的女孩子来,名唤嫣红,收在屋内",这是最昂贵的一笔纪录。袭人并非这等一开始就以纳妾为目的之人选,主要是以家务劳役为用,若参考学者对《金瓶梅词话》之主仆关系所做的研究,约略可知西门庆一家所代表的当时社会上一般豪富之家中,仆人和丫头多半是以很低代价买来的贫家子女,其身价平均是十二两银子。[①] 再根据刘姥姥第一次进荣国府时,获得了凤姐给予二十两银子的资助,就足以使一家五口免于冬末的冻馁之危,还使得接下来的一年温饱无虞[②]。同样的,袭人卖身的这笔钱不仅让一家度过饿死的难关,也争取到苦尽甘来

---

① 参王孝廉:《金瓶梅研究》,《神话与小说》(台北:时报文化公司,1987),页189、206—207。吴振汉制表分析奴婢价格,则在五六两间,但奴仆拥有私财,生活并不特别贫困。吴振汉:《明代奴仆之生活概况:几个重要问题的探讨》,《史原》第十二期(1982),页27—64。

② 从第三十九回刘姥姥二进荣国府时,对于一顿螃蟹宴所估算的:"一共倒有二十多两银子。阿弥陀佛!这一顿的钱够我们庄家人过一年了。"可知其价值所在。

的机会,"如今爹虽没了,你们却又整理得家成业就,复了元气"(第十九回),因此才会想要利用贾府的宽厚,将袭人赎回一家团圆。

袭人既是终身卖断的"红契",本来是一辈子不可能回家,但花家母兄有心要赎回袭人,"明仗着贾宅是慈善宽厚之家,不过求一求,只怕身价银一并赏了这是有的事呢",而袭人的认知也是"只怕连身价也不要,就开恩叫我去呢"(第十九回),可见这是众所公认的常态,故脂批云:"又夹带出贾府平素施为来,与袭人口中针对。"果然这个原则在贾府中多所实践,"幸而卖到这个地方,吃穿和主子一样,也不朝打暮骂","贾府中从不曾作践下人,只有恩多威少的。且凡老少房中所有亲侍的女孩子们,更比待家下众人不同,平常寒薄人家的小姐,也不能那样尊重的",比起回家过庶民生活,自是更好的出路,而这一点,其实是所有仆婢们的共同心态,例如芳官等人在老太妃薨逝时被遣发出放,"倒有一多半不愿意回家的"(第五十八回),晴雯也没有例外,请见上一章的说明。

于是袭人依法、依情,便留在贾府,但对于府外的亲人仍然心系挂念,有机会便回家省亲,还可以送终尽孝,完成了女儿的伦常情分,为此而感到心安。第五十四回说:

  鸳鸯叹了一声,说道:"可知天下事难定。论理你单身在这里,父母在外头,每年他们东去西来,没个定准,想来你是不能送终的了,偏生今年就死在这里,你倒出去送了终。"袭人道:"正是。我也想不到能够看父母回首。太太又赏了四十两银子,这倒也算养我一场,我也不敢妄想了。"

"袭人常常思母含悲"(第五十三回),更显出袭人的孝心甚虔、亲情甚厚。从以上的这些描写,对于袭人的家庭史与家庭关系,可以还原出一个大概轮廓,即:花家虽曾一度遇到严重的危难,但并不是家人品格败坏、吃喝嫖赌所致,应该是一时意外的天灾人祸,因此一旦获得了袭人卖身所得的几两银子救了急,便同心协力地整顿家业,短短几年之间,"又整理得家成业就,复了元气",可见勤奋努力的程度。不仅如此,他们在万不得已的情况下卖出袭人以后,却始终惦记着一个人在外受苦的妹妹、女儿,即使于法不合,也巴望着可以赎回,其中自有补偿回报的愧疚心意在内,则袭人所感受的亲情诚然一直是温暖浓郁的。

由此可见,花家是一个父慈子孝、手足情深的家庭,还有各房亲戚往来互动、守望相助,袭人更是孝顺父母,可以说是伦理健全、情义深厚的一家人。袭人自幼成长在亲情洋溢、伦理关系稳固的环境里,也随之培养出成熟的社会意识,乐于分享、慷慨大方,并且能够从大局着眼,而这样的性格正是小说家与贾宝玉分别给予"解语花""花袭人"之别名的原因所在。

(一)"解语花"的别称与意义

正如昂贝多·艾柯(Umberto Eco, 1932—2016)所强调的,"诠释文本"(interpreting a text)与"使用文本"(using a text)并不相同,读者固然可以根据不同的目的自由"使用"文本,但是,如果想"诠释"文本的话,就必须尊重他那个时代的语言背景,一个敏锐而有责任心的读者,有责任去考虑作品时代之语言系统的基本状况。① 对《红楼梦》的研究亦然，第十九回的回目"情切切良宵花解语"明确以"花解语"为袭人张本，这正是从唐代以来精英文人对女性内外兼美的最佳比喻。

从袭人位列于太虚幻境中"择其紧要者录之"的金钗簿册，同为登籍于仙界的女性，其美丽优秀自不待言。尤其贾母本身"尤爱品貌美、会说话的女孩"②，基于对美丽少女的偏好，袭人必然具备"品貌美"的优点，否则万难获得贾母的欣赏；宝玉又是个以貌取人的贵公子，则深受贾母信赖、宝玉倚重的袭人，相貌必属出众不凡。故小说中也一再写道：

- 宝玉亦素喜袭人柔媚娇俏。（第六回）
- 模样儿自然不用说的。（第三十六回）
- 模样虽比晴雯略次一等，然放在房里，也算得一二等的人。（第七十八回）

虽然在晴雯的比较下略逊一筹，但选美的第二等绝不可能是相貌平庸，其具体容态则是"细挑身材，容长脸面"（第二十六回），参照小说中以类似语词所形容的其他人物，包括：

- 宝玉看时，只见这人（案：指贾芸）容长脸，长挑身材，年

---

① [意]昂贝多·艾柯：《在作者与文本之间》，收入艾柯等著，[英]柯里尼（Stefan Collini）编，王宇根译：《诠释与过度诠释》（北京：三联书店，1997），页83。
② 萨孟武：《红楼梦与中国旧家庭》（桂林：广西师范大学出版社，2005），页109。

纪只好十八九岁,生得着实斯文清秀。(第二十四回)
- (红玉)容长脸面,细巧身材,却十分俏丽干净。(第二十四回)

可见"细挑身材,容长脸面"的长相体态是"斯文清秀""十分俏丽干净"的,袭人的美也属于此类,与晴雯的妖趋艳丽有别。

其次,袭人固然并不符合"会说话"的条件,如第七十八回贾母说道:"袭人本来从小儿不言不语,我只说他是没嘴的葫芦。"且这一点也得到过其他人的认证,第五十九回就说小丫头春燕的母亲"来了几日,见袭人不言不语,是好性的",可见袭人确实不以说话伶俐为长,甚至被王夫人形容为"宝玉房里常见我的只有袭人、麝月,这两个笨笨的倒好"(第七十四回)。但如此一来,虽无舌灿莲花之谈笑风生,却也不致言语伤人、妄词贾祸,甚至激发无谓的口舌之争。第五十八回袭人对麝月道:"我不会和人拌嘴,晴雯性太急,你快过去震吓他两句。"这种"不会和人拌嘴"的情况也许是缺乏临场反应的机智与口才,但更可能是不愿口出恶言的厚道与自我节制,毕竟"袭人本是个聪明女子"(第六回),又一进贾府便受到贾母的调教,以其资质要发展口才并不困难,她的"不言不语"很可能是"不为也,非不能也"之类,未必就是缺点。因此,犹如贾母也曾明言:

> 不大说话的又有不大说话的可疼之处,嘴乖的也有一宗可嫌的,倒不如不说话的好。(第三十五回)

宝玉听了立刻举例证明，笑道："这就是了。我说大嫂子倒不大说话呢，老太太也是和凤姐姐的一样看待。"从这个角度而言，贾母的识人之明极少被个人好恶所限，甚至所误，依然能从各人的真正优点给予公平的待遇，因此，袭人能够在卖到贾家后便服侍老祖宗贾母，若非有超凡的能力，实不足以致之。第三回道：

> 贾母因溺爱宝玉，生恐宝玉之婢无**竭力尽忠之人**，素喜袭**人心地纯良，克尽职任**，遂与了宝玉。

以贾母的识人之明，这段话中的"竭力尽忠""心地纯良""克尽职任"十二个字，正是贾母欣赏任用的原因，也可以说是对袭人的春秋定评。

值得思考的是，每一个人的工作表现会因为身份地位、职务性质而有所不同，在已经选择或无法选择的情况下，都应该对其所担负的职责全力以赴，这才是评价人品的标准。基于被卖入贾家为奴的关系，袭人的"竭力尽忠""克尽职任"势必表现为仆婢的周全服侍，这与一个人是否有奴性并没有关联性。其次，"竭力尽忠""克尽职任"的品行又使得她专注于当前的主人，全心全意、面面俱到，因此作者描述道：

> 这袭人亦有些痴处：伏侍贾母时，心中眼中只有一个贾母；如今伏侍宝玉，心中眼中又只有一个宝玉。只因宝玉性情乖僻，每每规谏宝玉，心中着实忧郁。（第三回）

其实，这里所说的"痴处"便是"竭力尽忠""心地纯良""克尽职任"的概括，意指对当前的工作事务与责任对象全力以赴，因专注而成痴，体现出有别于一般常识的另一种"真诚"。犹如莱昂内尔·特里林（Lionel Trilling, 1905—1975）所指出：

> 英国的真诚并不要求直面一个人的卑劣或羞耻，英国人要求一个真诚的人在交流时不要欺骗或误导，此外就是要求对手头承担的不管什么工作专心致志。不是按照法国方式认识自己并公开自己的认识，而是在行为、举止，即马修·阿诺德所谓的"差事"方面与自身保持一致——这就是英国的真诚。①

我们认为，洞察人性的曹雪芹不可能像天真的少年一样，以为人性的"真诚"只有黛玉、晴雯式的率性而为的一种简单定义，而是深刻体认到人性的多样与复杂，因此了解到"真诚"可以有许多种形态，还会因文化的差异而大有不同，因此薛蟠也是真诚的，属于法国式的真诚；袭人也是真诚的，属于英国式的真诚，那便是"对手头承担的不管什么工作专心致志""在行为、举止、差事方面与自身保持一致"，此所以"这袭人亦有些痴处"句旁有夹批云："世人有职任的，能如袭人，则天下幸甚。"

必须说，这种境界其实是一种更深刻的真诚——"心"或"自我"与外在的要求一致，而不是把"心"或"自我"当唯一的标准。

---

① ［美］莱昂内尔·特里林著，刘佳林译：《诚与真：诺顿演讲集，1969—1970》，页59。

后者即是个人主义式的真诚，把自我当做宇宙中心，要周遭社会配合或接纳自己，从而产生一个率性自如，甚至不受规范的"超级主体"；但前者则是把"心"或"自我"加以开放，去接纳、理解、适应、配合外界的要求，于是在人、我的一致中达到自我的扩大与升华。因此，比起率性而为的任真，这种英国式的"真诚"实在要困难得多，如同特里林发人深省地指出：

> 如果真诚是通过忠实于一个人的自我来避免对人狡诈，我们就会发现，不经过最艰苦的努力，人是无法到达这种存在状态的。①

换言之，"真诚"的意义不应是顺其自然的言所欲言、为所欲为，在表达上表里如一，那只是自我放纵的任性而已；恰恰相反，只有"经过最艰苦的努力"才能真正达到"忠实于一个人的自我来避免对人狡诈"，这也就是传统儒家的君子如此之任重道远的原因。

"心地纯良"的袭人当然是"经过最艰苦的努力"的。第十九回中，宝玉为袭人所留的酥酪被奶娘李嬷嬷自作主张地吃了，宝玉才要说话，袭人便忙笑道："原来是留的这个，多谢费心。前儿我吃的时候好吃，吃过了好肚子疼，足闹的吐了才好。他吃了倒好，搁在这里倒白遭塌了。我只想风干栗子吃，你替我剥栗子，我去铺床。"宝玉听了信以为真，方把酥酪丢开，取栗子来，平息了一场

---

① [美]莱昂内尔·特里林著，刘佳林译：《诚与真：诺顿演讲集，1969—1970》，页7。

即将爆发的风波。如此之周全各方，正如脂砚斋所指出："通部袭人皆是如此，一丝不错。"接着宝玉赞叹了袭人的两个姨表妹，笑道："我因为见他实在好的很，怎么也得他在咱们家就好了。"袭人冷笑道：

> 我一个人是奴才命罢了，难道连我的亲戚都是奴才命不成？定还要拣实在好的丫头才往你家来。

可见袭人身为丫鬟，在尽忠职守的负责中自然深刻感受到服侍别人、周应各方的无奈，却又基于"心地纯良"而不愿制造或扩大纷争，尽力保持自我与环境的平衡，其委曲求全的辛苦乃至自称为"奴才命"。试看第二十回中一段辛酸的描述：

> 宝玉见他这般病势，又添了这些烦恼，连忙忍气吞声，安慰他仍旧睡下出汗。又见他汤烧火热，自己守着他，歪在旁边，劝他只养着病，别想着些没要紧的事生气。袭人冷笑道："**要为这些事生气，这屋里一刻还站不得了**。但只是天长日久，只管这样，可叫人怎么样才好呢，**时常我劝你，别为我们得罪人，你只顾一时为我们那样，他们都记在心里，遇着坎儿，说的好说不好听，大家什么意思**。"一面说，一面禁不住流泪，又怕宝玉烦恼，只得又勉强忍着。

袭人一方面承受奶娘不公平的排挤，一方面又要面对晴雯嫉妒的尖刺，另一方面还要顾虑宝玉的感受而不敢表现委屈，极力压抑自己的苦楚而勉强忍耐，这和晴雯"自幼上来娇生惯养，何尝受过一日委屈"（第七十七回）的心态实为天差地别。客观地说，袭人为其真诚所付出的努力，实在是远远超乎晴雯，晴雯的真诚不过是小孩子式的任性而已。

也正因为如此，袭人之所以被小说家比喻为"解语花"，就绝不是在"会说话"的条件上，而是在体贴、温暖、无私、可靠的品格上，"解语"的意义不是"会说话"，而是"善解人意"或"善作解人"，甚且更进一步地说，善解人意要比容貌美丽重要得多。张潮说：

> 美人之胜于花者，解语也；花之胜于美人者，生香也。二者不可得兼，舍生香而解语者也。①

这是对名花与美人的取舍之论，美人胜在"解语"，以此强过于名花，可见美丽仅是次要的，更重要的是那来自心灵的体贴关怀，故第三十七回宝钗亦云："菊如解语，使人狂喜不禁。"而追踪"解语花"的典故来源，乃出自唐玄宗对杨贵妃的比喻：

> 明皇秋八月，太液池有千叶白莲数枝盛开，帝与贵戚宴赏焉，左右皆叹羡久之。帝指贵妃示于左右曰："争如我解语花！"②

---

① （清）张潮著，王名称校：《幽梦影》，页 11—12。
② （五代）王仁裕纂：《开元天宝遗事》，卷下，"解语花"条，页 23。中唐诗人李涉《遇湖州妓宋态宜二首》之二亦云："陵阳夜燕使君筵，解语花枝在眼前。"

可见"解语"确实是"美人之胜于花"的关键,"知心知音"正是杨贵妃之所以赢得唐玄宗之挚爱的主因。而"解语"又与牡丹相关涉,第六十三回众人掣花签时,宝钗所配得的诗句出自晚唐罗隐《牡丹花》的"若教解语应倾国,任是无情也动人",则"花解语"的袭人又与宝钗的代表花牡丹花相呼应,再参照唐代还有"牡丹花香气袭人"的文献记载:

> 穆宗皇帝殿前种千叶牡丹,花始开,香气袭人,一朵千叶,大而且红。上每睹芳盛,叹曰:"人间未有。"①

如此一来,透过"袭人—解语花—牡丹—杨贵妃—薛宝钗"的彼此定义、共构等同,更加确立了两人的重像关系,"解语"亦是两人形成重像关系的基础。据此而言,袭人便兼具了"生香""解语"这两大优点,可谓完美至极。

必须了解的是,"解语"的能力并不在于伶俐的口才,否则以口齿著称的黛玉、晴雯就应该得到此一称号,可实际上并非如此,则曹雪芹对"解语"一词明显是另有定义。既然"情切切良宵花解语"一段情节就是对袭人的聚焦与概括,写的是袭人规劝宝玉,以及第二十一回"贤袭人娇嗔箴宝玉"叙写"原来袭人见他无晓夜和姊妹们厮闹,若直劝他,料不能改,故用柔情以警之"的描述,可知"解语"作为"善解人意"的表现都与袭人对宝玉的劝谏有关,果然,

---

① (唐)苏鹗:《杜阳杂编》(台北:台湾商务印书馆,1979),页 14—15。

脂砚斋的定义也是如此。"情切切良宵花解语"中写袭人规劝宝玉的几件事,包括:不可信口荒诞之说、要作出个喜读书的样子来,"再不可毁僧谤道,调脂弄粉。还有更要紧的一件,再不许吃人嘴上擦的胭脂了,与那爱红的毛病儿",至此便告一段落,唯因宝玉还继续急切地追问,于是最后袭人又再做了一个原则性的总结,说道:"只是百事检点些,不任意任情的就是了。"脂砚斋在此批云:

> 总包括尽矣。其所谓"花解语"者大矣,不独冗冗为儿女之分也。

由此完全可以推断,"解语"的意义是存在于"总包括尽"的种种劝谏中那份规引入正的苦心,故称之为"大"。在此一大、小的界定下,配合"二者不可得兼,舍生香而解语者"的标准,则第十九回的回目"情切切良宵花解语,意绵绵静日玉生香",便不只是将"解语"的袭人与"生香"的黛玉并列,而是在各呈其美的情况下略有高下之分,黛玉的"意绵绵静日玉生香"属于娇俏可人的"儿女之分",偏于个人私情的"小",因而与袭人的"情切切良宵花解语"的"大"相区隔、相对照。

其次,同样在"情切切良宵花解语"一段中描述道:

> 宝玉笑道:"你在这里长远了,不怕没八人轿你坐。"袭人冷笑道:"这我可不希罕的。有那个福气,没有那个道理。纵坐了,也没甚趣。"

此处脂砚斋又批云：

> 调侃不浅。然在袭人能作是语，实可爱可敬可服之至，所谓"花解语"也。

可见袭人的出发点是大公无私，并无个人的利害考虑，甚且即使因此而获益，也宁愿坚守分际，拒之度外。这种不稀罕不属于自己的福气，不贪求非分的特权与好处，甚至在得到了人人妄想的优越地位时，也会因为"没有那个道理"而感到"没甚趣"，由衷展现出高亮的品格，岂非正是坦荡的君子？参照"贤袭人娇嗔箴宝玉"一段中，宝钗听了袭人对宝玉厮混内闱而不受劝诫的一番怨叹，所谓：

> "姊妹们和气，也有个分寸礼节，也没个黑家白日闹的！凭人怎么劝，都是耳旁风。"宝钗听了，心中暗忖道："倒别看错了这个丫头，听他说话，倒有些识见。"宝钗便在炕上坐了，慢慢的闲言中套问他年纪家乡等语，留神窥察，其言语志量深可敬爱。

宝钗所感到的"言语志量深可敬爱"正与脂批所说的"实可爱可敬可服之至"如出一辙，并且脂砚斋还针对"深可敬爱"批云：

> 四字包罗许多文章笔墨，不似近之开口便云非诸女子之可比者。此句大坏。然袭人故佳矣，不书此句是大手眼。

明确指出"袭人故佳矣",则袭人是脂批中除宝钗之外,唯一得到"佳"字给予赞赏的金钗,可谓实至名归。毋怪乎,当第三十六回王夫人私下拔擢她为姨娘的消息传来时,袭人才会如此之淡定,或者对于别人的道喜视为"那些顽话,有什么正经说的",或者在凤姐正式通告之后"倒把袭人不好意思的",人前人后都平常以待,"至夜间人静,袭人方告诉了宝玉",全无一丁点的张扬自喜。此所以脂砚斋赞美她"实可爱可敬可服之至",成为"花解语"的进一步定义。

袭人此花之所以能"解语",除原生家庭的环境影响之外,卖到贾府后的际遇也大有关系。也就是说,袭人必有高人一等的优秀之处,若无这等资质,被卖入贾府后也不可能分派到贾母身边,进而受到最高权威的重用,然后再转给心爱的宝玉使唤。如贾母所叹道:"我想着,他从小儿伏侍了我一场,又伏侍了云儿一场,末后给了一个魔王宝玉,亏他魔了这几年。"(第五十四回)显然在既有的心性基础上,又加上后天的种种磨练,经由服侍贾母、湘云、宝玉的各种经验,学习到如何与不同性格者的共处之道,第七十八回所谓的"性情和顺举止沉重""行事大方,心地老实",呼应了"竭力尽忠""心地纯良""克尽职任"十二字定评,正是对袭人的春秋之论。

通过严格考验的袭人,果然获得贾母、王夫人的欣赏任用与府中上下的一致好评。第三十四回王夫人就对袭人说道:"近来我因听见众人背前背后都夸你……"第三十九回也提到,众千金评论起家中贴身服侍主子的大丫鬟们,宝钗笑道:"我们没事儿评论起人来,你们这几个都是百个里头挑不出一个来,妙在各人有各人的好处。"其中被点名赞扬的出类拔萃的佼佼者,便包括平儿、鸳鸯、彩霞以及袭人,李纨指着宝玉道:"这一个小爷屋里要不是袭人,你们度量到个什么田地!"因此,不仅宝玉说她是"头一个出了名的至善至贤之人"(第七十七回),小说家借由第二十一回的回目"贤袭人娇嗔箴宝玉",也以"贤"字阐述袭人对宝玉的规箴开解。依据各回回目的拟定原则,凡有关人物性格的描述用语,都是表里如一的据实反映而非表里不一的反讽,所谓"红楼之制题……皆能因事立宜,如锡美谥"[①],其客观性可谓曹雪芹对该人物的春秋褒贬,脂砚斋也说"贤袭人"一词是"当得起"(第二十一回夹批),则"贤"字作为曹雪芹所给予袭人的一字定评,诚是名副其实。

然而,正如真正的君子是有为有守,必有客观的道德底线,也不流于迂腐冬烘的蠢拙呆板,袭人并不是没有个性或原则的乡愿或滥好人。因此不仅脂砚斋评论袭人是:"不独解语,亦且有智。""可谓贤而多智术之人。"(第十九回批语)薛姨妈对袭人的描述更是:

> 模样儿自然不用说的,他的那一种行事大方,**说话见人和**

---

① (清)姚燮《读红楼梦纲领》云:"红楼之制题,如曰俊袭人,俏平儿,痴女儿(小红也),情哥哥(宝玉也),冷郎君(湘莲也),勇晴雯,敏探春,贤宝钗,慧紫鹃,慈姨妈,呆香菱,酣湘云,幽淑女(黛玉也),浪荡子(贾琏也),情小妹(尤三姐),苦尤娘(尤二姐),酸凤姐,痴丫头(傻大姐),懦小姐(迎春),苦绛珠(黛),病神瑛之类,皆能因事立宜,如锡美谥。"一粟编:《红楼梦资料汇编》,卷三,页171。

气里头带着刚硬要强，这个实在难得。（第三十六回）

参照孔子的"温而厉，威而不猛，恭而安"（《论语·述而》），这种"和气里头带着刚硬要强"庶几近乎"温而厉"，诚然是实在难得。因此，当凤姐儿笑道："姑妈倒别这样说。我们老祖宗只是嫌人肉酸，若不嫌人肉酸，早已把我还吃了呢。"大家被逗得哈哈大笑起来，宝玉在房里也撑不住笑了，袭人却笑道："真真的二奶奶的这张嘴怕死人！"（第三十五回）当面直言不讳，既表示双方友好、无虑触犯，但袭人的坦率也已超乎众人。而当贾赦强逼鸳鸯为妾时，袭人听了平儿转述的话，竟然忍不住批评道：

真真这话论理不该我们说，这个大老爷太好色了，略平头正脸的，他就不放手了。（第四十六回）

表现出不愿吞忍的正义感，比起现场的平儿、鸳鸯都还更直言无讳，岂非正是"温而厉"的表现？这种温和却不随便，柔软却不可侵犯，谨守分寸却不俯首帖耳，由此才能焕发出行事大方的气度，堪称"实在难得"。因而脂砚斋又特别提醒：

若一味浑厚大量涵养，则有何令人怜爱护惜哉。然后知宝钗袭人等行为，并非一味蠢拙古版，以女夫子自居。当绣幕灯前，绿窗月下，亦颇有或调或妒，轻俏艳丽等说。不过一时取乐买笑耳，非切切一味妒才嫉贤也，是以高诸人百倍。不然，

宝玉何甘心受屈于二女夫子哉，看过后文则知矣。（第二十回批语）

尤其值得注意的是，比较晴雯与袭人都有过"论理不该"的言行作为，但相较于晴雯是做出"论理不该如此"的违礼举动，和宝玉交换贴身信物（见第七十七回），终究落入私情密意的勾引之举；袭人则是"论理不该我们说"而发抒了义愤，是为他人打抱不平，毋怪乎脂砚斋给予"足见晴卿不及袭卿远矣"的评价。

总而言之，袭人的人品性格是以"恭而安"为主调，其基底则是"温而厉"，由此"解语"的意义才算完备。

（二）"花袭人"的命名意涵

论及世间万物之美，化总入列；花能解语，最为完美。解语之人温暖宜人，如花香扑鼻，令人如沐春风、赏心悦目，这应该就是袭人得名的原因。

小说理论家早已指出："当人物被赋予名字时，这就不仅确定其性别（作为一条规则），而且还有其社会地位、籍贯，以及其他更多的东西。名字也可以是有目的的（motivated），可以与人物的某些特征发生联系。"[1] 而《红楼梦》之创作更将此一特权充分发挥，如清人洪秋蕃所说："《红楼》妙处，又莫如命名之切。他书姓名皆随笔杂凑，间有一二有意义者，非失之浅率，即不能周详，岂若

---

[1] ［荷］米克·巴尔（Mieke Bal）著，谭君强译，万千校：《叙述学：叙事理论导论》（北京：中国社会科学出版社，1995），页95。

《红楼》一姓一名皆具精意,惟囫囵读之,则不觉耳。"[1]据此而言,袭人的命名所蕴含的深层意涵实至关紧要。袭人在贾母身边时被唤为"珍珠"(第三回),不确定是在本家时的本名,还是卖入贾府后贾母所改;待与了宝玉后,始更名为袭人。关于其改名的事由,小说中一共写了两次,但镶嵌其名且与其人并论的诗句,则总共出现三次,连带地,陆游的诗句"花气袭人知骤暖"作为典故来源,也因此成为整部小说中被引用次数最多的一句诗词,可以说是绝无仅有,则袭人的重要性可想而知。

第一次是第三回黛玉初至贾府,夜间就寝时袭人陪侍在外面大床上,两人初次相谈,作者介绍这位大丫鬟道:

> 宝玉因知他本姓花,又曾见旧人诗句上有"花气袭人"之句,遂回明贾母,更名袭人。

第二十三回又将这一段因由重述一遍,当贾政问道:"袭人是何人?"宝玉见瞒不过,只得起身回道:

> 因素日读诗,曾记古人有一句诗云:"花气袭人知昼暖。"

---

[1] (清)洪秋蕃:《红楼梦抉隐》,转引处一粟编:《红楼梦资料汇编》(北京:中华书局,2008),卷三,页238。另外,稍早于洪秋蕃的周春《阅红楼梦随笔》亦曰:"看《红楼梦》有不可缺者二,就二者之中,通官话京腔尚易,谙文献典故犹难。倘十二钗册、十三灯谜、中秋即景联句,及一切从姓氏上着想处,全不理会,非但辜负作者之苦心,且何以异于市井之看小说者乎?"(一粟编:《红楼梦资料汇编》,卷三,页67。)

因这个丫头姓花，便随口起了这个名字。

到了第二十八回，蒋玉菡行酒令时，于酒底的部分念道："花气袭人知昼暖。"此时，

> 众人倒都依了，完令。薛蟠又跳了起来，喧嚷道："了不得，了不得！该罚，该罚！这席上又没有宝贝，你怎么念起宝贝来？"蒋玉菡怔了，说道："何曾有宝贝？"薛蟠道："你还赖呢！你再念来。"蒋玉菡只得又念了一遍。薛蟠道："袭人可不是宝贝是什么！你们不信，只问他。"说毕，指着宝玉。宝玉没好意思起来，说："薛大哥，你该罚多少？"薛蟠道："该罚，该罚！"说着拿起酒来，一饮而尽。冯紫英与蒋玉菡等不知原故，云儿便告诉了出来。蒋玉菡忙起身陪罪。众人都道："不知者不作罪。"

可见在亲友们的心目中，袭人是宝玉的"宝贝"，而这又和其特殊身份与深厚情分是分不开的。让蒋玉菡无意中念出袭人的芳名，就如同蒋玉菡送给宝玉的茜香罗无意中系上了袭人腰间，都是小说家刻意设计的一种冥冥定数，暗示两人将来结褵的夫妻姻缘。

这三回中所引的诗句，出自宋代陆游《村居书喜》："花气袭人知骤暖，鹊声穿竹识新晴。"[①] "花气"即"花香"，一相比对，

[①] （宋）陆游著，钱仲联校注：《剑南诗稿校注》（上海：上海古籍出版社，1985），卷五〇，页3002。

可以注意到小说中的引述与陆游原诗的"花气袭人知骤暖"有一字之差,"骤"字改为"昼"字,属于音近之误,但意义近似,都是正面欣赏袭人的美好。参照第二十一回宝玉生气时所说的反话,道:"明儿就叫'四儿',不必什么'蕙香''兰气'的。那一个配比这些花,没的玷辱了好名好姓。"但其实他尊爱女儿如兰蕙春花,引述古人之著名诗句为袭人改名,正是因为她"配比这些花",足以承担"好名好姓",因此脂砚斋在第八回描写冷香丸散发出"一阵阵凉森森甜丝丝的幽香"这句之下,又评道:"这方是花香袭人正意。"以花为骨、以诗为名,内外兼美。

也由于"袭人"这一芳名的来历再三明说,给予理解这个人物的确切范围与意义限定,因此,舍"花气袭人知骤暖"而取其他不相干的诗句,诸如"飞来飞去袭人裙"之类[1],或增字解经[2],或孤

---

[1] 此句出自初唐卢照邻《长安古意》末联:"独有南山桂花发,飞来飞去袭人裙。"完全脱离文本的指定;并且即使以《全唐诗》为范围,其中的"袭人"一词除此之外全属"花气袭人"的正面意义,诸如:"涧芳袭人衣,山月映石壁"(王维《蓝田山石门精舍》)、"柄裁沈节香袭人"(卢纶《和赵给事白蝇拂歌》)、"翻影初迎日,流香暗袭人"(贾谟《赋得芙蓉出水》)、"山前有熟稻,紫穗袭人香"(皮日休《橡媪叹》)、"独爱池塘畔,清华远袭人"(张友正《春草凝露》),更可见"飞来飞去袭人裙"是瘖弱的唯一孤例,且其本身也没有负面指涉,反倒是对清高之士的赞扬,以此扭曲袭人的命名意义,实属穿凿太甚。

[2] 这类的做法很多,如谓:"盖'花袭人'者,于'似桂如兰'的'花'气中偷'袭'无辜之'人',奸而近人情者也。"张锦池:《略论〈红楼梦〉形象体系内部构成的特点及其代表人物》,《红楼梦考论》(哈尔滨:黑龙江教育出版社,1998),页155。

立一个"袭"字断章取义①,给予负面批评乃至尖刻嘲讽,都是带有成见之下的穿凿附会。必须说,从小说文本到脂砚斋的批语,在在说明了"花袭人"与"解语花"的互文关系,而袭人的"解语"则根源于"实可爱可敬可服之至"的品格,其表现除"竭力尽忠""克尽职任"之外,最主要的乃是"心地纯良",因此不念旧恶、不计前嫌(见下文),还表现在对人慷慨大方、对己俭省朴实,以及与人为善上。

就对人慷慨大方而言,第六十二回香菱与一干女伶们斗草戏耍,遭不服输的对手嘲讽以致推挤跌倒,崭新的石榴裙被旁边的积水坑污湿了半扇,担心薛姨妈生气,于是宝玉想到袭人也有一条一模一样的裙子,建议借来替用以解燃眉之急,香菱一听甚喜,宝玉便"来至房中,拉了袭人,细细告诉了他原故。香菱之为人,无人不怜爱的。袭人又本是个手中撒漫的,况与香菱素相交好,一闻此信,忙就开箱取了出来折好,随了宝玉来寻着香菱"。小说中说"袭人又本是个手中撒漫的",意指其为人不计较得失、不吝惜财物,因此慷慨助人。又第五十八回芳官干娘克扣她的月钱,用剩水给她洗头,由此引发一场纷争,对于宝玉的转托,袭人道:"我要照看他那里不照看了,又要他那几个钱才照看他?没的讨人骂去了。"说着,便起身至那屋里取了一瓶花露油并些鸡卵、香皂、头绳之类,叫一个婆子来送给芳官去,叫她另要水自洗,不要吵闹了。如

---

① 刘伯茹、邓天中:《从贾宝玉对袭人的重命名看袭人》,《浙江学刊》2007年第四期,页113—117。

此之照顾完全自掏腰包，不愿用月钱交换，"没的讨人骂"固然是一种应有的顾忌，关键还是在于不乐计较、与人为善的心性。

至于与人为善者，不只是物质上的照应，更在于由衷的赤诚，以及名声的顾惜。试看第三十二回，宝钗一提醒她要注意湘云居家的艰难辛苦，袭人便立刻后悔自己劳烦湘云帮做女红，"想来我们烦他不好推辞，不知他在家里怎么三更半夜的做呢。可是我也胡涂了，早知是这样，我也不烦他了"；接着金钏儿跳井自尽的消息传开之后，不禁感伤泪下者只有袭人一个，善体人意的真诚罕有其匹。第六十一回柳五儿因为舅舅私赠的茯苓霜被误会而遭到拘禁，为了王夫人房中遗失玫瑰露之事，玉钏儿和彩霞又吵得阖府皆知，眼看即将勾出赵姨娘的贼偷之弊，连带伤害了探春，正是牵连多方，难以善了之际，宝玉便出面承揽，说道：

> "也罢，这件事我也应起来，就说是我唬他们顽的，悄悄的偷了太太的来了。两件事都完了。"袭人道："也倒是件阴骘事，保全人的贼名儿。"

由此才大事化无，平息了一场即将掀腾的万丈风波，而袭人也赞同宝玉的瞒赃做法，可见善良的并非宝玉一人，主仆两个都善用自己的优越地位，为他人解除危难、保全名声，后者尤其难能可贵。

更可贵的是，对人慷慨大方者往往自己更是挥霍无度，算是不吃亏的另类心理，袭人却是对己俭省朴实，安之若素。例如第五十一回袭人的母亲病重，哥哥花自芳来求恩典，接袭人家去望候，王夫人听了，便道："人家母女一场，岂有不许他去的。"一面就叫了凤姐儿来，命她酌量去办理，凤姐儿便命周瑞家的安排车队排场，以符合贾府的体面，又特别交代道：

> "那袭人是个省事的，你告诉他说我的话：叫他穿几件颜色好衣裳，大大的包一包袱衣裳拿着，包袱也要好好的，手炉也要拿好的。临走时，叫他先来我瞧瞧。"周瑞家的答应去了。半日，果见袭人穿戴来了，两个丫头与周瑞家的拿着手炉与衣包。凤姐儿看袭人头上戴着几枝金钗珠钏，倒华丽；又看身上穿着桃红百子刻丝银鼠袄子，着绿盘金彩绣绵裙，外面穿着青缎灰鼠褂。凤姐笑道："这三件衣裳都是太太的，赏了你倒是好的；但只这褂子太素了些，如今穿着也冷，你该穿一件大毛的。"……又看包袱，只得一个弹墨花绫水红绸里的夹包袱，里面只包着两件半旧棉袄与皮褂。凤姐儿又命平儿把一个玉色绸里的哆罗呢的包袱拿出来，又命包上一件雪褂子。

所谓"那袭人是个省事的"，意指袭人是个不讲究排场气派的人，对于自己的事一切简单就好，因此深知其性的凤姐才会事先交代，务必要选用好的衣裳、手炉、包袱，毕竟身为贾府的准姨娘，必须符合贾家的势派，论者甚至发现袭人回家与元妃省亲有许多类似之处[①]；然而即使尽量符合凤姐的要求，准备好行李的袭人还是多处

---

① 参舒芜：《红楼说梦》（北京：人民文学出版社，2004），页 216—220。

未能达到标准,外罩的褂子不仅太素净而且太单薄,包袱和里面装的两件半旧棉袄与皮褂也过于简朴,于是凤姐拿出成色更高级的包袱与褂子,添加返家的装备,至此凤姐才放行。由此可见,袭人并无荣归故乡、骄其亲友的虚荣心,平日也完全不同于晴雯的"十分妆饰",对一个身为超级丫鬟、准姨娘的人上之人而言,这更显出"富贵不能淫"的绝佳人品,也才真正触及"解语""袭人"的核心意义。而"解语"与"袭人"两个由"花"字延伸出来的词汇,更是彼此互相定义的同义词。

三、又副册之冠

第十九回的脂批说得很清楚,袭人"自是又副十二钗中之冠",这是兼具身份地位、性格特质两方面所做的定论。在性格特质上,脂砚斋已有"晴卿不及袭卿远矣"的定评,至于身份地位方面,从贾府的人员等级来观察,袭人也都是高于怡红院中的其他人。

(一)超级丫鬟

一般而言,传统社会中主、奴的贵贱之别是基本的框架,但在为数众多的仆婢之间,又会因为服务性质、工作内容的不同,尤其是与主子的亲疏关系而进一步有高下之分。从第三十五回可知,其等级差异与月钱额度,于各房中依序如下:

  1. 大丫头:贴身服侍主子者,即所谓的"副小姐"(第七十七回）或"二层主子"（第六十一回）。但根据所侍候的对象有长幼之别，实质上又分为两个等级，从月钱上来看，最是明显：一种是服侍女性长辈的，一个月领一两银子；另一种是服侍晚辈的年轻主子者，一个月领一吊（即一千钱）之月钱。

2. 小丫头：即一般名不见经传，专司跑腿杂役者，如佳蕙、坠儿、红玉等，一个月领五百钱。

3. 最下层的则是专事洒扫坐更等杂务之婆子，如夏婆子、何婆子、坠儿之母，以及无名的老嬷嬷们。

就贴身服侍主子的大丫头而言，虽然都是"副小姐"或"二层主子"，但是因为婢以主贵，服侍女性长辈的大丫头还要更高一级，第六十三回管家大娘林之孝家的便对宝玉提醒道："现从老太太、太太屋里拨过来的，便是老太太、太太屋里的猫儿狗儿，轻易也伤他不的。这才是受过调教的公子行事。"而袭人正是贾母屋里拨过来的，且是贾母最看重的丫鬟之一，在仆婢的等级中非比一般，可称之为"超级丫鬟"，这类的超级丫鬟包括贾母处的八个、王夫人处的四个。

第三十六回对这一点说得很清楚，先是平儿提醒凤姐，何以近来有几家下人争相送东西贿赂她的原因，乃是：

如今太太房里有四个大的，一个月一两银子的分例，下剩的都是一个月几百钱。如今金钏儿死了，必定他们要弄这两银子的巧宗儿呢。

可见王夫人有四个每月领一两银子的超级丫鬟，金钏儿即属之，当这个缺额出现时，就成了其他丫头争取的美差。后来则是王夫人问凤姐道：

> "老太太屋里几个一两的？"凤姐道："八个。如今只有七个，那一个是袭人。"王夫人道："这就是了。**你宝兄弟也并没有一两的丫头，袭人还算是老太太房里的人。**"凤姐笑道："**袭人原是老太太的人，不过给了宝兄弟使。他这一两银子还在老太太的丫头分例上领。**……就是**晴雯麝月等七个大丫头，每月人各月钱一吊，佳蕙等八个小丫头，每月人各月钱五百。**"

显示袭人本为贾母房中的超级丫鬟，只因贾母疼爱宝玉，所以才拨给宝玉使唤，但地位不变，她的月钱也照旧；而晴雯和麝月、秋纹、碧痕等人一样，都只是服侍年轻主子的一般大丫头，月领一吊钱。一吊等于一千铜钱，如明朝何良俊云："是日十三位道长，每一个马上人要钱一吊。一吊者千钱也，总用钱一万三千矣。"[①] 虽然在官方汇兑的例价上一千铜钱等于一两银子，但因为白银属于贵重金属，故而在清代历史中，于市场流通上白银与铜钱的汇兑比例往往超过一比一千，一吊的实质价值小于一两，此所以用一两银子、一吊铜钱来区别高下之故。

可以说，在怡红院的众婢中，领取一两月银的袭人确实高于收

---

① （明）何良俊：《四友斋丛说》（北京：中华书局，1983），卷一二"史八"，页99。

受一吊钱的晴雯等人,为诸鬟之冠。而这样的领衔地位来自伦理架构的客观规定,因此受到一致公认与稳固保障,第二十六回佳蕙为红玉抱不平,所说的一番话中就包括这一点:

> 可也怨不得,这个地方难站。就像昨儿老太太因宝玉病了这些日子,说跟着伏侍的这些人都辛苦了,如今身上好了,各处还完了愿,叫把跟着的人都按着等儿赏他们。我们算年纪小,上不去,我也不抱怨;像你怎么也不算在里头?我心里就不服。**袭人那怕他得十分儿,也不恼他,原该的。说良心话,谁还敢比他呢?别说他素日殷勤小心,便是不殷勤小心,也挤不得。**可气晴雯、绮霞他们这几个,都算在上等里去,仗着老子娘的脸面,众人倒捧着他去。你说可气不可气?

其中清楚指出袭人属于原该"得十分儿"的地位,比起晴雯、绮霞她们这几个的"上等"还要更高一级,由此才会有"谁还敢比他"的良心话,即使任职处事不够完善,其地位依然给予最高待遇的保障,属于"挤不得"的伦理秩序;何况袭人"素日殷勤小心",无愧于尽忠职守的品德,更让她的"得十分儿"令人心服口服。于此,脂砚斋便提醒佳蕙所说的这番话是:"却论公论,方见袭卿身份。"

这种无人敢比的十分地位,袭人自己当然心知肚明,但难能可贵的是,她从未仗势欺人或作威作福,既不认为相关的特权是天经地义,视之为应有的本分,毫不懈怠,甚至常常利用这样的优越地位为其他人谋福利。就尽责从事而不矜功自伐这一点而言,第十九

回袭人有一段诚恳的自白,对一心想要挽留她的宝玉说道:

> 其实我也不过是个平常的人,比我强的多而且多。自我从小儿来了,跟着老太太,先伏侍了史大姑娘几年,如今又伏侍了你几年。如今我们家来赎,正是该叫去的,只怕连身价也不要,就开恩叫我去呢。若说为伏侍的你好,不叫我去,断然没有的事。那伏侍的好,是分内应当的,不是什么奇功。我去了,仍旧有好的来了,不是没了我就不成事。

所谓"那伏侍的好,是分内应当的,不是什么奇功",便是所谓的英国式的真诚,因此不自以为有什么了不起的大贡献,也不自视甚高,认为自己独一无二、非我不可,反倒谦虚地断言这是分内应当的平常事,别人可以做得更好。其坦然平静的语气,显示出这是一个真正洞明人世本质的人,深刻了解到除真心真情之外,没有谁是不可替代的,何况随着时间流逝势必带来人事变迁,再好的丫头都只是一时的际会下无常的过客,展现出袭人之所以能够沉稳大方的智慧根由。脂砚斋于此一再提醒:"此等语言,便是袭卿心事""这却是真心话",这也显示出袭人乐于分享、从未嫉妒别人的美好心性所在。

再就袭人常常利用她的优越地位为其他人谋福利而言,例如第三十回写端午节忽然下了一场西北雨,跑回怡红院的宝玉见关着门,便以手叩门,叫了半日,里面诸人只顾玩闹,那里听得见,淋成落汤鸡的宝玉吃了闭门羹,于是公子脾气愤然发作,出现了平生第一次踢打下人的举动:

宝玉一肚子没好气，满心里要把开门的踢几脚，及开了门，并不看真是谁，还只当是那些小丫头子们，便抬腿踢在肋上。袭人"嗳哟"了一声。宝玉还骂道："下流东西们！我素日担待你们得了意，一点儿也不怕，越发拿我取笑儿了。"口里说着，一低头见是袭人哭了，方知踢错了，忙笑道："嗳哟，是你来了！踢在那里了？"袭人从来不曾受过大话的，今儿忽见宝玉生气踢他一下，又当着许多人，又是羞，又是气，又是疼，真一时置身无地。待要怎么样，料着宝玉未必是安心踢他，少不得忍着说道："没有踢着。还不换衣裳去。"宝玉一面进房来解衣，一面笑道："我长了这么大，今日是头一遭儿生气打人，不想就偏遇见了你！"袭人一面忍痛换衣裳，一面笑道：**"我是个起头儿的人，不论事大事小好事歹，自然也该从我起**。但只是别说打了我，明儿顺了手也打起别人来。"宝玉道："我才也不是安心。"

在这段情节中，袭人先是勉强忍痛，安慰宝玉说没有踢着，又以"起头儿的人"合理化宝玉的失控行为，承担这一场空前的责罚，更希望宝玉不可习惯成自然，打起别人来，所体现的是真正的领袖风范。

再如第七十七回晴雯病重，宝玉忧痛不已，并且认为她的必死已有征兆，所谓："这阶下好好的一株海棠花，竟无故死了半边，我就知有异事，果然应在他身上。……这海棠亦应其人欲亡，故先就死了半边。"这种天人感应的思维固然超出袭人的理解，但重点是其中隐含了死亡的不祥之兆，对于病重之人有如诅咒，为了打消宝玉这个诅咒般的推论，间接维护晴雯的生命，于是袭人不惜亲入地狱，以身试咒：

> 袭人听了这篇痴话，又可笑，又可叹，因笑道："真真的这话越发说上我的气来了。那晴雯是个什么东西，就费这样心思，比出这些正经人来！还有一说，**他纵好，也灭不过我的次序去。便是这海棠，也该先来比我，也还轮不到他。想是我要死了**。"宝玉听说，忙握他的嘴，劝道："这是何苦！一个未清，你又这样起来。罢了，再别提这事，别弄的去了三个，又饶上一个。"袭人听说，心下暗喜道："若不如此，你也不能了局。"

借由"我的次序"对应于海棠，再以海棠之半死推衍出"想是我要死了"的结论，把死亡的不祥征兆揽到自己身上①，不能不说是一种置之死地而后生的断腕策略，目的是让爱惜女儿的宝玉警觉到，在"去了三个"之后还有"又饶上一个"的可能，使其损失可能更加惨重，于是在那一套天人感应的思维上紧急煞车，停止继续耽溺在哀伤里，以求得"了局"，可谓善用优势地位而自我牺牲的巧妙方法，诚属用心良苦。

这种"他纵好，也灭不过我的次序去"的优势地位，所发挥

---

① 此一承揽不祥之说者，尚有程建忠：《析对花袭人形象接受中的误读》，《名作欣赏》2012年第17期，页45。

的最大保护力量、所免除的最大灾难,以致获益最大的受保护者,恰恰正是晴雯。第三十一回晴雯不小心折断扇子,宝玉因原已心情欠佳而埋怨几句,晴雯竟盛气凌人地猛烈回击,引起宝玉的空前震怒,以致展开驱逐行动:

>宝玉道:"我何曾经过这个吵闹?一定是你要出去了。不如回太太,打发你去吧。"说着,站起来就要走。袭人忙回身拦住,笑道:"往那里去?"宝玉道:"回太太去。"袭人笑道:"好没意思!真个的去回,你也不怕臊了?便是他认真的要去,也等把这气下去了,等无事中说话儿回了太太也不迟。这会子急急的当作一件正经事去回,岂不叫太太犯疑?"宝玉道:"太太必不犯疑,我只明说是他闹着要去的。"晴雯哭道:"我多早晚闹着要去了?饶生了气,还拿话压派我。只管去回,我一头碰死了也不出这门儿。"宝玉道:"这也奇了。你又不去,你又闹些什么?我经不起这吵,不如去了倒干净。"说着一定要去回。**袭人见拦不住,只得跪下了。**碧痕、秋纹、麝月等众丫鬟见吵闹,都鸦雀无闻的在外头听消息,这会子听见袭人跪下央求,**便一齐进来都跪下了。**宝玉忙把袭人扶起来,叹了一声,在床上坐下,叫众人起去,向袭人道:"叫我怎么样才好!这个心使碎了也没人知道。"说着不觉滴下泪来。袭人见宝玉流下泪来,自己也就哭了。

于此,袭人不念旧恶、不计前嫌,一转身就运用她的优越身份竖立屏障，先是以言语加以缓颊，盼能暂缓宝玉的冲动，取得转圜的余地；此法无效之后，便以其带头的地位引领众婢集体跪下，终于挡住宝玉的脚步，也扭转了晴雯被撵逐的厄运，实为晴雯的恩人，可以说是保护他人免受罚责的绝佳案例，也强而有力地证明了袭人护爱同侪的善良磊落。

袭人的不念旧恶、不计前嫌，从不拈酸吃醋①，还维护了宝玉的乳母李奶娘。第八回描写：

> 宝玉吃了半碗茶，忽又想起早起的茶来，因问茜雪道："早起沏了一碗枫露茶，我说过，那茶是三四次后才出色的，这会子怎么又沏了这个来？"茜雪道："我原是留着的，那会子李奶奶来了，他要尝尝，就给他吃了。"宝玉听了，将手中的茶杯只顺手往地下一掷，豁啷一声，打了个粉碎，泼了茜雪一裙子的茶。又跳起来问着茜雪道："他是你那一门子的奶奶，你们这么孝敬他？不过是仗着我小时候吃过他几日奶罢了。如今逞的他比祖宗还大了。如今我又吃不着奶了，白白的养着祖宗作什么！撵了出去，大家干净！"说着便要去立刻回贾母，撵他乳母。原来袭人实未睡着，不过故意装睡，引宝玉来怄他顽耍。先闻得说字问包子等事，也还可不必起来；后来摔了茶钟，动了气，遂连忙起来解释劝阻。早有贾母遣人来问是怎

---

① 第二十五回写宝玉初识红玉，有心接近，但"若要直点名唤他来使用，一则怕袭人等寒心"，脂砚斋批云："是宝玉心中想，不是袭人拈酸。"此为袭人之常情。

了。袭人忙道："我才倒茶来，被雪滑倒了，失手砸了钟子。"一面又安慰宝玉道："你立意要撵他也好，我们也都愿意出去，不如趁势连我们一齐撵了，我们也好，你也不愁再有好的来伏侍你。"宝玉听了这话，方无了言语，被袭人等扶至炕上。

宝玉执意要撵逐乳母之举的严重性，在于乳母者，历史中一直都是滑移于主仆之间的重要边缘人物，从汉唐以来，贵族士大夫买婢为乳母的史载即斑斑可见。乳母本身虽然无法免除婢仆的身份，但却可借由乳子而在主家众多婢仆中提升地位，是为"婢之贵者"，所生子女亦可因主人之家而攀龙附凤。[1] 此一情况到了清朝大体相同，如脂砚斋即有"奶母之倚势亦是常情"（第八回批语）之说，评点家涂瀛也指出："贾家法，于乳母颇厚，重于酬庸矣。"[2] 就其地位而言，确有几分"逞的他比祖宗还大"的意味。因此，一旦宝玉出面撵逐乳母，势必会引起轩然大波，不仅贾府富而好礼、宽柔待下的门风荡然扫地，贾母、贾政、王夫人更添烦恼气怒，宝玉莽撞的违逆之举也必然深受杖责，可以说是玉石俱焚的重大灾难。因此，袭人连忙起来解释劝阻，不惜顶罪，承揽并非自己的过错罪责，以自己备受优待的特权遮护比较脆弱的下位者，对于拥有较高特权的乳母，则是一并承担撵逐的意气，由此才避免宝玉的任性，化解了

---

[1] 详参李贞德：《重要边缘人物：乳母》，《女人的中国医疗史：汉唐之间健康照顾与性别》（台北：三民书局，2008）。

[2] （清）涂瀛：《红楼梦论赞·焦大赞》，一粟编：《红楼梦资料汇编》，卷三，页141。

剑拔弩张的紧绷怒气，终于周全各方，令人感佩。

（二）准姨娘

袭人身为贾母房中的超级丫鬟，被拨给宝玉使唤，除了让宝玉获得更好的照顾之外，还有一种潜在的用意，也就是作为侍妾的预备人选。犹如第六十五回兴儿所言："我们家的规矩，凡爷们大了，未娶亲之先都先放两个人伏待的。"袭人作为贾母所给予的大丫鬟，即有预定为妾的意味，这就是守礼自爱的袭人愿意与宝玉初试云雨的关键。

第六回描写宝玉神游太虚幻境后，从梦中醒来，迷迷惑惑地起身整衣，接着是：

> 袭人伸手与他系裤带时，不觉伸手至大腿处，只觉冰凉一片沾湿，唬的忙退出手来，问是怎么了。宝玉红涨了脸，把他的手一捻。袭人本是个聪明女子，年纪本又比宝玉大两岁，近来也渐通人事，今见宝玉如此光景，心中便觉察一半了，不觉也羞的红涨了脸面，不敢再问。仍旧理好衣裳，遂至贾母处来，胡乱吃毕了晚饭，过这边来。袭人忙趁众奶娘丫鬟不在旁时，另取出一件中衣来与宝玉换上。宝玉含羞央告道："好姊姊，千万别告诉人。"袭人亦含羞笑问道："你梦见什么故事了？是那里流出来的那些脏东西？"宝玉道："一言难尽。"说着便把梦中之事细说与袭人听了。然后说至警幻所授云雨之情，羞的袭人掩面伏身而笑。**宝玉亦素喜袭人柔媚娇俏，遂强袭人同**

领警幻所训云雨之事。袭人素知贾母已将自己与了宝玉的,今便如此,亦不为越礼,遂和宝玉偷试一番,幸得无人撞见。自此宝玉视袭人更比别个不同,袭人待宝玉更为尽心。

首先应该注意到,宝玉平生的第一次性经验是"强"袭人所致,袭人并未诱引,更没有预藏心机,只是在宝玉要求下被动配合;而袭人之所以没有反抗,与宝玉同领警幻所训云雨之事,原因在于"袭人素知贾母已将自己与了宝玉的,今便如此,亦不为越礼",是合乎礼教的情况下所为,并不存在道德问题,故脂砚斋夹批云:"写出袭人身份。"因此,尔后小说中就再也没有提到这方面的情况,甚至袭人在升格做姨娘后,为了避嫌自重,反而把贴身侍候宝玉的工作移交给晴雯,第七十七回叙述道:

> 这一二年间袭人因王夫人看重了他了,越发自要尊重,凡背人之处,或夜晚之间,总不与宝玉狎昵,较先幼时反倒疏远了……故迩来夜间总不与宝玉同房。宝玉夜间常醒,又极胆小,每醒必唤人。因晴雯睡卧警醒,且举动轻便,故夜间一应茶水起坐呼唤之任皆悉委他一人,所以宝玉外床只是他睡。

可见袭人一路走来始终如一,并且无论具有何种身份、担任何种职分,都以最高规格要求自己,而将贴身侍候的美差拱手让人,"不欺暗室,不愧屋漏"的情操庶几近之。其次,从宝玉愿意和袭人分享这一场春梦,把羞于告诉别人的秘密细说与袭人听晓,即可见出两人的亲近信赖，显示两人确实自幼建立起深厚情感；再加上初试云雨之后，"自此宝玉视袭人更比别个不同，袭人待宝玉更为尽心"，更清楚说明了两人之间关系特殊，具备了不同于其他鬟婢的情义与地位。

事实上，小说中最早表露出纳袭人为妾的意思者，不是王夫人而恰恰正是宝玉。在第十九回"情切切良宵花解语"一段中，宝玉曾对袭人笑道：

> 你在这里长远了，不怕没八人轿你坐。

必须注意到，所谓八人大轿乃是古代婚礼上的迎娶工具，其重大意义在于保证婚姻的合法性。学者指出："长期以来轿子一直是社会公认的把新娘接到她丈夫家的唯一合法的运载工具。如果她是由其他工具接去的话，她就不被看做合法的妻子，在家人及亲戚眼中的地位极不体面。"因此，"用轿子抬来的"便表明她是明媒正娶的妻子，得到社会的认可和法律的保护。[①] 由此可见，宝玉早已认定袭人将来就是他的妾室，但实际上正式纳妾的规矩却完全不能与娶妻相提并论，最多是如同香菱一样，"摆酒请客的费事，明堂正道的与他作了妾"（第十六回），宝玉之所以提到纳妾时不可能用到的八人大轿，属于极其认真郑重的心理下的升级版说法，表现出对袭人的珍惜与承诺。

---

① [美]杨懋春著，张雄、沈炜、秦美珠译：《一个中国村庄：山东台头》（南京：江苏人民出版社，2012），页100。

接着，果然王夫人也确实将袭人升格为姨娘。第三十四回王夫人对袭人说道：

> 近来我因听见众人背前背后都夸你，我只说你不过是在宝玉身上留心，或是诸人跟前和气，这些小意思好，**所以将你和老姨娘一体行事**。

所谓的"将你和老姨娘一体行事"，实质的做法却要到第三十六回才见分晓，当时凤姐向王夫人报告月钱的发放情况，提到袭人的归属问题，王夫人想了半日，向凤姐儿道：

> "明儿挑一个好丫头送去老太太使，补袭人，把袭人的一分裁了。把我每月的月例二十两银子里，拿出二两银子一吊钱来给袭人。以后凡事有赵姨娘周姨娘的，也有袭人的，只是袭人的这一分都从我的分例上匀出来，不必动官中的就是了。"凤姐一一的答应了，笑推薛姨妈道："姑妈听见了，我素日说的话如何？今儿果然应了我的话。"薛姨妈道："早就该如此。模样儿自然不用说的，他的那一种行事大方，说话见人和气里头带着刚硬要强，这个实在难得。"

这就是袭人内定为宝玉妾室的开始。其中应该注意的是，贾府中姨娘的月钱分例是二两银子，第三十六回说得很清楚，王夫人问凤姐道："正要问你，如今赵姨娘周姨娘的月例多少？"凤姐道："那是定例，每人二两。……姨娘们的丫头，月例原是人各一吊。从旧年他们外头商议的，姨娘们每位的丫头分例减半，人各五百钱，每位两个丫头，所以短了一吊钱。"因此，王夫人拨出"二两银子一吊钱来给袭人"，等于是把姨娘所配备的两个丫头各五百钱、共一吊钱的月例一并给付。这是因为袭人并未正式登录为姨娘，无法享有两个丫头的服侍，但仍然将实质的分例一并拨付，正传达了对袭人实质不虚的看待之意。

只是，既然心意坚定，也实质认定，何以却在名分确定上裹足不前，为的当然不是保留反悔的空间，而是另有考虑：

> 王夫人含泪说道："你们那里知道袭人那孩子的好处？比我的宝玉强十倍！宝玉果然是有造化的，能够得他长长远远的伏侍他一辈子，也就罢了。"凤姐道："既这么样，就开了脸，明放他在屋里岂不好？"王夫人道："那就不好了，一则都年轻，二则老爷也不许，三则那宝玉见袭人是个丫头，纵有放纵的事，倒能听他的劝，如今作了跟前人，那袭人该劝的也不敢十分劝了。如今且浑着，等再过二三年再说。"

可见王夫人思虑周全，待过了两三年之后，王夫人也确实是如此向贾母禀报的：

> 王夫人笑道："……若说**沉重知大礼**，莫若袭人第一。虽说贤妻美妾，然也要性情和顺举止沉重的更好些。就是袭人模

样虽比晴雯略次一等,然放在房里,也算得一二等的人。况且行事大方,心地老实,这几年来,从未逢迎着宝玉淘气。凡宝玉十分胡闹的事,他只有死劝的。因此品择了二年,一点不错了,我就悄悄的把他丫头的月分钱止住,我的月分银子里批出二两银子来给他。不过使他自己知道越发小心学好之意。且不明说者,一则宝玉年纪尚小,老爷知道了又恐说着误了书;二则宝玉再自为已是跟前的人不敢劝他说他,反倒纵性起来。所以直到今日才回明老太太。"贾母听了,笑道:"原来这样,如此更好了。袭人本来从小儿不言不语,我只说他是没嘴的葫芦。既是你深知,岂有大错误的。而且你这不明说与宝玉的主意更好。且大家别提这事,只是心里知道罢了。"(第七十八回)

如此一来,也等于是获得了贾母的同意,就此以往,袭人之正式登籍为妾已是指日可待。唯按照脂批所示,不久之后贾府即面临抄家,获得认可却来不及正名的袭人便落入到"妾身未分明"的窘境,以致在"改嫁"问题上引起了种种批评,这当然是所有当事人都始料未及的。

此外,更值得注意的是,与宝玉具有情感关系的黛玉、袭人,两者之间更存在着一种微妙的连线,即两人的生日都是二月十二日。第六十二回探春历数家人生日时,提到"二月没人",袭人道:

"二月十二是林姑娘,怎么没人?就只不是咱家的人。"……宝玉笑指袭人道:"**他和林妹妹是一日**,所以他记的。"探春笑道:"原来你两个倒是一日。每年连头也不给我们磕一个。"

这一层关系又见诸第六十三回,当时于怡红院庆生的夜宴中,袭人所抽到的花签诗是"桃红又是一年春",又注云:

> "杏花陪一盏,坐中同庚者陪一盏,同辰者陪一盏,同姓者陪一盏。"众人笑道:"这一回热闹有趣。"大家算来,香菱、晴雯、宝钗三人皆与他同庚,**黛玉与他同辰**。

二月十二日是为花朝节,晋人周处曾对花朝节描写道:"浙间风俗言春序正中,百花竞放,乃游赏之时,花朝月夕,世所常言。"① 春序正中就是农历二月十五,明代田汝成即云:"二月十五日为花朝节,盖花朝月夕,世俗恒言二、八两月为春秋之中,故以二月半为花朝,八月半为月夕也。是日,宋时有扑蝶之戏。"② 但到了宋代,花朝节的日期有被提前到二月十二或二月初二的,如《广群芳谱》引杨万里《诚斋诗话》谓:"东京(即今开封)二月十二日花朝,为扑蝶会。"又引《翰墨记》:"洛阳风俗,以二月二日为花朝节。

---

① (晋)周处:《风土记》,引自(明)陈耀文:《天中记》,卷四,《景印文渊阁四库全书》第九六五册,页179。
② (明)田汝成:《熙朝乐事》,《岁时习俗资料汇编》第三十册(台北:艺文印书馆,1970),页11。

士庶游玩,又为挑菜节。"①可见花朝节日期还因地而异。至于清代,一般而言,北方以二月十五为花朝,南方则以二月十二为百花生日。陶朱公书亦载:"二月十二日为百花生日,无雨百花熟。"总而言之,花朝节即是百花生日,众卉齐放,最是缤纷盛美,配合扑蝶游赏之乐,春景之最莫过于此。②而这一天生日的民俗文化意涵既适用于黛玉③,也应该适用于袭人。

尤其是,小说中同一天生日的人都有某种类似的、亲近的特殊联系,一共有三种关联意义:其一是元春与荣国公贾源都诞生于大年初一,而一封爵、一封妃,意味着对家族的巨大贡献;其次是宝玉、宝琴的潜在夫妻关系,至于黛玉与袭人则创造出第三种类型,也就是一妻、一妾的类似身份,这也可以反映出袭人与黛玉并不是对立的敌人。甚至必须说,真正的情况乃是适得其反,袭人的人品志量固然深受宝钗的欣赏,但其实黛玉也同样站在袭人这一边,不仅批评李奶娘的仗势欺人、倚老卖老,对宝玉说道:"那袭人也罢了,你妈妈再要认真排场他,可见老背晦了。"脂砚斋就此指出:"袭卿能使颦卿一赞,愈见彼之为人矣。"(第二十回批语)最应该注意的是,袭人在生活上与黛玉更为亲近。

---

① (明)王象晋原著,(清)康熙敕撰:《广群芳谱》第一册(台北:华严出版社,1994),卷二《天时谱二》,页42。
② 详参陈久金、卢莲蓉:《中国节庆及其起源》(上海:上海科技教育出版社,1989)。
③ 吴侬:《黛玉生日》,《红楼梦研究集刊》第十辑(上海:上海古籍出版社,1983),页244。

小说中几度描写黛、袭两人的互动情况，有的是随笔带到，如第二十二回凤姐暗示小戏子的扮相近似于黛玉，众人皆心照不宣，独湘云坦率明说，宝玉好意制止反倒两边受屈，以致心灰意冷，果断而去，黛玉见状后"故以寻袭人为由，来视动静"，这已显示黛、袭的亲近乃是常态，找袭人才会成为前来怡红院的合情合理、自然而然的口实。接着，第三十六回写"林黛玉和袭人坐着说话儿"，这可以说是第三回黛玉初到荣府时，袭人进入里间在床沿上坐了，劝解黛玉不要多心伤感这一场景的延伸。有的则是体贴入微，如第二十九回宝、黛因金玉之论陡生风波，宝玉怒极而摔玉、砸玉，惊动了袭人赶来夺玉、护玉，调解事端时袭人便对宝玉劝道："你同妹妹拌嘴，不犯着砸他；倘或砸坏了，叫他心里脸上怎么过的去？"黛玉一边哭着，一边"听了这话说到自己心坎儿上来，可见宝玉连袭人不如，越发伤心大哭起来"，袭人对黛玉竟知心至此，如探肺腑。

正是基于这样的友好关系，不仅日常生活中可以看到"袭人往黛玉处去问安"（第五十九回），当日后黛玉伤心时，宝玉还常常想到请袭人担任宣慰大使，如第六十四回宝玉坐在袭人身边看她打结子，便说道：

这么长天，你也该歇息歇息，或和他们顽笑，要不，**瞧瞧林妹妹去也好**。

又第六十七回描述道：

且说宝玉送了黛玉回来,**想着黛玉的孤苦,不免也替他伤感起来。因要将这话告诉袭人**,进来时却只有麝月秋纹在房中。因问:"你袭人姐姐那里去了?"麝月道:"左不过在这几个院里,那里就丢了他。一时不见,就这样找。"宝玉笑着道:"不是怕丢了他。因我方才到林姑娘那边,见林姑娘又正伤心呢。问起来却是为宝姐姐送了他东西,他看见是他家乡的土物,不免对景伤情。**我要告诉你袭人姐姐,叫他闲时过去劝劝**。"正说着,晴雯进来了,因问宝玉道:"你回来了,你又要叫劝谁?"宝玉将方才的话说了一遍。晴雯道:"袭人姐姐才出去,听见他说要到琏二奶奶那边去。**保不住还到林姑娘那里**。"宝玉听了,便不言语。

可见当宝玉想要倾吐对黛玉的担忧不舍时,所选择的聆听对象是袭人,而不是晴雯等其他人,这固然是因为袭人本就是善解人意、善作解人的解语花,但也应该是对黛玉最存有真诚的关怀,因此让宝玉感到窝心感念,于是还要进一步委托她闲暇时多去劝慰黛玉,这更明显是第三回黛玉初到荣府当晚场景的延续。最值得注意的是,甚至晴雯也认为外出的袭人很有顺便去潇湘馆探望黛玉的可能,可见黛、袭二人之互动频繁,人所共知。

其实,早在这两段情节之前,第三十一回就有一段特殊笔墨交代了黛、袭两人的友好关系,那是在晴雯失手跌折了扇子的风波后,接着在暴风雨刚刚平息之际恰好黛玉驾临,发生以下这段三人之间的对话:

第五章　袭人论

　　晴雯在旁哭着，方欲说话，只见林黛玉进来，便出去了。林黛玉笑道："大节下怎么好好的哭起来？难道是为争粽子吃争恼了不成？"宝玉和袭人嗤的一笑。黛玉道："二哥哥不告诉我，我问你就知道了。"一面说，**一面拍着袭人的肩，笑道："好嫂子，你告诉我。必定是你两个拌了嘴了。告诉妹妹，替你们和劝和劝。"袭人推他道**："林姑娘你闹什么？我们一个丫头，姑娘只是混说。"黛玉笑道："**你说你是丫头，我只拿你当嫂子待。**"……袭人笑道："林姑娘，你不知道我的心事，除非一口气不来死了倒也罢了。"林黛玉笑道："**你死了，别人不知怎么样，我先就哭死了。**"

试看在动作行为上，晴雯一见到黛玉进来，不仅吞下原本想说的话，还立刻转身出去以避免尴尬，显出两人之间生疏见外的距离感；相对地，黛玉拍着袭人的肩膀，袭人则推推黛玉，而这样的举止都没有出现在他们对待别人的情况上，黛玉既没有拍过包括晴雯在内的其他人的肩膀，袭人更不曾手推其他的主子辈小姐，可见两人之亲昵不避嫌疑，完全没有主奴的距离或敌对的猜忌。此外，在言谈用语上，黛玉更直呼袭人为"好嫂子"，还打算要劝和她与宝玉，当袭人感到这个称呼已经逾越身份时，立即给予提醒和纠正，此刻黛玉依然坚持说："你说你是丫头，我只拿你当嫂子待。"显示黛玉确然如此认定，导致袭人提到自己的苦楚只有死才能解脱时，黛玉更表示："你死了，别人不知怎么样，我先就哭死了。"这简直是宝玉的声口，也简直是对恋人的情话，或许不免有轻松玩笑的意味,却更证明了双方之间的平等情谊。此后会出现两人"坐着说话儿"之类的生活一角,也就顺理成章了。

由此可见,关于袭人为妾的问题,王夫人还不是最早属意的。从第十九回宝玉对袭人说:"你在这里长远了,不怕没八人轿你坐。"接着便是第三十一回黛玉对袭人所言:"你说你是丫头,我只拿你当嫂子待。"都比王夫人提前表示,则王夫人的做法固然是出于女家长的权力主张,但却不是独裁者的一意孤行,既获得了薛姨妈、王熙凤等人的一致赞同,也顺应了婚姻当事之相关人等的意向,可以说是众望所归。

只可惜,这幅"黛玉为妻,袭人为妾",三个人"同死同归"的家庭蓝图终究粉碎破灭,固然黛玉注定早早夭亡,袭人也因命运作梗而中途他去,徒留宝钗与宝玉结缡,宝玉在历经种种非常的痛苦打击之后,终于飘然出家,落了片白茫茫大地真干净。

(三)真情的基础

关于宝玉与袭人之亲近相爱,还表现在一段琐碎细腻却情意深长的情节上。第十九回写袭人之母兄原本有意要赎她回去,但袭人却一反常情地不愿回家与亲人团聚,甚至说至死也不回去的,还为此哭闹了一阵,表示决心,"他母兄见他这般坚执,自然必不出来的了",这是袭人的主观意愿;再加上原是卖倒的死契,本不具备赎回的权利,且贾家待下人甚厚,"幸而卖到这个地方,吃穿和主子一样,也不朝打暮骂","贾府中从不曾作践下人,只有恩多威少的。且凡老少房中所有亲侍的女孩子们,更比待家下众人不同,平常寒薄人家的小姐,也不能那样尊重的",比起回家过庶民生活,自是更好的出路,这是从客观的比较而言,因此,他母子两个也就死心不赎了。但让他们更放心的是:

> 次后忽然宝玉去了,他二人又是那般景况,他母子二人心下更明白了,越发石头落了地,而且是意外之想,彼此放心,再无赎念了。

两位亲长"心下更明白"的,正是见到二人相处互动时的"那般景况"所自然流露出来的深情恩爱。

所谓"那般景况",指的是宝玉私自离府,偷偷去城外袭人家看望她,惊吓的袭人连忙细心照应:

> 一面说,一面将自己的坐褥拿了铺在一个炕上,宝玉坐了;用自己的脚炉垫了脚;向荷包内取出两个梅花香饼儿来,又将自己的手炉掀开焚上,仍盖好,放与宝玉怀内;然后将自己的茶杯斟了茶,送与宝玉。

脂砚斋在此特别提醒道:

> 叠用四"自己"字,写得**宝袭二人素日如何亲洽**,如何尊荣,此时一盘托出。盖素日身居侯府绮罗锦绣之中,其安富尊荣之宝玉,亲密浃洽勤慎委婉之袭人,是分所应当,不必写者

也。今于此一补,更见其二人平素之情义。

接着宝玉对袭人笑道:"你就家去才好呢,我还替你留着好东西呢。"袭人悄笑道:"悄悄的,叫他们听着什么意思。"脂砚斋又就此批云:

想见二人素日情常。

于是从旁察言观色看出这番"平素之情义""素日情常"的母兄二人,"明白"袭人不仅是到了一个宽厚的好人家不怕受苦,甚且还与人中龙凤的宝二爷有了如此深厚的情义,大有成为姨娘的可能,如此一来,更是获得了平民所不敢妄想的终身归宿,这才终于理解何以一向温顺爱家的袭人会又哭又闹,还誓言至死不肯回去,原来关键正在于此,可谓意外惊喜。前面袭人所说的"幸而卖到这个地方,吃穿和主子一样,也不朝打暮骂",不过是少女可以启齿,又合情合理、一般人都能够理解与接受的说词,更深一层却又难以明说的,则是与宝玉的恩义情分,于是其母兄"越发石头落了地,而且是意外之想,彼此放心,再无赎念",表现出亲人对袭人的欢喜与祝福。

也正因为宝玉与袭人"二人平素之情义",故而袭人可以借此劝诫宝玉,假称家人要赎她回去,让一心要留她下来的宝玉愿意真切悔改。试看宝玉听了种种袭人必然该回去的理由时,当下的反应:

> 宝玉听了,思忖半晌,乃说道:"依你说,你是去定了?"袭人道:"去定了。"宝玉听了,自思道:"谁知这样一个人,这样薄情无义。"乃叹道:"早知道都是要去的,我就不该弄了来,临了剩我一个孤鬼。"说着,便赌气上床睡去了。

若非极端不舍,又怎会赌气至此?袭人一去,就让宝玉感到自己变成了无依无靠的"一个孤鬼",可见倚赖之深、情感之厚。再看第二十六回宝玉打发了贾芸去后,意思懒懒地歪在床上,似有朦胧之态,袭人便走上来,坐在床沿上推他道:

> "怎么又要睡觉?闷的很,你出去逛逛不是?"宝玉见说,便拉他的手笑道:"我要去,只是舍不得你。"袭人笑道:"快起来罢!"一面说,一面拉了宝玉起来。

又第三十五回宝玉挨打后想喝荷叶汤,大家针对莲叶羹花了不少时间说说笑笑,宝玉便伸手拉着袭人笑道:

> "你站了这半日,可乏了?"一面说,一面拉他身旁坐了。

比起晴雯那一幕轰轰烈烈的"撕扇子作千金一笑",这些细腻琐碎的日常互动也许较不醒目,但却更是平淡见真情,在细水长流中蕴蓄了刻骨挚心。因此,第二十五回写宝玉、凤姐为马道婆的魔法所祟,严重到即将丧命时,众人的反应是:

看看三日光阴，那凤姐和宝玉躺在床上，亦发连气都将没了。合家人口无不惊慌，都说没了指望，忙着将他二人的后世的衣履都治备下了。贾母、王夫人、贾琏、平儿、袭人这几个人更比诸人哭的忘餐废寝，觅死寻活。

其中清楚显示出，真正视宝玉、凤姐二人如命，几乎悲痛到跟着陪葬的人，除贾母、王夫人是毋庸赘言，此外就属贾琏、平儿、袭人这三者，其椎心裂肺自是源于无限深爱，这和回目"情切切良宵花解语"中的"情切切"全然一致。值得注意的是，这三人之中，真心爱凤姐的是贾琏、平儿，贾琏对凤姐的夫妻之情实在值得注意，一般片面地夸大两人的龃龉冲突，实为以偏概全；而袭人的对象则是宝玉，但是除袭人之外，并没有描写到晴雯的反应，这固然不能断言晴雯无动于衷，可袭人作为最悲痛不舍的一个，却是毋庸置疑。也正是因为如此，当第五十七回宝玉听信了紫鹃谎称黛玉要回苏州去的测试情辞，以致昏聩失魂近乎半死的时候，也是袭人在惊恐悲痛万分之余，一获知肇事的始作俑者，便直奔潇湘馆质问紫鹃，竟因此让宝玉恢复神智，正所谓"解铃还须系铃人"，归根究底，袭人更是宝玉的"解铃人"。

于是乎，第七十八回写宝玉又至蘅芜苑中，只见寂静无人，房内搬得空空落落的，不觉吃一大惊，知道宝钗迁出后更又添了伤感，悲感一番，忽又想到：

去了司棋、入画、芳官等五个；死了晴雯；今又去了宝钗等一处；迎春虽尚未去，然连日也不见回来，且接连有媒人来求亲：大约园中之人不久都要散的了。纵生烦恼，也无济于事。**不如还是找黛玉去相伴一日，回来还是和袭人厮混，只这两三个人，只怕还是同死同归的。**

可见在大观园敲起了丧钟，众女儿一一离去而崩解的过程里，宝玉已清楚意识到"大约园中之人不久都要散的了"的终极宿命之余，却一方面以"纵生烦恼，也无济于事"而努力振拔于悲哀之上，另一方面则寻求最终永恒不变的稳固支柱以对抗无常迁变，所谓"找黛玉去相伴一日，回来还是和袭人厮混，只这两三个人，只怕还是同死同归"，可见黛玉、袭人便是宝玉历经人世无常、离散沧桑之后的最后底线，证明了宝玉心中是认定黛玉为妻、袭人为妾，如此才能终其一生"同死同归"，并且遥遥与第六回的"宝玉视袭人更比别个不同"相呼应。

再者，透过旁人的眼光，更清楚突显出袭人的独一无二。例如：第二十六回写贾芸来到怡红院做客，口里和宝玉说着话，眼睛却溜瞅那丫鬟：

> 细挑身材，容长脸面，穿着银红袄儿，青缎背心，白绫细折裙。——不是别个，却是袭人。那贾芸自从宝玉病了几天，他在里头混了两日，他却把那有名人口认记了一半。他也知道袭人在宝玉房中比别个不同。

这更直接地延续了第六回的"宝玉视袭人更比别个不同",透过外来者贾芸两天内的观察认证,袭人与众不同的地位诚然一以贯之。其次,第二十八回大家行酒令时,蒋玉菡于酒底的部分念道:"花气袭人知昼暖。"薛蟠立刻跳起来,说他触犯了宝玉的"宝贝",指的正是袭人的芳名,这个反应的特殊之处在于,一个注重男女之别的大家族里,即使是身为兄妹的薛蟠与宝钗,都存在着"宝姐姐先在家里住着,那薛大哥哥的事,他就不知道,何况如今在里头住着呢,自然是越发不知道了"(第二十八回)的隔离情况,则老在外头的薛蟠对于别房别院中的袭人恐怕更是连面也不曾见过,如何能知道这号人物以及她的重要性?甚至当时妓女云儿还对不知情的冯紫英与蒋玉菡说明原故,可见连闺阁不宜的风尘女子都知道袭人的存在,从一般情理加以推测,自然是宝玉在日常交际应酬时言谈之间所流露出来,所以为诸亲友所共知。所谓的"宝贝",即清楚点出袭人在宝玉心中、在怡红院里的重要性,并且是出于宝玉自己的表白,最为客观。

因此,第十九回写袭人诳称母兄要赎她回家,借此规箴宝玉,宝玉一心只要留下她,以为袭人真去定了,便赌气上床睡去,袭人"自己来推宝玉,只见宝玉泪痕满面",其万般不舍的伤心历历在目;接着宝玉一听有机会挽留,便百般应承所有的要求,岂不证明宝玉之倚恋袭人甚深?第三十六回袭人被升格为姨娘,宝玉得知以后的反应是"喜不自禁",又向她笑道:"我可看你回家去不去了!……从今以后,我可看谁来敢叫你去。"这种始终一贯的情况,也说明了在宝玉心目中,袭人确实是仆妾群中的第一等人物,与正妻人选中的第一优先林黛玉,双双都是他身边永远的伴侣,共同构成了理想的家庭蓝图。

正因为爱之深、责之切,对于宝玉这样一位责任重大的家族继承人,袭人不只是生活的照顾妥贴,还包括品行的规引入正,"因宝玉性情乖僻,每每规谏宝玉,心中着实忧郁"(第三回)、"这几年来,从未逢迎着宝玉淘气"(第七十八回),不顺应宝玉的私人爱好,不贪图当下的纵情痛快,而是为了宝玉长远的未来着想,因此不惜以逆耳忠言多所针砭,符合所谓的"贤妇":"爱夫以正者也。成其德,济其业,恤其患难,皆正之谓也。"[①] 这便是回目"情切切良宵花解语"的"情切切"之意。所谓"爱人以德",真爱理当如此。因此,第十九回脂砚斋的批语指出袭人才是真正的"又副十二钗中之冠",这是从品德、真爱这两方面所做的终极定论。

四、桃花:"改嫁"问题

"袭人"与"解语"乃辐辏于"花"字而演绎其义,袭人必须以花为姓、以桃花为代表花,实为小说家的精心安排。

第五回宝玉观览金钗们的图谶一段,于袭人的部分,是画着一簇鲜花,一床破席,也有几句言词,写道是:

[①] (明)吕坤:《闺范》,卷三,(明)吕坤撰,王国轩、王秀梅整理:《吕坤全集》下册(北京:中华书局,2008),页1494。

> 枉自温柔和顺，空云似桂如兰。堪羡优伶有福，谁知公子
> 无缘。

对此，评点家往往断章取义、无中生有，诠释为："席而破，与敝帷盖同。然席虽微，一人眠之不破，多人眠之则破。……只此一字，袭人之罪状未宣，袭人之典刑已正。"① 流风所及，今代学者亦扩充阐释道："在作者的构思中，袭人的性格有美丑两个方面……'一簇鲜花，一床破席'，就象征着其性格有如鲜花般俊俏芳香，又如破席般污秽卑陋。"② 然而，以如此负面的用语和诠释，施加于曹雪芹视为"非庸常之辈"的"紧要者"（第五回）的群钗之一，恐怕是过于偏颇；更何况，只就推论方式的严格度来加以检验，也足见此一说法欠缺内在的一致性，一旦将如此望文生义的诠释逻辑衡诸其余图谶，则会造成十分荒谬的结果。如画着"又非人物，也无山水，不过是水墨滃染的满纸乌云浊雾而已"的一幅，岂非应该推衍出"晴雯乃是恶浊低俗、一无是处之人"的论点？而画着"有一池沼，其中水涸泥干，莲枯藕败"的一幅，恐怕也免不了得到"香菱乃是残花败柳之人"的解释。

实际上，宝玉所见的各个图谶上，常常出现类似的负面描述词，其他人物的"乌云浊雾""水涸泥干""莲枯藕败""两株枯木"等等，其中的名词如"花""席""云""雾""莲""藕""木"

---

① （清）洪秋蕃：《红楼梦抉隐》，参冯其庸纂校订定，陈其欣助纂：《八家评批红楼梦》，页139。
② 朱淡文：《红楼梦研究》（台北：贯雅出版社，1991），页153。

等，都是在制作图谶时，透过谐音法、别名法、拆字法、相关法来暗示所指涉的对象[①]，以"花席"二字之谐音点出花袭人，以"云雾"之别名点出晴雯，以"莲"之别名点出香菱，以"两木"拆字拼合点出林黛玉；而用以修饰这些名词的动词和形容词，如"破""乌""浊""涸""干""枯""败"等语，都是一种命运表述而非人格表述，乃用来展现这些女性皆隶属于"薄命司"的悲惨际遇，"破席"当然不能单独地断章取义。

再者，判词中的"枉自""空云"都是可惜、白费的意思，意谓袭人如此之贤良美好，却仍然薄命遭遇不幸，辜负了她如兰桂般温柔和顺的良品美质；也可以采宝玉的角度，指宝玉无福消受袭人的"温柔和顺、似桂如兰"，与最后一句的"谁知公子无缘"同义，而有缘人则是一位优伶，也就是琪官蒋玉菡。两人的姻缘是在第二十八回经由宝玉的中介，使两人的茜香罗与松花汗巾无意间彼此交换而形成婚谶，脂砚斋于这一回的回末总评也指出："'茜香罗''红麝串'写于一回，棋（琪）官虽系优人，后回与袭人供奉玉兄宝卿得同终始者，非泛泛之文也。"从"堪羡优伶有福"一句，也明白地肯定袭人的"温柔和顺、似桂如兰"，娶妻若此，自是人生莫大福分，因此才会对有福娶得袭人的蒋玉菡致以羡慕之心。

不仅如此，同样在第二十八回大家行酒令时，蒋玉菡于酒底的部分念道："花气袭人知昼暖。"薛蟠立刻跳起来，说他触犯了宝玉

[①] 此乃传统谶谣制作时的惯用手法，参谢贵安：《中国谶谣文化研究》（海口：海南出版社，1998），页98—164。

的"宝贝",这种无心的联系,当然也是小说家的幕后安排,用以反复强化两人之间的紧密关联。而在婚姻归属上类似的命运暗示,还出现于第六十三回怡红院庆生的夜宴中,袭人所抽到的花签诗是"桃红又是一年春",原作"桃红又见一年春",出自宋代谢枋得《庆全庵桃花》:

> 寻得桃源好避秦,桃红又见一年春。花飞莫遣随流水,怕有渔郎来问津。①

有学者认为,"寻得桃源好避秦,桃红又见一年春"指的是贾府抄家后,袭人改嫁蒋玉菡之事。但我以为,全诗隐含的是袭人的一生遭遇,首句"寻得桃源好避秦"比喻的是袭人进入贾府前的遭遇,当时袭人因家道艰难,即第十九回脂批所言的"补出袭人幼时艰辛苦状,与前文之香菱,后文之晴雯大同小异",如逢秦末乱世,被饥荒穷极的家人卖到贾府,"幸而卖到这个地方,吃穿和主子一样,又不朝打暮骂",因此"他母兄要赎他回去,他就说至死也不回去的",反倒要求家人"权当我死了,再不必起赎我的念头"(第十九回),这就的确有如"寻得桃源"的情况一般,故而无意离开贾家;但袭人与宝玉的姻缘有如桃花春风一度,后来又发生了意外的转折,而产生第二度的桃花姻缘。当贾府衰败、宝玉出家,众女儿如

---

① 傅璇琮等主编:《全宋诗》第六十六册(北京:北京大学出版社,1998),卷三四七七,页41402。

"花飞"般纷纷流落之时,妾身未分明的袭人却可以"莫遭随流水"地免于飘零的厄运,乃是因为她在贾家与自家的安排之下被嫁与蒋玉菡,此即所谓的"有渔郎来问津"。由于新郎蒋玉菡自始至终都"极柔情曲意的承顺","越发温柔体贴"地更加周旋、不敢勉强(第一百二十回),因此被迫出嫁的袭人也就终于接受命运错置的安排,虽然事与愿违地没有成为贾宝玉的姨太太,结果却也出乎意外地获得了另一段幸福的婚姻,这就是"桃红又见一年春"的深层涵义。①

必须说,袭人和蒋玉菡的姻缘始终都是在无意中促成的,引起讼端的"改嫁"情形,则往往成为指控袭人品德的重要依据。但若仔细检证相关文本、传统制度、人性内涵,以所谓的"改嫁"加以指责谩骂,实际上多是成见之下的欲加之罪,其中所隐含的许多迷妄,诚需详加审辨。

(一)"桃花"的象征意涵

首先,袭人之代表花"桃花"的象征意涵,环绕着"婚姻"与"桃源"这两个核心,并且因果相关。

"随流水"意谓飘零的命运,如同宝钗《柳絮词·临江仙》中所说的:"几曾随逝水?岂必委芳尘?"虽然宝钗基于翻案改运,而添加"几曾""岂必"这两个否定疑问词,但"随逝水""委芳尘"

---

① 参欧丽娟《诗论红楼梦》,第七章"《红楼梦》使用旧诗之情形与用意",页391—392。

确确实实是柳絮、飞花的终极下场。因此，袭人能够"花飞莫遣随流水"，乃是因为"渔郎来问津"而花落蒋家的意外之幸，既避免流散的厄运，又获得一段温柔的幸福。就此，桃花意象明显是选取传统文学中的两种意涵：

其一，是出自《诗经·周南·桃夭》中，由"桃之夭夭，灼灼其华。之子于归，宜其室家"所形成的婚嫁意义，暗示袭人的终身大事面临了意外的曲折，故谓"桃红又见一年春"。

其二，则是陶渊明所奠立的"桃花源"的乐园意义，说明袭人两次的生命难关都因为幸运而获得了美好的转机，有如"寻得桃源好避秦"。

更引人深思的是，"桃红""桃源"这两层意义相结合，又共同指涉了婚姻诚然是女性一生之祸福灾幸的决定性因素，嫁得良人、觅得良缘便是寻得桃源，终身幸福。袭人的花落蒋家，可以说是薄命司众钗中最幸运的一个，既未夭亡殒逝，也没有孤寡一生，而是和一个身份相当、品德类同的夫婿白首偕老，这应该是作者对她的一种赞美，清代评点家王希廉便指出：

> 袭人见婆子央求，即便心软；平儿说"得饶人处且饶人"。两人慈厚存心，所以结果不同。①

为小说人物安排一个美好的结局，从情理逻辑而言，自有怜惜、补

---

① 冯其庸纂校订定，陈其欣助纂：《八家评批红楼梦》，第五十六回评，页1455。

偿、回报之意存焉。

然而奇特的是，对于袭人的"桃红又见一年春"，历来却多所非难訾议，续书者高鹗可以说是始作俑者，随后踵步踏上这条批判之路者，可谓不绝如缕、不知凡几，甚至刻意选取具有负面意义的桃花表述，采用杜甫《绝句漫兴九首》之五的"颠狂柳絮随风舞，轻薄桃花逐水流"，以污蔑袭人的两度姻缘。然而，值得深思的是，古人早已有云："欲加之罪、何患无辞"，在特定的成见之下，要从作品丰富、作家众多、角度多元的文学作品里找到合乎成见的诗句，简直是轻而易举。但是，任何文学分析都应该回归于情境脉络，从文本内在的、完整的有机体中进行解读与获取解答，而非跳跃式的联想附会；单以始作俑者的高鹗续书来说，其说法便大有疑义，现代读者的变本加厉，更是问题重重。

（二）息夫人：续书的错误引用

先观续书所写的情况。第一百二十回对于袭人之欲死而终未死，高鹗不以为然地给予以下的按语：

> 看官听说：虽然事有前定，无可奈何。但孽子孤臣，义夫节妇，这"不得已"三字也不是一概推委得的。此袭人所以在又副册也。正是前人过那桃花庙的诗上说道：
>
> 千古艰难惟一死，伤心岂独息夫人！

值得玩味的是，息夫人又别称桃花夫人，故息夫人庙亦名桃花庙，晚唐诗人杜牧即有《题桃花夫人庙》一诗，而桃花又恰恰是袭人的代表花，袭人在此确实重叠了息夫人的影像。但这段陈述中隐含了诸多谬失之处，却在在减低其对袭人的批判力道，甚至结果是适得其反。首先，由"看官听说"引出的道德论断，属于说书人的现身说法，但这种做法很容易破坏小说叙事的整体性，以及让读者自行领略的含蓄性，低估了读者的智力。并且，将"不得已"三字视为袭人怕死而不殉节的推诿之词，恰恰与前八十回的看法相左。

且观宝玉对这个问题的见解。第三十六回描写宝玉与袭人闲谈之际：

> 然后谈到女儿如何好，不觉又谈到女儿死，袭人忙掩住口。宝玉谈至浓快时，见他不说了，便笑道："人谁不死，只要死的好。那些个须眉浊物，只知道文死谏，武死战，这二死是**大丈夫死名死节。竟何如不死的好**！必定有昏君他方谏，他只顾邀名，猛拼一死，将来弃君于何地！必定有刀兵他方战，猛拼一死，他只顾图汗马之名，将来弃国于何地！所以这皆非正死。"袭人道："**忠臣良将，出于不得已他才死**。"宝玉道："那武将不过仗血气之勇，疏谋少略，他自己无能，送了性命，这难道也是不得已！那文官更不可比武官了，他念两句书污在心里，若朝廷少有疵瑕，他就胡谈乱劝，**只顾他邀忠烈之名，浊气一涌，即时拼死，这难道也是不得已**！还要知道，那朝廷是受命于天，他不圣不仁，那天地断不把这万几重任与他了。**可知那些死的都是沽名，并不知大义。**"

同理可推，只因婚恋对象遭遇到无法从一而终的变化，于是"只顾他邀忠烈之名，浊气一涌，即时拼死"，固然能邀得"义夫节妇"的美名，但这又将置至亲挚友于何地？对于这种僵化的"死名死节"，宝玉的断言是"竟何如不死的好"！由此可见，宝玉已经充分意识到以死论高下是一种没有实质价值的形式主义，"死"不但不能证明人格道德，更容易变成一种自欺欺人的误导，落入沽名钓誉的轻率而不自知。

这种超越以生死论高下之形式主义的"大义"观，后来更以婚恋的范畴明确地出现在藕官对宝玉的思想启蒙上，第五十八回记载芳官的转述道：

> 这又有个**大道理**。比如男子丧了妻，或有必当续弦者，也必要续弦为是。**便只是不把死的丢过不提便是情深意重了**。若一味因死的不续，孤守一世，妨了大节，也不是理，死者反不安了。

如果连孤守不婚都算是有碍"大节"，那么以死相殉岂非更是不足为训！何况最关键的是，藕官所言"不把死的丢过不提便是情深意重"已经清楚指出持久深情完全系于一心之坚，并不在于外在形式，从随后宝玉所领会引申的"**一心诚虔，就可感格**""只一'**诚心**'二字为主""只要**心诚意洁**，便是佛也都可来享，所以说，**只在敬不在虚名**"之说，更明确主张爱或情的定义权应该还诸内心，完全不以生死、婚寡、烧纸等外在形式的"虚名"为衡量标准，致使"诚"与"敬"所代表的内在心意真正获取最坚强的主导地位。如此一来，

"死名死节"便是一种流于形式主义的强迫性行为。

尤其是,续书者对袭人之未死的"不得已",恰恰对反于宝玉所言的"即时拼死,这难道也是不得已",前者质疑袭人未死之不得已,认为其"不得已"是一种开脱推诿;后者则是质疑拼死之不得已,认为其"不得已"是一种迷妄自陷。由此可见,同样都是关于名节德操的范畴,也都是质疑人们行为上的不得已,但一个是要别人必须去死,一个却是要别人不应去死,何者才是仁者之心,不言可喻。

再者,续书者所谓"此袭人所以在又副册也"的论断,完全不符曹雪芹的设定标准,盖第五回薄命司中正册、副册、又副册的分等,乃是对应于上等、中等、下等的贵贱等级,是以阶级身份而不是对宝玉的重要性为划分原则,更不涉及人品道德,否则同样身在又副册的晴雯,岂非也必须沦为不堪之辈?可见续书者的认知是有违曹雪芹原意的,读者若是引述这段话来批判袭人,实属误入歧途。

更何况,续书者用来讥讽袭人改适他人的诗句,乃是扭曲了原意的错引,显示了学养的不足。那一联出自清初诗人邓汉仪的七言绝句《题息夫人庙》,全诗云:

> 楚宫慵扫眉黛新,只自无言对暮春。千古艰难惟一死,伤心岂独息夫人! [①]

从"伤心"一语,可见其主旨是悲悯,是对人类这种"千古艰难"

[①] (清)沈德潜:《清诗别裁集》(北京:中华书局,1975),卷一二,页219。

之处境感同身受的哀怜与感慨；而面对这个连天神或圣人都无法给出单一答案或做法的千古难题，何以旁观者、局外人总是要轻易逼人以死明志，忽略了这是自己以及任何人也都同样艰难面对的严峻课题？陶渊明身为亡国之民，在改朝换代之后，也只能以"所著文章，皆题其年月，义熙以前，则书晋氏年号，自永初以来唯云甲子而已"①，消极表示其"耻复屈身后代"，又何必以死才能明志？即使壮烈成仁的文天祥，以"人生自古谁无死，留取丹心照汗青"的大无畏慷慨赴义，却也不是自尽而是被杀，由外力执行死刑，并没有因为不是"自杀"而损伤其高风亮节。可见是否去死、怎么死，都不构成衡量一个人品德高下的标准，"伤心岂独息夫人"的反诘，正是对那些大义凛然地以理杀人者而发的。

"孽子孤臣"尚且如此，息夫人以身为女性不由自主的弱势地位，其伤心的呈现方式则有异曲同工之处。《左传·庄公十四年》载：

> 蔡哀侯为莘故，绳息妫以语楚子。楚子如息，以食入享，遂灭息。以息妫归，生堵敖及成王焉，未言。楚子问之，对曰："吾一妇人而事二夫，纵弗能死，其又奚言？"楚子以蔡侯灭息，遂伐蔡。②

---

① （梁）沈约：《宋书》（台北：鼎文书局，1980），卷九三《隐逸传·陶潜传》，页2289。
② （周）左丘明传，（晋）杜预注，（唐）孔颖达疏：《春秋左传正义》，《十三经注疏》，卷九，页156。

息夫人在忍受屈辱、煎熬自咎的生活中,以沉默剥夺对世界的发言权而自我取消,既是一种罪恶感的表现,因此以"失声消音"(mute)否定自己的存在①,也是一种对其遭遇最大的抗议,其实比一死了之还要艰苦。

到了唐代,又发生了一则类似的故事,当年仅二十岁的天才诗人王维,在宁王府中目睹被权贵横刀夺爱的卖饼者妻时,便结合了这个典故创作《息夫人》一诗,对这类不幸的女子深致同情。真实现场的卖饼者妻之事,见《本事诗》所载:

> 宁王曼贵盛,宠妓数十人,皆绝艺上色。宅左有卖饼者,妻纤白明媚,王一见属目,厚遗其夫,取之,宠惜逾等。环岁,因问之:"汝复忆饼师否?"默然不对。王召饼师使见之,其妻注视,双泪垂颊,若不胜情。时王座客十余人,皆当时文士,无不凄异。王命赋诗,王右丞维诗先成……②

其诗云:

> 莫以今时宠,能忘旧日恩。看花满眼泪,不共楚王言。

---

① 这是因为声音语言象征权力,所以"将女性消减为沉默就是使她失去权力",失去自我的主体性。
② (唐)孟棨:《本事诗》(北京:中华书局,1985),"情感第一",页2。《全唐诗》卷一二八引录此诗时,增加了后续的发展:"座客无敢继者,王乃归饼师,以终其志。"不知所据为何。

(《全唐诗》卷一二八)

很显然,王维看到了卖饼者妻对饼师的真心挚爱,并不因为获得宁王的宠爱飞上枝头做凤凰,而忘却贫贱夫妻同甘共苦的恩情;即使饼师不敢抗拒宁王的威势,甚至为金钱所诱而出卖妻子,仍然没有怨怼恨尤,经过一年荣华富贵的生活后仍然念念不忘糟糠之夫,卖饼者妻的"满眼泪"正是"莫以今时宠,能忘旧日恩"的坚贞表现。尤其是在这个三角关系中,一介平民的前夫软弱贪财,未曾为捍卫自己的妻子而奋斗,一无大丈夫的担当;而贵盛好色的宁王横刀夺爱,拥有绝艺上色的宠妓数十人还不知足,非分地觊觎人妻,以金钱权力拆散平民夫妇的家庭幸福,更难逃道德的严厉谴责,两个男人都令人不齿。相反,卖饼者妻以其非凡美貌,却甘心与丈夫卖饼为生,既未嫌贫爱富,更笃守夫妻恩情,贵宠生活始终不能夺改其志,心如盘石不转,志若纯金不变,真正堪称为"贫贱不能移,富贵不能淫",却沦为男性之间钱、权交易的牺牲品,夫复何言!

因此,正如汉学家入谷仙介所指出的:"王维并不嘲笑或指责为生存而忍受权力者践踏玩弄的女性,惟有为她们的命运流泪。诗人自身正像息夫人那样,一直挣扎在被权力玩弄牵制的窄缝里,短诗《息夫人》不幸早早言中了这一命运。在权力正式左右他的命运之前,他的内心已经有了来自权力的挥之不去的伤痕,这些,便是这首《息夫人》所展示的在本事背景以外的深层内容。"[①] 真正有罪

---

① [日] 入谷仙介著,卢燕平译:《王维研究(节译本)》(北京:中华书局,2005),页 26—27。

的，是软弱贪财的饼师以及贵盛好色的宁王，绝非在性别压迫下无辜受害的女性，也不该因此承担未死殉节的罪名，王维这首诗甚至隐隐然带有嘲讽宁王的意味。而"默然不语"，便是命运任人拨弄的弱女子唯一的抗议！

据此，息夫人、卖饼者妻、袭人等等历史上不绝如缕的不幸女子，既没有遇到"义夫"，当然也不必充当"节妇"，何况，她们的节操在于"默然未言"与"双泪垂颊"的"伤心"与"真情"，来自真正的"心"而不是形式上的"死"，因此赢得了王维、邓汉仪等诗人的悲悯同情。就把"心"作为衡量真情的关键而言，不也正是贾宝玉所坚持的观念？她们都是"一心诚虔""心诚意洁""只一'诚心'二字为主"，因此，应该都足以"感格""便是佛也都可来享"才是，何以续书者和众多读者却执着于宝玉所反对的"虚名"，落入到"以死明志"的形式主义，对袭人不假辞色，自我矛盾地变成了礼教杀人的刽子手？这究竟是出于无知，还是成见？而无论是无知还是成见，都警醒人们，要变成刽子手是多么地容易！

由此可见，续书者引述"千古艰难惟一死，伤心岂独息夫人"这一联诗句，其实是与原义恰恰相反的误用，对于批判袭人的目的也适得其反，其对人性的简单化、评论的庸俗化，以及对古典诗歌的严重误解，正显示出确实是续貂败笔的一个重要证明。

（三）基本归因偏误

但我们应该关切的重点并不在孰是孰非，虽然这也极为重要，因而前文多费笔墨；更发人省思的是，对于以"袭人改嫁"加以讽刺、毒评的常见状况，必须说，其中隐含的心理扭曲与逻辑错误都非常严重，包括以下数端：

1. 无知：即使是被批评为"礼教吃人"的儒家贞节观，所要求的从一而终也只针对正配嫡妻，而不及于仆妾。以"守节"来訾议袭人，完全不符当时的礼教规范，反而是无中生有的道德批评。

因为夫妻的一体性，以及正妻在宗法上的地位，攸关家族的传承维系，因此既享有较多的权力／权利／权益，相对地，也就必须承担较大的责任与义务，涉及家族的凝聚、传承等重大问题，于是被礼教要求必须守节。至于妾则是私下买卖转移的"奔"而非明媒正娶的"聘"，"根本不能行婚姻之礼，不能具备婚姻的种种仪式①，断不能称此种结合为婚姻，而以夫的配偶目之。妾者接也②，字的含义即指示非偶"，因此，"妾在家长家中实非家属中的一员。她与家长的亲属根本不发生亲属关系。不能像妻一样随着丈夫的身份而获得亲属的身份"③。妾的身份地位既等于奴仆，也因此较不受严格的礼法约束，所谓"礼不下庶人"也。何况袭人虽然实质为妾，却并没有正式登籍列册，名不正则言不顺，如清代评点家二知道人所指出：

---

① 婚姻仪式是婚姻成立的形式要件，声伯之母不曾经聘的仪式，穆姜便不承认她是娣姒，而目为妾，虽生子犹出之，见《左传·成公十一年》。
② 《白虎通义》云："妾者接也，以时接见也"。《释名》亦云："妾，接也，以贱见接幸也。"
③ 瞿同祖：《中国法律与中国社会》，第二章"婚姻"，页171—172。

> 袭人为宝玉妾,妾身未分明也。宝玉潜逃,袭人无节可守,嫁与琪官,夫优妇婢,非凤随鸦也,又何足怪。①

因此严格地说,她之嫁与蒋玉菡,并不能称为"改嫁""再嫁"。

但奇怪的是,不仅续书者以"节妇"之道苛求袭人,迄今抱持负面成见的评论者,更一味以袭人嫁予蒋玉菡而横加责难,甚至以其未以死殉节而冷嘲热讽,正是一种无知于传统社会法则,而以今律古的范畴误置之说,其原因明显是来自既定成见的心理反应。

2. 残酷:比起无知更严重的,是一种不自觉的残酷。必须细加审辨的是,被恶意丑化的传统礼教就算是"吃人",也还只是"吃正妻",并不"吃妾";而非议于袭人未以死殉的现代读者,却要一个在传统礼教中可以活下去、拥有改嫁自由的妾去死,则是比"吃妻不吃妾"的传统礼教更残酷,因为这种心态是"连妾都吃",诚所谓"要求袭人守节,是比历史上所实有的封建还封建百倍的封建"②,显示出"你比你所反对的人更残酷"。一旦意识到这一点,岂不令人毛骨悚然,人类的"成见杀人"竟可以一至于斯!

3. 矛盾:此外,因袭人未以死殉而严加非议的现代读者,其实又严重地抵触其价值信念而自我矛盾。儒家贞节观之所以被诋毁为"礼教吃人",就是因为现代意识中保障人人自主、自由的观念,主张个人不需要被伦理规范所束缚,流风所及,甚至将违反社会道

---

① (清)二知道人:《红楼梦说梦》,一粟编:《红楼梦资料汇编》,卷三,页98。
② 聂绀弩:《略谈〈红楼梦〉的几个人物》,《中国古典小说论集》(上海:上海古籍出版社,1981),页283。

德的"身体解放""情欲自主"都给予高度赞扬,视之为建立个人主体的象征,连带地认为"女子守节"是一种戕害人性的不人道。既然如此,以同一套标准而言,岂不应该颂赞袭人的改嫁为追求自我、不受礼教限制的自由表现?但结果却适得其反,袭人横遭极其尖酸难堪的苛责,诚属矛盾已极。

并且,对用一套自己所反对、批判的标准去指责一个人没有做到,又用另一套自己所赞成、主张的标准去否定一个人已经做到,不仅双重标准并且自我矛盾,显系欲加之罪、何患无辞的任意操作,是否证明了这种论调根本不是理性的客观探讨,而只是一种莫名仇恨的情绪宣泄?

更有甚者,上述的无知、残酷、矛盾属于心理层次的反映,除此之外,对于袭人改适的行为是否可以等于她的品德节操有问题,在推论方式上更常常出现一种普遍的"基本归因偏误",也就是把一个人的外在行为直接等同于一个人的内在心理与道德质量,但事实上,这是两种不同的范畴,因为一个品德高尚的人仍有可能做出错误的行为,反之亦然。心理学家早已指出:

> 从当代人格及社会心理学之归因理论的观点来看,人们会有**基本归因偏误**(fundamental attribution error):**在解释他人行为时,人们会高估他人之内在特性对其行为的影响,低估情境因素对其行为的影响**(Heider, 1958)。在现实生活中,世人总是从其道德观与价值观看人看事,对人对事皆有不同程度的社会赞许(social desirability)心向,几无中性之人与事可言。

> 在基本归因偏误的倾向下,人们会将别人的善行善事与恶行恶事分别归因于其善心与恶意。①

正因为这种普遍存在的"基本归因偏误",以致忽略了从心志到行为之间还存在着许多复杂因素,并且会因为种种自觉或不自觉的理由,造成心思与行为之间的落差而不一致,因此绝不能简单地采用"善心=善行善事""恶意=恶行恶事"的错误等同。仅仅以一般人很容易理解的道理来看,"善行善事"有可能是来自沽名钓誉的虚伪,而有些恶行恶事则源于"爱之适足以害之"的善意,"心"的幽微深奥,那更是无人能够完全破解的千古之谜,如何能够直接以"行为"给予论断?由此便足以警示,"基本归因偏误"是如何普遍地出现在人类的日常思维中。何况,即使从行为表现而言,孰为"善行善事"、孰为"恶行恶事",又岂是容易一言以蔽之?死更有轻于鸿毛、重于泰山之别,判断标准又在哪里?圣·埃克苏佩里说得好:

> 我对任何人的轻蔑死亡一点也不重视,除非这种轻蔑是深深地根植于责任感,否则他只代表一些感觉无聊的灵魂,或者只是年幼无知的行为。②

---

① 见杨国枢、刘奕兰、张淑慧、王琳等:《华人双文化自我的个体发展阶段:理论建构的尝试》,Airiti Press & 台湾心理学会编:《中华心理学刊》第五二卷第二期(2010年6月),页117。

② (法)圣·埃克苏佩里著,苏白宇译:《风沙星辰》,页67。

因此，单单以"死"或"未死"作为判断标准，岂非过于简单幼稚？从脂砚斋给予袭人的种种批语，包括：

> 有袭人出嫁之后，宝玉宝钗身边还有一人，虽不及袭人周到，亦可免微嫌小敌等患，方不负宝钗之为人也。故袭人出嫁后云"好歹留着麝月"一语，宝玉便依从此话。可见袭人虽去实未去也。（第二十回批语）

袭人不仅预先留下麝月填补自己的空缺，代任原有的职责，事后更与夫婿蒋玉菡雪中送炭，还一起恭敬照料出狱后沦落贫困的宝玉、宝钗夫妇，如第二十八回的回末总评说道：

> "茜香罗""红麝串"写于一回，棋（琪）官虽系优人，后回与袭人供奉玉兄宝卿得同终始者，非泛泛之文也。

所谓"实未去""同终始"，都说明了曹雪芹完全不落入以"死"为标准的形式主义，更没有犯下基本归因偏误，因此认为袭人的种种苦心是忠贞如一的高贵节操，如脂砚斋所言：

> 茜雪至"狱神庙"方呈正文。袭人正文标昌（目曰）："**花袭人有始有终**。"余只见有一次誊清时，与狱神庙慰宝玉等五六稿被借阅者迷失，叹叹！丁亥夏，畸笏叟。（第二十回夹批）

曹雪芹在后续旧稿的标目上还强调"花袭人有始有终",此一赞美就是从内在心性的忠贞而非单一的外在形式而言的,这和高鹗续书乃至许多读者对袭人的未死与改嫁不断冷嘲热讽,可以说是截然不同。

五、"灯"的告白:"告密说"平议

从"破席""改嫁"等情节的污名化解释,已足以呈现出一种集体偏颇的阅读现象,而"告密者"更是猎巫行动(Witch-hunt)的最高峰。

自清代以来,评点家已大幅出现视袭人为告密者的见解,如青山山农说道:

> 袭人,贾府之秦桧也。……袭人通于宝玉,而以无罪谮黛玉,死晴雯;其奸同,其恶同也。然桧之奸恶,举朝皆能知之,至袭人则贾母不之知,贾政不之知,王夫人不之知,贾府上下不之知,不有晴雯,谁能发其奸而数其恶哉?①

又涂瀛亦云:

> 苏老泉辨王安石奸,全在不近人情。嗟乎,奸而不近人情,此不难辨也,所难辨者近人情耳。袭人者,奸之近人情者

---

① (清)青山山农:《红楼梦广义》,一粟编:《红楼梦资料汇编》,卷三,页214。

也。以近人情者制人,人忘其制;以近人情者谗人,人忘其谗。约计平生,死黛玉,死晴雯,逐芳官、蕙香,间秋纹、麝月,其虐肆矣,而王夫人且视之为顾命,宝钗倚之为元臣。①

时至今日,在右晴左袭的心态下,依然成为流行学界的普遍共识与一致定论,如张爱玲认为:"袭人先告密然后'步入金屋',告密成为王夫人赏识她的主因,加强了结构。"②而朱淡文也采取涂瀛之说,大胆推论未来的晴雯之死乃至黛玉之死都是她告密的结果③,至于李劫也依此逻辑,进一步认定:"最温顺的有时是最阴毒的,想想她跪在王夫人跟前的那番告密吧,几乎将木石前盟连同整个大观园女儿世界一网打尽。"④又画家旦宅所绘的《红楼梦》彩图中,亦有题为"袭人告密"的一幅⑤,俨然"告密者"已经成为袭人的固定标签,镌镂在她的刻板印象上牢不可破,甚至成为统摄其人的主要意涵。

而综合上述的各家说法可知,袭人总共两度被视为告密者,一次是第三十四回向王夫人建言之事,一次是第七十七回抄检大观园后撵逐诸婢的行动,且这两次事件又往往被混同起来,以因果论

---

① (清)涂瀛:《红楼梦论赞·袭人赞》,一粟编:《红楼梦资料汇编》,卷三,页138—139。
② 张爱玲:《五详红楼梦:旧时真本》,张爱玲:《红楼梦魇》,页359。
③ 朱淡文:《红楼梦研究》(台北:贯雅出版社,1991),页155。
④ 李劫:《大观园内的女儿世界》,《中国文化的全息图像:论红楼梦》(上海:东方出版中心,1996),页213。
⑤ 见冯其庸等校注:《红楼梦校注》(台北:里仁书局,195),第一册书前附图,页35。

之。然则，事情果其然乎？果不其然乎？实须详加辨析始得分晓。以下先分析第三十四回建言一事，再进一步探讨第七十七回所涉及的相关问题，至于两者之间是否有任何关联，则可以借此清楚了然。

（一）建言内容的层次分析

欲论断告密说是否可以成立，首先应该解析"告密"之定义。依《新唐书》载："武后已称制，惧天下不服，欲制以威，乃修后周告密之法，诏官司受训，有言密事者，驰驿奏之。"① 告密者，意谓侦人过失、秘密告发也。分析其构成条件，至少必须包含四个要项：

一、隐密状况：此乃告密之"密"所指涉的环境条件。

二、特定对象：此乃告密之"告"所指涉的具体标的。

三、部分事实：亦即特定事件是告密赖以成立的基础。

（如果密告之事全属无中生有，则为罗织诬陷，一般不称为告密）

四、损人利己：此乃告密行为之所以发动的主要动机。

因此，所谓"告密"乃是一种暗箭伤人的手段，以出卖他人隐私为筹码，并诉求一威权者代行己志的损人利己的行为。就此而言，第三十三回贾环在嫡庶情结中向贾政进谗陷害，致使宝玉在"流荡优

---

① （宋）欧阳修等：《新唐书》（台北：鼎文书局，1992），卷五六《刑法志》，页1414。

伶，淫辱母婢"的罪名之下惨遭笞挞的做法，即符合这些条件。然而衡诸袭人与王夫人的对谈，情况却大相径庭。

第三十四回的这一段描述很长，早在袭人晋见王夫人而进言之初，即清楚指出："论理，我们二爷也须得老爷教训两顿。若老爷再不管，将来不知做出什么事来呢。"所谓的"论理"，清楚显示袭人所着眼的，乃是一般道理的原则性说明，是衡量客观情况之后的整体考虑。其次更重要的是，袭人接下来对王夫人的说词中所关涉到的相关人事，都不符合告密的构成条件：

> 袭人道："我也没什么别的说。我只想着讨太太一个示下，怎么变个法儿，以后竟还教二爷搬出园外来住就好了。"王夫人听了，吃一大惊，忙拉了袭人的手问道："宝玉难道和谁作怪了不成？"袭人连忙回道："太太别多心，并没有这话。这不过是我的小见识。如今二爷也大了，里头姑娘们也大了，况且林姑娘宝姑娘又是两姨姑表姊妹，虽说是姊妹们，到底是男女之分，日夜一处起坐不方便，由不得叫人悬心，便是外人看着也不像。一家子的事，俗语说的'没事常思有事'，世上多少无头脑的事，多半因为无心中做出，有心人看见，当作有心事，反说坏了。只是预先不防着，断然不好。二爷素日性格，太太是知道的。他又偏好在我们队里闹，倘或不防，前后错了一点半点，不论真假，人多口杂，那起小人的嘴有什么避讳，心顺了，说的比菩萨还好，心不顺，就贬的连畜牲不如。二爷将来倘或有人说好，不过大家直过没事；若要叫人说出一个不

好字来,我们不用说,粉身碎骨,罪有万重,都是平常小事,但后来二爷一生的声名品行岂不完了,二则太太也难见老爷。俗语又说'君子防不然',不如这会子防避的为是。太太事情多,一时固然想不到。我们想不到则可,既想到了,若不回明太太,罪越重了。近来我为这事日夜悬心,又不好说与人,惟有灯知道罢了。"

其中,袭人所言未曾涉及任何特定事件,仅就一般男女之防为论,此其一。其次,在阐述道理举例说明时,她所涉及的对象十分明确地将所有丫鬟辈排除在外,指出:"如今二爷也大了,里头姑娘们也大了,况且林姑娘宝姑娘又是两姨姑表姊妹,虽说是姊妹们,到底是男女之分,日夜一处起坐不方便,由不得叫人悬心,便是外人看着也不像。"而这个道理,早在第二十一回宝玉不分昼夜到潇湘馆与黛玉、湘云厮混之时,袭人便已经对宝钗说过:"姊妹们和气,也有个分寸礼节,也没个黑家白日闹的!"显见她前后理念十分一致,并且所提到的对象首先是自家"姑娘"之类的手足堂姊妹,然后才是"林姑娘宝姑娘"这两位外姓的表姊妹,通属于主子辈的小姐们,根本未曾涉及晴雯等同辈之丫鬟者流,因此算不得挟上欺下,此其二。

其三,在提到男女之防时,袭人乃是先自家而后亲戚,将迎、探、惜与钗、黛等所有主子姑娘都包括在内,并未专指特定人物。事实上,以与宝玉的血缘关系来看,除了探春是他同父异母、分属至亲的妹妹之外,其余迎春、惜春乃是同姓的堂姊妹,宝钗、黛玉则是异姓的姨姑表姊妹。衡诸明清时代律文之变动状况与文化事实,有关中表兄弟姊妹不得为婚之禁例虽已形同具文①,但在礼法社会中对"先奸后娶"——亦即情感发生先于婚姻关系的做法却极为忌讳,第六十九回中,贾琏侍妾秋桐指控尤二姐的罪名之一,就是"先奸后娶没汉子要的娼妇",而这也正是黛玉在宝玉赠帕时,"再想令人私相传递与我,又可惧"(第三十四回),以及宝玉于误信黛玉要回苏州而犯痴傻时,黛玉会"幸喜众人……不疑到别事去"(第五十七回)的原因所在。唯礼法尽可以昭昭严禁,情感却是自然天赋无从遏止,尤其在亲谊通好而近水楼台的环境条件下,男女之间的特殊感情更是易于培养,何况连严重乱伦的"爬灰"之事都已是宁国府中具体发生的公开秘密(第七回),堪称殷鉴不远。因此在人多口杂的府宅中防嫌以避免步上后尘,本是刻不容缓。

第四,除了对象问题之外,袭人接着从一般人情世事的复杂度着眼,指出"世上多少无头脑的事,多半因为无心中做出,有心人看见,当作有心事,反说坏了"的一般人性弱点,以及从贾宝玉"素日性格偏好在我们队里闹""偏生那些人又肯亲近他"的个人特质,本就极易刺激人们想入非非的想象力,而产生不堪入耳、蜚短流长的闲言闲语;再加上人智有限,不免有些许言行上的疏忽差池之处,那更是授人以柄而落人口实。如此乃是自古以来,传统上对

---

① 赵凤喈:《中国妇女在法律上之地位》(台北:稻乡出版社,1993),页45。又伊沛霞(Patricia Buckley Ebrey)亦谓:"中国外婚制原则禁止同姓堂兄妹结婚,但还不禁止与姑姑、舅舅和姨母这类亲戚的子女结婚。'亲上加亲'和'累世婚姻'并不是什么新名词。"参[美]伊沛霞著,胡志宏译:《内闱:宋代的婚姻和妇女生活》(南京:江苏人民出版社,2004),页57。

人群社会中"人言可畏"的应有顾虑。

事实上，包括大观园在内的整个贾府一直是暗潮汹涌，连那"心机又极深细"（第二回）、"机关算尽太聪明"（第五回）、"少说些有一万个心眼子"（第六回）且位高权重的王熙凤，都必须在复杂纠葛的环境中处心积虑、步步为营，深感有如在四面埋伏的处境中孤军奋战，因此对自己与平儿"两个才四个眼睛，两个心，一时不防，倒弄坏了"（第五十五回）的能力极限也有所警觉，则怡红院同时具备承宠当红、遭嫉惹妒，却又女儿群绕、毫不设防的不利条件，的确只要"倘或不防，前后错了一点半点"，便会造成无法收拾的话柄乃至丑闻。袭人建言中所引述的"君子防不然"一语，乃出自汉代的乐府民歌《君子行》：

> 君子防未然，不处嫌疑间。瓜田不纳履，李下不正冠。①

尔后遂形成"瓜田李下"这大家耳熟能详的成语，而果然，曹雪芹在《红楼梦》中就安排了一场名副其实的"李下嫌疑"的正宗情节，活生生地为袭人之顾虑作了现实的见证。于第六十一回中，厨娘柳家的对守门的小厮说道：

> 昨儿我从李子树下一走，偏有一个蜜蜂儿往脸上一过，我

---

① 全诗于此四句之后接着说："叔嫂不亲授，长幼不比肩。劳谦得其柄，和光甚独难。周公下白屋，吐哺不及餐。一沐三握发，后世称圣贤。"一说为曹植诗，见逯钦立辑校：《先秦汉魏晋南北朝诗》，页263。

一招手儿，偏你那好舅母就看见了。**他离的远看不真**，只当我摘李子呢，就厉声浪嗓喊起来……叫我也没好话说，抢白了他一顿。

在瓜田李下，连纳履正冠都宜避免，一如挥手拂蜂的无心之举尚且引来一场偷盗的嫌疑风波，何况事涉淫秽暧昧。这段通常被视为枝微末事而遭受忽略的情节，却是草蛇灰线中切中肯綮的一个关键，所谓"离的远看不真"正说明误会之所以产生的道理，而"叫我也没好话说"则点出受冤者的无辜与无奈，因此才会不甘示弱地奋力反击。

则这段柳家的情节叙述看似琐碎而无关紧要，实际上恐怕并不仅仅是用以呈现大观园中人际关系复杂纠葛的泛泛笔墨，它更重要的意义是曹雪芹刻意设计的一个插曲，基于高度的内在一致性而前后联络呼应，足以证明袭人"瓜田李下"的疑虑以及"君子防不然"的思考，完全是建立在有源有本、可验可征的现实基础上。她的思考和建言不但合乎客观的事理而反映出娴熟人情的处世智慧，更具有在坚强的现实经验中所产生的实际需要，是来自于对大观园中人多口杂、纠葛纷扰之复杂人性的真切了解，因此其用心的确是防患未然的顾全大局，是一片无私无我的坦荡无伪。

进一步看袭人对宝玉之行径所顾虑的，也确然是出于人人共见的客观认知。事实上，《红楼梦》中已明明白白指出大家族中人多口杂、夹缠诬构的复杂情状，即使是牵连最少的潇湘馆，都如同薛姨妈对黛玉所说的："你这里人多口杂，说好话的人少，说歹话的人多。"（第五十七回）其他各处也自然无法例外地都属是非之地，于第九回就先提到:"宁府人多口杂,那些不得志的奴仆们,专能造言诽谤主人。"到了第六十八回,又再度就一般现象指出:"小人不遂心诽谤主子亦是常理。"至于第七十一回则落实到荣宁二府之间的利害纠葛以及尊卑上下的矛盾关系为说,所谓:"凡贾政这边有些体面的人,那边各各皆虎视眈眈。……这一干小人在侧,他们心内嫉妒挟怨之事不敢施展,便背地里造言生事,调拨主人。先不过是告那边的奴才,后来渐次告到凤姐……后来又告到王夫人。"乃至到了第七十四回,更进一步记载道:贾琏夫妇隐密向鸳鸯商借贾母之物以典当支应家用一事,竟意外被邢夫人得知,王熙凤便担心道:"知道这事还是小事,怕的是小人趁便又造非言,生出别的事来。……那起小人眼馋肚饱,连没缝儿的鸡蛋还要下蛆呢,如今有了这个因由,恐怕又造出些没天理的话来也定不得。"

在这样的背景之下,宝玉那毫不防嫌的狎昵之举,更是授人以柄的绝佳口实,堪为敌人大做文章的要害所在。传统礼教典籍规定得很清楚:"男女不杂坐,不同椸枷,不同巾栉,不亲授。"① 而前述《君子行》一诗所认为的君子应该避开的嫌疑处境中,除了"瓜田不纳履,李下不正冠"之外,还有"叔嫂不亲授,长幼不比肩",可见男女之间不但必须形躯有隔,连日常用品也都为了避免性联想而不得混用。以此衡诸宝玉"素日偏好在我们队里闹"而时时在女儿堆中厮混的作为,早已严重逾越礼教之大防,从外边看来的确是

---

① (汉)郑玄注,(唐)孔颖达疏:《礼记·内则篇》,卷二八,《十三经注疏》,页538。

处处嫌疑,不但调脂弄粉、吃人嘴上的胭脂是宝玉的日常习惯,故而常常"不觉又顺手拈了胭脂,意欲要往口边送"(第二十一回),连金钏儿对他的嘲笑也是:"我这嘴上是才擦的香浸胭脂,你这会子可吃不吃了?"(第二十三回)尤其离谱的是第二十四回所载:宝玉"回头见鸳鸯……便把脸凑在他脖项上,闻那香油气,不住用手摩挲,其白腻不在袭人之下,便猴上身去涎皮笑道:'好姐姐,把你嘴上的胭脂赏我吃了罢。'一面说着,一面扭股糖似的黏在身上。"则他会"猴向凤姐身上"搓揉(第十四回),也就不足为奇。其不避形迹一至于此,相对来说,对彩霞一面说话一面拉手的举动(第二十五回),还算是比较不伤大雅。

此外,宝玉若非与黛玉同床共卧、对面闲谈(第十九回),与芳官醉卧一室、一夜同榻(第六十三回),便是强让湘云为他梳理发辫,乃至伸手为装睡的袭人解衣开扣(第二十一回),又或自己主动为丫鬟麝月篦头(第二十回),而第三十一回所记载的,"碧痕打发你洗澡,足有两三个时辰,也不知道作什么"的故事,就更难免引起非非之想。种种不避形迹的亲密行止,用宝玉自己的话来总括概述,便是"姊妹们一处,耳鬓厮磨"(第七十九回),如此才让"因宝玉性情乖僻,每每规谏宝玉,心中着实忧郁"(第三回)的袭人,处心积虑地规劝他:"不可毁僧谤道、调弄脂粉,还有更重要的一件,再不许吃人嘴上擦的胭脂了,与那爱红的毛病儿。"(第十九回)而规劝完全无效之后,有一次终于就忍不住说:"你再这么着,这个地方可就难住了。"(第二十四回)甚至怡红院的小丫头佳蕙也体认到:"可也怨不得,这地方难站。"(第二十六回)是故,评点家许叶芬虽然颇不以袭人为然，但从人情事理之客观角度而言，也不得不承认：

> 宝玉以少男而居众女之中，粥粥群雌，易相为悦，设非有人朝夕其侧，善窥意向，巧事针砭，其放纵将不可闻。①

而这正是李纨指着宝玉所说的："这一个小爷屋里要不是袭人，你们度量到个什么田地！……他不是这丫头，就得这么周到了！"（第三十九回）

持平而论，袭人的忧虑并非小题大做的迂腐道学，而是熟谙人情世理的生活智慧。比较那"每每风闻得有人背地里议论什么多少不堪的闲话"（第七十四回）的宁国府中，贾蓉与姨娘乱伦调情，又"抱着丫头们亲嘴"（第六十三回），叔侄二人之外观形迹恐怕是大体相当。而当时丫头们恨骂贾蓉之语，所谓：

> 知道的说是顽；不知道的人，再遇见那脏心烂肺的爱多管闲事嚼舌头的人，吵嚷的那府里谁不知道，谁不背地里嚼舌说咱们这边乱账。（第六十三回）

其内容又与袭人的疑虑顾忌相差无几。何况连紫鹃都听说了有关宝玉的不堪之言，因此对宝玉说道：

---

① （清）许叶芬：《红楼梦辨》，一粟编：《红楼梦资料汇编》，卷三，页230。

> 从此咱们只可说话，别动手动脚的。一年大二年小的，叫人看着不尊重。打紧的那起混账行子们背地里说你，你总不留心，还只管和小时一般行为，如何使得。（第五十七回）

核究其实，固然贾宝玉与女儿们亲密交接的出发点是怜香惜玉、作养脂粉，因此待之以深情无邪的温柔体贴；而贾蓉的目的则是以淫乐悦己，因此本质上是对女性的调弄践踏，其间的确是判若霄壤，是故论者皆以为："贾蓉绝好皮囊，而性情嗜好每每与宝玉相反。宝玉怜香，贾蓉转能踩香；宝玉惜玉，贾蓉专能碎玉。花柳之蟊贼也！"① 然而，究竟是思无邪的情感圣徒，还是皮肤滥淫的淫魔色鬼，就本质而言虽是谬以千里，从外在情状来看却是差之毫厘，仅仅存在着模糊难辨的一线之隔。不但那赖以区隔的一线于外观上容易混淆不清，而且那区隔的标准也只有反求诸己的心证才得判然，因此难以客观检证，也容易滑移失据。以致连脂砚斋都往往将贾宝玉与贾蓉相提并论，指出两者之间的天渊之别其实仅有毫厘之差，且最终皆易于归诸邪滥，如曰：

> 此书写世人之富贵子弟易流邪鄙，其作长上者有不能稽查之处。如宝玉之夜宴，始见之文雅韵致，细思之，何事生端不基于此。更能写贾蓉之恶赖无耻，亦世家之必有者。读者当以"三人行必有我师"之说为念，方能领会作者之用意也，戒之。

---

① （清）涂瀛：《红楼梦论赞·贾蓉赞》，一粟编：《红楼梦资料汇编》，卷三，137。

（第六十三回回前总批）

此外又说道：

> 宝玉品高性雅，其终日花围翠绕，用力维持其间，淫荡之至，而能使旁人不觉，彼人不压。贾蓉不分长幼微贱，纵意驰骋于中，恶习可恨。二人之形景天渊而终归于邪，其滥一也，所谓五十步之间耳。（第六十三回回末总评）

前一条指出贾宝玉之夜宴其实正是贾蓉"恶赖无耻"之肇端，以推出"富贵子弟易流邪鄙"的普遍之理；而后一条所谓的"其滥一也，所谓五十步之间"，正是由两人外观形貌之近似所产生的感受；至于"二人之形景天渊而终归于邪"的说法，则是对混迹世间难以避免同流合污的忧虑。另外，对于"外相既美，内性又聪明……斗鸡走狗，赏花玩柳"（第九回）的贾蔷，他与戏子龄官之间的爱恋关系，脂砚斋也认为："'梨香院'是明写大家蓄戏，不免奸淫之陋，可不慎哉，慎哉。"（第三十六回回前总批）由此可知，情、淫之分际确有暧昧难判之处。

至于作者、读者深知存在于贾蓉与贾宝玉之间的根本性差别，乃是源自于艺术的距离之外所获得的全知角度，一旦还原到那现实庸浅的人间世中，绝大多数的人都是捕风捉影、断章取义的凡夫俗子，能够自我节制、实事求是而力求客观公允者，究竟寥寥可数。虽说谣言止于智者，然而自古以来智者能有几何？所谓"天下智者少而愚者多"①，那出于凡夫俗子"离的远看不真"而自由心证的幻设之词，自然而然就容易以讹传讹，偏离事实愈来愈远；再加上居心不良、嫉妒眼红者的恶意歪曲、兴风作浪②，是是非非就会滚成包藏祸心的雪球横行社会，其冲撞力与破坏力甚至足以大到使人身败名裂。③既然此举越礼、授人以柄，祸端实启于己身；此心朗朗、清白可鉴，知者却独我而已，如此一来，如何能将证明清白的责任都归诸他人？又如何不引起蜚短流长的种种灾难！早在两三千年前，《诗经》的作者就曾感叹道："人之多言，亦可畏也。"④混迹于滚滚红尘之中，就此极其堪忧之事的客观可能性而发展出"君子防不然"的道理，这正是避免不虞之嫌的君子心胸。既然本性难移，宝玉"素日偏好在我们队里闹"的习性几乎无法改变，则将他搬出大观园确实是唯一的釜底抽薪之法。此与宝钗"一半是堂皇正

---

① （清）戴震：《孟子字义疏证》，卷上，页4。
② 如第六十二回林之孝家的带来一位愁眉苦脸的媳妇，指着对探春说："这是四姑娘屋里的小丫头彩儿的娘，现是园里伺候的人。嘴很不好，才是我听见了问着他，他说的话也不敢回姑娘，竟要撵出去才是。"至于贾环对宝玉的谗害，更是其中之尤者。
③ 此点比观书中其他情节，尤三姐不过是投奔至宁府的远房亲戚，却因为宁府中"除了那两个石头狮子干净，只怕连猫儿狗儿都不干净"（第六十六回）、"每每风闻得有人背地里议论什么多少不堪的闲话"（第七十四回）而受到连累波及，竟在追求婚姻爱情之路上蒙受疑虑而含恨以终，断送了青春生命与大好幸福，即此足为其证。
④ 见《诗经·郑风·将仲子》，因此诗中之女子再三谆谆告诫追求者，希望对方"无逾我里，无折我树杞""无逾我墙，无折我树桑""无逾我园，无折我树檀"，并据以拒绝仲子之求爱，其中严守分际的态度十分明确。(宋)朱熹：《诗经集注》(台北：国文天地图书公司，2000)，页39。

大,一半是去己疑心"(第三十四回)的做法,显然有异曲同工之妙。

由以上诸点分梳之结果,可知袭人之举一非状告他人,二无涉及任何隐密私事,"告密者"之贬斥乃是缺乏足够根据的成见而不能成立。犹有甚者,脂砚斋对袭人这段历来被误解为告密谗害的言论,所抱持的看法乃是无比之赞扬肯定,除了开宗明义地在回前总批先行点出:"袭卿高见动夫人。"此外于各相关处更指出:

远虑近忧,言言字字,真是可人。(夹批)

其中特别挑明袭人"远虑近忧"之坦荡心怀,甚至还殷殷交代读者,应该引以为鉴而切莫重蹈覆辙:

袭卿爱人以德,竟至如此,字字逼来,不觉令人敬听。看官自省,切不可阔略,戒之。(夹批)

所谓"爱人以德",指的是她欲根本洗脱众人之远忧而免除园中人之灾祸的苦心,是从集体的群众福祉为着眼的大公思虑,因此才给予"可人"之誉。这也印证了宋淇所认为:袭人之说话谈吐,其出发点是为人,不是为己,所以说话很得体,层次分明,理路清楚,尤其重要的是有真感情,因此能令人感动。[①] 既然一般都同意

[①] 宋淇:《怡红院的四大丫鬟》,《红楼梦识要:宋淇红学论集》,页127。宋淇举的例子是第十九回袭人劝宝玉一大段,实可概诸其余。

脂砚斋算是具有明智稳妥之看法与公正客观之态度的少数有眼力的评论家，则吾人似即应该将此一段广被视为"告密进谗"之情节加以重新审定，视为就事论事的原则性的人情世理，足以衡诸四海而皆准。

（二）何以建言：运思构想的心路历程

推究袭人何以建言，正如脂砚斋所指出的，是基于"远虑近忧"，不是凭空而生，更不是为了谗害别人。

所谓"远虑"，指的是袭人历来"因宝玉性情乖僻，每每规谏宝玉，心中着实忧郁"（第三回），也曾处心积虑地规劝他："不可毁僧谤道、调弄脂粉，还有更重要的一件，再不许吃人嘴上擦的胭脂了，与那爱红的毛病儿。"（第十九回）因此对于宝玉的依然故我，便不免埋怨："姊妹们和气，也有个分寸礼节，也没个黑家白日闹的！"（第二十一回）至于"近忧"，则是在建言不久之前，第三十二回"诉肺腑心迷活宝玉"这段情节所种下的近因，此乃袭人所谓"近来我为这事日夜悬心"的"近来"事件之一。当时宝玉与黛玉曲折隐晦地互诉衷情，宝玉在情迷出神之状态下，并未注意到黛玉已经离去，眼前已换成送扇子过来的袭人：

> 见袭人和他说话，并未看出是何人来，便一把拉住，说道："好妹妹，我的这心事，从来也不敢说，今儿我大胆说出来，死也甘心！我为你也弄了一身的病在这里，又不敢告诉人，只好掩着。只等你的病好了，只怕我的病才得好呢。睡里

梦里也忘不了你！"袭人听了这话，**吓得魄消魂散，只叫"神天菩萨，坑死我了！"便推他道："这是那里的话！敢是中了邪？还不快去？"**宝玉一时醒过来，方知是袭人送扇子来，羞的满面紫涨，夺了扇子，便忙忙的抽身跑了。这里袭人见他去了，自思方才之言，一定是因黛玉而起，如此看来，**将来难免不才之事，令人可惊可畏。想到此间，也不觉怔怔的滴下泪来，心下暗度如何处治方免此丑祸。**

由袭人错听了如此之隐密心事后，"吓得魄消魂散，只叫'神天菩萨，坑死我了！'"可见其震骇之强烈，最重要的是，两性之间由情而淫乃是必然而然的发展，所谓"情既相逢必主淫"（第五回秦可卿判词），因此袭人才会接着自思："将来难免不才之事，令人可惊可畏。"并为此重大之灾难惊恐焦虑到怔怔地滴下泪来，可见其严重性是攸关性命脸面，足以身败名裂，与后来大观园中出现绣春囊时，王夫人声泪俱下，对凤姐又哭又叹，说道："外人知道，这性命脸面要也不要？"都是出于同一道理。

不幸的是，这份忧心还来不及随着时间而淡化，紧接着立刻就在第三十三回发生调情之类的"不才之事"，造成金钏跳井、捉拿琪官以致宝玉挨打的灾难。这些事件所涉及的对象固然有男女之别，其身份也有尊卑之分，但都属于犯淫所致的"不才之事"——亦即"性丑闻"，本质上统归于同类范畴，而宝玉果然也付出惨烈的代价，重创卧床，足证其忧心并非杞人忧天，而是人情事理上大有可能、事实上也确实证明其可怕的毁灭性，不能再稍有延误或坐视不管。这才是袭人之所以会向王夫人建言的关键所在。

换言之，所谓"不才之事"者，并非泛指一般的男女性事，而是专指一种会导致身败名裂的非礼教的情色关系，因为攸关一生名节，所以才会"令人可惊可畏"；这也正是王夫人感激袭人"成全我娘儿两个声名体面"的原因。应该注意到，袭人之建言只涉及上位者的小姐辈，乃是因为只有她们才会有性丑闻所导致的严重杀伤力，至于奴仆之辈则因为不具备独立人格，只是附属于富贵之家的财产，再加上男尊女卑的不平等观念，故而男主女奴之间的性关系，在当时的社会伦理观念之中是极其普遍而称不上"不才之事"。

事实上，贾府（以及其他大户人家）的规矩是"凡爷们大了，未娶亲之先都先放两个人伏侍的"（第六十五回），而宝玉之初试云雨，即是因为"袭人素知贾母已将自己与了宝玉的，今便如此，亦不为越礼"（第六回）而发生；至于主婢之间的情色关系也是约束不大，否则宝玉也不会因为听说迎春出嫁，另外还陪四个丫头过去时，便跌足惋叹道："从今后这世上又少了五个清洁人了。"（第七十九回）此际贾府对孙绍祖的为人依然陌生，宝玉却为了那四个陪嫁丫头也必然贞节不保而怅然若失，显然是依据当时一般常理所产生的判断；后来证实不但果然如此，孙绍祖甚至还对"家中所有的媳妇丫头将及淫遍"（第八十回），身为正室的迎春只能略劝，却无以制止。由此可间接证明男主女奴之间的确缺乏客观的礼教法度以为规范的事实，故而脂砚斋对宝玉生平中第一次的性启蒙，就直接指出："宝玉袭人亦大家常事耳，写得是已全领警幻意淫之训。"（第六回回目后批）

然而，一旦这种主奴关系掺入其他利害因素，也会演变成引爆灾难的性丑闻，如捉拿琪官即是因为涉及王府权贵，才急剧恶化而掀起轩然大波。则大家族中本已处处埋下"不才之事"的火线，随时存在引爆的契机，却由于宝玉"是个不听妻妾劝的"（第七十八回）、"凭人怎么劝，都是耳旁风"（第二十一回）、"每欲劝时，料不能听"（第十九回），以致袭人在宝玉挨打重伤之后，不禁伤心感慨道："你但凡听我一句话，也不得到这步地位"（第三十四回），是以只能转而诉诸家长权威，发生第三十四回向王夫人进言之事，并以宝玉搬出园外为釜底抽薪之法。

至此，若依照时间顺序与因果关系梳理相关事件所构成的整个过程，可以袭人为核心，将上述情节列表以观之，其间关系将更为显豁可验：

第三十二回"肇因"——由于"诉肺腑心迷活宝玉"而引发对"不才之事"的忧心，奠立"心下暗度如何处治方能免此丑祸"之思虑基础。

第三十三回"结果"——随后立即爆发金钏跳井、引逗琪官这类"不才之事"，在"流荡优伶""淫辱母婢"的罪名之下导致宝玉挨打之重大灾难，是为"不才之丑祸"的应验，乃产生"近来我为这事日夜悬心"的更大焦虑。

第三十四回"建言"——终于向王夫人提出让宝玉"搬出园子外来住"的根本解决之道，以杜绝更大的危机祸患。

从叙述流动的角度来说，第三十二回到第三十四回的一连串事件属于一个整体，其发展过程前后有源有本、理路井然，并且因果逻辑之发展环环相扣，其中所涉及的相关要素，都与"不才之事"有关，而袭人对王夫人所言："近来我为这事日夜悬心，又不好说与人，惟有灯知道罢了。"（第三十四回）所谓"近来"此一时间副词，确切地说，即指从第三十二回开始，历经第三十三回、第三十四回这紧相接续的数日之间；而她为之"日夜悬心，又不好说与人"的"这事"，指的便是宝玉一连串有关性丑闻的"不才之事"，包括第三十二回对黛玉倾吐之私密隐衷，第三十三回与金钏、琪官蒋玉菡有关之"流荡优伶""淫辱母婢"等罪名。换句话说，惊觉将来难免会发生令人可惊可畏的"不才之事"，而苦思极力避免，其实完全是正大堂皇的动机；而细观袭人进言中所举的种种理由以及皆就大处立论的陈述过程，乃是"础润而雨，履霜坚冰至"之类防微杜渐的箴言，其以人情世理之大局着眼，以釜底抽薪之根本方式思考，乃至整个立论的核心归结为"教二爷搬出园外来住"的解决之道，在在都称得上是客观公允、掌握要点，其中并无夹讼谗害之意。

据此，说袭人是针对特定对象（如黛玉、晴雯、芳官、四儿）而告密进谗，恐怕是捕风捉影的莫须有之说。如张爱玲一方面指出袭人是否谗害晴雯，其实并不能确定，但又进一步认定她中伤黛玉确是明写，理由是其话中虽然钗黛并提，但王夫人当然知道宝钗与宝玉并不接近，而其目的则是不想在黛玉手下当姨太太，因为这日子不是好过的。① 此说颇反映一般流行的看法，然则衡诸上述所分析的文本意涵，恐怕也是想当然耳并推论太过。

（三）"灯姑娘"与"灯知道"之平行同构

特别的是，对于袭人这番恺切的建言，小说家刻意安排了一个罕见的意象，作为其心迹光明磊落的见证。

先前于第三十一回曾记述一段对话，表露出袭人的沉重忧虑，当时黛玉调侃袭人道："你说你是丫头，我只拿你当嫂子待。"宝玉立刻说："你何苦来替他招骂名儿。饶这么着，还有人说闲话，还搁的住你来说他。"而积郁满怀的袭人遂禁不住吐露道：

> 林姑娘，你不知道我的心事，除非一口气不来死了倒也罢了。

可见正是基于"不好说与人"的顾忌，致使众人"不知道我的心事"，唯有一死方能解脱。而那辗转难眠之深夜中独自负荷的难以言宣之委屈忧闷，却从"死了倒也罢了"转变为"惟有灯知道罢了"，其中实大有玄机：为何那一份深藏密敛、无从申诉之忧心苦闷，除了透过"死了倒也罢了"才能卸除豁免之外，竟会用"惟有灯知道罢了"的说辞来表达，犹如唐代时一生凄痛难言、寂寞失志的李商隐

---

① 张爱玲：《五详红楼梦：旧时真本》，张爱玲：《红楼梦魇》，页353。

曾经苦涩地自白"悠扬归梦唯灯见"[①]一般？若欲探究此中原由，势必与光照之功能及其引申而出之象征意义有关。

先以光而言，美国哲学家威尔赖特（Philip E. Wheelwright, 1901—1970）曾指出：

> 在所有的原型性象征中，也许没有一个会比作为某些心理和精神质量象征的"光"更为普及，更易为人所了解的了。甚至在我们的有关精神现象的日常流行语汇中，仍然有许多由早先关于光的隐喻所产生的词和词组：阐明、启发、澄清、说明、明白的等等。这些词语大体都已不再作为积极的隐喻而发挥功能了，它们都失去张力感（tensive）的特性，成了纯粹的日常语汇。[②]

这是因为在灯光燃亮之前，人们只能存在于黑暗浑沌的世界中与愚昧无知为伍，单凭原始本能盲目摸索，因而充满捕风捉影的误解与无中生有的疑虑；一旦明光朗现，事实的轮廓便被清晰揭示出来，于重重疑云驱散之后，由衷的赤诚真心与掩蔽的难言冤屈也随即水落石出。因此威尔赖特又进一步指出，光在人类精神世界里有三种基本象征意义：第一，光产生了可见性，它使在黑暗中消逝隐匿的

[①] （唐）李商隐：《七月二十九日崇让宅燕作》，刘学锴、余恕诚：《李商隐诗歌集解》（台北：洪叶出版社，1992），页1069。

[②] ［美］菲利浦·威尔赖特：《原型性的象征》，叶舒宪编：《神话：原型批评》（西安：陕西师范大学出版社，1987），页221。

东西显现出清晰的形状,经过一种自然的容易的隐喻转化,物理世界光的可见性活动转喻成心理世界的转喻性活动,于是光便自然变成了心理状态的一种符号,也就是说变成了心灵在最清晰状态中的一种标记。第二,现代社会已经把光和热区分开来,但在遥远的古代它仍是不假思索地联系在一起的,因此光在智慧澄明的状态背景下,也会产生火的隐喻性内涵,火的燃烧品格使光成为心灵的燃烧剂,具有热情和力量的象征意义。第三,光具有普照的性质,火具有特殊的蔓延力量,这一点又与心灵特征联系起来,即心灵如同光和热一样具有引导普及的作用。①

而上述"光"这种包含阐明、澄清、说明等意义在内的鉴证作用,在《红楼梦》书里书外也曾经借由日、月来表达过。早在《诗经·王风·大车》中便有言曰:

　　谓予不信,有如皦日!②

证诸《红楼梦》中,也恰恰可以呼应两段与蒙冤表白有关的情节:第二十八回宝玉提出一料古怪的药方而被众人质疑,幸遇凤姐挺身指出"宝兄弟不是撒谎"的证言时,凤姐每说一句,那宝玉便念一句佛,说:"太阳在屋子里呢!"以及第四十六回鸳鸯的誓言:"若说我不是真心,暂且拿话来支吾,日后再图别的,天地鬼神,日头

---

① [美]菲利浦·威尔赖特:《原型性的象征》,叶舒宪编:《神话:原型批评》,页 222。
② (宋)朱熹:《诗经集注》(台北:国文天地图书公司,2000),页 37。

月亮照着嗓子，从嗓子里头长疗烂了出来，烂化成酱在这里！"显然，世间光明之盛者，莫若太阳；移诸夜间，则如霜似水之月亮即为继起之光源，而有"何处春江无月明"①的景象，因此可以祛除疑惑，昭示心迹。

惟日月皆属大自然之物，其消长循环是在自在自为的轨道上运行，除了太阳、月亮之外，"光"的创造者就只有灯烛。"灯"完全是人为的产物，于暗昧漆黑之夜晚中，一盏茕茕孤灯无疑即是昏黢如盲的处境里赖以启蒙祛惑的唯一至宝。作为夜间照明的设备，灯烛在中国社会中发展了一段漫长的历史②，最晚至中古时代，文人作品中即对灯烛的华彩倍加赞叹，所谓：

- 明无不见，照察纤微。以夜继昼，烈者所依。（刘歆《灯赋》）③
- 晃晃华灯，含滋炳灵。素膏流液，玄炷亭亭。（傅玄《灯铭》）④
- 煌煌丹烛，焰焰飞光。……照彼玄夜，炳若朝阳。焚刑监世，无隐不彰。（傅玄《烛铭》）⑤

---

① （唐）张若虚：《春江花月夜》，《全唐诗》，卷一一七，页1183。
② 其形制从周代燃薪为烛，战国始有油灯，到晋初出现蜡烛；其燃料则始为动物性膏油，六朝以后改为价格较低的植物油；其名称则因薪火大明，固亦可称火，而汉魏以后，始以灯烛为照夜之专名，凡在屋内者，无曰火矣。详参尚秉和：《历代社会风俗事物考》（北京：中国书店，2001），页164—171。
③ 费振刚等辑校：《全汉赋》（北京：北京大学出版社，1993），页239。
④ 《全晋文》，卷四六，《全上古三代秦汉三国六朝文》（石家庄：河北教育出版社，1997），页480。
⑤ 《全晋文》，卷四六，《全上古三代秦汉三国六朝文》，页480。

- 名擅夜光,功参庭燎,妍丑无隐,毫芒必照。(王棨《缀珠为烛赋》)[1]

然而,就如同太阳、月亮并不只是自然界的天文物象而已,灯的作用除了夜间照明的实用功能之外,于人文社会与艺术世界中,更与人类的心灵发生牵系而产生了特定的象征意义。作为一个积淀久远的原型意象,灯与诗人之情思感应乃至生命之存在感受都有所互动,因此,学者归纳出灯烛意象在艺术世界里的象征意义有四点:

首先,灯烛是一种发光体,因此它在象征世界里是燃烧与照亮;

第二,灯烛在艺术世界里还象征着希望和获救,象征着吉庆热烈的生命气氛;

第三,灯烛代表着燃烧自己照亮世界的人生品格,同时在夜的背景下,灯烛体现的是一种具有挑战意义的抗争精神;

第四,灯烛是智慧与艺术的象征。[2]

以此衡诸《红楼梦》中之灯烛意象,最常见的乃是一般物用方面之用法,包括一般夜间所燃的灯,以及下雨出门时所点的明瓦灯

---

[1] (清)董诰等编,(清)陆心源补辑拾遗:《全唐文及拾遗》(台北:大化书局,1987),卷七七〇,页3600。

[2] 傅道彬:《烛光灯影里的中国诗》,《中国文学的文化批评》(哈尔滨:黑龙江人民出版社,2000),页364—366。

或玻璃绣球灯（第四十五回）。然而最重要的是，既然灯的主要作用是在黑暗中发光，所谓"照察纤微""无隐不彰""妍丑无隐，毫芒必照"，则关于光的隐喻所产生的词和词组，如阐明、启发、澄清、说明、明白、烛照等，便成为《红楼梦》中"灯"的指涉意义之一。

这种极其特殊的象征意涵，可以说是曹雪芹从传统哲学以及佛教传法所形成的比喻象征系统中撷取得来的创造性用法。就中国传统哲学而言，《潜夫论·赞学篇》云：

> 道之于心也，犹火之于人目也。中宵深室，幽黑无见，及设盛烛，则百物彰矣。此则火之耀也，非目之光也，而目假之，则为己明矣。①

至于较晚的佛教典籍中，以灯为喻的传示手法更是处处可见，诸如：

- 或现种种色身音声教化众生，或现诸语言法，种种威信，种种菩萨行，一切智明为世界灯。（《华严经》卷十五《入法界品》）
- 善知识！定慧犹如何等？犹如灯光。有灯即光，无灯即暗；灯是光之体，光是灯之用，名虽有二，体本同一。此定慧

---

① （汉）王符著，（清）汪继培笺，彭铎校正：《潜夫论笺校正》（北京：中华书局，1997），卷一，页11。

法,亦复如是。(《六祖坛经·定慧品第四》)
- 处染不垢,修治不净,故云自性清净,性体遍照,无幽不烛,故曰圆明。(华严宗师法藏《妄尽还源观》卷一)

祛除了其中的哲学意涵之后,无论是阐述道的彰明意义,还是视智慧为驱妄除昧、练造圆明心性的指引,灯烛都因发光而成为最佳喻指。尤其"中宵深室,幽黑无见,及设盛烛,则百物彰"这段话正可以说明灯烛在《红楼梦》中的特殊用法,意即一种在俗眼难及的蒙昧难明之中,透过"心/灯"互映、彼此定义的联系,提供对真理与真性的澄清作用。

早在第十九回,李嬷嬷曾借用一个与灯有关的歇后语,批评道:"那宝玉是个丈八的灯台——照见人家,照不见自家的。"此中意涵,灯显然已是带有反省观照的引申义,而照明体所具备的物理之光便被转化为心理之光的隐喻。至于以"灯"作为心迹光明磊落之明证者,最早出现于第三十四回的袭人建言中,可惜被绝大多数的读者所忽略;而最有力的一段情节,乃出自第七十七回"俏丫鬟抱屈夭风流"一段,其中记载晴雯被撵逐出大观园后卧病在床,宝玉私往探视慰问,并发生剪赠指甲、互换袄衣的情事。然后曹雪芹便安排晴雯之表嫂——灯姑娘,一个"恣情纵欲,满宅内便延揽英雄,收纳材俊,上上下下竟有一半是他考试过"的花痴型浪荡女子出面作为见证,所谓:

我们姑娘下来,我也料定你们素日偷鸡盗狗的。我进来一会在窗下细听,屋里只你二人,若有偷鸡盗狗的事,岂有不谈及于此,谁知你两个竟还是各不相扰。可知天下委屈事也不少。如今我反后悔错怪了你们。

事实上,这位灯姑娘原名"多姑娘",为一味好酒滥醉终日的多浑虫之妻,这层关系作者已明白点示于第七十七回。但何以在第二十一回还称"多姑娘"以配合"多浑虫"之名号,至此却率尔不顾地改名为"灯姑娘",探察其中原因,张爱玲曾以不确定的语气推测道:"'灯姑娘'这名字的由来,大概是《金瓶梅》所谓'灯人儿',美貌的人物,像灯笼上画的。"但紧接着这样的推测之后,她又承认如此之命名"比较费解"[1],显然并未觉察其中深旨。事实上,早在清代解盦居士便已经睿智地指出:

> 作者于晴雯生死之顷,怡红凄恻之时,忽写吴贵媳妇(案:即庚辰本中的灯姑娘)调情一段,固属对影写照,意有所在,要知此亦特笔也。窗外潜听,正所以表晴雯之贞洁也。不然,"虚名"二字,谁其信之?[2]

同样的,余英时虽然也未曾指明灯姑娘的命名寓意与改名的匠心,但对灯姑娘的存在功能则所言甚是:"其实灯姑娘的话岂止洗刷了宝玉和晴雯的罪名,而且也根本澄清了园内生活的真相。宝玉和最

---

[1] 张爱玲:《三详红楼梦:是创作不是自传》,张爱玲:《红楼梦魇》,页168。
[2] (清)解盦居士:《石头臆说》,一粟编:《红楼梦资料汇编》,卷三,页196。

亲密而又涉嫌最深的晴雯之间，尚且是各不相扰，则其他更不难推想了。"① 于是，改名后的"灯姑娘"一方面洗刷晴雯的冤屈与嫌疑，另一方面则更可以还怡红院中诸婢以清白。这是因为宝玉那"素日偏好在我们队里闹"的习性确实做出不少启人疑窦的形迹，其中最具代表性的，是第三十回所记载：碧痕打发他洗澡，足有两三个时辰，洗完后地下的水淹着床腿，连席子上都汪着水，大约读者也不免感到其中闪烁着暧昧不清的幢幢魅影。连碧痕这位小丫头都不免形迹可疑，则晴雯是怡红院中与宝玉最为亲狎之人，其嫌疑更是无从洗脱，如第七十七回叙述道：

> 这一二年间袭人因王夫人看重了他了，越发自要尊重，凡背人之处，或夜晚之间，总不与宝玉狎昵，较先幼时反倒疏远了……故迩来夜间总不与宝玉同房。宝玉夜间常醒，又极胆小，每醒必唤人。因晴雯睡卧警醒，且举动轻便，故夜间一应茶水起坐呼唤之任皆悉委他一人，所以宝玉外床只是他睡。

夜夜同房共处，情色的嫌疑固当最大，导致被灯姑娘之类的众多局外人"料定你们素日偷鸡盗狗"；这样的疑窦，直到灯姑娘的出现才真正打破谜团，既然连嫌疑最大的晴雯都是如此清白坦荡，则碧痕之事也只是不涉淫滥的无邪嬉戏而已。就此，林方直所言最是切当有力，他从根本处掌握了此一人物绾合为一的命名寓意与存在功

---

① 余英时：《红楼梦的两个世界》，《红楼梦的两个世界》，页58。

能，指出：多姑娘之所以改名为灯姑娘，乃是作为耳聪目明能做公道证词的活人灯，形成"人的灯化"的现象，其中就具有暴露意义的"多姑娘"之名而言，是发挥"试剂"的作用；而就具有照察意义的"灯姑娘"之名而言，则是起"烛照"的作用。[①] 于是"灯姑娘"之塑造意义乃豁然开显。

而"灯姑娘"正可以说是"灯知道"的绝佳呼应，袭人"惟有灯知道"的那颗心，便有如灯在黑暗中散发光亮一样，是心灵在最清晰状态中的一种标记，具有热情和力量，也代表着燃烧自己照亮世界的人生品格，同时在夜的背景下，又体现出一种具有挑战意义的抗争精神，整体便展现出智慧的象征。黑格尔曾引述一段拉丁文的谚语，说道：

> 密涅瓦的猫头鹰直到黄昏才会振翅起飞。(The owl of Minerva spreads its wings only with the falling of the dusk.)[②]

"密涅瓦"是希腊女神雅典娜（Athena）的罗马名字，而犹如希腊时期蛇是医学的代表动物，猫头鹰则是哲学这门追求本质性知识学科的代表动物，这句引言意指智慧是在黑暗盲昧中才能真正展现。则傍晚时开始燃亮的灯烛，就如同直到黄昏才会振翅起飞的猫头

---

① 林方直：《多姑娘与灯姑娘》，《红楼梦研究集刊》第五辑（上海：上海古籍出版社，1980），页 221—230。
② [德]黑格尔著，贺麟、王太庆译：《法则学》（北京：商务印书馆，1995），"序言"，页 20。

鹰，都是举世皆睡我独醒、众人皆盲我独明，以炯炯的智慧之光穿透表象，洞察被黑暗笼罩而迷失的真相。"灯姑娘"与"灯知道"的意义，也应该就此理解。

六、抄检大观园的信息提供者

至于后来因故抄检大观园之事，袭人再度蒙受告密者之污名，而这一点更是必须郑重澄清。

其实，在大观园的影影幢幢中，袭人并没有例外，同样承受了下位者的妒恨，也厕身于王夫人的情色嫌疑名单中，一并接受检阅。例如第五十九回述及：

> 那婆子深妒袭人晴雯一干人，已知凡房中大些的丫鬟都比他们有些体统权势，凡见了这干人，心中又畏又让，未免又气又恨。

清楚说明了被婆子"又气又恨"的，除晴雯之外还包括袭人，而这是来自"房中大些的丫鬟都比他们有些体统权势"的阶级地位之争，属于结构性的问题，无人可以豁免。再者，当王夫人抄检大观园之后，接着展开第二波的盘查行动，袭人自己也没有被排除在嫌犯的名单之外，第七十七回便清楚记载：

> 王夫人自那日着恼之后，王善保家的去趁势告倒了晴雯，

本处有人和园中不睦的,也就随机趁便下了些话,王夫人皆记在心中。……今日特来亲自阅人,一则为晴雯犹可,二则因竟有人指宝玉为由,说他大了,已解人事,都由屋里的丫头们不长进教习坏了。因这事更比晴雯一人较甚,**乃从袭人起以至于极小作粗活的小丫头们,个个亲自看了一遍**。

换言之,晴雯个人不过是次要的,"不才之事"才是王夫人认定的首要弊端,而在这个心态之下,袭人同样被涵括在"屋里的丫头们"之中,被王夫人当作嫌疑犯检阅一番。这种不分亲疏、毫无例外的统一性,显示王夫人滴水不漏的严密态度,可以说是将袭人排除在告密者之外的一个重要证明。

至于接下来王夫人进一步以其所掌握的情报,对怡红院的人事进行整顿,又撵出四儿、芳官。宝玉对于究竟是谁外通神鬼,泄漏私语密说以为把柄,本有所疑心,因王夫人"所责之事皆系平日之语,一字不爽",故宝玉先是心中盘诘:"谁这样犯舌?况这里事也无人知道,如何就都说着了。"随后又向袭人表示困惑:"咱们私自顽话怎么也知道了?又没外人走风的,这可奇怪。"袭人则回答道:

> 你有甚忌讳的,一时高兴了,你就不管有人无人了。**我也曾使过眼色,也曾递过暗号,倒被那别人已知道了,你反不觉**。

所谓"那别人"显系确有所指的特定对象,已直接否定了宝玉"又没外人走风"的认知;至于暗中潜听的不确定的隔墙之耳,实际上更是屈指难数。

书中对此早已提供了惨痛的前车之鉴,即门禁森严、下人们训练有素的王熙凤住处竟都发生过"无故走风"的情事,第七十四回记载:贾琏夫妇私下向鸳鸯商借典当贾母之物以应付财务难关,但不知何故,邢夫人居然得知此事并趁机敲诈二百两银子,于是王熙凤和平儿努力回想,重建当日现场以搜找可能的泄密人选:

> 凤姐儿道:"那日并没一个外人,谁走了这个消息。"平儿听了,也细想那日有谁在此,想了半日,笑道:"是了。那日说话时没一个外人,但晚上送东西来的时节,老太太那边傻大姐的娘也可巧来送浆洗衣服。他在下房里坐了一会子,见一大箱子东西,自然要问,必是小丫头们不知道,说了出来,也未可知。"因此便唤了几个小丫头来问,那日谁告诉呆大姐的娘。众小丫头慌了,都跪下赌咒发誓,说:"自来也不敢多说一句话。有人凡问什么,都答应不知道。这事如何敢多说。"凤姐详情说:"他们必不敢,倒别委屈了他们。……"
>
> ……**这里凤姐和平儿猜疑,终是谁人走的风声,竟拟不出人来**。

而值得注意的是,早在第七十二回贾琏真正开口向鸳鸯商借之前,书中就已经先露出形迹,第五十三回记载贾蓉笑向贾珍道:"果真那府里穷了。前儿我听见凤姑娘和鸳鸯悄悄商议,要偷出老太太的东西去当银子呢!"姑且不论何以在贾琏真正开口向鸳鸯商借之前,贾蓉就已经获知此一机密，很可能是曹雪芹在漫长的写作修改过程中不小心所犯的一个失误；重点在于，贾蓉所获取的此一机密信息不知从何得来？荣府机关重地的财务隐私竟然直通宁府核心，且先知先觉有如神助，其走风之迅速与隐密，让人惊骇震慑，难怪精明缜密的凤姐也不免在此暗吃闷亏。相较之下，毫不设防的怡红院便有如摊在阳光下的大众广场，可以一览无遗地尽收眼底，因此连林黛玉都早已看出此一现象，于贾宝玉脸上沾了钮扣大小的一块胭脂膏时，便叨念他道："你又干这些事了。干也罢了，必定还要带出幌子来。便是舅舅看不见，别人看见了，又当奇事新鲜话儿去学舌讨好儿，吹到舅舅耳朵里，又该大家不干净惹气。"（第十九回）这就更加证明宝玉"又没外人走风"和"况这里事也无人知道，如何就都说着了"的惊疑诧怪，只反映出他缺乏警觉与提防的天真个性，并不能作为判断事实的客观证词。

而他对于袭人的怀疑，只不过是乍然遇到灾难时，强烈的心理震荡之下非理性的表现，是一种寻找"替罪羊"（scapegoat）的潜意识反应，也就是没有理由地将责备或灾难加之于特定的人、事上，让少部分的人、事，来承担所有问题的责任，其功能是借以解除巨大冲击所带来的心理压力，换得情绪的宣泄而恢复平衡。因此，在宝玉非理性的质问里，袭人其实是沦为一只代罪羔羊，承担莫须有的罪名。

（一）"流动与互动"——贾府中讯息网络的建构

扩而言之，"家里上上下下，就有几百女孩子"（第五回）、"从上至下也有三四百丁"（第六回）、"家里上千的人"（第五十二回）的整个贾府几乎是半开放的公共空间，如第七回记载，周瑞家的替众家姊妹送宫花，于往凤姐处时，乃"穿夹道从李纨后窗下过，隔着玻璃窗户，见李纨在炕上歪着睡觉呢"，显然屋里屋外阻而互通，在不设防的情况下甚至可以一眼看透，更不必说隔墙有耳。加上贾府的木造建筑，是以透空纸糊的槅扇作为隔间，一纸之薄，本无隔音效果可言，加上弄破窗纸更是轻而易举，如此就更无隐私可言。如第十九回写宝玉在宁国府时，趁四下无人，因想到小书房内挂着一轴画得极为传神的美人，唯恐其寂寞儿前往望慰一番；没想到刚到窗前，便"闻得房内有呻吟之韵。宝玉倒唬了一跳：敢是美人活了不成？乃乍着胆子，舐破窗纸，向内一看——那轴美人却不曾活，却是茗烟按着一个女孩子，也干那警幻所训之事"，于是禁不住大叫："了不得！"一脚踹进门去，让被突然惊散的鸳鸯吓得抖衣而颤。由此便足以呈现贾府生活空间的通透性。

不仅如此，主仆数十人日夜共处一室，等于是过着集体生活。以白日较无隐蔽的居家活动而论，一旁侍候的婆子们往往当场介入主子小姐们之间的对话，如第五十一回述及麝月不识戥子时，是站在外头台矶上的婆子告知银子的精确重量，而第五十七回大家谈到当票时，也是地下的婆子们发表意见；至于夜间的悄言密语，事实上也无从掩人耳目，如第二十一回描写宝玉与袭人怄气，小丫头蕙香趁隙而入，宝玉问明其排行之后，说道："明儿就叫'四儿'，不必什么'蕙香''兰气'的。那一个配比这些花，没的玷辱了好名好姓。"而这番对话清楚传至隔壁房中，导致"袭人和麝月在外间

听了抿嘴而笑"。更有甚者,当宝玉、晴雯、麝月于半夜三更还在交谈说笑甚至冒冷顽闹,以致晴雯喷嚏连连时,

> 只听外间房中十锦格上的自鸣钟当当两声,外间值宿的老嬷嬷嗽了两声,因说道:"姑娘们睡罢,明儿再说罢。"宝玉方悄悄的笑道:"咱们别说话了,又惹他们说话。"说着,方大家睡了。(第五十一回)

可见其屋舍里外如一,门户隔而不绝,身边又有女婢婆子整天随侍在侧,日间跑腿办事、晚间坐更守夜,兼且人来人往地穿门踏户,所谓"各处房中丫鬟不约而来者络绎不绝"(第七十八回),则贾府闺阁中又何尝有秘密可言?

这就难怪第七十七回王夫人亲自到怡红院查人时,问道:"谁是和宝玉一日的生日?"本人不敢答应,乃是老嬷嬷指出道:"这一个蕙香,又叫作四儿的,是同宝玉一日生日的。"接下来王夫人问:"谁是耶律雄奴?"又是老嬷嬷们将芳官指出,而导致二人被逐的下场。然则,老嬷嬷何以知之甚详,如此了如指掌?宝玉多年前兴之所至,对丫头蕙香偶然所改的名字(见第二十一回),嬷嬷们不但都听得一字不差,且多年之后还记得一字不漏,则平日四儿和宝玉所谓"同日生日就是夫妻"之私语,以及芳官要宝玉将柳五儿引进怡红院之建议,还有连伙聚党将其干娘都欺倒之事,当然也无法逃过她们的耳目,成为王夫人所掌握的情报口实。由上述诸例以观之,内帏与外室、屋舍与廊院的里外之间,其声息相通竟一至于

此，有如口耳相传一般清晰透明，则闺房儿女之窃窃私语会一字不差地直达天听，亦不足为奇。

唯上述诸例只具示出两点之间近距离的讯息通路，另外，书中还安排了四段微小琐碎却关系至大的情节，足以对讯息长距传播、网状辐射的具体途径提供有效的参考价值：

其一，第七十二回记载赵姨娘为了保住与贾环亲好的丫头彩霞，因此晚间与贾政商议纳妾之事，趁便提及宝玉已纳了二年，欲加谗害，却被外间窗屉塌了屉成的一阵声响给打断；而紧接着就是第七十三回描写贾政等人就此安歇，结束两人之对谈，然后赵姨娘房内的丫鬟小鹊便随即直往怡红院向宝玉通报，道："我来告诉你一个信儿。方才我们奶奶这般如此在老爷前说了，你仔细明儿老爷问你话。"说着回身就去了。此例展演出园外（贾政处）向园里（怡红院）的讯息单向流通，但实际上反之亦然——有人特地到怡红院来通风报信，自然也会有人专程将怡红院中的秘密泄漏出去，下面的例子正足以提供证明。

其二，贾府中奴仆之辈"他们私情各相往来，也是常事"（第六十一回），再加上各处人等多具亲戚关系①，牵一发而动全身，

---

① 如第五十九回记载，大观园中充役的何婆和夏婆姊妹，是怡红院中春燕的母亲和姨妈；而从第六十回可知，夏婆子的外孙女乃是探春处当役的蝉姐儿，血缘关系遍及三代。又第六十一回记述园里南角子上夜的秦显家的，是迎春房中司棋的婶娘，司棋的父母虽是大老爷贾赦那边的人，她叔叔秦显却是贾政这边的；而园中分管李子树的嬷嬷则是守门小厮的舅母。此外第七十四回又载"司棋是王善保的外孙女儿"，则一家三代之姻亲宗族分别蟠踞荣府二房，彼此连络支应，使人际关系之利害纠葛更形复杂。

彼此互动得更为密切而利害交关，如此一来，也就毋怪乎守门的小厮，竟然得知大观园中专管厨房的柳嫂子之女柳五儿"有了好地方"——也就是到怡红院去当差，而对佯装不解的柳嫂子说道：

> 别哄我了，早已知道了。单是你们有内牵，难道我们就没有内牵不成？我虽在这里听哈，里头却也有两个姊妹成个体统的，什么事瞒了我们！（第六十一回）

这段情节的耐人寻味之处，一是连一个不见经传的无名小卒，平日的工作只是驻守在边门做一个小小的螺丝钉，却因为"里头却也有两个姊妹成个体统的"，成为传递消息的"内牵"，导致所有的事都瞒不了他们；二是瞒不了他们的事情中，竟包括还在商议阶段的人事异动，亦即芳官虽然费心大力促成一心急切的柳五儿补上怡红院的空缺，但碍于时机不成熟，只能稍待时日再作良谋。根本还只是两人私下的商议盘算而已，却已经被守门的小厮了然在胸，讯息的流通传播真可说是令人可惊可畏。如此一来，围限一地的园内场域竟被突围直通园外，由内而外的信息管道便进一步清楚浮现出来，以致闺闱密情一变而为公开信息，与上面事例恰恰形成园里、园外的双向流通。

其三，第六十回记叙赵姨娘被夏婆子调唆泄恨，与芳官一干人演出全武行的闹剧，事后探春盘查肇事之人，艾官便悄悄回探春道："都是夏妈和我们素日不对，每每的造言生事。"而恰好"夏婆子的外孙女蝉姐儿便是探春处当役的，时常与房中丫鬟们买东西呼唤人，众女孩儿都和他好"，探春身旁的二等丫头翠墨便把艾官告密之事转告给蝉姐儿，好让他们当心防范。将其间讯息传通之网络加以表列，乃是：

赵姨娘←夏婆子（大观园）←蝉姐儿（秋爽斋）←翠墨（秋爽斋）
▼   ⎰
▲   ⎱
艾官（含芳官，怡红院）—————————→探春（秋爽斋）

如此一来，多方向的直线传播便勾连为一首尾衔接的讯息循环，直接展现大观园中敌对群之间复杂的角力场域。

其四，第七十一回记述尤氏发现门房婆子溜班卸责，使整个大观园门户洞开，却因为丫头与老嬷嬷之间的口角而引发纷争。在一路传话过语的连锁过程中，其系结连络的一环乃是原本毫不相干的赵姨娘。书中道：

> 赵姨娘原是好察听这些事的，且素日又与管事的女人们扳厚，互相连络，好作首尾。方才之事，已竟闻得八九，听林之孝家的如此说，便怎般如此告诉了林之孝家的一遍。

导致原本空跑一趟大观园的林之孝家的，又将讯息间接传到了邢夫人处，而不知不觉地扩大了暴风圈，终至导致凤姐的受辱下泪。其间讯息传递之连带关系如下：

尤氏→小丫头→袭人等→另一丫头→周瑞家的→凤姐
▲
→林之孝家的／赵姨娘→费婆子女儿→费婆子→邢夫人

如此一来,更显示出荣、宁二府之间相关人等口耳相传、穿针引线的连动关系,由园中／园外的突围更进一步扩大为荣府／宁府的互涉,遂使整个贾家都被卷入讯息圈中,无法脱身于是非恩怨之外。

更有甚者,贾府的讯息还可以随着仆人的足迹而扩及府外的相关人等,如第三十二回叙述袭人央请史湘云替宝玉作一双鞋,话语之间牵扯到黛玉前番与宝玉赌气绞穗之事,而那被绞破的扇套子恰恰正出自湘云之手,以致湘云心生不满,冷笑道:"前儿我听见把我做的扇套子拿着和人家比,赌气又绞了。我早就听见了,你还瞒我。这会子又叫我做,我成了你们的奴才了。"湘云远在史家,与贾府相隔两地,虽无千里之遥,却也是"要来也由不得他",往来一趟必须花费"从一早接去,到午后方至"的半天时间(第三十七回),讯息的流通显然都是跑腿办事的下人们顺口担任的。例如袭人打发宋嬷嬷给湘云送东西,任务完成的同时也传递了大观园起诗社的新闻,宋嬷嬷回来之后,报告见到湘云的情况是:"问二爷作什么呢,我说和姑娘们起什么诗社作诗呢。史姑娘说,他们作诗也不告诉他去,急的了不的。"(第三十七回)由此推论,宝、黛绞穗口角之风波应该也是宋嬷嬷者流所透露。

由上述之种种事例可知,书中再三声称的"人多口杂"(第九回之宁府、第三十四回之大观园、第五十七回之潇湘馆)、"口舌又杂"（第七十二回之贾琏居处）或"人多眼杂"（第七十七回之怡红院），乃直揭大家族中彼此关涉交缠的牵连本质；而牵连赖以成立的信息流通往往是以瞬间的速度在秘密中进行，且具有无远弗届的全面性，有如森林枝叶间各个空隙里所埋伏的蜘蛛网般，对空气分子的震动无比敏锐，不但时时刻刻探查并拦截从网缝中通过的讯息，而且随着牵一发而动全身的丝线向四处扩散。至于身为权力中央或荣宠核心（如怡红院）所发生的任何琐事，就有如投入池塘中的小石子般激荡出无数涟漪，向各方迅速蔓延，甚至造成潜流与伏涡。那些暗藏在角落里的不明小人物都是最灵敏不过的耳目，暗中经营了四通八达的复杂网络，透过亲友关系的横向轴与主仆关系的纵向轴，相乘相加地建构了庞大复杂的信息网络，以及种种剪不断、理还乱的利害纠葛。

（二）"势利与对立"——密告者的可能人选

在这种流动与互动的多向缠绕关系中，涉及恩怨好恶乃是无可避免，而贾府中的人事环境也势必会随之进一步分化成若干利害冲突的阵容，却又不仅是园里与园外的二元对立这么简单。

例如第二十回写宝玉见袭人这般病势，又添了这些烦恼，连忙忍气吞声，安慰她仍旧睡下出汗，又劝她只养着病，别想着些没要紧的事生气，袭人冷笑道："要为这些事生气，这屋里一刻还站不得了。但只是天长日久，只管这样，可叫人怎么样才好呢，时常我劝你，别为我们得罪人，你只顾一时为我们那样，他们都记在心里，遇着坎儿，说的好说不好听，大家什么意思。"可见袭人也是

"他们"说坏话的对象之一。其实,连宝玉自己都是遭嫉的箭靶,不仅鸳鸯对探春说:

> 老太太偏疼宝玉,有人背地里怨言还罢了,算是偏心。如今老太太偏疼你,我听着也是不好。这可笑不可笑?(第七十一回)

可见得宠本身就令人眼红,因此连紫鹃都听说了有关宝玉的不堪之言,对宝玉说道:

> 从此咱们只可说话,别动手动脚的。一年大二年小的,叫人看着不尊重。打紧的那起混账行子们背地里说你,你总不留心,还只管和小时一般行为,如何使得。(第五十七回)

可以说,多达上千人的贾府中确实贤愚混杂,形成了"那起小人眼馋肚饱,连没缝儿的鸡蛋还要下蛆"(第七十四回)的人事环境,而那些与怡红院诸婢为敌,在王夫人查人撵逐行动中密告情资的可能人选,还必须进一步抽丝剥茧,始能循线追索。

首先我们可以注意到,第七十七回记载王夫人之所以撵逐诸婢,主要原因是:

> 原来王夫人自那日着恼之后,王善保家的去趁势告倒了晴雯,本处有人和园中不睦的,也就随机趁便下了些话,王夫人

皆记在心中。

其中所谓的"本处",作为与"园中"对立的所在,明显是指大观园之外包括王夫人屋里、乃至邢夫人居处的地方。以王夫人身边为例,书中即透过心直口快的湘云对宝琴的提点中指出:

> 你除了在老太太跟前,就在园里来,这两处只管顽笑吃喝。到了太太屋里,若太太在屋里,只管和太太说笑,多坐一回无妨;若太太不在屋里,你别进去,那屋里人多心坏,都是要害咱们的。(第四十九回)

由宝钗听后笑称"说你没心,却又有心;虽然有心,到底嘴太直了"的反应,可知湘云所言不虚,连宝钗都间接加以认可,只是对她的口没遮拦表示啼笑皆非而已,则大观园与园外的对立状态已昭然若揭。

而缩小范围到大观园内部,在这个"连姑娘带姐儿们四五十人"(第六十一回)的地方,又可以更进一步区分出许多错综复杂的敌对关系组。单单以怡红院来说,小丫头佳蕙便曾经心生不平,对红玉说道:"我们算年纪小,上不去,我也不抱怨;像你怎么也不算在里头?我心里就不服。袭人那怕他得十分儿,也不恼他,原该的。说良心话,谁还敢比他呢?……可气晴雯、绮霰他们这几个,都算在上等里去,仗着老子娘的脸面,众人倒捧着他去。你说可气不可气?"(第二十六回)而职司不同的各单位之间,就更难免扞格龃龉、党同伐异之事，如管厨房的柳家的和其女儿柳五儿一出状况，就有"和她母女不和的那些人，巴不得一时撵出他们去，惟恐次日有变，大家先起了个清早，都悄悄的来买转平儿，一面送些东西，一面又奉承他办事简断，一面又讲述他母亲素日许多不好。"（第六十一回）这幕场景，岂非正是王善保家的在王夫人面前告倒晴雯的翻版？

而事实上，由性格、阶级、利益所造成的恩怨纠葛，并不只是仆辈之间的专利，以下谤上、谗害主人也都时有所闻，如书中多处记载：

- 那些不得志的奴仆们，专能造言诽谤主人。（第九回）
- 那些底下的婆子丫头们……因见老太太多疼了宝玉和凤丫头两个，他们尚虎视眈眈，背地里言三语四的，何况于我？（第四十五回黛玉语）
- 小人不遂心诽谤主子亦是常理。（第六十八回）
- 这一干小人在侧，他们心内嫉妒挟怨之事不敢施展，便背地里造言生事，调拨主人。（第七十一回）

再加上探春怒责王善保家的"调唆主人，专管生事"（第七十四回），显见贾府中下人挟上报复、借刀杀人的做法，乃是众所皆知。既然连主子都不免于离间分化的谗言拨弄，则与正宗小姐情同姊妹，而分享了统治者无上尊贵特权的各房大丫头，所谓"副小姐"（见第七十七回）或"二层主子"（见第六十一回），这种身兼主人优势与奴婢身份的矛盾统一体，就更容易引发外围分子的嫉妒与不满。一如宝玉对于芳官、四儿被逐之缘由所洞察的：

> 芳官尚小，过于伶俐些，未免倚强压倒了人，惹人厌。四儿是我误了他，还是那年我和你拌嘴的那日起，叫上来作些细活，未免夺占了地位，故有今日。（第七十七回）

这就精确指出仆辈之间所存在着的"倚强压人"的意气之争，以及"夺占地位"的阶级之争，乃是导致人事关系复杂的两大因素。一旦这些副小姐在"夺占地位"之余还不愿收敛个性，就不免进一步造成"倚强压人"的意气之争，成为妒恨眼光聚焦的主要靶心。

单单以"夺占地位"而言，即足以构成遭忌的充分条件，连麝月都曾对婆子说："这个地方岂有你叫喊讲礼的？你见谁和我们讲过礼？别说嫂子你，就是赖奶奶林大娘，也得担待我们三分。"（第五十二回）正道出其逼近主位的威势，导致大观园中较低阶外围的何婆子迁怒于自己在怡红院当役的女儿春燕，借故掌掴她之后，还指桑骂槐地斥责道：

> 小娼妇，你能上去了几年？你也跟那起轻狂浪小妇学，怎么就管不得你们了？……既是你们这起蹄子到的去的地方我到不去，你就该死在那里伺候，又跑出来浪汉！（第五十九回）

可见母女间的伦理亲情又纠缠了阶级尊卑以及利害荣辱之别，使在等级制度中饱受压抑的尊严，转而由血缘关系中母贵亲尊的权威变相地发泄出来。连仅居二三等丫头的亲生女儿都不能豁免，那些毫无血缘关系的副小姐就更首当其冲，同回又述及：

> 那婆子深妒袭人晴雯一干人，已知凡房中大些的丫鬟都比他们有些体统权势，凡见了这干人，心中又畏又让，未免又气又恨。

不幸的是，在权力使人傲慢的人性之常下，位尊权大的二层主子往往又不知不觉地增加了"倚强压人"的意气之忿，晴雯那掐尖要强、火爆易怒的脾气尚且连主子都要顶撞，其处处得罪固不待言；至于司棋在要一碗炖蛋不成，复被埋怨"我倒别伺候头层主子，只预备你们二层主子"之后，竟怒气冲冲地率领小丫头们直捣柳家的厨房大肆破坏，现场众人一面拉劝，一面央告司棋说："姑娘别误听了小孩子的话。柳嫂子有八个头，也不敢得罪姑娘。"（第六十一回）可见其威势，此事更是"倚强压人"的意气展现，当然造成对方的怨恨。而女伶者流亦不遑多让，如第五十八回便记载：

> 文官等一干人或心性高傲，或倚势凌下，或拣衣挑食，或口角锋芒，大概不安分守理者多。因此众婆子无不含怨，只是口中不敢与他们分证。如今散了学，大家称了愿，也有丢开手的，也有心地狭窄犹怀旧怨的，因将众人皆分在各房名下，不敢来厮侵。

其中尤以怡红院中备受宝玉宠溺的芳官为代表，即使在自由惯了的怡红院中，其任性不羁都还被麝月称为"淘气""也该打几下"（第五十八回），宝玉也说她"未免倚强压倒了人，惹人厌"（第七十七回），而藕官在潇湘馆中，亦被紫鹃称为"这里淘气的也可厌"（第五十九回），则外围之人自更容易产生反感。书中说"周瑞家的等人……又深恨他们素日大样"（第七十七回），即足以统括其事其情。

因此一旦有机可乘，这股积怨便会牢牢加以把握而滥施报复，第七十四回即清楚指出，绣春囊暴露后，王夫人痛心严查，"这王善保家正因素日进园去那些丫鬟们不大趋奉他，他心里大不自在，要寻他们的故事又寻不着，恰好生出这事来，以为得了把柄。"因此对王夫人进谗道："太太也不大往园里去，这些女孩子们一个个倒像受了封诰似的，他们就成了千金小姐了。闹下天来，谁敢哼一声儿。不然，就调唆姑娘的丫头们，说欺负了姑娘们了，谁还耽得起。"则副小姐之辈若当真遭殃受害，实为其遂心满意之乐事，其中事小者如：

> 又有那一干怀怨的老婆子见（赵姨娘）打了芳官，也都称愿。（第六十回）

一旦她们失势，更不免沦为墙倒众人推的落水狗，其中事大者，见诸晴雯确定被王夫人撵出贾府时，几个老婆子额手称庆地四处传告讯息，并加上幸灾乐祸的趁愿之语：

> 阿弥陀佛！今日天睁了眼，把这一个祸害妖精退送了，大家清净些。（第七十七回）

至于司棋的待遇尤有过之，当她请求奉命带领出园的周瑞家的与两个婆子稍待片刻，以便向诸姊妹辞行时，所得到的响应更为冷酷直接：

> 周瑞家的等人皆各有事务，作这些事便是不得已了，况且又深恨他们素日大样，如今那里有工夫听他的话……发躁向司棋道："你如今不是副小姐了，若不听话，我就打得你。别想着往日姑娘护着，任你们作耗。"

随即几个婆子不由分说，硬拖着她出去了。由此亦可证知，被王夫人所逐的四人中，除了四儿单纯是因为"夺占地位"的非战之罪外，晴雯、芳官与司棋其实都还兼具"倚强压人"的意气因素。

既然袭人早已注意到："时常我劝你，别为我们得罪人，你只顾一时为我们那样，他们都记在心里，遇着坎儿，说的好说不好听，大家什么意思。"（第二十回）以及："我也曾使过眼色，也曾递过暗号，倒被那别人已知道了，你反不觉。"（第七十七回）则在如此"势利与对立"的人事环境中，结合讯息网络错综扩延的特点，综合前文述及之众多事例，一一推敲与告密有关的人选，不外乎以下诸人等。

1. 邢夫人派：王善保家的和费婆子等

荣府大房贾赦地位低于二房贾政，后者遂具备"夺占地位"的条件而成为眼红的对象，"凡贾政这边有些体面的人，那边各各皆虎视眈眈。这费婆子常倚老卖老，仗着邢夫人，常吃些酒，嘴里胡骂乱怨的出气"，再加上王善保家的一干小人，"他们心内嫉妒挟怨之事不敢施展，便背地里造言生事，调拨主人。先不过是告那边的奴才，后来渐次告到凤姐。……后来又告到王夫人，说：'老太太不喜欢太太，都是二太太和琏二奶奶调唆的。'"（第七十一回）因此对于迎春的软弱不争气，邢夫人既怨怪贾琏、王熙凤的不加提携，挖苦道："总是你那好哥哥好嫂子，一对儿赫赫扬扬，琏二爷凤奶奶，两口子遮天盖日，百事周到，竟通共这一个妹子，全不在意。"又对探春的理家当权心怀忌妒，以至于旁边伺候的媳妇们趁机道："我们的姑娘老实仁德，那里像他们三姑娘伶牙俐齿，会要姊妹们的强。他们明知姐姐这样，他竟不顾恤一点儿。"这种伤人无形的挑拨离间，脂砚斋即严厉批道："杀杀杀，此辈端生离异，余因实受其蛊。"（第七十三回批语）

连探春都不能豁免，则出于嫡庶之争的理由，最炙手可热的怡红院以及相关人等，当然更是众矢之的。而果然，晴雯的灾难便是来自王善保家的直接点名谗害，更有甚者，王夫人之所以抄检大观园，也是来自王善保家的建议，固然这种激烈手段的功能是"给他们个猛不防"，以收时效，但其本质实如探春所洞察的，是"自己家里好好的抄家"，其后果则是"先从家里自杀自灭起来，才能一败涂地"！由此可见，邢夫人派的阵营具有多么强大的杀伤力。

2. 赵姨娘

同样由于嫡庶之争，赵姨娘原本就嫉恨宝玉诸人，出于"阴微鄙贱"（第二十七回）之心性，先前即曾将捕风捉影的事情添油加醋，并透过同一阵线的贾环向贾政告密进谗，所谓：

> 我母亲告诉我说，宝玉哥哥前日在太太屋里，拉着太太的丫头金钏儿强奸不遂，打了一顿。那金钏儿便赌气投井死了。（第三十三回）

以致惊疑莫名、悲愤交加的贾政痛下鞭挞，使宝玉几乎命丧棍下。然而，贾环的情报来自赵姨娘，赵姨娘却又如何能够得知王夫人房中所发生的事？一则是赵姨娘本就以包打听的性格，往往如小人般到处听篱察壁，所谓：

> 赵姨娘原是好察听这些事的，且素日又与管事的女人们扳厚，互相连络，好作首尾。方才之事，已竟闻得八九。（第七十一回）

本来就喜欢收集别人的各种隐私，消息灵通；二则是她与王夫人身边的大丫鬟彩霞又有十分亲近的关系，原因是彩霞心中"与贾环有旧……赵姨娘素日深与彩霞契合，巴不得与了贾环，方有个膀臂"

（第七十二回），因此甚至发生"偷东西原是赵姨奶奶央告我再三，我拿了些与环哥是情真。连太太在家我们还拿过，各人去送人，也是常事"（第六十一回）。由此说来，赵姨娘关于金钏儿之死的各种情报来源，当然是来自管理宽松的王夫人上房，其中彩霞（或名彩云）固然是头号嫌疑犯，但其他出入于上房的管事的女人们也未尝没有可能。

因此，赵姨娘才能连"除太太房里的人，别人一点也不知道"的金钏儿跳井之因由，都得以察听几分（第三十三回），进而荣府中的几次重大事件（如第三十三回的宝玉挨打、第七十一回的凤姐受辱）都可以见到赵姨娘穿针引线的影迹。又因为芳官以茉莉粉权充蔷薇硝来搪塞贾环之事而结怨，乃至卷入夏婆子与藕官的纷争之中闹出全武行（第六十回），双方对立已是壁垒分明。则袭人所谓"我也曾使过眼色，也曾递过暗号，倒被那别人已知道了，你反不觉"中的"那别人"，恐怕就是赵姨娘，这就难怪在赵姨娘顺路看望黛玉时，黛玉也要使眼色教宝玉避开了（第五十二回）。

3. 夏婆子与何婆子姊妹（大观园中）

于第五十八回中，芳官被其干娘何婆子欺侮，不但袭人要麝月出面震吓几句，因而让何婆子受了一顿排场，宝玉也"恨的用拄杖敲着门坎子说道：'这些老婆子都是些铁心石头肠子，也是件大奇的事。不能照看，反倒折挫，天长地久，如何是好！'晴雯道：'什么如何是好，都撵了出去，不要这些中看不中吃的！'那婆子羞愧难当，一言不发。"后来何婆子想要卖乖讨好，见芳官为宝玉吹汤，便跑进来一手抢接汤碗,结果不但是晴雯连忙喊骂,小丫头们也出言讥讽,羞得那婆子又恨又气,只得忍耐下去。

因此第五十九回便指出:"那婆子深妒袭人晴雯一干人,已知凡房中大些的丫鬟都比他们有些体统权势,凡见了这干人,心中又畏又让,未免又气又恨。"甚至借故迁怒自己的女儿春燕,掴掌耳光兼指桑骂槐,整个怡红院上下已成为她们妒恨的对象;再加上第五十九回、第六十回罗缕细述藕官与其干娘夏婆子、芳官与其干娘何婆子之间的仇恨,所谓"在外头这二三年积了些什么仇恨,如今还不解开?"双方之怨深恨重,已到了互相结党倾轧的地步,可见夏婆子与何婆子这对亲姊妹亦是涉嫌重大者。

4. 各房婆子

由第六十回记述夏婆子挟怨报复,调唆赵姨娘到怡红院大闹,"跟着赵姨娘来的一干的人听见如此,心中各各称愿……又有那一干怀怨的婆子见打了芳官,也都称愿。"可知怨妒衔恨的婆子们为数众多,不仅夏、何二人而已。其中多属无名之辈,尚可查考者,还有坠儿之母。

第五十二回记载:坠儿偷取平儿金镯之事被揭发,宝玉一五一十转告了病中的晴雯,次二日晴雯不但借机对坠儿动用私刑,"一把将他的手抓住,向枕边取了一丈青,向他的手上乱戳,口内骂道……坠儿疼的乱哭乱喊",随后更自作主张,直接将坠儿撵逐出去。坠儿母亲前来质问,与晴雯发生口角,晴雯道:"你这话只等宝玉来问他,与我们无干。"那媳妇冷笑道:"我有胆子问他去！他那一件事不是听姑娘们的调停？他纵依了，姑娘们不依，也未必中用。比如方才说话，虽是背地里，姑娘就直叫他的名字。在姑娘们就使得，在我们就成了野人了。"晴雯听说，一发急红了脸，说道："我叫了他的名字了，你在老太太跟前告我去，说我撒野，也撑出我去。"此时麝月立即出面以尊卑之理将其逐出，那媳妇口不敢言，无言可对，亦不敢久立，又嗐声叹气，抱恨而去。晴雯情急之下所说的"你在老太太跟前告我去，说我撒野，也撑出我去"，竟果真一语成谶，追本溯源，一缕远因岂非隐约可见？

5. 各房小丫头

由于近水楼台，小丫头们乃是直接承受副小姐之威势的下位者，除了常常挨骂挨打之外，甚至会被驱逐辞退。[①] 因此她们一方面会对本房中的大丫头有所不满，如第二十六回即记载怡红院的小丫头佳蕙，对晴雯、绮霰等都算在上等里去而受到众人奉承，红玉却被排除在外的情况忿忿不平；另一方面也会对其他当宠之处鸡犬升天的丫头有所嫉恨，如第六十回描写芳官到厨房替宝玉点食物，与在探春处当役的夏婆子外孙女蝉姐儿发生口舌之争，"小蝉气的

[①] 第五十八回麝月就说：分派到各房的小丫头"有了主子，自有主子打得骂得，再者大些的姑娘姐姐们打得骂得，谁许老子娘又半中间管闲事了？"因此有第七十三回晴雯责骂那些难禁熬夜而困眼朦胧的小丫头，威胁要"拿针戳给你们两下子"的情节；而王夫人入园时，所见即是晴雯骂小丫头的画面（第七十四回）；至于坠儿在偷镯事发之后，更遭到晴雯的刺戳之刑以及撵逐之罚(第五十二回)，坠儿之母亦无可奈何，可为其证。

怔怔的，瞅着冷笑道：'雷公老爷也有眼睛，怎不打这作孽的！他还气我呢。我可拿什么比你们，又有人进贡，又有人作干奴才，溜你们好上好儿，帮衬着说句话儿。'"可见各房的冷暖之别已导致荣枯之恨，一旦婆子与小丫头之间又有亲戚关系，两种下位阶级结合起来，则怡红院的敌人阵营就益发壮大。

6. 王夫人处：管家奶奶

由第四十九回史湘云所说，王夫人"那屋里人多心坏，都是要害咱们的"之言，可见王夫人周边包括管事奶奶在内，也隐藏了嫌疑犯的踪迹，若加入她们的性格因素，那就几乎确定无疑。如王熙凤曾对贾琏说道："你是知道的，咱家所有的这些管家奶奶们，那一位是好缠的？错一点儿他们就笑话打趣，偏一点儿他们就指桑说槐的报怨。'坐山观虎斗''借剑杀人''引风吹火''站干岸儿''推倒油瓶不扶'，都是全挂子的武艺。"（第十六回）又经平儿之口，也指出这些管家奶奶的厉害："你们素日那眼里没人，心术厉害，我这几年难道还不知道？二奶奶若是略差一点儿的，早被你们这些奶奶治倒了。饶这么着，得一点空儿，还要难他一难，好几次没落了你们的口声。众人都道他厉害，你们都怕他，惟我知道他心里也就不算不怕你们呢。"（第五十五回）至于第七十一回中，鸳鸯也感慨说道："如今咱们家里更好，新出来的这些底下奴字号的奶奶们，一个个心满意足，都不知道要怎么样才好，少有不得意，不是背地里咬舌根，就是挑三窝四的。"则更加深她们的可能性。

7. 各房奶娘

贾母曾亲口表示道："你们不知。大约这些奶子们，一个个仗着奶过哥儿姐儿，原比别人有些体面，他们就生事，比别人更可恶，专管调唆主子护短偏向。我都是经过的。"（第七十三回）其中有名有姓的代表人物，即是宝玉之奶母李嬷嬷，她曾于进怡红院请安时，见宝玉不在家，丫头们只顾玩闹，十分看不过，更自恃功劳而强喝酥酪（第十九回）；常常老病发了，就来排揎宝玉的人，甚至讥骂袭人道："忘了本的小娼妇！……一心只想妆狐媚子哄宝玉，哄的宝玉不理我，听你们的话。你不过是几两臭银子买来的毛丫头，这屋里你就作耗，如何使得！好不好拉出去配一个小子，看你还妖精似的哄宝玉不哄！"（第二十回）此外，第七十三回"懦小姐不问累金凤"一节中亦载迎春乳母犯下偷赌之罪，其子媳王住儿媳妇乃与司棋、绣桔展开一场唇枪舌剑的攻守之战，显然奶娘辈也是与这些副小姐对立的一方，有足够的谗害动机。

既然真正的告密者乃是"和园中不睦"的"本处"之人，由宝玉《芙蓉女儿诔》中所痛批的"诐奴""悍妇"，已清楚指向贾府中的下层阶级，包括张爱玲已指出的王善保家的与其他女仆，则综合上述所言七类人选，涵盖身份、动机、实际过节等等，都符合这些条件。她们未必就是当下之衔耳传密者，然而在讯息流动四通八达的人际网络中，基于利益冲突的对立关系，恐怕更是"告密"赖以完成的相关环节；换言之，她们是告密者的同一阵线，是信息情报的幕后提供者，没有她们所建立的第一手情报网与二手传播网，告密者也无用武之地。而这才统摄了这次告密逐婢的完整面貌。

就在"流动与互动"之讯息网络极其复杂,且"势利与对立"之人员阵容又牵连甚广的情况下,真正的告密者本非一人一地而带有集体性质,则袭人涉入的可能性反倒微乎其微,足以被排除于嫌疑犯的名单之外,并将其沉冤已久之污名彻底昭雪。

七、结语

袭人之被污名化,已经成为一种不证自明的反真理,夏志清指出此一现象背后所潜藏之心理寓涵,乃是:

> 由于读者一般都是同情失败者,传统的中国文学批评一概将黛玉、晴雯的高尚与宝钗、袭人的所谓的虚伪、圆滑、精于世故作为对照,尤其对黛玉充满赞美和同情。……(宝钗、袭人)她们真正的罪行还是因为夺走了黛玉的婚姻幸福以及生命。这种带有偏见的批评反映了中国人在对待《红楼梦》问题上长期形成的习惯做法。他们把《红楼梦》看作是一部爱情小说,并且是一部本应有一个大团圆结局的爱情小说。①

---

① [美]夏志清著,胡益民等译:《中国古典小说史论》(南昌:江西人民出版社,2001),页279—280。

因而,"除了少数有眼力的人之外[①],无论是传统的评论家或是当代的评论家都将宝钗与黛玉放在一起进行不利于前者的比较。……这种稀奇古怪的主观反应如前面所指出的那样,部分是由于一种本能的对于感觉而非对于理智的偏爱。……如果人们仔细检查一下所有被引用来证明宝钗虚伪狡猾的章节,便会发现其中任何一段都有意地被加以错误的解释"[②]。此言信乎不虚。

本章既是袭人的专论,也必然涉及那些"有意地被加以错误的解释"的情节,进行仔细检查的结果,也证明了袭人的冤屈,并且发现实情适得其反,小说家是以其姓氏"花"字为核心,结合了花卉文化数据库中"花气袭人"与"解语花"这两个典故进行人物塑造,"袭人"乃与"解语"相互定义,展现出"香"与"暖"的人格特质,而体现在种种劝谏中那份规引入正的苦心,提供给王夫人的建言也属于此类。借由灯的象征意涵以及告密说的全幅厘清,可以提供人物评论时较坚实的检证基础。

再从脂批称"花解语"为"大",可见《红楼梦》的人性景观固然是复调式的多元并存,因此个个都鲜明而立体;但若涉及有所轩轾的人性价值观,则仍然必须说,袭人才是维系世界的稳定力量,袭人在小说前八十回中出场次数远高于晴雯,正是隐含了这一层的意思。

---

① 此处作者举陈涌《关于薛宝钗的典型分析问题》为例。经查,"陈涌"实为"千云"之误译,乃中英文来回转译时所产生的音差。其文见《红楼梦研究论文集》(北京:人民文学出版社,1957)。

② [美]夏志清著,胡益民等译:《中国古典小说史论》,页299。

第五章 袭人论 479

袭人，改琦绘：《红楼梦图咏》，风俗绘卷图画刊行会重刊本，1916。

第六章
薛宝琴论

在宝玉神游太虚幻境时,所见薄命司中有关金钗的三等簿册里,并没有出现薛宝琴这位人物。从每册"十二个"的单位规模而言,最高等级的正册十二钗已经完整齐备,同为贵族小姐的宝琴并不在其中;副册只介绍到香菱,她却是一个历经阶级向下流动的独特女子,出身乡绅望族却沦落为婢女侍妾,贵贱综合于一身,与宝琴出身贵族世家的条件也不一致;至于又副册所收的晴雯、袭人等,皆属身份低微的婢女,更与宝琴相去悬殊,据此,宝琴似乎很难给予定位。再加上她在小说中出现得很晚,错过大半缤纷热闹的主场演出,在前面四十八回情节网络之编织已经非常完密,接下来叙写空间相对有限的情况下,新人物如何能够突围而出,创造波澜迭起的壮阔,正显示出小说家的匠心独运。

仔细考察,宝琴自第四十九回的华丽登场之后,主要的表现集中于后续的第五十回、第五十一回、第五十二回,真正有个人性、能显示特色的篇幅不到四回,其间还得穿插其他人物与事件的描述,即使在主要范围内的第五十一回、第五十二回中,相关情节其实也已经缩减为一个片段,远非最初两回的主场铺陈。至于第五十二回之后,虽仍不绝如缕地有所触及,维持她在贾府生活的实况,而使之不至于销声匿迹,但扣除第七十回填写《柳絮词》的一段外，大多数都是一笔带到，与人物的塑造关系不大。

整体而言，与宝琴相关的文句总共仅约五千字，远不能与其他重要角色相提并论，出场后的形象又空灵无比，小说家塑造这位金钗的匠心独运之处，就更不容易为人所察觉了。

一、缥缈空灵的姑射仙子

一般来看，清代评点家对宝琴的认知，普遍都是仙气缥缈、风姿绰约，清丽出众以致缺乏有血有肉的真实感，诸如：

- 薛宝琴为色相之花，可供可嗅、可画可簪，而卒不可得而种，以人间无此种也。①
- "宝琴古今人孰似？"曰："似藐姑仙子。"②
- 宝琴丰度飘飘，无人间烟火气。譬诸诗家，宝钗为能品，宝琴为神品，小乔身份，固远胜大乔也。且以金玉之良缘，成诸人谋，孰若梅雪之佳偶，出诸天然。天下惟天然者为难能而可贵耳。美哉宝琴，夫何修而到此！③

---

① （清）涂瀛：《红楼梦论赞·薛宝琴赞》，一粟编：《红楼梦资料汇编》，卷三，页128。
② （清）涂瀛：《红楼梦问答》，一粟编：《红楼梦资料汇编》，卷三，页144。另一位评点家王希廉亦云："宝琴似藐姑公子。"与此说如出一辙，见（清）江顺怡：《读红楼梦杂记》，一粟编：《红楼梦资料汇编》，卷三，页206。
③ （清）青山山农：《红楼梦广义》，一粟编：《红楼梦资料汇编》，卷三，页212。

种种说法一致公认宝琴有如超离凡尘的仙姝，陈其泰甚至认为：

- 突然来一宝琴，是衬托宝钗文字。……勿认真看作有一个宝琴。①
- 可见是子虚乌有之人，只为勾勒宝钗色相之用耳。②

如此一来，宝琴更似乎只是一抹陪衬的影子，可有可无。之所以会产生这样的印象，原因十分吊诡，那便是宝琴堪称《红楼梦》中唯一一位完美到虚幻的女性人物，是人间真正实至名归的"兼美"。

曹雪芹在第一回便开宗明义地指出：小说中所记乃"我半世亲睹亲闻的这几个女子，虽不敢说强似前代书中所有之人"，且这"几个异样女子，或情或痴，或小才微善，亦无班姑、蔡女之德能"，衡诸林黛玉、薛宝钗、史湘云、贾探春、王熙凤、妙玉、晴雯、花袭人等众位金钗而言，此一自述的确都是可以成立的，因而未必是谦词。这些"异样"女子固然都是迥奇不凡的秀拔人物，但却各有所偏、得失互见，如黛玉的纯真聪慧却不免小性伤人，宝钗的圆融智慧却往往世故从俗，凤姐的精明干练却失于严苛权谋，如是种种，都显示出脂砚斋所谓的"人各有当"（第四十三回批语）却也"人各有失"的人性全貌。俞平伯也曾说：

---

① （清）陈其泰：《红楼梦回评》，第四十九回回评，朱一玄编：《红楼梦资料汇编》，页736。
② （清）陈其泰著，刘操南辑：《桐花凤阁评红楼梦辑录》（天津：天津人民出版社，1981），第四十九回评，页161。

《红楼梦》所表现的人格,其弱点较为显露。作者对于十二钗,是爱而知其恶的。所以如秦氏底淫乱,凤姐底权诈,探春底凉薄,迎春底柔懦,妙玉底矫情,皆不讳言之。即钗黛是他底真意中人了;但钗则写其城府深严,黛则写其口尖量小,其实都不能算全才。全才原是理想中有的。①

然而批文入情,"兼美"毕竟出现于仙界的太虚幻境,成为宝玉快意称心的梦中女神,人间世虽然罕见理想中的全才,小说里也依稀出现其人之影踪,唯独此人真正综合了各家所长,呈现完美却不真实的圆满人格,是为足以创作出《怀古十绝句》的薛宝琴。

　　曹雪芹刻意塑造了一位中途才参与故事发展的薛宝琴,也是贵族阶层中最后一位登场的大家闺秀,在她之后还能够焕人眼目、令人称奇者,就只有尤二姐、尤三姐这对改邪归正又薄命横死的姊妹,但两人的出身并不属于门第世家,所带有的是放浪失格的庶民气息,不可相提并论。奇特的是,宝琴作为大家闺秀中的出类拔萃者,其完美固然为尤氏姊妹所难以望其项背,连其他钟灵毓秀的贵宦千金也都瞠乎其后,她以压轴的方式登场,海纳百川般尽收前面所有年轻女性的风采,正是带有这一层意味。然而,"完美"却成为一个人失去真实存在感的因素,道理何在? 对这个奥妙的问题,叙写人物最有心得的小说家与历史学家都提出了有趣的解答。

---

① 俞平伯:《红楼梦研究》,《俞平伯论红楼梦》(上海:上海古籍出版社,1988),页471。

脂砚斋曾有一段发人深省的评论，指出在人物身上"缺陷"可以创造真实，甚至增加美感的道理：

> 可笑近之野史中，满纸羞花闭月，莺啼燕语。殊不知真正美人方有一陋处，如太真之肥，飞燕之瘦，西子之病，若施于别个不美矣。今以咬舌二字加之湘云，是何大法手眼，敢用此二字哉。不见其陋，且更觉轻俏娇媚，俨然一娇憨湘云立于纸上，掩书合眼思之，其爱厄娇音如入耳。然后将满纸莺啼燕语之字样，填粪窖可也。（第二十回批语）

这段话借由湘云的咬字不清阐明"真正美人方有一陋处"的道理，其实继承了伟大历史学家司马迁记述人物列传的独门心法，如明朝董复亨转述顾天埈所言：

> 余友顾太史（案：即顾天埈）尝与余论史，谓："太史公列传每于人纰漏处刻画不肯休，盖纰漏处即本人之真精神，所以别于诸人也。"余叹为知言。[1]

正因为"纰漏处即本人之真精神"，因此，深谙人性的文学家乃以之为必争之地，并不独美人为然，以脂砚斋所列举的"太真之肥，飞燕之瘦，西子之病"而言，便一一在宝钗、黛玉身上有所体现，

---

[1] 舒芜：《宝琴的出场》，《红楼说梦》（北京：人民文学出版社，2004），页95。

太真、飞燕、西子恰恰都是两位少女的历史重像。扩而推之，体貌之下的内在性情最是灵魂所在，其纰漏处岂非更有画龙点睛之效？

既然整部小说中唯独宝琴这位全才兼美的金钗，竟以"毫无纰漏处"凌驾于众姝的品貌才情之上别树一帜，其"本人之真精神"又该如何刻画？失去了着墨处的小说家应该面临了高难度的一大挑战。几乎没有败笔、更毫无虚笔的曹雪芹，除了让薛宝琴留下一个空灵的赞叹之外，究竟还为这位少女灌注了哪些生命的真实质素，使得她在完美之中蕴蓄了人性的复杂内涵，因而形成了合情合理的生命史，独特而完整地展演出专属的人物风貌？探索这些问题的答案，正提供了抉发此书之创作奥秘的独门心法。

二、出场方式与主要特点

首先，宝琴的出场十分有特色，一如学者所注意到的："薛宝琴不是什么主要人物，但是她的出场值得一说。她出场很迟，是在第四十九回，在全书中已大大超过三分之一，在前八十回中更大大超过二分之一。但是，她一出场，作者就用重笔浓彩，接二连三地大写特写。这同史湘云之悄然出场，然后一笔一笔一层一层慢慢地勾勒晕染，正好成为对照。"①

确实，当故事的发展早已充分铺陈了恋爱的主轴，受到金玉良

---

① 舒芜：《宝琴的出场》，《红楼说梦》，页95。

姻作梗的宝、黛之恋,历经惊天动地的起伏转折后,从第三十四回"情中情因情感妹妹"的赠帕情节起便开始稳定了下来,几乎波澜不兴;同样的,黛玉与宝钗之间的猜忌不合,也因为第四十二回"蘅芜君兰言解疑癖"延续到第四十五回"金兰契互剖金兰语"的和解而烟消云散,彼此成为推心置腹的好姊妹,三角关系的紧张冲突不复存在,从此小说的主轴便转入千头万绪、聚讼纷扰的家务事,探春因此大放光芒,辉煌不亚于王熙凤。当故事走到这里,众钗异彩纷呈、争奇斗艳,令人目不暇给,要再有一新耳目的突出人物,实在并不容易,若是笔力不济,一不小心就会沦为江郎才尽的画蛇添足。

小说家却勇于接受这个挑战,别开生面,凭空安排了一位众星拱月般的少女出场,其功力之高、用心之深,绝非泛泛。清末评点家谢鸿申早已指出:

> 宝琴清超拔俗,不染纤尘,品格似出诸美之上。贾母内有孙女孙媳,外有钗玉诸人,无美不臻,心满意足,琴儿貌不能出众,不过泛泛相值耳(案:此说有误),今乃有加无已,疏不异亲,必其态度丰神迥非凡艳,致人心折如此。作者嫌正写无味,故从贾母一边写出,令人意会也,乃所愿意在斯乎!意在斯乎![1]

---

[1] (清)谢鸿申:《答周同甫》,《东池草堂尺牍》,卷一,一粟编:《红楼梦资料汇编》,卷四,页384。

如此"似出诸美之上"的品格，在众姝各有所长、各擅其美的多彩多姿之下，诚然很难展现，"完美"实为小说家最难突破的高难度挑战。最值得注意的是，这段话中所说的"正写无味，故从贾母一边写出，令人意会也"，精准地指出曹雪芹运用了烘托法，避开正面描写的困窘，透过见多识广的贾母都为之倾倒的空前宠爱，以突显宝琴"态度丰神迥非凡艳"的惊心动魄之美，诚可谓高明之极。

但是，避开"正写"的手法容易落入虚张声势，一旦操作太过，略有不慎就会令人感到抽象、廉价，反倒造成反效果。曹雪芹当然没有落入此等败笔，透过"侧写"加以烘托的支点，除了贾母一边之外，还有其他的着力之处；并且除了侧写之外，小说家其实也运用了具体入微的正写，细腻呈现宝琴的出色，值得一一剖析。

（一）美貌冠首

第四十九回对于宝琴登场的描述，乃是出以"先声夺人"的手法，让其人在未到之先便气势出众，主要是透过众声一口的舆论，尚未现身之前便登上选美后座，接收第一美人的桂冠。

前引谢鸿申所谓"琴儿貌不能出众"的说法十分错误，事实上宝琴堪称为大观园众美之冠。第四十九回说得很清楚，当邢岫烟、李纹、李绮、薛宝琴四人结伴初到贾府时，被晴雯等赞叹为"倒像一把子四根水葱儿"，袭人笑道：

> "他们说薛大姑娘的妹妹更好，三姑娘看着怎么样？"探春道："果然的话。据我看，连他姐姐并这些人总不及他。"袭人

听了,又是诧异,又笑道:"这也奇了,还从那里再好的去呢?我倒要瞧瞧去。"

换句话说,包括其堂姊宝钗以及黛玉等在内的所有金钗,都比不上宝琴的倾国容貌。借公正理性的探春之口,可知薛宝琴、邢岫烟、李纹、李绮这四位初至贾府的远客,都以美貌见长而"像一把子四根水葱儿",不但四人中以"薛大姑娘的妹妹更好",甚至从贾府中所有金钗算起,"连他姐姐并这些人总不及他",如此则薛宝钗、林黛玉向来独占鳌头之美貌也都相形见绌。

以致后来贾母特赏的一件凫靥裘披在宝琴身上时,令湘云瞅了半日,不觉赞叹道:"这一件衣裳也只配他穿,别人穿了,实在不配。"(第四十九回)换言之,只有宝琴的超凡之美才能驾驭得了这领珍稀斗篷,与这件金翠辉煌的凫靥裘彼此辉映,否则就不是"人穿衣服"而是"衣服穿人",沦为支撑斗篷的活动衣架,并且相形见绌,因为被衣服压倒而让人变得更加黯淡。至于宝琴之美则与凫靥裘之金翠辉煌相得益彰,诚为"锦上添花"的真人版,因此,当贾母看到她披着凫靥裘站在四面粉妆银砌的山坡上遥等,后面一个丫鬟抱着一瓶红梅的景象时,喜得忙笑道:

"你们瞧,这山坡上配上他的这个人品,又是这件衣裳,后头又是这梅花,像个什么?"众人都笑道:"就像老太太屋里挂的仇十洲画的《双艳图》。"贾母摇头笑道:"那画的那里有这件衣裳?人也不能这样好!"(第五十回)

这正是著名的"宝琴立雪",这幅绝色图画融入了优美的诗歌意境,脱化自唐代元稹《酬乐天雪中见寄》所歌咏的:

> 石立玉童披鹤氅,台施瑶席换龙须。……镜水绕山山尽白,琉璃云母世间无。(《全唐诗》卷四一七)

清新、洁净、优雅,有如不染人间烟火的仙境女神,最特别的是,宝琴立雪的美感更胜于明代仇十洲(仇英)所画的《双艳图》,原因就在于:仇英虽然名列"明四家"中,与唐伯虎齐名,也擅长人物画特别是仕女图,可是他出身工匠,早年做过漆工,属于第二回贾雨村所谓"生于诗书清贫之族"的"逸士高人",缺乏公侯富贵之家的阅历眼界,因此即使技艺高超,仍然画不出宝琴那有如仙子般的脱俗之美,更画不出他所没有见过的珍贵超凡的凫靥裘,于是名画《双艳图》反倒大为失色了。

美哉宝琴,"雪下折梅,比画儿上还好"的倾国之姿,恰如宝琴所推赞的西洋少女:

> 有个真真国的女孩子,才十五岁,那脸面就和那西洋画上的美人一样,也披着黄头发,打着联垂,满头带的都是珊瑚、猫儿眼、祖母绿这些宝石;身上穿着金丝织的锁子甲洋锦袄袖;带着倭刀,也是镶金嵌宝的,实在画儿上的也没他好看。(第五十二回)

同样是画笔难描、气韵生动的稀世丽人,这两位东西方的绝色少女在南洋相遇,谱出一段佳话,可以说是文化交流上令人惊艳的瞬间,其光彩互映的震撼力,如今也只能在想象中神往了。

(二) 聪明绝顶

灵动的心智、敏锐的感知总能更为外表的美丽加分,宝琴的得天独厚便是如此。第四十九回写宝琴"本性聪敏,自幼读书识字",此一读书识字后的聪敏不只是一般的泛泛用词而已,小说中特别安排一段情节,具体展现宝琴的冰雪聪明以致敏思捷悟的才智。

第五十回记载众姊奉承贾母之命而制作灯谜,根据制谜的方法,所谓:"巧作隐语……任人商揣,谓之打灯谜。谜头,皆经传诗文、诸子百家、传奇小说及谚语什物、羽鳞虫介、花草蔬药,随意出之。"[①] 李纨及其堂姊妹便率先从事,取材于最雅正的"经传诗文",李纨编了两个"四书"的,李纹、李绮亦然,其中,李绮以一个"萤"字为谜题,谜底打一个字:

> 众人猜了半日,宝琴笑道:"这个意思却深,不知可是花草的'花'字?"李绮笑道:"恰是了。"众人道:"萤与花何干?"黛玉笑道:"妙得很! 萤可不是草化的?"众人会意,都笑了说"好!"

[①] (清) 顾禄撰,王迈校点:《清嘉录》(南京:江苏古籍出版社,1999),卷一,页35。

由于此谜极其精妙，众人猜了半日都不得其解，宝琴率先提出解答，而当制谜的李绮给予肯定的确认之后，众人却竟然还不能意会，继续追问道："萤与花何干？"此时黛玉才借口由已经揭晓的谜底领悟其理，笑着给予解释，一经如此清楚点拨之后，众人纷纷会意，也一致表示赞赏，这份赞赏是针对制谜者的巧思所发，也是对解谜者的捷悟而来。

原来"萤"与"花"的关系，主要是来自"萤"与"草"的连结，古人透过生活观察，发现萤火虫是从水边草丛中飞出来的，于是以为萤火虫是由腐草变化而成，《礼记·月令》载云：

季夏之月……腐草为萤。①

晋人崔豹亦说道：

萤火，一名耀夜，一名夜光……腐草化之。②

虽然这并不符合生态的真实情况，忽略了萤火虫飞出之前，还有一段变态过程，即在水中度过的幼虫成长后爬上陆地，于草丛中结成蛹，然后才破蛹飞出，"腐草为萤"只是最后这一阶段的表面现象，

---

① （汉）郑玄注，（唐）孔颖达疏：《礼记》，卷一六，《十三经注疏》（台北：艺文印书馆，1982），页318。
② （晋）崔豹：《古今注》，《四部丛刊续编》第三三七册（台北：台湾商务印书馆，1966），卷中"鱼虫第五"，页7。

而且单纯的空间并列被赋予转化的因果关系,但已成为一种制式说法,凡读过经典文献的文士才媛皆已熟知。李绮就是利用"腐草为萤"的说法进行构思,以"萤"字为谜题,延伸出"草化"的联想,"草(艹)"与"化"合为一字,便是"花"字。

此一构思诚如宝琴所说的"意思却深",以及黛玉所说的"妙得很",制谜的李绮固然思路迥奇,令人拍案叫绝,但身为谜题的制作者,占有掌握所有线索的优势,在已知讯息的基础上顺势推衍,难度并不算太高;而猜谜者却一无依傍,只能针对只有一个字的谜题百般揣摩,在茫茫书海中搜索所有的文化数据库之余,还要就找到的可能文献一一设想与谜题的关联,再确定是否为最佳的答案,其间所动员的学问与推想能力最是上乘的考验。宝琴却能在众人苦思良久的情况下脱颖而出,破解其中的奥妙,可见薛宝琴之高才捷悟实居众人之冠,能够根据极少的线索而联想推衍出制谜的精奥所在,连素以聪敏慧黠见称的林黛玉都瞠乎其后,退了一射之地,只能在揭晓的谜底上逆推其理,至于其他诸钗则更是"乃觉三十里",必须等到黛玉将制谜的逻辑挑明阐释之后才完全了解。则宝琴思虑之敏捷、典籍之精熟,确实出类拔萃。

当然,这份聪敏并不只是表现在才学方面的文化功力上,也展示于世道方面的人际进退中,察言观色、轻重亲疏,与人相处的取舍拿捏更是巧妙入微,所谓"人情练达皆文章",宝琴在这一方面的能力堪称高明之至,与其"皇商出身"的家世背景密切相关,详见下文第三节的阐述。

（三）才华出众

就在"本性聪敏，自幼读书识字"的先天、后天条件下，宝琴的突出在在可见，将如此的聪敏绝顶的才智施诸诗词文艺的创作，当然容易有不凡的造诣，宝琴也果然很快地在大观园的诗社活动中表现突出，于第五十回《芦雪庵争联即景诗》的团体竞技活动中，宝琴与黛玉、宝钗、湘云这几位诗翁表现得势均力敌、不相上下，全诗共七十句，虽以湘云的十八句夺魁，但宝琴的十三句仍多于黛玉的十一句、宝钗的五句，展现出压倒钗、黛之捷才。[①] 其诗才足以与大观园的顶尖高手平分秋色，已然可证其才华之出众。

接着，于联句之后宝琴又取代李绮，被命与邢岫烟、李纹三人分作《咏红梅花诗》三首，不但众人皆指其《咏红梅花得"花"字》诗最好，宝玉更是"见宝琴年纪最小，才又敏捷，深为奇异"（第五十回）。特别必须注意的是，宝琴完整的作品除这首《咏红梅花得"花"字》诗、第七十回的《西江月·咏柳絮》之外，主要是第五十一回的大型组诗《怀古十绝句》，当场众人"皆说这自然新巧""都称奇道妙"，毋怪乎清末评点家姜祺赋诗赞云：

才调无双人第一，白雪红梅艳花魁。[②]

"才调无双"正是"艳花魁"的夺人之美外，足以称冠的优异才华。

---

① 舒芜：《宝琴的出场》，《红楼说梦》，页96。
② （清）姜祺：《红楼梦诗·薛宝琴》，一粟编：《红楼梦资料汇编》，卷五，页478。

但除了创作才华之外,宝琴的诗学造诣亦不亚于众姝,第五十二回便提供了她在诗学上的见解,当时宝钗姊妹、岫烟、宝玉都聚集在潇湘馆闲话家常,宝钗笑道:"下次我邀一社,四个诗题,四个词题。每人四首诗,四阕词。头一个诗题《咏〈太极图〉》,限一先的韵,五言律,要把一先的韵都用尽了,一个不许剩。"宝琴一听立刻笑道:

> 这一说,可知是姐姐不是真心起社了,这分明难人。若论起来,也强扭的出来,不过颠来倒去弄些《易经》上的话生填,究竟有何趣味。

这一段情节中,蕴含了人类心理必然多面相、多层次的复杂,导致言行总难免矛盾不一的写实性,在宝钗方面,她既自认平生不喜限韵(第三十七回),此处却又主张限韵的极致,将某个韵部的韵字全数用完,即使"一先"属于宽韵,即其中的韵字数目属于最多的一级,至少有四百多个可用来押韵,但如此做法确实容易导致"颠来倒去弄些……话生填"的结果,诚为"分明难人"之举。

然而这种情况普遍存在,并不限于宝钗。如第四十八回黛玉在教香菱作诗时,曾谆谆告诫:"词句究竟还是末事,第一立意要紧。若意趣真了,连词句不用修饰,自是好的,这叫做'不以词害意'。"但到了第七十回,当她写出人人称赏的《桃花行》,而升任桃花诗社之社主后,于开社第一次的拟题作诗时,竟然也提议:"大家就要桃花诗一百韵。"宝钗随即便以"使不得。从来桃花诗最多,纵作了必落套"来加以反对。确实,若真限题桃花,又以一百韵为度,其间牵合硬凑之处必然在所难免,与宝琴所批评的"强扭生填、分明难人"又有何异,与黛玉自己以"意趣"为重之诗论更是自相冲突。①

比观这两段情节,可见钗、黛都出现了落差不一的言论,但既然人非机械操控的程序运作,可以甚至必须一以贯之而不失毫厘,此种情况反倒巧妙地展现出血肉灵动乃至波动的人性实况,最是小说家的高明之处。而宝琴面对宝钗之限韵主张所扮演的反对者角色,恰恰正是宝钗对黛玉之限题提议所担任的反对者立场,彼此的交锋不是对立,更没有敌意,而是平等的诗学交流与亲熟的情感交流,为大观园的热闹精彩更添意韵。

(四)受宠超群

至于评点家已经注意到的"从贾母一边写出",确实是最令人瞩目的叙写手法。当宝琴初来乍到之时,立刻便赢得贾母这位权力中心人物的无上喜爱,"老太太一见了,喜欢的无可不可,已经逼着太太认了干女儿了",而"果然王夫人已认了宝琴作干女儿,贾母欢喜非常,连园中也不命住,晚上跟着贾母一处安寝";如此一来,林黛玉早期虽然拥有与宝玉"同随贾母一处坐卧"的特权,享受着"自在荣府以来,贾母万般怜爱,寝食起居,一如宝玉,迎春、探春、惜春三个亲孙女倒且靠后"(第五回)的殊胜荣宠,但

---

① 详参欧丽娟:《〈红楼梦〉中诗论与诗作的伪形结构:格调派与性灵说的表里纠合》,《清华学报》第四一卷第三期(2011年9月),页477—521。

在大观园落成后便随众人一起迁入,远离贾母近在眼前的庇荫,此际自然是略逊于随侍贾母身侧的宝琴了。

并且不仅如此,若仔细比较可以进一步发现,即使都是伴同贾母一起过夜,但宝琴"晚上跟着贾母一处安寝"的情况还是更加亲密,因为黛玉的"同随贾母一处坐卧"其实只是与宝玉同住于贾母房中,但并非共享一张睡床,也有空间上的区隔。第三回对黛玉初到贾府当天的情况描述道:

> 当下,奶娘来请问黛玉之房舍。贾母说:"今将宝玉挪出来,同我在套间暖阁儿里,把你林姑娘暂安置碧纱橱里。等过了残冬,春天再与他们收拾房屋,另作一番安置罢。"宝玉道:"好祖宗,我就在碧纱橱外的床上很妥当,何必又出来闹的老祖宗不得安静。"贾母想了一想说:"也罢了。"……当下,王嬷嬷与鹦哥陪侍黛玉在碧纱橱内。宝玉之乳母李嬷嬷,并大丫鬟名唤袭人者,陪侍在外面大床上。

其中所言,"套间"是与正房相连的两侧房间,"暖阁"则是套间中再隔出来的睡卧空间,设有炕褥床帐;"碧纱橱"则是建筑内用来隔断空间的连续门扇,也称隔扇门、格门,每一扇是由镂空的雕花木格构成,格心处一般糊纸,富贵之家常安装玻璃或糊上罗纱,可以绘画题字,俗称格扇,大约由四到十二扇组成,除中间两扇可以开阖之外,其余固定。就构造而言,固然格扇可以发挥空间上、视觉上的隔断作用,也可以增加室内装饰的艺术美感,却几乎没有隔音效果。

由于贾母所居的正房空间极大,如刘姥姥所赞叹:"人人都说大家子住大房。昨儿见了老太太正房,配上大箱大柜大桌子大床,果然威武。那柜子比我们那一间房子还大还高。"(第四十回)因此才有足够的空间再用格扇加以区隔,提供更多元的运用。从贾母与宝玉的对话可知,固然宝玉"同随贾母一处坐卧",但贾母是自己单独寝卧于"套间暖阁"里,宝玉并不在其内,而是另外安顿于碧纱橱外的大床上。黛玉来了以后,因备受疼爱,也随同宝玉跟着贾母一起住居,于是被安置于碧纱橱内,与碧纱橱外的宝玉虽有格扇隔开,但床具紧邻、声息相通,此即宝玉给予黛玉情感保证时一再强调的"一床睡"(第二十回)、"一床上睡觉"(第二十八回),乃培养出青梅竹马的深厚情感,无可取代。由此也可以看出,二玉虽在贾母房中同室而眠,但长幼之间其实仍然有空间上的不同区隔,各自独立。

可宝琴"晚上跟着贾母一处安寝"的情况却并非如此,小说家后来还有两段笔墨巧妙涉及。首先是第四十九回宝琴来到贾府不几日,李纨便开始准备开社作诗,于芦雪庵联句前,宝玉与探春一早出园前往贾母处用餐,当时"宝琴正在里间房内梳洗更衣",可见宝琴确实已于贾母卧房中安顿下来,并且是在里间起居,即"套间暖阁",并非宝玉与黛玉当初所处的碧纱橱。第二次出现在第五十二回,也是透过宝玉到贾母处省晨时,描写道:

贾母犹未起来,知道宝玉出门,便开了房门,命宝玉进去。宝玉见贾母身后宝琴面向里也睡未醒。

这便明确证实了宝琴是直接住进贾母的套间暖阁里,且根本就同睡一床,宝琴位于里边,贾母身在外侧,带有一种护卫、屏障的意味。这样的亲密疼惜,简直就是爱不释手,片刻不舍分开,贾母对宝琴的喜爱更显得无与伦比。

宝琴直到离开贾府前,只有一小段时间是暂时住于大观园。第五十八回写宫中老太妃薨逝,凡诰命等皆入朝随班,按爵守制,因此贾府众内眷每日入朝随祭,家中无主,于是进行各种人员安排,

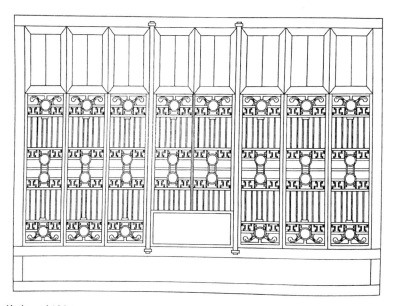

格扇、碧纱橱
本图片由台湾大学开放式课程(绘图:刘艾欣)授权使用,谨表谢忱。

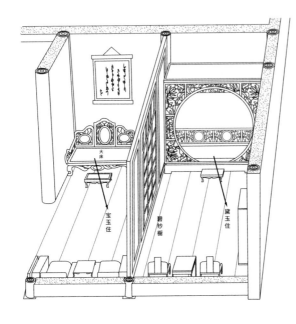

碧纱橱的连床图
本图片由台湾大学开放式课程（绘图：刘艾欣）授权使用，谨表谢忱。

俾便充分照顾诸位少女，其中包括"李纨处目今李婶母女虽去，然有时亦来住三五日不定，贾母又将宝琴送与他去照管"，可知从此时起，宝琴暂居稻香村。不久后宝琴便又迁回贾母处，第七十回李纨的丫头碧月道：

> 我们奶奶不顽，把两个姨娘和琴姑娘也宾住了。如今琴姑娘又跟了老太太前头去了，更寂寞了。两个姨娘今年过了，到明年冬天都去了，又更寂寞呢。

可见此时宝琴已经出园，继续跟随贾母去了，并且从这段说词也可以推知，受到李纨寡居的影响而缺乏活泼玩乐的机会，住进大观园后宝琴反倒比较拘束,与一般的常态恰恰相反。

这番伴随贾母的独宠确实无出其右,因此宝琴刚来不久,冬天降临,贾母便特赏了一件金翠辉煌的凫靥裘,人衣相映,更增灿烂夺目:

> 只见宝琴来了,披着一领斗篷,金翠辉煌,不知何物。宝钗忙问:"这是那里的?"宝琴笑道:"因下雪珠儿,老太太找了这一件给我的。"香菱上来瞧道:"怪道这么好看,原来是孔雀毛织的。"湘云道:"那里是孔雀毛,就是野鸭子头上的毛作的。可见老太太疼你了,这样疼宝玉,也没给他穿。"(第四十九回)

正如探春调侃宝玉道:"有了这个好孙女儿,就忘了这孙子了。"连身为人中龙凤的宝玉都遭遇到"退一射之地"的差别待遇,"这样疼宝玉,也没给他穿"的凫靥裘,贾母只舍得给宝琴,其他人就可想而知。至于后来有一天,贾母因为天阴即将下雪,便命鸳鸯来:

> "把昨儿那一件乌云豹的氅衣给他罢。"鸳鸯答应了,走去果取了一件来。宝玉看时,金翠辉煌,碧彩闪灼,又不似宝琴所披之凫靥裘。只听贾母笑道:"这叫作'雀金呢',这是哦啰斯啰国拿孔雀毛拈了线织的。前儿把那一件野鸭子的给了你小妹妹,这件给你罢。"宝玉磕了一个头,便披在身上。(第五十二回)

这其实是带有平衡性质的补偿意味，同样是金翠辉煌、碧彩闪灼，也都是稀世珍品，因此当这领雀金呢被手炉的火星烧破一个小洞时，"不但能干织补匠人，就连裁缝绣匠并作女工的问了，都不认得这是什么，都不敢揽"（第五十二回），可见其稀有与珍贵。但就衣料的来源而言，制作凫靥裘的"野鸭子头上的毛"，野鸭子即候鸟绿头鸭，此禽仅有颈部以上的头脸之处是浓绿鲜艳的羽毛，故名"凫靥"，可用的面积远不如体形庞大的孔雀。较为常见也较易得到的孔雀金线，香菱还能认出，凫靥裘便只有湘云才有足够的眼力加以辨识。如此一来，宝玉固然是唯一在宝琴之后荣获恩赐的子孙，但诚然已将第一名的位置拱手让人，退居于宝琴之后。

宝玉因为由衷疼爱女儿之无私心胸，因此坦然接受自己地位降低的结果，笑说："这倒不妨，原该多疼女儿些才是正理。"只是深知黛玉有些小性儿，所以恐怕贾母疼宝琴使她心中不自在，却没想到情况适得其反，真正表露出不自在的人竟是素日稳重和平，贾府上上下下都齐声赞扬的宝钗。当宝琴披着凫靥裘现身，而众人对此各有赞叹之后，只见琥珀走来笑道：

"老太太说了，叫宝姑娘别管紧了琴姑娘。他还小呢，让他爱怎么样就怎么样。要什么东西只管要去，别多心。"宝钗忙起身答应了，又推宝琴笑道："你也不知是那里来的福气！你倒去罢，仔细我们委曲着你。我就不信我那些儿不如你。"说话之间，宝玉黛玉都进来了，宝钗犹自嘲笑。（第四十九回）

细细推敲这段描写，固然宝钗以堂姊的长上身份含笑推了宝琴一把，显出一种姊妹的亲近与爱怜，并无不当，不过，考虑宝钗"笑推"宝琴的举动，就如同袭人"推"黛玉一样（第三十一回），都是绝无仅有的一次，再加上宝钗所"嘲笑"的话语含醋带酸，简直出自黛玉的声口，难怪湘云接着笑道："宝姐姐，你这话虽是顽话，恰有人真心是这样想呢。"所影射的人正是黛玉，因此随后不仅琥珀直接伸手指认，连宝玉也是"素习深知黛玉有些小性儿……正恐贾母疼宝琴他心中不自在"，准备适时宽慰缓解，可见黛玉之性情。

然而出乎众人意料的是，黛玉因为先前与宝钗的和解交心，坦然接受宝钗的堂妹，此时反倒心平气和、毫无芥蒂，"赶着宝琴叫妹妹，并不提名道姓，直是亲姊妹一般"，如此一来，钗、黛二人在此时此刻出现了性格反应的颠倒换位，更突出宝钗这番言行的极端特殊。这是宝钗平生唯一的一次嫉妒，其意义非比寻常，归根究底都是宝琴所引发出来的，换言之，连一个从不计较得失，并不在意荣辱的稳重少女，都不免被激起相形见绌的心情涟漪，其情绪展现的罕见程度就表明了宝琴所受宠爱的非凡程度。

（五）潜在的宝二奶奶

更有甚者，宝琴还成为贾母唯一透露出求配意愿的闺秀。

先前关于宝二奶奶的人选，贾母都采取开放的态度，从张道士的说亲一事最能显示，第二十九回贾母对张道士回应道：

> 上回有和尚说了，这孩子命里不该早娶，等再大一大儿再

定罢。你可如今打听着,不管他根基,只要模样配的上就好,来告诉我。便是那家子穷,不过给他几两银子罢了。只是模样性格儿难得好的。

既然注定不该早娶,贾母也就不急于确定人选,只是从她平日对黛玉的疼爱、对宝钗的赞赏,于是呈现出黛玉与宝钗两人并存的备选状况,却都属于隐约之间,并未成说。以黛玉而言,固然如脂砚斋所说的:"二玉事在贾府上下诸人,即看书人,批书人,皆信定一段好夫妻,书中常常每每道及"(第二十五回批语),属于舆论上的公认对象,且此一舆论趋向也应该是来自贾母的意向所致,但毕竟贾母本人从未明确表示。至于宝钗,贾母虽然破例为宝钗的十五岁生日盛大庆祝(第二十二回),后来更当众称赞:"提起姊妹,不是我当着姨太太的面奉承,千真万真,从我们家四个女孩儿算起,全不如宝丫头。"王夫人也补充认证道:"老太太时常背地里和我说宝丫头好,这倒不是假话。"(第三十五回)但这也只是一种客观公正的评价,给予宝钗应得的赏誉,谈不上是金玉良姻的确认。

然而宝琴一来,先前呼之欲出的宝二奶奶人选都一并退位,第五十回描述道:

> 贾母因又说及宝琴雪下折梅比画儿上还好,因又细问他的年庚八字并家内景况。薛姨妈度其意思,大约是要与宝玉求配。薛姨妈心中固也遂意,只是已许过梅家了,因贾母尚未明说,自己也不好拟定,遂半吐半露告诉贾母道:"可惜这孩子

没福，前年他父亲就没了。他从小儿见的世面倒多，跟他父母四山五岳都走遍了。他父亲是好乐的，各处因有买卖，带着家眷，这一省逛一年，明年又往那一省逛半年，所以天下十停走了有五六停了。那年在这里，把他许了梅翰林的儿子，偏第二年他父亲就辞世了，他母亲又是痰症。"凤姐也不等说完，便嗐声跺脚的说："偏不巧，我正要作个媒呢，又已经许了人家。"贾母笑道："你要给谁说媒？"凤姐儿说道："老祖宗别管，我心里看准了他们两个是一对。如今已许了人，说也无益，不如不说罢了。"贾母也知凤姐儿之意，听见已有了人家，也就不提了。

很明显地，不仅薛姨妈领略到贾母的弦外之音，连先前借由"吃茶"双关婚俗，露骨要黛玉"给我们家作媳妇"（第二十五回）的凤姐都见风转舵，点明求配作媒之意，以迎合贾母的心思，可见贾母的强烈表示。只因宝琴已有了人家，且能够作主改配的双亲，薛父在许亲后次年即过世，薛母则是患上怔忡心悸乃至眩晕昏厥的痰症，无法施行意志改弦更张，属于铁案如山。薛姨妈的说词再如何委婉，都仍然是一种拒绝与否定，这对贾母而言仍然不免微微的难堪，善解人意、体贴入微的凤姐乃抢先承接这个软钉子，巧妙地化解一场尴尬，诚属"水晶心肝玻璃人"（第四十五回）的绝佳演绎。

可以说，这次的求配是先前赏赐凫靥裘的进一步明确化，后来贾母又特赠宝玉一领雀金呢而两相对映，则是让这桩无缘的婚姻潜入凫靥裘与雀金呢所构成的物谶关系,隐隐作用。很明显地,宝琴与宝玉乃是金玉良姻的迭影,这一点不仅在"宝"字的共享上获得呼应,也透过同一天生日给予暗示,第六十二回提道:"当下又值宝玉生日已到,原来宝琴也是这日,二人相同。"清末评点家对于书中之生日可证者,则考查出"宝玉、岫烟、宝琴、平儿、四儿五人同日生,大约在四月间"①,最重要的是,犹如第七十七回所描述,抄检大观园后王夫人又进一步搜查整顿,根据情报特别点名四儿出来,冷笑道:

  这也是个不怕臊的!他背地里说的,同日生日就是夫妻,这可是你说的?打谅我隔的远,都不知道呢。

这句"同日生日就是夫妻"乃是四儿素日和宝玉的私语,逾越男女禁忌与主仆规范,以致自召其祸,其中所蕴含的思维即证明了同一天生日的特殊关联。就此而言,同生日的一干人等中,平儿本为贾琏之妾,岫烟则已定亲于薛蝌,四儿则根本没有论聘的资格,小说家安排宝琴、宝玉同一天生日,正是刻意为之,别有用心。

  在此,有一段令人侧目的特殊情节更值得注意,或许也与宝琴与宝玉的婚姻象征有关。第五十三回写贾府除夕大祭,其排场与流程竟是透过宝琴之眼加以展示:

---

① (清)姚燮:《读红楼梦纲领》,一粟编:《红楼梦资料汇编》,卷三,页164。

已到了腊月二十九日了，各色齐备，两府中都换了门神、联对、挂牌，新油了桃符，焕然一新。宁国府从大门、仪门、大厅、暖阁、内厅、内三门、内仪门并内塞门，直到正堂，一路正门大开，两边阶下一色朱红大高照，点的两条金龙一般。次日，由贾母有诰封者，皆按品级着朝服，先坐八人大轿，带领着众人进宫朝贺，行礼领宴毕回来，便到宁国府暖阁下轿。诸子弟有未随入朝者，皆在宁府门前排班伺候，然后引入宗祠。且说薛宝琴是初次，一面细细留神打谅这宗祠，原来宁府西边另一个院子，黑油栅栏内五间大门，上悬一块匾，写着是"贾氏宗祠"四个字，旁书"衍圣公孔继宗书"。两旁有一副长联，写道是：

肝脑涂地，兆姓赖保育之恩；

功名贯天，百代仰蒸尝之盛。

亦衍圣公所书。进入院中，白石甬路，两边皆是苍松翠柏。站台上设着青绿古铜鼎彝等器。抱厦前上面悬一九龙金匾，写道是："星辉辅弼"。乃先皇御笔。两边一副对联，写道是：

勋业有光昭日月，功名无间及儿孙。

亦是御笔。五间正殿前悬一闹龙填青匾，写道是："慎终追远"。旁边一副对联，写道是：

已后儿孙承福德，至今黎庶念荣宁。

俱是御笔。里边香烛辉煌，锦幛绣幕，虽列着神主，却看不真切。只见贾府人分昭穆排班立定：贾敬主祭，贾赦陪祭，贾珍献爵,贾琏贾琮献帛,宝玉捧香,贾菖贾菱展拜毯,守焚池。青衣乐奏,三献爵,拜兴毕,焚帛奠酒,礼毕,乐止,退出。众人围随着贾母至正堂上,影前锦幔高挂,彩屏张护,香烛辉煌。上面正居中悬着宁荣二祖遗像,皆是披蟒腰玉;两边还有几轴列祖遗影。……左昭右穆,男东女西;俟贾母拈香下拜,众人方一齐跪下,将五间大厅,三间抱厦,内外廊檐,阶上阶下两丹墀内,花团锦簇,塞的无一隙空地。

不同于王府在主要成员结婚那天,正门必须大开[1],贾家开宗祠盛大祭祀祖先,是小说中唯一写到两府"一路正门大开"的场面,其隆重可想而知。但从礼制而言,祭祀是家族成员之事,连参与正殿、正堂主要献祭的排班队伍中,女性方面都只有贾蓉妻、凤姐、尤氏、王夫人、邢夫人、贾母等四代的媳妇们,未见其他本家少女的踪迹,姊妹们都只在礼毕后贾母莅临族长夫人尤氏上房的场合中出现,何况宝琴并非贾府自家人,应该并不能参与。已经有清代评点家注意到其不合情理之处:"宝琴非贾门之亲戚,何得入祠与祭,与贾氏各房男子见面乎?虽是子虚乌有之人,而说来殊无情理。"[2]宝琴当然不是子虚乌有之人,其所作所为也必然合乎情理,但此处却确确实实出现了不合情理之处,又该当如何解释?

很可能的一个原因,是宝琴已经被王夫人认作干女儿,也受到

---

[1] 金寄水、周沙尘:《王府生活实录》,第三章"礼仪",页163。
[2] (清)陈其泰:《红楼梦回评》,第五十三回回评,朱一玄编:《红楼梦资料汇编》,页736。

贾母的无比宠爱，因此视同本家子孙，一起参加家族祭礼，但因在室姊妹们年岁轻、辈分低，即使与祭也只在外围，不比随男主人从献之主妇们，是为"槛内之各女眷"，于是没有被述及，那祭祀状况乃是远远窥见。更特别的是，当姊妹们一起置身于礼毕后的尤氏上房时，小说家也只写到"每一张椅下一个大铜脚炉，让宝琴等姊妹坐了"，由宝琴领衔统称，其地位可想而知。这些在场的姊妹必然包括贾氏三春，但是否有宝钗、黛玉、湘云在内，则不能确定，若这三位外姓女儿不在其内，便更证明宝琴是被比照自家子孙对待的，符合干女儿的身份，也突显贾母所给予的特权。

或许更可能的一个原因，是来自文学本身的需要。宝琴毕竟非本家子孙，认作干亲也不能与法律上的收继关系相比，情谊虽然亲密，但仍然不是正式的一家人，外姓的宝琴要能加入阖族祭祀的行列，唯有嫁入贾府才有可能。而这段描述中，所谓"薛宝琴是初次，一面细细留神打谅这宗祠"，岂不恰恰暗合新妇的处境？虽然依照写实逻辑是名不正、言不顺，启人疑窦甚至引起争议，小说家却不惜动用虚构的特权，让宝琴融入贾氏群体，其意在斯乎？意在斯乎？

换言之，这段情节暗示了宝琴身为潜在的宝二奶奶，获得了参与贾家祭祖的权利或义务，与两人共名"宝"字、凫靥裘与雀金呢的物谶关系，以及"同日生日就是夫妻"的联系相一致。为了整体叙事的需要，小说家不得不将宝琴许配给梅翰林之子，让宝玉错失了一位佳偶，这既是贾母的遗憾，或许更是曹雪芹的遗憾，因此才会如此之甘冒大不韪，编造出违反现实逻辑的情节，其中自有苦心存焉。

三、教养完备：独特的家世背景

能够让贾母、曹雪芹都情钟至此，宝琴的魅力不言可喻，更令人称羡的是，宝琴具备种种极其容易遭嫉的条件，包括：绝色美貌、才智过人、受宠非凡，其中单单一项就足以招致人际的困扰，何况样样具备？但她却竟然毫无任何或明或暗的人际纷扰，拥有最幸福的生活，没有落入红颜薄命的诅咒，理由安在？

固然大观园中的众钗都是宽和端正的大家闺秀，彼此本来就情同手足、和睦共处，连小性多心的黛玉后来都捐弃旧我，卸下心防融入人群，可见大观园的感情基础十分厚实。但宝琴毕竟是一个突如其来的外客，以如此的优势压境而来，瞬间接收长辈的宠爱、友辈的亲爱，如顺水推舟般毫无阻力，其中必有宝琴专属的人格特质，才得以将可能的阻力化解于无形。这就必须归功于性格完美，故不致招忌惹厌；而性格完美除了先天的聪敏伶俐之外，更与后天家庭环境的影响密切相关，果然宝琴是所有少女中教养最为完备的大家闺秀，她独一无二的生命史也为《红楼梦》多彩多姿的世态增加了绝无仅有的一部家庭史，这同时是她兼具众人之长，又超越众人的原因所在。

必须说，薛宝琴的完美人格，全然是托家长之福所致，其人之所以"品格似出诸美之上"，除莫可追究的先天禀赋之外，实更有赖于后天的种种际遇，包括以下三端。

（一）诗书教育：心智性灵的开启

事实上，与贾府并列四大家族的薛家"本是书香继世之家"（第四回）、"也算是个读书人家，祖父手里也极爱藏书"（第四十二回），都属于诗书名门，提供了优良的教育资源，但女儿毕竟不比儿子，在传统的性别意识下是否给予诗书教育，往往系诸父亲的价值观。参照李纨的例子，第四回指出：

> 这李氏亦系金陵名宦之女，父名李守中，曾为国子监祭酒，族中男女无有不诵诗读书者。至李守中承继以来，便说"女子无才便有德"，故生了李氏时，便不十分令其读书，只不过将些《女四书》《列女传》《贤媛集》等三四种书，使他认得几个字，记得前朝这几个贤女便罢了，却只以纺绩井臼为要，因取名为李纨，字宫裁。

据此，固然不能轻率地推论李守中对李纨的喜爱程度，但为父者的保守心态使得李纨受到不平等的性别教育，却是不争的事实。再比较黛玉年方五岁时，因林如海"夫妻无子，故爱如珍宝，且又见他聪明清秀，便也欲使他读书识得几个字"（第二回），而宝钗也是因父亲"酷爱此女，令其读书识字，较之乃兄竟高过十倍"（第四回），可见女儿是否读书识字，端赖父亲的疼爱与心态，则宝琴的"自幼读书识字"应该同样是出于父亲宠爱之故，加上成长过程中父亲都将她带在身边，一起周游天下（见下文），更足以证明这一点，由此构成了宝琴具有高度诗书文艺涵养的原因。

值得注意的是,脂砚斋于"本性聪敏,自幼读书识字"这几句批云:

> 我批此书竟得一秘诀以告诸公:凡野史中所云才貌双全佳人者,细细通审之,只得一个粗知笔墨之女子耳。此书凡云知书识字者,便是上等才女,不信时只看他通部行为及诗词诙谐皆可知。妙在此书从不肯自下评注,云此人系何等人,只借书中人闲评一二语,故不得有未密之缝被看书者指出,真狡猾之笔耳。(第四十九回批语)

宝琴既本性聪敏,又自幼读书识字,便足以充分开启心智才性,成为一位上等才女。固然这是适用于所有人的一般通则,并非宝琴的专属现象,自幼被拐而失学的香菱即因未曾读书识字,乃被宝玉等人"成日叹说可惜他这么个人竟俗了"(第四十八回),从反面提供了一个印证,小说中的高门千金也都诚属上等才女。不过除此之外,宝琴的读书识字尚有家庭所给予的其他特殊教养,所构成的与众不同的"通部行为",则是透过以下两项所述的种种情节具体展现。

(二)皇商出身:两个世界的平衡

比较而言,一般纯粹的读书仕宦之族虽能养成深厚才学之底蕴,但就住居空间与生活形态来看,则呈现出限定的固着性与封闭性,影响所及,视界深而不广、高而不远。与贾府世交联姻的薛家则略有不同,犹如宝钗的出身是"家中有百万之富,现领着内帑钱粮,采办杂料"的皇商,各省中皆有买卖承局、总管、伙计人等,连京都中亦有几处生意(第四回),宝琴的父亲也是"各处因有买卖"(第五十回),属于广州专作国际贸易的十三"行商",又称"洋行",其中有一两个"行商"是由"内务府员中出领其事",因为与皇帝有关,后来就被称为"皇商"①,则两人之见多识广、娴熟人情世理自是可以想见。第四十九回描述道:

> 那宝琴年轻心热,且本性聪敏,自幼读书识字,今在贾府住了两日,大概人物已知。又见诸姊妹都不是那轻薄脂粉,且又和姐姐皆和契,故也不肯怠慢,其中又见林黛玉是个出类拔萃的,便更与黛玉亲敬异常。

脂砚斋于"那宝琴年轻心热"句下批云:"四字道尽,不犯宝钗。"换言之,"年轻心热"是宝琴与宝钗的区别处,而"年轻心热"的外显方式往往包含一种不假敛藏的坦率,如宝钗形容史湘云心口如一的个性时,所言:

---

① 也就是 Hosea B. Morse (1855—1934) 所称的 The Emperor's Merchants,见 Hosea B. Morse, *The Chronicles of the East India Company Trading to China* 1635—1834, Cambridge, MA: Harvard University Press, 1926。皇商虽只一二人,但在十三行中势力最大,"欧西对华之全部贸易遂操纵于此种'皇商'一二人手"。梁嘉彬:《广东十三行考》(广州:广东人民出版社,1999),页 72。

说你没心,却又有心;虽然有心,到底嘴太直了。我们这琴儿就有些像你。(第四十九回)

确实,宝琴的"虽然有心,到底嘴太直了"可以从后来的一段情节得到印证。第七十三回写迎春为下人所欺,奶娘私取重要的首饰累金凤出去典当,竟无以管辖制止,导致丫鬟与奶娘双边的较口争执,探春前来探望时巧遇其事,处理过程中早已使眼色派待书脱身前去召来平儿,给予最有力的镇压,也迅速消弭了棘手的纷争。一见平儿凭空莅临,宝琴便拍手笑道:

"三姐姐敢是有驱神召将的符术?"黛玉笑道:"这倒不是道家玄术,倒是用兵最精的,所谓'守如处女,脱如狡兔',出其不备之妙策也。"二人取笑。宝钗便使眼色与二人,令其不可,遂以别话岔开。

此处宝琴聪敏又直率地点出这是探春的妙策,被同样伶俐的黛玉给予点破,揭露了探春善于用兵的大将之风,加上赞叹有加的拍手动作,正是"年轻心热"的可爱表现。然而此举泄漏天机,恐怕刁奴衔恨挟怨,未来可能为探春召祸,因此沉稳的宝钗才会暗示两人不可多言,可见双艳都具有"有心"的伶俐以及"嘴太直"的直率,不独近乎湘云而已。

再者,第四十九回写湘云要来生鹿肉在大观园中烧烤野炊,其原始腥膻、粗犷豪迈近似市井走卒,迥异于贵门行径,宝琴因此

"深为罕事",只披着凫靥裘站在那里笑。湘云对她笑道:

> "傻子,过来尝尝。"宝琴笑说:"怪脏的。"宝钗道:"你尝尝去,好吃的。你林姐姐弱,吃了不消化,不然他也爱吃。"宝琴听了,便过去吃了一块,果然好吃,便也吃起来。

宝琴不为闺秀的习性与形象所限,能够弹性地因应场合,在宝钗的鼓励之下吃了一块,对原本觉得"怪脏的"陌生食物并未嫌恶坚拒,而是跨出成见勇于尝试新事物,已然表现出宽广心性;但第一次面对此一崭新经验的宝琴,竟披着金翠辉煌的凫靥裘蹲下来围着火炉吃肉,如黛玉所调侃的"那里找这一叫花子去",一雅洁至极,一粗放至极,却毫不在意两者的形象冲突,以及喷溅的油花火星污染锦衣华服的风险,其情其景堪称出人意表,与"英豪阔大"的湘云确有异曲同工之处。则宝琴又如湘云般具备磊落率直、洒脱大方的英爽性格,再参照宝钗虽然肯定这是一道美食,因此鼓励宝琴一起享用,自身也没有黛玉吃了不消化的弱症,却并未下场大啖,毋怪乎脂砚斋对"年轻心热"的批语是"不犯宝钗"。

将"有心""嘴太直"这两种似乎矛盾互不相容,亦即既坦率又内敛的特质并列以观,可以揣摩出以下的认识:

宝琴之所以得有湘云的诚挚坦荡却不失于率直锋快,也不至于像黛玉之陷溺于闺阁内帏之中,从"有心"落入"多心",流于不顾人情世故的自我中心,乃得力于商家出身的富裕家庭,使她能够有机会接触货利社会的复杂机变,透过"易关市,来商旅,纳货贿"①的锱铢算计，获取在群体世界中周旋应对的智慧。因此，宝琴才会在初来乍到时便观察入微，敏锐地掌握园中诸钗的性格资质，以及与堂姊宝钗的和睦关系（后者完全是基于实际的人情考虑），所以才"不肯怠慢"；至于"其中又见林黛玉是个出类拔萃的，便更与黛玉亲敬异常"，也带有比较高下后，针对特定对象更进一步主动地、积极地建立亲近关系的意味。种种作为固然展现出对众钗，尤其是黛玉的赞赏，动机也皆非出于现实利害，但其"有心"却显而易见，参照"那贾芸自从宝玉病了几天，他在里头混了两日，他却把那有名人口认记了一半。他也知道袭人在宝玉房中比别个不同"（第二十六回），简直如出一辙，可谓玄机尽露，可见微言大义。

再看第五十二回，当荣府的大总管赖大婶子送了宝琴两盆腊梅、两盆水仙后，宝琴转赠黛玉一盆水仙、探春一盆腊梅，既是好姊妹之间的情谊分享，也蕴含了避免独厚一人，以平衡人际关系的世故，其所分赠的对象不包括宝钗，是因为宝钗本就"从来不爱这些花儿粉儿的"（第七回），非其所好，何况彼此为同族堂姊妹，亦无须计较；至于黛玉本是贾母所钟爱的宠儿，其才情不凡、秉性高洁，因此获赠水仙，也是她初至荣府时"见林黛玉是个出类拔萃的，便更与黛玉亲敬异常"的延续；探春则是贾氏姊妹中最为令人"见之忘俗"者，此时虽尚未理家绽放光芒，其"顾盼神飞"的

---

① （汉）郑玄注，（唐）孔颖达疏：《礼记》，《十三经注疏》，卷一六"月令"，页327。

姿彩却也难以掩抑，故获赠腊梅。仔细玩味，这些赠品都与对方的人品气质相符，送礼的巧妙正出于观察入微，比起宝钗"挨门儿送到，并不遗漏一处，也不露出谁薄谁厚"（第六十七回）的细致周延，宝琴的送礼哲学并不遑多让。

接着，宝琴提到她见过海外真真国的十五岁女孩子，既拥有连绘画都比不上的美丽，并且"有人说他通中国的诗书，会讲五经，能作诗填词，因此我父亲央烦了一位通事官，烦他写了一张字，就写的是他作的诗"，众人都称奇道异，宝玉忙笑道：

> "好妹妹，你拿出来我瞧瞧。"宝琴笑道："在南京收着呢，此时那里去取来？"宝玉听了，大失所望，便说："没福得见这世面。"黛玉笑拉宝琴道："你别哄我们。我知道你这一来，你的这些东西未必放在家里，自然都是要带了来的，这会子又扯谎说没带来。他们虽信，我是不信的。"宝琴便红了脸，低头微笑不语。宝钗笑道："偏这个颦儿惯说这些白话，把你就伶俐的。"黛玉笑道："若带了来，就给我们见识见识也罢了。"宝钗笑道："箱子笼子一大堆还没理清，知道在那个里头呢！等过日收拾清了，找出来大家再看就是了。"又向宝琴道："你若记得，何不念念我们听听。"

宝琴因为准备发嫁远道而来，在有去无回、不需要再归返薛家的情况下，行李必然众多，犹如搬家，则迭收于庞大杂物中薄薄的一张诗稿何处找去？虽不比大海捞针，一时片刻也很难寻觅踪迹，缓不济急，何况翻箱倒柜极其费事，至少需要多日的清理，眼前又何必节外生枝？宝玉无知于宝琴的远客处境，此一缺乏设身处地的要求实不免轻率，而宝琴碍于情面不好拒绝，只能推托说没有带来，这也是人情之常的轻巧反应，无伤大雅。但当大家都被宝琴瞒骗过去，或体谅地不加点破的时候，只有黛玉洞察人性情理，认定宝琴必然将这篇宝贵的外国笔墨随行带来，却又因为情分亲近且性格直率，直接将宝琴的谎言当众揭穿，致宝琴感到尴尬而脸红，甚至黛玉还随之重复宝玉的轻率要求，更加强人所难，若非宝钗立刻出面解围打了圆场，后续恐怕还有一番周折甚至难堪。

宝琴之所以扯谎，固然是如宝钗所说的"箱子、笼子一大堆，还没理清，知道在那个里头呢"，若要满足大家的好奇确有现实上的困难，并不能苛责；但若真属心口如一的直率之辈，未尝不会委婉说明难处，取得众人的体谅，而不是推托扯谎，假称虚构。由此可见，宝琴很自然地运用所谓"善意的谎言"，自有一丝流滑之处，与其人际关系上重点式的亲疏取舍，同为世故的表现。

这一点，较诸毫无商贾背景的贵族闺秀们就明显不同。姑且不论"目无下尘"的黛玉、妙玉，以及往往照章行事的迎春、惜春，同被评为"没心，却又有心"的湘云亦不曾有青白之分、违实之论，更有意味的是，一再被描述为"有心"（第四十六回）、"最是心里有算计"（第六十二回）、"好多心"（第七十一回）的探春，在人际关系中也采取了"姊妹弟兄跟前，谁和我好，我就和谁好"（第二十七回）的顺其自然，未尝刻意取舍，从不比较权衡以决定亲疏。由此一对照便明显可见，宝琴固然是不带烟火的阆苑仙种，却依然植根于尘世，只是其世界要比闺阁广大得多，不为池塘涟漪所囿。

（三）名士父教：女子壮游的机遇

但必须进一步注意到，宝琴的性格还有一个特殊的培养环境，致其"有心""嘴太直"与宝钗、湘云仍同中有异，展现出独一无二的心灵风景。

宝琴的出身虽与宝钗十分近似，但成长的过程却大有不同。除读书识字都是深受父亲钟爱所致，宝琴的萍踪远游、足迹遍及大半天下，更是因为父亲的眷顾始能随侍在侧，而宝钗的父亲或是没有远游的意兴，或是早逝而无以为之，宝钗的成长过程也就失去了此一元素。如此一来，宝琴得以有宝钗的圆熟却不流于世故，便应该归因于身为富商的父亲同时兼具"名士"般的越俗胸襟，即使出门行商时仍携家带眷，既颠覆了"商人重利轻别离"的一般常轨，复不斤斤拘泥于闺阁门槛的传统思想，而破除陈规俗见，带着在室女儿周游大江南北，随之萍踪远游、足迹遍及大半天下，始能由此培养出一种广远洒脱的气度。

透过薛姨妈的介绍，呈现出一个读万卷书、行万里路的行游佳人形象，薛姨妈道：

> 他从小儿见的世面倒多，跟他父母四山五岳都走遍了。他父亲是好乐的，各处因有买卖，带着家眷，这一省逛一年，明年又往那一省逛半年，所以天下十停走了有五六停了。（第五十回）

后来李纨也说:"琴妹妹见的世面多,走的道路也多"(第五十回),便是就此而言。另外,第五十二回宝琴更自述道:

> 我八岁时节,跟我父亲到西海沿子上买洋货,谁知有个真真国的女孩子,才十五岁,那脸面就和那西洋画上的美人一样,也披着黄头发,打着联垂……实在画儿上的也没他好看。

可见宝琴的教育内容不但是读万卷书,也行万里路,堪称诸钗中最为健全的。在这样漫游世界的背景下,才会"从小儿所走的地方的古迹不少"(第五十回),由此也合理地解释了《怀古十绝句》中的古迹,除跨越大江南北之外,还包括域外的交趾、青冢等极地。换言之,海外真真国固然是虚构的国度,但从情理逻辑而言,跟随父亲下南海买洋货的宝琴却确实可以见到金发少女,因此交趾、青冢等极地都是切合宝琴履历的合理题材,并非夸大其词。

并且,从"好乐""逛"等用词,可见宝琴一家三口的行游绝不是汲汲营营的争逐商机乃至风尘仆仆的劳顿奔波,而是偏取"游"字的本义,如康达维(David R. Knechtges, 1942—)所指出的:"'游'字无论是写作'水部'还是'走'部,它的本义是'漂流''旅行''漫步''闲逛'甚至'享乐'的意思。"[①] 可见宝琴的教育内容兼具了读万卷书、行万里路,在从容优雅中打开世界,堪称诸钗中

---

① [美]康达维著,吴捷译:《中国中古文人的山岳游观:以谢灵运〈山居赋〉为主的讨论》,刘苑如主编:《游观:作为身体技艺的中古文学与宗教》(台北:"中研院"中国文哲研究所,2009),页 2。

最为均衡健全者。

如此壮游之难能可贵，一是类似于西欧 17 世纪中叶以降至 19 世纪初，富裕者才有能力外出旅行的"壮游"（Grand Tour，或译大旅行、教育旅行）文化①，宝琴的出身正是世间少有的豪门巨族，自具备相当的经济条件，但更为难得的是，一般而言，女性的社会定位犹如西蒙·波伏娃（Simone de Beauvoir, 1908—1986）所言：男性"是'超越'（transcendence）的化身，女性则不幸被编派了传宗接代和操持家务的任务，那就是说，她的功用是'内囿'的（immanence）"，可以说，"女子的一生，是消磨在等待中，这是由于她被禁闭在'内囿'与'无常'的囚牢里，她的生命意义永远操握在他人手中"②。尤其是儒家赖以建构社会秩序的男女之别，更直接体现在空间的内外之防上，连身为平民的刘姥姥之女，都因为是"年轻媳妇子，也难卖头卖脚的"（第六回），而无法跨出门户之外通过公共空间谋取出路，只得由刘姥姥出马走一趟贾府，则贾府中的女眷"天天不得出门坎子"（第二十九回）更是理所当然。

因此，传统评点家也注意到：

> 宝琴幼随其父历览名胜，眼界阔矣。文士而得以壮游者，

---

① 参黄郁珺：《十八世纪英国绅士的大旅游》（台北：唐山出版社，2008）；付有强：《英国人的"大旅行"研究》（北京：中国社会科学出版社，2015）。

② [法]西蒙·波伏娃著，杨美惠译：《第二性》（台北：志文出版社，1993），第二卷"处境"，页 12、240；另参陶铁柱译：《第二性》（北京：中国书籍出版社，1998 年 2 月），第二卷第五部第十六章，页 492。

吾见亦罕,况处女乎!①

同为大家闺秀的宝琴,竟能拥有一般文士都不易得的罕见履历,这绝非曹雪芹的虚构,而是切就明清社会条件下的合情合理,并且这种走出闺阁的"行游佳人"也并非商家之女的专利。从历史的考察来看,关于明清妇女的旅游风气,高彦颐(Dorothy Ko)指出:"'足不出户'无疑是一种理想,但即使在闺秀当中,旅行也是很多的,这些旅行的范围从长途的旅程,如陪伴丈夫上任远行,到和其他女性一起的短途游玩。"②进一步地说,对明末清初妇女生活空间的研究显示,当代有一部分妇女并未受限于家门之中,因经济生活富裕、学习环境优越,闲暇较多,反而有向外拓展的情形,在不违背三从四德的观念下,发展出"从宦游""赏心游""谋生游""卧游"这几种动态的活动空间,从而突破传统为妇女所界定的"向心型"的内敛人格取向,而可以接近男性的外向伸展扩张的"离心型"模式。③

其中,一般以"从宦游"的几率最高,衡诸宝琴的成长过程,固然在经济生活富裕、学习环境优越的条件上是一样的,但因为身兼商家出身的关系,她跟随父母更进一步走遍四山五岳,一边做买

---

① (清)二知道人:《红楼梦说梦》,一粟编:《红楼梦资料汇编》,卷三,页95。
② [美]高彦颐著,李志生译:《闺塾师:明末清初江南的才女文化》(南京:江苏人民出版社,2005),页13。
③ [美]高彦颐:《"空间"与"家":论明末清初妇女的生活空间》,《近代中国妇女史研究》第三期(1995年8月),页29—49。

卖,一边游山玩水,正是"宦游""赏心游""谋生游"的复合形态,以致"从小儿见的世面倒多""见的世面多,走的道路也多"。

据此而言,薛父可以说是一手培育出宝琴的关键因素。一方面,薛父并未置家人于不顾,单与友辈同乐乃至携妓狎游,这是如李白、白居易等文人常见的现象;而是携家带眷,不落入骨肉分离的遗憾。如此一来,对结缡妻子而言,消弭了常见的"悔教夫婿觅封侯""无端嫁得金龟婿,辜负香衾事早朝"①之类的感叹,减少一位独守空闺的寂寞思妇,也增加一位快乐的母亲,身边的儿女便可以扫去心灵的阴影,身心健全地成长;在女儿方面,更创造出父教、母教健全均衡的成长环境,较诸宝钗之父亲早逝,黛玉、妙玉与湘云之父母双亡,迎春与探春之庶出纠葛,宝琴可以说是最幸运的一个。

与此同时,薛父的名士风范颠覆了一般的贵宦模式,将巡视各地旗下门市的必要行程转化为赏心行乐的观光之旅,拓展心灵、充实知识的目标取代了锱铢计算的营生,无形的精神价值远高于有形的利益财货,因此漫游的脚步不限于市场店家,观望的视野不聚焦于账本算盘,开阔的心思不定位于谈判洽公,因此不急于争取时间抢得商机,更不费心于扩大事业的版图,与汲汲于追求增加利润的技巧,除了大体上必要的巡察与基本的运作维持之外,大部分的时间便用来进行当地以及周边地区的寻幽访胜,"各处因有买卖"反

---

① 分见(唐)王昌龄:《闺怨》、(唐)李商隐:《为有》,(清)康熙敕编:《全唐诗》,卷一四三,页1446;卷五三九,页6168。

倒变成了"各处因有旅游"。

薛父拥有如此厘清本末的人生价值观，既洞悉存在的终极意义，将买卖营生用来丰富人生、拓展心胸，更重视根本的亲情人伦，终身与家人相与共处，校正了一般人的舍本逐末、本末倒置，其人诚为不同流俗的"奇人"，有其父乃得宝琴这样的"奇女"。就在"富商"与"高士"之间，宝琴特有的家世背景与教养方式提供了一个最佳的平衡点，使她的读书识字、纯真聪慧不会流于林黛玉式的幽闺自怜、小性伤人，又使她的商家出身不会偏向薛宝钗式的务实从俗，那走遍天下的开阔阅历，更使她得以从山水名胜中培养超迈秀拔的气度，从势利浅薄的人群社会中脱身而出，不至于像王熙凤一样"机关算尽"。

尤其是一般而言，外界对闺阁女性是陌生的、排拒的，甚至是危险的，女性的内围性对女性的心灵感受所造成的影响，乃如琳达·麦道威尔（Linda McDowell）所言，女性与公共空间相处的时间极短，因此对于外在世界会存有着恐惧感及焦虑；① 然而宝琴却因缘际会，得以在家长的陪伴之下安全无虞地长期、长途出外旅行，发现原先所畏怯的外在世界，也触及名胜风光的壮丽优美，对其心灵的潜移默化，都刺激了主体进一步扩大与深化自身的内在领域。

事实上，荣格（Carl G. Jung, 1875—1961）从心理学角度考察，

---

① ［美］琳达·麦道威尔（Linda McDowell）著，徐苔玲、王志弘译：《性别、认同与地方：女性主义地理学概说》（台北：群学出版社，2006），页201—230。

早已发现每一个人的内在本就是两性兼具的,"每个人都天生具有异性的某些性质",构成其内部形象(inward face),"要想使人格和谐平衡,就必须允许男人性格中的女性方面(案:称为 anima)和女性人格中的男性方面(案:称为 animus)在个人的意识和行为中得到展现"。①而"从小儿见的世面倒多""见的世面多,走的道路也多"的人生历练,便是将宝琴性格中的阿尼姆斯(animus)发展出来的关键,由此,另一位也具有双性气质的探春,渴望"我但凡是个男人,可以出得去,我必早走了,立一番事业,那时自有我一番道理"(第五十五回)却力有未逮的缺憾,便在宝琴身上获得弥补,虽然不可能达到"立一番事业"的男性目标,却也稍减了探春欲有为而不能为的悲剧,在"出得去"的罕有条件下,塑造出宽广开阔的心胸与成熟稳健的气度。

更重要的是,在旅行所开展的清晰具体的,而非幻想揣摩的人生图景里,让人懂得真实的行动,也知道收敛的力量;面对短暂无常的唏嘘,也期待崭新无限的未知;了解历史的需要,接受世界的变动,也洞视永恒的存在,掌握不变的秩序;具有观察、处理现实的技能,也具备瞭望、延展梦想的灵思;明白社会生活的粗糙庸浅,因此培养宽容等待的耐心。由此,便足以涵育宽广的眼界与出众的气质。

因此,宝琴综合了诸家所长,有宝钗的圆熟沉稳却不深沉世

---

① [美]霍尔(C. S. Hall)、诺德贝(V. J. Nordby)著,冯川译:《荣格心理学入门》(北京:三联书店,1987),第二章"人格的结构",页 52—53。

故，有湘云的诚挚坦荡却不率直粗豪，有探春的恢弘大器却不过分刚硬，有迎春的随遇而安却不退缩无我，有黛玉的才华洋溢却不偏执于个人世界而流于孤高自许，有凤姐的精明干练却不沉溺于得失利害。端庄而不矜持、执著而不陷溺、超然而不冷漠、务实而不现实，谢鸿申认为宝琴"品格似出诸美之上"，实不妨就此理解之。

四、"女子壮游"：诗词的创作专利

既然文如其人，则小说中每一个鲜明独特的人物也都必然呈现不同的诗词风格，如脂砚斋所指出的"一人是一人口气""自与别人不同"（第三十七回批语），评点家张新之也说道：

> 书中诗词……其优劣都是各随本人，按头制帽。故不揣摩大家高唱，不比他小说，先有几首诗，然后以人硬嵌上的。①

在"从小儿见的世面倒多"的情况下，其阅历形诸笔墨，宝琴的诗词作品也随之别树一格，与众姝各异，丰富了小说中的诗国景观。

确实，宝琴的《怀古十绝句》堪称小说中最独特的诗歌作品，不但是唯一的怀古诗，更是完全出于一手的最大型组诗，比起宝玉的《四时即事诗》四首、黛玉的《五美吟》五首，数量上都要多出一倍以上；其内容与作法更是复杂得多，打破了三种诗歌类型的界

---

① （清）张新之：《红楼梦读法》，一粟编：《红楼梦资料汇编》，卷三，页156。

限,而以"咏物"为功用、以"怀古"为名称、以"咏史"为作法,纠合了三种诗类的性质或功能,最具有诗学上的突破性。①

第五十回末,因贾母吩咐众钗道:"有作诗的,不如作些灯谜,大家正月里好顽的。"众人答应了,依命做出一些以浅近俗物为对象的谜语。最后李纨建议道:"昨日姨妈说,琴妹妹见的世面多,走的道路也多,你正该编谜儿,正用着了。你的诗且又好,何不编几个我们猜一猜?"宝琴听了,点头含笑,自去寻思;不久便走过来笑道:

> 我从小儿所走的地方的古迹不少。我今拣了**十个地方的古迹,作了十首怀古的诗**。诗虽粗鄙,却怀往事,又暗隐俗物十件,姐姐们请猜一猜。

承此,第五十一回伊始随即接续道:

> 众人闻得宝琴将素习所经过各省内的古迹为题,作了十首怀古绝句,**内隐十物**,皆说这自然新巧。都争着看时,只见写道是:
> 赤壁沉埋水不流,徒留名姓载空舟。喧阗一炬悲风冷,无限英魂在内游。(其一《赤壁怀古》)

---

① 详参欧丽娟:《论〈红楼梦〉中的薛宝琴〈怀古十绝句〉:怀古、咏史、咏物的诗类汇融》,《台大文史哲学报》第八十五期(2016年11月),页45—90。

铜铸金镛振纪纲，声传海外播戎羌。马援自是功劳大，铁笛无烦说子房。（其二《交趾怀古》）

　　名利何曾伴汝身，无端被诏出凡尘。牵连大抵难休绝，莫怨他人嘲笑频。（其三《钟山怀古》）

　　壮士须防恶犬欺，三齐位定盖棺时。寄言世俗休轻鄙，一饭之恩死也知。（其四《淮阴怀古》）

　　蝉噪鸦栖转眼过，隋堤风景近如何。只缘占得风流号，惹得纷纷口舌多。（其五《广陵怀古》）

　　衰草闲花映浅池，桃枝桃叶总分离。六朝梁栋多如许，小照空悬壁上题。（其六《桃叶渡怀古》）

　　黑水茫茫咽不流，冰弦拨尽曲中愁。汉家制度诚堪叹，樗栎应惭万古羞。（其七《青冢怀古》）

　　寂寞脂痕渍汗光，温柔一旦付东洋。只因遗得风流迹，此日衣衾尚有香。（其八《马嵬怀古》）

　　小红骨贱最身轻，私掖偷携强撮成。虽被夫人时吊起，已经勾引彼同行。（其九《蒲东寺怀古》）

　　不在梅边在柳边，个中谁拾画婵娟。团圆莫忆春香到，一别西风又一年。（其十《梅花观怀古》）

　　众人看了，都称奇道妙。……大家猜了一回，皆不是。

此即所谓的《怀古十绝句》。兹将宝琴足迹所至与整组诗所涉及的各个范畴加以汇整，表列如下：

《怀古十绝句》统计表

篇序	地点	区域	人物名	朝代	性别	人物属性
一	赤壁	江南	集体总述	三国	男	历史人物
二	交趾	南蛮	马援	东汉初	男	历史人物
三	钟山	江南	周子	南齐	男	历史人物
四	淮阴	江北	韩信	汉初	男	历史人物
五	广陵	江南	隋炀帝	隋	男	历史人物
六	桃叶渡	江南	桃叶	东晋	女	历史人物
七	青冢	塞北	王昭君	西汉末	女	历史人物
八	马嵬	江北	杨贵妃	唐	女	历史人物
九	蒲东寺	江北	江北《西厢记》的红娘	元	女	虚构人物
十	梅花观	江南①	江南《牡丹亭》的杜丽娘	明	女	虚构人物

整组诗在组合上时、空、人物的跳跃现象，一是出于临场即席发挥的口占性质，乃无暇经营布局，而随机联想缀录之故；二则是符应其非规划性的壮游履历，在"好乐"的心态下因缘随兴漫游各处。在一地一题一咏的情况下，十首诗便涉及十个历史地点，依序包括：赤壁、交趾（在今越南北部）、钟山（南京）、淮阴、广陵（扬州）、桃叶渡（南京）、青冢（在今内蒙古呼和浩特）、马嵬、蒲东寺（山西永济）、梅花观（江西大庾县）等，有山有水，有中原有

---

① 杜丽娘乃西蜀人氏，但葬在南安府，见《牡丹亭》第三出《训女》中，杜宝所自称"西蜀名儒，南安太守"，以及第二十出《闹殇》中，杜宝奉旨他调时，云"因小女遗言，就葬后园梅树之下，又恐不便后官司居住，已分付割取后园，起座梅花庵观，安置小女神位，就着这石道姑焚修看守"，即第二十二出《冥判》女魂所自道的"南安府后花园梅树之下"。考明代南安设府，府治在江西大庾，可知其址。

边荒,有可考的实地也有无稽的虚构,展现了异时空的景观,正是"天下十停走了有五六停"的具体地图。

所以说,这组诗作为灯谜诗,在"既怀往事,又暗隐俗物"的写作主旨下,却必得采用"怀古"为题,目的就是要顺利将宝琴的壮游履历涵摄进来。因为怀古诗的关键特征之一,即是必须亲临历史中的实有之地,所谓:

- 诗有览古者,经古人之成败(之地)咏之是也。咏史者,读史见古人成败,感而作之。①
- 怀古必切时地。②

换言之,"咏史诗"的歌咏焦点在于某一历史事实,评论其得失成败,其触发可以完全是在书房中神游青史而书空咄咄,仅由一卷在手的册籍进入历史现场,毋须千里迢迢亲身践履其地,例如终身"在幽闺自怜"的林黛玉,闲居于"比那上等的书房还好"(第四十回)的潇湘馆中所作的《五美吟》,便属此类。"怀古诗"则必须历览某一历史遗迹而生,在行动中与历史现场结合,这却只有宝琴的"女子壮游"才能提供条件。为了达到更完善的叙事效果,内在地促进小说本身的合理性,宝琴"见的世面多,走的道路也多"的真实经

---

① [日]遍照金刚著,王利器校注:《文镜秘府论校注》(台北:贯雅文化公司,1991),《南卷》,"论文意",页351—352。
② 见(清)沈德潜著,苏文擢诠评:《说诗晬语诠评》(台北:文史哲出版社,1985),卷下,第四十五条,页472。

验就体现于《怀古十绝句》。

清末评点家也慧眼注意到此一成长背景与怀古诗的关系，解云：

> 薛姨妈说宝琴天下十停走了六停，伏下回怀古十首灯谜。①

但不仅如此，游历天下的宝琴之所以选择古迹加以书写，又包含了当时社会文化风潮的外缘因素，属于明清士大夫的旅游现象的反映。据研究，晚明出于品味塑造的心理动因，士大夫旅游时已有"好古"之风，清初则进一步发展出"怀古"的游记书写的主流，其中作为抒怀的古迹，大多是明代或过去朝代改换时的遗迹，尤以南京为最；而访古被视为旅游活动中的要务，提高了访古在旅游文化中的地位，许多游记所陈述的重心并非景色的优美，而是古迹或古物。② 此一旅游文化与"行游佳人"的妇女形态相结合，便让宝琴这组诗的创作完整地、充分地合理化，是为"社会文化的生活体现"。这也正是何以同样都是书写历史题材，终身只有一次从母家到贾府依亲之行旅经验的林黛玉只适合写咏史诗《五美吟》，而《怀古十绝句》的作者却非薛宝琴不可的原因。

有趣的是，第五十二回宝琴转述海外真真国十五岁少女所写的汉诗，其实也同样是这类的风格，所谓：

---

① 冯其庸纂校订定，陈其欣助纂：《八家评批红楼梦》，中册，页1222。
② 参巫仁恕：《清代士大夫的旅游活动与论述：以江南为讨论中心》，《近代史研究所集刊》第五十期（2005年12月），页266—272。

> 昨夜朱楼梦,今宵水国吟。岛云蒸大海,岚气接丛林。
> 月本无今古,情缘自浅深。汉南春历历,焉得不关心。

其中,"水国""汉南"以及"岛云蒸大海,岚气接丛林"都展现出宏阔的地理空间,更带有一种湿热氤氲的南洋异国情调,具体反映出宝琴足迹来到此地的特殊眼界。尤其是第三联的"月本无今古,情缘自浅深",体现了怀古诗歌题材以永恒自然对比无常人事的常见写法,由此形成的主要风格特色,则如清代王士禛所指出:

> 古诗之传于后世者,大约有二:登临之作,易为幽奇;怀古之作,易为悲壮。故高人达士往往于此抒其怀抱,而寄其无聊不平之思,此其所以工而传也。①

朱庭珍亦云:

> 凡怀古诗,须上下千古,包罗浑含,出新奇以正大之域,融议论于神韵之中,则气韵雄壮,情文相生,有我有人,意不竭而识自见,始非史论一派。②

---

① (清)王士禛著,张宗柟纂集、戴鸿森校点:《带经堂诗话》(北京:人民文学出版社,1998),卷五"序论类",页128。
② (清)朱庭珍:《筱园诗话》,卷三,郭绍虞辑:《清诗话续编》(台北:木铎出版社,1983),页2377。

而此一"浑含""雄壮"的气韵胸襟,确实也一致地再现于大观园诗社唯一的填词活动中。当第七十回众人作《柳絮词》时,只有宝琴的《西江月》一阕虽不免配合主流而充满离恨丧败之哀音,但却以他人所无的存在视野,创造出与林黛玉《唐多令》之"缠绵悲戚"、史湘云《如梦令》之"情致妩媚"都不同的"声调壮"。其词云:

> 汉苑零星有限,隋堤点缀无穷。三春事业付东风,明月梅花一梦。几处落红庭院,谁家香雪帘栊?江南江北一般同,偏是离人恨重!
>
> 众人都笑说:"到底是他的声调壮。'几处''谁家'两句最妙。"

所谓"声调壮",正是由"汉苑""隋堤""江南江北"的空间幅度所产生的阔大性,其中的汉苑、隋堤亦是《怀古十绝句》所涉及的历史地方;接着"几处""谁家"的地方疑问词更为此一阔大的空间幅度增添了缥缈无垠之感,正属怀古诗"历遐远、探古迹,然后始为冥搜"[①]的体现,实可说是文如其人。

但吊诡的是,在后续的评比中,宝琴这阕"声调壮"的完整作品却与探春的未完成残篇一起"落第,要受罚",而且宝琴也以"我们自然受罚"笑领之,显然无论是作者本人或其他评家都不以此一

---

① (唐)殷璠:《河岳英灵集》,卷上,傅璇琮、陈尚君、徐俊编:《唐人选唐诗新编(增订本)》(北京:中华书局,2014),页191。

怀古风格为高，其中必有原因。原来，诗、词属于不同的两种创作形式，所需要的审美特质也有所分别，所谓："诗庄词媚，其体元别""论古词而由其腔……体裁宜妩媚，不宜壮激"①，在这样的文类要求下，不合于"婉媚"情韵的怀古情调自然受到贬抑，宝琴的《西江月》于是成为垫底之作。

据此，再回过来分析宝琴于《怀古十绝句》完成后，她之所以向大家自谦"诗虽粗鄙"，这就恐怕并不是纯粹的客套，而是自觉到这组诗的类型特质并不符合"微妙""流畅"和"精巧"之类被视为属于女性的艺术风格②，与众姊之闺阁习气有以乖违所致。但失之东隅，却收之桑榆，怀古诗"悲壮""上下千古，包罗浑含""气韵雄壮"的类型风格，虽不符合闺阁弱质的纤巧细致，对女性的偏至性格却发挥补缺强化之效，宝琴的完美性格即获益于此。

总而言之，小说家由"怀古"诗类加上"十咏型"组诗形式的引入，建构出宏阔的空间版图与壮游式的见闻视野，合理地展演了遍布大江南北之古迹，而体现出一种"行万里路"的壮游经历，这对于传统上通常足不出户的闺阁女性而言，自是无法想象，但却是明清时代的社会环境中，少数女性在闺阁空间以外的另一种可能的真实生活样态。以此强化薛宝琴之人物塑造，可以巧妙而成功地助成"离心型"的闺阁类型，迥异于其他裙钗的"向心型"生活模式，

---

① 两句为清代李东琪之说，见（清）王又华：《古今词论》，（清）查继超辑：《词学全书》，《四库全书存目丛书补编》第七十九册（济南：齐鲁书社，北京大学图书馆藏清康熙十八年刻本，2001），页479。

② 丁宁：《绵延之维：走向艺术史哲学》（北京：三联书店，1997），页82。

既如实反映了当时的社会文化，也合情合理地塑造出一位绝无仅有的独特女性造型，扩大了才女文化的涵盖范围与多样形态，为《红楼梦》所刻画的裙钗们增添另一丰采。

五、人外有人、天外有天

宝琴这位非属凡品的缥缈仙子，自难从尘土孕育的馨香中找到足以对应的代表花。若必得斟酌为之，水仙花可以算是最恰当的选择。

固然从著名的"宝琴立雪"而言，宝琴的代表花也可以是红梅花，不过，由于红梅已经明确归属于妙玉，不宜重复。此外可以注意到，与宝琴结合的花品还有腊梅与水仙，极富意味，可堪推敲。第五十二回中，大观园内的金钗们只有宝琴获得大总管赖大婶子所赠送的腊梅、水仙，当时宝玉来到潇湘馆：

> 因见暖阁之中有一玉石条盆，里面攒三聚五栽着一盆单瓣水仙，点着宣石，便极口赞："好花！这屋子越发暖，这花香的越清香。昨日未见。"黛玉因说道："这是你家的大总管赖大婶子送薛二姑娘的，两盆腊梅，两盆水仙。他送了我一盆水仙，他送了蕉丫头一盆腊梅。我原不要的，又恐辜负了他的心。你若要，我转送你如何？"宝玉道："我屋里却有两盆，只是不及这个。"

这是整部小说中第二次、也是最后一次涉及宝琴与花卉的情节。应该分辨的是,腊梅原作"蜡梅",并不是梅花,不仅花期较早,以黄花为主,花香更是浓郁,与梅花的五颜六色、淡淡暗香不同。虽然宝琴获赠了两种花品,也各自分送一盆给黛玉、探春,但一则是受礼者已经都个别拥有芙蓉、红杏为代表花,此处的转赠与此无关;再则是这段情节所聚焦描绘者只在于水仙,蜡梅只是附带提到,自以水仙为主。水仙花亭亭玉立于水、石间,水清玉洁、不染尘土,在暖阁温室里安适地散发清香,与户外植根于淤泥中、承受着风霜雨露的水莲大为不同,最和送花人的气韵互为一致。毋怪乎此花以"仙"为名,即挑明了宝琴的浑身仙气。

更何况再细细加以揣摩,宝玉所极口称赞的"好花",岂非正对应于宝玉在初次见识了宝琴之后,所赞叹的:"老天,老天,你有多少精华灵秀,生出这些人上之人来!"而宝玉所说的"我屋里却有两盆,只是不及这个",又恰恰是宝玉初见宝琴之后所感叹的:"可知我井底之蛙,成日家只说现在的这几个人是有一无二的,谁知不必远寻,就是本地风光,一个赛似一个。"意同于探春所认证的"连他姐姐并这些人总不及他"。如此一来,这盆水仙花便可以说是宝琴的化身,让其他群芳相形见绌,故得以代表花视之。

值得思考的是,当所有的金钗都各有长短的时候,宝琴则因为没有"陋处""纰漏处"而"品格似出诸美之上",一如仙界的女神兼美是"其鲜艳妩媚,有似乎宝钗,风流袅娜,则又如黛玉"(第五回),薛宝琴正可谓"世间的兼美",这或许也是她给予人不带烟火、完美却不真实之感的深层原因。

到了贾家后，宝琴一直没有涉入府中的任何事务，接下来无论是探春轰轰烈烈的兴革整顿，王夫人的抄检大观园，都不见其踪迹，更不发一词。探究起来，造成这个现象的原因有三：

第一，身为即将发嫁、暂住于此的远客，正如凤姐评论宝钗、黛玉时所说的"都是亲戚，又不好管咱家务事"（第五十五回），这是疏不间亲的普遍原则所致。

第二，宝琴伴随贾母起居，享有治外特权，生活上也远离大观园与荣府的日常运作，不比宝钗仍然住在大观园里，多少涉及园中所发生的人事纷争，也有避嫌的思虑，此乃宝琴的特殊处境所致。

第三，除小说内部的人情事理之外，或许还有一个因素是来自小说家的刻意为之，即为了保持宝琴不染人间烟火的脱俗形象，势必要尽量削减种种人事牵连，于是宝琴便始终以局外人的姿态活动着，于第四十九至第五十二回的绚烂现身之后，乃化身为点水蜻蜓，若隐若现。对于宝琴何时离开贾府，小说中并没有明确提到，并且以她深受贾母宠爱的程度，她的离开势必有一番场面，但事实上却是悄无声息，这应该也是来自《红楼梦》未完的遗憾。

从前八十回的线索可知，宝琴因名花有主，而无缘于宝玉的金玉良姻，第四十九回交代宝琴之所入京的缘由，乃因"薛蟠之从弟薛蝌，因当年父亲在京时已将胞妹薛宝琴许配都中梅翰林之子为婚，正欲进京发嫁，闻得王仁进京，他也带了妹子随后赶来"，第五十回透过薛姨妈之口，再度强调她父亲"那年在这里，把他许了梅翰林的儿子"，则宝琴最后应该是顺利发嫁，进入梅家为媳。参照第七十回放风筝一段情节中，宝琴的风筝造型是"大红蝙蝠"，犹如怡红院里四面雕空玲珑木板上亦有的"流云百蝠"（第十七回），以传统文化的符号象征意涵而言，蝙蝠的"蝠"谐音"福"字，乃吉祥之化身，再加上喜气洋溢的红色，可以推测宝琴的婚后生活将一如在室时期的幸福圆满。

只不过，既然诸钗都隶属于太虚幻境的薄命司中，宝琴理应不能单独例外，何况众人一起作《柳絮词》时，宝琴的《西江月》也同样融入大观园的悲凉之雾，充满离恨丧败之哀音，所谓"三春事业付东风，明月梅花一梦""偏是离人恨重"，在汉苑、隋堤的怀古声调下，流淌的是幻灭离散的哀音，与大观园中的伤悼氛围相一致。其中的耐人寻味之处，在于宝玉曾断言《桃花行》必定不是出于宝琴之手，原因是：

> 姐姐断不许妹妹有此伤悼语句，妹妹虽有此才，是断不肯作的。比不得林妹妹曾经离丧，作此哀音。（第七十回）

亦即宝琴之诗才自能作出《桃花行》之类的诗篇，但在诗谶的顾虑下必须趋吉避凶，宝钗出于爱护堂妹之心，绝不许宝琴操觚哀吟；宝琴一生幸福顺遂，自己更没有无病呻吟的必要，故不为也，因此宝玉的断言才会如此斩钉截铁，也确实道中黛玉乃真正的作者。

然而，宝琴的《西江月》确实落入离恨丧败之窠臼，因此宝钗紧接着以翻案手法写出明朗乐观、积极向上的《临江仙》，以力求扭转集体的悲剧情调，可见宝琴对这类的感伤风格是既能也，亦为也，并非宝玉所推论的"断不肯作"。如此一来，便透露出宝琴并非纯然无忧无虑的世外仙子,以其聪敏灵慧遍历大江南北,触目所及绝不只是繁华富庶、歌舞升平,对于人世间的无常飘零自有一番会心。何况触发怀古诗的古迹,本身即蕴含了古今沧桑的感慨,而怀古心灵"所关怀与反省的,不仅是个人生命的存在,乃是众人共同的命运,是社会的也是自然律的生命的困境",因此怀古诗所表达的是生命无常的历史悲感,故带有对整体的人类命运的悲悯情怀[1],则写作怀古诗的宝琴,又岂能无感于沧桑的悲慨?

参照海外真真国的外族美人所作的五律诗中,第一句"昨夜朱楼梦"的"朱楼梦"即"红楼梦",却已是次日的残像虚影,宝琴自己的"明月梅花一梦"何尝不是如此?在"月本无今古"的对照之下,"情缘自浅深"的人们又饱受多少无常磨折,宝琴对此怎会没有触动?大观园的"红楼梦"势必随她离府出嫁而告终,婚嫁后的"明月梅花一梦"也似乎隐隐然蒙上了幻灭的阴影,情深、情浅都终归空无。只是毕竟小说家没有完成宝琴的未来,只能存而不论,宝琴的形象便始终停留在姑射山上的白雪红梅里。

也因此,宝琴的人物形象中还有一大特点,那就是她几乎没有喜怒哀乐之类的情绪表现。整体来看,宝琴除有"心热"的亲近友爱之外,仅有一次被揭发谎言时的尴尬脸红,低头微笑不语,除此之外,对于宝琴的人物呈现,小说家完全没有涉及凡人喜怒哀乐爱

---

[1] 廖蔚卿:《论中国古典文学中的两大主题:从〈登楼赋〉与〈芜城赋〉探讨远望当归与登临怀古》,《幼狮学志》第十七卷第三期(1983年5月),页104。后收入廖蔚卿:《汉魏六朝文学论集》(台北:大安出版社,1997),页72—74。

恶欲的种种情绪,也就是没有写出她的内心世界,相较于其他所有人物,诚属非比寻常的特殊现象。姑且不论多愁善感的黛玉几乎时时都在绽露自己的情绪,连探春、湘云、迎春、惜春等也处在各自的烦难冲突中,而难免痛苦与眼泪;即使槁木死灰的李纨尚且出现与凤姐交手争锋的狂飙,以及对妙玉矜傲逸轨的不满,甚至"皮里阳秋"的宝钗都还有唯一的一次伤心、唯一的一次愤怒、唯一的一次嫉妒,但对比之下,宝琴则毫无情绪波澜,其内心之幽密更加难以一窥,因此其"真精神"便缺乏令人印象深刻之处。

无论这是因为众美皆出、难有超越的困境,导致小说家只能用一种抽象的笔墨给予强调,成为一抹缺乏血肉的优美影子;还是另有小说美学突破的匠心在焉,企图超越"真正美人方有一陋处"的规范,以至于即使没有陋处更构成了真正美人,总而言之,宝琴的人物塑造充满与众不同的手法,调动了绝无仅有的情理逻辑与现实因素,足以在令人目不暇给的人物长廊中一枝独秀。犹如宝玉见了宝琴等人后的极端赞叹:

> 你们还不快看人去!……你们成日家只说宝姐姐是绝色的人物,你们如今瞧瞧他这妹子,更有大嫂嫂这两个妹子,我竟形容不出了。老天,老天,你有多少精华灵秀,生出这些人上之人来!可知我井底之蛙,成日家只说现在的这几个人是有一无二的,谁知不必远寻,就是本地风光,一个赛似一个,如今我又长了一层学问了。

不仅宝玉增长了见识，坦然承认自己是井底之蛙，连贾母是见过大世面的老封君，数十年来识人无数，却一见宝琴便动心改念，可以说，曹雪芹借口由宝琴的出场，实实在在地告诉读者：这世界上还有比宝钗、黛玉更出色的人，读者因为不在叙事现场，也因为各有所好，固然不必因此而改变既有的喜爱对象，但在人性的理解、审美的多元上，若是顽强地偏执于某一特定的人物，那就是画地自限；若是因为此一偏执而否定、排斥其他不同的人格境界或生命姿彩，那更是自我耽误，有如理性能力不足的幼稚孩童，或者是没有见过世面的乡巴佬。

德国哲学家恩斯特·卡西尔（Ernst Cassirer, 1874—1945）深刻洞彻到人性的一个弱点，指出：

> 人总是倾向于把他生活的小圈子看成是世界的中心，并且把他的特殊的个人生活作为宇宙的标准。但是，人必须放弃这种虚幻的托词，放弃这种小心眼儿的、乡下佬式的思考方式和判断方式。①

连"成日家只说现在的这几个人是有一无二"的宝玉都坦然自承"井底之蛙"，遑论其他？若要不落入小心眼儿的、乡下佬式的思考和判断，始终都只有一个方法，那就是缩小自己，不把自己看得太该

---

① ［德］恩斯特·卡西尔著，甘阳译：《人论》（上海：上海译文出版社，2004），第一章"人类自我认识的危机"，页21。

死的重要，所谓：

> 人不能狂妄自负地听从自己。他必须使自己沉默，以便去倾听一个更高和更真的声音。①

空出心胸来容纳无比宏大的世界，这是提升自己的唯一方法。

---

① [德]恩斯特·卡西尔著，甘阳译：《人论》(上海：上海译文出版社，2004)，第一章"人类自我认识的危机"，页18。

第七章
红楼情榜

《红楼梦》中的金钗们异彩纷呈,各擅胜场,如脂砚斋所言:"看他各人各式,亦如画家有孤耸独出,(则)有攒三聚五,疏疏密密,直是一幅百美图。"(第三十八回批语)个个都引人入胜,召唤读者寻幽入仄,一探究竟。此何人哉?又何以至此?这永远是小说最为耐人寻味的乐趣。"此何人哉"这个追问是有关"这是怎样的人"的廓清,"何以至此"的探问则是对"为什么这样"的解析,仅仅两个提问,却有无数的答案,既映现出小说家刻画入微的非凡笔墨,也显示出人性曲折幽深的纷歧奥秘,并且随着知识装备渐渐齐全,迷雾中的闪光将越发明晰,照亮了丰富、复杂的人性景致。

曹雪芹以一个伟大小说家的胸襟,固然对所有笔下人物是一视同仁,灌注同样的心血,如济慈(John Keats, 1795—1821)所言,"在构想出一个坏蛋和构想出一个淑女都有相等的快乐"[①],米

---

① [美]佛曼(Maurice B. Forman)编:《济慈书简》(*The Letters of John Keats*),London: Humphrey Milford, Oxford University Press, 1935, p.227。引自[美] R. 韦勒克(Rene Wellek)、R. 华伦(Austin Waren)著,王梦鸥、许国衡译:《文学论:文学研究方法论》(台北:志文出版社,1976),第八章"文学与心理学",页143。

兰·昆德拉也同样表示："我小说中的人物是我自己没有意识到的诸种可能性。正因为如此，我对他们都一样地喜爱，他们也都同样的让我感到惊讶。"① 但这是在创造的层面上而言，随着人物的丰满完整，小说家也发现了一个新的宇宙，因此感到快乐、惊讶并获得一种成就感。一旦人物诞生以后，不只是无数的读者往往受限于诸多主观与客观、自觉或不自觉的因素影响，以至于好恶不一，小说家本身也不可能真的认为这些笔下人物是完全平等的。连社会处境都必然不平等，何况人性价值更有高下深浅之别，绝不能以社会真空、多元平等的角度看待之。这一点也反映在《红楼梦》开篇与尾篇对金钗们所做的两次分类上。

一、"情榜"的规划与人选

从第五回宝玉神游太虚幻境时，于参观薄命司中所见者，明确有"金陵十二钗正册""金陵十二钗副册""金陵十二钗又副册"的女性分级，其分类原则是由"十二"的数字单位以及"正副"的高下等差所构成。而这与书末原本规划的"情榜"息息相关，前后对应。

首先，"十二"构成了金钗分等的基本单位。小说中对此也处处给予呼应、暗示，例如：第一回"炼成高经十二丈""方经

---

① ［法］米兰·昆德拉著，尉迟秀译：《小说的艺术》，第二部分"关于小说艺术的对话"，页45。

二十四丈"这两句，脂砚斋的夹批点出分别是"总应十二钗""照应副十二钗"，甚至进一步提示，小说里"凡用'十二'字样，皆照应十二钗"（第七回夹批），表现出对"十二"这个数字的偏好。

但这个偏好并不是来自主观的感觉，而是反映了整个文化的基本思维模式。古人称"十二"乃"天之大数"①，其原始发生的起源，应该与神话思维模式有关，并且最早都呈现为来自天象观测的天文学数字，包括：每十二年运行一周天的"太岁纪年"，对月亮运行周期的认识所产生的"十二月神话"，依太阳一日历程中的方位变化所划分的"十二时"，对夜间星象的判读而形成的"十二辰"，还有巴比伦英雄史诗中由十二块泥版所蕴含的太阳循环模式，都可以看出"十二"这一数字乃是一个计时的尺度，建立在日月星辰之时空运行的天文现象上，而与神话思维具有内在的联系。

既然在中国古代文化中，"十二"这一数字乃得之于天，是一个独具魅力的神秘数字，它便被赋予神秘的蕴涵，成为许多文化现象、文化模式的规范和依据，其渗透力之广，影响之深远，几乎涉及社会生活的各个方面②。而小说家所叙写的众钗们，是18世纪清代康、雍、乾三朝高度文明发展下的闺秀才媛。该时代被何炳棣（Ho Ping-ti, 1917—2012）称为"盛清"（High Qing），亦即"中国

---

① 《左传·哀公七年》载："周之王也，制礼上物，不过十二，以为天之大数也。"杨伯峻：《春秋左传注》（高雄：复文出版社，1991），页1641。
② 本段参叶舒宪、田大宪：《中国古代神秘数字》（北京：社会科学文献出版社，1998），页264—276。

的太平时期（the era of pax sinica）"，是"历史上和平与繁荣的巅峰"①，本必须以精英文化才能给予正确的认识；加上小说家为她们添赋了太虚幻境的来历，如此一来，这些金钗们又都是来自天上的谪仙人，因此，以"天之大数"进行归类，再切合不过。

必须注意的是，这些金钗在位列仙班的同时，彼此之间却也依照伦理法则而遵守了尘俗人间的等级之分，像人间世一样将金钗们分门别类，井然有序地安顿在自己的阶级位置上，至少有"正册""副册""又副册"三个层级，共三十六位女性。试看第五回中的这一段描述：

> 宝玉问道："何为'金陵十二钗正册'？"警幻道："即贵省中十二冠首女子之册，故为'正册'。……贵省女子固多，不过择其紧要者录之。下边二橱则又次之。余者庸常之辈，则无册可录矣。"宝玉听说，再看下首二橱上，果然写着"金陵十二钗副册"，又一个写着"金陵十二钗又副册"。

由此已经可以见出，所谓的"正—副—又副"对应到空间上的"上—中—下"，也符合身份上的"上—中—下"。参照后面警幻对众神仙姊妹所说的：

---

① Ho Ping-ti, "The Significance of the Ch'ing Period in Chinese History", *The Journal of Asian Studies*. 26 (02): 189-195.

先以彼家上中下三等女子之终身册籍,令彼熟玩,尚未觉悟。

再从警幻所定义的正册"即贵省中十二冠首女子之册",此类"上等"的十二个人都是贵族女性,连很少出现的巧姐儿都在其中,这就很明显是以阶级身份,而不是以对宝玉的重要性为划分原则,清楚说明了在各司之中,是依照身份上的贵贱等级决定橱柜的上下位置,以及各自的分册归属。

也是因为这个原因,晴雯、袭人都被归入"又副册",而两人恰好都是"身为下贱"的女婢,故评点家周春也说:"案婢女贱流,例入又副册。"① 此即所谓"下等"。香菱则属于"副册",是原本出身良好、高高在上的千金,如脂砚斋所说的"香菱根基,原与正十二钗无异"(第一回夹批),却沦落为仆妾的特殊例子,介于贵贱之间,因此不属于"又副册"的女婢,但也无法上升到正册,只好放在两者之间不上不下的副册,此即所谓"中等"。若将各册之分类情况与人物归属表列以观,将更为清晰:

正册——上等——薛宝钗、林黛玉、贾元春、贾探春、史湘云、妙玉、贾迎春、贾惜春、王熙凤、巧姐、李纨、秦可卿
副册——中等——甄英莲(香菱)
又副册——下等——晴雯、袭人

---

① (清)周春:《阅红楼梦随笔》,一粟编:《红楼梦资料汇编》,卷三,页69。

至于正册上金钗的排序，所依据的原则到底是什么？历来有一些说法，主要是认为依"与宝玉的情感远近、关系亲疏"而定，因此冠首的便是钗、黛二人；又有人主张还包含辈分高低、亲属等差之类，这一点从队伍后面的几个人选最是明显。但衡诸整个名册，每一种原则都存在着不少的出入，难以完善解释所有的排序情况，例如：

一、以"与宝玉的情感远近、关系亲疏"而言，最后一位的秦可卿和宝玉之间固然清白无瑕，然而宝玉乍听闻可卿之死讯时，竟激动到"只觉心中似戳了一刀的不忍，哇的一声，直奔出一口血来"（第十三回），其用心之深远超过对尚为婴孩的巧姐。宝玉与这位隔房侄女完全没有互动，巧姐却排在可卿之前，可见"情感远近、关系亲疏"并不能成立。

即使脂砚斋曾说："通部情案，皆必从石兄挂号，然各有各稿，穿插神妙。"（第四十六回批语）但这只是说宝玉乃是整部小说辐辏的核心，其他人物都因为宝玉的关系而走入叙事现场，演出种种爱恨情愁，却并没有指出簿册榜单的排序原则，这是应该仔细厘清的。

二、就辈分的长幼高低以观之，虽然前九位确实都属于宝玉同一代的女性，但同样在后段出现了问题。垫末的秦可卿固然为宝玉下一代的侄媳，辈分最低，然而她和排名第十、同为草字辈的巧姐之间，又插入李纨这位与宝玉同辈的嫂嫂，于是辈分发生了错乱，可见这也不是严格的逻辑。

三、再以血缘关系、亲属等差来看，固然大致上排在榜尾的多属嫁入贾府的媳妇,包括第九名的王熙凤、第十一名的李纨、第十二名的秦可卿,但其间插入排名第十的巧姐,又破坏了这个看起来最稳当的部分法则。何况前八位的未婚少女群中,本家的贾氏四艳与外姓姊妹交错不一,穿插着冠首的宝钗、黛玉,以及中介的妙玉、湘云,血缘关系跳跃;尤其位居第三名者却是嫁入皇室的元春,虽为本家女儿,已不符未婚原则。

单单从以上包括:情感、血缘、辈分、婚嫁等四个标准,就各自出现了难以自圆其说的困境,足以呈现正册金钗排序原则的莫衷一是。即使以各种原则兼容并蓄的方式求得周延,但也恰恰证明这些"原则"都无法成为原则,只能是笼统的、局部的概略框架,最多只是突显了辈分低、外姓媳妇之类的金钗多归诸后段,而情感、血缘之亲疏却难以拿捏,并无准的。毋怪乎第十八回畸笏叟眉批道:

> 树(前)处引十二钗总未的确,皆系漫拟也。至末回"警幻情榜",方知正、副、再副及三、四副芳讳。壬午季春,畸笏。

同样的,针对正册之首的问题,也大有可以推敲之奥妙。

第五回中,正册上的图文乃是钗、黛合一并置,吻合了脂砚斋所说的"薛林二冠"(第十八回批语)。然而,好比李、杜固然各擅胜场,并列中国最伟大的诗人,但若要强分甲乙,却仍有客观标准下一定的公论,即杜甫仍高于李白一筹,类似地,钗、黛的位次问题也是如此。仔细揣摩，判词所云：

可叹停机德，堪怜咏絮才。玉带林中挂，金簪雪里埋。

固然是两两交错、对比而言，但首句领衔的明系宝钗。再参照完全对应于图谶而排演的《红楼梦曲》，于总论式的《红楼梦引子》之后，依序是以宝钗为对象的《终身误》，接着才是以黛玉为对象的《枉凝眉》，这就清楚证明了一旦钗、黛二分，则宝钗确为正册之冠。由此也推翻了"与宝玉的情感远近、关系亲疏"的主张，反倒颇有以德为要的意味，而秦可卿之所以垫末，正隐含了同一理由，请参《大观红楼3》"秦可卿论"，以及下文"'情'的道德原则"一节的说明。

只不过，太虚幻境所收藏的这三本簿册仅仅介绍了十五位金钗，并没有完全揭示所有人等，其中的"副册"与"又副册"所余留的空白甚多，只能依赖脂砚斋给予的线索进行推测，虽然脂砚斋的批语也有自相矛盾之处，未必完全可靠。

首先，这些簿册中的成员除了第五回的提点之外，还出现在已经失落的书末情榜上。脂砚斋的批语再三透露，小说最后有一张将小说人物加以排名并下评语的"情榜"，包括：

- 观警幻情榜，方知余言不谬。（第六回眉批）
- 按警幻情讲（榜），宝玉系"情不情"。凡世间之无知无识，彼俱有一痴情去体贴。（第八回眉批）

- 树（前）处引十二钗总未的确，皆系漫拟也。至末回"警幻情榜"，方知正副、再副及三四副芳讳。壬午季春，畸笏。（第十八回眉批）
- 后观"情榜"评曰："宝玉情不情，黛玉情情。"此二评自在评痴之上，亦属囫囵不解，妙甚。（第十九回批语）

可知这幅情榜是放在最后一回的人物总结，共有正、副、再副、三副、四副等五册，每一册都有十二金钗，所以共有六十位女性上榜。其中的正册最完整，也就是第五回贾宝玉神游太虚幻境时所见的十二位贵族女子，但其余的不仅并不完整，甚至是漫拟未确，其实可以无须深究。

以副册而言，第三回"黛玉说癞头和尚一段"脂砚斋眉批云："甄英莲乃付（副）十二钗之首，却明写癞僧一点。"与第五回的簿册相吻合。至于香菱之外，同册的金钗还有哪些人，脂砚斋于第十八回"今年才十八岁，法名妙玉"一段做了一些提示：

> 妙卿出现。至此细数十二钗，以贾家四艳再加薛林二冠有六，去（添）秦可卿有七，再凤有八，李纨有九，今又加妙玉，仅得十人矣。后有史湘云与熙凤之女巧姐儿者，共十二人。雪芹题曰"金陵十二钗"，盖本宗红楼梦十二曲之义。后宝琴、岫烟、李纹、李绮皆陪客也，红楼梦中所谓副十二钗是也。

此外，第六回提及凤姐的心腹通房大丫头平儿，脂砚斋夹批云：

着眼。这也是书中一要紧人,"红楼梦"曲内虽未见有名,想亦在副册内者也。

再加上第十六回"却养了一个知义多情的女儿",指张大财主之女张金哥,脂砚斋夹批曰:

所谓"老鸦窝里出凤凰",此女是在十二钗之外付(副)者。

如此一来,根据脂批可知的副册至少有七人:香菱、平儿、张金哥、薛宝琴、邢岫烟、李纹、李绮。

至于又副(再副)册,由第五回宝玉所见薄命司中的图谶,明确包括袭人、晴雯在内。参照前引第十八回针对"今年才十八岁,法名妙玉"的一段脂批,接续又云:

又有又副删(册)三断(段)词,乃晴雯、袭人、香菱三人而已,余未多及,想为金钏(钏)、玉钏(钏)、鸳鸯、茜(素)云、平儿等人无疑矣。观者不待言可知,故不必多费笔墨。

据此,则又副册包括晴雯、袭人、香菱、金钏、玉钏、鸳鸯、素云、平儿等八人。但可议的是,香菱是副册的首席,此处竟又归诸又副册,与晴雯、袭人同列,显系严重的误植;再者,前引第六回的脂批已经说平儿是在副册,与本条合观,更属重复计算,何况就"副册"所收者皆为闺秀出身的等级,身为陪嫁丫鬟、通房丫头的平儿应该放在又副册为是。如此一来，副册所知的仅有：香菱、张金哥、薛宝琴、邢岫烟、李纹、李绮等六人，又副册则包括晴雯、袭人、金钏、玉钏、鸳鸯、素云、平儿等七人。

脂批本身的矛盾还不止于此，第四十六回鸳鸯历数其同侪道："比如袭人、琥珀、素云、紫鹃、彩霞、玉钏儿、麝月、翠墨，跟了史姑娘去的翠缕，死了的可人和金钏，去了的茜雪。"于此，脂砚斋批云：

> 余按此一算，亦是十二钗，真镜中花，水中月，云中豹，林中之鸟，穴中之鼠，无数可考，无人可指，有迹可追，有形可据，九曲八折，远响近影，迷离烟灼，纵横隐现，千奇百怪，眩目移神，现千手千眼大游戏法也。

然而，其中诸人虽然总计为十二钗，却不能构成任一簿册的完整规模，因为与袭人同一等级的晴雯竟然不在其中，出入明显，可证此处的"十二钗"并不等于"又副（再副）册"的名单。

如此种种错歧的情况，正是第十八回眉批所谓"树（前）处引十二钗总未的确，皆系漫拟也"，对于薄命司中明确建档的副册、又副（再副）册，连脂砚斋都不免误失重重，则一般读者对于正册之外的成员拟定更必属无稽，大可不必勉强为之。[①] 至于有的学者

---

① 周汝昌拟出情榜一百零八钗，参周汝昌：《红楼小讲》，第九讲，页 40—42。

认为，梨香院的十二个女伶就是脂批中所谓的三副册十二钗[①]，可备一说。

姑且不论这些簿册中未可考察的人选问题，以及究竟容纳了三十六人、六十人或一百零八人的人数问题，至少可以确定太虚幻境中的簿册构成了书末的榜单，称为"警幻情榜"，而单就拟订情榜的意义，便寓意深长。

二、"以情为榜"的意义

（一）传统章回小说的形式

学者们纷纷注意到，在小说中将重要人物作一总集合，形成一张榜单，透过排列的顺序与注解进行评价，这并非曹雪芹的创始，而是来自传统章回小说的形式依据。《红楼梦》的情榜即类似于《水浒传》之石碣、《封神演义》第九十九回之封神榜、《水浒后传》之座次表、《儒林外史》第五十六回之揭榜（幽榜），以及其后《镜花缘》第四十八回之无字碑（天榜）、《女仙外史》第八十二回之科榜，可以说，"'榜'作为中国古代小说的一种独特的结构形式，不仅经历了从有实无名到名实相副的演化过程，而且经历了从天榜、神榜到幽榜、再到情榜、花榜的发展脉络"[②]。

首先，明清两朝的白话长篇章回小说，在结构上多有一个"榜"

[①] 宋淇：《红楼梦识要：宋淇红学论集》（北京：中国书店，2000），页402。
[②] 孙逊、宋莉华：《"榜"与中国古代小说结构》，《学术月刊》1999年第11期，页61。

的形式来品评人物、排列先后，或于开篇总领全书，或于中段承先启后，或于篇终压轴收结，如《封神演义》列有三百六十五位正神名单的"封神榜"、《水浒传》设有一百零八条好汉的"忠义榜"、《儒林外史》的"幽榜"、《镜花缘》的"无字碑"等。① 这样的安排，"都有预示或收束全体人物的艺术功能，乃是谪凡模式的重要母题"，亦即谪凡神话模式中常用"榜"，以作为一种预示的母题，则"红楼情榜"乃作者用以揭示交代人物运数的结局。② 不过，从残存的内容来看，警幻情榜并非用以交代人物的命运或结局，请参下文，"谪凡神话模式"则道中宝玉一干人等的仙界来历，由此进一步可知，这些章回小说中的人物都是来自天庭的非常人，与世间庸碌的大众迥然不同，才能合理地演绎出曲折离奇的故事，令平凡的读者津津乐道。从这个角度而言，明清章回小说中的这几部"奇书"，不仅是书写形式上的出奇，也是人物本身的奇特。

此外，伊藤漱平提出另一种看法，认为当时士大夫梦想的天界上的科举即"天榜"，对"情榜"的构想也有不可忽视的影响。③ 试观宝玉的前身乃是女娲补天所炼造，其功能与目的本就是要完成

---

① 周汝昌：《红楼梦与中华文化》（台北：东大图书公司，2007），页 238 — 241。周汝昌：《红楼小讲》，第九讲，页 40 — 42。
② 李丰楙：《情与无情：道教出家制与谪凡叙述的情意识——兼论〈红楼梦〉的抒情观》，熊秉真主编：《欲掩弥彰：中国历史文化中的"私"与"情"——私情篇》，页 202。
③ [日]伊藤漱平：《金陵十二钗と'红楼梦'十二支曲（觉书）》（《金陵十二钗与〈红楼梦〉十二支曲——札记》），《人文研究》第十九卷第十册（1968 年 3 月），页 7 — 20。

"补天"所隐喻的济世大业，而对应到现实中，这只有出仕为宦才能达到。俱得补天的众石便是荣登天榜的佼佼者，那唯一无材补天的畸零石则是无用之徒，虽然逍遥自得、性灵满足，却无益于国家社会，因此，包括那"禀性恬淡，不以功名为念，每日只以观花修竹、酌酒吟诗为乐，倒是神仙一流人品"（第一回）的甄士隐，以及为曹雪芹点评小说的脂砚斋在内，都被称为废人：

- 甄士隐本名"甄费"，谐音"真废"。（第一回眉批、夹批）
- 脂砚斋自称"废人"。（第十八回批语）

这颗被弃的玉石既然补天无用，自然也进入了废人之列，但一味地"自怨自叹，日夜悲号惭愧"本非自处之道，于是便如传统士人一样，宦途得志的时候是儒家，官场失意的时候就变成了道家，以无用为大用，并转向"以情为根"的青埂峰寻求出路，透过富贵场温柔乡中的"情痴情种"成为情榜上的状元。则从"天榜"到"情榜"，此中颇有弥补性的代偿意味。

（二）"女性"与"情"的品赏

当然，《红楼梦》是一阕女性的颂歌，以书写女性之种种丰采为主体，故作者前言即清楚表示其创作宗旨，乃是："当日所有之女子，一一细考较去，觉其行止见识，皆出于我之上。何我堂堂须眉，诚不若彼裙钗哉？……我之罪固不免，然闺阁中本自历历有人，万不可因我之不肖，自护己短，一并使其泯灭也。"因而这幅情榜势必以女性为主，太虚幻境中的每一簿册都以十二金钗为单位，乃理有固然。

据日本汉学家的看法，给予情榜的构想最大影响的，是当时流行的花案、花榜的风习，《红楼梦》旧名《金陵十二钗》，而十二钗常用来指称妓女，如朱彝尊《静志居诗话》曾称十二个名妓为"十二钗"，即是一证。① 社会风习的熏染常在不知不觉间发生作用，曹雪芹对花榜也应该不会陌生，此一推测自属有据，不过应该特别厘清的是，名妓也许具有倾城的魅力，却身份低贱，与曹雪芹所主要书写的贵族女性判然有别。透过第二回贾雨村论"正邪两赋"一段所言：

> 若生于公侯富贵之家，则为情痴情种；若生于诗书清贫之族，则为逸士高人；纵再偶生于薄祚寒门……必为奇优名倡。

如此悬殊的成长环境与文化教养，让同一先天禀赋的正邪两赋者有了截然不同的人格内涵与生命形态，则两类不同出身的女性势必不可混为一谈，曹雪芹也断不能将闺秀才媛比拟于风尘女妓。尤其在曹雪芹所处的盛清时期，青楼的文化地位已然陡降，青楼与闺阁泾渭分明，不再处于文人文化的中心，闺秀以女儿／妻子／母亲的身份、才德兼具的形象取而代之，成为这个时代所推崇的女性类型，

---

① 参 [日] 合山究著，陈曦钟译：《〈红楼梦〉与花》，《红楼梦学刊》2001 年第 2 辑，页 119—121；[日] 合山究著，萧燕婉译注：《明清时代的女性与文学》（台北：联经出版公司，2016），第三章"花案、花榜考"，页 103—136。

则贾府中的金钗更不宜以花案、花榜上的妓女给予联想。这一点至关紧要,请参下文的说明。

其次,从"若生于公侯富贵之家,则为情痴情种"之说,"情"字两见,而确实《红楼梦》全书写情入骨,动人肺腑,这部奇作也往往被视为以情为纲领的"情书",所谓:

> (《红楼梦》)情书也。……作是书者,盖生于情,发于情;钟于情,笃于情;深于情,恋于情;纵于情,困于情;癖于情,痴于情;乐于情,苦于情;失于情,断于情;至极乎情,终不能忘乎情。惟不忘乎情,凡一言一事,一举一动,无在不用其情。此之谓情书。其情之中,欢洽之情太少,愁绪之情苦多。①

就此,周汝昌认为曹雪芹从冯梦龙的《情史》取得了启示,《情史》一名《情天宝鉴》,曹雪芹也曾把他自己的小说取名为《风月宝鉴》,题称接近,再加上《情史》的二十四个品类本身就构成了一张"情榜",其细目包括:1.情贞;2.情缘;3.情私;4.情侠;5.情豪;6.情爱;7.情痴;8.情感;9.情幻;10.情灵;11.情化;12.情憾;13.情仇;14.情媒;15.情芽;16.情报;17.情累;18.情疑;19.情鬼;20.情妖;21.情通;22.情迹;23.情外;24.情秽。② 以

---

① (清)花月痴人:《红楼幻梦自序》,一粟编:《红楼梦资料汇编》,卷二,页54。
② 周汝昌:《红楼小讲》,第九讲,页43。

此对应于《红楼梦》的情书写,诚也约略可以看出类似之处。

只可惜,警幻情榜不仅残缺太甚,无以见其完整全貌与先后排序,人物品评更是零落殆尽,失去了探索人物性格的精确指引,只剩下宝玉、黛玉的两则评语,而且直接反映于情榜的排序上。

其实,就这幅榜单到底收录多少人物而言,无论是三十六人、六十人、一百零八人的各种说法,恐怕都是错误的,原因是榜单上并不只是收录太虚幻境中的各等簿册成员,凡以十二为单位的记数都遗漏了最重要的关键人物,也就是贾宝玉,因此,榜单上应该是三十七人、六十一人或一百零九人。

宝玉不仅领衔居首,呼应了"绛洞花主"(第三十七回)、"总花神"(第七十八回)、"诸艳之贯"(第十七回回前总批)、"总一园之首"[①]乃至"通部情案,皆必从石兄挂号"(第四十六回脂批)的核心地位,并且在这幅以情为纲领的榜单上,他对情的体悟与展现,也最是动人心魄,情榜之首当之无愧。

情榜之首是宝玉,随后居次的则是黛玉,也只有这两个人物留下了评语,尤其是第十九回、第三十一回更是两者并置:

- 按警幻情讲(榜),宝玉系"情不情"。凡世间之无知无识,彼俱有一痴情去体贴。(第八回眉批)

---

① 第十七回脂砚斋评语,原作"总一园之看",宋淇认为应是"总一园之首",乃出于形近误抄;而余英时以为或是"总一园之水",因草书形近而讹误。见陈庆浩:《新编石头记脂砚斋评语辑校(增订本)》(台北:联经出版公司,1986),页325。

- 后观"情榜"评曰:"宝玉情不情,黛玉情情。"此二评自在评痴之上,亦属囫囵不解,妙甚。(第十九回批语)
- "情不情。"(第二十三回评"恐怕脚步践踏了"一句)
- 玉兄每"情不情",况有情者乎?(第二十五回夹批)
- "撕扇子"是以不知情之物供姣嗔,不知情时(事)之人一笑,所谓"情不情"。金玉姻缘已定,又写一金麒麟,是间色法也,何颦儿为其所惑,故颦儿谓"情情"。(第三十一回回前总批)

可见在情榜上,"情不情"就是对宝玉的定论,其中,第一个"情"字是动词,指以真情、温情、深情对待一切人类以外的"不情"者,包括花草树木在内"无知无识"的无情物。此一超我的胸襟正是宝玉的前身神瑛侍者会去灌溉绛珠草的动因,并且幻形入世后,也会担心书房中画轴上的美人感到寂寞,于是前往望慰一番,此处的夹批也说"天生一段痴情,所谓'情不情'也"(第十九回),都是点明宝玉的情广延于天地万物。基于这种万物有灵论(animism)的宽阔信念,宝玉便认定:

不但草木,凡天下之物,皆是有情有理的,也和人一样,得了知己,便极有灵验的。(第七十七回)

所以他"看见燕子,就和燕子说话;河里看见了鱼,就和鱼说话;见了星星月亮,不是长吁短叹,就是咕咕哝哝的"(第三十五回)。

外人看来不免觉得疯傻,其中却是深情无限,直如庄子的齐物胸怀,最为博大。

然而物极必反,情深、情博之至极往往走向无情,弘一大师的出家即为一典型例证,宝玉也踏上同一条道路。第三十五回写傅秋芳一段,有脂砚斋的长批云:

> 大抵诸色非情不生,非情不合。情之表见于爱,爱众则心无定象。心不定则诸幻丛生,诸魔蜂起,则汲汲乎流于无情。此宝玉之多情而不情之案,凡我同人其留意。

其实"多情而不情"既来自"爱众"也源于"情深",其结果都不免走到"不情／无情",此即所谓"情极之毒",都与最终的悟彻出家有关。第二十一回袭人因宝玉屡劝不听,因而动气冷淡,宝玉也赌气不理,冷清自适,"便权当他们死了,毫无牵挂,反能怡然自悦",对此脂砚斋批云:

> 此意却好,但袭卿辈不应如此弃也。宝玉之情,今古无人可比固矣。然宝玉有情极之毒,亦世人莫忍为者,看至后半部,则洞明矣。此是宝玉(第)三大病也。宝玉看此世人莫忍为之毒,故后文方能"悬崖撒手"一回。若他人得宝钗之妻,麝月之婢,岂能弃而为僧哉。玉一生偏僻处。

可见"情极之毒"意指舍弃凡人眷恋不舍的娇妻美妾,忍心撒手断离,飘然远去,对此,一般胶着于外相者将之目为无情,甚至加以苛责,但就宗教上所追求的解脱而言,则会赞叹"此是宝玉大智慧大力量处,别个不能,我也不能"(第二十一回批语)。从而,"情不情"也隐含着"情"以至"不情"的悟道轨迹,这时的"不情"就变成了动词,指"超越、断舍其情"之意。

在情榜上次于宝玉者,即为黛玉。黛玉的"情情"意指只对"有情物"有情,比起宝玉那包笼一切人与物在内的"情不情",范围便狭小得多,因此当其钟情之时往往过分执著,而难免偏执之病。吊诡的是,"情情"的执著固然因更加集中而浓烈,但其结果却没有产生"不情"的"情极之毒",以致黛玉终身沉沦于情之缠陷中,直到泪尽而逝,正提供了《楞严经》所说"爱河干枯,令汝解脱"[①]的具体范例,虽浪漫感人,却也发人深省。

关于情榜上的第三名,脂批中并没有留下任何线索,但从脂砚斋一再提醒宝、黛、钗三人"鼎立"(第五回眉批)、"三人一体"(第二十八回眉批),以重要性而言,合理的推测应是宝钗,自无疑义。不过,基于扬黛抑钗的人物评价主流,读者对宝钗在情榜上的按语往往给予负面的推论,如张爱玲直接断言道:"签诗是'任是无情也动人',情榜上宝钗的评语内一定有'无情'二字。"[②]但其

[①] (唐)般剌蜜帝:《楞严经》,卷四,赖永海、杨维中注译:《新译楞严经》(台北:三民书局,2008),页167。

[②] 张爱玲:《三详红楼梦》,《红楼梦魇》,页202。此外,朱淡文也认为:"薛宝钗的《情榜》考语也可以基本确定为'无情'。"朱淡文:《研红小札》第五十条,《红楼梦研究》(台北:贯雅出版社,1991),页187—179。

实"任是无情也动人"这句签诗完全没有"无情"的意思，何况"无情"的解释也不是只有常识上所以为的冷酷那一种，请参《大观红楼3》"薛宝钗论"。最重要的是，既然所有的材料都没有提供证据，吾人便毋须揣测附会，以免落入无稽之谈。

必须注意到，犹如第五回宝玉神游太虚幻境时所聆听的仙曲，其前奏清楚地说：

〔红楼梦引子〕开辟鸿蒙，谁为情种？都只为风月情浓。趁着这奈何天，伤怀日，寂寥时，试遣愚衷。因此上，演出这怀金悼玉的《红楼梦》。

对这些金玉般的红楼女子既怀念且悲悼，何尝有一丁点不满或讽刺的意味？参照宝钗曾经当面对平儿赞美道："我们没事评论起人来，你们这几个都是百个里头挑不出一个来，妙在各人有各人的好处。"（第三十九回）正呼应了凤姐感叹说："殊不知别说庶出，便是我们的丫头，比人家的小姐还强呢。"（第五十五回）这两段话其实可以普遍地用在小说中的诸多女性人物身上，金钗们各有其惊才绝艳的丰姿，而平儿尚且只是副册乃至又副册的女子，已经是百中不能选一，遑论正册之辈？与宝玉、黛玉鼎立的宝钗势必有其非凡之处，在"情"的范畴上，比起宝玉之博、黛玉之浓，宝钗应是"太上忘情"之透，自有俗人难测之奥义。

此外，小说家在回目上的用语，似乎也提供了一些线索，包括：第三十二回的"含耻辱情烈死金钏"、第六十六回的"情小妹耻情归地府",分别以"情烈""耻情"概括金钏、尤三姐的自尽。作为情节的指引,对应的是当事人在特定状况下的心理情态,但能否直接等同于情榜上的人物评论,恐怕仍待商榷,从严格的标准而言,只能作为参考。

(三)"情"的道德原则

不仅如此,"情"的范围包罗甚广,层次复杂,如同其他的概念如自由、平等一样,具有内在的复杂性,世俗甚至往往情、欲不分,干扰了情的真正面目与核心价值。因此,《红楼梦》对于情的价值判断并不是没有标准的,也隐隐约约体现于幻境簿册与警幻情榜的排序上。

最值得注意的是,《红楼梦引子》中开篇所说的"开辟鸿蒙,谁为情种?都只为风月情浓",已经清楚区分了"情种"并不是落入皮肤滥淫的"风月情浓",就此,张新之的儒家式评点十分令人玩味,所谓:

> 曰"谁为情种",曰"都只为风月情浓",见"情种"所以难得者,正为"风月情浓"者在在皆是耳。可见"情种"是一事,"风月情浓"又是一事。则真正"情种"当求之性命之体、圣贤之用。设若不作此解,则"谁为"一起、"都只为"一承,岂不是大不通的语句?[①]

[①] 冯其庸纂校订定,陈其欣助纂:《八家评批红楼梦》,上册,页125。

如此便从语法脉络与训诂角度，厘清了"情种"的意义不但与一般的"风月情浓"无关，甚至进一步证成了"礼度"与"情痴情种"的关系，这当然与道德标准有关。秦可卿之所以垫居正册之末，正是兼具了这一层的考虑在内。

同样的，关于幻境簿册与情榜的排序原则，除身份等级是明确的基本标准之外，评点家周春也提出了不同的观察，说道：

> 案婢女贱流，例入又副册，香菱以能诗超入副册，鸳鸯贞烈，竟进于十二钗矣。盖此书专言情，情欲肆则天理灭亡，以鸳鸯、秦可卿殿十二钗，所谓欲尽理来也。……乃全书之微旨，异于《金瓶梅》《玉娇梨》者在此，特拈出之。①

周春以"能诗"与否、"贞烈"与否的两个标准，解释香菱与鸳鸯之所在位置，此一说法虽未必完全正确，如香菱之所以进入副册，并非因为"能诗"的缘故，而是因为阶级向下流动所造成的身份暧昧，鸳鸯也没有跻身于"正十二钗"，因此必须保留；但所谓"此书专言情，情欲肆则天理灭亡""欲尽理来"的看法，则与曹雪芹的情观相吻合。

从诞生《红楼梦》的特定时空与特定阶层而言，《红楼梦》中所追慕的闺阁女性截然不是晚明所追捧的青楼名妓，曹雪芹所弘扬的情也迥异于晚明名妓文化中的情。诚如高彦颐已说明的，名妓不

---

① （清）周春：《阅红楼梦随笔》，一粟编：《红楼梦资料汇编》，卷三，页69—70。

仅在晚明的文学与道德伦理论述中占有核心地位,甚至在士人阶层的政治生活中也扮演着举足轻重的角色①,曼素恩(Susan Mann)则进一步指出,盛清时期的妇女论述与晚明以"情"为重的论述大相径庭,在"家庭道德主义"(familistic moralism)的论述下,"18 世纪中,高级妓院里的妇女,与闺阁里深居简出的妇女,她们所各自占据的世界,似乎彼此分隔得愈来愈远。……盛清在名妓的居处和闺秀所居住的闺阁之间标示出严格的分界线。虽然盛清名妓就像她们的晚明前辈一般,有时仍会写出精致的古典诗,并且就范围涵括艺术、文学与历史的话题进行交谈,但是,她们却不再占据士人文化的中心地位。相反地,在盛清时代,占据这个中心的聪慧妇女,正是闺秀本身……上流阶层的女性作者也获得了新的地位。"于是"闺阁"这个女性空间成为妇女才德典范的象征。②

《红楼梦》主要所写的,正是此一时代公侯富贵之家的闺秀群,礼法道德是她们的生活乃至生命的一部分,在家庭环境中自幼耳濡目染的影响下,也成为她们心灵构造上的基本核心,其所谓情的性质与形态绝不能混淆于名妓的情,更迥别于一般庶民缺乏教育与德性概念之下的自由恋爱。从宝玉、黛玉、宝钗三位代表人物身上,可以清楚显示他们即使各自的性格差异甚大,仍有一个共同的情感标准,那就是始终没有逾越礼教规范,却又丝毫没有减损其情的深度与纯度,为此,曹雪芹特别创造了一个用来超越痴情的"痴理"

---

① [美]高彦颐(Dorothy Ko)著,李志生译:《闺塾师:明末清初江南的才女文化》。
② [美]曼素恩著,杨雅婷译:《兰闺宝录:晚明至盛清时的中国妇女》,第三章"生命历程",页 135—136;第二章"性别",页 73—74。

说，以展现"情理兼备"而"两尽其道"的最高境界。①

何况，姑且不论盛清时期上层精英阶级的特定文化观，就一般的普遍意义而言，正如哲学家所提问的：

> 如果我们没有其他选择的余地，我们如何能够负有道德上的责任，以从事正确的选择，而避免沦入快乐与色欲的诱惑？而且如果我们对我们所做的选择没有道德上的责任，那么我们将依照何种判准来评价或谴责一个人的品格或行为？②

以《红楼梦》来说，秦可卿身为综合宝钗、黛玉、香菱、凤姐之长的兼美人物，却以爬灰的乱伦悖德而青春丧命，岂能只因出于真情之故便加以肯定？非大家闺秀出身的尤氏姊妹若非双双改邪归正，为了真正心有所属的对象而非礼勿动，守贞节烈之表现不亚于名门闺秀，其原先浮浪无度的举止言行又如何能获得同情或宽容？丫鬟司棋与表哥潘又安的偷情导致大观园的抄检、自我的毁灭，果真可以用"情欲自主"给予赞扬？这些人或者因为某些病态的原因，或者因为没有受过教育，所不能明白的是，其实"情"并不只是一种强烈的心理感觉，更不是与生俱来的本能，并且产生了情之后，接下来的思考和作为才是赋予情以价值的关键阶段，而与人们的"选

---

① 详参欧丽娟：《论〈红楼梦〉中"情理兼备"而"两尽其道"之"痴理"观》，《台大中文学报》第三十五期（2011 年 12 月），页 157—204。

② [美] M. L. 艾德勒（Mortimer L. Adler）著，蔡坤鸿译：《六大观念》，第十九章"随自己快乐而行动的自由"，页 152—153。

择"息息相关。

从本质上来说，情和自由、平等一样，都不是无限制的善事物，哲学家指出，"有不同种类的真，不同模型的善，不同意义的美。在自由的情形也是如此"，人们不仅具备了生来即拥有的根植于人性之内的自由，即天生自然的自由（natural freedom），还可以追求一种与智慧及伦理美德（道德美德，moral virtue）相联结的自由，可称之为后天得到的自由（acquires freedom），这两种自由都不会受到外在环境的减损与剥夺。而"选择"便来自人们的自由意志，亦即人还有选择的自由，去决定自己要成为何种人，并努力自我塑造：

> 我们的天生自然的自由存在于意志的自由（freedom of the will）。它是选择的自由（freedom of choice）——能够再选择我们已选择过的其他的自由。拥有这种自由，我们的行为才不会像其他动物的行为，受到对我们的发展有所影响的外在环境所本能地决定或完全制约。带有这种自由选择的内在能力，每一个人都能借着为自己决定将做或将成为什么，而创造性地改变自己的品格。我们有自由使自己成为我们所选择的。[①]

这里分析的是"自由"，却同样适用于对"情"的理解。人们不仅

---

① [美] M. L. 艾德勒（Mortimer L. Adler）著，蔡坤鸿译：《六大观念》，第十九章"随自己快乐而行动的自由"，页 151—152。

具备了生来即拥有的根植于人性之内的情，还可以追求一种与智慧及伦理美德（道德美德）相联结的情，而人们的自由意志可以"选择"哪一种情，在这个选择的过程中创造性地改变自己的性格，决定自己成为何种人。所以，情的内涵与价值直接关联于一个人的品格，这也是警幻情榜上的情带有道德原则的原因。

固然一个虚构人物的艺术价值不在于褒贬，而在于他对读者所带来的启发性，并且每一个人都有其无奈与困境，因此未必都要给予道德上的评价，但是不能不思考的是，现代读者都受过良好教育，能进行各种阅读学习，却往往素朴地以"天生自然的情"进行人物褒贬，忽略了还有一种更高层次的情，亦即在其个人发展过程中所获得的"与智慧及伦理美德（道德美德）相联结的情"，甚至情、欲混淆，岂非买椟还珠，甚至自我降格？

最可惜的是，一般人大多不知道自己拥有一种"每一个人都能借着为自己决定将做或将成为什么，而创造性地改变自己的品格"的自由，放弃了"使自己成为我们所选择的"这完全可以操之在我的机会，以至于流入本能与市俗，这就是曹雪芹要书写《红楼梦》的原因。如第八回脂砚斋所云："作者是欲天下人共来哭此情字"，借由秦可卿的案例悲叹于情之滥用、误导，被用来屏障种种悖德行径，以为只要有情便可为所欲为，以至于真情产生了变质与扭曲，成为私情、淫欲的掩护。

在个人主义式的自由大行其道的现代社会中，"感觉本能"被过分夸大，"情"的掩蔽愈烈，对曹雪芹所苦心刻画之情也误解更甚。既然情榜已然遗落，失去了参照的坐标，那么回到小说情节中仔细分析，透过理性的思考、正确的知识，由衷尊重盛清时代的文化系统的基本状况，考察其间汩汩流动的灵魂风貌，将可以更深刻地把握到情的至真、至美之外，还有至善的境界，对人性的提升更有助益。这也是《红楼梦》这部贵族小说的珍贵价值之一。